De pers over *Mij is de wrake*:

'George beheerst het in elkaar zetten van een sterk moordverhaal uitstekend.' – DE VOLKSKRANT

'In *Mij is de wrake* weet Elizabeth George op knappe wijze het evenwicht te bewaren tussen ingewikkelde onderlinge relaties en een goed uitgewerkt misdaadplot. De persoonlijke beslommeringen van de hoofdrolspelers blijven boeien vanwege de geloofwaardigheid waarmee ze door George beschreven zijn.' – DE TELEGRAAF

'Een pageturner van het allerhoogste niveau.' – THE TIMES

'Mevrouw George bewijst dat de beste misdaadschrijvers schrijvers zijn in hart en nieren.' – THE NEW YORK TIMES

'Een spannend misdaadverhaal, waarin de auteur behendig diverse thema's zoals drugsverslaving en manipulatie met moderne geneesmiddelen vervlecht in doorwrochte intrige.' – NBD BIBLION

'George is fantastisch. [...] Een briljante schrijfster van moderne Britse detectives.' – CHICAGO TRIBUNE

'Mevrouw George beheerst het allemaal.' – THE WALL STREET JOURNAL

2649

Van dezelfde auteur

Totdat de dood ons scheidt
Afrekening in bloed
Klassemoord
Zand over Elena
De verdwenen Jozef
In handen van de vijand
In de ban van bedrog
Wie zonder zonde is...
Verrader van het verleden
Moordmotieven
In volmaakte stilte
Een onafwendbaar einde
In wankel evenwicht
Lichaam van de dood

Elizabeth George

Mij is de wrake

Zwarte Beertjes
Utrecht

Oorspronkelijke titel: A Suitable Vengeance

Vertaling: Ineke van den Elskamp
Omslagbeeld: Getty Images
Omslagontwerp: Mariska Cock

ISBN 978 90 461 1430 8
NUR 313

Voor mijn echtgenoot, Ira Toibin,
als dank voor twintig jaar
geduld, steun en toewijding.

En voor mijn neef,
David Silvestri

Van alle smart die een geliefde leert,
Is 't moeilijkst wel de leer van het vergeten!
Hoe zal ik de zonde haten, 't lief begeren,
De schuldige beminnen, 't feil negeren?
Hoe zal ik 't lief object van zonde scheiden,
hoe liefde van berouw ooit onderscheiden?

Alexander Pope

Deel I

Nachten in Soho

Proloog

Toni Cogin wist het beste te maken van het weinige dat ze had. Ze maakte zichzelf graag wijs dat dit een aangeboren gave was. Een paar verdiepingen boven het gedruis van de avondspits speelde haar naakte silhouet over de muur van haar halfdonkere kamer. Ze glimlachte. Wanneer ze zich bewoog, bewoog haar schaduw mee, zodat er telkens nieuwe zwarte vormen tegen een witte achtergrond ontstonden, net als bij een rorschachtest. En wat voor een test, dacht ze, terwijl ze een lonkend gebaar maakte. Wat een aanblik voor een psychopaat!

Ze giechelde om haar talent voor zelfkleinering, liep naar de ladekast en keek verliefd naar haar lingerie. Omdat ze even van de aanblik wilde genieten, deed ze alsof ze geen keus kon maken, voordat ze een aantrekkelijk stelletje van zwarte zijde met kant pakte. Beha en slip, gemaakt in Frankrijk, knap ontworpen met onopvallende vullingen. Ze trok ze allebei aan. Haar vingers waren onhandig, niet echt gewend aan zulke delicate stoffen.

Ze begon zachtjes te neuriën, een gebrom zonder herkenbare melodie. Het was haar lofzang op deze avond, op drie dagen en nachten van onbeperkte vrijheid, op de opwindende gedachte dat ze zich straks in de straten van Londen zou wagen zonder precies te weten wat de zachte zomeravond zou brengen. Met een lange gelakte nagel wipte ze een pakje pantykousen open, maar toen ze de panty eruit schudde, viel hij op een stukje huid dat ruwer was dan ze zou hebben willen toegeven. De panty bleef haken. Ze liet zich een korte vloek ontsnappen, maakte de panty voorzichtig los en bekeek de schade: een kleine ladder hoog aan de binnenkant van het dijbeen. Ze zou voorzichtiger moeten zijn.

Terwijl ze de panty aantrok, sloot ze haar ogen en zuchtte van genot. Het materiaal gleed zo soepel over haar huid. Ze genoot van het gevoel – het was net de liefkozing van een minnaar – en liet haar handen genietend van haar enkels, over haar kuiten en dijen, naar haar heupen glijden. Stevig, dacht ze, mooi. En even bewonderde ze haar figuur in de grote staande spiegel voordat ze

een zwarte zijden onderjurk uit de ladekast pakte.
De jurk die ze uit de kleerkast haalde, was zwart en hoog gesloten. Hij had lange mouwen en ze had hem alleen gekocht omdat hij als een donkere vloeistof om haar lichaam viel. De taille werd ingesnoerd door een ceintuur; het lijfje was rijkelijk versierd met gitzwarte kralen. Het was een kostbare Knightsbridge-creatie, die er, samen met alle andere aanslagen op haar portemonnee, de oorzaak van was dat ze de rest van de zomer de luxe van een taxi moest ontberen. Maar dat ongemak nam ze op de koop toe. Toni wist dat sommige dingen zichzelf uiteindelijk terugbetaalden.
Ze liet haar voeten in hoge zwarte pumps glijden en deed pas daarna de lamp naast de slaapbank aan. Het licht onthulde een eenvoudige zit-slaapkamer met als enige, verrukkelijke luxe een privé-bad. Bij haar eerste bezoek aan Londen, nu alweer maanden geleden, toen ze pasgetrouwd was en een toevluchtsoord zocht, was ze zo dom geweest een kamer in Edgware Road te nemen, waar ze de badkamer had moeten delen met een hele verdieping glimlachende Grieken die allemaal uiterst nieuwsgierig waren naar haar persoonlijke hygiëne. Na deze ervaring was het voor haar onmogelijk geworden zelfs zoiets simpels als een wastafel met iemand te delen, en alhoewel de extra kosten voor een privé-bad aanvankelijk onoverkomelijk leken, was het haar uiteindelijk gelukt deze hindernis op bekwame wijze te nemen.
Ze onderwierp haar make-up aan een laatste inspectie: ogen keurig opgemaakt om de kleur te benadrukken en de vorm te corrigeren; wenkbrauwen netjes bijgetekend en in een boog geborsteld; blusher zo vakkundig op haar jukbeenderen aangebracht dat de harde lijnen van haar toch enigszins vierkante gezicht werden verdoezeld; lippen omlijnd met een potlood en ingekleurd met lipstick om sensualiteit uit te drukken en aandacht te trekken. Het kon haar goedkeuring wegdragen. Ze schudde haar haar – net zo zwart als haar jurk – naar achteren en friemelde aan de rafelige pony die op haar voorhoofd viel. Ze glimlachte. Ze kon ermee door. Mijn god, ze kon ermee door.
Ze keek nog een keer de kamer rond, pakte haar zwarte handtas, die ze op het bed had gegooid, en controleerde de inhoud om er zeker van te zijn dat ze niets meer bij zich had dan haar geld,

haar sleutel en de twee kleine plastic zakjes met drugs. Nadat ze dat had gedaan, waren haar voorbereidingen voltooid en verliet ze haar kamer.

Even in de lift en ze stond buiten. Ze snoof de stadsluchtjes op, dat volle mengsel van machines en mensen dat zo typisch was voor dit deel van Londen. Voor ze in de richting van Praed Street liep, keek ze zoals altijd eerst liefdevol naar de gladde stenen gevel van haar eigen gebouw. Ze liet haar ogen langs de woorden SHREWSBURY COURT APARTMENTS glijden die waren aangebracht boven de dubbele voordeur, de deur die toegang gaf tot haar schuilplaats, haar veilige haven, de enige plaats op aarde waar ze zichzelf kon zijn.

Ze draaide zich om en liep in de richting van de lichten van Paddington Station, waar ze de District-lijn naar Nottinghill Gate nam. Daar stapte ze over op de Central-lijn naar Tottenham Court Road met zijn bedwelmende uitlaatgassen en gebruikelijke vrijdagavonddrukte.

Ze liep snel naar Soho Square, waar de vaste bezoekers van de peepshows rondslenterden en in alle mogelijke tongvallen geile opmerkingen uitwisselden over de prikkelende aanblik van borsten, dijen en andere zaken die ze hadden gezien. Ze vormden een golvende massa wellustige sensatiezoekers en op een andere avond zou Toni hebben overwogen wie van hen in aanmerking kwam voor een amusante ontmoeting. Maar vanavond niet. Alles was geregeld.

In Bateman Street, niet ver van het plein, zag ze boven een onwelriekend Italiaans restaurant het uithangbord dat ze zocht. KAT'S KRADLE stond erop en een pijl die naar een donker steegje naast het restaurant wees. De spelling was absurd, een poging om grappig te zijn die, wat Toni betrof, jammerlijk was mislukt. Maar zij was niet degene die de ontmoetingsplaats had uitgekozen, dus liep ze naar de deur en daalde de trap af, die net als het steegje waarin de club was gevestigd, smerig was en naar alcohol, braaksel en een kapotte riolering stonk.

Voor een nachtclub was het nog vroeg, zodat er maar weinig mensen in Kat's Kradle waren. Ze zaten allemaal aan tafeltjes rond een dansvloer ter grootte van een postzegel. Naast de dansvloer zetten muzikanten een melancholiek stuk jazz voor piano, saxofoon en drums in. De bijbehorende zangeres leunde somber

rokend tegen een houten kruk en wachtte met een verveelde uitdrukking op haar gezicht op het juiste moment om een of ander geluid in een microfoon naast haar te maken.
Het was vrij donker in de club. De verlichting bestond uit een zwakke, blauwachtige spot op de muzikanten, kaarsen op de tafeltjes en een lamp bij de bar. Toni liep naar de bar toe, ging op een kruk zitten, bestelde een gin-tonic bij de barman en moest toegeven dat de club, ondanks het feit dat het er smerig was, een prima keus was, het beste wat Soho voor een clandestiene ontmoeting te bieden had.
Met het drankje in haar hand begon ze de aanwezigen onder de loep te nemen, een eerste inspectie, die niet veel meer opleverde dan een indruk van lichamen, een dichte wolk sigarettenrook, het geschitter van juwelen, de lichtflits van een aansteker of een lucifer. Gepraat, gelach, geld dat van eigenaar wisselde, paren op de dansvloer. En toen zag ze hem: een jongeman alleen aan een tafeltje, zo ver mogelijk bij het licht vandaan. Ze glimlachte toen ze hem zag.
Het was echt iets voor Peter om deze club uit te kiezen, een plek waar hij niet bang hoefde te zijn dat hij een van zijn familieleden of van zijn chique vrienden tegen het lijf zou lopen. In Kat's Kradle zou niemand hem veroordelen. Hier zou hij geen problemen of onbegrip ontmoeten. Het was een goede keus.
Toni hield hem nauwlettend in de gaten. Ze wachtte vol ongeduld op het moment dat hij haar tussen de dansparen door zou ontdekken en de spanning kriebelde in haar buik. Zich niet bewust van haar aanwezigheid, keek hij echter alleen maar naar de deur en haalde met een nerveus gebaar zijn hand door zijn kortgeknipte blonde haar. Toni observeerde hem vol interesse. Ze zag hem snel achter elkaar twee drankjes bestellen en opdrinken, en het viel haar op dat zijn mond harder werd toen hij op zijn horloge keek en zijn behoefte toenam. Voorzover ze kon zien, ging hij voor de broer van een graaf vrij slecht gekleed. Hij droeg een gescheurd leren jasje, een spijkerbroek en een T-shirt met het vervaagde opschrift HARD ROCK CAFÉ. Een gouden oorbel bungelde aan een doorboorde oorlel en van tijd tot tijd greep hij deze vast alsof het een talisman was. Hij zat voortdurend op de vingers van zijn linkerhand te knauwen en trommelde onrustig met zijn rechtervuist op zijn heup.

Hij stond met een ruk op toen een groep luidruchtige Duitsers de club in kwam, maar liet zich weer in zijn stoel vallen toen duidelijk werd dat degene die hij zocht, er niet bij was. Hij haalde een pakje sigaretten uit zijn jasje, schudde er een uit, rommelde in zijn zakken, maar kon geen aansteker of lucifers vinden. Kort daarna schoof hij zijn stoel achteruit en kwam naar de bar toe.
Recht in mama's armen, dacht Toni, terwijl ze bij zichzelf glimlachte. Sommige dingen in het leven zijn onvermijdelijk.

Tegen de tijd dat haar metgezel de Triumph op een parkeerplaats op Soho Square parkeerde, kon Sidney St James gewoon zien dat zijn zenuwen tot het uiterste gespannen waren. Zijn hele lichaam was strak geworden. Zijn handen hielden het stuur zo stevig omklemd, dat het duidelijk was dat hij elk moment alle zelfbeheersing kon verliezen. Hij probeerde dit echter voor haar te verbergen. Toegeven dat hij ernaar snakte, was bijna toegeven dat hij verslaafd was. En hij was niet verslaafd. Hij, Justin Brooke, wetenschapper, bon-vivant, projectleider, schrijver van rapporten, prijswinnaar, niet.
'Je lichten zijn nog aan,' zei Sidney op kille toon tegen hem. Hij antwoordde niet. 'Je lichten, zei ik, Justin.'
Hij deed ze uit. Sidney voelde dat hij zich naar haar toe draaide en even later raakten zijn vingers haar wang aan. Ze wilde zich van hem af draaien toen zijn vingers langs haar hals naar de kleine zwelling van haar borsten gleden. Maar in plaats daarvan voelde ze hoe haar lichaam op zijn aanraking reageerde, zich voor hem beschikbaar stelde alsof zij er zelf niets over te zeggen had.
Toen vertelde een lichte trilling in zijn hand, resultaat van onrustig verlangen, haar dat zijn liefkozing onoprecht was, iets om haar gunstig te stemmen voor hij zijn smerige aankoop zou gaan doen. Ze duwde hem weg.
'Sid.' Het lukte Justin een respectabele hoeveelheid sensualiteit in zijn stem te leggen, maar Sidney wist dat zijn lichaam en geest in beslag werden genomen door het slecht verlichte steegje aan de zuidkant van het plein. Hij probeerde dat natuurlijk voor haar te verbergen en boog zich naar haar toe alsof hij wilde laten zien dat niet de drugs, maar zijn gevoelens voor haar op dit mo-

ment het belangrijkste in zijn leven waren. Ze pantserde zich tegen zijn aanrakingen.
Zijn lippen en tong bewogen over haar nek en schouders. Zijn hand omvatte haar borst. Zijn duim streelde behoedzaam over haar tepel. Zijn stem fluisterde haar naam. Hij draaide haar naar zich toe. En zoals altijd was het als een vuur, als een verloren gaan, als een schroeiend afstand doen van het gezond verstand. Sidney verlangde naar zijn kus. Haar mond opende zich om hem te ontvangen.
Hij kreunde en drukte haar nog dichter tegen zich aan, raakte haar aan, kuste haar. Ze liet haar hand langs zijn dij omhoogglijden om hem ook te liefkozen. En toen wist ze het.
Het was een abrupte afdaling naar de realiteit. Ze duwde hem van zich af en keek hem in het flauwe licht van de lantaarns boos aan.
'Fijn hoor, Justin. Of dacht je dat ik het niet zou merken?'
Hij wendde zijn blik af. Ze werd nog kwader.
'Ga nou maar die dope kopen. Daarvoor zijn we toch hier? Of wil je me laten geloven dat we hier voor iets anders zijn?'
'Je wilt toch dat ik met je naar dat feest ga?' vroeg Justin.
Het was een eeuwenoude poging om de schuld en de verantwoordelijkheid af te schuiven, maar dit keer weigerde Sidney het spelletje mee te spelen. 'Daar hoef je niet mee aan te komen. Ik kan ook alleen gaan.'
'Waarom doe je dat dan niet? Waarom belde je me, Sid? Of was dat iemand anders aan de telefoon vanmiddag, die zo liefjes liet doorschemeren dat ze aan het eind van de avond een potje wilde neuken?'
Ze liet zijn vragen onbeantwoord. Ze wist dat hij gelijk had. Telkens zwoer ze dat ze genoeg van hem had en telkens ging ze naar hem terug; terwijl ze hem haatte en zichzelf verachtte, ging ze toch telkens terug. Het was alsof ze geen wil had die losstond van de zijne.
En mijn god, wat was hij nou helemaal? Niet warm. Niet knap. Niet makkelijk te doorgronden. Niet iemand van wie ze ooit had gedacht dat ze hem in haar bed zou halen. Hij was alleen maar een interessant gezicht waarop alle trekken met elkaar in conflict leken te zijn om de knokige doodskop onder zijn huid onder de duim te houden. Hij was een donkere, olijfkleurige

huid. Hij was geloken ogen. Hij was een smal litteken op zijn kaak. Hij was niets, níéts... alleen een manier om haar aan te kijken, om haar aan te raken, om haar slanke jongensachtige lichaam sensueel en mooi te maken en te laten gloeien van levenslust.
Ze voelde zich verslagen. Het leek verstikkend heet in de auto.
'Soms denk ik erover om het hun te vertellen,' zei ze. 'Ze zeggen dat dat de enige manier is om ervan af te komen.'
'Waar heb je het in godsnaam over?' Ze zag dat zijn vingers zich kromden.
'Belangrijke mensen in het leven van de gebruiker komen erachter. Zijn familie. Zijn werkgever. Hij kan geen kant meer op. Dan gaat hij...'
Justins hand schoot uit, pakte haar pols vast, draaide haar hand om. 'Je haalt het niet in je hoofd om het tegen iemand te zeggen. Je haalt het niet in je hoofd, hoor je me! Ik zweer je, als je dat doet, Sid... als je dat doet...'
'Hou op. Luister, je kunt zo niet doorgaan. Wat geef je er nu aan uit? Vijftig pond per dag? Honderd pond? Meer? We kunnen zelfs niet naar een feestje zonder dat je...'
Hij liet haar pols abrupt los. 'Stap dan uit. Zoek iemand anders. Laat me dan verdomme met rust.'
Dat was de enige oplossing. Maar Sidney wist dat ze het niet kon en ze haatte de gedachte dat ze het waarschijnlijk nooit zou kunnen.
'Ik wil alleen maar helpen.'
'Hou dan je mond, oké? Laat me naar dat steegje lopen, het spul kopen en als de bliksem hier wegwezen.' Hij duwde het portier open en sloeg het achter zich dicht.
Sidney volgde hem met haar ogen tot hij halverwege het plein was. Toen deed ze haar eigen portier open. 'Justin...'
'Blijf daar.' Hij klonk kalmer, niet zozeer omdat hij zich rustiger voelde, wist ze, als wel omdat het, zoals altijd op vrijdagavond, op het plein in Soho wemelde van de mensen en Justin Brooke geen man was die van publieke scènes hield.
Ze negeerde zijn vermaning en liep snel naar hem toe. Ze verdrong de gedachte dat dit het laatste was wat ze moest doen: hem helpen nog meer middelen voor zijn verslaving te krijgen. In plaats daarvan zei ze tegen zichzelf dat ze een oogje in het zeil

moest houden, omdat hij anders misschien werd gearresteerd of belazerd, of zich nog grotere problemen op de hals haalde.
'Ik ga mee,' zei ze toen ze hem had ingehaald.
Zijn gespannen trekken vertelden haar dat het hem allemaal niets meer uitmaakte.
'Zoals je wilt.' Hij liep in de richting van het gapende donkere gat van het steegje aan de andere kant van het plein.
Er werd daar gebouwd, zodat de toegang tot het steegje smaller en donkerder was dan gewoonlijk. Sidney haalde haar neus op toen ze de lucht van urine rook. Het was nog erger dan ze had verwacht.
Aan beide kanten doemden gebouwen op, donker en naamloos, met getraliede vensters en portieken vol duistere, kreunende figuren, verdiept in het soort clandestiene aangelegenheden die de nachtclubs uit deze buurt zo vurig aanprezen.
'Justin, was je van plan om...'
Brooke hief waarschuwend zijn hand op. Voor hen was de avondlucht gevuld met de schorre vloeken van een man. Het geluid kwam van de andere kant van het steegje, waar een stenen muur in een boog langs de zijkant van een nachtclub liep en een afgeschermde nis vormde. Op de grond lagen twee figuren te kronkelen. Maar dit was geen rendez-vous uit liefde. Dit was mishandeling en de figuur die onder lag, was een in het zwart geklede vrouw die qua postuur en lengte geen partij voor haar woedende aanvaller was.
'Vuile...' De man – zo te zien blond en zo te horen buiten zinnen van kwaadheid – sloeg met zijn vuisten op het gezicht van de vrouw, op haar armen, tegen haar buik.
Toen ze dit zag, kwam Sidney in actie. Brooke wilde haar tegenhouden, maar ze riep 'Nee! Het is een vrouw' en rende naar het eind van het steegje.
Ze hoorde Justin achter zich hard vloeken. Nog geen drie meter bij het paar vandaan haalde hij haar in. 'Achteruit. Laat mij maar,' zei hij ruw.
Brooke greep de man bij zijn schouders en begroef zijn handen in het leren jasje dat hij droeg. Toen hij hem omhoogtrok, kwamen de armen van het slachtoffer vrij. Ze hief ze instinctief op om haar gezicht te beschermen. Brooke gooide de man opzij.
'Stelletje idioten! Willen jullie de politie op je nek krijgen?'

Sidney drong zich langs hem heen. 'Peter!' schreeuwde ze. 'Justin, het is Peter Lynley!'
Brooke keek van de jongeman naar de vrouw, die op haar zij lag, een scheur in haar jurk, ladders in haar panty. Hij ging op zijn hurken zitten en pakte haar gezicht vast alsof hij de ernst van haar verwondingen wilde vaststellen.
'Mijn god,' mompelde hij. Hij liet haar los, stond op, schudde zijn hoofd en liet een kort, blaffend gelach horen.
De vrouw ging op haar knieën zitten. Ze pakte haar handtas en kokhalsde even. Toen begon zij vreemd genoeg ook te lachen.

Deel II

Middagen in Londen

1

Lady Helen Clyde werd omringd door de ornamenten van de dood: grote stapels bewijsmateriaal op tafels, talloze foto's van lijken aan de muur, griezelige specimina in kasten met glazen deuren, waaronder een bijzonder gruwelijk gedenkteken dat bestond uit een pluk haar waaraan nog een deel van de scalp van het slachtoffer zat. Ondanks de macabere aard van haar omgeving dwaalden lady Helens gedachten telkens af naar eten.

Bij wijze van afleiding bekeek ze een kopie van een politierapport dat voor haar op tafel lag. 'Het klopt allemaal, Simon.' Ze zette haar microscoop uit. 'B negatief, AB positief, O positief. De politie zal wel blij zijn, denk je niet?'

'Hmm,' was het enige antwoord van haar metgezel.

Wanneer hij zat te werken, gaf hij altijd eenlettergrepige antwoorden, maar op dit bepaalde moment was deze gewoonte vrij irritant. Het was na vieren en lady Helen smachtte al een kwartier naar thee. Zich onbewust van dit alles begon Simon Allcourt-St James de doppen van een rij flesjes af te draaien. In de flesjes zaten minuscule vezels die hij moest analyseren. Hij zou zijn groeiende reputatie als gerechtelijk expert wederom laten afhangen van de mogelijkheid om een serie feiten uit een aantal piepkleine, met bloed doorweekte draadjes af te leiden.

Lady Helen, die de voorbereidingen voor een vezelanalyse herkende, zuchtte en liep naar het raam van het laboratorium, dat op de bovenste verdieping van het huis van St James lag. Op deze middag in juni stond het raam open. Het keek uit op een aardige ommuurde tuin, waar een vrolijke wirwar van bloemen een ongedisciplineerd patroon van kleuren vormde. De paden en het grasveld waren overwoekerd.

'Je zou iemand in dienst moeten nemen om de tuin bij te houden,' zei lady Helen. Ze wist heel goed dat er de laatste drie jaar niets aan de tuin was gedaan.

'Ja.' St James pakte een pincet en een doosje glazen plaatjes. Ergens beneden in het huis werd een deur geopend en gesloten. Eindelijk, dacht lady Helen, en ze stelde zich voor hoe Joseph

Cotter vanuit de keuken in het souterrain met een dienblad met verse scones, stijfgeslagen slagroom, aardbeientaartjes en thee de trap op klom. Jammer genoeg suggereerden de geluiden die van beneden kwamen – een gebonk en gebons dat vergezeld ging van een zacht kreunen van inspanning – niet dat er versnaperingen op komst waren. Lady Helen liep om een van de computers heen en tuurde de gang in.

'Wat gebeurt daar?' vroeg St James toen er een harde klap door het huis weerklonk, metaal tegen hout, een geluid dat niet veel goeds voor de trapleuning beloofde. Hij stond moeizaam op van zijn kruk, waarbij zijn linkerbeen met de beugel met een akelige bons op de grond landde.

'Het is Cotter. Hij loopt met een hutkoffer en een of ander pak te zeulen. Zal ik even helpen, Cotter? Wat heb je daar?'

'Het gaat wel,' klonk Cotters ontwijkende antwoord van drie verdiepingen lager.

'Maar wat ben je in 's hemelsnaam...?' Lady Helen merkte op dat St James zich abrupt van de deur afwendde. Hij keerde terug naar zijn werk alsof er niets aan de hand was en Cotter geen hulp nodig had.

En toen werd het haar allemaal duidelijk. Op het moment dat Cotter zijn zware last over de overloop op de eerste verdieping manoeuvreerde, viel er een straal licht door het raam op een groot etiket op de hutkoffer. Zelfs vanaf de bovenste verdieping kon lady Helen lezen wat erop stond: D. COTTER/USA. Deborah kwam naar huis en zo te zien zeer binnenkort. Toch wijdde St James zich aan zijn vezels en glazen plaatjes alsof er niets aan de hand was. Hij boog zich over een microscoop en stelde hem scherp.

Lady Helen liep de trap af. Cotter maakte een afwerend gebaar.

'Het lukt wel,' zei hij. 'Doe geen moeite.'

'Ik doe het met alle plezier. Net als jij.'

Cotter glimlachte om haar antwoord, want zijn gezwoeg kwam voort uit de liefde van een vader voor een terugkerend kind en dat wist lady Helen. Hij gaf haar het brede platte pak dat telkens onder zijn arm uit dreigde te glippen, maar de hutkoffer wilde hij niet loslaten.

'Komt Deborah naar huis?' Lady Helen sprak zachtjes. Cotter ook.

'Ja. Vanavond.'
'Simon heeft helemaal niets gezegd.'
Cotter verstevigde zijn greep op de hutkoffer. 'Dat was te verwachten, nietwaar?' antwoordde hij grimmig.
Ze klommen de resterende trappen op. Cotter droeg de hutkoffer op zijn schouder de slaapkamer van zijn dochter aan de linkerkant van de overloop in, terwijl lady Helen even bij de deur naar het lab bleef staan. Ze zette het pakje tegen de muur aan, trommelde er nadenkend met haar vingers op en keek naar haar vriend. St James keek niet op van zijn werk.
Dat was altijd zijn meest succesvolle verdediging geweest. Werktafels en microscopen werden bastions die niemand kon nemen; onophoudelijk werken werd een verslaving die de pijn van het verlies verzachtte. Lady Helen keek onderzoekend het lab rond en zag het nu eens niet als het middelpunt van het professionele leven van St James, maar als het toevluchtsoord dat het was geworden. Het was een grote kamer, die vaag naar formaldehyde rook, met anatomiekaarten, grafieken en planken, een oude krakende houten vloer en een dakraam waardoor melkachtig zonlicht een onpersoonlijke warmte verschafte. De meubilering bestond uit gehavende tafels, hoge krukken, microscopen, computers en een verscheidenheid aan apparatuur waarmee je alles kon bestuderen van bloed tot kogels. In een van de muren zat de deur naar de donkere kamer van Deborah Cotter. Maar die deur was tijdens haar jarenlange afwezigheid nooit door iemand opengedaan. Lady Helen vroeg zich af wat St James zou doen als zij hem nu opendeed, hem opengooide als een onvermijdelijke invasie in zijn hart.
'Komt Deborah vanavond thuis, Simon? Waarom heb je niets gezegd?'
St James verving het glazen plaatje in de microscoop en stelde een andere vergrotingsfactor in. Nadat hij het nieuwe specimen even had bestudeerd, noteerde hij een paar gegevens.
Lady Helen leunde over de tafel en draaide het lampje in de microscoop uit. 'Waarom, Simon? Vertel eens.'
Simon gaf geen antwoord, maar keek langs haar heen. 'Wat is er, Cotter?'
Lady Helen draaide zich snel om. Cotter stond met gefronste wenkbrauwen in de deuropening met een linnen zakdoek zijn

voorhoofd af te vegen. 'U hoeft Deborah vanavond niet van het vliegveld te halen, meneer St James,' zei hij snel. 'Lord Asherton doet dat al. Ik ga ook mee. Hij heeft me nog geen uur geleden gebeld. Het is allemaal geregeld.'

Het enige directe antwoord op Cotters mededeling was het tikken van de klok aan de muur, totdat ergens buiten het uitzinnige, woedende gehuil van een kind opklonk.

St James ging even verzitten en zei: 'Mooi. Dat komt goed uit. Ik heb nog bergen werk liggen.'

Helen voelde het soort verwarring dat vraagt om een schreeuw van protest. De wereld zoals zij hem kende, nam een andere vorm aan. Ze wilde de voor de hand liggende vraag stellen en keek van St James naar Cotter, maar hun gereserveerde houding weerhield haar ervan. Toch kon ze aan Cotter zien dat hij nog iets wilde zeggen. Het leek net of hij stond te wachten op een volgende opmerking van St James waarop hij zou kunnen reageren. Maar St James haalde alleen zijn hand door zijn rommelige zwarte haar. Cotter schuifelde met zijn voeten.

'Dan ga ik maar weer verder.' Met een knikje verliet hij de kamer, maar hij zag eruit alsof er een last op zijn schouders rustte en zijn tred was zwaar.

'Ik snap iets niet,' zei lady Helen. 'Tommy gaat Deborah van het vliegveld halen. Tommy. Jij niet?'

De vraag was alleszins redelijk. Thomas Lynley, lord Asherton, was een oude vriend van St James en lady Helen, een soort collega ook, want hij werkte al tien jaar op de afdeling Moordzaken van New Scotland Yard. In beide hoedanigheden was hij frequent te gast geweest in het huis van St James in Cheyne Row. Maar sinds wanneer, vroeg lady Helen zich af, was hij zo intiem met Deborah, dat hij haar van het vliegveld ging halen na haar verblijf op een school in het buitenland? Om haar vader koeltjes op te bellen en alles te regelen alsof hij Deborahs... Wat betékende Tommy in godsnaam voor Deborah?

'Hij heeft haar in Amerika opgezocht,' antwoordde St James. 'Een paar keer. Heeft hij je dat nooit verteld, Helen?'

'Mijn hemel.' Lady Helen was stomverbaasd. 'Hoe weet jij dat? Dat heb je vast niet van Deborah. En Tommy wéét dat je altijd...'

'Cotter heeft het me vorig jaar verteld. Ik veronderstel dat hij

zich een tijdje heeft afgevraagd wat Tommy's bedoelingen waren, zoals iedere vader zou doen.'
Zijn droge, zakelijke toon zei meer dan de meest veelzeggende opmerking. Haar hart ging naar hem uit.
'Het was vreselijk voor je, hè, die laatste drie jaar zonder haar?'
St James trok een andere microscoop naar zich toe en wijdde al zijn aandacht aan een stofje dat maar niet van de lens af scheen te willen gaan.
Lady Helen keek naar hem en zag duidelijk dat het verstrijken der jaren, tezamen met zijn beklagenswaardige handicap, hem elk jaar in zijn eigen ogen een beetje minder man maakte. Ze wilde hem vertellen dat hij het verkeerd zag en zichzelf tekortdeed. Ze wilde hem vertellen dat het geen verschil maakte. Maar dat leek te veel op medelijden en ze wilde hem geen pijn doen met een vertoon van medeleven waar hij geen behoefte aan had.
Het geluid van de voordeur die dichtsloeg, voorkwam dat ze iets hoefde te zeggen. Snelle voetstappen volgden. Ze vlogen zonder adempauze drie trappen op en verklapten wie eraan kwam: de enige persoon met genoeg energie om zo'n steile klim in zo'n korte tijd te volbrengen.
'Dat klinkt als Sidney,' zei St James nog voor zijn zus de kamer binnenstormde.
'Ik wist dat je hier zou zitten!' riep Sidney St James uit, en ze liet een kus op zijn wang belanden. Ze plofte op een kruk en begroette zijn metgezel met de woorden: 'Mooie jurk, Helen. Is hij nieuw? Hoe krijg je het voor elkaar om er om 16.15 uur 's middags zo verzorgd uit te zien?'
'Nu we het toch hebben over er verzorgd uitzien...' zei St James, terwijl hij naar de ongebruikelijke uitmonstering van zijn zus keek.
Sidney lachte. 'Leren broek. Wat dacht je dan? Er hoort ook een bontjas bij, maar die ligt bij de fotograaf.'
'Nogal warm voor de zomer,' zei lady Helen.
'Vreselijk, hè?' viel Sidney haar opgewekt bij. 'Ik zit al sinds tien uur vanochtend op Albert Bridge in een leren broek en een bontjas. Verder niets. Boven op een taxi uit 1951 met een chauffeur – ik wilde dat iemand me eens vertelde waar ze die mannelijke modellen vandaan halen – die me als een perverse idioot zit te begluren. O ja, en een beetje au naturel zo hier en daar. Mijn

au naturel, als je het precies wilt weten. De chauffeur hoeft er alleen maar uit te zien als Jack the Ripper. Ik heb dit overhemd van een van de technici geleend. We zijn er voor vandaag mee opgehouden, dus leek het me een goed idee om maar even bij jullie langs te gaan.' Ze keek nieuwsgierig de kamer rond. 'Hé, het is vier uur geweest. Waar is de thee?'
St James knikte naar het pak dat lady Helen tegen de muur had gezet. 'Onze middag is een beetje in de war geschopt.'
'Deborah komt vanavond thuis, Sid,' zei lady Helen. 'Wist je dat?'
Sidneys gezicht klaarde op. 'Komt ze eindelijk naar huis? Dan zijn dat natuurlijk een paar van haar foto's. Prachtig! Laten we even kijken!' Ze sprong van haar kruk af en begon opgewekt het papier van het pak te halen.
'Sidney,' waarschuwde St James haar.
'Pfff. Je weet dat ze het niet erg zou vinden.' Sidney gooide het stevige bruine papier opzij, maakte de bandjes van een zwarte fotomap los en pakte het bovenste portret van de stapel foto's uit de map. Ze keek er aandachtig naar en floot tussen haar tanden. 'Jezus, dat kind is handiger met een camera dan ooit.' Ze gaf de foto aan lady Helen en begon de andere foto's te bekijken.
Zelf en bad. De drie woorden waren in een ongelijkmatig handschrift onder aan de foto geschreven. Het was een naaktstudie van Deborah zelf, die in driekwart profiel naar de camera zat. De compositie van de foto was kunstig: een ondiep bad met water; de delicate kromming van haar ruggengraat; een tafel met een kruik, haarborstels en een kam; gefilterd licht dat op haar linkerarm, haar linkervoet en de ronding van haar schouder viel. Met een camera en zichzelf als model had ze *De teil* van Degas gekopieerd. Het was prachtig.
Lady Helen keek op en zag St James waarderend knikken. Hij liep terug naar zijn apparatuur en begon een stapel rapporten door te kijken.
'En jullie? Wisten jullie het?' vroeg Sidney ongeduldig.
'Wisten we wat?' zei lady Helen.
'Dat Deborah iets met Tommy heeft. Tommy Lynley! Mamma's kok vertelde het me. Ongelooflijk, hè? Ik begreep uit haar woorden dat Cotter in alle staten is. Heus, Simon, je moet

Cotter eens wat verstand bijbrengen. En Tommy ook, nu we het daar toch over hebben. Ik vind het vreselijk onrechtvaardig dat hij Deb boven mij verkiest.' Ze ging weer op haar kruk zitten. 'O, nu ik eraan denk, ik moet jullie nog iets over Peter vertellen.'

Lady Helen verwelkomde deze wending in het gesprek met een zeker gevoel van opluchting. 'Peter?' zei ze behulpzaam.

'Moet je je voorstellen.' Sidney gebruikte haar handen om het tafereel aanschouwelijk te maken. 'Peter Lynley en een dame van de nacht – helemaal in het zwart met een grote bos zwart haar, net een toerist uit Transsylvanië – in *flagrante delicto* betrapt in een steegje in Soho!'

'Tommy's broer Peter?' vroeg lady Helen voor de duidelijkheid, omdat ze Sidneys neiging om relevante details over het hoofd te zien wel kende. 'Dat kan niet. Hij zit deze zomer toch in Oxford?'

'Hij scheen het heel druk te hebben met dingen die hij interessanter vindt dan zijn studie. Vervloekt zijn geschiedenis, literatuur en kunst.'

'Waar heb je het over, Sidney?' vroeg St James toen ze van haar kruk sprong en als een jong hondje door het lab begon te snuffelen.

Ze zette lady Helens microscoop aan en wierp er een blik door. 'Jakkes! Wat is dat?'

'Bloed,' zei lady Helen. 'En Peter Lynley?'

Sidney stelde de microscoop scherp. 'Het was... even denken. Vrijdagavond. Ja, dat klopt, want die avond moest ik naar een vervelende borrel in West End, en dat was de avond dat ik Peter zag. Op de grond in een steegje. Met een prostituee. Wat zal Tommy blij zijn als hij dat hoort, hè?'

'Tommy is het hele jaar al niet tevreden over Peter,' zei lady Helen.

'Alsof Peter dat niet weet!' Sidney keek haar broer smekend aan. 'Hoe zit het met de thee? Is er hoop?'

'Altijd. Maak je verhaal af.'

Sidney trok een grimas. 'Er valt verder niet veel te vertellen. Justin en ik liepen Peter tegen het lijf, terwijl hij in het donker met die vrouw lag te vechten. Hij lag haar in haar gezicht te stompen, om precies te zijn, en Justin trok hem van haar af. De vrouw – en dat was een beetje vreemd – begon vreselijk te lachen. Ze zal wel hysterisch zijn geweest. Maar voor we konden zien of alles met haar in orde was, rende ze weg. We brachten Peter naar huis. Smerige flat in Whitechapel, Simon, en op de stoep zat een meisje met gelige ogen en een vuile spijkerbroek op Peter te wachten.' Sidney huiverde. 'Hoe dan ook, Peter wilde niet met me praten, niet over Tommy of over Oxford of wat dan ook. Hij geneerde zich, denk ik. Hij verwachtte, denk ik, niet dat hij door een bekende zou worden gezien terwijl hij in een steegje een robbertje lag te vechten.'

'Wat deed jij daar?' vroeg St James. 'Of was Soho Justins idee?'

Sidney ontweek zijn blik. 'Denk je dat Deb een stel foto's van mij wil maken? Ik moet een nieuw portfolio hebben nu mijn haar eraf is. Je hebt er nog niets over gezegd, Simon, en het is korter dan dat van jou.'

St James liet zich niet zo makkelijk afleiden. 'Heb je nu nog niet genoeg van Justin Brooke?'

'Helen, wat vind jij van mijn haar?'

'Hoe zit het met Brooke, Sid?'

Sidney stuurde een woordeloze verontschuldiging in de richting van lady Helen en keek daarna boos naar haar broer. De gelijkenis tussen hen was verbluffend: allebei hetzelfde krullende zwarte haar, hetzelfde smalle gezicht met scherpe trekken, dezelfde blauwe ogen. Ze leken net tegengestelde spiegelbeelden: de levendigheid van de een was bij de ander vervangen door een berustende kalmte. Ze waren als twee foto's, voor en na, verleden en heden, verbonden door een onmiskenbare bloedband. Sidneys woorden leken echter een poging om dit te ontkennen. 'Je moet me niet bemoederen, Simon,' zei ze.

Het geluid van het slaan van de klok in de kamer deed St James opschrikken uit zijn slaap. Het was drie uur in de ochtend. Suffig vroeg hij zich – half slapend, half wakker – af waar hij was, tot de pijn van een verkrampte spier in zijn nek hem helemaal wakker maakte. Hij ging rechtop in zijn stoel zitten en stond met langzame bewegingen op. Hij voelde zich gebroken. Terwijl hij zich voorzichtig uitrekte, liep hij naar het raam van de studeerkamer dat uitkeek op Cheyne Row.

Maanlicht viel als zilver op de bladeren van de bomen, op de gerestaureerde huizen aan de overkant, het Carlyle-museum en de

kerk op de hoek. De laatste paar jaar was deze buurt bij de rivier aan een tweede jeugd begonnen, had zijn bohémienachtige verleden achter zich gelaten en was op weg gegaan naar een onbekende toekomst. St James hield van deze wijk.
Hij liep terug naar zijn stoel. Op de tafel ernaast stond een glas met een restje cognac. Hij dronk het leeg, deed de lamp uit, verliet de studeerkamer en liep door de smalle gang naar de trap.
Langzaam beklom hij de trap. Hij moest zijn slechte been telkens omhoogtrekken en zich stevig aan de leuning vasthouden om het dode gewicht op te vangen. Hij schudde zijn hoofd, een vermoeid gebaar waarmee hij zijn afkeuring over zijn eenzaamheid, zijn zinloze wachten op Deborahs terugkeer tot uitdrukking bracht.
Cotter was al uren terug van het vliegveld, maar zijn dochter was maar even thuis geweest. Ze was de hele tijd in de keuken gebleven. Vanuit zijn studeerkamer kon St James haar lach, haar vaders stem en het geblaf van de hond horen. Hij kon zich zelfs voor de geest halen hoe de kat van de vensterbank sprong om haar te begroeten. Deze reünie had een halfuur geduurd. Vervolgens was niet Deborah naar boven gekomen om hem te begroeten, maar Cotter met de vervelende mededeling dat Deborah alweer weg was met lord Asherton. Thomas Lynley. De oudste vriend van St James.
Cotters gêne over het gedrag van Deborah beloofde een toch al vervelende situatie alleen nog maar erger te maken.
'Ze zei dat ze zo terug zou zijn,' had Cotter gestameld. 'Zo terug, zei ze. Ze zei dat ze...'
St James wilde hem de mond snoeren, maar wist niet hoe. Hij redde de situatie door op te merken dat het al laat was en dat hij naar bed ging. Daarna liet Cotter hem met rust.
Omdat hij wist dat hij de slaap niet zou kunnen vatten, bleef hij in de studeerkamer. Terwijl de uren voorbijgingen en hij op haar zat te wachten, probeerde hij zichzelf bezig te houden met het lezen van een wetenschappelijk tijdschrift. Zijn verstandige ik hield vol dat een ontmoeting met haar nu geen zin had. De dwaas in hem verlangde ernaar, verward en nerveus.
Wat een dwaasheid, dacht hij, en hij klom verder de trap op. Maar zijn lichaam scheen te willen ontkennen wat zijn verstand hem zei, want hij liep niet naar zijn eigen slaapkamer maar naar

die van Deborah op de bovenste verdieping van het huis. De deur stond open.

Het was een kleine kamer met een allegaartje aan meubels. Een oude eiken linnenkast, die liefdevol was opgeknapt, leunde op scheve poten tegen de muur. Op eenzelfde soort kaptafel stond een enkele Belleek-vaas met een roze rand. Een verschoten kleed, dat Deborahs moeder nog geen tien maanden voor haar dood zelf had gemaakt, vormde een ovaal op de grond. Het smalle koperen bed waar ze al sinds haar jeugd in sliep, stond bij het raam.

St James was in de drie jaar dat Deborah in het buitenland was, niet in deze kamer geweest. Nu ging hij aarzelend naar binnen en liep naar het open raam, waar een zacht windje met de witte gordijnen speelde. Zelfs op deze hoogte kon hij de geur van de bloemen in de tuin ruiken. Het was een vage geur, een onopvallende achtergrond op het schilderslinnen van de nacht.

Terwijl hij van deze subtiele geuren stond te genieten, kwam er een zilverkleurige auto de hoek van Cheyne Row naar Lordship Place om en stopte naast het oude tuinhek. St James herkende de Bentley en zijn chauffeur, die zich naar de jonge vrouw naast zich toe draaide en haar in zijn armen nam.

Het maanlicht dat eerder als straatverlichting had dienstgedaan, verlichtte nu ook het interieur van de auto. Terwijl St James toekeek, niet in staat om bij het raam weg te gaan, zelfs al had hij dat gewild – hetgeen niet het geval was – boog het blonde hoofd van Lynley zich naar Deborah toe. Ze hief haar armen op. Haar vingers zochten eerst zijn haar, vervolgens zijn gezicht en trokken hem toen dichter naar haar hals, naar haar borsten toe.

St James dwong zichzelf naar de tuin te kijken. Hyacinten, ridderspoor, alyssum, dacht hij. Clivia's die opgeruimd moesten worden. Er was werk aan de winkel. Hij moest er iets aan doen. Maar zijn gevoelens beletten hem de tuin te gebruiken.

Hij kende Deborah al sinds haar geboorte. Ze was opgegroeid als lid van zijn kleine huishouden in Chelsea, het kind van een man die voor St James deels verpleger, deels butler, deels vriend was. Gedurende de zwartste periode in zijn leven was ze voortdurend bij hem geweest en had ze hem behoed voor uitzichtloze wanhoop. Maar nu...

Ze heeft gekozen, dacht hij en hij probeerde zichzelf ervan te overtuigen dat deze wetenschap hem niets deed, dat hij het kon aanvaarden, dat hij een goed verliezer kon zijn, dat hij verder kon.
Hij liep de overloop over en ging zijn laboratorium in. Hij deed een sterke lamp aan, die een cirkel licht op een toxicologierapport wierp. De volgende paar minuten probeerde hij het document te lezen, een meelijwekkende poging om weer rustig te worden. Toen hoorde hij de auto starten, een geluid dat kort daarna werd gevolgd door Deborahs voetstappen in de hal beneden.
Hij deed nog een lamp aan en liep naar de deur. Hij voelde een golf van verwarring, zocht naar woorden, een verklaring waarom hij om drie uur in de ochtend volledig aangekleed rondliep. Maar er was geen tijd om na te denken, want Deborah kwam bijna net zo snel de trap op als Sidney die middag en maakte zo een einde aan hun scheiding.
Ze stapte de overloop op en schrok toen ze hem zag. 'Simon!'
Aanvaarden? Dat nooit! Hij stak zijn hand uit en ze viel in zijn armen. Ongekunsteld. Daar hoorde ze. Ze wisten het allebei. Zonder erbij na te denken boog St James zijn hoofd naar voren en zocht haar mond. Hij vond echter haar lange haren met de onmiskenbare geur van Lynleys sigaretten, een bittere herinnering aan wie ze was geweest en wie ze was geworden.
De geur bracht hem tot bezinning en hij liet haar los. Hij zag dat hij door tijd en afstand haar schoonheid had overdreven, haar fysieke kwaliteiten had toegedicht die ze niet had. Hij erkende wat hij altijd had geweten. Deborah was niet mooi op een conventionele manier. Ze had niet de gladde, aristocratische trekken van Helen. Ze had ook niet een opvallend uitdagend gezicht, zoals Sidney. Ze was een compilatie van warmte en genegenheid, inzicht en esprit, kwaliteiten die tot uiting kwamen in haar levendige gezicht, in haar chaotische bos koperrood haar, in de sproeten die op haar neus dansten.
Maar ze was veranderd. Ze was te dun en onverklaarbare, denkbeeldige aders van spijt schenen net onder het oppervlak van haar zelfbeheersing te lopen. Toch sprak ze vrijwel op dezelfde manier tegen hem als ze altijd had gedaan.
'Heb je zo lang zitten werken? Je hebt toch niet op mij zitten wachten, hè?'

'Het was de enige manier om je vader zover te krijgen dat hij naar bed ging. Hij was bang dat Tommy je vannacht zou schaken.'
Deborah lachte. 'Echt iets voor pa. Was jij daar ook bang voor?'
'Het was stom van Tommy om het niet te doen.'
St James verbaasde zich over de stuitende onoprechtheid van hun woorden. Met een snelle omhelzing hadden ze het waarom van haar vertrek uit Engeland keurig omzeild, alsof ze hadden afgesproken hun vroegere relatie na te bootsen, een relatie zoals ze nooit meer zouden krijgen. Maar voorlopig was zelfs een onoprechte vriendschap beter dan een scheiding.
'Ik heb iets voor je.'
Hij leidde haar het laboratorium door en opende de deur naar haar donkere kamer. Haar hand strekte zich uit naar het lichtknopje en St James hoorde haar verrast naar adem snakken toen ze de nieuwe kleurenvergroter op de plaats van haar oude zwartwitvergroter zag staan.
'Simon!' Ze beet op de binnenkant van haar lip. 'Dit is... Wat aardig van je. Echt... Maar je had niet hoeven... En je hebt zelfs op me zitten wachten.' Ze kreeg rode vlekken in haar gezicht, net onaantrekkelijke duimafdrukken, een herinnering aan het feit dat Deborah niet het talent had om op trucjes terug te vallen wanneer ze van streek was.
De deurknop voelde buitensporig koud aan in zijn hand. Ondanks het verleden had St James verwacht dat ze blij zou zijn met het geschenk. Maar dat was ze niet. Op de een of andere manier had hij door het te kopen onbedoeld een stilzwijgende grens tussen hen overschreden.
'Ik wilde je op de een of andere manier welkom heten,' zei hij. Ze gaf geen antwoord. 'We hebben je gemist.'
Deborah liet haar hand over de vergroter glijden. 'Ik heb een expositie in Santa Barbara gehad voor ik vertrok. Wist je dat? Heeft Tommy het je niet verteld? Ik heb hem gebeld, omdat... Nou ja, dat is een van de dingen waar je van droomt, toch? Mensen die komen kijken, die je werk mooi vinden. Die het zelfs kopen... Ik was door het dolle heen. Ik had een van de vergroters op school gebruikt om alle afdrukken te maken en ik herinner me dat ik me afvroeg waar ik de nieuwe camera's en alle andere dingen die ik wilde hebben, van moest betalen

en... En nu heb jij het voor me gekocht.' Ze inspecteerde de donkere kamer, de flessen met chemicaliën, de dozen met papier, de nieuwe bakken voor het stopbad en het fixeer. Ze legde haar vingers op haar lippen. 'Je hebt zelfs een nieuwe voorraad gekocht. O, Simon, dit is meer dan... Echt, dit had ik niet verwacht. Alles is... Het is precies wat ik nodig heb. Dank je. Ontzettend bedankt. Ik beloof je dat ik hem elke dag zal komen gebruiken.'

'Zal komen gebruiken?' St James deed er abrupt het zwijgen toe toen hij zich realiseerde dat hij zo slim had moeten zijn om te weten wat hem te wachten stond toen hij hen samen in de auto zag.

'Weet je het nog niet?' Deborah deed het licht uit en liep het lab weer in. 'Ik heb een flat in Paddington. Tommy heeft hem in april voor me gevonden. Heeft hij het je niet verteld? Pa ook niet? Ik verhuis morgen.'

'Morgen? Zo snel al? Je bedoelt vandaag?'

'Ja, ik denk dat ik vandaag bedoel, hè? En we zijn straks geen cent waard, allebei niet, als we nu niet gaan slapen. Welterusten dan maar. En bedankt, Simon. Dank je wel.' Ze drukte even haar wang tegen de zijne, kneep in zijn hand en liep weg.

Dat is het dan, dacht St James terwijl hij haar apathisch nastaarde.

Hij liep in de richting van de trap.

In haar kamer hoorde ze hem lopen. Ze stond vlak achter haar gesloten deur en luisterde naar zijn bewegingen. Het was een geluid dat in haar geheugen stond gegrift, dat haar tot in haar graf zou achtervolgen. De lichte stap van een gezond been, de zware bons van een dood been. De beweging van zijn hand over de leuning, de vaste, witte greep. Snakken naar adem wanneer een wankel evenwicht bijna verloren ging. En dat alles met een gezicht dat niets verried.

Ze wachtte tot ze zijn deur op de lagergelegen verdieping dicht hoorde gaan voor ze – net als hij enkele minuten daarvoor had gedaan, wat ze niet kon weten – naar het raam liep.

Drie jaar, dacht ze. Hoe was het mogelijk dat hij nog dunner was geworden, nog magerder en zieker, een uitgesproken onknap gezicht, met elkaar strijdende lijnen en hoeken waarop een verleden van lijden stond gegraveerd. Zijn haar altijd te lang. Ze herinnerde zich hoe zacht het aanvoelde. Gekwelde ogen die zelfs tot haar spraken wanneer hij niets zei. Mond die zich zachtjes op de hare sloot. Gevoelige handen, de handen van een kunstenaar, die haar kaaklijn volgden, die haar in zijn armen trokken.

'Nee. Voorbij.'

Deborah fluisterde de woorden kalm tegen de beginnende dageraad. Ze draaide zich van het raam af, haalde de sprei van het bed en ging met haar kleren aan op bed liggen.

Niet aan denken, zei ze tegen zichzelf. Nergens aan denken.

2

Het was altijd dezelfde akelige droom: een wandeling van Buckbarrow naar Greendale Tarn tijdens een regenbui die zo verfrissend en zuiver was dat het alleen maar een zinsbegoocheling kon zijn. Rotsen op klauteren, moeiteloos over de vlakke hei rennen, halsoverkop van de heuvel af glijden tot hij, buiten adem en lachend, bij het water kwam. De vreugde bij dit alles, het bonzen van activiteit, het snel stromen van zijn bloed door zijn ledematen, dat hij, durfde hij te zweren, zelfs kon voelen terwijl hij sliep. En dan wakker worden, met een ziekmakende schok, en midden in zijn nachtmerrie belanden. In bed liggen, naar het plafond staren, hopen dat het verdriet zou vervagen tot onverschilligheid. Maar nooit helemaal in staat zijn de pijn te negeren.

De deur van de slaapkamer ging open en Cotter kwam binnen met een dienblad met thee. Hij zette het op het tafeltje naast het bed en keek voorzichtig in de richting van St James voor hij naar de gordijnen liep om ze open te doen.

Het ochtendlicht schoot als een elektrische stroom rechtstreeks van zijn ogen naar zijn hersenen. St James voelde zijn lichaam schokken.

'Ik zal uw medicijnen pakken,' zei Cotter. Hij bleef even bij het bed staan om een kop thee voor St James in te schenken en verdween daarna in de aangrenzende badkamer.

Toen hij weer alleen was, ging St James moeizaam rechtop zitten. Hij kromp ineen. Geluiden werden door het bonzen in zijn hoofd vele malen versterkt. Het sluiten van het medicijnkastje klonk als een schot; water dat in het bad liep als een stampende locomotief. Cotter kwam de badkamer uit met een flesje in zijn hand.

'Twee van deze zullen wel helpen.' Hij gaf hem de tabletten en zweeg tot St James ze had doorgeslikt. Toen vroeg hij langs zijn neus weg: 'Deb nog gezien gisteravond?'

Alsof het antwoord hem niet interesseerde, liep Cotter terug naar de badkamer, waar hij, zo wist St James, de temperatuur van het badwater controleerde. Dit was een volledig overbodige daad van beleefdheid, een handeling die de manier waarop Cotter de vraag had gesteld, nog eens benadrukte. Hij speelde het dienaar-en-meesterspelletje, liet in zijn woorden en daden een gebrek aan interesse doorschemeren dat hij niet voelde.

St James deed een grote hoeveelheid suiker in zijn thee en nam een paar slokken. Hij leunde tegen de kussens en wachtte tot het medicijn zou gaan werken.

Cotter verscheen weer in de deur van de badkamer.

'Ja, ik heb haar nog gezien.'

'Een beetje veranderd, vindt u niet?'

'Dat was te verwachten. Ze is lang weg geweest.' St James schonk nog een beetje thee in zijn kopje. Hij dwong zichzelf de andere man aan te kijken. De vastberaden uitdrukking op Cotters gezicht vertelde hem dat elk volgend woord zou worden opgevat als een open invitatie tot het soort onthullingen dat hij liever niet hoorde.

Maar Cotter bleef in de deuropening staan en verroerde zich niet. Het was een patstelling. St James gaf zich gewonnen. 'Wat is er?'

'Lord Asherton en Deb.' Cotter streek zijn spaarzame haren naar achteren. 'Ik wist dat Deb zich op een dag aan een man zou geven, meneer St James. Ik weet wat er in de wereld te koop is. Maar omdat ze altijd speciale gevoelens voor... Nou ja, ik heb altijd min of meer gedacht dat ze...' Cotters zelfvertrouwen scheen even te wankelen. Hij plukte een draadje van zijn mouw. 'Ik maak me zorgen om haar. Wat wil een man als lord Asherton met Deb?'

Met haar trouwen, natuurlijk. De woorden kwamen in een reflex, maar St James hield ze voor zich, hoewel hij wist dat hij Cotter zou kunnen geruststellen door ze uit te spreken. Hij ontdekte dat hij Lynley eigenlijk zwart wilde maken. Zou het niet amusant zijn zijn oude vriend af te schilderen als een Dorian Gray? De gedachte deed hem van zichzelf walgen. Dus zei hij alleen maar: 'Het is waarschijnlijk niet wat je denkt.'

Cotter liet zijn vingers langs de deurstijl glijden alsof hij wilde controleren of er stof op zat. Hij knikte, maar zag er niet overtuigd uit.

St James pakte zijn krukken en hees zichzelf overeind. Hij liep de kamer door in de hoop dat Cotter deze handelingen als het eind van hun gesprek zou opvatten. Maar zijn opzet mislukte.

'Deb heeft een flat in Paddington. Heeft ze u dat verteld? Lord Asherton onderhoudt dat kind alsof ze de een of andere hoer is.'
'Geen sprake van,' antwoordde St James en deed de ochtendjas die Cotter hem aangaf, dicht.
'Waar haalt ze dan het geld vandaan?' wilde Cotter weten. 'Wie betaalt de huur als hij het niet doet?'
St James liep naar de badkamer. Het geruis van stromend water vertelde hem dat Cotter in zijn opwinding was vergeten dat het bad snel volliep. Hij draaide de kranen dicht en zocht naar een manier om een einde aan het gesprek te maken.
'Dan moet je met haar praten, Cotter, als je dat denkt.'
'Als ík dat denk? U denkt het net zo goed. Dat valt niet te ontkennen. Het staat op uw gezicht te lezen.' Cotter begon op dreef te raken. 'Ik heb geprobeerd met dat kind te praten. Maar het lukt niet. Gisteren was ze alweer met hem de deur uit voor ik de kans had. En vanochtend ook weer.'
'Nu al? Met Tommy?'
'Nee. Alleen. Naar Paddington.'
'Ga haar dan opzoeken. Praat met haar. Wie weet vindt ze het heerlijk om eindelijk even alleen met je te zijn.'
Cotter liep langs hem heen en begon onnodig omzichtig zijn scheergerei klaar te leggen. St James keek peinzend toe. Zijn intuïtie zei hem dat het ergste nog moest komen.
'Een goed, diepgaand gesprek. Dat denk ik ook. Maar ik ben niet degene die met dat kind moet praten. Een vader is veel te dichtbij. U weet wel wat ik bedoel.'
Dat wist hij inderdaad. 'Je suggereert toch niet...'
'Deb is dol op u. Dat is ze altijd geweest.' Op Cotters gezicht stond de uitdaging die achter zijn woorden verborgen zat, te lezen. Hij was geen man die emotionele chantage uit de weg ging als die hem dichter bij het doel bracht waarnaar hij – en St James – volgens hem op weg zouden moeten zijn. 'Als u het kind nou eens waarschuwt? Dat is alles wat ik vraag.'
Haar waarschuwen? Hoe dan? Blijf uit de buurt van Tommy, Deborah. Als je dat niet doet, eindig je misschien als zijn vrouw. Geen denken aan.
'Alleen maar even met haar praten,' zei Cotter. 'Ze vertrouwt u. En ik ook.'
St James onderdrukte een berustende zucht. Verdomme. Waar-

om was Cotter ook zo toegewijd geweest gedurende zijn jarenlange ziekte? Waarom had hij ook zoveel aan hem te danken? Er kwam altijd een dag dat er moest worden afgerekend.
'Goed dan,' zei St James. 'Misschien kan ik vandaag wel even bij haar langsgaan, als je haar adres hebt.'
'Dat heb ik,' zei Cotter. 'En u zult zien, Deb zal blij zijn met wat u te zeggen hebt.'
Ongetwijfeld, dacht St James smalend.

Het gebouw waarin Deborahs flat zich bevond, heette Shrewsbury Court Apartments. St James had het zo gevonden op Sussex Gardens. Het zat ingeklemd tussen twee vervallen pensions, een hoog gebouw, kortgeleden opgeknapt, met een gave gevel van portlandsteen, een ijzeren hek aan de voorkant en een deur die te bereiken was via een smal betonnen bruggetje dat over de grotachtige toegang naar de flats in het souterrain liep.
St James drukte op de knop naast de naam Cotter. Een zoemertje verschafte hem toegang tot een kleine hal met een vloer van zwarte en witte tegels. Net als de buitenkant van het gebouw, was de hal kraakhelder en de vage geur van een desinfecterend middel vertelde hem dat het de bedoeling was dat dat zo bleef. Er stonden geen meubels. Er was alleen een klein portaal dat toegang gaf tot de flats op de begane grond, een deur waarop een discreet, met de hand beschreven bordje hing waarop PROPRIÉTAIRE stond – alsof een Frans woord bewees dat dit een respectabel gebouw was – en een lift.
Deborahs flat was op de bovenste verdieping. In de lift bedacht St James hoe absurd de positie was waarin Cotter hem had gemanoeuvreerd. Deborah was volwassen. Ze zou een inbreuk op haar privé-leven waarschijnlijk niet kunnen waarderen. En zeker niet van hem.
Toen hij op de deur klopte, deed ze direct open, alsof ze de hele middag alleen maar op zijn komst had zitten wachten. De uitdrukking op haar gezicht veranderde echter snel van hartelijk in verbaasd en ze aarzelde even voor ze opzij stapte om hem binnen te laten.
'Simon! Ik had niet gedacht...' Ze stak haar hand uit om hem te begroeten, scheen zich te bedenken en trok hem weer terug. 'Je

overvalt me. Ik verwachtte... Dit is echt... Je hebt alleen... O, waarom sta ik toch zo te kletsen? Kom binnen, alsjeblieft.'
Het woord 'flat' bleek een eufemisme, want haar nieuwe behuizing was niet veel meer dan een benauwde zit-slaapkamer. Toch was er veel aan gedaan om de kamer comfortabel te maken. De muren waren bleekgroen geschilderd, verfrissend en lenteachtig. Tegen een van de muren stond een rotan slaapbank die was bedekt met een sprei en geborduurde kussens in heldere, vrolijke kleuren. Aan een andere muur hing een verzameling foto's van Deborah, foto's die St James nog nooit had gezien en die dus waarschijnlijk het resultaat van haar jarenlange opleiding in Amerika waren. Uit een stereo bij het raam klonk zachte muziek. Debussy. *Prélude à l'après-midi d'un faune.*
St James draaide zich om en wilde een opmerking over de kamer maken – dat alles zo heel anders was dan het jongemeisjesachtige allegaartje in haar slaapkamer thuis – toen zijn oog op een kleine alkoof links van de deur viel. In de alkoof zat een keukentje waar een ondermaats tafeltje was gedekt met een porseleinen theeservies. Er waren twee plaatsen gedekt.
Hij had het kunnen weten toen hij haar zag. Het was niets voor haar om midden op de dag te zitten niksen in een soepel vallende zomerjurk in plaats van haar gebruikelijke spijkerbroek.
'Je krijgt bezoek. Het spijt me. Ik had eerst moeten bellen.'
'Ik ben nog niet aangesloten. Het geeft niet. Echt niet.' Ze strekte haar armen met een weids gebaar uit. 'Wat vind je van mijn flat? Vind je hem leuk?'
De hele flat, dacht hij, was precies datgene wat de bedoeling was geweest: een kamer vol rust en vrouwelijkheid, waar een man naast haar zou willen gaan liggen om de zorgen van de dag van zich af te zetten en zich over te geven aan het plezier van het liefdesspel. Maar dat was niet iets wat Deborah van hem zou willen horen. Om geen antwoord te hoeven geven, liep hij naar haar foto's.
Er hingen ongeveer twaalf foto's, die echter zo waren gegroepeerd dat zijn ogen naar een opvallend zwartwitportret van een man werden getrokken. De man stond met zijn rug naar de camera, zijn hoofd in profiel gedraaid. Zijn haar en huid, die allebei oplichtten door een glinsterend laagje water, contrasteerden scherp met een diepzwarte achtergrond.

'Tommy is zeer fotogeniek.'
Deborah kwam naast hem staan. 'Ja, vind je ook niet? Ik heb geprobeerd om zijn spieren goed uit te laten komen. Maar ik ben er niet zo zeker van. De belichting is niet helemaal goed. Ik weet het niet. De ene keer vind ik hem mooi en de andere keer vind ik hem net zo subtiel als een politiefoto.'
St James glimlachte. 'Je bent nog net zo streng voor jezelf als vroeger, Deborah.'
'Waarschijnlijk wel. Nooit tevreden met iets. Dat is altijd al zo geweest.'
'Als ik wel eens een foto goed vond en je vader was het met me eens en we haalden Helen erbij voor een derde mening, vierde je je succes door hem weg te gooien en te zeggen dat we er allemaal geen verstand van hadden.'
Ze lachte. 'Ik viste tenminste niet naar complimentjes.'
'Nee. Dat niet.' Hij draaide zich weer naar de muur. Het kortstondige genoegen van hun gesprek verbleekte.
Naast het zwartwitportret hing een ander soort studie, ook van Lynley. Hij zat naakt op een oud ijzeren bed met een verkreukeld laken over zijn onderlichaam. Eén been was opgetrokken en zijn arm rustte op zijn knie. Hij keek naar een raam. Voor het raam stond Deborah met haar rug naar de camera. Zonlicht viel op de welving van haar rechterheup. Gele gordijnen waaiden speels naar binnen. Ze dienden waarschijnlijk om de draad van de zelfontspanner te verbergen waarmee Deborah de foto had gemaakt. De foto zag er volledig spontaan uit, alsof ze naast Lynley wakker was geworden en een mogelijkheid had gezien in de lichtval, in het contrast tussen de gordijnen en de ochtendlucht.
St James staarde naar de foto en probeerde te doen alsof hij hem louter als kunstwerk kon waarderen, maar hij realiseerde zich wel degelijk dat de foto Cotters vermoeden over de aard van Deborahs relatie met Lynley bevestigde. Ondanks de scène in de auto, de avond daarvoor, wist St James dat hij zich aan een uiterst dun draadje hoop had vastgeklampt. Het brak voor zijn ogen. Hij keek naar Deborah.
Ze had rode vlekken op haar wangen gekregen. 'Lieve hemel, ik ben niet zo'n goede gastvrouw, hè? Wil je iets drinken? Gintonic? Er is ook whisky. En thee. Er is thee. Ik heb liters thee. Ik ging net...'

'Nee, dank je. Je krijgt bezoek. Ik blijf niet lang.'
'Blijf theedrinken. Ik verander de tafel wel even.' Ze liep naar het kleine keukentje.
'Nee, Deborah, doe dat alsjeblieft niet,' zei St James, die zich voorstelde hoe vreselijk het zou zijn om met een beleefd converserende Deborah en Lynley thee te drinken en koekjes te eten, terwijl die twee in feite niet konden wachten tot hij hen alleen zou laten. 'Dat zou niet goed zijn.'
Met een kop en schotel in haar hand bleef Deborah bij de keukenkast staan. 'Niet goed? Wat bedoel je? Het zal net als...'
'Luister eens, vogeltje.' Hij wilde alleen maar zeggen wat hij moest zeggen, zijn akelige plicht doen, zijn belofte aan haar vader nakomen, en maken dat hij wegkwam. 'Je vader maakt zich zorgen om je, Deborah.'
Met een gekunstelde precisie zette Deborah het schoteltje neer. Daarna zette ze het kopje nog voorzichtiger op het schoteltje en schoof het geheel naar de rand van het aanrecht. 'O, ik snap het al. Je bent hier als zijn gezant, hè? Ik had niet verwacht dat jij die rol ooit zou spelen.'
'Ik heb hem beloofd dat ik met je zou praten, Deborah.'
Toen hij dat zei, zag hij de vlekken op haar wangen donkerder worden, misschien omdat de toon waarop hij sprak, was veranderd. Haar lippen knepen zich samen. Ze liep naar de slaapbank, ging zitten en vouwde haar handen over elkaar.
'Oké. Ga je gang.'
St James zag een onmiskenbare vlaag van woede over haar gezicht glijden. Hij hoorde een beginnend trillen van kwaadheid in haar stem. Maar hij besloot dit allebei te negeren en door te gaan met wat hij te zeggen had. Hij zei ter geruststelling tegen zichzelf dat zijn enige motivatie zijn belofte aan Cotter was. Hij had zijn woord gegeven en kon niet weggaan voor hij Deborah duidelijk had gemaakt hoe bezorgd haar vader was.
'Je vader maakt zich zorgen over jou en Tommy,' begon hij. Het leek hem een redelijke manier om te beginnen.
Ze reageerde gevat. 'En jij? Maak jij je ook zorgen?'
'Ik heb er niets mee te maken.'
'Aha. Ik had het kunnen weten. Nou, je hebt me gezien en de flat ook. Ga je nu rapport uitbrengen en vertellen dat pa zich

terecht zorgen maakt? Of moet ik iets doen om je inspectie met succes te doorstaan?'
'Je begrijpt het verkeerd.'
'Je komt hier rondsnuffelen om mijn gedrag te controleren. Wat is het precies dat ik verkeerd heb begrepen?'
'Het gaat niet om je gedrag, Deborah.' Hij voelde zich in de verdediging gedrongen en niet erg op zijn gemak. Het was niet de bedoeling dat hun gesprek deze kant op zou gaan. 'Het is alleen dat je relatie met Tommy...'
Ze duwde zichzelf overeind. 'Ik ben bang dat dat je niets aangaat, Simon. Mijn vader is dan misschien niet veel meer dan een bediende in jouw leven, maar ik niet. Dat ben ik nooit geweest. Waar haal je het idee vandaan om hier in mijn leven te komen rondsnuffelen? Wie denk je wel dat je bent?'
'Iemand die om je geeft. Dat weet je heel goed.'
'Iemand die...' Deborahs stem stierf weg. Ze balde haar handen tot vuisten alsof ze zichzelf wilde beletten verder te spreken. Haar poging mislukte. 'Iemand die om me gééft? Je noemt jezelf iemand die om me geeft? Jij, die in al die jaren dat ik weg was nooit de moeite hebt genomen om me ook maar één keer te schrijven. Ik was zeventien. Weet je hoe dat voelde? Heb je enig idee? Je gééft toch zoveel om me?' Ze liep onvast naar de andere kant van de kamer, draaide zich met een ruk om en ging verder. 'Stomme dwaas die ik was. Maandenlang hoopte ik elke dag tegen beter weten in dat er post van jou zou komen. Een antwoord op mijn brieven. Iets. Een briefje. Een kaart. Een boodschap in een brief van mijn vader. Het maakte niet uit, als het maar van jou kwam. Maar er kwam niets. Ik wist niet waarom. En op het laatst, toen ik het idee kon verdragen, wachtte ik alleen nog maar op het bericht dat je met Helen was getrouwd.'
'Met Hélen?' vroeg St James verbaasd. Hij gunde zichzelf geen tijd om na te gaan hoe en waarom hun gesprek zo snel in een ruzie was ontaard. 'Hoe kom je daar in godsnaam bij?'
'Wat moest ik anders denken?'
'Je had zo slim kunnen zijn om te beginnen met wat er tussen ons was voor je uit Engeland vertrok.'
Tranen sprongen in haar ogen, maar ze knipperde ze woedend weg.

'O, daar heb ik aan gedacht, hoor. Elke avond, elke ochtend heb ik daaraan gedacht, Simon. In mijn bed, als ik weer een goede reden probeerde te bedenken om verder te gaan met mijn leven. Ik leefde in een leegte. In een hel. Ben je blij nu je het weet? Ben je nu tevreden? Ik miste je. Verlangde naar je. Het was een kwelling. Een ziekte.'

'En Tommy de genezing.'

'Absoluut. Goddank. Tommy de genezing. Dus maak dat je wegkomt. Nu. Laat me met rust.'

'Ik zal zeker weggaan. Het zou niet passend zijn als ik hier in het liefdesnestje zat wanneer Tommy de zaken komt opeisen waarvoor hij heeft betaald.' Terwijl hij sprak, wees hij globaal naar de voorwerpen in de kamer. 'Thee die keurig klaarstaat. Zachte muziek. En de dame zelf die op hem zit te wachten. Ik snap wel dat ik een beetje in de weg zou zitten. Vooral als hij haast heeft.'

Deborah deed een stap achteruit. 'Waar hij voor betááld heeft? Is dat de reden dat je hier bent? Is dat wat je denkt? Dat ik zo waardeloos en zo stom ben dat ik niet voor mezelf kan zorgen? Dat dit Tommy's flat is? Wie ben ik dan, Simon? Wie ben ik dan, verdomme? Zijn speeltje? Een of andere slet? Zijn hoer?' Ze wachtte zijn antwoord niet af. 'Maak dat je uit mijn flat komt.'

Nog niet, besloot hij. In godsnaam, nog niet. 'Je kunt het mooi vertellen, hè, over kwellingen? Hoe denk je dat die laatste drie jaar voor mij zijn geweest, verdomme? En hoe denk je dat ik me gisteravond voelde toen ik op je zat te wachten, uren achter elkaar, na drie godvergeten jaren. En nu, nu ik weet dat je al die tijd hier met hem was?'

'Het maakt me niet uit hoe je je voelde! Het kan allemaal niet half zo erg zijn geweest als de ellende die je mij hebt bezorgd.'

'Fijn compliment voor je geliefde! Weet je zeker dat "ellende" het woord is dat je wilt gebruiken?'

'Uiteindelijk gaat het altijd daarom, hè? Seks is het onderwerp. Wie gaat er met Deb naar bed? Hier is je kans, Simon. Ga je gang. Neem me dan. Haal de verloren tijd in. Daar is het bed. Vooruit.' Hij gaf geen antwoord. 'Kom op. Neuk me dan. Even een vluggertje. Dat wil je toch, of niet soms? Of niet soms, verdomme?'

Toen hij bleef zwijgen, greep ze dol van woede het eerste voorwerp dat onder haar handen kwam. Ze gooide het met al haar kracht naar hem toe. Het spatte vlak naast zijn hoofd tegen de muur uiteen. Ze zagen allebei te laat dat ze in haar woede een porseleinen zwaan had stukgegooid, een cadeau dat ze een keer van hem voor haar verjaardag had gekregen.
De daad maakte een einde aan de woede.
Deborah begon te spreken met een vuist tegen haar mond gedrukt, alsof ze de eerste geschokte woorden van verontschuldiging zocht. Maar St James kon het niet meer opbrengen nog te luisteren. Hij keek naar de stukjes porselein op de grond en vermaalde ze met zijn voet tot poeder, een enkele scherpe beweging waarmee hij te kennen gaf dat liefde, net als klei, meelijwekkend broos kan zijn.
Met een schreeuw rende Deborah de kamer door naar een paar stukjes die buiten zijn bereik lagen. Ze raapte ze op.
'Ik haat je!' Eindelijk rolden de tranen over haar wangen. 'Ik haat je! Dit is nou echt weer iets wat je van jou kunt verwachten. En waarom niet, als de rest van jou ook verminkt is. Je denkt dat het alleen dat stomme been van je is, hè, maar je bent vanbinnen verminkt en, mijn god, dat is nog veel erger.'
Haar woorden kliefden door de lucht, nachtmerries waren tot leven gekomen. St James kromp ineen onder hun geweld en liep in de richting van de deur. Hij voelde zich verdoofd, zwak, en was zich zeer bewust van de vreselijke onbeholpenheid van zijn tred, alsof die duizend keer werd vergroot voor haar, om naar te kijken.
'Simon! Nee! Het spijt me!'
Ze strekte haar armen naar hem uit en hij zag met interesse dat ze zich aan de rand van een van de stukjes porselein had gesneden. Een haarfijn streepje bloed liep van haar handpalm naar haar pols.
'Ik meende het niet, Simon. Je weet dat ik het niet meende.'
Hij verwonderde zich over het feit dat al zijn vroegere passie volledig dood was. Niets deed er nog toe, behalve de behoefte om te ontsnappen.
'Dat weet ik, Deborah.'
Hij deed de deur open. Hij was blij dat hij weg kon.

Hij voelde zijn bloed als een vloedstroom naar zijn hoofd stijgen, de gebruikelijke voorbode van een ondraaglijke pijn. Hij zat in zijn oude MG voor Shrewsbury Court Apartments en vocht ertegen. Als hij er ook maar even aan toegaf, zou de pijn zo verschrikkelijk worden dat hij niet zonder hulp zijn weg naar Chelsea zou kunnen terugvinden.

Het was een belachelijke situatie. Straks moest hij Cotter nog om hulp bellen. En wat was de oorzaak? Een gesprek van 25 minuten met een meisje van net 21. Hij, elf jaar ouder dan zij en met een wereld van ervaring achter zich, had toch zeker als overwinnaar uit dit treffen moeten komen en niet zoals hij zich nu voelde: ontredderd, week in de knieën, ziek? Wat een mop.

Hij sloot zijn ogen tegen het zonlicht, een gloed die zijn zenuwen schroeide, een gloed die niet echt bestond maar het product van zijn door koorts geplaagde brein was. Hij lachte spottend om de martelende verstrengeling van spieren, botten en zenuwen die al acht jaar zijn rechtbank, gevangenis en straf was voor een misdaad van lang geleden: jong en dronken zijn op een bochtige weg in Surrey.

De lucht die hij inademde, was heet en stonk naar diesel. Toch ademde hij diep in. Het maakte een wereld van verschil als hij de pijn in het beginstadium kon onderdrukken en hij nam niet de tijd om te bedenken dat hij daardoor de gelegenheid zou krijgen de beschuldigingen die Deborah hem voor de voeten had geworpen, nader te beschouwen en, erger nog, toe te geven dat ze allemaal juist waren.

Hij had inderdaad drie jaar lang niets van zich laten horen, geen woord, helemaal niets. En de waarheid was dat hij zijn gedrag niet kon goedpraten en het ook niet zo kon uitleggen, dat zij het ooit zou kunnen begrijpen. En zelfs als ze het zou begrijpen, wat voor verschil zou het dan maken als ze wist dat hij elke dag zonder haar een beetje was gestorven? Want terwijl hij langzaam maar zeker was weggeteerd, had Lynley zijn plaats in de zoete omarming van haar leven opgeëist en zich daar op zijn gebruikelijke manier gedragen: hoffelijk en kalm, uiterst zelfverzekerd.

De gedachte aan Lynley haalde St James uit zijn overpeinzingen. Hij dwong zichzelf zijn autosleutels uit zijn zak te halen. Hij moest er niet aan denken dat hij als een jankend schooljochie voor de flat van Deborah stond wanneer Lynley arriveerde.

Hij reed weg en voegde zich bij het overige verkeer dat over Sussex Gardens suisde.
Toen het verkeerslicht op de hoek van Praed Street en London Street op rood sprong, bracht St James de auto tot stilstand en liet zijn blik met een troosteloosheid die bij zijn bui paste, ronddwalen. Zonder echt iets te zien, gingen zijn ogen langs de verschillende kantoorgebouwen die elkaar op Paddington Street stonden te verdringen, als kinderen die graag iemands aandacht willen trekken. Niet ver bij hem vandaan, onder het blauw-metwitte bord van de ondergrondse, stond een vrouw. Ze kocht een bos bloemen bij een bloemenkoopman wiens kar met één wiel naast de stoeprand hing en gevaarlijk wiebelde. Ze gooide haar hoofd met kortgeknipt zwart haar achterover, pakte een zomerboeket aan en lachte om iets wat de bloemenkoopman zei.
Toen hij haar zag, vervloekte St James zijn onvergeeflijke stomheid. Want daar stond Deborahs bezoek van die middag. Niet Lynley, maar zijn eigen zus.

Het geklop op haar deur begon even nadat Simon was vertrokken, maar Deborah negeerde het. Ze zat met een stukje van een gebroken vleugel in elkaar gedoken bij het raam en duwde het in haar handpalm, zodat er weer bloed uit haar hand kwam, slechts hier en daar een druppeltje, op plaatsen waar de randen het scherpst waren, daarna een stroompje toen ze de druk opvoerde. Ik zal je eens iets over zwanen vertellen, had hij gezegd. Als zij een partner kiezen, kiezen ze eens en voor altijd. Ze leren met elkaar in harmonie te leven, vogeltje, en elkaar te accepteren zoals ze zijn. Daar kunnen we allemaal iets van leren, vind je niet?
Deborah liet haar vingers over het broze restant van Simons cadeau glijden en vroeg zich af hoe ze in godsnaam tot zo'n daad van verraad had kunnen komen. Wat voor overwinning had ze behaald, anders dan een kortdurende en blinde revanche die stoelde op een totale vernedering van St James? En wat had die vreselijke scène tussen hen uiteindelijk bewezen? Alleen maar dat haar puberale opvatting – zo vol vertrouwen tegen hem geuit toen ze zeventien was – de test van een scheiding niet had kunnen doorstaan. Ik hou van je, had ze tegen hem gezegd. Niets kan dat veranderen. Dat blijft altijd zo. Maar haar woor-

den waren onwaar gebleken. Mensen waren geen zwanen. Zij nog wel het minst.
Deborah stond op en veegde ruw met haar mouw over haar wangen. Het kon haar niet schelen dat haar huid misschien zou worden beschadigd door de drie knoopjes aan de manchet. Ze wankelde naar de keuken, pakte een doek en wikkelde die om haar hand. Het stukje vleugel legde ze in een la. Dat was een zinloze handeling, wist ze, ingegeven door de belachelijke gedachte dat de zwaan misschien nog een keer gemaakt zou kunnen worden.
Terwijl ze zich afvroeg wat voor excuus ze Sidney voor haar uiterlijk kon geven, liep ze naar de deur, waarop nog steeds werd geklopt. Ze veegde nog een keer over haar wangen en draaide de knop om. Ze probeerde te glimlachen, maar kwam niet verder dan een grimas.
'Wat een gedoe. Ik ben echt...' Deborahs stem stierf weg.
Op de drempel stond een bizar geklede, maar desalniettemin aantrekkelijke vrouw met zwart haar. Ze hield een glas melkachtige groene vloeistof in haar hand en overhandigde dat zonder iets te zeggen aan Deborah. Verbaasd nam Deborah het glas aan. De vrouw gaf een kort knikje en liep de flat in.
'Mannen zijn allemaal hetzelfde.' Haar stem klonk schor en ze sprak met een regionaal accent dat ze probeerde te verbergen. Ze wandelde op blote voeten naar het midden van de kamer en sprak verder alsof ze Deborah al jaren kende. 'Drink op. Ik drink er zelf minstens vijf per dag. Je voelt je daarna een heel ander mens, ik zweer het. En god weet dat ík dat de laatste tijd wel nodig heb na elke...' Ze viel stil en lachte. Ze had een buitengewoon wit en gelijkmatig gebit. 'Je weet wel wat ik bedoel.'
Het was moeilijk om niet precies te weten wat de vrouw bedoelde. In haar zwartsatijnen negligé met volumineuze plooien en frivole stroken was ze een wandelende advertentie voor haar broodwinning.
Deborah hield het glas omhoog dat de vrouw in haar handen had gedrukt. 'Wat is dit?'
Er klonk een zoemer ten teken dat er iemand beneden voor de deur stond. De vrouw liep naar de muur en drukte op het belletje waarmee de deur openging.
'Het is hier net zo druk als op Victoria Station.'

Ze knikte in de richting van het drankje, haalde een kaartje uit de zak van haar peignoir en gaf dat aan Deborah. 'Alleen maar sapjes en vitaminen. Met een beetje groente. Een opkikkertje. Ik heb het voor je opgeschreven. Ik hoop dat je me niet te brutaal vindt, maar na wat ik daarnet allemaal hoorde, heb je er volgens mij een heleboel van nodig. Drink op. Toe maar.' Ze wachtte tot Deborah het glas naar haar lippen had gebracht, waarna ze op haar gemak naar de foto's slenterde. 'Mooi. Van jou?'
'Ja.' Deborah las het lijstje ingrediënten op het kaartje. Niets schadelijkers dan kool, waar ze altijd een hekel aan had gehad. Ze zette het glas op de aanrecht en liet haar vingers over de doek om haar hand glijden. Ze bracht haar hand omhoog naar haar verwarde haren. 'Ik zie er vast vreselijk uit.'
De vrouw glimlachte. 'Ik ben zelf altijd een wrak tot het avond wordt. Ik doe er overdag niet veel aan. Heeft geen nut, zeg ik altijd. Hoe dan ook, wat mij betreft, zie je er prima uit. Wat vind je van mijn drankje?'
'Ik heb nog nooit zoiets geproefd.'
'Bijzonder, hè? Ik zou het op de markt moeten brengen.'
'Ja. Het is lekker. Heel lekker. Dank je wel. Het spijt me vreselijk van die ruzie.'
'Het was een fantastische ruzie. Ik kon het niet helpen met die muren van tegenwoordig. Ik kon bijna alles verstaan en even dacht ik dat er zelfs klappen zouden vallen. Mijn flat is hiernaast.' Ze wees met haar duim naar links. 'Toni Cogin.'
'Deborah Cotter. Ik ben hier gisteravond ingetrokken.'
'O, was dat al dat gebonk en gebons?' grinnikte Toni. 'En ik maar denken dat ik concurrentie had gekregen. Nou ja, laten we daar maar over ophouden. Je ziet er niet uit als iemand die in het vak zit, wel?'
Deborah voelde dat ze een kleur kreeg. Ze kon moeilijk 'dank je wel' zeggen.
Blijkbaar vond Toni het niet nodig dat ze antwoord gaf, want ze was druk bezig zichzelf in het glas voor een van Deborahs foto's te bekijken. Ze plukte wat aan haar haar, bekeek haar tanden en pulkte met een lange vingernagel tussen haar voortanden. 'Ik zie er niet uit. Make-up is ook niet alles, vind je wel? Tien jaar geleden was een beetje blusher genoeg. En nu? Uren voor de spiegel en dan zie ik er nog vreselijk uit als ik klaar ben.'

Er werd op de deur geklopt. Sidney, concludeerde Deborah. Ze vroeg zich af wat Simons zus zou zeggen als ze deze onverwachte bezoeker zag, die nu de foto van Lynley bestudeerde alsof ze hem als toekomstige bron van inkomsten beschouwde.
'Drink je een kopje thee mee?' vroeg Deborah aan haar.
Toni draaide zich om. Een wenkbrauw opgetrokken. 'Thee?' Ze sprak het woord uit alsof die substantie gedurende het grootste deel van haar volwassen leven niet meer over haar lippen was gekomen. 'Heel lief van je, Deborah, maar nee. In dit soort situaties is drie iets te veel van het goede. Geloof me. Ik heb het geprobeerd.'
'Drie?' stamelde Deborah. 'Het is een vrouw.'
'O, nee!' lachte Toni. 'Ik bedoelde de tafel, lieverd. Hij is een beetje klein, zie je, en ik ben vreselijk onhandig als het om thee gaat. Drink je drankje maar rustig op en breng het glas maar een andere keer terug. Goed?'
'Ja. Dank je. Prima.'
'En dan zullen we eens lekker babbelen.'
Toni wuifde even met haar hand, opende de deur, zeilde met een verleidelijke glimlach langs Sidney St James en verdween de gang in.

3

Peter Lynley had de flat in Whitechapel niet uitgekozen omdat hij van alle moderne gemakken was voorzien en gunstig lag. Tenzij je vier muren en twee ramen, allebei dichtgeschilderd, een sterk verkoopargument wilde noemen. De flat lag wel dicht bij een station van de ondergrondse, maar stamde, net zoals de flats eromheen, uit het pre-Victoriaanse tijdperk en er was de laatste dertig jaar niets aan de flat, noch aan de buurt gedaan. Toch was Peter tevreden met de flat en de ligging ervan. Hij stelde weinig eisen. Bovendien was de flat goedkoop, wat gunstig was voor zijn portemonnee, die de laatste tijd vrijwel altijd bijna leeg was.

Hij had uitgerekend dat ze nog veertien dagen vooruit konden als ze het voorzichtig aan deden en niet meer dan vijf lijntjes per avond namen. Nou ja, zes, misschien. Overdag zouden ze dan serieus naar werk gaan zoeken. Voor hem iets in de handel. Nieuwe optredens voor Sasha. Hij had de hersens en de persoonlijkheid voor de handel. En Sasha had nog steeds haar kunst. Daar zou ze in Soho goed gebruik van kunnen maken. Ze zouden haar daar graag hebben. Ze hadden waarschijnlijk nog nooit zoiets gezien in Soho. Het zou net zo zijn als in Oxford: een kaal podium, één spot en Sasha die het publiek haar kleren liet stukknippen en iedereen uitdaagde haar volledig uit te kleden. 'Kom in contact met jezelf. Weet wat je voelt. Zeg wat je wilt.' Ze zou de hele tijd glimlachen en superieur zijn, de hele tijd de enige aanwezige die trots wist te zijn op wie en wat ze was. Hoofd omhoog, zelfverzekerde houding, armen langs haar lichaam. Ik besta, verkondigde haar houding. Ik besta. Ik besta.

Waar zat ze, vroeg Peter zich af.

Hij keek hoe laat het was. Hij droeg een lelijk, tweedehands Timex-horloge dat alleen al door te bestaan een sfeer van onbetrouwbaarheid wist uit te stralen. Hij had zijn Rolex een tijdje geleden verkocht en al snel ontdekt dat het bijna net zo belachelijk was om op zijn huidige stukje precisie te vertrouwen als op

Sasha's mogelijkheden om in haar eentje te scoren zonder per ongeluk op een rechercheur van de narcoticabrigade te stuiten. Hij verdrong die gedachte door nerveus met zijn arm te schudden en naar het horloge te turen. Waren die verdomde wijzers het laatste halfuur überhaupt wel verschoven? Hij hield het horloge tegen zijn oor en vloekte ongelovig toen hij het hoorde tikken. Was het pas twee uur geleden dat ze was vertrokken? Het leek eeuwen.

Rusteloos stond hij op van de doorgezakte bank, een van de drie vierdehands meubels in de kamer – de kartonnen dozen waarin ze hun kleren bewaarden en de omgekeerde groentekist waarop hun lamp stond, niet meegerekend. De bank kon worden uitgeklapt tot een bobbelig bed. Sasha klaagde er dagelijks over en zei dat het haar haar rug kostte, dat ze zeker al een maand geen uur goed geslapen had.

Waar zát ze? Peter liep naar een van de ramen en sloeg het laken opzij waarvan ze op simpele wijze een gordijn hadden gemaakt door een roestige roe door de zoom te schuiven. Hij tuurde door de ruit, die aan de binnenkant even vuil was als aan de buitenkant.

Terwijl Peter met zijn ogen de straat afzocht naar Sasha's vertrouwde verschijning, naar de oude pukkel die ze altijd bij zich had, haalde hij een vuile zakdoek uit zijn broekzak en veegde zijn neus af. Het was een automatisch gebaar waarbij hij niet nadacht. En de korte pijnscheut die ermee gepaard ging, was zo voorbij en kon derhalve makkelijk worden genegeerd. Zonder naar de zakdoek met de nieuwe, roestkleurige vlekken te kijken, stopte hij hem terug in zijn zak en begon als een konijn aan de zijkant van zijn wijsvinger te knabbelen.

In de verte liepen voetgangers over Brick Lane, forenzen op weg naar huis aan het eind van de dag, die de toegang tot de smalle straat waar Peter en Sasha woonden, passeerden. Peter probeerde zich op hen te concentreren en deed een serieuze poging om Sasha er tussen al die deinende hoofden op weg van of naar Aldgate East Station uit te pikken. Ze zou met de Northern-lijn komen, zei hij tegen zichzelf, overstappen op de Metropolitanlijn en zo naar huis. Waar bleef ze toch? Een keer iets kopen was toch niet zo moeilijk? Je geeft het geld. Pakt het spul. Waarom bleef ze zo lang weg?

De vraag liet hem niet los. Waarom bleef Sasha zo lang weg? Wat zou haar er trouwens van weerhouden om er met zijn geld vandoor te gaan, in haar eentje te scoren en helemaal niet meer naar de flat te komen? Waarom zou ze de moeite nemen om terug te komen? Ze had immers wat ze wilde hebben. Dat was de reden waarom ze bij hem bleef.
Peter verwierp het idee. Het was een onzinnige gedachte. Sasha zou niet weggaan. Niet nu, nooit. Ze had vorige week nog gezegd dat het nog nooit zo lekker was geweest met iemand. Smeekte ze er niet bijna elke avond om?
Nadenkend veegde Peter zijn neus af aan de rug van zijn hand. Wanneer hadden ze het voor het laatst gedaan? Gisteravond, toch? Ze lachte als een waanzinnige en hij had haar tegen de muur genomen en... Dat was toch gisteravond? Sammy van de andere kant van de gang, die op de deur bonsde en zei dat ze wat zachter moesten doen, en Sasha, die schreeuwde en krabde en naar adem snakte – alleen schreeuwde ze niet, maar lachte ze – en haar hoofd dat telkens tegen de muur bonsde en hij was niet klaargekomen, kon niet klaarkomen, maar dat gaf op dat moment niet want ze waren allebei in de wolken.
Ja, dat klopte. Gisteravond. En ze zou terugkomen wanneer ze had gescoord.
Hij trok met zijn tanden aan een gescheurde nagel.
Dus. Als het haar nou eens niet lukte? Ze had het allemaal mooi weten te vertellen over Hampstead, een huis in de buurt van de hei waar werd gedeald als er genoeg geld te verdienen viel, dus waar zat ze, hoelang deed ze erover daarnaartoe en weer terug, waar zát ze in godsnaam?
Peter grinnikte, proefde bloed omdat hij zijn vinger kapot had gebeten. Hij moest zichzelf in toom zien te houden. Hij haalde diep adem. Hij rekte zich uit. Hij raakte zijn tenen aan.
Het deed er trouwens niet toe. Hij kon zonder. Hij kon er elk moment mee ophouden. Dat wist iedereen. Je kon elk moment stoppen. Maar toch, hij was wel iets als hij het nam. Magistraal manipulator, koning der koningen.
Achter hem ging de deur open en hij draaide zich om. Sasha was terug. Ze stond in de deuropening, streek haar sluike haar uit haar gezicht en keek behoedzaam in zijn richting. Haar houding deed hem denken aan een haas in het nauw.

'Waar is het?' vroeg hij.
Haar gezicht veranderde snel van uitdrukking. Ze schopte de deur dicht, liep naar de bank en ging op de kale bruine kussens zitten, met haar rug naar hem toe en haar hoofd voorovergebogen. Peter voelde skeletachtige vingers als een waarschuwing over zijn huid dansen.
'Waar is het?'
'Ik heb geen... Ik kon geen...' Haar schouders begonnen te schokken. Zijn zelfbeheersing verdween als sneeuw voor de zon.
'Je kon geen wát? Wat is er verdomme aan de hand?' Hij rende naar het raam en schoof het gordijn een klein stukje opzij. Jezus, had ze het verknald? Was ze gevolgd door de politie? Hij tuurde de straat in. Er was niets bijzonders te zien. Geen ongemerkte politieauto met agenten die het gebouw in de gaten hielden. Geen busje dat verkeerd geparkeerd stond. Geen politieagenten in burger die bij een lantaarnpaal rondhingen. Niets.
Hij draaide zich weer naar haar toe. Ze zat over haar schouder naar hem te kijken. Haar ogen – vreemd geelbruin van kleur als die van een hond – waren roodomrand en waterig. Haar lippen trilden mismoedig. Hij begreep het.
'Jezus christus!' Hij vloog de kamer door, schoof haar opzij en greep de pukkel. Hij keerde hem boven de bank om en zocht tussen haar spullen. Zijn handen waren onhandig, zijn verwoede zoeken was nutteloos. 'Waar is verdomme...? Waar is het, Sasha? Waar? Waar?'
'Ik heb geen...'
'Waar is het geld dan?' Sirenes gilden in zijn hoofd. De muren kwamen op hem af. 'Wat heb je verdomme met het geld gedaan, Sasha?'
Bij die woorden schoot Sasha van de bank naar de andere kant van de kamer. 'O, gaat dat zo?' schreeuwde ze. "Waar is het geld, verdomme?" Niet: "Waar ben je geweest?" Niet: "Ik maakte me zorgen." Maar: "Waar is het geld, verdomme?"' Ze trok de mouw van haar vuile paarse trui omhoog. Op haar gelige huid zaten diepe schrammen. Er begonnen zich blauwe plekken af te tekenen. 'Kijk dan zelf, klootzak! Ik ben beroofd!'
'Je bent beróófd?' De vraag klonk ongelovig. 'Daar hoef je niet mee aan te komen. Wat heb je met mijn geld gedaan?'
'Dat zei ik je net! Dat klotegeld van jou is gepikt op het perron

van dat verdomde station. Ik heb de laatste twee uur gezellig zitten doen tegen de politie in Hampstead. Bel ze zelf maar als je me niet gelooft.' En ze begon te snikken.
Hij kon het niet geloven. Hij wilde het niet geloven. 'Jezus, je kunt ook niks, hè?'
'Nee, ik kan niks. En jij ook niet. Als je het vrijdagavond zelf had gehaald, zoals je had beloofd...'
'Dat heb ik je goddomme uitgelegd. Hoe vaak moet ik dat nog herhalen? Het liep fout.'
'Dus liet je het mij maar doen, hè?'
'Liet ik jóú?'
'Ja. Ontken het maar niet!' Haar gezicht stond verbitterd. 'Je was zo godvergeten bang dat je opgepakt zou worden. Dus liet je het mij maar doen. Moet je ook niet zeiken als het mislukt.'
Peter voelde zijn handen jeuken. Hij wilde haar slaan, de afdruk van zijn hand op haar gezicht zien staan. Hij liep bij haar weg om tijd te winnen, kalm te worden, te bedenken wat hij moest doen. 'Je hebt ze, Sasha. Alle feiten. Allemaal op een rijtje.'
'Het maakte niet uit, hè, als ik de pineut zou worden? Welnee. Sasha Nifford. Niemand. Niets over in de kranten. Maar wat zouden ze wel niet denken als de edelachtbare Peter een tik op zijn vingers kreeg?'
'Hou je kop.'
'Smerig smetje op de familienaam, hè?'
'Hou je kop!'
'Driehonderd jaar oppassende Lynleys ontsteld. Mammie verdrietig. Grote broer bij Scotland Yard in alle staten.'
'Godverdomme, hou je kop!'
Onder hen bonsde iemand tegen het plafond en schreeuwde om stilte. Maar Sasha bleef hem boos aanstaren en daagde hem met haar hele houding uit haar woorden te weerleggen. Dat kon hij niet.
'Laten we even nadenken,' mompelde hij. Hij merkte dat zijn handen beefden – ze waren gaan zweten ook – en stopte ze in zijn zakken. 'We kunnen altijd nog naar Cornwall.'
'Cornwall?' Sasha klonk ongelovig. 'Waarom zouden we...'
'Ik heb hier niet genoeg geld.'
'Dat geloof ik niet. Als je geen geld meer hebt, vraag je toch een cheque aan je broer? Hij bulkt van het geld. Dat weet iedereen.'

Peter liep terug naar het raam en beet op zijn duim.
'Maar dat doe je niet, hè?' ging Sasha verder. 'Je durft je broer niet om geld te vragen. Wij sjouwen helemaal naar Cornwall omdat jij doodsbang voor hem bent. Je doet het al in je broek bij de gedachte dat Thomas Lynley iets in de smiezen krijgt. En wat dan nog? Wat is hij nou helemaal, je cipier? Gewoon een of andere hoge piet die in Oxford heeft gestudeerd. Ben je zo'n schijtebroek dat...'
'Hou op!'
'Vergeet het maar. Wat is er in godsnaam in Cornwall dat wij daarnaartoe moeten?'
'Howenstow,' blafte hij.
Haar mond viel open. 'Howenstow? Een bezoekje aan mammie? Jezus, ik had kunnen weten dat je dat zou gaan doen. Dat of op je duim zuigen. Of met jezelf spelen.'
'Vuile teef!'
'Toe dan! Sla me dan, stomme idioot die je bent. Dat wil je al sinds ik binnenkwam.'
Zijn hand balde zich tot een vuist en ontspande zich weer. Jezus, wat wilde hij haar graag slaan. Weg met die jarenlange opvoeding, weg met de gedragscodes. Hij wilde haar op haar gezicht timmeren, het bloed uit haar mond zien stromen, haar tanden en haar neus breken, haar twee blauwe ogen slaan.
Hij vluchtte de kamer uit.

Sasha Nifford glimlachte. Ze keek naar de gesloten deur en telde nauwkeurig de seconden die Peter nodig zou hebben om de trap af te stormen. Toen er genoeg tijd verstreken was, schoof ze het laken voor het raam opzij en wachtte tot hij het gebouw uit zou komen vliegen en naar de pub op de hoek zou strompelen. Hij stelde haar niet teleur.
Ze grinnikte. Het was niet moeilijk geweest om van Peter af te komen. Hij was net zo voorspelbaar als een getrainde chimpansee.
Ze liep terug naar de bank, haalde een gebarsten poederdoos tussen de spullen in haar pukkel uit en klikte hem open. Tussen de rand van het spiegeltje zat een opgevouwen biljet van één pond geschoven. Ze haalde het eruit, rolde het op en greep met haar hand in de V-hals van haar trui.

Beha's zijn voor zoveel dingen te gebruiken, dacht ze droog. Ze diepte het plastic zakje op waarin de cocaïne zat die ze voor hen in Hampstead had gekocht. Cornwall kan de pest krijgen, glimlachte ze.
Het water liep haar in de mond toen ze een kleine hoeveelheid cocaïne op de spiegel van de poederdoos schudde. Haastig hakte ze het met een vingernagel tot poeder en inhaleerde het gretig met het opgerolde geldbiljet.
Hemels, dacht ze, terwijl ze achteruit tegen de bank leunde. Onuitsprekelijke extase. Beter dan seks. Beter dan wat dan ook. Het einde.

Toen Dorothea Harriman met een vel memopapier in haar hand de kamer van Thomas Lynley binnenkwam, zat hij aan de telefoon. Ze zwaaide betekenisvol met het memo en knipoogde naar hem als een samenzweerder. Toen hij dat zag, maakte Lynley snel een einde aan zijn gesprek met de agent van de afdeling Vingerafdrukken.
Harriman wachtte tot hij de telefoon had neergelegd. 'Je hebt het, inspecteur-rechercheur,' verkondigde ze opgewekt, koppig gebruikmakend van zijn volledige officiële titel. Harriman sprak nooit iemand aan met meneer, mevrouw of mejuffrouw wanneer ze de kans had om zes of tien lettergrepen aan elkaar te breien alsof ze iemand aan het hof introduceerde. 'Of de sterren staan gunstig, of hoofdinspecteur Webberly heeft de toto gewonnen. Hij tekende zonder iets te vragen. Ik wilde dat ik eens zoveel geluk had wanneer ik een vrije dag wilde.'
Lynley pakte het memo aan. De naam van zijn chef stond ter goedkeuring onder aan het vel gekrabbeld, naast de nauwelijks leesbare opmerking: 'Doe voorzichtig als je gaat vliegen, knul.' Zeven woorden die aantoonden dat Webberly had geraden dat hij voor een lang weekeinde naar Cornwall zou gaan. Lynley twijfelde er niet aan dat de hoofdinspecteur ook de reden voor deze reis had geraden. Webberly had tenslotte een opmerking gemaakt over de foto van Deborah op Lynleys bureau en alhoewel hij zelf niet dol op zijn vrouw was, was hij altijd de eerste om iemand die ging trouwen, te feliciteren. De secretaresse van de hoofdinspecteur stond nu zelf de foto te bekijken. Ze kneep haar ogen samen om hem beter te kunnen zien. Zoals altijd lag

haar bril in haar bureau. Als ze een bril droeg, leek ze minder op de prinses van Wales en ze deed er alles aan om die gelijkenis goed uit te laten komen. Vandaag, zag Lynley, droeg ze een kopie van de blauwe jurk die de prinses tijdens haar bezoek aan het Graf van de Onbekende Soldaat in Amerika had gedragen. De prinses had er in die jurk zeer slank uitgezien. Harriman had echter net iets te brede heupen.

'Het gerucht gaat dat Deb weer in Londen is,' zei Harriman, terwijl ze de foto terugzette en een lelijk gezicht trok naar de rommel op zijn bureau. Ze graaide een stapeltje telefoonbriefjes bij elkaar, deed er een paperclip aan en legde vijf dossiers recht.

'Ze is al meer dan een week terug,' antwoordde Lynley.

'Daarom ben je zo anders. Koren voor de huwelijksmolen, inspecteur-rechercheur. Je loopt de laatste drie dagen te grijnzen als een halve gare.'

'O ja?'

'Je loopt met je hoofd in de wolken. Als dat liefde is, wil ik graag een dubbele portie.'

Hij glimlachte, keek de stapel dossiers door en gaf er twee aan haar. 'Zou je hiermee genoegen willen nemen? Webberly zit erop te wachten.'

Harriman zuchtte. 'Ik vraag om liefde en hij geeft me' – ze keek even naar de dossiers – 'vezeloptische rapporten over een moord in Bayswater. Romantisch, hoor. Ik heb het verkeerde vak gekozen.'

'Maar wel een nobel vak, Harriman.'

'Dat wilde ik nu net horen.' Ze liep zijn kamer uit en riep tegen iemand dat hij de telefoon moest beantwoorden die op een onbemande kamer stond te rinkelen.

Lynley vouwde het memo dubbel en knipte zijn zakhorloge open. Het was halfzes. Hij was al sinds zeven uur op zijn post. Er lagen nog minstens drie rapporten op zijn bureau die hij moest beoordelen, maar hij kon zich niet meer concentreren. Het was tijd om naar haar toe te gaan, besloot Lynley. Ze moesten praten.

Hij verliet zijn kamer en liep door de hal met de draaideuren Broadway op. Hij liep langs het gebouw – zo'n onaantrekkelijke combinatie van glas, grijze stenen en stalen hekken – naar het grasveld.

Deborah stond nog steeds op dezelfde plaats als waar hij haar vanuit zijn kamer had zien staan, in de hoek van die misvormde trapezoïde van grasveld en bomen. Haar camera stond ongeveer drie meter bij haar vandaan op een statief. Ze keek telkens aandachtig naar de bovenkant van de Suffragette Scroll en bestudeerde hem dan weer door haar camera.

Wat ze in haar lens hoopte te vangen, scheen echter ongrijpbaar te zijn, want terwijl Lynley toekeek, trok ze haar neus op, liet haar schouders teleurgesteld hangen en begon haar apparatuur uit elkaar te halen en in een stevige metalen koffer te stoppen.

Voor hij over het grasveld naar haar toe liep, bleef Lynley even met plezier naar haar bewegingen staan kijken. Hij genoot van haar aanwezigheid. Hij genoot zelfs nog meer van het feit dat ze weer thuis was. Hij had geen behoefte aan de zoete angst die je voelde wanneer je verliefd was op een vrouw die tienduizend kilometer van je verwijderd was. Deborahs afwezigheid was geen makkelijke tijd voor hem geweest. Hij had bijna al die tijd alleen maar kunnen denken aan het moment dat hij haar tijdens een van zijn korte tripjes naar Californië weer zou zien. Maar nu was ze terug. Ze was bij hem. Hij was vast van plan dat zo te houden.

Hij stak het grasveld over. De duiven, die tussen de restanten van een lunch op zoek waren naar kruimeltjes, stoven uiteen en vlogen haastig weg. Deborah keek op. Haar haar, dat ze met een paar kammetjes rommelig had opgestoken, schoot los. Ze mopperde vermoeid en begon eraan te friemelen.

'Weet je,' zei ze ter begroeting tegen hem, 'ik heb altijd een van die vrouwen willen zijn van wie ze zeggen dat ze haar als zijde heeft. Je weet wel wat ik bedoel. Een Estella Havisham-type.'

'Had Estella Havisham haar als zijde?' Hij duwde haar hand weg en bekommerde zich zelf om de warboel.

'Tuurlijk. Kun je je voorstellen dat die arme Pip voor iemand viel die geen haar als zijde had? Au!'

'Trok ik?'

'Een beetje. Het is toch vreselijk, hè? Ik leid mijn leven en mijn haar leidt een ander leven.'

'Nou ja, het zit weer. Min of meer.'

'Gelukkig maar.'

Ze lachten samen en begonnen haar spullen bij elkaar te zoeken

die her en der verspreid op het grasveld lagen. Ze had een camera, een statief, een boodschappentas met drie stukken fruit, een oude warme trui en een schoudertas bij zich.
'Ik zag je vanuit mijn kamer,' vertelde Lynley haar. 'Waar ben je mee bezig? Een hulde aan mrs. Pankhurst?'
'Eigenlijk stond ik te wachten tot het licht op de bovenkant van de Scroll zou vallen. Ik wilde een foto met tegenlicht maken. Beetgenomen door de wolken, ben ik bang. Toen ze eindelijk besloten dat het tijd was om te vertrekken, was de zon ook weggedraaid.'
Ze pauzeerde nadenkend en krabde op haar hoofd. 'Wat een vreselijk domme opmerking nou toch. Ik bedoel de aarde, natuurlijk.' Ze rommelde in haar schoudertas en haalde er een pepermuntje uit, dat ze uit het papiertje haalde en in haar mond stopte.
Ze liepen langzaam terug in de richting van Scotland Yard.
'Ik heb vrijdag vrij kunnen krijgen,' vertelde Lynley haar. 'Maandag ook. Dus we kunnen naar Cornwall. Dat wil zeggen, ik kan. En als jij niets op je programma hebt staan, dacht ik dat we misschien...' Hij viel stil en vroeg zich af waarom hij zo omzichtig tegen haar sprak.
'Cornwall, Tommy?' Deborahs stem klonk hetzelfde toen ze de vraag stelde, maar ze had haar hoofd afgewend, zodat hij de uitdrukking op haar gezicht niet kon zien.
'Ja. Cornwall. Howenstow. Ik denk dat het tijd wordt, jij niet? Ik weet dat je net terug bent en misschien overhaast ik het een beetje. Maar je hebt tenslotte nog nooit mijn moeder ontmoet.'
Deborah zei alleen maar: 'Hmm. Ja.'
'Als we naar Cornwall gaan, kan je vader haar ook ontmoeten. En het wordt hoog tijd dat ze elkaar eens zien.'
Ze trok een lelijk gezicht naar haar afgetrapte schoenen en gaf geen antwoord.
'Deb, we kunnen het niet blijven uitstellen. Ik weet wat je denkt. Er is een wereld van verschil tussen hen. Ze hebben elkaar niets te vertellen. Maar zo is het niet. Ze vinden elkaar vast aardig. Geloof me.'
'Ik denk niet dat hij er zin in heeft, Tommy.'
'Dat had ik ook al bedacht. En ook een manier om hem over te halen. Ik heb gevraagd of Simon meegaat. Om eerlijk te zijn, heb ik alles al geregeld.'

Hij vertelde haar geen details over zijn korte ontmoeting met St James en lady Helen Clyde in de Ritz; zij onderweg naar een officieel diner, hij op weg naar een receptie in het Clarence House. Hij vermeldde ook niet dat St James slecht had kunnen verbergen dat hij er weinig voor voelde en dat lady Helen snel een excuus had verzonnen. Een enorme achterstand in het werk, had ze gezegd, waardoor ze de komende maand geen enkel weekeinde vrij zouden zijn.

Helen had zijn uitnodiging net iets te snel afgeslagen om nog geloofwaardig te zijn en uit haar snelle weigering, en de manier waarop ze St James' blik ontweek, maakte Lynley op hoe belangrijk het voor hen beiden was om niet naar Cornwall te hoeven. Zelfs als hij zichzelf voor de gek had willen houden, zou hij dat gezien hun gedrag niet hebben gekund. Hij wist wat het betekende. Maar hij had hen in Cornwall nodig voor Cotter en toen hij zei dat de oude man zich misschien niet op zijn gemak zou voelen, gaven ze zich gewonnen. Want St James zou Cotter nooit alleen tot ongelukkige gast van Howenstow laten kronen. En Helen zou St James niet in de steek laten wanneer hij in haar ogen vier dagen van pure ellende tegemoet ging. Het was allemaal voor Cotter, zei hij tegen zichzelf, en hij weigerde toe te geven dat er nog andere redenen waren – minstens even dringend als het welzijn van Cotter – waarom hij met een groot gezelschap op Howenstow wilde arriveren.

Deborah bestudeerde de zilveren letters op het ronddraaiende bord van Scotland Yard. Ze zei: 'Gaat Simon ook?'

'En Helen. En Sidney.' Lynley wachtte op haar volgende reactie. Toen ze alleen maar even heel kort knikte, besloot hij dat ze eindelijk dicht genoeg bij het enige gespreksonderwerp waren gekomen dat ze al die tijd al hadden vermeden. Het lag tussen hen, onuitgesproken, en zaaide een beginnende twijfel, die eens en voor altijd moest worden uitgeroeid.

'Heb je hem gezien, Deb?'

'Ja.' Ze nam het statief in haar andere hand. Ze zei verder niets, liet het helemaal aan hem over.

Lynley voelde in zijn zak naar zijn sigarettenkoker en zijn aansteker. Hij had al een sigaret opgestoken voor zij hem had kunnen vermanen. Hij voelde een zware last op zijn schouders drukken, die hij niet wilde definiëren, en zuchtte.

'Ik wil dit achter de rug hebben, Deb. Nee, dat is niet helemaal waar, hè? We moeten erdoorheen.'
'Ik heb hem gezien op de avond dat ik thuiskwam, Tommy. Hij zat in het lab op me te wachten. Met een welkomstcadeau. Een vergroter. Hij wilde hem aan me laten zien. En de middag daarna kwam hij naar Paddington. We hebben met elkaar gepraat.'
'Dat is alles' werd niet gezegd.
Lynley gooide zijn sigaret weg en vroeg zich boos af wat hij nu eigenlijk van Deborah verwachtte, waarom hij wilde dat ze zich verantwoordde voor een relatie met een andere man die al haar hele leven bestond, en waar ze dan in godsnaam moest beginnen. Hij haatte de gedachte die aan zijn zelfvertrouwen knaagde, het benauwende idee dat alle woorden en daden van liefde die de laatste paar jaar tussen hen waren uitgewisseld, door Deborahs terugkeer naar Londen op de een of andere manier ongeldig zouden kunnen worden verklaard. Misschien lag de echte reden dat hij St James in Cornwall wilde hebben, verborgen achter dit verontrustende gevoel. Misschien wilde hij eens en voor altijd aan de ander bewijzen dat Deborah van hem was. Het was een walgelijk idee.
'Tommy.'
Hij schudde zichzelf wakker en zag dat Deborah naar hem stond te kijken. Hij wilde haar aanraken. Hij wilde haar vertellen hoeveel hij van de gouden spikkeltjes in haar groene ogen hield, van de manier waarop haar huid en haar haar hem aan de herfst deden denken. Maar nu leek dat allemaal belachelijk.
'Ik hou van je, Tommy. Ik wil met je trouwen.'
En dat, bedacht Lynley, was helemaal niet belachelijk.

Deel III

Bloedgelag

4

Nancy Cambrey liep sloffend over de kiezels van de oprijlaan die zich van de personeelswoning van Howenstow naar het grote huis kronkelde. Ze wierp delicate stofwolkjes op, net bruine regenwolken in het klein. Het was tot nu toe een uitzonderlijk droge zomer geweest, zodat er een grijzig patina van stof op de bladeren van de rododendrons langs de oprijlaan lag en de bomen die een koepel boven haar hoofd vormden, schenen er niet zozeer te staan om schaduw te bieden als wel om de zware, droge lucht onder hun overhangende takken vast te houden. Als je onder de bomen uit kwam, waaide de wind van Gwennap Head in de richting van Mount's Bay. Maar waar Nancy liep, stond de lucht stil en rook het naar bladeren die door de zon waren verschroeid.

Misschien, dacht ze, werd het vervelende, benauwde gevoel in haar longen helemaal niet door de lucht veroorzaakt, maar door haar eigen angst. Want ze had zich voorgenomen met lord Asherton te praten wanneer hij weer voor een van zijn zeldzame bezoeken naar Cornwall kwam. En nu zou hij komen.

Ze haalde haar vingers door haar haar. Het voelde slap en droog aan. De laatste paar maanden was ze het in een staart gaan dragen met een gewoon elastiekje onder in haar nek, maar vandaag had ze het gewassen en het aan de lucht laten drogen, zodat het steil langs haar gezicht hing, recht afgeknipt op haar schouders. Het zat niet lekker. Ze wist dat het niet leuk stond, dat het onaantrekkelijk en onflatteus was, terwijl het toch eens een bron van stille trots was geweest.

'Wat glanst je haar mooi, Nancy.' Ja. Wat glansde het mooi.

Het geluid van stemmen in de verte deed haar stilstaan en ze tuurde bijziend door de bomen. Vage figuren bewogen zich rond een tafel die in de schaduw van een oude eik op het grasveld was gezet. Twee dagmeisjes van Howenstow waren er aan het werk.

Nancy herkende hun stemmen. Het waren meisjes die ze al sinds haar jeugd kende, bekenden die nooit echt vrienden waren geworden. Ze behoorden tot de groep mensen die achter de barrière leefden die ze tussen zichzelf en anderen op het landgoed had opgetrokken en die haar beschermde tegen een al te grote vertrouwelijkheid met de kinderen van de familie Lynley en de kinderen van de pachters, de boeren, de dagarbeiders en de bedienden.

Nergens Nancy, had ze zichzelf genoemd, en haar hele leven had ze geprobeerd een plek te bevechten die ze haar eigen plek mocht noemen. Nu had ze die plek, alleen in naam natuurlijk, maar zonder twijfel van haar, een wereld die bestond uit een vijf maanden oude dochter, Gull Cottage en Mick.

Mick. Michael Cambrey. Afgestudeerd aan de universiteit. Journalist. Wereldreiziger. Man van ideeën. En echtgenoot van Nancy.

Vanaf het moment dat ze hem voor het eerst zag, had ze hem willen hebben. Ze wilde zich in zijn charme koesteren, van zijn uiterlijk genieten, zijn stem en zijn gulle lach horen, zijn ogen op haar gericht voelen en hopen dat zij de oorzaak van hun schittering was. Dus toen ze haar wekelijkse bezoek aan de krant van zijn vader bracht om de boekhouding te doen, zoals ze al twee jaar deed, en Mick daar in plaats van zijn vader aantrof, was zijn uitnodiging om samen nog wat te praten welkom geweest.

Hij vond het heerlijk om te praten. Zij vond het heerlijk om te luisteren. Maar hoe makkelijk was het geweest te gaan geloven dat ze op de een of andere manier meer aan hun relatie moest bijdragen dan alleen haar bewondering? En dat had ze gedaan, op het matras in de oude molen van Howenstow, waar ze een hele aprilmaand in elkaars armen hadden doorgebracht en de kiem hadden gelegd voor de baby uit januari.

Ze had er niet aan gedacht dat haar leven zou kunnen veranderen. En het was helemaal niet bij haar opgekomen dat Mick zelf zou kunnen veranderen. Alleen het moment telde, alleen de gevoelens telden. Zijn handen en mond, zijn harde, mannelijke lichaam dat gretig aandrong, de lichte smaak van zout op zijn huid, zijn kreunen van genot als hij haar nam. De wetenschap dat hij haar wilde hebben, verdrong de gedachte aan mogelijke consequenties. Die waren niet belangrijk.

Hoe anders was alles nu.

'Kunnen we erover praten, Roderick?' had ze Mick horen zeggen. 'Gezien onze financiële situatie zou ik het vreselijk vinden als je nu zo'n beslissing nam. Laten we erover praten als ik terug ben uit Londen.'
Hij had geluisterd, een keer gelachen, de hoorn op de haak gelegd en zich omgedraaid, zodat hij haar in de deuropening achteruit had zien deinzen, een vuurrode luistervink. Maar het maakte hem niet uit dat zij daar stond. Hij negeerde haar gewoon en keerde terug naar zijn werk, terwijl in de slaapkamer boven de kleine Molly klaaglijk huilde.
Nancy had staan kijken hoe hij op de toetsen van zijn nieuwe computer ramde. Ze hoorde hem mopperen en zag hem de handleiding pakken om iets na te kijken. Ze ging niet naar hem toe om met hem te praten, maar bleef handenwringend in de deuropening staan.
Gezien onze financiële situatie... Gull Cottage was niet van hen. Ze hadden het gehuurd en moesten elke maand huur betalen. Maar ze zaten krap bij kas. Mick gaf te veel uit. De laatste twee maanden hadden ze geen huur betaald. Als dr. Trenarrow nu de huur zou verhogen, als die verhoging boven op het bedrag kwam dat ze hem al schuldig waren, dan zouden ze het niet redden. En als dat gebeurde, waar moesten ze dan in godsnaam naartoe? Zeker niet naar Howenstow, waar ze bij haar vader in de personeelswoning zouden moeten leven van zijn chagrijnige liefdadigheid.
'D'r zit 'n gat in het tafellaken, Mary. Heb je 'n ander?'
'Niet bij me. Zet er maar 'n bord op.'
'Ja, en wie moet er dan met z'n gat midden op tafel zitten, Mar?'
Gelach dreef in Nancy's richting toen de dagmeisjes een helderwit tafellaken opensloegen. Het werd uit hun handen geblazen door een plotselinge windvlaag die zijn weg door het pantser van bomen had weten te vinden. Nancy hief haar gezicht op naar de wind, maar die blies een hoop dode bladeren en stof in haar gezicht zodat het zand tussen haar tanden knarste.
Ze tilde een hand op om haar gezicht af te vegen, maar dit gebaar benam haar alle kracht. Zuchtend sjokte ze verder in de richting van het huis.

Het was één ding om in Londen over liefde en trouwen te praten. Het was iets heel anders om alle implicaties van die simpele woorden in Cornwall voor haar ogen uitgespreid te zien liggen. Tegen de tijd dat ze uit de limousine stapte die hen van de landingsstrook in Land's End had opgehaald, voelde Deborah Cotter zich ontegenzeglijk licht in het hoofd. Haar maag speelde ook op.

Omdat ze tot nu toe alleen maar in haar eigen omgeving en op haar eigen voorwaarden met Lynley was omgegaan, had ze er niet over nagedacht wat het betekende om lid van zijn familie te worden. Ze wist natuurlijk dat hij een graaf was. Ze had in zijn Bentley gezeten, was in zijn huis in Londen geweest, had zelfs zijn butler ontmoet. Ze had van zijn porseleinen servies gegeten, uit zijn kristal gedronken en hem zijn handgemaakte kleren aan zien trekken. Maar dat alles was op de een of andere manier in een categorie van gedragingen gevallen die ze voor het gemak 'hoe Tommy leeft' had genoemd. Het had allemaal geen enkele invloed op haar eigen leven gehad. Maar toen ze Howenstow vanuit de lucht zag – Lynley was speciaal twee keer over het landgoed gevlogen – begon ze te beseffen dat het leven zoals ze het nu al 21 jaar kende, waarschijnlijk radicaal zou veranderen. Het huis was een enorm gebouw uit de tijd van Jacobus, in de vorm van een bontgeschakeerde E waaraan de middelste poot ontbrak. Een tweede grote vleugel groeide in tegengestelde richting uit de westpoot van het gebouw en ten noordoosten van het huis stond een kerk. Achter het huis stonden stallen en bijgebouwen en daarachter strekte het park van Howenstow zich uit in de richting van de zee. In het park graasden koeien te midden van een overvloedige hoeveelheid torenhoge esdoorns, die door een toevallige, natuurlijke glooiing van het landschap tegen de soms gure zuidwestenwind werden beschermd. Rond dit alles markeerde een vakkundig opgetrokken muur, die zo typisch was voor Cornwall, de grens van het eigenlijke landgoed, maar niet het eind van de eigendommen van de Ashertons die, zo wist Deborah, zich uitstrekten over melkveehouderijen, landbouwgronden en verlaten mijnen die ooit het district van tin hadden voorzien.

Oog in oog met de concrete, onloochenbare realiteit van het huis van Tommy – niet langer een denkbeeldige achtergrond voor de feesten waarover ze St James en lady Helen al die jaren

had horen praten – werden Deborahs gedachten in beslag genomen door het belachelijke idee dat zij, Deborah Cotter, het kind van een bediende, zorgeloos het leven van dit landgoed zou binnenstappen, alsof het Manderley was waar Max de Winter somber zat te wachten tot hij zou worden herboren door de liefde van een eenvoudige vrouw. Niet echt mijn stijl, dacht ze.
Wat doe ik hier in 's hemelsnaam? De hele situatie was net een droom, waarin de hersenschimmen zich opstapelden. De vlucht ernaartoe, de eerste blik op Howenstow, de limousine en de chauffeur in uniform die op de landingsstrook stond te wachten. Zelfs de luchthartige manier waarop lady Helen deze man begroette – 'Jasper, mijn god! Wat zie je er keurig uit! De laatste keer dat ik hier was, had je niet eens de moeite genomen om je te scheren' – had Deborahs onbehaaglijke gevoel niet weg kunnen nemen.
Gelukkig werd er tijdens de rit naar Howenstow niet veel van haar verwacht. Ze hoefde alleen Cornwall te bewonderen en dat had ze gedaan. Het was een ruig deel van het land, met uitgestrekte heidevelden, rotsachtige heuvels, zanderige baaien met verborgen grotten die lang door smokkelaars waren gebruikt, plotselinge valleien met overdadige bossen en een wirwar van stinkende gouwe, klaprozen en maagdenpalm die uitbundig langs de smalle weggetjes groeiden.
De oprijlaan naar Howenstow lag aan een van deze weggetjes en werd geflankeerd door esdoorns en rododendrons. Hij liep langs een personeelswoning en het park, dook onder een rijk versierd poortgebouw uit de tijd van de Tudors door, liep om een rozentuin heen en eindigde voor een immense voordeur waarboven een jachthond en een leeuw luisterrijk strijd voerden in het wapen van de Ashertons.
Ze stapten uit de auto en creëerden de gebruikelijke janboel die ontstaat wanneer mensen ergens arriveren. Deborah wierp een snelle blik op het gebouw. Het leek helemaal leeg. Ze wenste in stilte dat dat zo was.
'Aha. Daar heb je moeder,' zei Lynley.
Deborah draaide zich om en zag dat hij niet in de richting van de voordeur keek, waar ze een uitzonderlijk goed geklede gravin van Asherton had verwacht die daar bij wijze van welkom met één witte hand slapjes uitgestoken stond te wachten. Tommy

keek echter naar de zuidoostkant van het gebouw, waar een lange, slanke vrouw met grote stappen door de struiken op hen af kwam.
Deborah was stomverbaasd toen ze lady Asherton zag. Ze droeg oude tenniskleren en had een verschoten blauwe handdoek om haar schouders geslagen, waarmee ze verwoed het zweet van haar gezicht, armen en nek afveegde. Drie grote herdershonden en een slungelige jonge retriever sprongen om haar heen. Ze bleef even staan, ontfutselde een van de honden een bal en wierp deze met een professioneel gebaar naar de andere kant van de tuin. Ze lachte toen de honden er luid blaffend achteraan renden en bleef even staan om naar ze te kijken voor ze zich bij het gezelschap voor de voordeur voegde.
'Tommy.' Haar stem klonk vriendelijk. 'Je hebt je haar anders laten knippen, hè? Staat goed. Ik vind het leuk.' Ze raakte hem niet aan, maar omhelsde lady Helen en St James voor ze zich tot Deborah wendde en met een verontschuldigend gebaar naar haar tenniskleren zei: 'Neem me niet kwalijk dat ik er zo bij loop, Deborah. Ik begroet mijn gasten niet altijd zo, maar eerlijk gezegd ben ik vreselijk lui en als ik niet elke dag op dezelfde tijd ga wandelen, lukt het me altijd weer om duizend uitvluchten te verzinnen om maar helemaal niet te gaan. Je bent, hoop ik, niet een van die fanaten die elke ochtend voor dag en dauw gaan joggen, hè?'
Het was zeker geen welkom-in-onze-familiebegroeting. Maar het was ook niet zo'n slimme begroeting waarin onder de vereiste beleefdheid een onmiskenbare toon van afkeuring klonk. Deborah wist niet precies wat ze ervan moest denken.
Alsof ze dat begreep en hen zo soepel mogelijk door de eerste momenten heen wilde loodsen, glimlachte lady Asherton even, kneep zachtjes in Deborahs hand en wendde zich vervolgens tot haar vader. Cotter had zich gedurende deze hele begroeting een beetje afzijdig gehouden. Door de warmte glom zijn gezicht van het zweet en het lukte hem om zijn kleren eruit te laten zien alsof ze gemaakt waren voor een man die een stuk langer en veel zwaarder was dan hij.
'Meneer Cotter,' zei lady Asherton. 'Mag ik Joseph zeggen? Ik ben toch zo blij dat jij en Deborah deel van onze familie zullen worden.'

Daar had je de standaardbegroeting. Lynleys moeder had die heel slim bewaard voor degene van wie ze intuïtief wist dat hij die het hardst nodig had.
'Dank u wel, m'lady.' Cotter sloeg zijn handen op zijn rug in elkaar alsof hij bang was dat er een eigener beweging naar voren zou schieten en de arm van lady Asherton wild op en neer zou gaan bewegen.
Lady Asherton glimlachte. Het was een kopie van Tommy's scheve glimlach. 'Eigenlijk heet ik Dorothy, maar mijn familie en vrienden noemen mij om de een of andere duistere reden altijd Daze. Nou ja, dat is altijd nog beter dan Daas, vind je niet? Ik ben bang dat ik dat niet zou kunnen accepteren. Het lijkt te veel een beschrijving van mijn karakter.'
Cotter scheen volkomen uit het veld geslagen te zijn door deze duidelijke uitnodiging om de weduwe van een graaf bij haar voornaam te noemen. Toch knikte hij, na even nagedacht te hebben, en antwoordde: 'Goed, Daze dan.'
'Mooi,' antwoordde lady Asherton. 'Heel fijn. We hebben een prachtig weekeinde voor een bezoek, denken jullie niet? Het is natuurlijk een beetje heet geweest – het is vandaag vrij warm, vinden jullie niet? – maar ik denk dat het vanmiddag wel een beetje zal gaan waaien. Sidney is er al, overigens. En ze heeft een zeer interessante jongeman bij zich. Vrij donker en melancholiek.'
'Brooke?' vroeg St James op scherpe toon. Hij zag er enigszins geschrokken uit.
'Ja. Justin Brooke. Ken je hem, Simon?'
'Beter dan hem lief is, om de waarheid te zeggen,' zei lady Helen. 'Maar je belooft je te gedragen, hè, Simon? Geen vergif in de pap. Geen duel bij zonsopgang. Geen vechtpartijen in de zitkamer. Gewoon zeven uur lang pure beleefdheid. Wat een heerlijk vooruitzicht, om van te knarsetanden.'
'Ik zal elk moment koesteren,' antwoordde St James.
Lady Asherton lachte. 'Ik verwacht niet anders. Er is tenslotte geen feestweekeinde compleet zonder nare familiegeheimen die elk moment bekend kunnen worden en temperamenten die vreselijk op de proef worden gesteld. Ik voel me er weer helemaal jong door.' Ze nam Cotter bij de arm en leidde hem het huis in. 'Ik wil je iets laten zien waar ik belachelijk trots op ben, Joseph,' hoorden ze haar zeggen, terwijl ze naar de rijk ge-

beeldhouwde ingang wees. 'Dit werd er net na onze grote brand van 1849 in gezet door een paar plaatselijke werklieden. Er is niets van waar, hoor, maar volgens de overleveringen is de brand...' Ze verdween buiten gehoorafstand. Even later hoorden ze Cotter lachen om een van haar opmerkingen.
Toen Deborah dat hoorde, werd het knagen in haar maag iets minder. Een gevoel van opluchting schoot door haar spieren, alsof er een veer ontspannen werd, en ze realiseerde zich hoe zenuwachtig ze in feite voor deze eerste ontmoeting tussen hun ouders was geweest. Het had een ramp kunnen worden als Tommy's moeder een ander soort vrouw was geweest dan de vrouw die ze was: iemand die verlegen vreemdelingen met een paar vriendelijke woorden op hun gemak stelde.
Ze is fantastisch. Deborah voelde de behoefte het hardop tegen iemand te zeggen en zonder erbij na te denken wendde ze zich tot St James.
Zijn gezicht straalde instemming uit. De rimpels rond zijn ogen verdiepten zich. Hij glimlachte even.
'Welkom op Howenstow, lieveling.' Lynley sloeg zijn arm om Deborah heen en leidde haar het huis in, waar het door het hoge plafond en de mozaïekvloer koel en vochtig was, een verfrissend verschil met de hitte buiten.
Ze zagen lady Asherton en Cotter rechts van de ingang in de grote hal staan. De hal was een langgerekte ruimte die werd gedomineerd door een open haard met een simpele granieten schoorsteenmantel waaraan de kop van een wilde gazelle hing. Het gestuukte plafond was rijk versierd en de wanden waren bedekt met een gevlamde houten betimmering. Op de betimmering hingen levensgrote portretten van de lords en lady's van Asherton, vertegenwoordigers uit elke generatie, die in alle mogelijke poses en kledij op hun afstammelingen neerkeken.
Deborah bleef voor een achttiende-eeuws portret van een man staan, die in een crèmekleurige kniebroek en een rode jas tegen een gehavende kruik leunde met een rijzweep in zijn hand en een spaniël aan zijn voeten. 'Lieve hemel, Tommy. Hij lijkt precies op jou.'
'Ja, Tommy zou er precies zo uitzien als we hem zover konden krijgen zo'n heerlijke broek aan te trekken,' merkte lady Helen op.

Deborah voelde Lynleys arm om haar schouder verstijven. Aanvankelijk dacht ze dat het een reactie was op het gelach waarmee Helens opmerking werd begroet. Maar toen zag ze dat er aan de noordkant van de hal een deur was opengegaan en dat er een lange jongeman in een afgetrapte spijkerbroek op blote voeten over de parketvloer banjerde. Een meisje met holle wangen liep achter hem. Ook zij droeg geen schoenen.
Dat moest Peter zijn, concludeerde Deborah. Zijn uitgemergelde verschijning daargelaten had hij hetzelfde blonde haar, dezelfde bruine ogen en dezelfde fijne jukbeenderen, neus en kaaklijn als veel van de portretten aan de muur. In tegenstelling tot zijn voorouders op het schilderslinnen droeg Peter Lynley echter een oorbel, een swastika die aan een dun gouden kettinkje bungelde en net de bovenkant van zijn schouder raakte.
'Peter. Zit jij niet in Oxford?' Lynley stelde de vraag uiterst vriendelijk – een toonbeeld van een goede opvoeding voor de gasten – maar Deborah voelde de spanning in zijn lichaam.
Peter glimlachte snel, haalde zijn schouders op en zei: 'We kwamen voor een beetje zon en ontdekten dat jij hetzelfde idee had. Nu hebben we alleen Judy nog nodig voor een echte reünie van de kinderen Lynley, hè?'
Hij friemelde aan het pinnetje waarmee de oorbel door zijn oor zat, knikte naar St James en lady Helen en trok zijn vriendin naar voren. Net als Lynley sloeg hij zijn arm om haar schouders.
'Dit is Sasha.' Zij sloeg haar arm om zijn middel. Haar vingers gleden onder zijn vuile T-shirt en verdwenen in zijn spijkerbroek. 'Sasha Nifford.' Hij wachtte niet tot Lynley Deborah voorstelde, maar knikte naar haar en zei: 'En dat is je toekomstige vrouw, neem ik aan. Je hebt altijd een uitstekende smaak wat vrouwen betreft gehad. Daar hebben we in de afgelopen jaren genoeg bewijzen van gezien.'
Lady Asherton deed een stap naar voren. Ze keek van de ene zoon naar de andere en strekte haar hand uit alsof ze hen op de een of andere manier wilde samenbrengen. 'Ik was stomverbaasd toen Hodge me vertelde dat Peter en Sasha waren gearriveerd. En toen bedacht ik hoe heerlijk het was dat Peter er was voor jouw verlovingsfeest.'
Op vlakke toon antwoordde Lynley: 'Mijn idee. Wilt u de gas-

ten hun kamers wijzen, moeder? Ik wil graag even met Peter alleen zijn. Even bijpraten.'
'Over een uur gaan we aan tafel. Het is zo'n prachtige dag dat we besloten hebben om buiten te lunchen.'
'Goed. Over een uur. Als u zorgt dat iedereen...' Het was meer een bevel dan een verzoek.
Deborah verbaasde zich over de koele toon waarop hij sprak. Ze keek naar de anderen om hun reactie te peilen, maar zag op hun gezichten alleen dat zij vastbesloten waren de onmiskenbare vijandigheid die in de lucht hing, te negeren. Lady Helen bestudeerde een foto van de prins van Wales in een zilveren lijstje. St James bewonderde het deksel van een oriëntaals theekistje. Cotter stond in een erker naar de tuin te staren.
'Lieveling,' zei Lynley tegen haar. 'Als je me even wilt excuseren...'
'Maar Tommy...'
'Als je me even wilt excuseren, Deb.'
'Deze kant op, lieverd.' Lady Asherton raakte haar even aan. Deborah wilde blijven staan waar ze stond.
Lady Helen nam het woord. 'Je hebt me toch wel die heerlijke groene kamer met uitzicht op de westelijke binnenplaats gegeven, hè? Je weet wel. De kamer boven de wapenkamer. Ik verlang er al jaren naar om daar een keer te slapen. Daar te slapen met die opwindende angst dat iemand misschien per ongeluk met een geweer in het plafond eronder schiet.'
Ze stak haar arm door die van lady Asherton. Ze liepen in de richting van de deur. Er zat voor Deborah niets anders op dan achter hen aan te lopen. Maar toen ze bij de deur was, keek ze om naar Lynley en zijn broer. Ze namen elkaar achterdochtig op, maakten zich op voor een gevecht.
En alle warmte die het weekeinde eerst in petto leek te hebben, verdween in het niets toen ze hen zo zag staan en zich ineens realiseerde hoe weinig ze over Tommy's relatie met zijn familie wist.

Lynley sloot de deur van de muziekkamer en keek naar Peter, die te voorzichtig en precies naar het raam liep. Hij ging in de brede vensterbank zitten en zocht met zijn lange lijf naar een comfortabele houding op de groene brokaten kussens. De kamer had een behang met gele chrysanten tegen een groene achtergrond en door die kleurencombinatie en het zonlicht dat hoog naar binnen viel, zag Peter er nog uitgemergelder uit dan in de grote hal. Terwijl hij met zijn vinger het patroon van een foutje in het glas volgde, deed hij zijn uiterste best om Lynley volkomen te negeren.

'Waarom ben jij in Cornwall? Je hoort in Oxford te zitten. We hadden voor de zomer een docent geregeld. We hadden afgesproken dat je daar zou blijven.' Lynley wist dat zijn stem koud en onvriendelijk klonk, maar hij kon er niets aan doen. De aanblik van zijn broer had hem geschokt. Peter was zo mager als een geraamte. Zijn ogen waren geel. De huid rond zijn neusvleugels was ontveld en zat vol korstjes.

Peter haalde met een nukkig gebaar zijn schouders op. 'Jezus, ik kom alleen maar even langs. Ik blijf hier niet. Ik ga weer terug. Goed?'

'Waarom ben je hier? En je hoeft niet aan te komen met dat verhaal over een weekeindje zon, want daar geloof ik niets van.'

'Het kan mij niet schelen wat jij wel of niet gelooft. Beschouw het maar als een gelukkig toeval dat ik hier ben, Tommy. Als ik vanochtend niet onverwachts was komen aanwaaien, had ik het hele feest gemist. Of was dat soms de bedoeling? Wilde je me uit de buurt houden? Nog een akelig familiegeheim keurig weggestopt, zodat je kleine roodharige vrouwtje niet te veel tegelijk te weten komt?'

Lynley liep met grote stappen de kamer door en trok zijn broer met een ruk uit de vensterbank.

'Ik vraag het je nog één keer, Peter. Waarom ben je hier?'

Peter schudde hem van zich af. 'Ik heb er de brui aan gegeven, goed? Wil je dat horen? Ik ben ermee gestopt. Oké?'

'Ben je nou helemaal gek geworden? Waar woon je?'

'Ergens in Londen. En maak je maar geen zorgen. Ik heb geen geld van je nodig. Ik heb zat.' Hij duwde Lynley opzij en liep naar de oude Broadwood-piano. Hij raakte zachtjes een paar toetsen aan en produceerde irritante dissonanten.

'Dit is onzin.' Lynley probeerde redelijk te blijven, maar hij voelde zich mismoedig worden toen hij zich realiseerde wat Peters woorden betekenden. 'En wie is dat meisje? Waar komt ze vandaan? Hoe heb je haar leren kennen? Peter, ze is niet eens schoon. Ze ziet eruit als...'

Peter draaide zich met een ruk om. 'Hou haar erbuiten, wil je. Ze is het beste wat me in mijn hele leven is overkomen, vergeet dat nooit. Ze is het enige fatsoenlijke wat me in jaren is overkomen.'

Dat ging alle geloofwaardigheid te boven. Het toonde bovendien aan hoe erg het met hem was. Lynley liep de kamer door. 'Je bent weer aan de drugs. Ik dacht dat je ervan af was. Ik dacht dat we je ervan af hadden geholpen met dat programma in januari vorig jaar. Maar je gebruikt weer. Je bent helemaal niet met Oxford gestopt, hè? Ze hebben je eruit gegooid. Nietwaar? Nietwaar, Peter?'

Peter gaf geen antwoord. Lynley pakte de kin van zijn broer tussen duim en wijsvinger en draaide Peters hoofd naar zich toe. Ze stonden maar een paar centimeter van elkaar af.

'En wat is het nu? Proberen we al heroïne? Of worden we nog helemaal in beslag genomen door onze liefde voor cocaïne? Heb je ze al eens gemengd? Heb je ze al eens gerookt? Heb je al eens geprobeerd de hele troep in één keer in te spuiten? Schijnt hemels te zijn.'

Peter zei niets. Lynley drong aan op een antwoord.

'Je bent nog steeds op zoek naar het ultieme hoogtepunt, hè? Het hele leven draait tenslotte om drugs. En Sasha? Hebben jullie samen een fijne, zinvolle relatie? Cocaïne is vast een fantastische basis. Je kunt je echt binden aan een verslaafde, vind je niet?'

Peter weigerde nog steeds antwoord te geven. Lynley trok zijn broer mee naar een spiegel die aan een muur achter de harp hing en dwong hem naar zijn ongeschoren gezicht te kijken. Het zag er papperig uit. Zijn lippen waren gebarsten. Hij had een loopneus, het snot droop op zijn bovenlip.

'Ziet er goed uit, vind je niet?' vroeg Lynley bars. 'Wat heb je tegen moeder gezegd? Dat je clean bent? Dat je alleen een beetje verkouden bent?'

Bevrijd uit Lynleys greep wreef Peter over de plekken op zijn gezicht waar de vingers van zijn broer hem hadden vastgepakt en blauwe plekken op het ongezonde vlees hadden achtergelaten.

'Je durft zelfs over moeder te praten,' fluisterde hij. 'Je durft zelfs te práten. Jezus, Tommy, ik wilde dat je de pijp uit ging.'

5

Peter en Sasha verschenen geen van beiden aan de lunch, maar het leek net of er van tevoren een passende reactie was afgesproken, want niemand zei er iets over. Iedereen concentreerde zich op het doorgeven van schalen met garnalensalade, koude kip, asperges en artisjokken met kappertjessaus en negeerde de twee lege stoelen die aan het eind van de tafel tegenover elkaar stonden.

Lynley was blij dat zijn broer er niet was. Hij zocht afleiding.

Een vorm van afleiding diende zich al vijf minuten na het begin van de maaltijd aan in de vorm van Lynleys rentmeester, die de hoek van de zuidvleugel van het huis om kwam en rechtstreeks naar de eik toe liep. Hij leek echter niet geïnteresseerd te zijn in het gezelschap dat onder de eik zat. Hij hield zijn blik gericht op de verder weg gelegen stallen, waar een jongeman behendig over een gestapeld stenen muurtje sprong en op een holletje door het park kwam aanrennen. Telkens wanneer hij onder de schaduw van de bomen uit kwam, vlocht de zon kleurige strepen om hem heen.

Vanaf haar plaats aan tafel riep Sidney St James hartelijk: 'Wat kan uw zoon goed paardrijden, meneer Penellin. We hebben vanochtend een ritje met hem gemaakt, maar Justin en ik konden hem maar nauwelijks bijhouden.'

Als blijk van erkentelijkheid knikte John Penellin even in haar richting, maar zijn donkere, Keltische gezicht stond strak. Lynley kende Penellin lang genoeg om te kunnen zien wanneer de man moeite had zijn woede in toom te houden.

'En Justin rijdt toch heel goed, hè, lieverd? Maar Mark overtrof ons allebei.'

Brooke zei alleen maar 'Hij rijdt goed, ja' en richtte zich weer tot zijn kip. Op zijn donkere huid stonden kleine zweetdruppeltjes.

Mark Penellin was net op tijd bij de eik om de laatste twee opmerkingen op te vangen. 'Ik heb gewoon veel kunnen oefenen,' zei hij grootmoedig. 'Jullie deden het fantastisch.' Hij streek met de rug van zijn hand over zijn klamme voorhoofd. Er zat een vuile

veeg op zijn wang. Hij was een zachtere, lichtere uitvoering van zijn vader. Penellins zwarte haar met grijze strepen was bij Mark bruin, zijn verweerde gezicht nog jeugdig glad bij Mark. De vader had door ouderdom en zorgen aan levenskracht ingeboet. De jongen zag er energiek, gezond en levenslustig uit. 'Is Peter hier niet?' vroeg hij terwijl hij de tafel langs keek. 'Wat vreemd. Hij belde me net thuis op en zei dat ik hiernaartoe moest komen.'
'Om met ons te lunchen, natuurlijk,' zei lady Asherton. 'Wat attent van Peter. We hadden het vanochtend zo druk dat ik er zelf niet aan gedacht heb om je te bellen. Het spijt me, Mark. Soms denk ik dat mijn hoofd in scherven uiteen zal vallen. Kom bij ons zitten. Mark. John. Alsjeblieft.' Ze wees naar de stoelen die oorspronkelijk voor Peter en Sasha waren bedoeld.
Het was duidelijk dat John Penellin niet van plan was zich door een lunch met zijn werkgevers en hun gasten af te laten leiden van wat hem dwarszat. Dit was een gewone werkdag voor hem, net als alle andere. En hij was niet uit het huis gekomen om zijn ongenoegen te uiten over het feit dat hij niet was uitgenodigd voor een lunch die hij toch niet wilde bijwonen. Het was duidelijk dat hij hier was om zijn zoon te onderscheppen.
Mark en Peter waren van dezelfde leeftijd en oude boezemvrienden. Ze hadden vele jaren samen doorgebracht, hun speelgoed gedeeld en samen avonturen beleefd langs de kust van Cornwall. Ze hadden samen gespeeld, gezwommen en gezeild, waren samen opgegroeid. Ze hadden alleen niet dezelfde scholing gekregen: Peter was, zoals alle mannelijke Lynleys, naar Eton gegaan en Mark naar een gewone lagere school in Nanrunnel en daarna naar een middelbare school in Penzance. Maar de scheiding tijdens hun schooljaren had hen niet van elkaar vervreemd. Ze hadden hun vriendschap door de jaren heen instandgehouden.
Maar blijkbaar zou er nu een einde aan deze vriendschap komen, als Penellin het tenminste voor het zeggen had. Lynley had al spijt van dit verlies voor Penellin een woord had gezegd. Toch was het niet meer dan redelijk dat de man zijn enige zoon wilde beschermen tegen de invloed van Peter, nu deze zo was veranderd.
'Nancy zit thuis op je te wachten,' zei Penellin tegen Mark. 'Je hebt niets bij Peter te zoeken.'

'Maar hij heeft gebeld en...'
'Het interesseert me niet wie er heeft gebeld. Ga naar huis.'
'Ach, een snelle lunch, John...' begon lady Asherton.
'Dank u wel, my lady. Dat is echt niet nodig.' Hij keek naar zijn zoon. De zwarte ogen in zijn strakke gezicht verrieden niets. Maar op zijn armen – bloot omdat hij de mouwen van zijn overhemd had opgerold – waren de aders dik als koorden. 'Ga mee, jongen.' En daarna tegen Lynley, met een knikje naar de anderen: 'Sorry.'
John Penellin draaide zich om en liep terug in de richting van het huis. Na een blik op de aanwezigen rond de tafel te hebben geworpen – deels smekend en deels verontschuldigend – liep zijn zoon hem achterna. Na hun vertrek deed iedereen er ongemakkelijk het zwijgen toe, zoals de leden van een gezelschap meestal doen wanneer ze moeten besluiten of ze de zojuist gepasseerde gebeurtenissen zullen bespreken of negeren. Ze hielden zich aan hun eerdere onuitgesproken belofte alles te negeren wat het weekeinde zou kunnen bederven. Lady Helen nam het voortouw.
'Heb je enig idee,' zei ze, terwijl ze een dikke garnaal aan haar vork spietste, 'wat een eer het is om tijdens je verlovingsweekeinde in de slaapkamer van overgrootmoeder Asherton te mogen... zetelen? Ja, zetelen. Er is gewoon geen beter woord voor. Als ik hier vroeger wel eens was, liep iedereen er altijd eerbiedig op zijn tenen voorbij. Ik heb altijd gedacht dat ze die kamer bewaarden voor het geval dat de koningin langs zou komen.'
'Dat is die kamer met dat angstaanjagende bed,' deed Sidney een duit in het zakje. 'Draperieën en spoken. Lijkeneters en jammergeesten, zo in het hoofdeinde gesneden, net een nachtmerrie van Grinling Gibbons. Ze willen vast je liefde op de proef stellen, Deb.'
'Ja, zoals bij de prinses op de erwt,' zei lady Helen. 'Heb jij er wel eens moeten slapen, Daze?'
'Overgrootmoeder leefde nog toen ik hier voor het eerst kwam. Dus ik hoefde niet in dat bed te slapen, maar ik moest er wel een paar uur naast zitten om uit de bijbel te lezen. Ze was zeer verknocht aan een paar kleurrijke passages uit het Oude Testament, herinner ik me. Sodom en Gomorra werden grondig bestudeerd. Seksueel wangedrag. Lust en wellustigheid. Ze was

niet erg geïnteresseerd in de manier waarop God de zondaren strafte. "Laat dat maar aan de Heer over," zei ze dan, terwijl ze even met haar hand naar me wuifde. "Ga verder, kind."'

'En ging je dan verder?' vroeg Sidney.

'Natuurlijk. Ik was pas zestien. Ik geloof niet dat ik in mijn hele leven ooit zoiets verrukkelijks had gelezen.' Ze lachte aanstekelijk. 'Volgens mij is de bijbel grotendeels verantwoordelijk voor het zondige leven...' Ze sloeg ineens haar ogen neer. Haar glimlach verdween en kwam vervolgens op een besliste manier weer terug. 'Herinner jij je je overgrootmoeder, Tommy?'

Lynley concentreerde zich op zijn wijnglas, op de onmogelijkheid de kleur van een vloeistof te beschrijven die het midden hield tussen groen en amber. Hij gaf geen antwoord.

Deborah raakte zijn hand aan, een zo vluchtige aanraking dat het misschien verbeelding was. 'Toen ik dat bed zag, vroeg ik me af of het tactloos zou zijn als ik op de grond ging slapen,' zei ze.

'Om de een of andere reden verwacht je gewoon dat de hele zaak 's nachts sluipend tot leven komt,' zei lady Helen. 'Maar ik zou er toch graag een keer slapen. Heb ik altijd al gewild. Waarom mocht ik nooit een keer in dat angstaanjagende bed slapen?'

'Het zou niet zo erg zijn als je er niet alleen hoefde te slapen.' Sidney trok een wenkbrauw op en keek naar Justin Brooke. 'Een ander lichaam om je te troosten. Een warm lichaam, natuurlijk. Levend als het even kan. Als overgrootmoeder Asherton 's nachts door de gangen gaat dwalen, hoeft ze niet bij mij aan te komen. Dank je wel. Maar de rest van jullie is welkom. Twee keer kloppen graag.'

'Sommigen meer welkom dan anderen, mag ik hopen,' zei Justin Brooke.

'Alleen als ze zich gedragen,' antwoordde Sidney.

St James keek van zijn zus naar haar minnaar, maar zei niets. Hij pakte een broodje en brak het keurig in tweeën.

'Dat krijg je er nou van als je het tijdens de lunch over het Oude Testament hebt,' zei lady Helen. 'Het woord Genesis hoeft maar te vallen en we veranderen allemaal in een stelletje losbollen.'

Het gelach dat op haar opmerking volgde, hielp hen door het moment heen.

Lynley keek hen na toen ze na de lunch allemaal een andere kant op liepen. Sidney en Deborah liepen in de richting van het huis, omdat Sidney, toen ze hoorde dat Deborah haar camera's bij zich had, had aangekondigd dat ze iets verleidelijks zou aantrekken om Deborah tot nieuwe fotografische hoogtepunten te inspireren; St James en lady Helen slenterden in de richting van het poortgebouw en het park daarachter; lady Asherton en Cotter liepen samen in de richting van de noordoostkant van het huis, waar in de schaduw van een groepje berken en linden het kapelletje van St. Petroc met de graven van Lynleys vader en de andere overleden Ashertons stond; en Justin Brooke mompelde iets van de schaduw van een boom opzoeken om een dutje te doen, een opmerking die Sidney lacherig wegwuifde.
Het duurde niet lang of Lynley was alleen. De punt van het tafelkleed waaide op door een koele windvlaag. Hij speelde met het kleed, schoof een bord opzij en bekeek de rommelige restanten van de maaltijd.
Na zijn lange afwezigheid was het zijn plicht met John Penellin te gaan praten. De rentmeester zou dat van hem verwachten. Hij zat ongetwijfeld in zijn kantoor op hem te wachten, volledig voorbereid om de boeken door te nemen en de algehele situatie te bespreken. Lynley zag ertegen op, niet omdat Penellin misschien over Peters toestand zou beginnen en over Lynleys verantwoordelijkheid om er iets aan te doen, en ook niet omdat hij zich niet voor het leven op het landgoed interesseerde. De echte moeilijkheid zat 'm in iets wat zowel betrokkenheid als interesse impliceerde: een terugkeer naar Howenstow, hoe kort dan ook.
Lynleys afwezigheid had deze keer buitensporig lang geduurd: zes maanden. Hij was eerlijk genoeg tegen zichzelf om te weten wat hij wilde vermijden door zo zelden naar Howenstow te komen. Het was precies datgene wat hij al zoveel jaren vermeed door helemaal weg te blijven of door een grote groep vrienden mee te brengen, alsof het leven in Cornwall een tuinfeest uit de jaren dertig was, met hemzelf als het lachende, pratende en champagne schenkende middelpunt. Dit verlovingsweekeinde was qua opzet niet anders dan de andere tripjes die hij de afgelopen vijftien jaar naar Cornwall had gemaakt. Hij had voorgewend dat Deborah en haar vader bekende gezichten om zich

heen moesten hebben om zelf niet alleen oog in oog te hoeven staan met het enige gezicht in zijn leven waarvan hij de aanblik niet kon verdragen. Tegelijkertijd verafschuwde hij die gedachte, omdat hij wist dat zijn stormachtige relatie met zijn moeder tijdens dit weekeinde op de een of andere manier tot rust moest worden gebracht.

Hij wist niet hoe hij dat moest doen. Alles wat ze zei – hoe onschuldig ze het ook bedoelde – werkte als een dreg en haalde gevoelens naar boven die hij niet wilde hebben, bracht herinneringen terug die hij wilde vergeten, vroeg om een gebaar waarvoor hij niet nederig, noch moedig genoeg was. Het was een kwestie van trots, en van woede, schuldgevoelens en de behoefte iemand de schuld te kunnen geven. Verstandelijk wist hij dat zijn vader toch zou zijn overleden. Maar hij had die simpele waarheid nooit kunnen accepteren. Het was veel eenvoudiger om te geloven dat hij door een persoon en niet door een ziekte was gedood. Want een persoon kon je ergens de schuld van geven. En hij moest iemand de schuld geven.

Met een zucht stond hij op. Vanaf de plek waar hij stond, kon hij zien dat de jaloezieën van het kantoor van het landgoed waren gesloten om de middagzon buiten te houden. Maar hij twijfelde er geen moment aan dat John Penellin achter de jaloezieën op hem wachtte, in de stellige overtuiging dat hij zijn rol van achtste graaf van Asherton zou spelen, hoe weinig hij daar ook voor voelde. Hij liep naar het huis.

Het kantoor van het landgoed zat op een praktische plek. Het was op de begane grond gesitueerd, tegenover de rookkamer en naast de biljartkamer, zodat het zowel voor leden van het huishouden als voor pachters die hun huur kwamen betalen, toegankelijk was.

De kamer was allesbehalve protserig ingericht. Er lag geen tapijt op de grond. De vloerbedekking bestond uit kokosmatten met een groene rand. De wanden, waaraan oude foto's van het landgoed en landkaarten hingen, waren niet betimmerd of behangen, maar geschilderd. Aan het simpel afgewerkte plafond hingen twee lampen met witte kappen aan ijzeren kettingen. Onder de lampen stonden de boeken van tientallen jaren, een paar atlassen en een zestal kasboeken op eenvoudige vurenhouten planken. De archiefkasten in de hoek waren van eikenhout en

deerlijk gehavend door generaties lang gebruik, evenals het bureau met de bijbehorende draaistoel. In de draaistoel zat op dat moment echter niet John Penellin, die veel van zijn zaken vanuit dit kantoor afhandelde, maar een mager figuurtje dat in elkaar gedoken zat alsof ze het koud had en haar wang op haar hand liet rusten.
Toen Lynley bij de open deur kwam, zag hij dat het Nancy Cambrey was, die in de stoel van haar vader zat. Ze zat rusteloos met een doosje potloden te spelen. Alhoewel haar aanwezigheid Lynley het excuus verschafte dat hij nodig had om weg te kunnen gaan en het gesprek met Penellin voor onbepaalde tijd uit te stellen, aarzelde hij toen hij de dochter van Penellin daar zo zag zitten.
Nancy was heel erg veranderd. Haar haar, ooit bruin van kleur met gouden strepen die schitterden in de zon, had veel van zijn glans en al zijn schoonheid verloren. Het hing slecht geknipt en slap rond haar gezicht en raakte net de bovenkant van haar schouders. Haar huid, ooit blozend en glad met sproeten op haar neus en wangen die een vertederend bandietenmasker vormden, was zeer bleek geworden. Hij leek op de een of andere manier ook dikker, zoals huid op een schilderij eruitziet wanneer een kunstenaar een onnodige laag vernis aanbrengt en zo het beoogde effect van jeugd en schoonheid vernietigt. Alles aan Nancy Cambrey suggereerde precies zo'n soort vernietiging. Ze zag er verwelkt, opgebruikt, kapotgewassen en stukgedragen uit.
Dit gold ook voor haar kleren. Een vormeloze jurk was in de plaats gekomen van de modieuze rokken, truien en laarzen die ze vroeger had gedragen. De schort was bovendien een paar maten te groot en hing losjes om haar heen, net als een kiel, maar dan zonder de stijl van een kiel. Hij was te oud om het nieuwste van het nieuwste op modegebied te zijn en het was de schort, in combinatie met haar uiterlijk, die Lynley deed aarzelen, zijn wenkbrauwen deed fronsen. Alhoewel hij zeven jaar ouder was dan Nancy, had hij haar haar hele leven gekend. Hij had haar bovendien altijd aardig gevonden. De verandering baarde hem zorgen.
Ze was zwanger geweest. Dat wist hij. Ze had moeten trouwen met Mick Cambrey uit Nanrunnel. Maar daarmee was de kous

af, althans volgens de brief van zijn moeder. En een paar maanden daarna had Nancy hem zelf een geboortekaartje gestuurd. Hij had haar het obligate cadeautje gestuurd en verder niet meer aan haar gedacht. Tot op dit moment, toen hij zich afvroeg of je door het krijgen van een baby zo kon veranderen.
Weer een wens vervuld, dacht hij wrang, weer een vorm van afleiding. Hij stapte het kantoor in.
Ze zat door een spleetje in de jaloezieën te kijken die voor de ramen van het kantoor hingen. Onderwijl beet ze op de knokkels van haar rechterhand, iets wat ze blijkbaar regelmatig deed, want de knokkels waren rood en rauw, rauwer dan ze van huishoudelijk werk konden zijn geworden.
Lynley zei haar naam. Ze sprong op en verborg haar handen snel achter haar rug. 'U komt voor vader,' zei ze. 'Dat verwachtte ik al. Na de lunch. Ik hoopte dat ik hem voor zou zijn. My lord.'
Lynley voelde zich zoals gewoonlijk verlegen worden bij het horen van die laatste twee woorden. Soms leek het hem of hij de laatste tien jaar van zijn leven alleen maar had geprobeerd alle situaties te vermijden waarin iemand die woorden tegen hem zou willen zeggen.
'Zit je op mij te wachten? Niet op je vader?'
'Ja.' Ze kwam achter het bureau vandaan en liep naar een houten stoel die tegen een muur onder een kaart van het landgoed stond. Daar ging ze zitten, de handen op haar schoot tot vuisten gebald.
Aan het eind van de gang sloeg de buitendeur met een klap tegen de muur toen iemand hem te wild opendeed. Voetstappen weerklonken op de betegelde vloer. Nancy zette zich schrap tegen de rugleuning van de stoel, alsof ze hoopte dat ze zich kon verbergen voor degene die het huis binnenkwam. De voetstappen kwamen echter niet in de richting van het kantoor, maar sloegen bij de provisiekamer links af en verdwenen in het niets.
Nancy liet een bijna onhoorbare zucht ontsnappen.
Lynley zette zich in de stoel van haar vader. 'Wat leuk om je te zien. Ik ben blij dat je bent langsgekomen.'
Ze richtte haar grote grijze ogen op de ramen en sprak meer daartegen dan tegen hem. 'Ik moet u iets vragen. Het is moeilijk voor me. Hoe ik moet beginnen?'
'Ben je ziek geweest? Je bent vreselijk mager geworden, Nancy. Je kind. Heeft het...' Hij schaamde zich toen hij zich realiseerde

dat hij geen flauw idee had van welk geslacht het kind was.
'Nee. Het gaat prima met Molly.' Ze keek hem nog steeds niet aan. 'Maar ik word verteerd door zorgen.'
'Wat is er aan de hand?'
'Dat is de reden waarom ik gekomen ben. Maar...' Haar ogen vulden zich met tranen. Haar huid werd vlekkerig door een gevoel van vernedering. 'Papa mag het niet weten. Nooit.'
'Dan blijft het tussen ons wat je te zeggen hebt.' Lynley diepte zijn zakdoek op en gaf die haar over het bureau aan. Ze kneep hem tussen haar handen tot een bal, maar gebruikte hem niet. Ze probeerde haar tranen in bedwang te houden. 'Heb je onenigheid met je vader?'
'Ik niet. Mick. Het heeft tussen hen nooit geboterd. Vanwege de baby. En mij. En de manier waarop we getrouwd zijn. Maar het wordt steeds erger.'
'Is er iets wat ik kan doen? Want als je niet wilt dat ik met je vader praat, weet ik niet goed wat...' Hij liet zijn stem wegsterven en wachtte tot zij de zin zou afmaken. Hij zag haar diep ademhalen, alsof ze moed verzamelde voor een onbezonnen sprong in de afgrond.
'U kunt me helpen. Ja. Met geld.' Ze huiverde onwillekeurig toen ze dat zei, maar ging vervolgens dapper door. 'Ik werk nog steeds als boekhouder in Penzance. En in Nanrunnel. En ik werk 's avonds in de Anchor and Rose. Maar het is niet genoeg. De kosten...'
'Wat voor kosten?'
'De krant, ziet u. De vader van Mick is vorige winter aan zijn hart geopereerd – wist u dat? – en Mick doet sindsdien de krant voor hem. Maar hij wil alles moderniseren. Hij wil nieuwe apparatuur. Hij ziet zichzelf niet de rest van zijn leven in Nanrunnel zitten bij een weekblad met kapotte drukpersen en gewone typemachines. Hij heeft plannen. Goede plannen. Maar het geld. Hij geeft zoveel uit. Er is altijd te weinig.'
'Ik wist niet dat Mick tegenwoordig de leiding over de *Spokesman* had.'
'Het is niet wat hij wilde. Het was de bedoeling dat hij daar de afgelopen winter een paar maanden zou zitten. Tot zijn vader weer in orde was. Maar zijn vader herstelde niet zo snel als ze hadden verwacht. En toen raakte ik...'

Lynley zag het plaatje duidelijk voor zich. Iets wat voor Mick Cambrey waarschijnlijk niet meer dan een verzetje had moeten zijn – een manier om zijn tijd bij de krant van zijn vader in Nanrunnel minder saai en vervelend te maken – was uitgelopen op een levenslange verplichting tegenover een vrouw en een kind voor wie hij ongetwijfeld niet meer dan een voorbijgaande interesse had gehad.
'We zijn er vreselijk slecht aan toe,' ging Nancy verder. 'Hij heeft computers gekocht. Twee verschillende printers. Apparatuur voor op kantoor en voor thuis. Allerlei dingen. Maar er is niet genoeg geld. We hebben Gull Cottage gehuurd en nu wordt de huur verhoogd. Dat kunnen we niet betalen. We zijn al twee maanden achter met de huur en als we uit ons huis worden gezet...' Ze durfde niet verder te spreken, maar vermande zich, '... dan weet ik niet wat we moeten doen.'
'Gull Cottage?' Het was wel het laatste wat hij had verwacht. 'Bedoel je het vroegere huis van Roderick Trenarrow in Nanrunnel?'
Ze streek de zakdoek glad op haar been en friemelde aan een los draadje van de A die in een van de hoeken was geborduurd. 'Mick en pa hebben nooit met elkaar op kunnen schieten, snapt u? En we moesten verhuizen toen de baby was geboren. Dus heeft Mick met dokter Trenarrow geregeld dat we in Gull Cottage konden wonen.'
'En nu blijkt het te duur voor jullie te zijn.'
'We moeten elke maand betalen. Maar de laatste twee maanden heeft Mick niet betaald. Dokter Trenarrow heeft hem gebeld, maar dat doet Mick niets. Hij zegt dat we te weinig geld hebben en dat ze erover zullen praten wanneer hij terug is uit Londen.'
'Londen?'
'Hij is daar aan een verhaal bezig. Het verhaal waarop hij heeft zitten wachten, zegt hij. Om zijn naam als journalist te vestigen. Het soort journalist dat hij wil zijn. Hij denkt dat hij het als een freelance stuk kan verkopen, zoals hij vroeger deed. Dat ze er misschien zelfs een televisiedocumentaire van zullen maken. En dan hebben we weer geld. Maar voorlopig hebben we niets. Ik ben zo bang dat we op straat zullen komen te staan. Of dat we in het kantoor van de krant moeten gaan wonen. Dat kleine kamertje achterin, met alleen een kampeerbed. We kun-

nen hier niet terugkomen. Dat zou pa nooit goedvinden.'
'Ik neem aan dat je vader hiervan niet op de hoogte is?'
'O, nee! Als hij het wist...' Ze sloeg haar hand voor haar mond.
'Geld is geen probleem, Nancy,' zei Lynley. Hij was feitelijk opgelucht dat ze alleen geld vroeg en niet of hij eens wilde gaan praten met hun huisbaas. 'Ik leen het je wel. Zeg maar hoeveel je nodig hebt. Je kunt het me terugbetalen als het je uitkomt. Maar ik begrijp niet waarom je vader het niet mag weten. Micks uitgaven lijken redelijk als hij de krant probeert te moderniseren. Elke bank zou...'
'Ze vertelt u niet alles,' zei John Penellin grimmig vanuit de deuropening. 'Alleen al uit schaamte zou ze u nooit alles vertellen. Ja, schaamte, niets meer en niets minder. Veel meer heeft ze nooit van Mick Cambrey gekregen.'
Met een schreeuw was Nancy opgesprongen, klaar om te vluchten. Lynley stond op om tussenbeide te komen.
'Vertel hem de rest ook maar,' zei haar vader. Hij liep de kamer in en sloot de deur achter zich om te voorkomen dat Nancy zou weglopen. 'Je hebt nu toch al bijna al je vuile was buiten gehangen, nietwaar? Vertel de rest nu ook maar aan lord Asherton, zodat hij weet naar wat voor man deze investering gaat.'
'Het is niet wat u denkt.'
'O, nee?' Penellin keek naar Lynley. 'Mick Cambrey geeft inderdaad geld uit voor de krant. Dat klopt. Maar de rest geeft hij uit aan zijn vriendinnetjes. En het is Nancy's eigen geld, hè, meisje? Verdiend met haar baantjes. Hoeveel baantjes, Nance? Al die boekhoudbaantjes in Penzance en Nanrunnel. En dan elke avond in de Anchor and Rose. Met kleine Molly in een mandje op de vloer van de keuken omdat haar vader moet schrijven en niet de moeite kan nemen om voor haar te zorgen terwijl Nancy aan het werk is om hun allemaal te eten te geven. Alleen heeft hij het niet zo druk met schrijven, hè? Het zijn die vrouwen. Hoeveel zijn het er nu, Nance?'
'Dat is niet waar,' zei Nancy. 'Dat ligt allemaal achter ons. Het zijn de kosten voor de krant, pa. Verder niets.'
'Maak het niet nog erger door te liegen. Mick Cambrey deugt niet. Heeft nooit gedeugd. Zal nooit deugen. Hij is misschien goed genoeg om een onervaren meisje uit de kleren te krijgen en zwanger te maken. Maar niet goed genoeg om er iets aan te

doen als niemand hem daartoe dwingt. En kijk nou eens naar jezelf, Nance, een schitterend bewijs van wat die man voor je voelt. Kijk nou eens naar je kleren. Kijk eens naar je gezicht.'
'Dat is zijn schuld niet.'
'Kijk nou eens wat er met zijn hulp van je geworden is.'
'Hij weet niet dat ik hier ben. Hij zou me nooit om geld laten vragen.'
'Maar hij zal het geld wel aannemen, hè? En nooit vragen hoe je eraan gekomen bent. Als het zijn behoeften maar dekt. En wat zijn zijn behoeften deze keer, Nance? Heeft hij weer een nieuw liefje? Twee of drie misschien?'
'Nee!' Nancy keek smekend naar Lynley. 'Ik wil alleen... Ik...' Ze schudde haar hoofd en haar gezicht kreeg een wanhopige uitdrukking.
Penellin liep vermoeid naar de kaart van het landgoed. Zijn huid zag grauw. 'Kijk nou eens wat hij je heeft aangedaan,' zei hij mat. En vervolgens tegen Lynley: 'Kijk nou eens wat Mick Cambrey mijn kind heeft aangedaan.'

6

'Simon en Helen moeten ook mee,' verkondigde Sidney enkele minuten nadat ze een koraalrode jurk had opgediept uit de stapels kleren die overal in haar kamer verspreid lagen. De kleur was eigenlijk niet geschikt voor haar, maar in dit geval won mode het van teint. Ze was van haar schouders tot halverwege haar kuiten één werveling van crêpe, net een wolk bij zonsondergang.

Ze liep samen met Deborah door de tuin in de richting van het park waar St James en lady Helen onder de bomen liepen. Sidney riep naar hen.

'Ga mee. Kunnen jullie zien hoe Deb foto's van me neemt. Bij de baai. Half in en half naast een oud reddingsbootje. Een verleidelijke zeemeermin. Gaan jullie mee?'

Ze gaven geen van beiden antwoord tot Deborah en Sidney hen hadden ingehaald. Toen zei St James: 'Gezien het volume van je uitnodiging kun je een aardige hoeveelheid toeschouwers verwachten, allemaal nieuwsgierig naar het soort zeemeermin dat je in gedachten hebt.'

Sidney lachte. 'O, ja. Zeemeerminnen drágen geen kleren, hè? Ach. Wat zou het? Je bent alleen maar jaloers dat ik nou eens een keer Debs onderwerp ben en niet jij. Alhoewel...' gaf ze toe, terwijl ze ronddraaide in het zachte windje, 'ik heb haar wel laten beloven dat ze ook een paar foto's van jou neemt. Niet dat ze er nog meer van jou nodig heeft, als je het mij vraagt. Ze heeft er al minstens duizend in haar verzameling. Het hele verhaal van Simon-op-de-trap, Simon-in-de-tuin, Simon-in-het-lab.'

'Ik kan me niet herinneren dat ik ooit veel keus had wanneer het om poseren ging.'

Sidney schudde met haar hoofd en liep energiek het park door met de anderen in haar voetspoor. 'Slap excuus, hoor. Je hebt je kans op onsterfelijkheid gehad, Simon. Dus waag het niet om vandaag voor de camera te gaan staan en mij mijn kans te ontnemen.'

'Ik denk dat ik mezelf wel kan inhouden,' antwoordde St James droog.
'Ik ben bang dat ik dat niet kan beloven, lieverds,' zei lady Helen. 'Ik zal niets nalaten om ervoor te zorgen dat ik op elke foto vóór Sidney sta. Ik heb een toekomst als mannequin. Ik moet alleen nog worden ontdekt op het grasveld van Howenstow.'
Sidney lachte en beende met grote stappen voor hen uit in de richting van de zee. Onder de enorme bomen in het park, waar de lucht zwaar naar vruchtbare humus geurde, vond ze tientallen bronnen van inspiratie. Liggend op een grote tak die door een winterstorm was geveld, was ze een schalkse Ariël, bevrijd uit haar gevangenschap. Met een bos ridderspoor in haar armen werd ze Prosperina, zojuist verlost uit de onderwereld. Tegen de stam van een boom met een kroon van bladeren in haar haar was ze Rosalind die droomde van de liefde van Orlando.
Nadat ze allerlei groteske poses voor Deborahs camera had geprobeerd, rende ze verder naar de andere kant van het park en verdween door een oude poort in de ruwe stenen muur. Even later voerde de wind haar schreeuw van plezier terug naar de anderen.
'Ze is bij de molen,' zei lady Helen. 'Ik zal er maar even voor gaan zorgen dat ze niet in het water valt.'
Zonder op antwoord te wachten, zonder ook maar even naar de andere twee te kijken, liep ze snel weg. Even later was ook zij door de poort uit het park verdwenen.
Deborah was blij dat ze even met Simon alleen was. Er was veel te bespreken. Ze had hem sinds de dag van hun ruzie niet meer gezien en toen Tommy haar had verteld dat hij mee naar Howenstow zou gaan, had ze geweten dat ze iets zou moeten zeggen of doen, iets wat als excuus kon dienen, iets om het goed te maken.
Maar nu de gelegenheid voor een gesprek zich aanbood, ontdekte Deborah dat ze alleen maar over koetjes en kalfjes kon praten. Ze was zich er terdege van bewust dat ze in Paddington de laatste banden met Simon had verbroken en ze kon de woorden die deze breuk tussen hen hadden veroorzaakt op geen enkele manier ongedaan maken.
Ze liepen verder in de richting die lady Helen had genomen.

Hun tempo werd bepaald door de trage tred van St James. In de stilte die tussen hen groeide en die alleen werd verbroken door het onophoudelijk geschreeuw van de meeuwen, werd het geluid van zijn voetstappen versterkt tot een ondraaglijke mismaaktheid. Om het geluid uit haar oren te bannen, begon Deborah uiteindelijk te praten over zomaar iets uit het verleden, een gedeelde herinnering.

'Toen mijn moeder stierf, heb jij je huis in Chelsea opengesteld.'

St James keek haar verwonderd aan. 'Dat is heel lang geleden.'

'Je had het niet hoeven doen. Dat wist ik toen niet. Voor mij als zevenjarige leek het allemaal heel normaal. Maar je had het niet hoeven doen. Ik weet niet waarom ik me dat nu pas realiseer.'

Hij sloeg een plukje witte klaver van zijn broekspijp. 'Zo'n verlies kun je niet echt verzachten, geloof je wel? Ik deed wat ik kon. Je vader had een plek nodig waar hij kon vergeten. Of eigenlijk niet vergeten, maar waar hij verder kon.'

'Maar jíj had het niet hoeven doen. We hadden ook naar een van je broers kunnen gaan. Die zaten allebei in Southampton. Ze waren een stuk ouder. Dat zou heel goed hebben gekund. Je was... Was je echt pas achttien? Wat verwachtte je in godsnaam? Jezelf op je achttiende met een heel huishouden opzadelen. Waarom heb je het gedaan? Waarom vonden je ouders dat in godsnaam goed?'

'Het was goed.'

'Waarom?'

'Je vader moest iets hebben wat de plaats van het verlies kon innemen. Hij moest eroverheen komen. Je moeder was pas twee maanden dood. Hij ging eraan onderdoor. We maakten ons zorgen om hem, Deborah. We hadden hem nog nooit zo meegemaakt. Als hij zichzelf iets aandeed... Je had je moeder al verloren. We wilden geen van allen dat je ook je vader nog zou verliezen. Je had ons natuurlijk nog om voor je te zorgen. Dat staat buiten kijf. Maar dat is niet hetzelfde als je eigen ouders, hè?'

'Maar je broers. Southampton.'

'Als hij naar Southampton was gegaan, zou hij het vijfde wiel aan de wagen van een goed geregeld huishouden zijn geworden, zonder iets om handen, zich pijnlijk bewust van ieders medelijden. Maar in Chelsea gaf het oude huis hem iets te doen.'

St James wierp haar een glimlach toe. 'Je bent vergeten hoe het huis erbij stond, hè? Het kostte al zijn energie – en de mijne – om het bewoonbaar te maken. Hij had de tijd niet om over je moeder te blijven treuren zoals hij daarvoor had gedaan. Hij moest het ergste deel van zijn verdriet loslaten. Hij moest verder met zijn leven. En met het jouwe en het mijne.'

Deborah speelde met de draagriem van haar camera. De riem was stijf en nieuw, heel anders dan het zachte gerafelde riempje van de oude gedeukte Nikon die ze jaren had gebruikt voor ze naar Amerika ging.

'Dat is de reden waarom je dit weekeinde bent meegegaan, hè?' zei ze. 'Vanwege papa.'

St James gaf geen antwoord. Een meeuw vloog door het park, zo dicht langs hen heen dat Deborah voelde hoe de snelle beweging van zijn vleugels de lucht verplaatste. Ze sprak verder.

'Ik had het vanochtend ineens door. Wat ben je toch zorgzaam, Simon. Ik heb je dat al willen zeggen sinds we hier aankwamen.'

St James stopte zijn handen in zijn broekzakken, een gebaar waardoor je even goed kon zien hoe zijn beugel zijn linkerbeen vervormde. 'Met zorgzaamheid heeft het niets te maken, Deb.'

'Waarom niet?'

'Gewoon, daarom.'

Ze liepen verder, gingen de zware houten poort door en kwamen op een beboste heuvel die afliep naar de zee. Voor hen schreeuwde Sidney iets onverstaanbaars. Haar woorden bruisten van het lachen.

Deborah nam nogmaals het woord. 'Je hebt de gedachte dat iemand je een goed mens zou kunnen vinden altijd verafschuwd, hè? Alsof gevoeligheid een soort lepra is. Als je niet hier bent uit zorgzaamheid voor mijn vader, waarom dan?'

'Loyaliteit.'

Ze staarde hem met open mond aan. 'Aan een bediende?'

Zijn ogen werden donker. Wat vreemd dat ze helemaal was vergeten dat zijn ogen zo snel van kleur konden veranderen wanneer hij geëmotioneerd raakte. 'Aan een kreupele,' antwoordde hij.

Zijn woorden ontnamen haar alle moed. Ze brachten hen weer terug bij een begin en een eind die nooit zouden veranderen.

Vanaf de plek waar ze stond, zag lady Helen St James langzaam tussen de bomen door in haar richting komen. Ze stond al naar hem uit te kijken sinds Deborah een paar minuten daarvoor snel het pad af was gekomen. Onder het lopen gooide hij een tak met bladeren weg die hij had afgebroken van een van de tropische planten waar het bos mee vol stond.
Onder haar dolde Sidney rond in het water. Haar schoenen bungelden aan haar vingers en de zoom van haar jurk sleepte achteloos door het water. Dicht bij haar bekeek Deborah met haar camera in de aanslag het niet meer gebruikte molenrad, dat was overwoekerd door hedera en lelies. Ze klom met haar camera in één hand over de rotsen op de rivieroever en hield haar andere arm uitgestrekt naast zich om haar evenwicht te bewaren.
Hoewel de fotografische kwaliteiten van het oude stenen bouwwerk zelfs voor lady Helens ongeoefende oog zichtbaar waren, bestudeerde Deborah het gebouw met een overdreven intensiteit, alsof ze zich vast had voorgenomen al haar energie te wijden aan het bepalen van de juiste camerahoek en scherptediepte. Ze was klaarblijkelijk boos.
Toen St James zich bij haar op de rots voegde, keek lady Helen hem nieuwsgierig aan. In de schaduw van de bomen verried zijn gezicht niets, maar zijn ogen volgden Deborah over de rivieroever en elke beweging die hij maakte, was abrupt. Natuurlijk, dacht lady Helen en ze vroeg zich voor de zoveelste keer af welke innerlijke voorraad van goede manieren ze allemaal zouden moeten aanspreken om dit eindeloze weekeinde door te komen.

Hun wandeling eindigde ten slotte bij een onregelmatig gevormde open plek die steil omhoogliep naar een klip. Ongeveer vijftien meter lager schitterde de baai van Howenstow in de snikhete zon, de perfecte bestemming voor een zomermiddag, te bereiken via een steil pad dat zich tussen struikgewas en keien door kronkelde. Op het smalle strand zinderde het fijne zand van de hitte. In het kalksteen en het graniet langs de waterkant stonden kleine poelen zeewater met schaaldiertjes. Het water zelf was zo helder dat het net zo goed een glasplaat kon zijn, zij het dat de golven dit tegenspraken. De baai – met zijn rotsige bodem en zijn door klippen beschutte opening naar zee – was niet veilig genoeg om in te varen, maar het was een prachtige

plek om te zonnen. Ze zagen dat drie mensen de baai voor dit doel gebruikten.
Sasha Nifford, Peter Lynley en Justin Brooke zaten aan de waterkant op een strook rotsen. Brooke had zijn overhemd uitgetrokken. De andere twee waren naakt. Peter was vel over been, zonder pezen of vet als buffer daartussen. Sasha had iets meer massa, maar haar vlees hing slap en vormeloos aan haar lichaam, met name haar borsten, die heen en weer bungelden wanneer ze bewoog.
'Het is natuurlijk een prachtige dag om in de zon te liggen,' zei lady Helen aarzelend.
St James keek naar zijn zus. 'Misschien kunnen we...'
'Wacht even,' zei Sidney.
Terwijl ze stonden te kijken, gaf Brooke een metalen doosje aan Peter Lynley, waaruit Peter een klein beetje wit poeder op zijn hand schudde. Hij boog zich ernaartoe en snoof het zo begerig op dat de anderen zelfs vanaf de klip zijn borstkas op en neer konden zien gaan toen hij zich inspande om maar niets verloren te laten gaan. Hij likte zijn hand, zoog erop en hief zijn gezicht omhoog alsof hij een onzichtbare god wilde bedanken. Hij gaf het doosje aan Brooke terug.
Toen ze dat zag, explodeerde Sidney. 'Je hebt het beloofd! Vuile klootzak. Je hebt het beloofd!'
'Sid!' St James greep zijn zus bij haar arm. Hij voelde de spanning in haar onbetekenende spieren toen de adrenaline door haar lichaam schoot. 'Sidney, niet doen!'
'Nee!' Sidney rukte zich los. Ze schopte haar schoenen uit en daalde de klip af. Ze gleed uit over het zand. Haar jurk bleef achter een rots haken. En ze schold voortdurend op Brooke, gooide hem de ene verwensing na de andere naar het hoofd.
'O, god,' mompelde Deborah. 'Sidney!'
Aan de voet van de klip rende Sidney over de smalle strook zand naar de rots waar de drie zonnebaders verdwaasd en verbaasd naar haar zaten te kijken. Ze wierp zich boven op Brooke. Door de klap viel Brooke van de rots af in het zand. Ze stortte zich boven op hem en beukte met haar vuisten in zijn gezicht.
'Je hebt beloofd dat je het niet zou doen! Leugenaar. Verdomde vuile, smerige leugenaar dat je bent! Geef hier, Justin. Geef hier. Nu!'

Ze vocht met hem, stak haar vingers in zijn ogen. Brooke hief zijn armen op om haar af te weren, waardoor de cocaïne binnen haar bereik kwam. Ze beet in zijn pols en trok het doosje uit zijn hand.
Brooke schreeuwde toen ze opsprong. Hij pakte haar benen en gooide haar op de grond. Maar niet voordat ze wankelend naar het water was gelopen, het doosje had opengemaakt en het met een wild gebaar in zee had gegooid.
'Daar heb je je drugs,' gilde ze. 'Ga er maar achteraan. Breng jezelf maar om. Verdrink maar.'
Vanaf de rots keken Peter en Sasha passief en lachend toe toen Justin overeind sprong, Sidney omhoogtrok en haar het water in sleepte. Ze klauwde naar zijn gezicht en zijn nek. Haar nagels trokken een gemeen viervoudig bloedspoor over zijn huid.
'Ik ga het hun vertellen,' schreeuwde ze.
Brooke moest zijn best doen haar vast te houden. Hij kreeg haar armen te pakken en draaide ze wreed op haar rug. Ze schreeuwde het uit. Hij glimlachte en dwong haar op haar knieën. Hij duwde haar voorover, zette een voet op haar schouder en duwde haar hoofd onder water. Toen ze zich omhoogvocht om adem te halen, duwde hij haar weer onder.
St James voelde dat lady Helen zich naar hem toe draaide. Zijn hele lichaam was ijskoud geworden.
'Simon!' Nog nooit had zijn eigen naam zo vreselijk geklonken.
Beneden hen trok Brooke Sidney overeind. Maar nu haar armen vrij waren, wierp ze zich onverschrokken op hem.
'Maak je... dood...' Ze snakte naar adem. Ze sloeg naar hem zonder hem te raken en probeerde haar knie in zijn kruis te zetten.
Hij greep naar haar korte natte haar, trok haar hoofd met een ruk achterover en gaf haar een stomp. De klap, en de andere die volgden, weerkaatsten met een hol geluid tegen de rotsen. Ze haalde naar hem uit en wist haar handen om zijn keel te leggen. Haar vingers begroeven zich in zijn dikke aders en knepen. Hij rukte haar handen weg en pakte haar armen weer vast. Maar deze keer was ze hem te snel af. Ze draaide haar hoofd om en zette haar tanden in de zijkant van zijn hals.
'Jezus!' Brooke liet haar los, strompelde het strand op en liet zich in het zand vallen. Hij hield zijn hand op de plek waar Sidney

hem had gebeten. Toen hij zijn hand weghaalde, zag de plek rood van het bloed.

Ook Sidney strompelde het water uit. Haar jurk hing als een doorweekte tweede huid om haar lichaam. Ze hoestte en wreef over haar wangen en in haar ogen. Al haar kracht was opgebruikt.

Het was op dat moment dat Brooke in actie kwam. Met een knetterende vloek sprong hij overeind, greep haar vast en gooide haar op de grond. Hij ging schrijlings boven op haar zitten, nam een hand zand en wreef dat in haar haar en over haar gezicht. Vanaf de rots zaten Peter en Sasha nieuwsgierig toe te kijken.

Onder hem lag Sidney te kronkelen. Ze hoestte, huilde en probeerde hem tevergeefs van zich af te duwen.

'Je wilde lichamelijk worden?' gromde hij, terwijl hij een arm langs haar nek op de grond duwde. 'Je wilde echt lichamelijk worden? Zullen we dan maar, hmm?'

Hij rommelde aan zijn broek. Hij begon aan haar kleren te rukken.

'Simon!' schreeuwde Deborah. Ze draaide zich om naar St James. Ze zei verder niets.

St James begreep waarom. Hij kon niets doen. Woedend. Niet bang. Maar bovenal kreupel.

'De rotsen,' zei hij. 'Helen. In godsnaam. Ik kan die klip niet af.'

7

Lady Helen wierp slechts even een blik op St James voor ze Deborah bij de arm pakte.
'Snel!'
Deborah verroerde zich niet. Ze stond machteloos naar St James te kijken. Toen hij zich van hen beiden afkeerde, stak ze haar hand uit alsof ze hem wilde aanraken.
'Deborah!' Lady Helen greep Deborahs camera en legde hem op de grond. 'Daar is geen tijd voor. Snel!'
'Maar...'
'Nu!'
De paniek die in deze woorden doorklonk, spoorde Deborah aan tot actie. Ze rende met lady Helen naar het pad. Ze begonnen aan de steile afdaling naar de baai, zonder op het zand en het stof te letten dat als rook om hen heen opdwarrelde.
Op het lagergelegen strand vocht Sidney met een hernieuwde kracht die voortkwam uit doodsangst. Maar Justin Brooke was aan de winnende hand en zijn eerdere woede veranderde snel in seksuele opwinding en sadistisch plezier. Het was duidelijk dat Sidney volgens hem nu zou krijgen waar ze al die tijd om had gevraagd.
Lady Helen en Deborah kwamen tegelijk bij hem aan. Hij was een redelijk grote man, maar geen partij voor hen beiden. Vooral niet omdat lady Helen zelf door een redelijke hoeveelheid woede werd voortgedreven. Ze wierpen zich boven op hem en hun gevecht was in minder dan een minuut voorbij. Na een paar woedende trappen in de nierstreek lag Brooke languit in het zand naar adem te snakken. Sidney sleepte zich huilend bij hem vandaan. Ze vloekte en trok haar gescheurde jurk om zich heen.
'Woe-woe. Wauw,' mompelde Peter Lynley. Hij nam een andere houding aan en liet zijn hoofd op de buik van Sasha rusten. 'Wat een reddingspoging. Hè, Sasha? En het begon net zo leuk te worden.'
Lady Helen keek met een ruk op. Ze was buiten adem. Ze zat

onder de vuile strepen. Ze beefde over haar hele lichaam en wist niet of ze nog wel kon lopen.
'Wat is er met jou aan de hand, Peter?' fluisterde ze schor. 'Wat is er met je gebeurd? Dat is Sidney, hoor, Sídney!'
Peter lachte. Sasha glimlachte. Ze gingen er eens lekker voor liggen om van de zon te genieten.

Lady Helen luisterde aan de zware deur van de slaapkamer van St James, maar hoorde niets. Ze wist niet zeker wat ze van hem had verwacht. Eenzame opsluiting in zijn slaapkamer paste bij hem en St James was geen man om zich anders te gedragen dan hij was. Ook nu niet. Het was zo stil achter de deur dat lady Helen zou hebben durven zweren dat de kamer leeg was, ware het niet dat ze hem twee uur geleden zelf naar zijn kamer had gebracht. Ze wist dat hij daarbinnen was en zichzelf tot eenzaamheid had veroordeeld.
Juist, dacht ze. Hij heeft genoeg tijd gehad om zichzelf te kastijden. Tijd om hem eruit te jagen.
Ze wilde net op de deur kloppen, toen Cotter hem opendeed, haar zag en de gang in stapte. Hij keek even snel achterom de kamer in – lady Helen kon zien dat de gordijnen dicht waren – en sloot de deur achter zich. Hij sloeg zijn armen over elkaar voor zijn borst.
Was ze geneigd geweest om mythologische vergelijkingen te maken, dan zou lady Helen Cotter ter plekke tot Cerberus hebben gedoopt. Aangezien dit echter niet haar gewoonte was, rechtte ze alleen haar rug en beloofde zichzelf dat St James haar niet zou ontlopen door Cotter voor zijn deur op wacht te zetten.
'Hij is nu toch wel op, hè?' Ze vroeg het argeloos, alsof ze simpelweg naar een vriend informeerde en niet wist dat de duisternis in de kamer te kennen gaf dat St James helemaal niet op was en op korte termijn ook niet van plan was op te staan. 'Tommy heeft voor vanavond een avonturenspel in Nanrunnel gepland. Simon zal het niet willen missen.'
Cotter drukte zijn armen nog stijver tegen zich aan. 'Hij heeft me gevraagd hem te verontschuldigen. Beetje pijn vanmiddag. Die hoofdpijnen. U weet wel.'
'Nee!'
Cotter knipperde met zijn ogen. Lady Helen pakte zijn arm en

trok hem bij de deur weg. Ze liep met hem de gang door naar een rij glas-in-loodramen die uitkeken op de binnenplaats van de keuken. 'Cotter, alsjeblieft. Laat hem dit niet doen.'
'Lady Helen, we moeten...' Cotter aarzelde. De geduldige manier waarop hij haar aansprak, gaf aan dat hij met haar in discussie wilde gaan. Daar had lady Helen geen zin in.
'Je weet wat er is gebeurd, denk ik?'
Cotter stelde zijn antwoord uit door een zakdoek uit zijn zak te halen, zijn neus te snuiten en vervolgens de kinderhoofdjes en de fontein op de binnenplaats te bestuderen.
'Cotter,' drong lady Helen aan. 'Je weet wat er is gebeurd?'
'Ja. Van Deb.'
'Dan weet je ook dat we hem niet langer in zijn eentje mogen laten zitten broeden.'
'Maar zijn orders waren...'
'Zijn orders kunnen de pest krijgen. Je hebt ze ik weet niet hoe vaak naast je neergelegd en precies gedaan wat je zelf wilde als dat voor zijn eigen bestwil was. En je weet dat het nu ook voor zijn eigen bestwil is.' Lady Helen pauzeerde even om een plan te bedenken dat hij zou kunnen accepteren. 'Welnu. Ze wachten op je in de salon. Ze komen daar bij elkaar voor een glaasje sherry. Je hebt me de hele middag niet gezien, dus je was niet hier om me tegen te houden toen ik bij meneer St James naar binnen wilde stormen om hem op mijn geheel eigen wijze onder mijn hoede te nemen. Goed?'
Hoewel Cotters mond strak bleef, knikte hij instemmend. 'Goed.'
Lady Helen keek hem na toen hij in de richting van de hoofdvleugel van het huis liep, keerde daarna terug naar de deur en ging de kamer in. Ze kon het lichaam van St James op het bed zien liggen, maar toen ze de deur sloot, bewoog hij even, zodat ze wist dat hij niet sliep.
'Simon, lieverd,' begon ze, 'we moeten vanavond ons collectieve culturele bewustzijn laten verhogen met een avonturenspel in Nanrunnel. Jeetje, we zullen onszelf wel moed in moeten drinken met zeven of acht stevige sherry's – kán een sherry stevig zijn? – willen we het overleven. Ik geloof dat Tommy en Deborah al aardig wat sherry's op hebben, dus je moet snel zijn als je ze nog wilt inhalen. Wat trek je aan?'

Al pratend liep ze door de kamer naar het raam om de gordijnen open te doen. Ze hing ze keurig in de plooi – meer om tijd te winnen dan uit zorg voor de gordijnen – en toen ze geen reden meer kon bedenken om zich nog langer met de gordijnen bezig te houden, keerde ze zich om naar het bed en zag dat St James haar aandachtig zat op te nemen. Hij zag er geamuseerd uit.

'Je bent zo doorzichtig, Helen.'

Ze zuchtte van opluchting. Ze wist natuurlijk wel dat hij nooit echt medelijden met zichzelf had gehad. Het was aannemelijker dat hij zichzelf had gehaat. Maar ze zag dat zelfs die zelfhaat was uitgewoed in de periode die was verstreken sinds hun korte samenzijn op de klip, nadat Deborah Sidney mee terug naar het huis had genomen.

Zou Brooke haar hebben vermoord of alleen maar verkracht, had St James gevraagd, terwijl ik daarboven als een nutteloze voyeur stond toe te kijken? Volkomen veilig, nergens bij betrokken. Geen risico genomen, hè? Het klinkt als mijn hele leven.

Er had geen boosheid in zijn stem doorgeklonken, alleen vernedering, wat vele malen erger was.

Ze had tegen hem geschreeuwd. Het kan niemand iets schelen! Niemand heeft het ooit erg gevonden, alleen jij!

Ze sprak de waarheid, maar die waarheid deed niets af aan het feit dat hij het zelf zo erg vond dat het een blijvend litteken op het breekbare oppervlak van zijn zelfvertrouwen vormde.

'Wat is het?' vroeg hij haar nu. 'Een dartstoernooi in de Anchor and Rose?'

'Nee. Iets beters. Een vast en zeker vreselijke voorstelling van *Much Ado About Nothing*, gespeeld door het plaatselijke toneelgezelschap op het speelplein van de lagere school. Ze geven vanavond een speciale voorstelling ter ere van Tommy's verloving. Dat zei het schoolhoofd tenminste volgens Daze toen hij vandaag vrijkaartjes kwam brengen.'

'Is dat niet hetzelfde gezelschap...'

'... dat twee zomers geleden *The Importance of Being Earnest* heeft opgevoerd? Ja, Simon, schat. Hetzelfde.'

'Mijn god. Zou deze uitvoering wel op kunnen tegen Nanrunnels galante buiging naar Oscar Wilde? De eerwaarde meneer Sweeney die in de rol van Algernon plotseling welsprekend werd met komkommersandwiches tegen zijn verhemelte geplakt. Om nog maar te zwijgen van de cakejes.'

'Wat zou je zeggen van meneer Sweeney als Benedick?'

'Alleen een dwaas zou dat aan zijn neus voorbij laten gaan.'

St James pakte zijn krukken, zwaaide zijn benen uit bed, zocht zijn evenwicht en deed zijn lange ochtendjas dicht.

Terwijl hij hiermee bezig was, wendde lady Helen haar blik af onder het voorwendsel dat ze drie rozenblaadjes moest oprapen die uit een bloemstuk op de plank van een *cheveret* naast het raam waren gevallen. Ze lagen als kleine stukjes donzig satijn in haar handpalm. Ze zocht naarstig naar een prullenbak en vermeed zo een openlijke erkenning van St James' belangrijkste vorm van ijdelheid: de behoefte zijn slechte been te verbergen om er zo normaal mogelijk uit te zien.

'Heeft iemand Tommy gezien?'

Lady Helen begreep wat St James met deze vraag bedoelde. 'Hij weet niet wat er is gebeurd. Het is ons gelukt hem te ontlopen.'

'Deborah ook?'

'Die is bij Sidney gebleven. Ze heeft een bad voor haar laten vollopen, gezorgd dat ze op bed ging liggen en haar wat thee gebracht.' Ze lachte even kort en humorloos. 'De thee was mijn fantastische bijdrage. Ik weet niet zeker wat voor effect ik ervan verwachtte.'

'En Brooke?'

'Mogen we misschien hopen dat hij naar Londen is teruggegaan?'

'Ik betwijfel het. Jij niet?'

'Ja, eigenlijk wel.'

St James stond naast het bed. Lady Helen wist dat ze de kamer uit hoorde te gaan om hem de gelegenheid te geven zich aan te kleden, maar iets in zijn gedrag – een overdreven zelfbeheersing, te ijzig om geloofwaardig te zijn – dwong haar te blijven. Er was nog te veel niet gezegd.

Ze kende St James goed, beter dan ze welke man ook. Ze had de laatste tien jaar van dichtbij kennisgemaakt met zijn blinde toewijding aan de forensische wetenschap en zijn vaste voornemen een terrein af te bakenen waarop hij een reputatie als expert kon opbouwen. Ze had zijn meedogenloze zelfbespiegelingen, zijn verlangen naar perfectie en zijn zelfkastijding wanneer hij zijn doel niet bereikte, leren accepteren. Ze hadden over dit alles gepraat, tijdens lunches en diners, in zijn studeerkamer terwijl de regen tegen de ramen kletterde, onderweg naar de Old Bailey, op de trap, in het lab. Maar waar ze niet over hadden gesproken, was zijn handicap. Dat was altijd een afgesloten gebied in zijn psyche geweest waarin hij geen inmenging van derden duldde. Tot vandaag op de klip. Zelfs toen, toen hij haar eindelijk de opening had geboden waarop ze zo lang had gewacht, waren haar woorden ontoereikend geweest.

Wat kon ze dan nu tegen hem zeggen? Ze wist het niet. Niet voor de eerste keer vroeg ze zich af wat voor soort band er tussen hen had kunnen groeien als ze niet acht jaar geleden zijn kamer in het ziekenhuis had verlaten omdat hij dat vroeg. En hem gehoorzamen was zoveel makkelijker geweest dan het risico nemen om het onbekende in te stappen.

Toch kon ze hem nu niet alleen laten zonder te proberen iets te zeggen waardoor hij weer zichzelf zou kunnen worden, al was het maar een beetje.

'Simon.'

'Mijn medicijnen staan op het plankje boven de wastafel, Helen,' zei St James. 'Zou je twee tabletten voor me willen halen?'

'Medicijnen?' Lady Helen keek hem ineens bezorgd aan. Ze geloofde niet dat ze zich had vergist in de reden waarom hij zich in zijn kamer had opgesloten. Hij had zich niet gedragen alsof hij pijn had.

'Het is alleen uit voorzorg. Boven de wastafel.' Hij glimlachte, een flits die over zijn gezicht gleed en direct weer verdween. 'Soms neem ik het op die manier in. Ervoor in plaats van tijdens. Het werkt net zo goed. En als ik het een avond lang met meneer Sweeney als treurspelacteur moet uithouden, mag ik me wel goed voorbereiden.'

Ze lachte en liep weg om de tabletten voor hem te halen. Vanuit de badkamer riep ze: 'Het is eigenlijk helemaal geen slecht idee. Als de voorstelling van vanavond net zoiets is als de vorige die we hebben gezien, zitten we nog voor het eind van de avond allemaal pijnstillers te slikken. Misschien moeten we het potje maar meenemen.'

Ze bracht de tabletten mee terug naar de slaapkamer. Hij was

naar het raam gelopen en keek voorovergeleund op zijn krukken in zuidelijke richting uit over het landgoed. Maar ze zag aan zijn profiel dat zijn ogen niets zagen.
Deze aanblik van hem ontkrachtte zijn woorden, de beleefde manier waarop hij meewerkte en zijn opgewekte manier van doen. Ze realiseerde zich dat zelfs zijn glimlach een truc was geweest om haar volledig buiten te sluiten. Hij leefde voort in zijn isolement, zoals hij altijd had gedaan.
Ze weigerde het te accepteren. 'Je had kunnen vallen,' zei ze. 'Alsjeblieft, Simon, lieverd, het pad was veel te steil. Het had je dood kunnen worden.'
'Inderdaad,' antwoordde hij.

De grotachtige salon van Howenstow bezat niet die kwaliteiten waardoor je er op je gemak in rond durfde te lopen. Hij was groter dan een tennisveld en de meubels – een in kleine groepjes geplaatste verzameling antiek – stonden verspreid over een mooi chenille tapijt. Aan de muren hingen Constables en Turners en overal stond fijn porselein. Al met al het soort kamer waarin je bang was om je al te gehaast in een bepaalde richting te bewegen. Deborah was alleen en liep voorzichtig de kamer door naar de vleugel. Ze wilde de foto's bekijken die daarbovenop stonden.
De foto's vormden een beeldverhaal van de Lynleys als graven van Asherton. De stijf rechtop staande vijfde gravin staarde haar aan met de onvriendelijke uitdrukking die zo gebruikelijk was op foto's uit de negentiende eeuw; de zesde graaf zat schrijlings op een grote vos en keek neer op een ongezeglijke troep jachthonden; de huidige lady was in het lang gekleed voor de kroning van de koningin; Tommy en zijn broer en zus dartelden door een jeugd vol rijkdom en voorrechten.
Alleen Tommy's vader, de zevende graaf, ontbrak. Toen ze dit opmerkte, realiseerde Deborah zich dat ze nergens in het huis een afbeelding van hem had gezien, niet op een foto en niet op een schilderij, wat ze zeer vreemd vond, omdat ze verschillende foto's van hem in het huis van Tommy in Londen had gezien.
'Wanneer ze jouw foto gaan maken om daarbij te zetten, moet je me beloven dat je zult glimlachen.' Lady Asherton liep naar haar toe met een glas sherry in haar hand. Ze zag er koel en mooi uit

in een wolk van een witte jurk. 'Ik wilde glimlachen, maar Tommy's vader zei dat dat niet gepast was en ik ben bang dat ik zonder slag of stoot heb toegegeven. Zo was ik vroeger. Vreselijk plooibaar.' Ze glimlachte naar Deborah, nam een teugje van haar sherry en liep van de piano naar het raam erachter, waar ze in de brede vensterbank ging zitten.

'Ik heb zo genoten van mijn middag met je vader, Deborah. Ik heb voortdurend zitten kletsen, maar hij was zeer hoffelijk en deed alsof alles wat ik zei het toppunt van scherpzinnigheid en wijsheid was.' Ze draaide het glas op haar hand rond en scheen zich te verdiepen in de manier waarop het licht op het bewerkte kristal viel. 'Je staat op zeer goede voet met je vader.'

'Ja,' antwoordde ze.

'Dat gebeurt soms wanneer een kind een ouder verliest, nietwaar? Dat is de gemengde zegen van een sterfgeval.'

'Ik was natuurlijk nog heel jong toen mijn moeder overleed,' zei Deborah in een poging de afstand tussen Tommy en zijn moeder, die ze niet had kunnen negeren, goed te praten. 'Dus ik denk dat het niet meer dan logisch was dat ik een sterke band met mijn vader kreeg. Hij had tenslotte een dubbele taak. Vader en moeder voor een zevenjarige. En ik had geen broers en zussen. Simon was er natuurlijk wel, maar hij was meer... Ik weet het niet. Een oom? Een neef? Het grootste deel van mijn opvoeding kwam op mijn vader neer.'

'En zodoende werden jullie een eenheid. Wat een geluk.'

Deborah zou de relatie met haar vader niet het resultaat van geluk hebben genoemd. Het was eerder het resultaat van tijd, vaderlijk geduld en bereidwillige communicatie. Opgezadeld met een dochter wier onstuimige aard zozeer van hem verschilde, was Cotter in staat geweest zijn eigen manier van denken aan te passen om haar manier van denken te kunnen begrijpen. Als er nu tussen hen sprake was van toewijding, dan was dat uitsluitend te danken aan de jaren waarin het zaad voor een toekomstige relatie was gezaaid en zorgvuldig was opgekweekt.

'U bent van Tommy vervreemd, nietwaar?' zei Deborah impulsief.

Lady Asherton glimlachte, maar ze zag er zeer vermoeid uit. Even dacht Deborah dat de vermoeidheid haar verdediging zou ondermijnen en haar ertoe zou verleiden iets te zeggen over de dingen die ten grondslag lagen aan de moeilijkheden tussen haar en haar zoon. Maar in plaats daarvan zei ze: 'Heeft Tommy je verteld over het toneelstuk van vanavond? Shakespeare onder de sterren. In Nanrunnel.' Vanuit de gang dreef het geluid van stemmen naar hen toe. 'Ik zal zorgen dat hij je er alles over vertelt, goed?' Na deze woorden richtte ze haar aandacht op het raam achter zich, waardoor een zwak windje de zoutige geur van de zee de kamer in voerde.

'Als we ons schrap zetten, moeten we er redelijk gezond van lichaam en geest doorheen kunnen komen,' zei Lynley toen hij de kamer binnenkwam. Hij liep rechtstreeks naar een kast en begon uit een van de karaffen die daar in een halve cirkel bovenop stonden, drie sherry's in te schenken. Hij gaf er een aan lady Helen, een aan St. James en gooide zijn eigen sherry achterover voor zijn oog op Deborah en zijn moeder aan de andere kant van de kamer viel. Hij zei: 'Heb je Deborah over vanavond verteld, over de rollen van Theseus en Hippolyta?'

Lady Asherton tilde haar hand, die op haar schoot rustte, een klein stukje op. Net als haar glimlach zag dit gebaar er vermoeid uit. 'Ik dacht dat ik dat beter aan jou kon overlaten.'

Lynley schonk nog een sherry voor zichzelf in. 'Juist. Ja. Nou,' – dit met een glimlach tegen Deborah – 'het toneelstuk van vanavond is een verplichting, lieverd. Ik had je graag willen beloven dat we er laat naartoe zouden gaan en tijdens de pauze zouden vertrekken, maar de eerwaarde meneer Sweeney is een oude vriend van de familie. Hij zou diep gekrenkt zijn als we niet bij de hele voorstelling waren.'

'Hoe vreselijk de voorstelling ook zal zijn,' voegde lady Helen eraan toe.

'Zal ik foto's nemen als we er zijn?' bood Deborah aan. 'Na het toneelstuk, bedoel ik. Als meneer Sweeney een speciale vriend is, vindt hij dat misschien leuk.'

'Tommy met de acteurs,' zei lady Helen. 'Meneer Sweeney zal barsten van trots. Wat een fantastisch idee! Ik heb altijd al gezegd dat je bij het toneel moest gaan, nietwaar, Tommy?'

Lynley lachte en zei iets terug. Lady Helen babbelde verder. Terwijl ze dit deed, pakte St James zijn sherry op en liep langzaam in de richting van twee Chinese vazen die aan weerszijden van de toegang tot de lange Elizabethaanse galerij stonden, die aan de oostkant van de salon lag. Hij liet zijn vingers langs het gladde porseleinen oppervlak van een van de vazen glijden en volgde een bijzonder ingewikkeld patroon in het glazuur. Het viel Deborah op dat hij twee keer zijn glas naar zijn lippen bracht, maar niet dronk. Hij scheen erop gebrand te zijn niemand te hoeven aankijken.

Na de gebeurtenissen van die middag verwachtte Deborah ook eigenlijk niets anders. Als het negeren van de aanwezigheid van anderen echt hielp om het allemaal te vergeten, zou ze zichzelf ook wel de luxe van een dergelijk gedrag willen permitteren, hoewel ze wist dat zij alles niet snel zou kunnen vergeten.

Het was al erg genoeg geweest om Brooke van Sidney af te moeten trekken, wetende dat zijn gedrag niet voortkwam uit liefde of lust, maar uit wreedheid en de behoefte haar aan zich te onderwerpen. Het was nog erger geweest om met Sidney de klip op te klimmen, haar hysterisch gehuil te horen en haar telkens te moeten behoeden voor een val. Haar gezicht bloedde en begon op te zwellen. De woorden die ze snikkend uitbracht, waren onsamenhangend. Drie keer bleef ze staan, weigerde verder te gaan en huilde alleen maar. Dat alles was een nachtmerrie geweest. Maar toen ze bovenkwamen, stond Simon daar, naast een boom, naar hen uit te kijken. Zijn gezicht was half verborgen. Hij kneep zo hard in de schors van een boom dat de knokkels van zijn hand wit uitstaken.

Deborah had naar hem toe willen lopen. Waarom en met welk doel zou ze niet hebben kunnen zeggen. Haar enige rationele gedachte op dat moment was dat ze hem niet alleen mocht laten. Maar Helen hield haar tegen toen ze een stap in zijn richting deed en duwde haar en Sidney het pad naar het huis op.

Die moeizame tocht terug was haar tweede nachtmerrie geweest. Ze kon zich alle details nog levendig voor de geest halen: dat ze Mark Penellin in het bos waren tegengekomen; dat ze een onsamenhangende verklaring voor Sidneys uiterlijk en radeloze toestand had gegeven; dat ze steeds banger was geworden iemand tegen te komen toen ze het huis naderden; hoe ze langs de wapenkamer en de oude bediendenkamer waren gelopen, op zoek naar de noordwesttrap, die volgens Helen naast de provisiekamer zat; dat ze boven aan de trap de verkeerde kant op waren gelopen en in de niet langer gebruikte westvleugel van het huis terecht waren gekomen; en dat ze al die tijd doodsbang was geweest dat Tommy hen zou zien en vragen zou gaan stellen. Tijdens dit alles was Sidney eerst hysterisch, daarna woedend en wanhopig en ten slotte alleen nog maar stil geweest. Maar toen leek het net of ze verdoofd was en dat beangstigde Deborah nog meer dan haar eerdere ongeremde agitatie.

De hele ervaring was meer dan vreselijk geweest en toen Justin Brooke de salon binnenkwam, gewoon in avondkostuum, alsof hij die middag niet voor het oog van vijf getuigen geprobeerd had een vrouw te verkrachten, kon Deborah de man nauwelijks aankijken zonder te gaan schreeuwen of hem aan te vliegen.

8

'Lieve hemel, wat is er met jou gebeurd?' Lynley klonk zo verbaasd dat St James zijn studie van het Kang H'si-porselein onderbrak, zich omdraaide en zag hoe Justin Brooke uiterst nonchalant het aangeboden glas sherry aannam.

Jezus, dacht St James, Brooke was echt van plan zich bij hen te voegen, vol zelfvoldaan vertrouwen dat ze allemaal te goed opgevoed waren om iets over de middag te zeggen waar Lynley en zijn moeder bij waren.

'Gevallen in het bos.' Terwijl hij sprak, keek Brooke de kamer rond. Hij keek hen allemaal recht in de ogen, daagde hen allemaal uit hem als leugenaar te ontmaskeren.

St James voelde zijn kaken automatisch op elkaar klemmen om de woorden die hij wilde uiten, binnen te houden. Met een heimelijk genoegen, dat hij zichzelf niet ontzegde, nam hij de aanzienlijke schade op die zijn zus aan Brookes gezicht had weten toe te brengen. Diepe schrammen liepen over zijn wangen. Op zijn kaak werd een blauwe plek zichtbaar. Zijn onderlip was gezwollen.

'Gevallen?' Lynley hield zijn ogen gericht op de vuurrode tandafdrukken in Brookes nek, die nauwelijks door het boord van zijn overhemd werden bedekt. Hij keek de anderen scherp aan. 'Waar is Sidney?' vroeg hij.

Niemand gaf antwoord. Een glas rinkelde tegen de bovenkant van een tafel. Iemand hoestte. Buiten kwam op enige afstand van het huis een motor ronkend tot leven. Voetstappen weerklonken in de gang en Cotter stapte de salon in. Hij bleef vrijwel direct stilstaan. Hij scheen de sfeer die er heerste, snel te hebben ingeschat en zich af te vragen of hij zich er wel aan zou blootstellen. Hij keek naar St James, een reflex waarmee hij om aanwijzingen vroeg en hij volgde het voorbeeld van de andere man, die zich afzijdig hield. Hij deed geen stap meer.

'Waar is Sidney?' herhaalde Lynley.

Aan het andere eind van de kamer stond lady Asherton op. 'Is er iets...'

Deborah kwam snel tussenbeide. 'Ik heb haar nog geen halfuur geleden gezien, Tommy.' Haar gezicht werd rood, een kleur die slaags raakte met het vuur van haar haar. 'Ze heeft vanmiddag te lang in de zon gelegen en dacht... Nou ja, ze vroeg of het goed was... dat ze even ging rusten. Ja. Ze zei dat ze even wilde gaan liggen. Ze laat zich verontschuldigen... Je kent Sidney. Ze houdt er zo'n tempo op na. Ze put zichzelf helemaal uit, alsof er niets... Het verbaast me niets dat ze doodop is.' Terwijl ze sprak, kropen haar vingers omhoog naar haar keel, alsof haar hand haar mond wilde bedekken om te voorkomen dat het nog duidelijker zou worden dat ze loog.
Ondanks zichzelf moest St James glimlachen. Hij keek naar Deborahs vader, die vertederd zijn hoofd schudde om iets wat zij beiden maar al te goed wisten. Het zou Helen misschien zijn gelukt. Nonchalante leugentjes om een moeilijke situatie te redden waren meer haar stijl. Maar Deborah was hopeloos in dit soort gegoochel met woorden.
De rest van het gezelschap werd gered door de binnenkomst van Peter Lynley en hoefde Deborahs verhaal niet aan te vullen. Peter liep op blote voeten en zijn enige concessie aan de gewoonte zich te kleden voor het diner was het schone nethemd dat hij droeg. Sasha volgde hem op de voet. Ze droeg een grijsgroene jurk, waardoor haar gezicht nog valer zag dan anders. Alsof ze hen wilde spreken of wilde proberen tussenbeide te komen in wat zij zag als een ophanden zijnd conflict, liep lady Asherton in hun richting.
Peter liet op geen enkele manier merken dat hij zijn moeder of een van de anderen had gezien. Hij veegde alleen zijn neus af aan de rug van zijn hand en liep naar het blad met drank. Hij schonk voor zichzelf een whisky in, die hij snel opdronk. Vervolgens schonk hij voor zichzelf nog een whisky in en voor Sasha ook een.
Ze stonden als een geïsoleerde eenheid apart van de anderen, met de karaffen drank binnen handbereik. Terwijl ze aan haar drankje nipte, liet Sasha haar hand onder Peters wijde hemd glijden en trok hem naar zich toe.
'Goed spul, Sasha,' mompelde Peter en hij kuste haar.
Lynley zette zijn glas neer. Lady Asherton begon snel te praten. 'Ik zag vanmiddag Nancy Cambrey in de tuin, Tommy. Ik

maak me zorgen om haar. Ze is heel veel afgevallen. Heb je haar toevallig gezien?'
'Ja, ik heb haar gezien.' Lynley keek naar zijn broer en Sasha. Zijn gezicht was ondoorgrondelijk.
'Ze schijnt zich ergens vreselijke zorgen over te maken. Ik denk dat het iets met Mick te maken heeft. Hij is met een verhaal bezig waardoor hij de laatste paar maanden veel van huis is. Heeft ze er met jou over gesproken?'
'Ja, we hebben elkaar gesproken.'
'En heeft ze het over een verhaal gehad, Tommy? Want...'
'Daar zei ze iets over. Ja.'
Lady Helen nam de afleidingsmanoeuvre van lady Asherton over. 'Wat een mooie jurk is dat, Sasha. Ik benijd je dat je die prachtig bedrukte Indiase stoffen kunt dragen. Ik zie eruit als een kruising tussen Jemima Puddleduck en een werkster als ik ze aantrek. Heeft Mark Penellin jullie nog gevonden? Simon en ik kwamen hem in het bos tegen. Hij was naar jullie op zoek.'
'Mark Penellin?' Peter nam liefdevol een lok van Sasha's dunne haar in zijn hand. 'Nee, we hebben hem niet gezien.'
Enigszins uit het veld geslagen keek lady Helen naar St James. 'Maar we hebben hem gezien. Heeft hij jullie niet bij de baai gevonden? Vanmiddag?'
Peter glimlachte lui en tevreden. 'We waren vanmiddag niet in de baai.'
'Jullie waren niet...'
'We waren er wel, denk ik, maar we waren er niet, weet je wel. Dus als hij ons wilde zien, heeft hij ons wel gezien, maar ook weer niet. Of misschien was hij er toen wij in het water waren. Dan heeft hij ons helemaal niet gezien. Niet waar wij waren. En ik geloof niet dat ik het leuk had gevonden als hij ons had gezien. Wat jij, Sasha?'
Hij grinnikte en liet zijn vinger over Sasha's neus en mond glijden. Ze likte eraan als een poes.
Fantastisch, dacht St James. En het is pas vrijdag.

Nanrunnel was een succesvolle combinatie van twee onvergelijkbare omgevingen: een eeuwenoud vissersdorp en een moderne, drukbezochte badplaats. Het dorp was in een halve cirkel op een heuvel rond een natuurlijke haven gebouwd. Op de heuvel

stonden groepjes ceders, cipressen en dennenbomen en de huizen waren opgetrokken uit ruwe stenen die in de streek werden gehouwen. Sommige huizen waren witgekalkt, andere hadden hun natuurlijke kleur behouden: een vaal mengsel van grijs en bruin. De straten waren smal – net breed genoeg voor een auto – en volgden een vreemd kronkelend patroon dat voldeed aan de eisen die de heuvel stelde, maar nauwelijks aan de eisen van auto's.
In de haven zelf lagen vissersboten, die ritmisch op de golven op en neer deinden en door twee lange sikkelvormige kaaien werden beschermd. Langs de waterkant stonden vreemd vormgegeven gebouwen – huizen, winkels, cafés en restaurants – en over de kade liep een hobbelig wandelpad van kinderhoofdjes dat naar het lagergelegen water leidde. Honderden zeevogels schreeuwden vanaf schoorstenen en leien daken, terwijl honderden andere het luchtruim kozen, boven de haven rondcirkelden en vandaar de baai in vlogen, waar in de verte St. Michael's Mount oprees in het wegstervende avondlicht.
Een tamelijk grote groep mensen had zich op het schoolplein van de lagere school aan het lagergelegen deel van Paul Lane verzameld. Daar hadden de eerwaarde meneer Sweeney en zijn echtgenote een eenvoudig openluchttheater opgericht, dat slechts uit drie delen bestond. Een stevig uitgevoerd platform deed dienst als toneel. De zitplaatsen voor de toeschouwers bestonden uit eenvoudige houten klapstoelen van voor de oorlog. En aan de rand van het plein, tegen de straat aan, deed een kraam met verfrissingen, bestaande uit geestrijk vocht geleverd door de Anchor and Rose, de grootste pub van het dorp, al goede zaken. Achter de tap stond Nancy Cambrey, zag Lynley.
Het schoolhoofd ontving Lynley en zijn gezelschap zelf bij de ingang van het schoolplein. Zijn dikke gezicht glom van genoegen. Hij droeg een dikke laag schmink, waaronder hij hevig transpireerde. Hij had zijn kostuum al aan en zag er absurd uit met zijn wambuis, zijn kousen en zijn kale hoofd, dat glansde in de stralen licht die kriskras over het schoolplein vielen.
'Ik draag straks als Benedick natuurlijk ook een pruik,' grapte meneer Sweeney ten koste van zichzelf. Hij begroette St James en lady Helen warm als een oude vriend en wachtte daarna ongeduldig op het moment dat hij aan Deborah zou worden voor-

gesteld, een sociale kiesheid die hij niet lang volhield, want nog voor Lynley een woord kon zeggen, barstte hij los met: 'Kind, we zijn zó blij dat je hier vanavond bent. Dat jullie allebei hier zijn. Het is fantastisch.' Hij had daarna misschien zelfs een sierlijke buiging willen maken, ware het niet dat de gevaarlijke positie van zijn broekklep snelle bewegingen onmogelijk maakte. 'We hebben jullie op de voorste rij gezet, zodat je niets hoeft te missen. Kom. Het is deze kant op.'

Iets missen, een paar dingen missen, het hele toneelstuk missen; daar mochten ze niet op hopen, want het Nanrunnel Toneelgezelschap stond al jaren bekend om zijn zeer luide uitvoeringen en niet om zijn gedurfde producties. Maar onder aanvoering van meneer Sweeney – en zijn vrouw als een kleine, gezette Beatrice die tijdens monologen een opmerkelijk zwoegende boezem wist te tonen die veel gepassioneerder was dan de rol vereiste – verliep het toneelstuk met vurig enthousiasme tot aan de pauze. Daar aangekomen stond het publiek als één man op en bewoog zich in de richting van de kraam met verfrissingen om met pils en donker bier het beste te maken van een welkome onderbreking. Het enige voordeel van hun status van eregast werd duidelijk uit de snelle manier waarop Lynley en zijn gezelschap bij de kraam konden komen. De menigte, die zich even daarvoor nog als een kolkende massa naar de gezegende redding van de drank spoedde, week gewillig uiteen om Lynley en de anderen toegang tot de verkwikkingen te verschaffen.

De enige andere persoon die van het uiteenwijken van de massa duwende en schuifelende mensen gebruik had gemaakt, was een lange man van middelbare leeftijd die als eerste het stalletje had weten te bereiken. Hij draaide zich met een blad vol glazen om naar Lynley.

'Neem deze maar, Tommy,' zei hij.

Ongelovig staarde Lynley naar Roderick Trenarrow en het blad glazen. Wat hij wilde, was overduidelijk en onvermijdelijk: een ontmoeting in het openbaar, een demonstratie van wederzijdse vriendelijkheid. Zoals altijd had Trenarrow zijn moment meesterlijk gekozen.

'Roderick,' zei Lynley. 'Wat vreselijk aardig van je.'

Trenarrow glimlachte. 'Ik had het geluk dat ik dicht bij de kraam zat.'

'Vreemd. Ik had niet gedacht dat Shakespeare iets voor jou was.'
'Afgezien van *Hamlet* bedoel je?' vroeg Trenarrow vriendelijk. Hij richtte zijn aandacht op Lynleys gezelschap en stond duidelijk te wachten op het moment dat hij zou worden voorgesteld. Dat deed Lynley, die alles op alles zette om er onaangedaan uit te zien.
Trenarrow duwde zijn goudomrande bril over zijn neus omhoog en richtte zich tot Lynleys vrienden. 'Ik ben bang dat mevrouw Sweeney me in de bus uit Penzance te pakken heeft gekregen en voor ik het wist, had ik een kaartje voor de voorstelling van vanavond gekocht en gezworen dat ik zou komen. Maar God kent genade. Ik zit dicht bij de drank, dus als de voorstelling nog slechter wordt, kan ik zes of zeven biertjes pakken en me eens goed bedrinken.'
'Ons idee,' zei lady Helen.
'Je krijgt elke zomer meer ervaring met de Nanrunnel-stukken,' ging Trenarrow verder. 'Ik verwacht dat de rest van het publiek volgend jaar ook bij mij achteraan wil zitten. Uiteindelijk wil niemand meer vooraan zitten en zal mevrouw Sweeney het toneelstuk vanuit de kraam moeten opvoeren als ze onze aandacht wil vasthouden.'
De anderen lachten. Lynley niet. Hij ergerde zich aan hun bereidheid om voor Trenarrow te zwichten en hij nam de andere man nauwkeurig op, alsof hij door een analyse van zijn fysieke eigenschappen de bron van zijn charme zou kunnen achterhalen. Zoals altijd zag Lynley niet het geheel, maar de details. Dik bruin haar dat eindelijk tekenen van zijn leeftijd vertoonde: dunne streepjes grijs die vanaf zijn voorhoofd naar achteren liepen; een linnen pak, oud maar goed gemaakt en vlekkeloos schoon; een scherpe en harde kaaklijn, waarop geen grammetje vet zat, ondanks het feit dat hij bijna vijftig was; een warme lach die spontaan uit hem losbarstte; de fijne rimpeltjes bij zijn ogen; en de ogen zelf, donker en snel van oordelen en begrip.
Lynley registreerde dit alles zonder een bepaald systeem voor observatie, gewoon een serie snelle indrukken. Hij kon niet anders dan de man observeren, niet nu Trenarrow zo dicht bij hem stond en – zoals altijd – zo onmiskenbaar aanwezig was.
'Ik zie dat Nancy Cambrey naast haar andere baantjes nu ook voor de Anchor and Rose werkt,' zei Lynley tegen Trenarrow.

De andere man keek over zijn schouder naar de kraam met verfrissingen. 'Daar ziet het naar uit. Ik ben verbaasd dat ze dat doet, met de baby en alles. Het zal niet makkelijk voor haar zijn.'
'Het zal wel helpen om hun financiële zorgen te verlichten, denk je niet?' Lynley nam een slok van zijn bier. Het was hem niet koud genoeg en hij zou het het liefst in een pot met een palm vlak bij hem hebben gegooid. Maar Trenarrow zou dat als een uiting van vijandschap beschouwen, dus nam hij toch maar telkens kleine slokjes uit zijn glas. 'Moet je luisteren, Roderick,' zei hij bruusk, 'ik zal het geld dat ze je schuldig zijn, betalen.'
Zowel de opmerking zelf als de toon waarop hij sprak, maakte een einde aan het gesprek tussen de anderen. Lynley merkte op dat lady Helen haar hand op de arm van St James legde, dat Deborah naast hem onrustig werd en dat Trenarrow er perplex uitzag, alsof hij absoluut niet wist waar Lynley het over had.
'Het geld betalen?' herhaalde Trenarrow.
'Ik ben niet van plan Nancy te laten bedelen. Ze kunnen op dit moment geen huurverhoging betalen en...'
'Huur?'
Lynley vond zijn zacht uitgesproken herhalingen buitengewoon ergerlijk. Trenarrow duwde hem in de rol van bullebak. 'Ze is bang dat ze Gull Cottage uit worden gezet. Ik heb haar gezegd dat ik het geld zou betalen. Nu zeg ik het tegen jou.'
'Gull Cottage. Ik snap het.' Trenarrow bracht langzaam zijn glas naar zijn lippen en keek Lynley over de rand van het glas aandachtig aan. Hij staarde nadenkend naar de kraam met drank. 'Nancy hoeft zich over Gull Cottage geen zorgen te maken. Mick en ik komen daar wel uit. Ze had je niet om geld hoeven vragen.'
Weer echt iets voor hem, dacht Lynley. Wat was hij walgelijk edelmoedig. En wat had hij een vooruitziende blik. Hij wist wat hij deed. Het hele gesprek was een soort herhaling van de woordenwisselingen die ze de afgelopen jaren ontelbare malen hadden gehad, vol dubbelzinnige opmerkingen en diepere betekenissen.
'Ik heb beloofd dat ik ervoor zou zorgen en dat doe ik ook.' Lynley probeerde zijn toon, zo niet de intentie van zijn woor-

den, te veranderen. 'Het is helemaal niet nodig dat jij...'
'Eronder lijdt?' Trenarrow keek Lynley even uitdrukkingsloos aan en schonk hem toen een koele glimlach. Hij dronk zijn bier op. 'Wat aardig van je. Als je me nu wilt excuseren. Het schijnt dat ik je tijd lang genoeg in beslag heb genomen. Er zijn nog anderen die willen worden voorgesteld.' Hij knikte en liet hen alleen.
Lynley keek hem na en moest toegeven dat Trenarrow altijd het goede moment wist te kiezen. Het was hem weer gelukt Lynley achter te laten met het gevoel dat hij niets meer was dan een lompe pummel. Hij was weer zeventien. In Trenarrows gezelschap zou hij altijd weer zeventien zijn.
Het geanimeerde gebabbel van lady Helen vulde de leegte die Trenarrows vertrek veroorzaakte. 'Lieve hemel, wat een adembenemende man is dat, Tommy. Zei je dat hij arts was? Ik wed dat alle vrouwen uit het hele dorp elke dag voor zijn spreekuur in de rij staan.'
'Zo'n soort arts is hij niet,' antwoordde Lynley automatisch. Hij goot de rest van zijn bier langs de stam van een palm en keek naar de plas bier op de droge, keiharde aarde. 'Hij doet research in Penzance.'
Wat ook de reden was waarom hij ooit naar Howenstow was gekomen, een man van net dertig, op wie ze wanhopig een beroep hadden gedaan toen de graaf stervende was. Het was hopeloos. Hij had op zijn gebruikelijke ernstige manier uitgelegd dat er niets anders overbleef dan door te gaan met de chemotherapie. Het was niet te genezen, wat de kranten ook schreven. Er waren tientallen verschillende vormen van kanker, zei hij. Het was maar een verzamelnaam. Het lichaam stierf omdat het niet in staat was een halt toe te roepen aan de celdeling en wetenschappers wisten niet genoeg; ze werkten er wel aan, maar het zou nog jaren duren... Hij sprak rustig en verontschuldigend. Vol begrip en medeleven.
En dus kwijnde de graaf weg, ging steeds verder achteruit, leed en stierf. De familie had om hem getreurd. De hele streek had om hem getreurd. Iedereen behalve Roderick Trenarrow.

9

Nancy Cambrey zette de laatste bierglazen in de kartonnen doos waarin ze naar de lagergelegen Anchor and Rose zouden worden vervoerd. Ze was ontzettend moe. Ze had op tijd bij de school moeten zijn om alles voor die avond gereed te maken en ze had geen tijd gehad om te eten, zodat ze ook nog licht in haar hoofd was. Ze sloeg de flappen van de doos dicht en tilde hem op, blij dat het werk voor die avond erop zat.

Vlak bij haar stond haar werkgeefster – de geduchte mevrouw Swann – met de voor haar gebruikelijke passie voor geldzaken de opbrengst van de avond te tellen. Haar lippen bewogen mee terwijl ze de munten en briefjes telde en getallen in haar beduimelde kasboek noteerde. Ze knikte tevreden. De kraam had goede zaken gedaan.

'Dan ga ik maar,' zei Nancy enigszins aarzelend. Ze wist nooit hoe mevrouw Swann, die bekendstond om haar wisselende humeur, zou reageren. Geen enkele barjuffrouw had het langer dan zeven maanden bij haar uitgehouden. Nancy was van plan de eerste te worden. Het gaat om het geld, fluisterde ze altijd tegen zichzelf wanneer ze weer eens het mikpunt van een van de woede-uitbarstingen van mevrouw Swann was. Je kunt alles verdragen, zolang ze je maar betaalt.

'Goed, Nance,' mompelde mevrouw Swann en ze wuifde even met haar hand. 'Ga maar.'

'Sorry van dat telefoontje.'

De vrouw haalde haar neus op en krabde met een stompje potlood op haar hoofd. 'Bel in het vervolg je vader in je eigen tijd, kind. En niet in mijn tijd.'

'Ja, dat zal ik doen. Ik zal het onthouden.' Zich weer met haar verzoenen was nu het allerbelangrijkste. Nancy greep de kraam stevig vast om de haren van mevrouw Swann weer glad te kunnen strijken zonder te laten merken dat ze eigenlijk een hekel aan haar werkgeefster had. 'Ik leer snel, mevrouw Swann. Dat zult u zien. U hoeft me nooit iets twee keer te vertellen.'

Mevrouw Swann keek abrupt op. Haar glanzende rattenoogjes

namen haar schattend op. 'Leer je ook snel genoeg van die man van jou, kind? Allerlei nieuwe dingen, denk ik zo, hè?'
Nancy wreef over een vlek op haar verkleurde roze blouse. 'Ik ga,' zei ze bij wijze van antwoord en ze dook onder de kraam door.
Hoewel de lichten nog aan waren, was het schoolplein leeg. Alleen Lynley en zijn vrienden en het Nanrunnel Toneelgezelschap waren er nog. Nancy bleef even naar hen staan kijken. St James en lady Helen stonden tussen de lege stoelen te wachten, terwijl Lynley met de acteurs poseerde en zijn verloofde foto's van hen nam. Elk flitslicht verlichtte het ene verrukte gezicht na het andere en legde hun potsierlijke poses op film vast. Lynley onderging het allemaal welwillend, zoals gebruikelijk. Hij babbelde met het schoolhoofd en zijn vrouw en lachte om de vrolijke opmerkingen van lady Helen.
Voor hem is het leven zo makkelijk, dacht Nancy.
'Het is allemaal precies hetzelfde, hoor, kindje, als je een van hen bent. Het lijkt alleen anders.'
Nancy schrok van deze woorden, van de bijtende kritiek die eruit sprak. Ze draaide zich bliksemsnel om en zag dr. Trenarrow tegen de muur van het schoolplein in de schaduw zitten.
Nancy was hem de hele avond uit de weg gegaan. Ze had ervoor gezorgd dat ze buiten zijn bereik en gezichtsveld stond wanneer hij voor een biertje naar de kraam kwam. Nu kon ze hem echter niet meer ontlopen, want hij stond op en liep het licht in.
'Je maakt je zorgen over Gull Cottage,' zei hij. 'Dat is niet nodig. Ik zal jullie niet op straat zetten. We regelen wel iets, Mick en ik.'
Ondanks zijn vriendelijke woorden voelde ze achter in haar nek het zweet uitbreken. Het was de nachtmerrie waarvoor ze bang was geweest: oog in oog met hem staan, de situatie moeten bespreken, smoesjes moeten verzinnen. Erger, want nog geen drie meter bij hen vandaan keek mevrouw Swann op van haar geldkistje. Haar interesse was ongetwijfeld gewekt doordat Micks naam was gevallen.
'Ik zal zorgen dat u het geld krijgt,' stamelde ze. 'Heus.'
'Je hoeft je geen zorgen te maken, Nancy,' zei Trenarrow, nu iets dringender. 'En je hoeft al helemaal niet lord Asherton om hulp te vragen. Je had eerst met mij moeten komen praten.'
'Nee. Ziet u...' Ze kon het niet uitleggen zonder hem te beledi-

gen. Hij zou niet begrijpen waarom ze wel met haar hoed in haar hand naar Lynley kon gaan en niet naar hem. Hij zou zich niet realiseren dat een lening van Lynley niet de last van ongewenste liefdadigheid met zich meedroeg, omdat hij gaf zonder te oordelen, uit vriendschap en bezorgdheid. En Nancy kon nergens anders dat soort hulp verwachten zonder dat het mislukken van haar huwelijk zou worden meegewogen. Zelfs nu voelde ze hoe dr. Trenarrow haar situatie stond te evalueren. Zelfs nu kon ze zijn medelijden voelen.

'Want een huurverhoging is niet...'

'Alstublieft.' Met een zachte schreeuw rende ze langs hem heen het schoolplein af de straat op. Ze hoorde dr. Trenarrow een keer haar naam roepen, maar ze holde door.

Ze masseerde haar armen, die pijn deden van het tillen van bierglazen en het bedienen van de tap, en haastte zich van Paul Lane naar Ivy Street, die naar de kronkelende steegjes en doorgangen leidde die het hart van het dorp vormden. Dit waren smalle steile straatjes met kinderhoofdjes, bochtige straatjes die voor auto's te smal waren. Overdag kwamen vakantiegangers hier de pittoreske oude huisjes met hun kleurige voortuintjes en schuine leien daken fotograferen. 's Avonds werd het gehele gebied echter alleen verlicht door rechthoekige vlakken licht uit de ramen van de huizen. Het was er donker en er bivakkeerden ontelbare katten, die zich op de heuvels rond het dorp voortplantten en 's avonds uit de vuilnisbakken kwamen eten. Het was geen plek om rond te dwalen.

Gull Cottage lag ergens midden in dit netwerk van straatjes. Het lag op de hoek van Virgin Place en zag eruit als een witgekalkt lucifersdoosje. De raamkozijnen waren helderblauw geverfd en er stond een overdadig bloeiende fuchsia naast de voordeur. Bloedrode bloemen waren van de plant gewaaid en bedekten de grond eromheen.

Naarmate Nancy dichter bij het huisje kwam, ging ze langzamer lopen. Ze kon het geluid van drie huizen ver horen. Molly huilde, schreeuwde in feite.

Ze keek op haar horloge. Het was bijna middernacht. Molly zou haar fles moeten hebben gehad, zou lekker moeten slapen. Waarom bekommerde Mick zich in godsnaam niet om dat kind?

Geïrriteerd omdat haar echtgenoot zo egoïstisch doof kon zijn voor het huilen van zijn eigen dochter, holde Nancy het laatste stukje naar huis, gooide het tuinhek open en liep snel naar de deur.
'Mick!' riep ze. Boven haar kon ze Molly in de enige slaapkamer van het huis horen huilen. Ze voelde een lichte paniek opkomen toen ze zich Molly's woedende rode gezichtje voorstelde en haar kleine lijfje dat stijf stond van angst. Ze duwde de deur open.
'Molly!'
Eenmaal binnen holde ze naar de trap en rende met twee treden tegelijk naar boven. Het was ondraaglijk heet in huis.
'Molly, meisje! Schatje!' Ze vloog naar het ledikantje en tilde haar dochter op. Het kind was doornat en stonk naar urine. Haar lichaam was koortsig. Sliertjes kastanjebruin haar zaten op haar hoofdje geplakt. 'Schatje, lief meisje van me. Wat is er met je gebeurd?' mompelde ze terwijl ze haar gezichtje waste en haar verschoonde. Vervolgens riep ze: 'Michael! Mick!'
Met Molly tegen haar schouder liep Nancy de trap weer af. Haar voeten bonkten op het kale hout toen ze naar de keuken aan de achterkant van het huis liep. Haar eerste gedachte was dat de baby te eten moest hebben. Toch veroorloofde ze zichzelf eerst een kleine woede-uitbarsting.
'Ik moet met je praten,' zei ze bits tegen de gesloten deur van de zitkamer. 'Michael! Hoor je me? Ik moet met je praten. Nu!'
Terwijl ze sprak, zag ze dat de deur niet in het slot zat. Ze duwde hem met haar voet open.
'Michael, je kunt toch verdomme wel antwoord geven als...'
Ze voelde de haren op haar armen overeind gaan staan. Hij lag op de grond. Althans, er lag iemand op de grond, want ze kon alleen een been zien. Maar één been. Geen twee. Wat vreemd was, tenzij hij met het ene been opgetrokken en het andere in volle overgave uitgestrekt lag te slapen. Maar hoe kon hij zo slapen? Het was heet. Zo heet. En de herrie die Molly had gemaakt...
'Mick, probeer je een geintje met me uit te halen?'
Er kwam geen antwoord. Molly's gehuil was overgegaan in een uitgeput gedrein, dus stapte Nancy de kamer in.
'Dat ben jij toch, hè, Mick?'
Niets. Maar ze kon zien dat het Mick was. Ze herkende zijn schoen, een frivole rode basketbalschoen met een zilverkleurige

streep rond de enkel. Het was een nieuwe aanwinst van hem, iets wat hij niet nodig had. Die schoenen zijn veel te duur, had ze tegen hem gezegd. We houden niks over. Zo komt de baby tekort... Ja, het wás Mick op de vloer. En ze wist precies wat hij in zijn schild voerde: doen alsof hij sliep, zodat ze niet kwaad op hem kon worden omdat hij niet voor Molly had gezorgd.
Toch was het raar dat hij niet overeind sprong en hard begon te lachen omdat hij haar met een van zijn grapjes zo aan het schrikken had gemaakt. En ze wás bang, want er klopte iets niet. De vloer lag bezaaid met vellen papier, veel meer vellen papier dan Mick gewoonlijk liet rondslingeren. De laden van het bureau stonden open. De gordijnen waren dicht. Buiten miauwde een kat, maar binnen was het doodstil en de zware, hete lucht stonk naar uitwerpselen en zweet.
'Mickey?'
Haar handen, haar oksels, de achterkant van haar knieën, de binnenkant van haar ellebogen, alles was kleverig en nat. Molly bewoog op haar arm. Nancy dwong zichzelf de kamer in te gaan. Eerst een centimeter. Toen nog een. Vervolgens een halve meter. Daarna nog een stukje. En toen zag ze waarom haar echtgenoot Molly niet had horen huilen.
Hoewel hij bewegingloos op de grond lag, deed hij helemaal niet alsof hij sliep. Zijn ogen waren open. Maar ze stonden glazig en star en terwijl Nancy stond te kijken, liep er een vlieg over het oppervlak van een blauwe iris.
Voor haar ogen leek zijn beeld in de hitte te zwemmen, bezield door een kracht buiten zijn lichaam. Hij moet zich toch bewegen, dacht ze. Hoe kan hij nu zo stil liggen? Is het een of andere truc? Voelt hij die vlieg niet?
Toen zag ze de andere vliegen. Zeven of acht. Niet meer. Meestal hielden ze zich op in de keuken, waar ze haar lastigvielen wanneer ze stond te koken. Maar nu zoemden en cirkelden ze rond de heupen van haar man, rond de plek waar Micks broek was gescheurd, waar zijn broek openstond, waar zijn broek ruw naar beneden was getrokken om iemand bij zijn... om iemand met een mes...

Ze zette het zomaar in het wilde weg zonder duidelijk doel voor ogen op een hollen. Haar enige gedachte was dat ze daar weg moest.

Ze wierp zichzelf het huis uit naar buiten, door het hek Virgin Place op. Op haar arm begon de baby weer te huilen. Haar voet stootte tegen een kinderhoofdje en ze viel bijna, liep struikelend drie stappen door, botste tegen een vuilnisbak en richtte zichzelf op door een regenpijp vast te grijpen.
Het was volledig donker. Maanlicht viel op de daken en de muren van de huizen, maar die wierpen lange schaduwen op de straat, gapende inktzwarte poelen waar ze zich in stortte zonder zich druk te maken om de hobbelige kinderhoofdjes, om de kleine rondscharrelende knaagdieren die in de nacht naar voedsel zochten. Het begin van Ivy Street lag voor haar en ze dook ernaartoe, naar de veiligheid van Paul Lane daar vlak achter.
'Alstublieft.' Haar mond vormde het woord. Ze kon zichzelf niet horen. En toen brak door het raspende geluid van haar longen het geluid van stemmen en gelach heen, het geluid van plezier op Paul Lane.
'Oké, ik geloof je. Zoek Cassiopeia dan eens op,' zei een vriendelijke mannenstem. Vervolgens voegde hij eraan toe: 'Jezus, Helen, kun je dan misschien wel de Grote Beer vinden?'
'Nou ja, Tommy, ik probeer me alleen even te oriënteren. Je hebt net zoveel geduld als een kind van twee. Ik kan...'
Redding. Ze haalde hen in, botste tegen hen op, viel op haar knieën.
'Nancy!' Iemand pakte haar arm vast, hielp haar opstaan. Molly jammerde. 'Wat is er? Wat is er mis?'
Het was de stem van Lynley, de arm van Lynley om haar schouders. Ze was gered.
'Mick!' huilde ze, en ze trok hard aan de voorkant van Lynleys colbert. Nu ze eindelijk had gezegd wat ze moest zeggen, begon ze te schreeuwen. 'Het is Mick! Het is Mick!'
In de huizen om hen heen gingen de lichten aan.

St James en Lynley gingen samen naar binnen. De drie vrouwen bleven net achter het tuinhek staan. Het lichaam van Mick Cambrey lag op de vloer van de zitkamer, niet meer dan zesenhalve meter bij de voordeur vandaan. De twee mannen liepen naar het lichaam toe en staarden erop neer. Afgrijzen belette hun te handelen.
'Mijn god,' mompelde St James.

In zijn tijd bij het forensisch team van New Scotland Yard had hij veel gruwelijke dingen gezien, maar de verminking van Cambreys lichaam raakte hem diep. Het was het soort verminking dat iedere man diep in zijn hart vreesde. Hij wendde zijn ogen af en zag dat iemand de zitkamer grondig had doorzocht. Alle laden waren uit het bureau getrokken, correspondentie, enveloppen, briefpapier en talloze andere papieren waren door de kamer gegooid, van fotolijstjes was de achterkant afgescheurd en naast een versleten blauwe bank lag een beduimeld briefje van vijf pond op de grond.

Het was een automatische reactie, die hij had aangeleerd tijdens zijn korte carrière bij de politie en die werd gevoed door zijn toewijding aan de forensische wetenschap. Later zou hij zich afvragen waarom hij zich er ooit zo druk over had gemaakt, gezien de tweespalt die het tussen hen zaaide. 'We hebben Deborah nodig,' zei hij.

Lynley zat op zijn hurken naast het lichaam. Hij sprong overeind en hield St James bij de voordeur tegen. 'Ben je gek geworden? Je wilt toch niet aan haar vragen... Dat is waanzin. We moeten de politie erbij halen. Dat weet je net zo goed als ik.'

St James trok de deur open. 'Deborah, zou je...'

'Blijf waar je bent, Deborah,' onderbrak Lynley hem. Hij draaide zich weer om naar zijn vriend. 'Ik wil het niet hebben. Dat meen ik, St James.'

'Wat is er, Tommy?' Deborah deed een stap naar voren.

'Niets.'

St James keek de andere man nieuwsgierig aan. Hij probeerde het wezen van zijn vermaning te doorgronden, maar het ontging hem. 'Het is niet veel werk, Tommy,' legde hij uit. 'Volgens mij is het beter. Je weet nooit hoe de plaatselijke recherche is. Ze vragen je misschien toch wel om hulp. Dus laten we alvast een paar foto's maken. Daarna kun je ze bellen.' Hij riep over zijn schouder. 'Neem je even je camera mee, Deborah?'

Ze kwam naderbij. 'Natuurlijk. Hier...'

'Blijf waar je bent, Deborah.'

Zijn eigen toelichting had St James rationeel in de oren geklonken; Lynleys nadrukkelijk uitgesproken reactie deed dat niet.

'En de camera?' vroeg Deborah.

'Ik zei dat je daar moest blijven!'

Ze zaten in een impasse. Lady Helen hield Deborah tegen en liep naar de twee mannen toe. 'Wat is er gebeurd?' vroeg ze.
St James gaf antwoord. 'Helen, geef me Deborahs camera eens aan. Mick Cambrey is vermoord en ik wil de kamer fotograferen voor we de politie bellen.'
Hij zei verder niets tot hij de camera in zijn handen had. En zelfs toen bestudeerde hij het mechanisme van de camera in alle stilte, een stilte die steeds onaangenamer en intenser werd naarmate hij hem liet voortduren. Hij zei tegen zichzelf dat Lynleys belangrijkste motivatie was dat Deborah het lichaam niet mocht zien en niet zelf de foto's mocht nemen. Hij was er inderdaad van overtuigd dat zijn vriend dat bedoelde toen hij erop aandrong dat zij buiten bleef staan. Hij had St James verkeerd begrepen. Hij dacht dat St James haar de foto's zelf wilde laten maken. Maar dat misverstand was uitgelopen op een ruzie. En ook al was een groot deel van die ruzie niet uitgesproken, het feit dat ze ruzie hadden gekregen, vulde de atmosfeer met grauwe en onprettige elementen.
'Misschien kun je beter even buiten wachten tot ik klaar ben,' zei St James tegen zijn vriend, en hij liep het huis weer in.

St James nam vanuit elke hoek rond het hele lichaam foto's en stopte pas toen de film op was. Daarna liep hij de zitkamer uit, trok de deur deels achter zich dicht en voegde zich bij de anderen. Ze hadden gezelschap gekregen van een paar buren, die op korte afstand van het tuinhek stonden te fluisteren, de hoofden naar elkaar toe gebogen, stemmen die speculatief mompelden.
'Breng Nancy maar naar binnen,' zei St James.
Lady Helen leidde haar door de voortuin het huis in. Eenmaal binnen aarzelde ze even en bracht Nancy toen naar de keuken, een rechthoekige ruimte met een oud, schuin plafond en grijs zeil op de vloer dat op sommige plaatsen zwart versleten was. Ze zette haar op een stoel die naast een vurenhouten tafel vol vlekken stond. Ze knielde naast haar neer en keek aandachtig naar haar gezicht, pakte haar arm en hield haar dunne pols tussen haar vingers. Ze fronste haar wenkbrauwen en raakte met de achterkant van haar hand Nancy's wang aan.
'Tommy,' zei lady Helen opmerkelijk kalm, 'bel dokter Trenarrow eens. Ik denk dat ze een shock krijgt. Dat kan hij toch wel

behandelen, hè?' Ze haalde de baby voorzichtig uit Nancy's armen en gaf haar aan Deborah. 'Er zal wel babymelk in de koelkast staan. Wil je een beetje opwarmen?'

'Molly...' fluisterde Nancy. 'Honger. Ik... fles.'

'Ja,' zei lady Helen vriendelijk. 'Daar wordt voor gezorgd, liefje.'

In de zitkamer stond Lynley te telefoneren. Hij begon een tweede telefoongesprek, dat zelfs nog korter duurde, maar uit de formele klank van zijn stem maakten de anderen op dat hij de politie van Penzance aan de lijn had. Na een paar minuten kwam hij de keuken in met een deken, die hij ondanks de hitte om Nancy heen sloeg.

'Kun je me verstaan?' vroeg hij haar.

Nancy's oogleden bewogen, maar je kon alleen het wit van haar ogen zien. 'Molly... fles.'

'Ik heb haar hier,' zei Deborah. Ze stond in een hoek van de keuken zachtjes tegen het kind te zingen. 'De melk staat op. Ze heeft haar melk het liefst warm, denk ik, hè? Het is een mooi kindje, Nancy. Ik kan me geen mooier kindje voorstellen.'

Het waren precies de goede woorden. Nancy ontspande zich op haar stoel. St James knikte dankbaar naar Deborah en liep terug naar de deur van de zitkamer. Hij duwde hem open en ging op de drempel staan. Een paar minuten stond hij daar rond te kijken, te denken, te evalueren wat hij zag. Uiteindelijk ging lady Helen naast hem staan. Zelfs vanuit de deuropening konden ze zien wat voor soort spullen er verspreid op de grond, op het bureau, tegen de poten van de meubels lagen. Notitieboekjes, documenten, pagina's van manuscripten, foto's. De opmerking die lady Asherton over Mick Cambrey had gemaakt, speelde St James door het hoofd. Maar de aard van de misdaad ondersteunde niet de conclusie die hij anders misschien op basis van deze woorden automatisch zou hebben getrokken.

'Wat denk je?' vroeg lady Helen hem.

'Hij was journalist. Hij is dood. Op de een of andere manier zouden die twee feiten iets met elkaar te maken moeten hebben. Maar het lichaam zegt duizendmaal nee.'

'Hoezo?'

'Hij is gecastreerd, Helen.'

'Lieve hemel. Is hij daaraan gestorven?'

'Nee.'

'Waaraan dan?'
Zacht kloppen op de deur verhinderde een antwoord. Lynley liep naar de deur om Roderick Trenarrow binnen te laten. De arts kwam zwijgend binnen. Hij keek van Lynley naar St James en lady Helen en toen langs hen heen naar de vloer van de zitkamer, waar zelfs vanaf de plek waar hij stond, het lichaam van Mick Cambrey deels zichtbaar was. Even leek het erop dat hij naar binnen zou stappen en een poging zou doen een man te redden voor wie niets meer mocht baten.
Hij zei tegen de anderen: 'Weten jullie het zeker?'
'Ja,' antwoordde St James.
'Waar is Nancy?' Zonder op hun antwoord te wachten liep hij door naar de keuken, waar het licht helder was en Deborah over baby's babbelde alsof ze hoopte dat ze Nancy zo in het hier en nu kon houden. Trenarrow tilde Nancy's hoofd op en keek naar haar ogen. Hij zei: 'Help me even. Ze moet naar boven. Snel. Heeft iemand haar vader gebeld?'
Lynley liep weg om dat te doen. Lady Helen hielp Nancy overeind en duwde haar zachtjes de keuken uit. Dr. Trenarrow liep voor hen uit en Deborah volgde hen, nog steeds met de baby in haar armen. Even later begon de stem van Trenarrow vriendelijk vragen te stellen in de slaapkamer op de bovenverdieping. Deze werden gevolgd door Nancy's klagerige antwoorden. Een bed kraakte. Iemand deed een raam open. Het droge hout van het schuifraam knarste en piepte.
'Er wordt niet opgenomen bij Penellin,' zei Lynley, die bij de telefoon stond. 'Ik bel Howenstow wel even. Misschien zit hij daar.' Maar na een gesprek met lady Asherton was nog steeds niet duidelijk waar John Penellin was. Lynley keek met gefronste wenkbrauwen op zijn horloge. 'Het is halfeen. Waar zou hij in godsnaam zo laat kunnen zijn?'
'Hij was niet bij het toneelstuk, hè?'
'John? Nee. Ik kan niet zeggen dat het Nanrunnel Toneelgezelschap hem erg kan boeien.'
Boven hen gaf Nancy een gil. Iemand scheen deze eenmalige uiting van smart te willen beantwoorden en klopte op de deur. Lynley opende de deur om de plaatselijke politie binnen te laten, in de persoon van een gezette agent met krulhaar en een uniform dat zich onderscheidde door grote sikkelvormige

zweetplekken onder de armen en een koffievlek op de broek. Hij zag eruit als 23. Hij nam niet de moeite zich voor te stellen en scheen niet van plan te zijn zich aan de formaliteiten te houden die bij een moordonderzoek passen. Het werd bijna direct duidelijk dat de aanwezigheid van een lijk hem boven de pet ging en dat hij het prachtig vond om erbij te zijn.
'Hebbie een moordgeval?' vroeg hij gemoedereerd, alsof moorden in Nanrunnel dagelijks voorkwamen. Misschien wilde hij zijn nonchalante gedrag geloofwaardig maken, want hij pakte een stukje kauwgum en stopte dat in zijn mond. 'Waar is het slachtoffer?'
'Wie bent u?' vroeg Lynley bars. 'U bent niet van de recherche.'
De agent grinnikte. 'T.J. Parker,' verkondigde hij. 'Thomas Jefferson. Mam hield van de Amerikanen.' Hij drong zich naar voren, de zitkamer in.
'Bént u van de recherche?' vroeg Lynley toen de man een notitieboekje opzij schopte. 'Jezus christus, man. Blijf toch overal van af.'
'Je hoeft je niet zo op te winden,' antwoordde de agent. 'Inspecteur Boscowan heeft mij vooruitgestuurd om de plaats van het misdrijf te verzegelen. Hij komt eraan, zo gauw hij is aangekleed. Maak je maar geen zorgen. Nou, eens zien, wat hebben we?' Hij wierp voor het eerst een blik op het lijk en begon sneller op zijn kauwgum te kauwen. 'Iemand had goed de pest aan die vent. Dat is wel duidelijk.'
Na deze woorden begon hij de kamer door te struinen. Hij raakte verscheidene dingen op Cambreys bureau met zijn blote handen aan.
'Blijf in godsnaam overal van af,' zei Lynley kwaad. 'Laat dat over aan jullie rechercheteam.'
'Beroving,' verkondigde Parker alsof Lynley niets had gezegd. 'Op heterdaad betrapt, zou ik zo zeggen. Een gevecht. En daarna een beetje plezier met de snoeischaar.'
'Verdomme, luister nou eens. U kunt...'
Parker stak zijn vinger naar hem op. 'Dit is politiewerk, meneer. U zou me een groot plezier doen als u in de gang bleef wachten.'
'Heb je je volmacht bij je?' vroeg St James zachtjes aan Lynley. 'Hij is in staat om een zootje van die kamer te maken als je hem niet tegenhoudt.'

'Kan ik niet, St James. Dat valt buiten mijn bevoegdheid.'
Terwijl ze stonden te praten, kwam dr. Trenarrow de trap weer af. In de zitkamer draaide Parker zich om naar de deur, ving een glimp op van Trenarrows dokterstas en glimlachte.
'Nogal een rommeltje hier, dok,' verkondigde hij. 'Ooit zoiets gezien? Kijk zelf maar even, als u wilt.'
'Agent.' Lynley probeerde zowel redelijk als geduldig te klinken. Trenarrow scheen zich te realiseren hoe ongepast de suggestie van de agent was. Hij zei zachtjes tegen Lynley 'Misschien kan ik iets doen om een ramp te voorkomen' en liep naar het lichaam toe. Hij knielde neer en onderzocht het lijk, voelde naar de hartslag, bepaalde de temperatuur, bewoog een arm om vast te stellen hoe stijf het lijk al was. Vervolgens ging hij aan de andere kant zitten en boog zich voorover om de omvangrijke wonden te bestuderen.
'Slachtpartij,' mompelde hij. Hij keek op en vroeg: 'Hebben jullie een wapen gevonden?' Hij keek de kamer rond en voelde tussen de vellen papier en de spullen die het dichtst bij het lichaam lagen.
St James huiverde toen de plaats van het misdrijf zo werd verstoord. Lynley vloekte. De agent deed niets.
Trenarrow knikte in de richting van een pook die op de grond naast de open haard lag. 'Zou dat het wapen kunnen zijn?' vroeg hij.
Agent Parker grinnikte. Zijn kauwgum knalde. Terwijl Trenarrow opstond, gniffelde hij. 'Om dat voor elkaar te krijgen?' vroeg hij. 'Ik denk niet dat die scherp genoeg is, denkt u wel?'
Trenarrow zag er niet geamuseerd uit. 'Ik bedoelde als moordwapen,' zei hij. 'Cambrey is niet overleden omdat hij is gecastreerd, agent. Dat ziet een kind nog wel.'
Parker leek niet te zijn beledigd door deze bedekte berisping van Trenarrow. 'Daar ging hij niet aan dood. Juist. Het maakte alleen een eind aan alles, hè?'
Trenarrow zag eruit alsof hij een boze reactie probeerde te onderdrukken.
'Hoelang is hij al dood, denkt u?' vroeg de agent joviaal.
'Twee of drie uur, denk ik. Maar er komt toch zeker iemand die dat voor u kan uitzoeken?'
'O, ja. Als ze komt,' zei de agent. 'Met de rest van de recherche.'

Hij schommelde op zijn voeten heen en weer, blies nog een bel van zijn kauwgum en keek aandachtig op zijn horloge. 'Tja,' – hij zuchtte en wreef met opvallend plezier in zijn handen – 'het is een begin, nietwaar? En je moet bij politiewerk ergens beginnen.'

Deel IV

Het onderzoek

10

Vanaf het moment dat hun auto om 2.15 in de ochtend voor de personeelswoning van Howenstow tot stilstand kwam, volgden de gebeurtenissen elkaar zeer snel op. Niet dat er tot dan toe niet veel was gebeurd. Er was zoveel gebeurd dat het allemaal niet een-twee-drie te verwerken was. Daar had inspecteur Edward Boscowan wel voor gezorgd, direct nadat hij met zijn rechercheteam uit Penzance bij Gull Cottage was gearriveerd.

Hij had een blik op agent Parker geworpen, die nog geen anderhalve meter bij Mick Cambreys lijk vandaan onderuit in een stoel hing; hij had een blik op St James, Trenarrow en Lynley in de kleine hal geworpen en op Deborah in de keuken, op lady Helen en Nancy Cambrey in de slaapkamer en op de baby in het ledikantje. Zijn witte gezicht was dieprood geworden. En pas toen zei hij eindelijk iets, maar alleen tegen de agent. Met zo'n geforceerde zelfbeheersing dat een ander bewijs voor zijn woede niet nodig was.

'Een theekransje, agent? Ik weet niet hoe jij erover denkt, maar je bent niet de dorpsidioot. Of heeft niemand je dat nog verteld?' De agent grinnikte verlegen. Hij duwde zichzelf overeind, krabde zich onder zijn arm en knikte alsof hij het ermee eens was. 'Dit is de plek van een misdrijf,' zei Boscowan bits. 'Wat doen al die mensen hier in godsnaam?'

'Ze waren hier al toen ik kwam,' zei Parker.

'O ja?' vroeg Boscowan met een fijn glimlachje. Toen Parker teruggglimlachte, omdat hij Boscowans glimlach per abuis als goedigheid van zijn superieur opvatte, snauwde Boscowan: 'Stuur ze dan nu naar buiten! Dat had je direct al moeten doen!'

Lynley was zich daarvan zelf ook bewust. Hij wist dat St James zich er ook van bewust was. Maar in de verwarring die was ontstaan door Nancy's aanval van hysterie, de chaos in de zitkamer en de aanblik van Cambreys lichaam, hadden ze dat grondbeginsel van politiewerk allebei genegeerd, vergeten of er een onkarakteristieke onverschilligheid tegenover ontwikkeld. Ze hadden de plek van het misdrijf niet verzegeld. Ze hadden niets

aangeraakt, maar ze waren wel in de kamer geweest. Trenarrow was in de kamer geweest. Lady Helen en Deborah en Nancy waren eerst in de keuken en later boven geweest. En ze hadden allemaal overal vezeltjes, haren en vingerafdrukken achtergelaten. Wat een nachtmerrie voor een forensisch team. En hij – een politieman – was daar zelf schuldig aan, of op zijn minst schuldig aan het feit dat hij niets had gedaan om het te voorkomen. Zijn gedrag was onvergeeflijk incompetent geweest en hij kon zichzelf niet vrijpleiten door tegen zichzelf te zeggen dat hij niet helder had kunnen denken omdat hij de betrokkenen persoonlijk kende. Want hij had de betrokkenen vaker persoonlijk gekend en hij had altijd zijn hoofd erbij gehouden. Hij had zijn greep verloren op het moment dat St James Deborah erbij betrok.
Boscowan had verder niemand een beschuldiging voor de voeten geworpen. Hij had alleen hun vingerafdrukken genomen en ze naar de keuken gestuurd, terwijl hij samen met een brigadier naar boven ging om met Nancy te praten en de leden van het forensisch team met hun werk in de zitkamer begonnen. Hij bleef bijna een uur bij Nancy en nam talloze keren geduldig de feiten met haar door. Toen hij het beetje informatie dat zij hem kon geven uit haar had getrokken, stuurde hij haar met Lynley naar huis, naar het huis van haar vader.
Nu keek Lynley omhoog naar het huis van Penellin. De voordeur zat dicht. De ramen waren gesloten, de gordijnen dichtgetrokken. Het huis was gehuld in duisternis en de bloemen van de rode klimroos die op de veranda en rond de ramen van de begane grond groeide, zagen er in de schaduwen uit als fijngetande inktvlekken.
'Ik ga wel even met je mee naar binnen,' zei Lynley, 'voor het geval je vader nog niet thuis is.'
Nancy bewoog even op de achterbank, waar ze met haar slapende baby op haar arm tussen lady Helen en St James in zat. Dr. Trenarrow had haar een licht kalmerend middel gegeven en dit behoedde haar voorlopig voor een shock.
'Pa slaapt,' mompelde ze, terwijl ze haar wang op Molly's hoofd liet rusten. 'Ik heb hem na de pauze nog gebeld. Tijdens het toneelstuk. Hij ligt in bed.'
'Hij was niet thuis toen ik hem om halfeen belde,' zei Lynley. 'Dus misschien is hij nu ook niet thuis. Als hij er niet is, vind

ik het beter dat je samen met Molly mee naar het huis gaat en niet alleen hier blijft. We kunnen een briefje voor hem achterlaten.'
'Hij ligt gewoon te slapen. De telefoon staat in de zitkamer. Zijn slaapkamer is boven. Hij heeft hem misschien niet gehoord.'
'Zou Mark hem dan niet hebben gehoord?'
'Mark?' Nancy aarzelde. Ze had duidelijk nog niet aan haar broer gedacht. 'Nee. Mark slaapt heel vast. Soms luistert hij naar muziek. Hij zal hem niet gehoord hebben. Maar ze liggen allebei boven te slapen. Vast en zeker.' Ze wilde uitstappen.
St James opende het portier. 'Dan ga ik maar. Dank u wel voor alles. Ik weet niet wat er zou zijn gebeurd als ik u niet op Paul Lane had gevonden.'
Haar woorden klonken steeds slaperiger. Lynley stapte uit en hielp haar samen met St James uit de auto. Ook al beweerde zij dat haar vader en haar broer in het huis lagen te slapen, Lynley was niet van plan haar alleen te laten zonder zich ervan te overtuigen dat dit inderdaad het geval was.
Zoals veel mensen die liegen, had ze de woorden overdreven nadrukkelijk uitgesproken. Het was niet ondenkbaar dat ze die avond met haar vader had gebeld. Maar haar vader was niet thuis geweest toen Lynley hem nog geen negentig minuten geleden uit Gull Cottage belde en Nancy's verklaring dat hij – en haar broer – door het geluid van de telefoon heen waren geslapen, was niet alleen onwaarschijnlijk, maar gaf ook aan dat ze iets te verbergen had.
Hij nam Nancy bij de arm en leidde haar over het hobbelige pad van flagstones naar de veranda, waar de klimroos een zoete geur in de zwoele nachtlucht verspreidde. Eenmaal binnen bevestigde een snelle inspectie van de kamers zijn vermoeden. Het huis was leeg. Terwijl Nancy slaperig de zitkamer in liep en in een rieten schommelstoel monotoon tegen haar dochtertje ging zitten zingen, liep hij terug naar de voordeur.
'Er is hier niemand,' zei hij tegen de anderen. 'Maar ik wacht, geloof ik, liever tot John terugkomt dan dat ik Nancy mee naar het huis neem. Gaan jullie zelf verder?'
St James nam voor hen allemaal een besluit. 'We komen naar binnen.'
Ze voegden zich bij Nancy in de zitkamer en zochten een plaatsje

tussen of op de dicht opeengepakte meubels. Niemand zei iets. Ze richtten allemaal hun aandacht op de persoonlijke eigendommen van de Penellins die aan de muren hingen en dicht opeengepakt op tafeltjes en op de vloer stonden en getuigden van het leven en de persoonlijkheden van het gezin dat hier al 25 jaar woonde. Spaans porselein – een passie van Nancy's moeder – stond stof te vergaren op een spinet. Aan de muur hingen tientallen kastjes met opgezette vlinders en samen met een hoeveelheid oude tennistrofeeën bewezen deze hoe sterk Marks interesses in de loop der jaren waren veranderd. In de vensterbank van een diepe erker lag een groot aantal lelijk geborduurde, verschoten kussens, die Nancy had gemaakt en die zo dicht naast elkaar lagen dat het leek of ze daar waren neergelegd omdat iemand ze uit de weg wilde hebben. In een hoek op de televisie stond de enige foto in de hele kamer, een foto van Nancy, Mark en hun moeder tijdens de kerstdagen kort voor het spoorwegongeluk dat een einde aan het leven van mevrouw Penellin had gemaakt.
Nadat ze een paar minuten had geluisterd naar de geluiden van krekels en een nachtegaal die door het door Lynley geopende raam binnendreven, stond Nancy Cambrey op. 'Molly is in slaap gevallen. Ik leg haar even boven in bed,' zei ze en ze liet hen alleen.
Toen ze haar op de verdieping erboven hoorden rondlopen, was het lady Helen die de gedachte onder woorden bracht die bij Lynley door het achterhoofd speelde. Ze sprak op haar gebruikelijke onomwonden manier.
'Tommy, waar zou John Penellin zijn? Denk je dat Nancy hem echt heeft opgebeld tijdens de voorstelling? Ze verklaarde zo nadrukkelijk dat ze hem had gesproken, dat ik het maar vreemd vond.'
Lynley zat op het bankje voor het spinet. Hij drukte zachtjes op drie toetsen en produceerde een nauwelijks hoorbare dissonant. 'Ik weet het niet,' antwoordde hij. Maar zelfs als hij Helens intuïtieve opmerking negeerde, dan nog kon hij zijn gesprek met Nancy van die middag niet vergeten, noch de afkeer waarmee haar vader over Nancy's echtgenoot had gesproken.
De klok sloeg het halve uur. Nancy voegde zich weer bij hen. 'Ik snap niet waar papa is,' zei ze. 'Jullie hoeven niet te blijven. Ik red me nu wel.'
'We blijven,' zei Lynley.

Ze streek haar haar achter haar oren en veegde haar handen af aan de zijkant van haar rok. 'Hij is zeker een tijdje geleden het huis uit gegaan. Dat doet hij wel vaker als hij niet kan slapen. Dan wandelt hij over het terrein. Dat doet hij vaak voor hij gaat slapen. Over het terrein. Ik weet zeker dat hij daar is.'

Niemand zei haar dat het hoogst onwaarschijnlijk was dat John Penellin om halfdrie in de ochtend was gaan wandelen. Dat was ook niet nodig, want de gebeurtenissen spanden samen om te bewijzen dat Nancy een leugenaar was. Nog voor ze was uitgesproken, gleden de lichten van een auto langs de ramen van de zitkamer. Een motor sputterde even. Een deur ging open en weer dicht. Voetstappen weerklonken op de flagstones en, even later, op de veranda. Ze liep snel naar de deur.

De anderen konden Penellins stem duidelijk horen. Hij sprak op scherpe toon. 'Nancy? Wat doe jij hier? Jij bent Mark toch niet? Nancy, waar is Mark?'

Ze stak een hand naar hem uit toen hij het huis binnenstapte. Hij pakte hem vast. 'Papa...' Haar stem stierf weg.

Op dat moment zag Penellin de aanwezigen in de zitkamer. Zijn gezicht verschoot van kleur. 'Wat is er gebeurd?' vroeg hij. 'Mijn god, wat heeft die schoft je nu weer aangedaan?'

'Hij is dood,' zei Nancy. 'Iemand...' Ze kon haar zin niet afmaken. Het was alsof die paar woorden haar herinnerden aan de afschuwelijke waarheid waaraan ze door het kalmerende middel even had kunnen ontsnappen.

Penellin keek zwijgend voor zich uit. Hij duwde zijn dochter opzij en deed een stap in de richting van de trap. 'Waar is je broer, Nancy?'

Nancy zweeg. In de zitkamer stond Lynley langzaam op.

Penellin nam nogmaals het woord. 'Vertel me wat er is gebeurd.'

'Nancy heeft na het toneelstuk het lichaam van Mick gevonden in Gull Cottage,' zei Lynley. 'Het leek of iemand de zitkamer had doorzocht. Misschien heeft Mick iemand betrapt die in zijn spullen zat te snuffelen. Of bij een inbraak. Hoewel,' voegde hij eraan toe, 'dat laatste onwaarschijnlijk is.'

Nancy omarmde dit idee. 'Het wás een inbraak,' zei ze. 'Dat was het. Ik weet het zeker. Mick zat de loonzakjes van de medewerkers van de krant te maken toen ik vanavond wegging.' Ze wierp een blik over haar schouder naar Lynley. 'Was het geld er nog?'

'Ik heb alleen een biljet van vijf pond op de grond zien liggen,' zei St James.
'Maar Mick betaalde zijn personeel toch niet in baar geld uit?' zei Lynley.
'Jawel,' zei Nancy. 'Zo ging het altijd bij de krant. Dat was makkelijker. Er is geen bank in Nanrunnel.'
'Maar als het een inbraak was...'
'Het wás een inbraak,' zei Nancy.
Lady Helen sprak op vriendelijke toon en bracht het enige punt naar voren dat tegen een inbraak pleitte. 'Maar Nancy, zijn lichaam...'
'Zijn lichaam?' vroeg Penellin.
'Hij was gecastreerd,' zei Lynley.
'Mijn god.'
Schril weerklonk de deurbel. Ze schrokken allemaal, een bewijs van de toestand van hun zenuwen. Penellin, die nog in de gang stond, opende de deur. Inspecteur Boscowan stond op de veranda. Buiten stond een stoffige auto geparkeerd achter de Rover waarmee Lynley eerder die avond van en naar Nanrunnel was gereden.
'John,' zei Boscowan bij wijze van begroeting.
Bij het horen van Penellins voornaam realiseerde Lynley zich ineens dat Boscowan en Penellin niet alleen even oud waren, maar, zoals zoveel inwoners van dit verlaten deel van Cornwall, ook oude schoolkameraden en vrienden.
Penellin zei: 'Heb je het gehoord van Mick, Edward?'
'Daar kom ik met je over praten.'
Nancy greep de leuning van de trap vast. 'Met papa? Waarom? Hij weet er niets van.'
'Ik heb een paar vragen, John,' zei Boscowan.
'Ik begrijp niet waarom.' Maar de toon waarop Penellin sprak, verried dat hij het maar al te goed begreep.
'Mag ik binnenkomen?'
Penellin keek de zitkamer in. Boscowan volgde zijn blik en zag de overige aanwezigen.
'Nog steeds hier, my lord?' vroeg hij.
'Ja. We zaten...' Lynley aarzelde. Te wachten tot John thuiskwam, lag op het puntje van zijn tong, een onbedoelde beschuldiging die hij niet wilde uiten.

'Papa weet nergens van,' herhaalde Nancy. 'Papa, zeg hem dat je niets over Mick weet.'
'Mag ik binnenkomen?' vroeg Boscowan nogmaals.
'Nancy en het kind,' zei Penellin. 'Ze zijn allebei hier. Kunnen we in Penzance praten? Op het bureau?'
Een verdachte had niet het recht een andere locatie te kiezen. En dat John Penellin een verdachte was, bewezen Boscowans volgende woorden.
'Heb je een advocaat die je zou willen bellen?'
'Een advocaat?' Nancy's stem klonk schril.
'Nance. Meisje. Niet doen.'
Penellin stak zijn armen naar zijn dochter uit, maar ze ontweek hem. 'Papa was híér.'
Boscowan wipte onrustig van de ene voet op de andere. 'Het spijt me, Nancy. Buren hebben hem om halftien bij je huis gezien. Anderen hebben ook een ruzie gehoord.'
'Hij was hier. Ik heb hem na de pauze gesproken. Pa, vertel hem dan dat ik je na de pauze heb gesproken.' Ze greep haar vaders arm vast en schudde deze koppig heen en weer.
Haar vader maakte haar vingers los. 'Laat me gaan, kindje. Blijf hier. Zorg voor Molly. Nancy, wacht op Mark.'
De dringende toon waarop Penellin deze laatste aanwijzing uitsprak, ontging Boscowan niet. 'Is Mark niet hier?'
Penellin antwoordde: 'Ik denk dat hij met een paar vrienden aan het stappen is. In St. Ives of St. Just. Je weet hoe die jongens zijn.' Hij klopte zachtjes op Nancy's hand. 'Ik ben klaar, Edward. Laten we gaan.'
Hij knikte naar de anderen en liep het huis uit. Even later hoorden ze Boscowans auto starten. Het geluid werd even luider toen hij achteruit over de oprijlaan reed en verdween toen ze afsloegen in de richting van Penzance.
Nancy draaide zich om naar de zitkamer. 'Help hem!' huilde ze tegen Lynley. 'Hij heeft Mick niet vermoord. U bent van de politie. U kunt hem helpen. U moet hem helpen.' Ze draaide de voorkant van haar rok hulpeloos rond in haar handen.
Op het moment dat hij naar haar toe liep, bedacht Lynley al hoe weinig hij in feite voor hen kon doen. Cornwall viel buiten zijn bevoegdheid. Boscowan leek een zeer capabele man die waarschijnlijk nooit de hulp van New Scotland Yard nodig zou heb-

ben. Als agent Parker de leiding over het onderzoek had gekregen, dan had hij er geen moment aan getwijfeld dat de Londense politie er uiteindelijk bij zou worden betrokken. Maar Parker had de leiding niet. En aangezien de recherche van Penzance zeer competent leek, moest het onderzoek door hen worden uitgevoerd. Toch wilde hij iets zeggen, zelfs als het enige resultaat van zijn woorden een vorm van loutering zou zijn zoals men ervaart wanneer men het ergste deel van een nachtmerrie opnieuw beleeft.

'Vertel eens wat er vanavond is gebeurd.' Hij leidde haar terug naar de schommelstoel. Deborah stond op en bedekte Nancy's schouders met een deken die op de rug van de bank lag.

Nancy vertelde hortend en stotend het hele verhaal. Ze was weggegaan om voor de drank bij het toneelstuk te zorgen en had de baby bij Mick achtergelaten. Mick zat te werken aan het bureau in de zitkamer en stond op het punt de loonzakjes voor het personeel van de krant te gaan maken. Ze had Molly in een wipstoeltje naast hem gezet. Ze was om zeven uur het huis uit gegaan.

'Toen ik weer thuiskwam, kon ik Molly horen huilen. Ik was boos dat Mick niet naar haar toe was gegaan. Ik riep hem toen ik de deur opendeed.'

'Zat de deur niet op slot?' vroeg St James.

'Nee.'

'Je zag Micks lichaam niet?'

Ze schudde haar hoofd en trok de deken dichter om haar smalle schouders heen. Er stak een elleboog onderuit. Hij was benig en rood. 'De deur van de zitkamer was dicht.'

'En toen je hem opendeed, wat zag je toen het eerst?'

'Hem. Mick. Op de grond...' Ze snakte naar adem. 'Toen alles om hem heen, al het papier, de notitieboekjes en zo.'

'Alsof iemand de kamer had doorzocht,' zei St James. 'Werkte Mick thuis wel eens aan een verhaal?'

Nancy streek met haar hand de vleug van de deken glad en knikte een beetje te gretig. 'Vaak, ja. Op zijn computer. Als hij geen zin had om na het eten naar zijn kantoor terug te gaan, werkte hij thuis. Hij bewaarde een heleboel aantekeningen voor zijn verhalen thuis. "Zoek het nou eens uit, Mickey," zei ik vaak tegen hem. "We moeten eens iets weggooien." Maar dat wilde hij niet, omdat hij nooit wist wanneer hij iets zou moeten nakijken in een notitieboekje of een krant of in zijn dagboek. "Ik kan het niet weggooien, Nance," zei hij tegen me. "Je zult zien: het eerste wat ik weggooi, is precies wat ik nodig heb." Dus lagen er altijd overal papieren. Knipsels uit kranten en zo. Aantekeningen op papieren servetjes en op lucifersdoosjes. Dat was zijn manier van werken. Bergen aantekeningen. Iemand wilde waarschijnlijk... of het geld. Het geld. Dat moeten we niet vergeten.'

Haar verhaal was moeilijk te volgen. De feiten schenen relevant – de spullen op de grond, de bewijzen van een gehaast zoeken – maar het verband tussen deze feiten en het beroep van Mick Cambrey leek niet de belangrijkste plaats in Nancy's gedachten in te nemen, ook al deed ze haar uiterste best om het daarop te laten lijken. Het leek of het feit dat hun huis was doorzocht, haar om heel andere redenen zorgen baarde.

Ze bevestigde dit door te besluiten met: 'Ik heb papa na de pauze gebeld. Om halftien ongeveer, denk ik. Vanuit een telefooncel.'

Niemand zei iets. Ondanks de hoge temperatuur in de kamer beefden Nancy's benen, zodat de deken die eroverheen lag, trilde. 'Ik heb hem gebeld. Ik heb met hem gesproken. Hij was hier. Een heleboel mensen hebben me vast zien bellen. Vraag maar aan mevrouw Swann. Die weet dat ik mijn vader heb gesproken. Hij was hier. Hij zei dat hij de hele avond thuis was geweest.'

'Maar Nancy,' zei Lynley, 'je vader was niet thuis. Hij was niet hier toen ik hem belde. Hij kwam pas een paar minuten na ons binnen. Waarom lieg je? Ben je ergens bang voor?'

'Vraag het dan aan mevrouw Swann. Die heeft me gezien. In de telefooncel. Ze kan u vertellen...'

Een vlaag rockmuziek brak buiten door de zachte geluiden van de nacht heen. Nancy sprong op.

De voordeur ging open en Mark Penellin kwam binnen. Op zijn schouder droeg hij een grote draagbare stereo waaruit *My Generation* bulderde, nachtelijke nostalgie op orkaansterkte. Mark zong mee, maar hij stopte midden in een zin toen hij de groep in de zitkamer zag. Hij prutste onhandig aan de knoppen. Even brulde Roger Daltrey nog luider. Toen had Mark het volume onder controle en zette de stereo uit.

'Sorry.' Hij zette de stereo op de grond. Op de plek waar de stereo had gestaan, zat een deuk in de zachte kalfsleren jas die hij droeg en alsof hij dit zonder te kijken wist, wreef hij over het leer om het weer glad te strijken. 'Wat is er aan de hand? Waarom ben je hier, Nance? Waar is pa?'

Samen met alles wat al was voorgevallen, schenen zowel de onverwachte thuiskomst van haar broer als zijn vragen de ontoereikende verdediging die Nancy had opgeworpen om de realiteit van haar vaders gedrag van die avond niet onder ogen te hoeven zien, volledig te ondermijnen. Ze liet zich in de schommelstoel terugvallen.

'Het is allemaal jouw schuld,' schreeuwde ze. 'Papa is door de politie meegenomen. Ze hebben hem meegenomen en hij zal niets zeggen omwille van jóú.' Ze begon te huilen en pakte haar handtas, die op de grond lag. 'Wat is het volgende wat je voor hem in petto hebt, Mark? Nou, zeg het eens.' Ze maakte haar handtas open en begon erin te rommelen. Uiteindelijk haalde ze er al snikkend een verfrommeld papieren zakdoekje uit. 'Mickey. O, Mick.'

Mark Penellin stond nog steeds in de deuropening van de zitkamer en slikte. Hij keek hen allemaal een voor een aan en richtte toen zijn blik weer op zijn zus. 'Is er iets met Mick gebeurd?'

Nancy huilde.

Mark haalde zijn hand door zijn haar. Hij wreef met zijn knokkels over zijn kaak. Hij bracht hun ergste vermoedens onder woorden. 'Nancy, heeft pa Mick iets aangedaan?'

Ze sprong op uit haar stoel. De handtas vloog weg; de inhoud viel op de grond.

'Zeg dat niet! Hoe durf je! Jij zit hierachter. Dat weten we, papa en ik.'

Mark liep achteruit naar de trap. Hij stootte zijn hoofd tegen een trapstijl. 'Ik? Waar heb je het over? Doe niet zo raar. Je bent gek. Wat is er in godsnaam gebeurd?'

'Mick is vermoord,' zei Lynley.

Marks gezicht werd vuurrood. Hij keerde zich snel van Lynley naar zijn zus. 'En je denkt dat ik dat heb gedaan? Denk je dat? Dat ik je man heb vermoord?' Hij lachte kort en schril. 'Waarom zou ik zoveel moeite doen? Pa zocht al een jaar naar een manier om van hem af te komen.'

'Zeg dat niet! Hoe durf je! Jij was het!'
'Oké. Als je dat wilt geloven.'
'Ik wéét het. Papa weet het.'
'Pa weet inderdaad alles. Fijn voor hem dat hij zo verdomd wijs is.'
Hij pakte zijn stereo en vloog vijf treden de trap op. Lynleys woorden deden hem stilstaan.
'Mark, we moeten praten.'
'Nee!' En vervolgens, toen hij boven was: 'Ik vertel die godvergeten politie wel wat ik te zeggen heb. Als mijn zus me heeft aangegeven.'
Een deur sloeg in het slot.
Molly begon te huilen.

11

'Wat weet je eigenlijk van Mark Penellin?' vroeg St James, terwijl hij opkeek van het vel papier waarop hij de laatste vijftien minuten hun gezamenlijke gedachten had genoteerd.
Hij zat samen met Lynley in de kleine alkoof die toegang gaf tot de salon van Howenstow, direct tegenover de hoofdingang van het huis. Er brandden twee lampen, een op het ondermaatse mahoniehouten bureau waaraan St James zat en een op een bijzettafel onder een van de ramen, waardoor er een gouden gloed op het donkere glas viel. Lynley gaf St James een glas cognac. Zelf hield hij ook een glas in de palm van zijn hand. Peinzend liet hij de vloeistof in het glas ronddraaien. Hij liet zich in een leunstoel naast het bureau zakken, strekte zijn benen uit en maakte zijn das los. Voor hij antwoord gaf, nam hij een slok.
'Niet veel bijzonders. Hij is even oud als Peter. Uit het weinige wat ik de laatste jaren over hem heb gehoord, maak ik op dat hij een grote teleurstelling is voor zijn familie. Vooral voor zijn vader.'
'Hoe dan?'
'O, zoals jongemannen hun vaders meestal teleurstellen. John hoopte dat Mark naar de universiteit zou gaan. Mark heeft een semester op Reading gezeten, maar is er toen mee opgehouden.'
'Weggestuurd?'
'Niet geïnteresseerd. Na Reading kreeg hij een baan als barman in Maidenhead. Vervolgens ging hij naar Exeter, herinner ik me. Ik geloof dat hij drummer bij een band was. Dat werd niet wat hij ervan had verwacht – geen roem, geen rijkdom en vooral geen lucratief contract met een platenmaatschappij – en sindsdien werkt hij hier op het landgoed, de laatste achttien maanden zeker. Ik weet niet precies waarom. Het beheer van het landgoed scheen Mark in het verleden nooit erg te interesseren. Maar misschien denkt hij er nu over om rentmeester van Howenstow te worden als zijn vader met pensioen gaat.'
'Is dat een mogelijkheid?'
'Jawel, maar alleen als Mark wat meer achtergrond krijgt en veel

meer kennis van zaken dan hij kan opdoen bij het werk dat hij hier tot nu toe heeft gedaan.'
'Verwacht Penellin dat zijn zoon hem opvolgt?'
'Ik denk het niet. John heeft zelf aan de universiteit gestudeerd. Als hij met pensioen gaat – wat overigens nog wel even duurt – verwacht hij niet van me dat ik zijn baan aan iemand geef wiens enige ervaring op Howenstow bestaat uit het uitmesten van de stallen.'
'En is dat Marks enige ervaring?'
'O, hij heeft ook een tijdje op een of twee melkveehouderijen gewerkt. En op een paar van de andere boerderijen. Maar er komt meer bij het beheren van een landgoed kijken dan dat.'
'Wordt hij goed betaald?'
Lynley draaide de steel van zijn glas tussen zijn vingers rond. 'Nee, niet echt. Maar dat heeft John zo besloten. In het verleden kreeg ik van hem de indruk dat Mark niet goed genoeg werkte om goed betaald te worden. Het hele gedoe over Marks salaris is een gevoelig punt voor ze, al sinds Mark terug is uit Exeter.'
'Als hij kort bij kas wordt gehouden, zou het geld in Gull Cottage dan niet aanlokkelijk voor hem zijn geweest? Zou hij zo goed op de hoogte van de gewoonten van zijn zwager zijn geweest dat hij wist dat hij vanavond de salarissen voor het personeel van de krant deed? Het heeft er tenslotte alle schijn van dat hij een beetje boven zijn stand leeft, als zijn salaris hier echt zo laag is als jij aangeeft.'
'Boven zijn stand? Hoezo?'
'Die stereo die hij bij zich had, moet hem een aardige duit hebben gekost. Zijn jasje zag er ook vrij nieuw uit. Ik kon zijn laarzen niet goed zien, maar volgens mij waren ze van slangenleer.'
Lynley liep naar de andere kant van de alkoof en zette een raam open. De lucht op deze vroege ochtend voelde eindelijk koel en vochtig aan en de nachtelijke stilte versterkte het geluid van de zee in de verte.
'Ik denk niet dat Mark zijn zwager zou vermoorden om dat geld te kunnen stelen, St James. Maar ik kan me wel heel goed voorstellen dat hij Mick dood heeft aangetroffen, het geld op het bureau zag liggen en het heeft meegenomen. Moord past niet bij Mark. Opportunisme wel.'
St James keek even naar zijn aantekeningen en herlas zijn sa-

menvatting van hun gesprek met Nancy Cambrey in het huis van haar vader. 'Dus hij ging voor iets anders naar Gull Cottage en trof Mick daar dood aan? En toen hij zag dat Mick dood was, nam hij het geld mee?'
'Is mogelijk. Ik geloof niet dat Mark een beroving op touw zou zetten. Hij weet hoe erg dat voor zijn zus zou zijn en Mark en Nancy hebben altijd een hechte band gehad, ook al leek dat vanavond niet zo.'
'Maar hij wist waarschijnlijk wel alles over die loonzakjes, Tommy.'
'Dat wist waarschijnlijk iedereen. Niet alleen de medewerkers van de krant, maar ook de dorpelingen. Nanrunnel is niet groot. Ik denk niet dat er sinds mijn jeugd veel is veranderd. En toen waren er maar weinig geheimen waarvan niet iedereen op de hoogte was, heus.'
'Als dat zo is, zouden er dan ook mensen zijn die wisten dat Mick allerlei aantekeningen in zijn huis bewaarde?'
'Ik stel me zo voor dat de medewerkers van de krant dat wisten. Micks vader wist het ongetwijfeld en als hij het wist, waarom anderen dan niet? De *Spokesman* heeft tenslotte niet zo vreselijk veel medewerkers.'
'Wie werken er?'
Lynley liep weer naar zijn stoel. 'Behalve Mick kende ik ze niet, afgezien van Julianna Vendale. Als ze daar nog werkt. Ze was de bureauredacteur.'
Iets in zijn stem deed St James opkijken. 'Julianna Vendale?'
'Ja. Aardige vrouw. Gescheiden. Twee kinderen. Ongeveer 37.'
'Aantrekkelijk voor Mick?'
'Waarschijnlijk wel. Maar ik denk niet dat Julianna in Mick was geïnteresseerd. Ze heeft het niet zo op mannen sinds haar echtgenoot haar tien jaar geleden voor een andere vrouw heeft laten zitten. Niemand is sindsdien erg ver bij haar gekomen.' Hij keek St James aan en glimlachte meewarig. 'Ik heb het zelf tijdens een vakantie hier aan den lijve ondervonden, toen ik 26 was en vreselijk met mezelf ingenomen. Je begrijpt het wel. Julianna was absoluut niet onder de indruk.'
'Aha. En Micks vader?'
Lynley pakte zijn glas cognac weer op. 'Harry is een beetje couleur locale. Stevige drinker, stevige roker, stevige gokker. Vrese-

lijk grote mond. Volgens Nancy is hij vorig jaar aan zijn hart geopereerd, dus misschien heeft hij zijn stijl een beetje moeten aanpassen.'

'Hechte band met Mick?'

'Vroeger wel. Nu weet ik het niet. Mick werkte voor de *Spokesman* voordat hij als freelancer ging werken.'

'Kende je Mick, Tommy?'

'Bijna mijn hele leven al. We waren even oud. Jaren geleden bracht ik veel tijd door in Nanrunnel. We zagen elkaar tijdens de vakanties.'

'Vrienden?'

'Min of meer. We dronken samen, zeilden samen, gingen soms vissen, zaten achter de vrouwen in Penzance aan. Toen we pubers waren. Ik heb hem niet vaak meer gezien toen ik eenmaal in Oxford zat.'

'Wat voor man was hij?'

Lynley glimlachte. 'Een man die van vrouwen, felle discussies en van grappen hield. Van allemaal ongeveer evenveel. Althans, toen hij jong was. Ik kan me niet voorstellen dat hij veel was veranderd.'

'Misschien hebben we daar ergens een motief.'

'Misschien.' Lynley vertelde hem welke toespelingen John Penellin die middag op Micks buitenechtelijke relaties had gemaakt.

'Een goede verklaring voor de toestand van het lichaam,' zei St James. 'Een echtgenoot die zijn gram heeft gehaald bij de man die hem met zijn vrouw bedroog. Maar het verklaart nog niet de rommel in de zitkamer, hè?' St James pakte zijn pen om een aantekening te maken, maar legde hem weer neer zonder iets op te schrijven. De vermoeidheid ging hem parten spelen. Hij voelde het als stof onder zijn oogleden en hij wist dat hij niet lang meer helder zou kunnen denken. Maar hij werd geplaagd door een halfgevormde herinnering, iets wat eerder was gezegd en waarvan hij wist dat het belangrijk was. Hij bewoog rusteloos heen en weer op zijn stoel. Zijn oog viel op de vleugel in de salon en hij herinnerde zich hoe lady Asherton daar eerder op de avond naast had gestaan. 'Tommy, had je moeder het niet over een verhaal waar Mick mee bezig was? Had Nancy haar dat niet verteld?'

'Ze heeft het mij ook verteld.'
'Dan...'
'Het is een mogelijkheid. Ik kreeg de indruk dat Mick dacht dat het een belangrijk stuk zou worden. In elk geval veel belangrijker dan de gebruikelijke artikelen in de *Spokesman*. Ik geloof zelfs dat hij helemaal niet de bedoeling had om het voor de *Spokesman* te schrijven.'
'Is dat iets waar zijn vader misschien boos om was?'
'Niet zo boos dat hij hem zou vermoorden. En zeker niet zo boos dat hij hem zou castreren, St James.'
'Als de moord en de castratie door dezelfde persoon zijn uitgevoerd,' verklaarde St James. 'We hebben allebei gezien dat hij na zijn dood is gecastreerd, Tommy.'
Lynley schudde zijn hoofd. 'Dat gaat er bij mij niet in. Eerst een moordenaar, daarna een slager.'
St James moest toegeven dat hij het zelf ook moeilijk kon geloven. 'Waarom zou Nancy over dat telefoontje liegen, denk je?'
St James wachtte niet op Lynleys antwoord. Hij mijmerde hardop. 'Het is niet zo best voor John Penellin dat hij bij Micks huis is gezien.'
'John heeft Mick niet vermoord. Hij is er het type niet voor. Hij zou het niet kunnen.'
'Niet opzettelijk.'
'Helemaal niet.'
Lynley klonk vrij zeker van zijn zaak. St James pareerde dit door te zeggen: 'Er zijn eerder goede mannen tot geweld gedreven. Dat weet je best. Onopzettelijk geweld; zo'n plotselinge klap uit woede. Momenten van waanzin hebben meer doden op hun geweten dan "met voorbedachten rade". En John is er geweest, Tommy. Dat moet iets betekenen.'
Lynley stond op. Hij rekte zich met een sierlijk, soepel gebaar uit. 'Ik praat morgen wel met John. We komen er wel uit.'
St James draaide zich naar hem toe, maar stond niet op. 'En als de politie nu eens besluit dat ze hun man hebben? Als het bewijsmateriaal nu eens een arrestatie rechtvaardigt? Haren van Penellin op het lijk, zijn vingerafdrukken in de kamer, een druppel van Micks bloed op de omslag van zijn broek of de mouw van zijn jas. Als hij vanavond in die kamer was, dan is er ook bewijsmateriaal waaruit dat blijkt. Dat gaat veel verder dan buren

die verklaren dat ze hem hebben gezien en een ruzie hebben gehoord. Wat doe je dan? Weet Boscowan dat je rechercheur bent?'
'Dat is niet iets waarmee ik te koop loop.'
'Zou hij Scotland Yard om assistentie vragen?'
Lynley gaf met duidelijke tegenzin antwoord. Hij bracht in feite de gedachten van St James onder woorden. 'Niet als hij denkt dat John Penellin zijn man is. Waarom zou hij?' Hij zuchtte. 'Het is een verdomd lastige situatie, vooral gezien Nancy's verzoek om haar vader te helpen. We zullen heel voorzichtig moeten zijn, St James. We kunnen het ons niet veroorloven op officiële tenen te trappen.'
'En als we dat toch doen?'
'Dan zullen we het in Londen wel merken.' Hij knikte goedenacht en liep de kamer uit.
St James keerde terug naar zijn aantekeningen. Hij pakte nog een vel papier uit het bureau en bracht een aantal minuten door met het maken van kolommen en categorieën, waarin hij het kleine beetje informatie waarover ze beschikten, onderbracht. John Penellin. Harry Cambrey. Mark Penellin. Onbekende echtgenoten. Medewerkers van de krant. Mogelijke motieven voor de misdaad. Het wapen. Het tijdstip van overlijden. Hij schreef, maakte lijstjes, las en staarde. De woorden begonnen voor zijn ogen te dansen. Hij drukte zijn handen tegen zijn gesloten ogen. Ergens piepte een raam in de wind. Tegelijkertijd ging de deur van de salon open en dicht. Toen hij dat hoorde, schoot zijn hoofd omhoog. Deborah stond in het halfdonker.
Ze droeg een peignoir van ivoorkleurig dun materiaal, waardoor ze eruitzag als een geest. Haar haar hing los om haar gezicht en schouders.
St James schoof zijn stoel achteruit en duwde zichzelf overeind. Hij was uit balans vanwege de ongemakkelijke positie van zijn been en hij voelde hoe zijn gewicht aan de spieren van zijn middel trok.
Deborah keek de salon door en vervolgens de alkoof in. 'Is Tommy niet bij je?'
'Hij is naar bed gegaan.'
Ze fronste haar wenkbrauwen. 'Ik dacht dat ik hem hoorde...'
'Hij is hier wel geweest.'

'O,' zei ze. 'Ik snap het.'
St James wachtte tot ze weg zou gaan, maar ze kwam de alkoof in en ging naast hem achter het bureau staan. Een lok van haar haar raakte zijn mouw en hij kon de geur van lelies op haar huid ruiken. Hij hield zijn ogen strak op zijn aantekeningen gericht en voelde dat zij er ook naar keek. Even later begon ze te spreken.
'Ga je je hiermee bemoeien?'
Hij boog zich voorover en krabbelde met opzet een paar onleesbare woorden in de kantlijn van het vel papier. Een verwijzing naar notitieboekjes op de vloer van Gull Cottage. De plaats van de telefooncel. Een vraag voor mevrouw Swann. Wat dan ook. Het maakte niet uit.
'Als ik kan, zal ik helpen,' antwoordde hij. 'Hoewel een dergelijk onderzoek niet helemaal in mijn lijn ligt, dus ik weet niet of ik veel zal kunnen doen. Ik zat net door te nemen wat Tommy en ik hebben besproken. Nancy. Haar familie. De krant. Dat soort dingen.'
'Door het op te schrijven. Ja. Ik herinner me je lijstjes. Je had altijd tientallen lijstjes, hè? Overal.'
'In het hele lab.'
'Grafieken en kaarten ook, herinner ik me. Ik hoefde me niet schuldig te voelen over alle foto's die ik overal liet rondslingeren als jij in het lab uit pure frustratie pijltjes naar je eigen rommeltje zat te gooien.'
'Het was feitelijk een scalpel,' zei St James.
Ze lachten samen, maar het was maar een moment van gedeeld plezier, waaruit een stilte groeide, eerst van zijn kant, vervolgens van haar kant. In deze stilte klonk het tikken van een klok buitensporig luid, evenals het breken van de golven in de verte.
'Ik wist niet dat Helen bij je in het lab werkte,' zei Deborah. 'Papa heeft er nooit iets over gezegd in een van zijn brieven. Is dat niet vreemd? Sidney heeft het me vanmiddag verteld. Ze kan alles zo goed, vind je niet? Zelfs vanavond. Ik stond daar maar als een idioot terwijl Nancy in elkaar stortte en die arme baby schreeuwde. Maar Helen wist precies wat er gedaan moest worden.'
'Ja,' antwoordde St James. 'Ze is zeer behulpzaam.'
Deborah zei verder niets meer. Hij hoopte dat ze weg zou gaan.

Hij noteerde nog een paar dingen op het vel papier op het bureau. Hij staarde voor zich uit, las, deed alsof hij zijn aantekeningen bestudeerde. En toen, toen hij het niet langer kon uitstellen zonder de lafbek te worden die hij pretendeerde niet te zijn, keek hij uiteindelijk op.
De lichtval in de alkoof deed hem de das om. In dit licht werden haar ogen donkerder en stralender. Haar huid zag er zachter uit, haar lippen voller. Ze stond veel te dicht bij hem en hij wist direct dat hij maar twee mogelijkheden had: hij kon de kamer uit lopen of haar in zijn armen nemen. Er was geen middenweg. Er zou nooit een middenweg zijn. En het was puur zelfbedrog om te geloven dat er ooit een tijd zou komen dat hij veilig zou zijn voor de dingen die hij voelde wanneer hij bij haar was. Hij graaide zijn spullen bij elkaar, mompelde beleefd goedenacht en liep de alkoof uit.
Hij was halverwege de salon toen ze het woord nam.
'Simon, ik heb die man gezien.'
Hij draaide zich om, stomverbaasd. Ze sprak verder.
'Die man van vanavond. Mick Cambrey. Ik heb hem gezien. Dat kwam ik Tommy vertellen.'
Hij liep naar haar terug, legde zijn papieren op het bureau. 'Waar?'
'Ik ben er niet helemaal zeker van dat het dezelfde man is. Er staat een trouwfoto van hem en Nancy in hun slaapkamer. Ik zag hem toen ik de baby naar boven bracht en ik weet bijna zeker dat het de man is die ik vanochtend in Londen uit de flat naast mijn flat zag komen, nu dus eigenlijk gisterochtend. Ik vond het vervelend om er eerder over te beginnen vanwege Nancy.' Deborah friemelde aan haar haar. 'Om eerlijk te zijn, heb ik het niet eerder willen vertellen omdat de flat naast de mijne van een vrouw is. Toni Cogin. En volgens mij is ze... Ik weet het natuurlijk niet zeker, maar uit de manier waarop ze praat en zich kleedt en toespelingen op haar ervaringen met mannen maakt... Ik kreeg de indruk...'
'Dat het een prostituee is?'
Deborah vertelde het verhaal nu snel achter elkaar: dat Toni Cogin hun ruzie in Londen had gehoord; dat ze voor de deur had gestaan met een drankje, waarvan ze zelf zei dat ze het na haar seksuele ontmoetingen met mannen gebruikte. 'Maar ik

had niet veel tijd om met haar te praten, want toen kwam Sidney en ging Toni weg.'
'En hoe zit het met Cambrey?'
'Dat kwam door het glas. Ik had Toni's glas nog en ik had er tot vanochtend niet aan gedacht om het terug te brengen.'
Ze had Cambrey gezien toen ze naar Toni's deur liep, legde Deborah uit. Hij kwam de flat uit en toen ze zich realiseerde dat dat een van Toni's 'klanten' moest zijn, had ze geaarzeld. Ze wist niet of ze het glas aan die man moest geven met het verzoek het aan Toni te geven, of moest doorlopen en doen alsof ze hem niet had gezien, of zonder iets te zeggen naar haar eigen flat moest teruggaan. Hij had haar besluit vereenvoudigd door haar goedemorgen te wensen.
'Hij vond het allemaal heel gewoon,' zei Deborah naïef.
St James dacht na over het feit dat mannen vrijwel nooit in verlegenheid worden gebracht door hun aandeel in een seksuele uitspatting, maar hij zei niets daarover. 'Heb je hem gesproken?'
'Ik heb hem alleen gevraagd of hij het glas aan Toni wilde geven en haar wilde zeggen dat ik naar Cornwall ging. Hij vroeg of hij haar moest roepen, maar dat vond ik niet nodig. Ik wilde haar eigenlijk niet samen met hem zien. Het was zo'n rare situatie, Simon. Ik vroeg me af of hij een arm om haar heen zou slaan en haar een afscheidskus zou geven. Of zouden ze elkaar gewoon een hand geven?' Deborah wierp hem een snelle glimlach toe. 'Ik kan niet zo goed met dat soort dingen omgaan, hè? Nou ja, hoe dan ook, hij ging de flat weer in.'
'Zat de deur niet op slot?'
Deborah keek met een peinzende uitdrukking op haar gezicht de andere kant op. 'Hij had een sleutel.'
'Had je hem al eerder gezien? Of alleen maar die ene keer?'
'Alleen toen. En even later nog een keer. Hij liep de flat in en sprak met Toni.' Ze bloosde. 'Ik hoorde hem iets zeggen over roodharige competitie op de gang. Dus hij dacht waarschijnlijk... Nee, dat kan niet. Hij maakte waarschijnlijk een grapje. Maar ze moet hem wel het idee hebben gegeven dat ik in het vak zat, want toen hij naar buiten kwam, zei hij dat hij van Toni moest zeggen dat ze voor mijn mannenbezoek zou zorgen als ik weg was. En toen lachte hij. En hij bekeek me van top tot teen, Simon. Eerst dacht ik dat hij Toni serieus had genomen, maar

daarna knipoogde hij en grinnikte even. Het was waarschijnlijk gewoon zijn manier van doen.' Deborah bleek alles wat ze had gezegd nog eens op een rijtje te zetten, want haar gezicht klaarde op toen ze een conclusie uit de feiten trok. 'Dan is ze waarschijnlijk geen prostituee, hè? Als Mick een sleutel van haar flat had... Prostituees delen over het algemeen geen sleutels uit, toch? Ik bedoel, stel je voor dat er een langskomt terwijl ze met een ander...' Ze maakte een hulpeloos gebaar.

'Het zou een vervelende situatie worden.'

'Dus is ze misschien geen prostituee. Zou hij haar onderhouden, Simon? Of haar misschien verborgen houden? Tegen iemand beschermen?'

'Weet je zeker dat het Mick was die je hebt gezien?'

'Ik geloof het wel. Als ik nog een keer een foto van hem zou kunnen zien, zou ik het zeker weten. Maar ik herinner me zijn haar. Het was donker kastanjebruin, precies de kleur die ik altijd heb gewild. Ik herinner me dat ik dacht dat het oneerlijk was dat een man zo'n kleur haar had, terwijl hij er waarschijnlijk lang zoveel waarde niet aan hechtte als ik zou hebben gedaan.'

St James trommelde met zijn vingers op het bureau. Hij dacht hardop na. 'Ik denk dat we nog wel een foto van Mick te pakken kunnen krijgen. Misschien niet uit zijn huis, maar wel ergens anders vandaan. Zijn vader heeft er waarschijnlijk wel een.' Hij probeerde te bedenken wat de volgende logische stap was. 'Kun jij naar Londen gaan om met Toni te praten, Deborah? Ach, lieve hemel, wat sta ik nu te bazelen. Je kunt niet halverwege je verblijf hier overhaast naar Londen terug.'

'Natuurlijk wel. Er staat voor morgenavond een diner op het programma, maar daarna hebben we niets. Tommy kan me zondagochtend terugvliegen. Of ik neem de trein.'

'Je hoeft alleen maar na te gaan of ze zijn foto herkent. Als ze hem herkent, zeg haar dan niet dat hij dood is. Dat doen Tommy en ik wel.' St James vouwde zijn papieren op, liet ze in de zak van zijn colbert glijden en sprak bedachtzaam verder. 'Als Mick een seksuele relatie met haar had, weet ze misschien iets wat zijn dood zou kunnen verklaren, iets wat Mick in een onbewaakt ogenblik uit zijn mond heeft laten vallen. Na geslachtsverkeer zijn mannen altijd heel ontspannen. Ze voelen zich belangrijker. Ze laten hun masker vallen. Ze worden eerlij-

ker.' Hij realiseerde zich ineens over welk onderwerp hij het had en sloeg zonder haar aan te kijken een andere richting in. 'Helen kan met je meegaan. Ik zal hier een paar mensen ondervragen. Daar zal Tommy wel bij willen zijn. Dan komen we naar jullie toe als... Verdomme! De foto's! Ik heb de film in je camera laten zitten. Als we die ontwikkelen, zullen we ongetwijfeld... Ik ben bang dat ik hem helemaal heb volgeschoten.'
Ze glimlachte. Hij wist waarom. Hij begon precies als zij te klinken.
'Zal ik hem even voor je halen? Hij ligt op mijn kamer.'
Ze liet hem alleen. Hij liep naar het raam en keek uit over de donkere tuin. Struiken waren nog slechts vormen. Paden waren doffe grijze strepen.
St James dacht na over de onsamenhangende stukjes informatie over Mick Cambreys leven en dood die die nacht bekend waren geworden. Hij vroeg zich af hoe die stukjes in elkaar pasten. Mick was veel weg geweest, had lady Asherton gezegd. Hij had in Londen aan een verhaal gewerkt. Een belangrijk verhaal. St James vroeg zich af of er misschien een verband tussen dit verhaal en Toni Cogin bestond.
Eén mogelijkheid was dat ze Micks minnares was, een vrouw die hij er in Londen op na hield voor zijn clandestiene genoegens. Maar Deborah, niet de eerste de beste als het om het beoordelen van mensen ging, had na een gesprek met Toni en een toevallige ontmoeting met Mick geconcludeerd dat Toni een prostituee was. Als zij gelijk had, was het heel goed mogelijk dat er een verband tussen Toni Cogin en Micks verhaal bestond. Mick hield die vrouw misschien niet in Londen voor zijn eigen plezier, maar om haar te beschermen omdat zij de bron voor een verhaal was dat de potentie had om de voorpagina te halen en Micks naam in de voorste gelederen van de journalistiek te plaatsen. Het zou zeker niet de eerste keer zijn dat een prostituee iets te maken had met zeer belangrijk nieuws en er waren al eerder door toedoen van een prostituee koppen gerold en carrières gebroken. En nu Mick dood was en zijn zitkamer was doorzocht – misschien in de hoop het adres van Toni Cogin in Londen te vinden – leek een dergelijke combinatie van de feiten geenszins onaannemelijk.
'Simon!' Deborah kwam de kamer in rennen. Hij draaide zich

snel van het raam af en zag dat ze met haar armen om zich heen geslagen stond te trillen, alsof ze het koud had.
'Wat is er?'
'Sidney. Er is iemand bij Sidney. Ik hoorde een mannenstem. Ik hoorde haar gillen. Ik dacht dat Justin misschien...'
St James wachtte niet tot ze uitgesproken was. Hij haastte zich de kamer uit en liep snel door de hoofdgang naar de noordwestvleugel. Met elke stap groeiden zijn angst en zijn woede. Hij zag elk beeld van die middag weer voor zich. Sidney in het water. Sidney op het zand. Brooke die boven op haar zat, haar sloeg, aan haar kleren rukte. Maar nu waren er geen rotsen die hem van Justin Brooke scheidden. Hij dankte de hemel daarvoor.
Zijn jarenlange ervaring met zijn zus deed St James besluiten even voor haar deur stil te blijven staan en niet direct naar binnen te stormen. Deborah kwam naast hem staan terwijl hij zijn oor tegen de deur legde. Hij hoorde Sidney een gil slaken, hij hoorde Brookes stem, hij hoorde Sidney kreunen. Godnogantoe, dacht hij. Hij nam Deborah bij de arm en leidde haar bij de deur weg. Ze liepen de lange gang door die naar haar kamer aan de zuidkant van het huis leidde.
'Simon!' fluisterde ze.
Hij gaf geen antwoord tot ze in haar kamer waren en de deur dicht zat. 'Het is niets,' zei hij. 'Maak je geen zorgen.'
'Maar ik hoorde haar.'
'Deborah, er is niets met haar aan de hand. Geloof me.'
'Maar...' Plotseling straalde haar gezicht begrip uit. Ze draaide zich met een snik om. 'Ik dacht alleen...' zei ze, maar toen gaf ze het op en besloot met: 'Waarom ben ik ook zo stom?'
Hij wilde antwoord geven, haar schaamte verzachten, maar hij wist dat alles wat hij zei de zaken alleen maar erger kon maken. Gefrustreerd, boos op de veranderingen in hun leven die hem tot inactiviteit schenen te veroordelen, keek hij doelloos de kamer rond, alsof die voor hem een antwoord kon formuleren. Hij nam de eiken betimmering aan de muren in zich op, de formele weergave van het wapen van de Ashertons in de gestuukte schoorsteen boven de open haard, het hoge gewelfde plafond dat in de duisternis verdween. Een immens hemelbed nam een groot deel van de vloerruimte in beslag. Het hoofdeinde was versierd met groteske figuren die hun weg zochten door bloe-

men en fruit. Het was een vreselijke kamer om alleen te zijn. Het leek net een graftombe.

'Sidney is altijd een beetje moeilijk te volgen,' zei St James uiteindelijk. 'Vergeef het haar maar, Deborah. Je kon niet weten waar dat allemaal om ging. Het is in orde. Echt.'

Tot zijn verbazing draaide ze zich witheet naar hem om. 'Het is niet in orde. Dat is het niet en dat weet je. Hoe kan ze met hem naar bed gaan na wat hij vanmiddag heeft gedaan? Ik begrijp het niet. Is ze gek? Is hij gek?'

Dat was zowel de vraag als het antwoord. Want het was echte gekte, een razende, vurige en obscene gekte die alles vernietigde wat in de weg stond.

'Ze is verliefd op hem, Deborah,' antwoordde hij ten slotte. 'Zijn alle mensen niet een beetje gek als ze iemand liefhebben?'

Ze staarde hem alleen maar aan. Hij kon zien dat ze slikte.

'De film. Ik zal hem voor je pakken,' zei ze.

12

De Anchor and Rose zat op de gunstigste plek van heel Nanrunnel, wat dit etablissement zeer ten goede kwam. De grote erkers van de pub boden een mooi en onbelemmerd uitzicht op de haven dat zelfs de meest kritische gast die op zoek was naar die typische sfeer van Cornwall, kon behagen. Bovendien lag de pub recht tegenover de enige bushalte in Nanrunnel, zodat het het eerste gebouw was waar het oog van een dorstige bezoeker op viel wanneer hij uit de bus uit Penzance of verder weg gelegen oorden stapte.

Het interieur van de pub was onderhevig aan een langzaam proces van verval. Eens roomwitte muren hadden hun plaats op het pad van de evolutie naar grijs ingenomen, een effect dat werd veroorzaakt door generaties lange blootstelling aan rook van de open haard en van sigaren, pijpen en sigaretten. Een bewerkte mahoniehouten bar, met putten en vlekken en een koperen voetsteun die door jarenlang gebruik ernstig was beschadigd, kromde zich van de lounge naar het goedkope deel van de pub. Eveneens ernstig gehavende tafels en stoelen stonden verspreid op een veelbelopen vloer en het plafond stond zo bol dat een bouwkundige ramp ophanden leek.

Op dit vroege uur, de pub was net open, bevonden St James en lady Helen zich alleen in de pub, samen met een grote rode kat die in de erker lag te slapen en een vrouw die achter de bar ontelbare bierglazen stond af te drogen. Ze knikte naar hen en ging verder met haar werk, terwijl ze met haar ogen lady Helen volgde, die naar de erker liep om de kat te aaien.

'Voorzichtig met 'm,' zei de vrouw. 'Kijk uit dat ie niet krabt. Het is een lelijkerd als ie z'n bui heeft.'

De kat scheen haar voor leugenaar uit te willen maken, want hij gaapte eens, rekte zich uit en bood lady Helen zijn dikke buik aan. De vrouw haalde haar neus op en begon glazen op een dienblad te zetten.

St James ging bij haar aan de bar staan. Als dit mevrouw Swann was, bedacht hij, was ze ergens in het stadium van het lelijke

eendje blijven steken, want er was niets zwaanachtigs aan haar. Ze was kort en stevig, had piepkleine oogjes en pluizig gepermanent grijs haar, een levende ontkenning van haar naam, gekleed in een dirndlrok en een boerenbloes.
'Wat kan ik voor u inschenken?' vroeg ze en ze ging verder met afdrogen.
'Het is voor mij nog een beetje vroeg,' antwoordde St James. 'Eigenlijk zijn we hier om even met u te praten. Als u tenminste mevrouw Swann bent.'
'En wie bent u?'
St James stelde zichzelf en lady Helen voor. 'Ik denk dat u wel hebt gehoord dat Mick Cambrey is vermoord.'
'Het hele dorp weet het. Van de moord en de slachtpartij.' Ze glimlachte. 'Het lijkt erop dat Mick eindelijk heb gekregen waar ie om vroeg. Netjes ontdaan van zijn favoriete stukkie speelgoed, hè? 't Zal hier vanavond wel een dolle boel worden als de plaatselijke echtgenoten het komen vieren.'
'Had Mick verhoudingen met vrouwen uit de buurt?'
Mevrouw Swann duwde haar vuist met theedoek en al in een glas en begon het glas ijverig droog te wrijven. 'Mick Cambrey had een verhouding met iedereen, als ie de kans kreeg.' Na deze woorden keerde ze zich om naar de lege planken achter haar en begon de glazen omgekeerd weg te zetten. De onuitgesproken boodschap was duidelijk: ze had hun niets meer te vertellen.
Lady Helen nam het woord. 'Eigenlijk maken we ons zorgen om Nancy Cambrey, mevrouw Swann. Daarom zijn we hier.'
De schouders van mevrouw Swann ontspanden zich enigszins, maar ze draaide zich niet om toen ze zei: 'Domme meid, die Nance. Getrouwd met die dweil.' Haar kleine stijve krulletjes schudden van afgrijzen.
'Inderdaad,' ging lady Helen soepeltjes verder. 'En ze zit nu helemaal in een vreselijk nare situatie, nietwaar? Haar man is vermoord en bovendien wordt haar vader verhoord door de politie.'
Die mededeling vond mevrouw Swann wel interessant. Ze draaide zich naar hen om, de vuisten op de heupen. Haar mond ging open en dicht en vervolgens weer open. 'John Penellin?'
'Precies. Nancy probeerde de politie te vertellen dat ze haar vader gisteravond had gebeld, zodat hij niet in Nanrunnel kon zijn geweest om Mick te vermoorden. Maar ze...'

'En dat is ook zo,' bevestigde mevrouw Swann. 'Ze heb 'm gebeld. Ja, ja. Ze heb nog een kwartje van me geleend om te kunnen bellen. Geen cent in haar tas, dankzij Mick.' Ze begon warm te lopen voor dit tweede onderwerp. 'Hij nam altijd al haar geld, die vent. Dat van haar en dat van haar vader en dat van anderen. Wat ie maar te pakken kon krijgen. Hij had altijd geld nodig. Wilde de mooie meneer uithangen.'
'Weet u zeker dat Nancy met haar vader heeft gesproken?' vroeg St James. 'Niet met iemand anders?'
Mevrouw Swann ergerde zich aan St James' twijfels. Ze stak haar vinger in de lucht om haar woorden kracht bij te zetten. 'Tuurlijk was het d'r vader. Ik was het zo zat dat het zo lang duurde – ze was zeker een kwartier – dat ik d'r zelf uit die telefooncel ben gaan halen.'
'Waar staat de telefooncel?'
'Net buiten het schoolplein. Op Paul Lane.'
'Hebt u gezien dat ze stond te bellen? Kon u de telefooncel zien?'
Mevrouw Swann combineerde de vragen en kwam snel tot een conclusie. 'U denkt toch niet dat Náncy Mick heb vermoord? Dat ze naar huis is geslopen, hem in mootjes heb gehakt en daarna als 'n zoet meissie terugkwam om bier te tappen?'
'Mevrouw Swann, is de telefooncel vanaf het schoolplein te zien?'
'Nee. En wat dan nog? Ik heb haar zelf d'ruit gehaald. Ze huilde. Zei dat d'r vader boos was omdat ze geld had geleend en dat ze 't weer goed wilde maken.' Mevrouw Swann kneep haar lippen op elkaar alsof ze geen woord meer zou zeggen. Maar ze kon blijkbaar haar stijgende woede niet binnenhouden, want ze ging op schelle toon verder: 'En dat kan ik Nancy's vader niet kwalijk nemen, toch? Iedereen wist waar het geld dat Nancy aan Mick gaf, naartoe ging. Zo met zichzelf bezig, dat stuk verdriet. 't Is 'm in zijn bol geslagen toen ie naar de universiteit ging. En nog erger toen ie die mooie verhaaltjes ging schrijven. Dacht dat ie precies kon doen wat ie wilde. In 't kantoor van de krant. Hij heb gekregen wat ie verdiende.'
'In het kantoor van de krant?' vroeg St James. 'Ontmoette hij vrouwen in het kantoor van de krant?'
Haar hoofd schoot fel omhoog in de richting van het plafond.

'Het zit boven aan de trap. Heb een mooi klein kamertje aan de achterkant. Met een kampeerbed en alles. Lekker liefdesnestje. En hij liep er nog mee te koop ook. Trots op zijn veroveringen. Hij bewaarde zelfs trofeeën.'
'Trofeeën?'
Mevrouw Swann leunde naar voren en liet haar zware boezem op de bar rusten. Ze blies haar hete adem in het gezicht van St James. 'Wat denk je van damesonderbroekjes, jongeman? Twee stuks, in z'n bureau. Harry heb ze gevonden. Z'n váder. Nog geen zes maanden uit het ziekenhuis, de arme man, en dan zoiets. O, wat hebben die twee toen een ruzie gehad.'
'Kwam Nancy erachter?'
'Hij had ruzie met Harry, niet met Nance. Je krijgt straks een kind, zegt ie. En de krant! Onze familie! Kan je niks schelen, hè, als jij je pleziertjes maar hebt? En hij sloeg Mick zo hard dat ik dacht dat ie doodging, zo hard knalde hij op de grond. Viel nog met z'n hoofd tegen een kast aan ook. Maar twee minuten later komt ie de trap af stormen met zijn vader schreeuwend achter 'm aan.'
'Wanneer was dat?' vroeg St James.
Mevrouw Swann haalde haar schouders op. Haar woedeaanval was blijkbaar voorbij. 'Vraag maar aan Harry. Hij is boven.'

John Penellin rolde de landkaart op, deed er een elastiekje om en zette hem bij een tiental andere kaarten in de oude paraplustandaard in zijn kantoor. Het zonlicht stroomde op deze late ochtend door de ramen naar binnen en verwarmde de kamer tot een onaangenaam hoge temperatuur. Hij opende een raam en veranderde iets aan de jaloezieën, terwijl hij sprak.
'Dus het is in alle opzichten een vrij goed jaar geweest. En als we de noordakker nog een seizoen braak laten liggen, wordt de grond er alleen maar beter op. Dat is mijn advies althans.' Hij ging weer in zijn stoel achter het bureau zitten en sprak direct verder, alsof hij een vaste agenda had waarvan hij onder geen beding wilde afwijken. 'Kunnen we het over Wheal Maen hebben?'
Lynley was niet van plan geweest de boeken door te nemen of een gedetailleerde discussie aan te gaan over de wijze waarop Penellin het landgoed beheerde, iets wat hij al een kwarteeuw

met groot gemak deed. Toch werkte hij mee, omdat hij wist dat Penellin hem eerder in vertrouwen zou nemen als hij geduld had dan wanneer hij een directe vraag stelde.
De man zag eruit alsof het hard nodig was dat hij zijn hart eens kon uitstorten. Zijn gezicht zag vaal. Hij droeg nog dezelfde kleren als de avond daarvoor, maar ze zagen er niet uit alsof hij erin geslapen had en bevestigden derhalve het feit dat Penellin waarschijnlijk helemaal niet naar bed was geweest. Wat hem uit zijn bed had gehouden, kon je deels nog op zijn lichaam zien: op zijn vingers zaten lichte inktvlekken als gevolg van de vingerafdrukken die de recherche van Penzance had genomen. Dit alles in ogenschouw nemend vergat Lynley het werkelijke doel van zijn bezoek maar even en volgde Penellin op de ingeslagen weg.
'Geloof je er nog steeds in, John?' zei hij. 'De mijnbouw is in Cornwall al meer dan honderd jaar dood. Dat weet jij beter dan ik.'
'Ik wil het niet hebben over het weer in gebruik nemen van Wheal Maen,' zei Penellin. 'De mijn moet worden afgesloten. Het machinegebouw staat op instorten. De hoofdschacht staat onder water. Het is veel te gevaarlijk om hem zo te laten staan.' Hij draaide zijn stoel om en knikte naar de grote kaart van het landgoed die aan de muur hing. 'Je kunt de mijn vanaf Sennen Road zien liggen. Het is maar een korte wandeling over een stukje ruig terrein voor je er bent. Ik denk dat het tijd wordt dat we het machinegebouw afbreken en de schacht afsluiten, voor er iemand een keer op onderzoek uitgaat en gewond raakt. Of nog erger.'
'Er is het hele jaar door maar weinig verkeer op die weg.'
'Ja, er gaan maar weinig vakantiegangers die kant op,' zei Penellin. 'Maar de mensen uit de buurt gebruiken die weg voortdurend. Ik maak me vooral zorgen om de kinderen. U weet hoe ze zijn als ze spelen. Ik zou niet willen dat een van ons er getuige van moet zijn dat er een kind in Wheal Maen is gevallen.'
Lynley stond op van zijn stoel om de kaart te bestuderen. De mijn lag inderdaad nog geen honderd meter van de weg en werd alleen door een stenen muurtje van de weg gescheiden, niet afdoende om mensen van je land te houden in een gebied waar talloze voetpaden over privé-terrein, door open terrein en valleien het ene dorp met het andere verbonden.

'Je hebt natuurlijk gelijk,' zei hij en hij voegde er, meer tegen zichzelf dan tegen Penellin, nadenkend aan toe: 'Wat zou vader het vreselijk hebben gevonden dat de mijn dichtging.'
'De tijden veranderen,' zei Penellin. 'Uw vader was geen man om zich aan het verleden vast te klampen.' Hij liep naar de archiefkast en haalde er nog drie mappen uit, die hij mee terugbracht naar zijn bureau. Lynley ging weer bij hem staan.
'Hoe is het met Nancy vanochtend?' vroeg hij.
'Het gaat.'
'Hoe laat heeft de politie je thuisgebracht?'
'Halfvijf. Ongeveer.'
'Was dat het dan? Met de politie?'
'Voorlopig wel.'
Buiten liepen twee tuinmannen met elkaar te praten, terwijl ze tussen de planten aan het werk waren. De harde, droge knip van hun snoeischaren vormde tussenwerpsels tussen hun woorden. Penellin volgde hen even met zijn ogen.
Lynley aarzelde. Hij zat gevangen tussen zijn belofte aan Nancy en de wetenschap dat Penellin niets meer wilde zeggen. Penellin was erg op zichzelf. Hij wilde geen hulp hebben. Dat was wel duidelijk. Toch voelde Lynley dat er onder Penellins gebruikelijke zwijgzaamheid een onderstroom van onverklaarbare onrust zat en hij probeerde de bron van Penellins zorgen te achterhalen om deze zo goed mogelijk te kunnen wegnemen. Na al die jaren waarin hij op Penellins kracht en loyaliteit had kunnen vertrouwen, kon hij zich nu niet van hem afkeren zonder op zijn beurt zijn kracht en loyaliteit aan te bieden.
'Nancy vertelde me dat ze je gisteravond heeft gebeld,' zei Lynley.
'Ja.'
'Maar volgens de politie ben je in het dorp gezien.'
Penellin gaf geen antwoord.
'Luister eens, John, als er problemen zijn...'
'Geen problemen, my lord.' Penellin trok de mappen over het bureau naar zich toe en sloeg de bovenste open. Het was een afwerend gebaar, waarmee hij in feite vroeg of Lynley zijn kantoor uit wilde gaan, iets wat hij nooit rechtstreeks zou vragen. 'Wat Nancy zei, klopt. We hebben elkaar over de telefoon gesproken. Als iemand denkt dat ik in het dorp ben geweest, dan is daar

niets aan te doen, nietwaar? Het is een donkere buurt. Het kan net zo goed iemand anders zijn geweest. Wat Nancy zei, klopt. Ik was thuis.'

'Maar we waren daar verdomme toen je na tweeën in de ochtend binnenkwam! Je bent in het dorp geweest, hè? Je hebt Mick gezien. Jij en Nancy vertellen geen van beiden de waarheid. Probeer je haar te beschermen, John? Of is het Mark? Want die was ook niet thuis. En dat wist je, hè? Was je op zoek naar Mark? Had hij ruzie met Mick?'

Penellin haalde een vel papier uit de map. 'Ik ben begonnen aan de papieren voor de sluiting van Wheal Maen,' zei hij.

Lynley deed een laatste poging. 'Je bent hier nu 25 jaar. Ik had gehoopt dat je naar mij toe zou komen als er problemen waren.'

'Er zijn geen problemen,' zei Penellin ferm. Hij pakte een volgend vel papier. Hij keek er niet naar, maar het gebaar was op zichzelf al een veelzeggend verzoek om met rust te worden gelaten.

Lynley beëindigde het gesprek en liep het kantoor uit.

Toen de deur achter hem was dichtgevallen, bleef hij even in de gang staan. De oude tegelvloer maakte de lucht koel. Aan het eind van de gang stond de zuidwestdeur van het huis open en de zon straalde onbarmhartig neer op de binnenplaats daarachter. Er was rumoer op de kinderhoofdjes, het aangename geluid van stromend water. Hij liep ernaartoe.

Buiten trof hij Jasper aan – parttime chauffeur, parttime tuinman, parttime stalknecht en fulltime roddelaar – die de Land Rover stond te wassen die ze de avond daarvoor hadden gebruikt. Hij had zijn broek opgerold en droeg geen schoenen aan zijn knobbelige voeten. Zijn overhemd hing los over zijn magere borstkas met grijzig haar. Hij knikte naar Lynley.

'Heeft ie 't allemaal verteld?' vroeg hij, terwijl hij de waterslang op de voorruit van de Rover richtte.

'Heeft wie wat allemaal verteld?' vroeg Lynley.

Jasper haalde afkeurend zijn neus op. 'We hebben 't vanochtend allemaal gehoord, ja, ja,' zei hij. 'Moord en de politie en John weggevoerd door de recherche.' Hij spuwde op de kinderhoofdjes en wreef met een doek over de motorkap van de Rover. 'John in Nanrunnel en Nancy die liegt dat 't gedrukt staat als ze de kans krijg... Wie had dat ooit verwacht?'

'Liegt Nancy?' vroeg Lynley. 'Hoe weet jij dat, Jasper?'
'Ja, hoe weet ik dat?' zei hij. 'Was ik niet om halfelf bij Penellins huis? Ging ik niet voor de molen? Was er niet niemand thuis? Túúrlijk liegt ze.'
'Voor de molen? De molen in het bos? Heeft de molen iets met Mick Cambreys dood te maken?'
Bij deze directe benadering kreeg Jaspers gezicht een afwerende uitdrukking. Te laat herinnerde Lynley zich hoe heerlijk de man het vond een verhaal uit een draadje van insinuaties te spinnen. In antwoord op zijn vragen koos Jasper koppig zijn eigen gesprekskoers.
'En John heb u nooit wat verteld over die kleren die Nance kapot heb gesneeën, hè?'
'Nee. Hij heeft niets over kleren gezegd,' antwoordde Lynley, en als lokkertje zei hij: 'Ze zullen wel niet belangrijk zijn geweest, denk ik, anders was hij er wel over begonnen.'
Jasper schudde somber zijn hoofd omdat Lynley zo dom was zo'n stuk informatie te laten lopen. 'Ze stond ze in reepies te snijen,' zei hij. 'Achter d'r huis. We overvielen d'r een beetje, John en ik. Vonden d'r en zij schreeuwen als een ouwe zieke koe toen ze ons zag. Da's belangrijk genoeg, vind ik.'
'Maar ze heeft het er niet met jullie over gehad?'
'Ze zei niks. Al die mooie kleren en Nance maar snijen en scheuren. John werd bijna gek toen ie 't zag. Rende 't huis in om Mick te pakken. Nance hield 'm tegen. Hing aan z'n arm tot ie weer rustig was.'
'Dus het waren de kleren van een andere vrouw,' mijmerde Lynley. 'Jasper, weet iemand wie Micks vriendin was?'
'Vriendin?' schimpte Jasper. 'Vriendinnen zul je bedoelen. Tientallen, volgens Harry Cambrey. Komt de Anchor and Rose binnen, die Harry. Gaat zitten en vertelt iedereen die 't wil horen over Mick z'n avontuurtjes. "Ze geef 'm bij lange na niet genoeg," zeg Harry altijd. "Wat mot een vent dan als z'n vrouw hem niet genoeg geef?"' Jasper lachte spottend, deed een stap achteruit en spoot water op de voorband van de Rover. Water spatte op zijn benen en bespikkelde ze met kleine modderspatjes. 'Zoals Harry 't vertelt, heb Nance sinds de baby de armen en benen stijf over elkaar gehouwen. En Mick het maar ophouwen tot ie niet meer kon, tot ie op klappen stond en niks

om 'm in te stoppen. "Wat mot een vent dan?" vraag Harry. En mevrouw Swann, díé zeg 't 'm wel, maar...' Jasper scheen zich ineens te realiseren met wie hij dit vertrouwelijke gesprekje had. Hij had er ineens geen plezier meer in. Hij rechtte zijn rug, trok zijn pet af en haalde zijn hand door zijn haar. 'Iedereen weet wat 't probleem is. Mick had geen zin om zich te binden.' Hij spuwde nog een keer om het eind van het gesprek te markeren.

St James en lady Helen hoorden Harry Cambrey voor ze hem zagen. Terwijl ze de smalle trap op liepen – nu en dan bukkend om de grillig in het plafond geplaatste balken te ontwijken – werd het geluid van meubilair dat over een kale houten vloer werd geschoven, gevolgd door het geluid van een la die met een klap werd dichtgegooid en dat werd weer gevolgd door een rauwe vloek. Vervolgens kwamen er voetstappen in hun richting. De deur schoot open. Cambrey keek hen onderzoekend aan. Zij hem ook.

Toen hij Cambrey zag, herinnerde St James zich dat de man het jaar daarvoor aan zijn hart was geopereerd. Dat had hem zo te zien niet veel goeds gedaan: hij was mager, had een geprononceerde adamsappel en uitstekende sleutelbeenderen die in twee knobbelige punten eindigden. Zijn gele huid suggereerde een niet goed functionerende lever en de hoeken van zijn mond waren gebarsten en zweerden, zodat er spatjes opgedroogd bloed op zijn lippen zaten. Hij was niet geschoren en het plukje grijs haar boven op zijn hoofd kronkelde zijn scalp uit alsof hij gehaast wakker was geworden en niet de tijd had genomen om zijn haar te kammen.

Toen Cambrey achteruitstapte om hen binnen te laten, zag St James dat het kantoor een grote ruimte was met aan één kant een aantal kleinere kamertjes en vier smalle ramen aan de kant van de straat die de heuvel op liep naar het hogergelegen deel van het dorp. Behalve Harry Cambrey was er niemand, wat vreemd was voor een bedrijf en vooral voor een krant. Maar ten minste een van de redenen voor de afwezigheid van het personeel lag boven op de werkbladen, de bureaus en de stoelen. Notitieboekjes en archiefmappen waren uit de kasten gehaald en overal neergegooid. Harry Cambrey zocht iets.

Aan het kantoor te zien was hij duidelijk al een paar uur in het wilde weg aan het zoeken geweest. De laden van een rij legergroene archiefkasten stonden open en waren halfleeg; een stapel diskettes lag naast een computer die aanstond; op een opmaaktafel was de huidige editie van de krant opzijgeschoven om plaats te maken voor drie stapels foto's; en uit alle vijf de bureaus in het kantoor waren de laden gehaald. Het kantoor rook muf naar oud papier en zag er naargeestig uit, omdat de lampen aan het plafond niet brandden.

'Wat wilt u?' Harry Cambrey rookte een sigaret, die hij alleen uit zijn mondhoek nam wanneer hij moest hoesten of een nieuwe opstak. Als hij zich al zorgen maakte over het effect van deze gewoonte op zijn hart, dan liet hij dat niet merken.

'Bent u hier alleen?' vroeg St James, terwijl hij en lady Helen voorzichtig tussen de rommel door liepen.

'Ik heb ze een dag vrij gegeven.' Terwijl hij sprak, nam Cambrey lady Helen van top tot teen op. 'Waarvoor bent u hier?'

'Nancy heeft ons gevraagd om uit te zoeken wat er ten grondslag ligt aan de moord op Mick.'

'Jullie komen hélpen? Jullie tweeën?' Hij deed geen poging om te verbergen dat hij hen zat op te nemen en keek even onbeschaamd naar de beugel om het been van St James als hij naar de zomerjurk van lady Helen had gekeken.

'Het vergaren van nieuws is een gevaarlijk beroep, nietwaar, meneer Cambrey?' zei lady Helen vanaf haar positie bij het raam. Verder was ze nog niet gekomen met haar rondgang door het kantoor. 'Als uw zoon is vermoord vanwege een verhaal, wat maakt het dan uit wie ervoor zorgt dat de moordenaar voor het gerecht komt, zolang het maar gebeurt?'

Na deze woorden liet Cambrey zijn geveinsde lef varen. 'Het is een verhaal,' zei hij. Zijn armen hingen slap en levenloos naast zijn lichaam. 'Ik weet het. Ik voel het. Ik ben hier al sinds ik het heb gehoord. Ik probeer de aantekeningen van die knul te vinden.'

'Hebt u nog niets gevonden?' vroeg St James.

'Er zijn maar weinig aanknopingspunten. Ik kan alleen proberen me te herinneren wat hij zei en deed. Het is geen verhaal over Nanrunnel. Dat kan niet. Maar dat is alles wat ik weet.'

'Bent u daar zeker van?'

'Het klopt niet met wat hij de laatste maanden allemaal deed, dat hij met een verhaal over Nanrunnel bezig was. Hij was de hele tijd op pad, aanwijzingen volgen, onderzoek doen, mensen interviewen en opsporen. Het was geen verhaal over het dorp. Kan niet.' Hij schudde zijn hoofd. 'Het zou de doorbraak van deze krant zijn geworden als het eenmaal verschenen was. Dat weet ik zeker.'
'Waar ging hij naartoe?'
'Naar Londen.'
'Maar zonder aantekeningen achter te laten? Is dat niet vreemd?'
'Er zijn wel aantekeningen. Hier. Kijk maar.' Cambrey spreidde zijn armen uit om de hele janboel in het kantoor te omvatten. 'Maar niets wat volgens mij de oorzaak van de dood van die jongen is. Journalisten laten niet het leven vanwege een interview met een legerofficier, met het plaatselijke lid van het parlement, met bedlegerige invaliden, met melkveehouders in het noorden. Journalisten sterven omdat ze informatie hebben die het waard is om voor te sterven. Die heeft Mick hier niet.'
'Niets ongewoons tussen al deze spullen?'
Cambrey liet zijn sigaret op de grond vallen en trapte hem uit. Hij masseerde de spieren van zijn linkerarm en terwijl hij dit deed, dwaalden zijn ogen naar een van de bureaus. St James maakte zijn antwoord op uit dit laatste gebaar.
'U hebt iets gevonden.'
'Ik weet het niet. U kunt net zo goed even kijken. Ik begrijp er niets van.' Cambrey liep naar het bureau. Hij haalde een stukje papier onder de telefoon uit en gaf dat aan St James. 'Het zat achter in de la weggestopt,' zei hij.
Het papiertje zat onder de vetvlekken. Het was oorspronkelijk een broodzakje uit het Talisman Café. Er stond iets onduidelijks op. Het flauwe licht in het kantoor en de punten waarop de pen over het vet was gegleden, maakten het geheel moeilijk leesbaar, maar St James kon zien dat er voornamelijk getallen op stonden.

1 K 9400
500 g 55 pg
27500-M1 verwerving/transport
27500-M6 financiering

St James keek op. 'Is dit Micks handschrift?'
Cambrey knikte. 'Als er ergens een verhaal is, dan is het dat. Maar ik weet niet waarover het gaat of wat het allemaal betekent.'
'Maar er moeten toch ergens aantekeningen zijn waarin dezelfde cijfers en verwijzingen voorkomen,' zei lady Helen. 'M1 en M6. Dat zijn vast en zeker de snelwegen.'
'Als er hier aantekeningen zijn met dezelfde getallen, heb ik ze niet gevonden,' zei Cambrey.
'Dus zijn ze weg.'
'Gejat?' Cambrey stak een nieuwe sigaret op, inhaleerde, hoestte. 'Ik heb gehoord dat Micks huis is doorzocht.'
'Zijn hier inbraaksporen gevonden?' vroeg St James.
Cambrey keek van hen naar het kantoor. Hij schudde zijn hoofd. 'Boscowan stuurde rond 4.15 uur vanochtend een mannetje om het me te vertellen. Ik ben naar Micks huis gegaan, maar ze hadden het lichaam al weggehaald en wilden me niet binnenlaten. Dus ben ik hiernaartoe gegaan. Daarna ben ik hier de hele tijd geweest. Er was niet ingebroken.'
'Geen aanwijzingen dat iemand iets had gezocht? Misschien een van uw medewerkers?'
'Niets,' zei hij. Zijn neusvleugels trokken samen. 'Ik wil de schoft die Mick dit heeft aangedaan, vinden. En ik zal het verhaal niet tegenhouden. Niets zal dat tegenhouden. We hebben een vrije pers. Daar leefde mijn jongen voor, daar stierf hij ook voor. Maar het zal niet tevergeefs zijn geweest.'
'Als hij tenminste vanwege een verhaal is gestorven,' zei St James rustig.
Cambreys gezicht kreeg een sombere uitdrukking. 'Wat is er verder nog?'
'Micks vrouwen.'
Cambrey haalde met het langzame, precieze gebaar van een toneelspeler de sigaret uit zijn mond. Hij knikte goedkeurend. 'Praten ze zo over Mickey? Nou ja, wat had ik anders kunnen verwachten? Mannen waren jaloers op hem omdat het hem zo makkelijk afging met vrouwen ook als hij geen oogje op ze had.' De sigaret ging zijn mond weer in. Cambrey tuurde met toegeknepen ogen door de rook heen. 'Hij was een man, die Mick. Een echte man. En een man heeft zijn behoeften. Dat

krenterige vrouwtje van hem heeft ijs tussen haar benen. Wat zij hem niet gaf, haalde hij ergens anders. Als er iemand fout zit, dan is het Nancy. Keer je af van een man en hij zoekt andere vrouwen. Dat is geen misdaad. Hij was jong. Hij had zijn behoeften.'

'Had hij met iemand een speciale relatie? Met meer dan één vrouw? Was hij net aan een nieuwe relatie begonnen?'

'Dat zou ik niet kunnen zeggen. Mickey was niet iemand die liep te pochen als hij weer een vrouw had gehad.'

'Gingen getrouwde vrouwen wel eens met hem naar bed?' vroeg lady Helen. 'Vrouwen uit het dorp?'

'Er gingen een heleboel vrouwen met hem naar bed.' Cambrey schoof op een bureau een paar vellen papier opzij, tilde de glasplaat op die op het bureau lag, pakte een foto en gaf die aan haar. 'Kijk zelf maar. Is dit het soort man tegen wie je nee zou zeggen als hij je vroeg om je benen te spreiden, juffie?'

Lady Helen stond op het punt iets terug te zeggen, maar hield zich op bewonderenswaardige wijze in. Ze keek ook niet naar de foto, die ze aan St James gaf. Op de foto stond een jongeman met ontbloot bovenlijf op het dek van een zeilboot een zeil te reven. Hij had vierkante kaken en zag er knap uit, maar hij was slank, net zoals zijn vader, en niet in het bezit van het ruige lijf en de andere kenmerken waaraan je automatisch denkt wanneer je de woorden 'echte man' hoort. St James draaide de foto om. *Cambrey bereidt zich voor op de America's Cup – de jongeman is op de goede weg* stond er bij wijze van grap op de achterkant geschreven. Het was hetzelfde handschrift als op het stukje papier uit het bureau.

'Hij had gevoel voor humor,' merkte St James op.

'Hij had alles.'

'Mag ik deze foto houden? Dit briefje ook?'

'Mij best. Zonder Mick heeft het voor mij geen waarde.' Cambrey keek het kantoor rond. Hij liet zijn schouders mistroostig hangen. Zijn gezicht was getekend door vermoeidheid. 'We waren op de goede weg. De *Spokesman* zou de grootste krant in Zuid-Cornwall worden. Niet zomaar een weekblad. Dat wilde ik. Dat wilde Mick. We waren op de goede weg. Wij allemaal.'

'Kon Mick goed met het personeel opschieten? Geen problemen hier?'

'Ze waren dol op hem. Hij had het in zijn eentje goed gedaan. Was teruggekomen naar het dorp. Hij was een held voor ze, een voorbeeld.' Cambreys toon werd scherper. 'U mag niet denken dat iemand van het personeel hem heeft vermoord. Niemand van dit kantoor zou mijn zoon een haar hebben willen krenken. Daar hadden ze geen enkele reden toe. Hij was de krant aan het veranderen. Hij bracht verbeteringen aan. Hij was...'

'Van plan iemand te ontslaan?'

'Goeie god, wie?'

St James keek naar het bureau dat het dichtst bij het raam stond. Op het bureau stond een foto van twee kleine kinderen in een lijstje. 'Hoe was zijn relatie met uw bureauredacteur? Julianna Vendale heet ze?'

'Julianna?' Cambrey haalde zijn sigaret uit zijn mond en likte langs zijn lippen.

'Was ze een van zijn vrouwen? Een vroegere geliefde? Of de vrouwelijke helft van een avontuurtje op het werk, die op korte termijn ontslagen zou worden omdat ze niet wilde meewerken aan het bevredigen van Micks behoeften?'

Cambrey lachte even blaffend en weigerde te reageren op de manier waarop St James uit zijn eigen woorden over zijn zoon een niet meer dan logisch en niet minder dan onsmakelijk motief voor moord wist af te leiden. Geen edele journalist die zijn dood tegemoet ging omdat hij belangrijke informatie had of een bron beschermde, maar een smerig geval van seksuele intimidatie dat eindigde in een zeer seksueel getinte misdaad.

'Mick had Julianna Vendale niet nodig,' zei Cambrey. 'Hij hoefde niet te gaan smeken om iets wat hem overal – hitsig, nat en gewillig – werd aangeboden.'

Eenmaal weer buiten liepen ze in de richting van het parkeerterrein bij de haven waar lady Helen de Rover had geparkeerd. St James keek tijdens hun wandeling schuin in haar richting. De laatste paar minuten in het kantoor van de krant had ze niets gezegd, alhoewel haar gespannen houding en de strakke uitdrukking op haar gezicht haar reactie op het leven en de dood van Mick Cambrey – en bovenal op zijn vader – beter uitdrukten dan welke woorden ook. Zodra ze buiten het gebouw waren, liet ze haar walging de vrije loop. Ze beende met grote stap-

pen naar de parkeerplaats. St James kon haar nauwelijks bijhouden. Hij ving slechts flarden van haar schimprede op.
'Een of andere seksuele atleet... Eerder zijn puntenteller dan zijn vader... Tíjd om die krant uit te brengen als ze het zo druk hadden met het bevredigen van hun behoeften...? Iedere vrouw in Cornwall... Het verbaast me niets dat iemand zijn... Ik zou zelfs hebben overwogen om het zelf te doen...' Ze was buiten adem toen ze eenmaal bij de auto was. Hij ook.
Ze leunden tegen de auto en draaiden hun gezicht naar het zachte briesje toe dat de doordringende geur van kelp en vis meevoerde. In de lagergelegen haven cirkelden honderden meeuwen om een vissersbootje waarop de vangst van die ochtend zilverachtig flikkerde in het zonlicht.
'Is dat wat jij van mij dacht?' vroeg lady Helen ineens.
St James was stomverbaasd over deze vraag. 'Helen, in godsnaam...'
'Nou?' vroeg ze. 'Zeg het maar. Ik wil het weten. Want als dat zo is, kun je teruglopen naar Howenstow.'
'Hoe kan ik nu zo een antwoord geven? Ik zeg natuurlijk nee. Dan zeg jij dat ik dat alleen maar zeg omdat ik niet naar Howenstow wil lopen. Dit verlies ik altijd, Helen. Ik kan net zo goed direct gaan lopen.'
'O, stap in,' zuchtte ze.
Dat deed hij voor ze van gedachten kon veranderen. Ze ging bij hem in de auto zitten, maar wachtte even voor ze de motor startte. Ze staarde door de voorruit naar de afbrokkelende kademuren. Over de kade liep een gezin: een moeder met een kind in een verschoten blauwe wandelwagen, een vader met een peuter aan de hand. Ze zagen er vreselijk jong uit voor ouders.
'Ik zeg telkens tegen mezelf dat ik voor ogen moet houden wie het zei,' zei lady Helen ten slotte. 'Ik zeg telkens tegen mezelf dat hij in de rouw is en niet weet wat hij zegt. Maar ik ben bang dat ik mezelf niet meer in de hand had toen hij me vroeg of ik mijn benen voor Mick zou hebben gespreid. Ik heb me altijd afgevraagd wat de uitdrukking "over de rooie gaan" betekent. Nu weet ik het. Ik had zin om me op hem te storten en zijn haar uit zijn hoofd te rukken.'
'Zoveel haar heeft hij niet.'

Dat brak de spanning. Ze lachte berustend en startte de auto. 'Wat denk je van dat briefje?'
St James haalde het papiertje uit zijn zak en draaide het om zodat hij de opdruk op de voorkant kon lezen. 'Talisman Café. Ik vraag me af waar dat is.'
'Niet ver van de Anchor and Rose. Een stukje verderop op Paul Lane. Hoezo?'
'Omdat hij dit waarschijnlijk niet op kantoor heeft geschreven. Waarom zou iemand een broodzakje gebruiken als hij zoveel wit papier tot zijn beschikking heeft? Hij moet het wel ergens anders hebben geschreven. In het café of ergens anders als hij het broodje mee naar buiten had genomen. Ik hoopte eigenlijk dat het het Talisman Café in Paddington was.' Hij vertelde haar over Toni Cogin.
Lady Helen knikte naar het stukje papier. 'Denk je dat dit iets met haar te maken heeft?'
'Ze is er op de een of andere manier bij betrokken, als de man die Deborah in de gang voor haar flat heeft gezien tenminste Mick was. Maar als het Talisman Café hier in Nanrunnel zit, dan heeft Mick dit hier uit zitten werken.'
'Met een bron uit deze streek? En ook een moordenaar uit deze streek?'
'Mogelijk. Maar niet noodzakelijk. Hij ging telkens naar Londen. Daar is iedereen het over eens. Ik denk niet dat het erg moeilijk was zijn route terug naar Cornwall te achterhalen, vooral niet als hij per trein reisde.'
'Als hij een bron hier in de buurt had, zou die ook gevaar kunnen lopen.'
'Als het verhaal het motief voor de moord is.' St James stopte het papiertje weer terug in de zak van zijn colbert.
'Volgens mij is het eerder dat andere: genoegdoening voor het verleiden van de vrouw van een ander.' Lady Helen draaide Lamorna Road op. De weg voerde hen langzaam omhoog langs vakantieappartementen en kleine huizen en draaide toen scherp naar het oosten, zodat de heldere zee zichtbaar werd. 'Het is een logischer motief, vooral gezien de dingen die we van Mick weten. Want hoe voelt een man zich als hij bewijzen vindt die hij niet kan negeren, bewijzen die hem duidelijk maken dat de vrouw van wie hij houdt, zichzelf aan een andere man heeft gegeven?'

St James draaide zijn hoofd af. Hij keek naar het water. Een vissersboot ploegde door de golven in de richting van Nanrunnel en zelfs op deze afstand kon hij de manden met kreeften aan de zijkant zien hangen. 'Hij zou zin krijgen om iemand te vermoorden, denk ik,' antwoordde hij. Hij voelde dat lady Helen in zijn richting keek en wist dat zij zich realiseerde hoe hij haar woorden had opgevat. Ze wilde nu waarschijnlijk iets zeggen om de scherpe kantjes van het moment af te halen. Hij gaf er de voorkeur aan om het te laten passeren en maakte dat duidelijk door tegen haar te zeggen: 'Wat dat andere betreft, Helen. Wat je over ons vroeg, over hoe ik over je dacht in de tijd dat wij met elkaar naar bed gingen... Natuurlijk niet. Dat weet je. Ik hoop dat je dat altijd hebt geweten.'

'Ik ben al jaren deze kant niet meer op geweest,' zei Lynley terwijl hij samen met St James door de poort in de muur van Howenstow liep en aan de afdaling door het bos begon. 'Wie weet in wat voor toestand we dat ding zullen aantreffen. Je weet hoe het is. Een paar jaar leegstand en daken storten in, balken rotten weg, vloeren vallen uit elkaar. Ik was stomverbaasd toen ik hoorde dat hij nog steeds overeind stond.'
Hij zei maar wat en hij wist het. Hij hoopte zo de herinneringen onder de duim te kunnen houden die net onder zijn bewustzijn op de loer lagen, klaar voor de aanval, herinneringen die verband hielden met de molen en met een deel van zijn leven dat hij achter zich had gelaten met de plechtige, koppige belofte dat hij er nooit meer aan zou denken. Zelfs nu, nu ze het gebouw naderden en de dakpannen door de bomen zagen schemeren, kon hij de eerste voorzichtige aanval van een herinnering voelen: alleen maar een beeld van zijn moeder die snel door het bos liep. Maar hij wist dat ze slechts een hersenschim was, die door zijn beschermende pantser heen probeerde te dringen. Hij sloeg haar van zich af door op het pad stil te staan en in alle rust een sigaret op te steken.
'We zijn gisteren ook zo gelopen,' antwoordde St James. Hij liep een tijdje een paar passen vooruit, maar bleef stilstaan toen hij merkte dat Lynley achterop was geraakt. 'Het rad is helemaal overwoekerd. Wist je dat?'
'Het verbaast me niets. Dat was altijd al het probleem, herinner

ik me.' Lynley rookte nadenkend zijn sigaret. Hij vond het concrete gevoel van de sigaret tussen zijn vingers prettig. Hij genoot van de scherpe smaak van de tabak en was blij dat de sigaret in zijn hand hem iets gaf waarop hij zich sterker kon concentreren dan nodig was.

'En Jasper denkt dat iemand de molen gebruikt? Waarvoor? Als slaapplaats?'

'Dat wilde hij niet zeggen.'

St James knikte, keek bedachtzaam, liep verder. Het was niet mogelijk het door nutteloze conversatie of het roken van een sigaret of een andere vorm van treuzelen nog langer uit te stellen. Lynley moest hem wel volgen.

Vreemd genoeg ontdekte hij dat de molen niet veel was veranderd sinds hij hem voor het laatst had gezien. Het leek net of iemand hem had onderhouden. De buitenkant moest worden geschilderd – op sommige plaatsen was de witgeverfde kalk volledig tot op de stenen afgebrokkeld – en veel van het houtwerk was versplinterd, maar het dak was nog heel en ook al ontbrak er een glasruitje aan het enige raam op de bovenverdieping, het gebouw zag er sterk genoeg uit om nog honderd jaar te blijven staan.

De twee mannen klommen de oude stenen trap op. Hun voeten gleden weg in ondiepe groeven die getuigden van de duizenden keren dat mensen de molen in en uit waren gelopen in de tijd dat hij nog in gebruik was. De deur, waarvan de verf al tijden geleden was verkleurd en afgebladderd, stond een stukje open. Het hout was gezwollen door seizoenen vol regen, zodat de deur niet meer goed in de sponning paste. Hij ging krakend open toen Lynley ertegen duwde.

Ze gingen naar binnen, bleven even staan, namen alles in zich op. De begane grond was vrijwel leeg en werd verlicht door strepen zonlicht die door de gaten in de luiken voor de ramen vielen. Tegen de achterwand lag een rommelige stapel zakken naast een stapel houten kratten. Onder een van de ramen stond een stenen vijzel bedekt met spinnenwebben. Hij zag eruit alsof hij al vijftig jaar niet meer was aangeraakt. In een hoek lag een kleine stapel oude kranten en Lynley zag dat St James daarnaartoe liep.

'De *Spokesman*,' zei hij, terwijl hij er een opraapte. 'Met een paar

aantekeningen in de tekst. Correcties. Doorhalingen. Een nieuw ontwerp voor het impressum.' Hij gooide de krant weer neer. 'Kende Mick Cambrey deze plek, Tommy?'
'We kwamen hier toen we nog jong waren. Ik denk dat hij het nog wel wist te vinden. Maar die kranten zien er oud uit. Hij kan hier de laatste tijd niet zijn geweest.'
'Hmm. Ja. Ze zijn van vorig jaar april. Maar er is nog niet zo lang geleden iemand hier geweest.' St James wees naar voetstappen op de stoffige vloer. Ze leidden naar een ladder die toegang gaf tot de zolder en de tandwielen en de as die de grote molensteen aandreven. St James bekeek de sporten van de ladder, trok er eens aan om te kijken of ze stevig waren en begon onhandig omhoog te klimmen.
Lynley keek hem na terwijl hij langzaam omhoogklom en wist dat St James verwachtte dat hij hem zou volgen. Hij zou wel moeten. Maar hij kon de kracht van de herinneringen die de molen – en met name de zolder boven hem – bij hem opriep, niet negeren. Want na uren zoeken had ze hem daar gevonden, daar waar hij zich voor haar en voor de wetenschap dat hij haar had overvallen, had verborgen.
Hij kwam uit de richting van de zee door de tuin aanhollen en had alleen een glimp opgevangen van een man die langs het raam op de eerste verdieping liep, een glimp die hem een indruk van een bepaalde lengte en een bepaald postuur gaf, een glimp waarin hij alleen zijn vaders ochtendjas met Perzische motieven zag, een glimp waarna hij niet de moeite had genomen om te bedenken dat het onmogelijk was dat zijn doodzieke vader op was, laat staan dat hij in de slaapkamer van zijn moeder kon rondlopen. Daar dacht hij niet aan. Hij voelde alleen een tomeloze vreugde, terwijl het woord 'genezen' door zijn hoofd zong en hij de trap op rende – de trap op bonkte, terwijl hij hen riep – en de kamer van zijn moeder in stormde. Of dat althans probeerde, want de deur zat op slot. En terwijl hij stond te roepen, kwam de verpleegster van zijn vader snel de trap op met een dienblad in haar handen en vermaande hem, zei hem dat hij de zieke wakker zou maken. En hij kwam niet verder dan: 'Maar vader is...' voor hij het begreep.
En toen riep hij haar zo woedend dat ze de deur opende en hij alles zag: Trenarrow in de ochtendjas van zijn vader, het wanor-

delijke bed, de kleren haastig op de grond gegooid. De lucht was doortrokken van de doordringende geur van seks. En slechts een kleedkamer en een badkamer scheidden hen van de kamer waarin zijn stervende vader lag.
Hij had zich zonder aarzelen op Trenarrow gestort. Maar hij was maar een slanke jongen van zeventien, geen partij voor een man van 31. Trenarrow sloeg hem één keer, een klap op zijn wang met zijn open hand, zo'n klap waarmee men een hysterische vrouw kalmeert. Zijn moeder had gehuild: 'Roddy, nee!' En daarna was het voorbij.
Ze had hem in de molen gevonden. Vanuit dat ene raampje op de zolder had hij haar door het bos zien aankomen, lang en elegant, net 41. En zo ontzettend mooi.
O, waarom was hij niet in staat geweest zijn kalmte te bewaren? Als oudste zoon van de graaf zou hij toch de wilskracht en de waardigheid moeten hebben gehad om haar te vertellen dat hij naar school terug moest om zich voor te bereiden op zijn examens. Het maakte niet uit of zij hem wel of niet geloofde. Het enige wat telde, was dat hij weg moest, onmiddellijk.
Maar hij zag haar aankomen en bedacht hoeveel zijn vader van haar hield, hoe hij haar altijd riep – Daze! Lieveling! Daze! – wanneer hij thuiskwam. Hij had maar één doel in zijn leven gehad: haar gelukkig maken, en nu lag hij in zijn slaapkamer te wachten tot de kanker de rest van zijn lichaam had weggevreten, terwijl zij Trenarrow kuste, zich aan hem vastklampte en hem aanraakte en...
Er brak iets in hem. Ze klom de ladder op en riep zijn naam. Hij was helemaal klaar voor haar.
Hoer, schreeuwde hij. Ben je gek geworden? Of gewoon zo geil dat iedere vent goed is? Zelfs een vent die je alleen een keer wil pakken en er daarna met zijn maten in de pub om zit te lachen? Ben je daar trots op, hoer? Ben je nu verdomme trots op jezelf?
De klap die ze hem gaf, kwam als een volledige verrassing, want ze had daar maar gestaan, onbeweeglijk, en zijn scheldpartij lijdzaam aangehoord. Maar bij die laatste vraag sloeg ze hem zo hard met de rug van haar hand dat hij tegen de muur viel, terwijl haar diamanten ring zijn lip openhaalde. Haar gezicht veranderde geen moment van uitdrukking. Het stond volkomen blanco, was als uit steen gehouwen.

Je krijgt er spijt van! schreeuwde hij terwijl ze de ladder af klom. Ik zal zorgen dat je er spijt van krijgt! Jullie allebei. Reken maar! En dat had hij gedaan, telkens weer. Zonder mededogen.

'Tommy?'

Lynley keek op en zag dat St James over de rand van de zolder naar hem stond te kijken.

'Ik denk dat je dit wel wilt zien.'

'Ja. Natuurlijk.'

Hij klom de ladder op.

St James had niet lang nodig gehad om de betekenis van de dingen die hij op de zolder aantrof, te doorgronden. De aandrijfas, de enorme tandwielen en de molensteen namen een groot deel van de ruimte in beslag, maar in de rest van de ruimte stonden de stille getuigen van het doel waarvoor de molen de laatste tijd was gebruikt.

Midden op de zolder stond een roestig kaarttafeltje met een klapstoel. Aan de stoel hing een oud T-shirt – ooit wit geweest, maar nu al tijden grijs – terwijl op het tafeltje een antieke brievenweger het gewicht van een dof geworden lepel en twee vuile scheermesjes aangaf. Naast de tafel stond een open doos met plastic zakjes.

St James keek naar Lynley, die naar hem toe kwam lopen en de spullen inspecteerde, en zag zijn gezicht verstrakken toen hij zijn eigen onontkoombare conclusie trok.

'Mick is hier na april vorig jaar nog geweest, Tommy,' zei St James. 'En ik durf te beweren dat zijn bezoeken niets te maken hadden met de *Spokesman*.' Hij raakte de brievenweger voorzichtig aan en keek naar de bewegingen van de wijzer die het gewicht aangaf. 'Misschien hebben we nu een beter idee waarom hij is gestorven.'

Lynley schudde zijn hoofd. Zijn stem klonk somber. 'Dit is niet van Mick,' zei hij.

13

Om halfacht die avond klopte St James op de deur van Deborahs slaapkamer en stapte naar binnen. Ze liep net met opgetrokken wenkbrauwen bij de kaptafel vandaan om zichzelf goed te kunnen bekijken.

'Tja,' zei ze weifelend, 'ik weet het niet.' Ze raakte de ketting om haar hals aan – een dubbele streng parels – liet haar hand naar de hals van haar jurk glijden en betastte voorzichtig de stof. De jurk was van zijde en de kleur was een vreemde combinatie van grijs en groen, zoals de oceaan op een bewolkte dag. Haar huid en haar vormden een scherp contrast hiermee en het resultaat was opvallender dan ze zich scheen te realiseren.

'Een succes,' zei St James.

Ze glimlachte tegen zijn spiegelbeeld. 'Lieve hemel, wat ben ik zenuwachtig. Ik zeg telkens tegen mezelf dat het maar een klein diner is met Tommy's familie en een paar van hun vrienden. Ik zeg telkens tegen mezelf dat het er allemaal helemaal niets toe doet. Maar dan krijg ik visioenen dat ik met het bestek zit te klungelen. O, Simon, waarom komt het toch altijd weer op bestek neer?'

'De nachtmerrie van een beschaafde gemeenschap: welke vork moet ik gebruiken wanneer ik garnalen eet? De overige levensvraagstukken lijken erbij in het niet te vallen.'

'Wat moet ik tegen die mensen zeggen? Tommy heeft me verteld dat er vanavond een diner zou zijn, maar ik heb er toentertijd niet zo over nagedacht. Leek ik maar een beetje op Helen, dan kon ik geamuseerd over duizend-en-een onderwerpen babbelen. Dan kon ik met iedereen praten. Maar ik lijk niet op Helen. O, ik wilde dat ik wel op haar leek. Al was het maar voor vanavond. Misschien wil ze mijn plaats wel innemen, dan kan ik voorzichtig op de achtergrond verdwijnen.'

'Het lijkt me niet dat Tommy dat leuk zal vinden.'

'Ik weet zeker dat ik op de trap zal struikelen, of een glas wijn over de voorkant van mijn jurk zal gooien of verstrikt raak in het tafelkleed en de helft van het servies op de grond zal gooien als ik opsta. Vannacht droomde ik dat mijn gezicht vol pukkels en galbulten zat en dat iedereen om me heen op sombere toon zei: "Is dát nu zijn verloofde?"'

St James moest hier hartelijk om lachen en ging naast haar bij de kaptafel staan. Hij tuurde in de spiegel en bestudeerde haar gezicht. 'Nergens een pukkeltje. Geen galbult te zien. Maar die sproeten...'

Ze lachte nu ook, zo'n puur geluid, zo'n bron van vreugde. Het geluid bracht hem terug naar het verleden. Hij deed een stap achteruit.

'Het is me gelukt om...' Hij haalde de foto van Mick Cambrey uit de zak van zijn colbert en gaf hem aan haar. 'Wil je even kijken?'

Ze nam de foto mee naar het licht en bekeek hem. Het duurde even voor ze antwoord gaf.

'Het is dezelfde man.'

'Weet je dat zeker?'

'Vrijwel zeker. Mag ik deze houden en aan Toni laten zien?'

Hij dacht daar even over na. Gisteravond had het een onschuldig plan geleken om Deborah te laten nagaan of Mick Cambrey in Londen was geweest, simpelweg door Toni Cogin zijn foto te laten identificeren. Maar nu hij met Harry Cambrey had gesproken, nu hij het cryptische papiertje uit het Talisman Café had gezien, nu hij had nagedacht over de mogelijke motieven voor de moord en de manier waarop Toni Cogin erbij betrokken zou kunnen zijn, wist hij niet zeker welke rol Deborah kon spelen – of welke rol hij haar wilde laten spelen – in het onderzoek naar deze misdaad en het contact met degenen die er het meest bij betrokken waren. Deborah scheen zijn aarzeling aan te voelen en stelde hem voor een voldongen feit.

'Ik heb het er met Tommy over gehad,' zei ze. 'Met Helen ook. We zijn van plan morgenochtend de trein te nemen – Helen en ik – en direct naar de flat te gaan. Dan weten we tegen de middag iets meer over Mick Cambrey. Dat zal zeker helpen.'

Dat kon hij niet ontkennen en ze scheen zijn instemming op zijn gezicht te lezen. Ze zei 'Mooi, goed' en stopte de foto met een dat-is-datgebaar in de la van haar nachtkastje. Terwijl ze dit deed, ging de deur van de slaapkamer open en kwam Sidney binnen. Ze reikte met een hand over haar schouder en probeerde zo de rits van haar jurk dicht te trekken. Met haar andere hand probeerde ze tevergeefs haar rommelige kapsel in model te brengen.

'Die vervelende Howenstow-meisjes ook,' mopperde ze. 'Ze fladderen door mijn kamer – allemaal goedbedoeld, natuurlijk – en ik kan niets meer vinden. Simon, wil je... Lieve hemel, wat zie jij er goed uit in dat pak. Is het nieuw? Hier. Ik krijg dat verdomde ding zelf niet dicht.' Ze draaide haar rug naar haar broer toe en keek naar Deborah, terwijl hij afmaakte waar zij aan begonnen was. 'En jij ziet er adembenemend uit, Deb. Vind je ook niet, Simon? Ach, laat ook maar. Waarom zou ik jou dat in 's hemelsnaam vragen? Het enige wat jou de laatste paar jaar interesseert, is een spetter bloed onder de microscoop. Of een stukje huid onder de nagel van een lijk.' Ze lachte, draaide zich om en tikte haar broer tegen zijn wang. Daarna liep ze naar de kaptafel, bestudeerde zichzelf in de spiegel en pakte een flesje parfum van Deborah.

'De meisjes hebben mijn kamer opgeruimd,' ging ze verder met haar oorspronkelijke onderwerp, 'en nu kan ik natuurlijk niets meer vinden. Mijn parfum is verdwenen – mag ik een beetje van jou lenen, Deb? – en je moet mijn schoenen eens zien te vinden! Ik stond al op het punt om er maar een paar van Helen te gaan lenen, toen ik ze helemaal achter in mijn kleerkast vond. Alsof ik niet van plan was ze ooit weer aan te trekken.'

'Vreemde plaats voor schoenen,' merkte St James spottend op. 'In de kleerkast.'

'Hij lacht me uit, Deborah,' zei Sidney. 'Maar als hij je vader niet had om hem een beetje op orde te houden, dan weet ik wel wat het resultaat zou zijn. Chaos. Totale, hopeloze chaos.' Ze boog voorover en bracht haar gezicht dichter naar de spiegel toe. 'De zwelling is gelukkig weg, maar de schrammen mogen er zijn. Om nog maar te zwijgen van die blauwe plek onder mijn oog. Ik zie eruit als een straatvechter. Denk je dat iemand er iets van zal zeggen? Of zullen we ons allemaal netjes inhouden en ons onberispelijk gedragen? Je weet wel wat ik bedoel. Ogen recht vooruit en geen geflikflooi onder tafel.'

'Geflikflooi onder tafel?' vroeg Deborah. 'Daar heb je nooit iets over gezegd, Simon. En ik me maar zorgen maken over het bestek.'

'Het bestek?' Sidney keek om. 'O, je bedoelt al die vorken en messen? Pfff. Zolang ze er niet mee gaan gooien, hoef je je geen zorgen te maken.' Ongevraagd duwde ze Deborahs haar een beetje omhoog, deed een stap achteruit, bekeek haar nog eens, friemelde er nog een beetje aan. 'Weten jullie waar Justin is? Ik heb hem al uren niet gezien. Hij is vast bang dat ik hem weer ga bijten. Ik begrijp niet waarom hij gisteren zo reageerde. Ik heb hem wel eens eerder gebeten, alhoewel, nu ik erover nadenk, dat was wél een ander soort situatie.' Ze lachte luchthartig. 'Nou ja. Als wij tweeën vanavond weer ruzie krijgen, laten we dan maar hopen dat het aan tafel gebeurt. Met al die messen en vorken hebben we tenminste genoeg wapens.'

Lynley trof Peter in de rookkamer op de begane grond van het huis. Hij stond met een sigaret in zijn hand bij de open haard aandachtig naar een rode vos in een glazen kist op de schoorsteenmantel te kijken. Een barmhartige taxidermist had het dier zorgvuldig opgezet alsof het vluchtte, dicht bij een hol dat zijn redding zou hebben betekend. Andere vossen waren niet zo gelukkig geweest. Hun koppen hingen aan plaques die tussen foto's aan de met hout betimmerde muren van de kamer hingen. Omdat het enige licht van een arabeske koperen kroonluchter kwam, wierpen deze vossen langwerpige schaduwen, beschuldigende wiggen van duisternis, het tegenovergestelde van spotlichten, waarmee een voorliefde voor bloederige sporten werd benadrukt die eigenlijk niemand in de familie na de Eerste Wereldoorlog meer had gehad.
Toen hij de reflectie van zijn broer in het glazen kistje zag, begon Peter te praten zonder zich om te draaien. 'Waarom heeft niemand dit vreselijke ding ooit van de schoorsteenmantel gehaald, denk je?'
'Ik geloof dat het de eerste succesvolle jachtpartij van opa was.'
'Waarom zou je hem ervan laten eten als je hem het arme ding ook als trofee kunt geven?'
'Ja, zoiets.'
Lynley zag dat zijn broer de swastika in zijn oor door een simpel gouden sierknopje had vervangen. Hij droeg een grijze broek, een wit overhemd, een losjes gestrikte das, en hoewel de kleren veel te ruim waren, waren ze tenminste schoon. En hij had

schoenen aangetrokken, maar geen sokken, helaas. Dit alles was genoeg voor een vluchtig gevoel van voldoening en Lynley overwoog even of het zin had en wijs was om zijn broer met de feiten te confronteren – wat uiteindelijk toch zou moeten gebeuren – nu Peters uiterlijk suggereerde dat hij bereid was zijn best te doen, compromissen te sluiten en misschien zelfs wel te veranderen.

Peter gooide zijn sigaret in de open haard en opende het kastje met drank dat onder de vos in de schoorsteenmantel verborgen zat.

'Dit is een van de geheimen uit mijn jeugd,' grinnikte hij, terwijl hij een glas whisky voor zichzelf inschonk. 'Jasper heeft het me laten zien toen ik zeventien werd.'

'Hij heeft het mij ook laten zien. Een inwijdingsritueel, denk ik.'

'Denk je dat moeder het wist?'

'Waarschijnlijk wel.'

'Wat een teleurstelling. Jezelf slim vinden en dan ontdekken dat dat helemaal niet zo is.' Hij draaide zich om en hief zijn glas met een zwierig gebaar. 'Het beste, Tommy. Wat een mazzel dat je haar hebt gevonden.'

Op dat moment zag Lynley de ogen van zijn broer. Ze stonden onnatuurlijk helder. Hij voelde een steek van bezorgdheid, maar onderdrukte die, zei alleen maar 'dank je wel' en keek naar Peter toen deze naar het bureau liep dat naast het diepe raam stond. Peter begon te rommelen met de dingen die op het in leer gevatte vloeiblad stonden. Hij liet de briefopener op zijn ivoren handvat ronddraaien, tilde het deksel van een lege zilveren inktpot op, schudde aan een rek met pijpen van kersenhout. Hij nam een slokje van zijn whisky, pakte een foto van hun grootouders en gaapte terwijl hij de foto ongeïnteresseerd bekeek.

Lynley zag het allemaal en wist wat het voorstelde: een poging om een barrière van onverschilligheid op te werpen. Hij realiseerde zich dat het geen zin had het gesprek uit te stellen. 'Ik wilde met je over de molen praten.'

Peter zette de foto terug en pulkte aan een versleten plek op de rugleuning van de stoel die voor het bureau stond. 'Wat is er met de molen?'

'Je hebt hem gebruikt, hè?'

'Ik ben er in tijden niet geweest. Ik ben er natuurlijk wel langs gekomen, als ik naar de baai ging. Maar ik ben er niet binnen geweest. Hoezo?'

'Het antwoord op die vraag weet je wel.'

Peters gezicht veranderde niet van uitdrukking toen Lynley dit zei, maar zijn mondhoek trilde. Hij liep naar een aantal foto's uit Oxford die naast elkaar aan de muur hingen. Hij slenterde van de ene foto naar de andere, alsof hij ze voor het eerst zag.

'Alle Lynleys uit de laatste honderd jaar,' merkte hij op, 'allemaal afgestudeerd in Oxford. Wat een zwart schaap ben ik.' Hij kwam bij een lege plek op de muur en legde de palm van zijn hand op het paneel. 'Zelfs vader heeft zijn glorietijd gehad, hè, Tommy? Maar we kunnen zijn foto natuurlijk niet hier ophangen. Het zou niet passend zijn als vader vanaf de muur op onze zonden zou neerkijken.'

Lynley liet zich door de honingzoet uitgesproken woorden niet kwaad maken. 'Ik wil graag over de molen praten.'

Peter gooide de rest van zijn whisky achterover, zette zijn glas op een tafeltje en vervolgde zijn rondgang. Hij bleef voor de meest recente foto staan en trommelde met zijn wijsvinger tegen de foto van zijn broer. Zijn nagel tikte scherp tegen het glas, net een klap in het klein.

'Zelfs jij, Tommy. Jij past erbij. Een Lynley om trots op te zijn. Een echte, grote meneer.'

Lynley voelde een drukkend gevoel op zijn borst. 'Ik kan geen invloed uitoefenen op het soort leven dat je in Londen leidt,' zei hij. Hij hoopte dat hij redelijk klonk, maar wist dat hij er niet veel van terechtbracht. 'Je bent weg uit Oxford? Best. Je hebt je eigen kamer? Best. Je gaat om met die... Sasha? Best. Maar niet hier, Peter. Ik wil dat gedoe niet op Howenstow hebben. Is dat duidelijk?'

Peter draaide zich om. Hij hield zijn hoofd een beetje schuin. 'Je wilt het niet hebben? Je komt een of twee keer per jaar ons leven binnenvallen om te vertellen wat je wel en niet wilt hebben, is dat het? En dit is gewoon een van die gedenkwaardige momenten.'

'Hoe vaak ik hier ben, maakt geen enkel verschil. Ik ben verantwoordelijk voor Howenstow, voor iedereen op het landgoed. En ik ben niet van plan het soort vuiligheid te tolereren dat...'

'O, ik snap het al. Er wordt in de molen met drugs gerommeld en nu heb je als eersteklas speurneus mij als belangrijkste verdachte geïdentificeerd. Goed gedaan, hoor. Heb je vingerafdrukken gevonden? Een plukje haar? Heb ik spuug achtergelaten dat je kon analyseren?' Peter schudde vol walging zijn hoofd. 'Je bent gek. Als ik wil gebruiken, ga ik heus niet dat hele eind naar de molen lopen. Ik heb niets te verbergen. Niet voor jou, voor niemand niet.'
'Er wordt daar niet alleen gebruikt en dat weet je donders goed. Je zit er tot over je oren in.'
'Wat bedoel je daarmee?'
De onoprechtheid van deze vraag maakte Lynley witheet. 'Je brengt het op het landgoed. Dat bedoel ik ermee. Je versnijdt het in de molen. Dat bedoel ik. Je neemt het mee naar Londen. Om te gebruiken. Om te verkopen. Ben ik nu duidelijk genoeg voor je? Mijn god, Peter, als moeder het wist, zou het haar dood zijn.'
'En zou dat je niet goed uitkomen? Geen zorgen meer over de vraag of ze je te schande zal maken door er met Roderick vandoor te gaan. Je niet meer afvragen hoeveel tijd hij in haar bed doorbrengt. Als ze nou maar zo beleefd was om vanwege mij de pijp uit te gaan, dan kon je dat misschien zelfs vieren door de foto's van vader terug te brengen. Maar dat is moeilijk, hè, Tommy? Want dan zou je moeten ophouden je als zo'n vreselijk verwaande kwast te gedragen en je zou niet weten hoe dat moest.'
'Probeer het onderwerp niet uit de weg te gaan door daarover te beginnen.'
'O, nee! Afleidingsmanoeuvres. Wat een afgrijselijke misdaad! Alweer een zonde van me. Nog een zwarte vlek op mijn ziel.' Peter haalde de foto van de muur en gooide hem in de richting van zijn broer. De foto belandde kletterend tegen de poten van een stoel. 'Jij bent echt zonder zonden, hè, Tommy? Waarom kan ik jouw prachtige voorbeeld niet gewoon volgen?'
'Ik wil geen ruzie met je, Peter.'
'Het is fantastisch. Drugs, overspel en ontucht. Allemaal in één familie. Wie weet wat we nog meer zouden hebben als Judy hier was. Maar ja, die heeft zelf een beetje met overspel gerommeld, hè, Tommy? Zo moeder, zo dochter, zeg ik altijd maar. En jij,

Tommy? Te edelmoedig om met de vrouw van een andere vent naar bed te gaan als je daar zin in hebt? Ben je zo kuis? Zo ethisch? Ik kan het niet geloven.'

'Dit leidt nergens toe.'

'Wat een vloek zijn we voor je, hè? Leven er lustig op los met de zeven doodzonden en genieten er elk moment van. Wat heeft er het meest onder te lijden? Die verdomde titel van je of je carrière?'

'Jij zou alles zeggen, hè? Als je mij maar pijn kunt doen.'

Peter lachte, maar kneep hard in de rugleuning van een stoel. 'Om jóú pijn te doen? Is dat wat je denkt? Ik kan het niet geloven. Zover ik weet, draait de wereld nog steeds om de zon en niet om jou. Of was dat je nog niet opgevallen? Er bestaan écht mensen die hun leven leiden zonder zich zorgen te maken over het effect dat hun gedrag op de achtste graaf van Asherton heeft, en ik ben er een van, Tommy. Ik dans niet naar je pijpen. Heb ik nooit gedaan. Zal ik ook nooit doen.' Zijn gezicht vertrok van bittere woede. 'Wat ik nou zo mooi vind aan dit hele verdomde gesprek, is dat het net lijkt of je echt om iets anders dan jezelf geeft. Om Howenstow. Om moeder. Om mij. Wat kan het jou schelen als dit hele spul tot de grond toe afbrandt? Wat kan het jou schelen als wij allebei in de vlammen omkomen? Dan ben je eindelijk van ons verlost. Hoef je je nooit meer zorgen te maken over de rol die je moet spelen. Plichtsgetrouwe zoon. Liefhebbende broer. Ik word ziek van je.'

'Peter,' zei Lynley. 'Peter, laat me je helpen. Je kunt zo niet doorgaan. Dat weet je. Dat weet je donders goed.'

'En als ik doodga, wat dan nog? Dan hoef je je alleen nog maar zorgen te maken over moeder en Roderick. Ze heeft hem voor vanavond uitgenodigd, weet je dat wel? Wat een belediging voor de graaf! Ik denk dat ze eindelijk heeft besloten zich onafhankelijk te verklaren.'

'Die twee doen er niet toe. Dat weet je. Laat me je helpen, Peter.'

'Helpen? Jij?' Peter boog naar voren en diepte zijn sigaretten op. Hij moest vier keer een lucifer aanstrijken voor het hem lukte er een aan te steken. 'Zou jij je mooie reputatie bezoedelen om de mijne te redden? Laat me niet lachen! Wat maakt het jou nou uit wat er met mij gebeurt, zolang je eigen reputatie er niet onder te lijden heeft?'

'Je bent mijn broer.'
Peter nam een grote haal van zijn sigaret en duwde hem toen uit in een asbak. 'Krijg de pest met je broederschap.' Hij liep in de richting van de deur.
Lynley greep hem bij zijn arm toen hij passeerde. 'Dat is makkelijk voor je, hè? Krijg de pest met je broederschap. Laat iedereen de pest krijgen. Want als je je aan iemand bindt, moet je de drugs laten staan. En dat kun je niet.'
'Durf jij het woord "binden" in de mond te nemen? Vuile hypocriet. Jij hebt je nog nooit aan iemand gebonden. Jij denkt alleen aan jezelf.'
Lynley wenste zich niet van zijn onderwerp af te laten brengen. 'Het was een openbaring voor me toen ik de molen zag. Je kunt trots zijn op wat je geworden bent.'
'Een smokkelaar! Een dealer! Een verslaafde! Wat een prachtig voetnootje in de familieannalen. Wat een schurk! Wat een smeerlap!' Peters stem klom steeds hoger. Hij trok zichzelf los. 'Laat me dan arresteren. Of doe het zelf, nog beter. Sleep me het politiebureau in. Geef je eigen broer aan. Dat is nog eens goed voor je carrière. Hier.' Hij stak zijn handen uit, de polsen tegen elkaar. 'Sla me in de boeien. Breng me vanavond nog weg, dan heb je morgen je promotie op zak.'
Lynley keek naar de verschillende emoties die over het gezicht van zijn broer gleden. Hij probeerde zichzelf voor te houden dat dit gesprek zijn wortels in Peters verslaving had. Maar hij wist heel goed dat zijn eigen gedrag uit het verleden, zijn koppige trots en zijn behoefte te straffen onvermijdelijk tot deze afschuwelijke uitbarsting hadden geleid. Toch vocht hij tegen de verleiding zelf ook te gaan schelden.
'Moet je jezelf nu eens horen. Kijk nu eens wat het met je doet. Kijk nu eens wat je geworden bent.'
'Ik ben niks geworden! Zo ben ik begonnen. Dit is wat ik altijd ben geweest.'
'In je eigen ogen misschien. Maar niet in die van anderen.'
'In íéders ogen. Ik heb mijn hele leven geprobeerd aan de eisen te voldoen en nu ben ik ermee opgehouden. Hoor je me? Ik ben er gewoon mee opgehouden en daar ben ik verdomd blij om. Laat me dus met rust, wil je? Ga terug naar je mooie huisje in de stad, naar je mooie leventje. Ga lekker trouwen met dat

mooie vrouwtje. Neem een paar mooie kindertjes om je naam voort te zetten en laat mij met rust! Laat me in godsnaam met rust!' Zijn gezicht was paars aangelopen; zijn lichaam trilde.
'Ja. Ik zie dat dat beter is.' Lynley stapte langs zijn broer heen en zag dat zijn moeder met een wit gezicht in de deuropening stond. Hoelang ze daar al stond, kon hij niet zeggen.

'O, liefje. Het was gewoon ma-gi-straal.' De eerwaarde mevrouw Sweeney verdeelde het laatste woord in drieën en pauzeerde theatraal tussen de lettergrepen, alsof ze hoopte haar gehoor zo nieuwsgierig te maken naar het einde van haar zin, of deze goedkeurend of afkeurend zou eindigen.
Ze zat recht tegenover St James, in het midden van de lange met linnen gedekte eettafel, waaraan een gezelschap van achttien personen zat. Het was een interessante verzameling van leden van de familie Lynley, notabelen uit Cornwall en mensen uit de buurt die de familie al jaren kende. De eerwaarde meneer Sweeney en zijn vrouw behoorden tot de laatstgenoemde groep.
Mevrouw Sweeney leunde naar voren. Kaarslicht glansde op een verbazingwekkend weids deel van haar boezem, die rijkelijk tentoon werd gespreid in een opmerkelijk decolleté. St James vroeg zich verbaasd af welk excuus mevrouw Sweeney had verzonnen om vanavond zo'n jurk te dragen. De snit was duidelijk niet wat men van de vrouw van een dominee zou verwachten en ze speelde nu niet de rol van Beatrice. Toen viel zijn oog op meneer Sweeney, die drie stoelen verderop beleefd met de vrouw van het parlementslid uit Plymouth probeerde te converseren, terwijl hij voortdurend vochtige, verlangende en opgewonden blikken in de richting van zijn vrouw wierp. Hij liet de vraag rusten.
Terwijl ze haar vork met een beetje zalmpastei in de lucht hield, ging mevrouw Sweeney verder. 'Lieverd, de hele ploeg was gewoonweg in de wolken met je foto's. Mogen we hópen dat het een jaarlijks terugkerend evenement wordt?' Ze sprak tegen Deborah, die rechts van Lynley aan het hoofd van de tafel zat. 'Moet je je voorstellen. Een jaarlijkse serie foto's met onze eigen lord. Telkens in andere kostuums.' Ze gaf een kort trillend lachje. 'De acteurs, bedoel ik, natuurlijk. Niet Lord Asherton.'
'Maar waarom Tommy ook niet in kostuum?' zei lady Helen.

'Ik vind het hoog tijd dat hij lid van het Nanrunnel Toneelgezelschap wordt en zijn talent niet langer verbergt.'
'O, we zouden niet durven hopen...' Meneer Sweeney kon zijn aandacht net lang genoeg van de borsten van zijn vrouw losrukken om lady Helens gedachte te vervolgen.
'Ik zie het al voor me,' zei Sidney. 'Tommy als Petruchio.'
'Ik heb hem al honderd keer gezegd dat hij een fout heeft begaan toen hij geschiedenis ging studeren,' zei lady Helen. 'Hij heeft altijd aanleg voor het toneel gehad. Nietwaar, Tommy?'
'Mogen we écht...' Meneer Sweeney viel stil. Hij wist even niet hoe hij moest reageren op deze plagerijtjes van Lynleys vrienden, terwijl hij zelf hoopte dat er een marginale hoeveelheid waarheid achter lady Helens woorden school. Alsof dit Lynley zou kunnen stimuleren om een van de plaatselijke toneelspelers te worden, zei hij: 'We hebben dokter Trenarrow al zo vaak gevraagd om met ons in de schijnwerpers te komen staan.'
'Een genot dat ik helaas niet zal mogen smaken,' zei Trenarrow.
'En de geneugten die je je wel laat smaken?'
Peter Lynley stelde de vraag met een knipoog naar de overige aanwezigen, alsof hij wilde suggereren dat nu de familiespoken tevoorschijn zouden komen en de doden uit hun graf zouden springen. Hij schonk nog een beetje witte wijn in zijn glas en deed hetzelfde voor Sasha. Beiden namen een slok. Sasha glimlachte naar haar bord alsof ze een binnenpretje had. Ze hadden geen van beiden hun zalm aangeraakt.
Het gesprek stokte even. Trenarrow doorbrak de stilte. 'Mijn hoge bloeddruk dwingt me sommige geneugten te laten passeren, ben ik bang. De ouderdom komt met gebreken.'
'Je ziet er niet uit als iemand met gebreken,' zei Justin Brooke. Sidney en hij hadden hun handen op tafel in elkaar gestrengeld. St James vroeg zich af hoe ze zo konden eten.
'We hebben allemaal gebreken,' antwoordde Trenarrow. 'Sommigen van ons zijn zo gelukkig dat ze ze beter kunnen verbergen dan anderen. Maar we hebben ze allemaal. Zo is het leven nu eenmaal.'
Terwijl dr. Trenarrow sprak, kwam Hodge, samen met twee dagmeisjes die men bereid had gevonden om deze avond over te werken, uit de rechaudkamer. De binnenkomst van de tweede gang trok de aandacht. Misschien had Peter Lynley de

overige aanwezigen met zijn geniepige vraag in verlegenheid willen brengen, maar eten bleek vele malen interessanter.
'Je gaat Wheal Maen toch niet afsluiten!' De uitroep klonk als een jammerklank en kwam voort uit lady Augusta, de ongetrouwde tante van Lynley. Zijn vaders zus had altijd met veel interesse een waakzaam oog op Howenstow gehouden. Terwijl ze sprak, wierp ze een woedende blik naar John Penellin rechts van haar, die zich afzijdig hield van het gesprek.
St James had zich erover verbaasd dat Penellin aanwezig was. Een sterfgeval in de familie was toch een goede reden geweest om je te excuseren voor een diner waar je niet veel zin in had. De rentmeester had tijdens de cocktails in de hal nog geen tien woorden gesproken en bijna voortdurend somber voor het raam in de richting van zijn huis staan staren. Op grond van wat hij gisteravond had gezien en gehoord, wist St James echter dat Penellin geen liefde voor zijn schoonzoon had gevoeld. Dus was het misschien zijn onverschilligheid tegenover Mick Cambrey die hem ertoe had gebracht deze bijeenkomst bij te wonen. Of misschien was hij hier als blijk van zijn loyaliteit aan de Lynleys. Of wilde hij dat zijn gedrag zo werd opgevat.
Lady Augusta sprak verder. Ze was zeer bekwaam in de kunst van de tafelconversatie en besteedde de helft van haar tijd aan haar linkerkant, de andere helft aan haar rechterkant en gooide een opmerking in het midden wanneer haar dat passend leek.
'Het is al erg genoeg dat Wheal Maen gesloten moet worden. Maar er liepen zelfs koeien in het park te grazen toen ik aankwam! Lieve hemel, ik kon mijn ogen niet geloven. Mijn vader draait zich om in zijn graf. Ik begrijp niet waarom dat nodig is, meneer Penellin.'
Penellin keek op van zijn wijnglas. 'De mijn ligt te dicht bij de weg. De hoofdschacht staat onder water. Het is veiliger om hem af te sluiten.'
'Nonsens!' verklaarde lady Augusta. 'Die mijnen zijn ware kunstwerken. U weet net zo goed als ik dat ten minste twee van onze mijnen balansmachines hebben die volledig intact zijn. Mensen willen dat soort dingen zien, weet u. Mensen betalen om dat te kunnen zien.'
'Rondleidingen, tante?' vroeg Lynley.
'Precies!'

'En iedere bezoeker zo'n prachtige mijnwerkershelm met een kleine zaklantaarn op het voorhoofd,' zei lady Helen.
'Ja, natuurlijk.' Lady Augusta tikte venijnig met haar vork op tafel. 'We willen toch voorkomen dat het huis een openbaar monument in handen van de trust wordt? Dan heb je helemaal geen rust meer. Nou?' Ze vatte hun zwijgen op als instemming en knikte even. 'Juist. Dat willen we voorkomen. Maar hoe kunnen we die kleine pestkoppen uit de buurt houden als we niet zelf in de toeristenhandel gaan? We moeten de zaken repareren, we moeten de mijnen openen, we moeten rondleidingen geven. Kinderen zijn dol op rondleidingen. Ze zullen graag de mijnen in gaan. Ze zullen hun ouders geen rust gunnen tot ze ze hebben gezien.'
'Het is een interessant idee,' zei Lynley. 'Maar ik ben alleen bereid het te overwegen onder één voorwaarde.'
'En welke voorwaarde is dat, lieverd?'
'Dat u de thee verzorgt.'
'Dat ik...' Haar mond ging abrupt dicht.
'Met een wit mutsje op,' ging Lynley verder. 'Gekleed als een melkmeisje.'
Lady Augusta leunde zwaar achterover in haar stoel en lachte hartelijk als een vrouw die wist dat ze was verslagen, al was het maar even. 'Stoute jongen,' zei ze en ze dook in haar soep.
Tijdens de rest van de maaltijd kabbelde het gesprek rustig voort. St. James ving maar hier en daar flarden op. Lady Asherton en Cotter spraken over een groot steigerend koperen strijdros, dat met een rijk versierd dekkleed aan de oostmuur van de kamer hing. Lady Helen vertelde dr. Trenarrow een amusant verhaal over een persoonsverwisseling op een feest uit een ver verleden dat haar vader had bijgewoond. Justin Brooke en Sidney lachten samen om een opmerking die lady Augusta maakte over Lynleys jeugd. Het parlementslid uit Plymouth en de eerwaarde mevrouw Sweeney dwaalden rond in een verwarrende doolhof waarin hij de noodzaak van economische vooruitgang besprak en zij antwoordde met dromerige mijmeringen over de dag dat ze de filmindustrie naar Cornwall zouden halen, blijkbaar met de bedoeling om van haar een grote ster te maken. Wanneer meneer Sweeney zijn ogen van zijn vrouw kon losrukken, mompelde hij vage antwoorden tegen de vrouw van

het parlementslid, die al haar kleinkinderen de revue liet passeren. Alleen Peter en Sasha spraken zachtjes, de hoofden dicht bij elkaar, hun aandacht op elkaar gericht.
Zo gleed het gezelschap soepel naar het einde van de maaltijd, dat werd aangekondigd door de binnenkomst van het dessert: een vlammend bouwwerk dat eruitzag alsof het van plan was het diner met een brand te beëindigen. Nadat dit keurig was geserveerd en opgegeten, stond Lynley op. Hij streek met een jongensachtig gebaar zijn haar achterover.
'Jullie weten dit al,' zei hij. 'Maar ik wilde het vanavond officieel maken door te vertellen dat Deborah en ik in december gaan trouwen.' Terwijl om hen heen het zachte gemurmel van de felicitaties opklonk, raakte hij zachtjes haar glanzende haar aan. 'Wat jullie echter nog niet weten, omdat we dat pas vanmiddag laat hebben besloten, is dat we daarna voorgoed naar Cornwall komen. Om hier te wonen en te leven, om onze kinderen hier op te laten groeien, bij jullie.'
Het was een mededeling die, gezien de reacties, niemand had verwacht. St James nog wel het minst. Hij meende een algemene kreet van verbazing te horen en daarna speelde zich snel een serie beelden voor zijn ogen af: lady Asherton, die de naam van haar zoon zei en verder niets; Trenarrow, die zich met een ruk naar Lynleys moeder keerde; Deborah, die haar wang zo kort en vluchtig tegen Lynleys hand drukte dat het gebaar waarschijnlijk door niemand anders werd opgemerkt; en daarna Cotter, die St James aankeek met een uitdrukking op zijn gezicht waarvan de betekenis onmiskenbaar was. Hij verwachtte dit al, dacht St James.
Er was geen tijd om erover na te denken wat dit zou betekenen, hoe het zou voelen wanneer Deborah bijna zeshonderd kilometer zou zijn verwijderd van het huis dat ze haar hele leven had gekend. Want er werden champagneglazen rondgedeeld en meneer Sweeney nam enthousiast de gelegenheid te baat. Hij stond gretig op om de eerste te zijn die dit welkome nieuws omarmde. Alleen de wederkomst van de Heer zou hem meer plezier hebben kunnen doen.
'Dan móét ik zeggen...' Hij pakte onhandig zijn glas op. 'Laat me een toast op u beiden uitbrengen. Om u weer bij ons te hebben, om u thuis te hebben, om u...' Hij gaf zijn poging een toe-

passelijk gevoel onder woorden te brengen op, hief alleen zijn glas, brabbelde 'Gewoonweg fantastisch' en ging weer zitten. Andere felicitaties volgden, tezamen met de onvermijdelijke vragen over de verloving, het huwelijk en het toekomstige leven. Nu had de maaltijd kunnen uitlopen op één groot vrolijk feest, ware het niet dat Peter Lynley die hoop de grond in boorde. Hij stond op en hief zijn champagneglas met gestrekte arm in de richting van zijn broer. Hij zwaaide er ongecontroleerd mee heen en weer. Alleen de vorm van het glas voorkwam dat de wijn over de rand klotste. 'Een toast,' zei hij, waarbij hij het laatste woord lang uitrekte. Hij steunde met één hand op Sasha's schouder. Ze keek steels naar Lynley en maakte zachtjes een opmerking, die Peter negeerde. 'Op de perfecte broer,' verkondigde hij. 'Omdat hij overal ter wereld heeft gezocht, de waar vele malen heeft getest – hè, Tommy? – en uiteindelijk toch de perfecte vrouw heeft gevonden, met wie hij nu het perfecte leven kan gaan leiden. Wat een verdomd gelukkige vent is die lord Asherton.' Hij klokte luidruchtig zijn champagne naar binnen en liet zich weer in zijn stoel vallen.

Daar gaat de pret, dacht St James. Hij keek in Lynleys richting om te zien hoe hij het zou opnemen, maar zijn ogen bleven op Deborah rusten. Ze zat met een gepijnigde uitdrukking op haar gezicht naar het tafelkleed te staren. Toen St James zag dat zij zich vernederd voelde, wat gezien de bron in feite onterecht en onnodig was, kwam hij in actie. Hij schoof zijn stoel achteruit en stond moeizaam op.

'Het onderwerp perfectie is altijd al een punt van discussie geweest,' zei hij. 'Ik ben niet welbespraakt genoeg om het hier te beargumenteren. In plaats daarvan drink ik op Tommy, mijn oudste vriend, en op Deborah, mijn liefste gezel uit de tijd van mijn ballingschap. Mijn leven is met recht rijker geweest omdat jullie beiden er deel van uitmaakten.'

Een gemurmel van algemene goedkeuring klonk op, waarna het parlementslid uit Plymouth zijn glas hief en zijn eigen heildronk wist om te vormen tot een toespraak over zijn prestaties en zijn standvastige – zij het weinig hoopgevende – geloof in de reïncarnatie van de mijnbouw in Cornwall, een onderwerp waarvoor lady Augusta wederom een paar minuten wild enthousiast werd. Daarna werd duidelijk dat Peter Lynleys opzet om schade te berokkenen volledig was mislukt. Het gezelschap was vastbesloten hem volledig te negeren, een voornemen dat door lady Asherton werd benadrukt toen zij resoluut en opgewekt aankondigde dat de koffie, de port, de likeur et cetera in de salon zouden worden geserveerd.

In tegenstelling tot de eetkamer met zijn zilveren kandelaars en onopvallende muurlampen, werd de salon helder verlicht door twee kroonluchters. Er stond een serveertafel gedekt met de benodigdheden voor koffie en een andere met cognac, glazen en likeuren. St James liep met een kop koffie in zijn hand naar de Hepplewhite-sofa die midden in de kamer stond. Hij ging zitten en zette zijn koffie op het bijzettafeltje. Hij had eigenlijk geen trek in koffie en vroeg zich af waarom hij een kop had genomen.

'Lieverd,' – lady Augusta had Deborah klemgezet bij de vleugel – 'ik wil alles horen over de veranderingen die je op Howenstow wilt aanbrengen.'

'Veranderingen?' vroeg Deborah haar verbaasd.

'De kinderkamers moeten hoognodig worden opgeknapt. Dat weet je natuurlijk wel.'

'Ik heb eigenlijk nog niet de kans gehad om erover na te denken.'

'Ik weet dat je zo'n aardige hobby hebt met dat fotograferen – Daze heeft me er vorige week alles over verteld – maar ik ben blij dat je er helemaal niet uitziet als het soort vrouw dat het krijgen van kinderen uitstelt omdat ze carrière wil maken.' Alsof ze haar opmerking bevestigd wilde zien, deed ze een stap achteruit om Deborah eens goed te bekijken, als een fokker die de mogelijkheden van een merrie probeert in te schatten.

'Ik ben beroepsfotograaf,' zei Deborah tegen haar met een beleefde nadruk op 'beroeps'.

Lady Augusta wuifde de opmerking als een lastige vlieg weg. 'Laat dat geen obstakel voor eventuele kinderen zijn.'

Dr. Trenarrow, die langsliep, schoot Deborah te hulp. 'De tijden zijn veranderd, Augusta. We leven niet langer in een tijd dat iemands waarde wordt bepaald door zijn mogelijkheden tot voortplanting. En dat is maar goed ook. Geen verdere aantasting van de familiegenen. Een toekomst zonder bloederziekte. Geen sint-vitusdans meer.'

'Ach, onzin. Wetenschappers,' was lady Augusta's vinnige antwoord, maar ze was desalniettemin zo van haar stuk gebracht dat ze een andere prooi voor een gesprek ging zoeken en in de richting van John Penellin liep, die met een glas cognac bij de doorgang naar de Elizabethaanse galerij stond.

St James zag haar op de rentmeester afstevenen. Haar wapperende sjaal en brede achterhand deden haar nog het meest op de achtersteven van een schip met gehesen zeilen lijken. 'Die mijnen, meneer Penellin,' hoorde hij haar nog roepen voor hij zich afwendde en ontdekte dat Deborah naar hem toe was gekomen.

'Blijf alsjeblieft zitten.' Ze zette zich naast hem. Ze had geen koffie of likeur genomen.

'Je hebt het overleefd.' Hij glimlachte. 'Zelfs met het bestek. Geen enkele fout, voorzover ik kon zien.'

'Iedereen is vreselijk aardig geweest,' zei ze. 'Nou ja, bijna iedereen. Peter was...' Ze keek zoekend de kamer rond en zuchtte, misschien van opluchting omdat Peter en Sasha niet meer van de partij waren. 'Zag ik er erg benauwd uit toen ik net beneden was? Het zal wel. Voor het eten behandelde iedereen me alsof ik van porselein was.'

'Helemaal niet.' St James pakte zijn koffie, maar dronk niet. Hij draaide het kopje doelloos op het schoteltje rond en vroeg zich af waarom Deborah bij hem was komen zitten. Haar plaats was naast Lynley, die samen met Sidney en Justin Brooke in gesprek was met het parlementslid uit Plymouth. Hij hoorde hen lachen, hoorde Brooke 'Volkomen terecht' zeggen, hoorde een van hen een opmerking over de Labour Party maken. Sidney zei iets over het haar van de premier. Er werd weer gelachen.

Naast hem schoof Deborah onrustig heen en weer, maar ze zei niets. Ze was waarschijnlijk niet bij hem komen zitten uit behoefte aan gezelschap of om snel even de gebeurtenissen van de avond door te nemen. Deze zwijgzaamheid paste echter ook niet bij haar. Hij bestudeerde haar verlovingsring – een grote smaragd met diamantjes eromheen – en toen hij opkeek, zag hij dat ze hem zo intens zat op te nemen dat het bloed naar zijn wangen steeg. Dat hij zijn gebruikelijke afstandelijkheid ineens niet meer wist te bewaren, was even verwarrend als haar onnatuurlijke bedeesdheid. Mooi stel zijn we, dacht hij.

'Waarom noemde je me zo, Simon? In de eetkamer.'
Daar ging haar bedeesdheid. 'Omdat ik dacht dat dat juist was. Het is tenslotte de waarheid. Jij was er altijd, bij alles, jij en je vader.'
'O.' Haar hand lag naast de zijne. Hij had dat al eerder gezien, maar het willens en wetens genegeerd. Hij was met opzet niet van haar weggeschoven, omdat hij niet de indruk wilde wekken dat hij een man was die een eventuele aanraking vreesde. Zijn vingers waren ontspannen. Hij dwong ze ontspannen te blijven. En alhoewel hij met een enkel, zogenaamd onoplettend gebaar zijn hand op de hare zou hebben kunnen leggen, zorgde hij ervoor dat er tussen hen een keurig discrete en uiterst hypocriete acht centimeter van prachtig beklede Hepplewhite zat.
Uiteindelijk was zij degene die het gebaar maakte. Ze raakte zijn hand lichtjes aan, een onschuldige aanraking die door zijn barrières heen brak. Het gebaar betekende niets en beloofde nog minder. Dat wist hij heel goed. Maar desondanks grepen zijn vingers de hare stevig vast.
'Ik wil weten waarom je het zei,' herhaalde ze.
Het had geen zin. Het leidde nergens toe. Of erger nog: het kon tot een ongecontroleerde aanval van verdriet leiden die hij liever uit de weg ging.
'Simon...'
'Wat moet ik nu zeggen? Wat kan ik in 's hemelsnaam zeggen zonder dat we ons allebei ellendig voelen en wellicht weer ruzie krijgen? Dat wil ik niet. En ik kan me niet voorstellen dat jij dat wel wilt.'
Hij zei tegen zichzelf dat hij zich aan alle voornemens die hij met betrekking tot Deborah had gemaakt, zou houden. Ze was gebonden, dacht hij. Ze was door liefde en eer aan een ander gebonden. Hij zou zich moeten troosten met de gedachte dat ze op den duur misschien weer vrienden zouden worden, zoals ze vroeger waren geweest, en van elkaars gezelschap zouden kunnen genieten zonder meer te willen. Allerlei leugens kwamen bij hem op over wat juist en mogelijk was in hun situatie; over plicht, verantwoordelijkheid, verplichtingen en liefde; over de ketenen van de ethiek en de moraal die hen beiden bonden. En toch wilde hij iets zeggen, want de realiteit was dat alles – zelfs woede en het risico van vervreemding – beter was dan de leegte.

Een plotseling tumult bij de deur van de salon maakte een verder gesprek onmogelijk. Hodge stond op dringende toon tegen lady Asherton te praten, terwijl Nancy Cambrey aan zijn arm hing alsof ze hem weer de gang in wilde trekken. Lynley liep naar hen toe. St James deed hetzelfde. In de stilte die viel, klonk Nancy's stem.

'Dat kunt u niet doen. Niet nu.'

'Wat is er aan de hand?' vroeg Lynley.

'Inspecteur Boscowan, my lord,' antwoordde Hodge zachtjes. 'Hij staat in de hal. Hij wil John Penellin spreken.'

Hodges woorden bleken slechts gedeeltelijk juist te zijn, want terwijl hij sprak, posteerde Boscowan zich in de deuropening alsof hij problemen verwachtte. Hij keek naar de aanwezigen met een uitdrukking van verontschuldiging op zijn gezicht en liet zijn ogen op John Penellin rusten. Het was duidelijk dat een plicht die hem geen plezier deed, hem dwong het feest te onderbreken.

Het was doodstil in de kamer. John Penellin liep naar de deur. Hij gaf zijn glas cognac aan dr. Trenarrow.

'Edward,' zei hij tegen Boscowan en knikte. Nancy was de gang in verdwenen. Ze hing slapjes tegen een kast en keek naar de twee mannen. 'Misschien kunnen we naar mijn kantoor gaan.'

'Dat is niet nodig, John,' zei Boscowan. 'Het spijt me.'

De betekenis achter deze verontschuldiging was duidelijk. Boscowan zou nooit op deze manier naar Howenstow zijn gekomen als hij er niet zeker van was dat hij zijn man had.

'Ga je me arresteren?' Penellin stelde de vraag op een berustende toon waarin vreemd genoeg geen paniek doorklonk. Het leek of hij zichzelf allang op deze mogelijkheid had voorbereid.

Boscowan keek om zich heen. Alle ogen waren op de kleine groep gericht. 'Buiten alsjeblieft,' zei hij en hij liep de gang in. Penellin, St James en Lynley volgden hem. Een tweede politieman in burger stond boven aan de trap te wachten. Hij had een kolossaal lichaam en de bouw van een bokser en hield hen nauwlettend in het oog, de armen voor de borst gevouwen, de vuisten gebald.

Boscowan draaide de andere politieman de rug toe en wendde zich tot Penellin. Met wat hij daarna zei, overschreed hij de grens die de politie van de burgers scheidt en brak hij de regels en voorschriften. Maar dat scheen hem niet te deren. Zijn woorden kwamen voort uit vriendschap, eerder dan uit plichtsbesef. 'Je hebt een advocaat nodig, John. We hebben het eerste forensische rapport binnen. Het ziet er niet goed uit,' en vervolgens op een toon die alle eventuele twijfels over zijn oprechtheid wegnam: 'Het spijt me echt.'

'Vingerafdrukken, vezels, haren? Wat hebben jullie?' vroeg Lynley.

'Alles.'

'Papa is in het verleden bij ons thuis geweest,' zei Nancy.

Boscowan schudde zijn hoofd. St James wist wat deze ontkenning betekende. Penellins vingerafdrukken in Gull Cottage konden inderdaad worden verklaard uit het feit dat hij daar eerder was geweest. Maar als Boscowan vezels en haren in zijn bezit had, waren die waarschijnlijk maar op één plek gevonden: op het lijk van Mick Cambrey. Als dat zo was, dan had Penellin de vorige nacht inderdaad gelogen over waar hij was geweest.

'Als je nu wilt meegaan,' zei Boscowan op een normalere toon. Dit bleek het teken voor de andere politieman te zijn. Hij liep naar Penellin toe en nam hem bij de arm. Even later was het voorbij.

Toen hun voetstappen op de trap wegstierven, viel Nancy Cambrey flauw. Lynley ving haar op voor ze de grond raakte.

'Haal Helen,' zei hij tegen St James, en toen Helen bij hen was, brachten ze Nancy naar lady Ashertons zitkamer in de oostvleugel van het huis. Deze kamer had twee voordelen: hij was rustig en comfortabel. Een paar minuten tussen de familiesnuisterijen en de vriendelijke meubels zouden Nancy ongetwijfeld weer bij haar positieven brengen, dacht Lynley. En hij gunde zichzelf even een moment van dankbaarheid vanwege het feit dat zijn moeder zich boven in zijn afwezigheid van haar taak zou kwijten tot ze John Penellins arrestatie en de beroering die die gebeurtenis met zich zou meebrengen, in alle rust alleen kon verwerken. St James was zo vooruitziend geweest de karaf whisky uit de salon mee te nemen. Hij duwde Nancy een glas in haar hand. Lady Helen hield haar bevende hand stil. Ze had net een slokje genomen toen er voorzichtig op de deur werd geklopt. Dit geluid werd verrassenderwijze gevolgd door de stem van Justin Brooke.

'Mag ik even storen?' Hij wachtte niet op een antwoord, maar opende de deur, stak zijn hoofd naar binnen en zei niets tot hij Lynley zag. 'Kan ik je even spreken?'
'Nu?' vroeg Lynley verbaasd, terwijl hij zich afvroeg waarvoor Brooke hem in godsnaam nodig had. 'Wat...'
'Het is belangrijk,' zei Brooke. Hij keek de anderen ernstig aan, alsof hij steun zocht, en kreeg die uit de meest onverwachte hoek. Lady Helen nam het woord.
'Ik breng Nancy wel naar het huis van haar vader, Tommy. Het heeft geen zin om haar hier te houden. Ze moet tenslotte ook voor de baby zorgen.'
Lynley wachtte tot de twee vrouwen waren vertrokken voor hij zich tot Brooke richtte, die ongevraagd een hoge stoel had gepakt en daar achterstevoren met de armen op de rugleuning op was gaan zitten. Lynley leunde tegen het bureau van zijn moeder. St James stond bij de open haard.
'Wat is er?' zei Lynley tegen Brooke. Hij ergerde zich aan deze onderbreking en werd te zeer door andere dingen in beslag genomen om een poging te doen dat te verbergen.
'Het is een privé-aangelegenheid, met betrekking tot je familie.' Brooke knikte schuins in de richting van St James om aan te geven dat hij dit gesprek liever onder vier ogen hield. St James wilde weggaan.
'Nee, blijf maar,' zei Lynley tegen hem. Als St James zou weggaan, kreeg Brooke misschien het idee dat hij heer en meester was over de situatie en dat wilde Lynley zien te voorkomen. Er was iets aan die man wat hij verafschuwde: een ongedwongen manier van optreden die strijdig was met een spoor van kwaadaardigheid in zijn gelaatstrekken.
Brooke pakte de karaf whisky en Nancy's glas, die op een rond tafeltje naast zijn stoel stonden. Hij schonk een beetje whisky voor zichzelf in en zei: 'Goed. Ik kan wel een borrel gebruiken. Jullie ook?' Hij bood eerst Lynley en vervolgens St James de karaf aan. Er waren geen andere glazen in de kamer, zodat dit gebaar zinloos was, wat Brooke ongetwijfeld wist. Hij dronk genietend, zei 'Goed spul' en schonk nog een beetje in. 'Het werd al snel in de salon bekend dat Penellin was gearresteerd. Maar Penellin kan Mick Cambrey niet hebben vermoord.'
Dit was zeker niet het soort verklaring dat Lynley had verwacht.

'Als je iets over deze zaak weet, moet je dat aan de politie vertellen. Het gaat mij maar zijdelings aan.'
Brooke zei: 'Het gaat je meer aan dan je denkt.'
'Wat bedoel je?'
'Je broer.'
Het schrapende geluid van de karaf op het glas klonk onnatuurlijk scherp en luid toen Brooke nog een keer inschonk. Lynley weigerde het evident ondenkbare te denken en de conclusie te trekken waar die twee simpele woorden om vroegen.
'Ze zeiden net in de salon dat Penellin ruzie met Cambrey had gehad, net voor zijn dood. Dat was de belangrijkste reden dat hij werd verdacht, zeiden ze. Iemand had er iets over gehoord in het dorp.'
'Ik zie niet in wat dit met mijn broer te maken heeft.'
'Alles, ben ik bang. Mick Cambrey heeft geen ruzie met Penellin gehad. En als hij wel ruzie met hem heeft gehad, dan was dat nog niets vergeleken met de ruzie die hij met Peter had.'
Lynley staarde de man aan. Hij voelde plotseling de behoefte hem de kamer uit te gooien en realiseerde zich dat deze behoefte nauw verbonden was met een beginnende angst en het nare besef dat deze informatie op de een of andere manier geen verrassing voor hem was.
'Waar heb je het over? Hoe weet jij dat?'
'Ik was bij hem,' antwoordde Brooke. 'En het gebeurde na Penellin. Dat zei Cambrey nog.'
Lynley pakte een stoel. 'Het hele verhaal, alsjeblieft,' zei hij opvallend beleefd.
'Goed.' Brooke knikte instemmend. 'Sid en ik hadden gisteren een soortement van ruzie. Ze wilde me gisteravond liever niet zien. Dus ging ik naar het dorp. Met Peter.'
'Waarom?'
'Voornamelijk om iets te doen te hebben. Peter zat slecht bij kas en wilde wat geld lenen. Hij zei dat hij een vent kende die die avond geld in huis had, dus gingen we hem opzoeken. Dat was Cambrey.'
Lynleys ogen vernauwden zich. 'Waar had hij het geld voor nodig?'
Voor hij antwoord gaf, wierp Brooke een blik in de richting van St James, alsof hij een reactie uit die hoek verwachtte. 'Hij wilde coke hebben.'

'En hij nam jou mee? Was dat niet een beetje kortzichtig?'
'Dat zat wel goed. Peter wist dat hij me kon vertrouwen.'
Brooke scheen te denken dat een directer antwoord op zijn plaats was. 'Moet je horen, ik had gisteren wat cocaïne bij me en ik had hem er wat van gegeven. Het was op. We wilden meer hebben. Maar ik had net zomin geld als hij, dus gingen we daarnaar op zoek. We wilden high worden.'
'Ik snap het. Het is je gelukt om mijn broer dit weekeinde zeer snel te leren kennen.'
'Je leert iemand snel kennen als je dezelfde interesses hebt.'
'Juist, ja.' Lynley negeerde de behoefte zijn vuist te ballen en uit te halen. 'Leende Mick hem geld?'
'Hij wilde er niet van horen. Dat was de oorzaak van de ruzie. Peter kon het geld zien liggen – ik ook trouwens – open en bloot op zijn bureau, zes of tien stapeltjes. Maar hij kon zelfs geen twee pond missen.'
'Wat gebeurde er toen?'
Brooke grijnsde. 'Jezus, ik kende die vent niet eens. Toen Mick en Peter ruzie kregen, ben ik gewoon weggegaan. Ik had zin in cocaïne, maar geen zin om midden in een vechtpartij te belanden.'
'Wat heb je gedaan nadat je was weggegaan?'
'Beetje rondgelopen tot ik de pub vond. Iets gedronken en daarna een lift naar huis geregeld.'
'Een lift? Van wie?'
'Van een boer en zijn vrouw.' Brooke grinnikte en voegde er geheel overbodig aan toe: 'Zo te ruiken althans. Melkveehouders, denk ik.'
'En Peter?'
'Die stond ruzie te maken met Cambrey toen ik wegging.'
'En waar was Sasha al die tijd?'
'Hier. Zij en Peter hadden het over iets wat hij in Londen had beloofd. Dat hij een keer alleen cocaïne voor haar zou halen. Ik denk dat ze zat te wachten tot hij zijn belofte nakwam.'
'Hoe laat ging je uit Cambreys huis weg?' vroeg St James met een ijzig gezicht.
Brooke keek naar de kroonlijst aan het plafond. Hij dacht na, probeerde zich dit detail te herinneren, of deed alsof. 'Het was tien uur toen ik de pub binnenging. Dat weet ik nog. Ik heb gekeken hoe laat het was.'

‘En heb je Peter die avond nog gezien?’
‘Ik zag hem vanavond pas weer.’ Weer grinnikte Brooke, dit keer met een soort mannen-onder-elkaarblik die kameraadschap en begrip veronderstelde. ‘Ik kwam hier terug, maakte het weer goed met Sid en ben de hele nacht in haar kamer beziggehouden. Vrij prettig beziggehouden, mag ik wel zeggen. Zo is Sid.’ Hij duwde zichzelf overeind en besloot met de woorden: ‘Ik dacht dat ik het beter aan jou kon vertellen dan aan de politie. Het leek me dat jij wel zou weten wat je moest doen. Maar als je vindt dat ik ze moet bellen...’
Hij maakte zijn zin niet af. Ze wisten allemaal dat dat zinloos was. Hij knikte naar hen beiden en liep de kamer uit.
‘Wat moet...’ De twee woorden klonken schor. Hij probeerde het nog een keer. ‘Wat moet ik doen, St James?’
‘Met Boscowan gaan praten. Er zit niets anders op.’
‘Maar het is mijn broer. Moet ik voor Kaïn spelen?’
‘Wil je dat ik het voor je doe?’
Bij deze woorden keek Lynley zijn vriend aan. Hij zag hoe onvermurwbaar het gezicht van St James stond. Hij wist dat er geen redelijk alternatief was. Hij zag dat al in, terwijl hij er nog naar zocht.
‘Geef me tot morgenochtend,’ zei hij.

14

Deborah keek vluchtig de kamer rond om te zien of ze niets was vergeten. Ze deed haar koffer op slot en trok hem van het bed af. Terwijl ze dit deed, kwam ze tot de conclusie dat het maar beter was dat ze uit Cornwall weggingen. 's Nachts was het weer omgeslagen en de verblindende kobaltblauwe lucht van de dag ervoor had deze ochtend de kleur van leisteen. Harde windstoten blaften van tijd tot tijd tegen de ruiten en door een raam dat ze open had laten staan, kwam de onmiskenbare geur van een lucht vol regen naar binnen. Maar afgezien van het zo nu en dan rammelen van de ruiten en het gekraak van de zware takken van een berk die dicht bij het huis stond, bracht de ochtend geen geluiden met zich mee, want de luidruchtige meeuwen en aalscholvers, die instinctief wisten dat er slecht weer op komst was, waren verdwenen en hadden hun heil in het binnenland gezocht.

'Juffrouw?'

In de deuropening stond een van de meisjes van Howenstow, een jonge vrouw met een grote bos donker haar dat haar driehoekige gezicht volledig overschaduwde. Ze heette Caroline, herinnerde Deborah zich, en droeg, evenals de andere daghulp, geen uniform, maar een blauwe rok, een witte blouse en platte schoenen. Ze zag er vriendelijk en netjes uit en had een dienblad bij zich waarmee ze gebaarde terwijl ze sprak.

'Meneer Lynley dacht dat u nog wel iets wilde gebruiken voor u naar de trein ging,' zei Caroline, terwijl ze het blad naar een klein tafeltje met drie poten bracht dat bij de open haard stond. 'U hebt nog dertig minuten, moest ik zeggen.'

'Weet lady Helen dat? Is ze al uit bed?'

'Ja. Ze is uit bed, zich aan het aankleden en aan het ontbijten.'

Alsof ze dit wilde bevestigen, kwam lady Helen de kamer binnen, druk bezig met deze twee activiteiten. Ze liep op kousenvoeten, kauwde op een stukje toast en hield twee paar schoenen op armlengte voor zich uit.

'Ik kan niet kiezen,' zei ze terwijl ze ze kritisch bekeek. 'De

suède schoenen zitten lekkerder, maar de groene zijn wel schattig, hè? Ik heb ze allebei al tien keer aangehad vanochtend.'
'Ik zou de suède schoenen nemen,' zei Caroline.
'Hmm.' Lady Helen liet een suède schoen op de grond vallen, stapte erin, liet een schoen van het andere paar op de grond vallen en stapte daarin. 'Kijk eens goed, Caroline. Weet je het zeker?'
'Ja,' antwoordde Caroline. 'De suède schoenen. En als u me het andere paar geeft, stop ik ze even voor u in uw koffer.'
Lady Helen gebaarde haar even geduld te hebben. Ze bestudeerde haar voeten in de spiegel die aan de binnenkant van de kleerkast hing. 'Ik begrijp wat je bedoelt. Maar kijk eens naar die groene. Er zit ook groen in mijn rok, toch? En zo niet, dan vormen ze misschien een leuk contrast. Want ik heb een schat van een handtas bij deze schoenen en ik wil ze toch zo graag een keer bij elkaar dragen. Een mens geeft tenslotte niet graag toe dat een impulsieve aankoop van een paar schoenen en een tas een miskoop was. Wat denk jij, Deborah?'
'De suède schoenen,' zei Deborah. Ze duwde haar koffer naar de deur en liep naar de kaptafel.
Lady Helen zuchtte. 'Weggestemd, ben ik bang.' Ze keek Caroline na, die de kamer uit liep. 'Ik vraag me af of ik haar van Tommy kan afpakken. Eén blik op die schoenen en ze wist het al. Lieve hemel, Deborah, ze zou me uren per dag besparen. Hoef ik 's ochtends niet meer voor de kast te staan omdat ik niet weet wat ik moet aantrekken. Ik zou met recht een bevrijde vrouw worden.'
Deborah mompelde een vaag antwoord en staarde perplex naar de lege plek naast de kaptafel. Ze liep naar de kleerkast en tuurde naar binnen. Ze was aanvankelijk niet paniekerig of ontzet, alleen maar verbaasd. Lady Helen babbelde verder.
'Ik doe het mezelf aan. Ik hoor de woorden "uitverkoop" en "Harrod's" en ik heb mezelf niet meer in de hand. Schoenen, hoeden, truien, jurken. Ik heb zelfs een keer een paar rubberlaarzen gekocht, alleen maar omdat ze pasten. Wat aardig, dacht ik, precies wat ik nodig heb om in mama's tuin rond te banjeren.' Ze inspecteerde het dienblad met Deborahs ontbijt. 'Eet je je grapefruit op?'
'Nee. Ik heb geen honger.' Deborah liep naar de badkamer,

kwam weer terug. Ze knielde op de grond, keek onder het bed en probeerde zich te herinneren waar ze de koffer had gelaten. Hij had al die tijd in de kamer gestaan. Ze had hem gisteravond en de avond daarvoor toch onbewust gezien, of niet? Ze dacht over deze vraag na en moest toegeven dat ze het zich niet kon herinneren. Maar het was ondenkbaar dat ze de koffer ergens anders had neergezet of dat hij echt weg was. Want als hij weg was en zij had hem niet zelf kwijtgemaakt, dan kon dat alleen betekenen...

'Wat loop je toch te doen?' vroeg lady Helen, die vrolijk Deborahs grapefruit uitlepelde.

Angst overviel haar toen ze zag dat er niets onder het bed stond, zelfs niet iets wat snel opzij was geschoven omdat het in de weg stond. Deborah stond op. Haar gezicht was koud.

Lady Helens glimlach verdween. 'Wat is er?'

In een laatste, volkomen nutteloze poging liep Deborah terug naar de kleerkast en gooide de extra kussens en dekens op de grond. 'Mijn camera's,' zei ze. 'Helen, mijn camera's. Ze zijn weg.'

'Camera's?' vroeg lady Helen onnozel. 'Weg? Wat bedoel je?'

'Weg. Precies wat ik zeg. Wég. Ze zaten in de koffer. Je hebt hem gezien. Ik had hem bij me. Hij is weg.'

'Maar ze kunnen niet weg zijn. Ze staan vast ergens anders. Iemand heeft vast gedacht...'

'Ze zijn weg,' zei Deborah. 'Ze zaten in een metalen koffer. Camera's, lenzen, filters, alles.'

Lady Helen zette de grapefruit terug op het dienblad. Ze keek de kamer rond. 'Weet je het zeker?'

'Natuurlijk weet ik het zeker! Doe niet zo...' Deborah hield zich in, probeerde rustig te blijven en zei: 'De koffer stond naast de kaptafel. Kijk. Hij staat er niet meer.'

'Ik zal het eens aan Caroline vragen,' zei lady Helen. 'Of aan Hodge. Misschien hebben ze hem al naar de auto gebracht. Of misschien is Tommy hier al geweest en heeft hij hem meegenomen. Dat zal het zijn. Want ik kan me niet voorstellen dat iemand hem heeft...' Haar stem weigerde het woord 'gestolen' uit te spreken. Maar uit het feit dat ze het woord wegliet, werd duidelijk dat lady Helen er wel zeer sterk aan dacht.

'Ik ben sinds gisteravond mijn kamer niet meer uit geweest. Ik

ben alleen in de badkamer geweest. Als Tommy de camera's heeft opgehaald, waarom heeft hij dat dan niet tegen me gezegd?'
'Ik ga het eens vragen,' zei lady Helen weer. Ze liep de kamer uit.
Deborah liet zich op het krukje voor de kaptafel zakken en staarde naar de grond. Het patroon van bloemen en bladeren in het tapijt danste voor haar ogen toen ze zich realiseerde wat ze kwijt was. Drie camera's, zes lenzen, tientallen filters, allemaal gekocht van de opbrengst van haar eerste succesvolle expositie in Amerika, het allernieuwste op het gebied van fotoapparatuur, dat bewees wie ze in drie jaar zelfstandigheid was geworden. Een beroepsfotograaf zonder banden, plichten en verplichtingen. Een vrouw met vertrouwen in de toekomst.
Alle beslissingen die ze tijdens die jaren in Amerika had genomen, werden uiteindelijk gerechtvaardigd door het bezit van die apparatuur. Ze kon op alle conclusies die ze had getrokken, op alle overtuigingen die ze had gevormd, op alle daden die ze had verricht, zonder schuldgevoel of spijt terugkijken omdat ze eruit tevoorschijn was gekomen met een vak waarin ze echt succesvol was. Dat er om een deel van haar leven – dat in voor- en tegenspoed het hare had kunnen zijn – in het geheim was getreurd, maakte geen verschil. Dat ze haar tijd met allerlei vormen van afleiding had gevuld om haar grootste verlies niet onder ogen te hoeven zien – dat ze zelfs al haar verliezen de revue had laten passeren en ze als niet terzake doende had afgedaan – had geen invloed op haar. Alles werd acceptabel en juist en volledig gerechtvaardigd door het feit dat ze haar doel had bereikt.
Ze was een succes en bezat alle vereiste tekenen en symbolen die bij die prestatie hoorden.
Lady Helen kwam de kamer weer in. 'Ik heb zowel Caroline als Hodge gesproken,' zei ze. Gevoelens van spijt deden haar aarzelen. Ze hoefde niets meer te zeggen. 'Luister, Deborah. Tommy zal...'
'Ik wil niet dat Tommy nieuwe camera's voor me koopt!' riep Deborah fel.
Even kreeg lady Helens gezicht een verbaasde uitdrukking.
Daarna stond het weer helemaal rustig en neutraal.
'Ik wilde zeggen dat Tommy het direct zal willen weten. Ik zal hem halen.'

Ze was maar even weg en keerde terug met Lynley en St James. De eerste liep naar Deborah toe. De laatste bleef bij de deur staan.
'Verdomme,' mompelde Lynley. 'Wat nu weer?' Hij sloeg zijn arm om Deborahs schouders en drukte haar even tegen zich aan. Daarna knielde hij bij haar neer en keek haar in het gezicht. Zijn eigen gezicht was getekend door vermoeidheid, zag ze. Hij zag eruit alsof hij de hele nacht niet had geslapen. Ze wist dat hij zich waarschijnlijk ernstig zorgen maakte om John Penellin en ze schaamde zich even dat ze hem nog meer verdriet bezorgde.
'Deb, lieverd,' zei hij. 'Het spijt me.'
Dus hij wist dat de camera's gestolen waren. In tegenstelling tot lady Helen opperde hij niet dat de apparatuur misschien ergens anders was neergezet.
'Wanneer heb je ze het laatst gezien, Deborah?' vroeg St James.
Lynley raakte haar haar aan, streek het uit haar gezicht. Deborah kon de schone, frisse geur van zijn huid ruiken. Hij had nog niet gerookt en ze hield van zijn lichaamsgeur wanneer hij zijn eerste sigaret nog niet op had. Als ze zich op Tommy kon concentreren, zou al het andere vanzelf verdwijnen.
'Heb je ze gisteravond gezien toen je naar bed ging?' drong St James aan.
'Ze waren hier gisterochtend. Dat herinner ik me omdat ik toen de camera heb teruggelegd die ik bij het toneelstuk heb gebruikt. Alles stond hier, pal naast de kaptafel.'
'En je weet niet of je ze daarna nog hebt gezien? Je hebt ze overdag niet gebruikt?'
'Nee. Ik ben zelfs niet in mijn kamer geweest tot het tijd was om me voor het diner te kleden. Misschien heb ik ze toen gezien. Ik zou ze hebben moeten zien. Ik was tenslotte hier. Ik heb zelfs hier bij de kaptafel gestaan. Maar ik heb ze gisteravond niet gezien. Jij wel, Simon?'
Lynley stond op. Zijn blik ging verbaasd van Deborah naar St James. Hij keek perplex, maar dat was alles.
'Ik weet zeker dat ze hier waren,' zei St James. 'Het was je oude metalen koffer, nietwaar?' Toen ze knikte, zei hij: 'Ik zag hem naast de kaptafel staan.'
'Zag hem naast de kaptafel staan.' Lynley herhaalde deze opmerking meer tegen zichzelf dan tegen de anderen. Hij keek naar de

bewuste plek op de grond. Hij keek naar St James. Hij keek naar het bed.
'Wanneer, St James?' Hij stelde de vraag rustig, drie simpele woorden. Maar het feit dat hij hem stelde en de nadrukkelijke toon waarop hij sprak, voegden een nieuwe dimensie aan het gesprek toe.
Lady Helen zei: 'Moeten we niet naar de trein, Tommy?'
'Wanneer zag jij de fotokoffer, St James? Gisteren? 's Avonds? Midden in de nacht? Wanneer? Was je alleen? Of was Deborah...'
'Tommy,' zei lady Helen.
'Nee. Laat hem antwoord geven.'
St James gaf geen antwoord. Deborah pakte Lynleys arm. Ze keek smekend naar lady Helen.
'Tommy,' zei lady Helen, 'dit is niet...'
'Laat hem antwoord geven, zei ik.'
Er gingen een paar seconden voorbij, een kleine eeuwigheid, voor St James een droge opsomming van de feiten gaf. 'Helen en ik hadden gisteren een foto van Mick Cambrey van zijn vader gekregen, Tommy. Ik bracht hem gisteravond voor het diner bij Deborah. Toen zag ik haar fotokoffer.'
Lynley staarde hem aan. Een lange zucht ontsnapte hem. 'Jezus,' zei hij. 'Het spijt me. Dat was ongelooflijk stom. Ik begrijp niet waarom ik het zei.'
St James had kunnen glimlachen. Hij had de verontschuldiging kunnen wegwuiven of de bedekte belediging kunnen weglachen als een begrijpelijke fout. Hij deed niets, zei niets. Hij keek alleen naar Deborah en zelfs dat deed hij maar heel even.
Om de scherpe kantjes van de situatie af te halen, zei lady Helen: 'Waren ze erg veel waard, Deborah?'
'Een paar honderd pond.' Deborah liep naar het raam, waar ze opzettelijk met haar rug naartoe ging staan, opdat er geen licht op haar gezicht zou vallen. Ze kon het bloed in haar borst, haar hals en haar wangen voelen bonzen. Ze wilde vreemd genoeg alleen maar huilen.
'Dan hoopt iemand waarschijnlijk dat hij ze kan verkopen. Maar niet in Cornwall, denk ik, althans niet hier in de buurt, want dan zouden ze achterhaald kunnen worden. Misschien in Bodmin of in Exeter, of misschien zelfs wel in Londen. En als

dat zo is, dan heeft iemand ze waarschijnlijk gisteravond tijdens het feest weggehaald. Nadat John Penellin was gearresteerd, werd het allemaal een beetje rommelig, nietwaar? Iedereen liep de rest van de avond de salon in en uit.'

'En om te beginnen was niet iedereen in de salon,' zei Deborah. Ze dacht aan Peter Lynley en zijn wrede toast bij het diner. Wie zou haar liever kwaad willen doen dan Peter? Hoe kon iemand Tommy beter raken dan door haar verdriet te doen?

St James keek op zijn horloge. 'Je moet Deborah en Helen naar de trein brengen,' zei hij tegen Lynley. 'Het heeft geen zin om hen hier te houden, hè? Wij kunnen die kwestie van de camera's zelf wel uitzoeken.'

'Dat lijkt me het beste,' stemde lady Helen in. 'Ik verlang ineens vreselijk naar de rook en de stank van Londen.' Ze liep naar de deur en pakte even de hand van St James vast toen ze langs hem liep.

Toen St James aanstalten maakte om achter haar aan te lopen, nam Lynley het woord. 'Simon. Vergeef me alsjeblieft. Ik weet niet wat me bezielde.'

'Behalve dan je broer en John Penellin. Vermoeidheid en zorgen. Het geeft niet, Tommy.'

'Het geeft wel. Ik lijk wel gek.'

St James schudde zijn hoofd, maar zijn gezicht stond strak. 'Het geeft niet. Alsjeblieft. Vergeet het.' Hij liep de kamer uit.

St James hoorde zijn zus in de deuropening van de eetkamer gapen. 'Wat een avond,' zei ze terwijl ze op blote voeten de kamer in liep en bij hem aan tafel ging zitten. Ze liet haar hoofd op haar hand rusten, pakte zijn pot koffie en schonk een kop koffie voor zichzelf in, die ze van suiker voorzag met een gebaar dat zowel gretigheid als algehele onverschilligheid uitdrukte. Het leek of ze niet de moeite had genomen om uit het raam te kijken voor ze zich aankleedde, want ze droeg een helderblauwe korte broek, rijkelijk versierd met flonkerende zilveren sterren, en een haltertopje. 'Een beledigende toast na het diner, een bezoek van de politie, een arrestatie. Het is een wonder dat we het kunnen navertellen.' Ze gluurde naar de rij afgedekte schalen op de serveertafel, haalde haar schouders op om aan te geven dat het haar allemaal te veel moeite was, viste een plakje bacon

van het bord van haar broer en nam er een stukje van zijn toast bij.
'Sid...'
'Hmm?' Ze trok een stuk van de krant naar zich toe. 'Wat zit je te lezen?'
St James gaf geen antwoord. Hij had de *Spokesman* doorgenomen en wilde even nadenken over wat hij gelezen had.
Het was een dorpskrant. De inhoud bestond voornamelijk uit dorpsnieuws. En hoe intens en belangrijk de band tussen Mick Cambrey en de *Spokesman* dan ook mocht zijn geweest, St James kon de moord op deze man met geen mogelijkheid toeschrijven aan de dingen die hij in dit plaatselijke krantje had gelezen. De berichten liepen uiteen van een huwelijksplechtigheid op de kade bij Lamorna Cove en de veroordeling van een zakkenroller uit Penzance tot de vernieuwingen die waren geïntroduceerd op een melkveehouderij in de buurt van St. Buryan. Er stond een verslag van de opvoering van *Much Ado About Nothing* in Nanrunnel in, met een portret van het meisje dat Hero speelde. Het sportnieuws bestond uit een artikel over een plaatselijke tenniswedstrijd en degene die de ongelukken en de misdaden moest verslaan, had alleen een verhaal over een verkeersongeluk op weten te duikelen waarbij de vraag was gerezen wie er voorrang had: een vrachtwagenchauffeur of een koe. Alleen de redactionele pagina beloofde veel goeds, maar zelfs die belofte gold meer voor de toekomst van de krant dan voor het motief voor de moord op Mick Cambrey.
De pagina bevatte twee redactionele columns en zeven brieven. De eerste column was geschreven door Mick Cambrey, een uitgesproken stuk over het indammen van de stroom wapens naar Noord-Ierland. Julianna Vendale had in de andere column over de nationale kinderzorg geschreven. De brieven, die van inwoners van zowel Nanrunnel als Penzance kwamen, gingen over eerdere columns over uitbreiding van het dorp en de achterblijvende resultaten van de plaatselijke middelbare school. Al deze dingen gaven aan dat Mick Cambrey iets meer van de krant had willen maken dan een plaatselijk roddelblaadje. Maar in geen van deze stukken stond iets wat een moord zou kunnen uitlokken.
St James dacht na over het feit dat Harry Cambrey geloofde dat zijn zoon aan een artikel had gewerkt dat een belangrijke krant van de *Spokesman* zou kunnen maken. Schijnbaar zonder zijn

bedoelingen aan zijn vader kenbaar te maken, had Mick met dit artikel een breder publiek willen bereiken dan in dit afgelegen deel van Cornwall mogelijk was. St James vroeg zich dan ook af of Cambrey misschien had ontdekt dat zijn zoon tijd, geld en moeite spendeerde aan iets wat de *Spokesman* uiteindelijk helemaal niet ten goede zou komen. En als Cambrey dat had ontdekt, hoe had hij dan op dit nieuws gereageerd? Had hij in zijn kwaadheid Mick geslagen, zoals hij al eens eerder in het kantoor van de krant had gedaan?

Elke vraag in verband met de moord draaide om het probleem of er sprake was geweest van voorbedachten rade of passie. Het feit dat er ruzie was gemaakt, duidde op passie, net als de verminking van het lichaam. Maar andere details – de toestand in de kamer, het vermiste geld – duidden op voorbedachten rade. En zelfs de autopsie zou waarschijnlijk geen definitief uitsluitsel over deze kwestie geven.

'Waar is iedereen vanochtend?' Sidney stond van tafel op en nam haar koffie mee naar een van de ramen, waar ze zich op een met fluweel beklede bank nestelde. 'Wat een druilerige dag. Het gaat regenen.'

'Tommy brengt Deborah en Helen naar de trein. Verder heb ik niemand gezien.'

'Justin en ik zouden er eigenlijk ook vandoor moeten. Hij moet morgen werken. Heb je hem gezien?'

'Vanochtend niet.' St James betreurde dat feit niet. Hoe minder hij Justin Brooke zag, hoe prettiger hij het vond. Hij kon alleen maar hopen dat zijn zus snel weer bij haar positieven zou komen en die man uit haar leven zou schrappen.

'Ik zal hem eens uit zijn kamer halen,' zei Sidney, maar ze maakte geen aanstalten en zat nog steeds aan haar koffie te nippen en uit het raam te staren toen lady Asherton zich bij hen voegde. Dat ze niet binnen was gekomen om te ontbijten was te zien aan haar kleding. Ze droeg een blauwe spijkerbroek, opgerold tot boven haar enkels, een wit katoenen mannenoverhemd en een basebalpet. Ze had een paar dikke tuinhandschoenen bij zich, waarmee ze krachtig in haar handpalm sloeg.

'O, hier ben je, Simon. Mooi,' zei ze. 'Wil je even met me meekomen? Het gaat om Deborahs camera's.'

'Heb je ze gevonden?' vroeg St James.

'Gevonden?' herhaalde Sidney onnozel. 'Is Deborah haar camera's kwijt?' Ze schudde somber haar hoofd, liep terug naar de tafel en pakte het stuk krant dat haar broer had zitten lezen.

'In de tuin,' zei lady Asherton en ze leidde St James naar buiten, waar een zoutige wind met grote snelheid een dreigend grijs wolkendek uit de richting van de zee aanvoerde.

Een van de tuinmannen stond aan het eind van de zuidvleugel op hen te wachten. Hij stond tegenover een berk met een snoeischaar in zijn hand en een afgedragen wollen muts diep over zijn ogen getrokken. Hij knikte toen St James en lady Asherton bij hem kwamen staan en maakte St James attent op de grote taxus die tegen het huis groeide.

'Eeuwig zonde, dat,' zei de tuinman. 'Hij is lelijk beschadigd, 't arme ding.'

'Deborahs kamer ligt hier recht boven,' zei lady Asherton.

St James keek naar de plant en zag dat het deel van de taxus dat tegen het huis aan stond, ernstig was beschadigd. Er waren takken gespleten, geknakt en volledig afgebroken door een object dat hoogstwaarschijnlijk van boven naar beneden was gegooid. Dit was kortgeleden gebeurd. Alle breukvlakken waren nog vers. Uit de gehavende takken rees de opvallende geur van coniferen op.

St James deed een stap achteruit en keek omhoog naar de ramen. Deborahs raam lag recht boven de taxus, en daaronder lag de biljartkamer. Beide waren ver verwijderd van de eetkamer en de salon, waar het gezelschap de avond daarvoor bijeengekomen was. En voorzover hij wist, had niemand gebiljart, zodat niemand de klap kon hebben gehoord waarmee de fotokoffer ongetwijfeld op de grond was terechtgekomen.

Terwijl de tuinman weer aan het werk ging en de beschadigde takken afknipte en in een plastic zak onder zijn arm stopte, begon lady Asherton zachtjes te praten. 'Er is één lichtpuntje in dit alles, Simon. We weten nu tenminste dat niet iemand uit het huis de camera's heeft weggenomen.'

'Waarom zeg je dat?'

'Het lijkt me zeer onlogisch dat iemand van ons ze zou pakken en naar buiten zou gooien. Veel makkelijker om ze in je kamer te verbergen en er later mee naar buiten te glippen, denk je ook niet?'

'Makkelijker wel. Maar niet zo verstandig. Vooral niet als iemand uit het huis het wilde doen voorkomen dat een buitenstaander de camera's had weggenomen. Maar zelfs dat is niet verstandig. Want wie waren technisch gezien de buitenstaanders gisteravond? Meneer en mevrouw Sweeney, dokter Trenarrow, je schoonzus, het parlementslid uit Plymouth.'

'John Penellin,' voegde ze eraan toe. 'De daghulpen uit het dorp.'

'Nogal een onwaarschijnlijk gezelschap om camera's te stelen.'

Uit de uitdrukking op haar gezicht kon hij opmaken dat lady Asherton al heel wat had nagedacht over Deborahs camera's, over de vraag waar ze zouden kunnen zijn en wie ze had weggehaald. Haar woorden dienden echter om dit te camoufleren.

'Ik kan maar moeilijk begrijpen waarom ze gestolen zijn.'

'Ze zijn veel waard. Ze kunnen worden verkocht door iemand die geld nodig heeft.'

Even vertrok haar gezicht, maar ze herstelde zich snel.

St James toonde medelijden door te zeggen: 'Tijdens het feest was het huis open. Misschien is er iemand binnengekomen toen wij in de eetkamer zaten. Het zal niet moeilijk zijn geweest om naar Deborahs kamer te sluipen en de camera's te pakken.'

'Maar waarom zou iemand de camera's stelen als het om geld gaat? Waarom niet iets anders? Iets waardevollers?'

'Wat dan?' vroeg hij. 'Alle andere dingen kunnen veel te makkelijk met Howenstow in verband worden gebracht. Het zilver is gemerkt. Overal staat het familiewapen op. Je denkt toch niet dat iemand een van de schilderijen weghaalt in de hoop dat we pas de volgende dag merken dat het weg is?'

Ze draaide haar hoofd in de richting van het park, een beweging die uitsluitend was bedoeld om even haar gezicht af te wenden. 'Het kan geen kwestie van geld zijn,' zei ze, terwijl ze de tuinhandschoenen in haar handen in elkaar draaide. 'Dat is onmogelijk, Simon. Dat weet je.'

'Misschien had mevrouw Sweeney er uiteindelijk toch bezwaar tegen dat ze was gefotografeerd,' suggereerde hij.

Ze glimlachte flauwtjes om die opmerking, maar ging in op zijn poging om haar af te leiden. 'Zou ze na het diner naar de wc zijn geglipt en het hele huis hebben afgestruind op zoek naar Deborahs kamer?'

Haar vraag bracht hem terug naar de onontkoombare realiteit. Degene die de camera's had weggehaald, had ook geweten in welke kamer Deborah logeerde.

'Heeft Tommy vanochtend met Peter gesproken?' vroeg St James.
'Peter ligt nog in bed.'
'Hij is na het diner verdwenen, Daze.'
'Ik weet het.'
'En weet je waar hij naartoe is gegaan? Waar Sasha naartoe is gegaan?'
Ze schudde haar hoofd. 'Een wandeling in het park, naar de baai, een ritje. Misschien bij Mark Penellin op bezoek.' Ze zuchtte. Het werd haar te veel. 'Ik kan niet geloven dat hij Deborahs camera's heeft gestolen. Hij heeft de meeste dingen van zichzelf verkocht. Dat weet ik. Ik doe alsof ik het niet weet, maar ik weet het. Toch geloof ik niet dat hij echt dingen zou stelen om ze te verkopen. Peter niet. Dat kan ik niet geloven.'
Terwijl ze dit zei, klonk er een schreeuw in het park. Iemand kwam half struikelend in de richting van het huis hollen, een man die met zijn ene hand om beurten zijn zij en zijn dij vastpakte en met zijn andere hand met een pet in de lucht zwaaide. Hij riep telkens iets.
'Jasper, m'lady,' zei de tuinman, die naar hen toe kwam lopen, de vuilniszak achter zich aan slepend.
'Wat is er met hem aan de hand?' Toen hij bij het poortgebouw kwam, verhief lady Asherton haar stem. 'Hou op met dat geschreeuw, Jasper. Je jaagt ons allemaal de stuipen op het lijf.'
Jasper rende naar haar toe. Hij hijgde en snakte naar adem. Hij scheen niet genoeg lucht te kunnen verzamelen om een samenhangende zin uit te brengen.
''t Is hem,' hijgde hij. 'In de baai.'
Lady Asherton keek naar St James. Ze hadden dezelfde gedachte. Lady Asherton deed een stap achteruit, alsof ze zich wilde distantiëren van een bericht dat ze niet wilde horen.
'Wie?' vroeg St James. 'Jasper, wie is er in de baai?'
Jasper klapte dubbel, hoestte. 'In de baai!'
'In godsnaam...'
Jasper rechtte zijn rug, keek rond en wees met een knobbelige vinger naar de voordeur, waar Sidney stond, die blijkbaar was komen kijken wat de bron van dit tumult was.
'D'r vent,' hijgde hij. 'Hij leg dood in de baai.'

15

Toen St James zijn zus eindelijk inhaalde, was ze al bij de baai, ver voor iedereen uit. Tijdens haar wanhopige tocht door het park en het bos was ze ergens gevallen en er sijpelde bloed in een gevorkt patroon langs een van haar armen en een van haar benen. Vanaf de top van de klip zag hij hoe ze zich op Brookes lichaam wierp, hem oppakte alsof ze hem daarmee het leven kon teruggeven. Ze sprak onsamenhangend tegen hem – onafgemaakte woorden, geen zinnen – en drukte zijn lichaam tegen het hare. Brookes hoofd hing in een onmogelijke houding naar beneden, zodat duidelijk was op welke manier hij de dood had gevonden.

Sidney liet hem op de grond zakken. Ze opende zijn mond en bedekte die met de hare in een vruchteloze poging hem te reanimeren. Zelfs boven op de klip kon St James haar telkens kort en buiten zinnen horen schreeuwen wanneer er weer geen reactie volgde op de adem die zij inblies. Ze bonkte op Brookes borstkas, trok zijn overhemd open. Ze gooide zichzelf languit op zijn lichaam en drukte zich tegen hem aan alsof ze op dezelfde manier een reactie aan zijn dode lichaam wilde ontlokken als ze aan zijn levende lichaam had gedaan. Het was een dwaze, grimmige nabootsing van een verleiding. St James kreeg het koud toen hij het zag. Hij zei haar naam, riep haar, maar zonder resultaat.

Ten slotte keek ze omhoog en zag hem. Ze stak smekend een hand uit en begon toen eindelijk te huilen. Het was een vreselijke jammerklacht, deels uit wanhoop en deels uit verdriet, een huilen waarvan de bron even oud was als de mensheid en even tijdloos. Ze bedekte Brookes beurse gezicht met kussen, liet haar hoofd zakken en legde het op zijn borst. En ze huilde, van verdriet, van boosheid, van woede. Ze greep het lichaam bij de schouders, tilde het op, schudde het heen en weer en riep zijn naam. Als antwoord zwaaide het levenloze hoofd in een macabere dans heen en weer op de versplinterde nek.

St James stond doodstil en dwong zichzelf zijn ogen op zijn zus gericht te houden, getuige te zijn van het ergste deel van haar verdriet, het toekijken te aanvaarden als passende en ware straf voor zijn zonde: een zo geruïneerd lichaam hebben dat hij haar niet te hulp kon schieten. Gedwongen tot nietsdoen en bij zichzelf vloekend met een toenemende felheid die steeds meer op paniek ging lijken, luisterde hij naar Sidneys scherpe gehuil. Hij draaide zich wild om toen er een hand op zijn arm werd gelegd. Lady Asherton stond achter hem, met de tuinman en een zestal andere personen uit het huis.

'Haal haar bij hem weg.' Hij kon de zin maar nauwelijks uitbrengen. Maar zijn woorden zetten de anderen aan tot handelen.

Met een laatste, bezorgde blik op zijn gezicht begon lady Asherton behendig de klip af te dalen. De anderen volgden met dekens, een geïmproviseerde draagbaar, een thermoskan en een rol touw. Hoewel ze allemaal snel naar beneden klommen, leken zij in de ogen van St James net zo langzaam te bewegen als mimespelers.

Drie van hen kwamen tegelijkertijd bij Sidney aan en lady Asherton trok haar van het lichaam af, dat ze nog steeds wild en doelloos heen en weer schudde. Toen Sidney vocht om weer bij het lichaam te komen en begon te schreeuwen, riep lady Asherton iets over haar schouder wat St James niet kon verstaan. In antwoord daarop gaf een van de mannen haar een open medicijnflesje. Ze trok Sidney naar zich toe, greep haar bij haar haar en duwde het flesje onder haar neus. Sidneys hoofd vloog achterover. Haar hand ging naar haar mond. Ze stamelde iets tegen lady Asherton, die als antwoord hierop naar de rotsen wees.

Sidney begon omhoog te klimmen. De tuinman hielp haar. De anderen volgden. Ze zagen allemaal dat ze niet één keer viel. En een paar tellen later trok St James haar wild in zijn armen. Hij hield haar vast, drukte zijn wang tegen het kruintje van haar hoofd en vocht tegen een emotionele reactie van zichzelf die hem zou overweldigen als hij deze de vrije teugel liet. Toen ze enigszins was bedaard, leidde hij haar in de richting van het huis, zijn beide armen om haar heen, op een vreemde manier bang dat hij haar aan de hysterie, aan het lichaam van haar minnaar op het strand zou teruggeven als hij haar losliet.

Ze liepen onder de bomen in het bos. St James was zich er nauwelijks van bewust dat ze vooruitkwamen. Hij was zich evenmin bewust van het geluid van de snelstromende rivier, de rijke

geur van de vegetatie, de zacht verende, leemachtige grond onder hun voeten. Misschien bleven zijn kleren achter de struiken aan weerszijden van het smalle pad haken en scheurden ze, maar hij merkte het niet.
Tegen de tijd dat ze bij de muur rond Howenstow kwamen en door de poort gingen, dreigde er een onweersbui. De bladeren ruisten toen de aanzwellende wind ze beroerde en een grijze eekhoorn schoot omhoog langs de stam van een es en zocht een schuilplaats tussen de bladeren. Sidney tilde haar hoofd op van haar broers borst.
'Het gaat regenen,' zei ze. 'Dan wordt hij nat, Simon.'
St James verstevigde zijn greep. Hij kuste haar op haar kruintje. 'Nee, het is goed.' Hij probeerde te klinken als de oudere broer die ze kende, de broer die had afgerekend met de monsters uit haar nachtmerries. Maar deze keer niet, Sid. 'Er wordt voor hem gezorgd. Heus.'
Grote, zware regendruppels spatten lawaaierig op de bladeren. Sidney huiverde in zijn armen.
'Wat schreeuwde mammie tegen ons?' fluisterde ze.
'Schreeuwde? Wanneer?'
'Jij had alle ramen van de kinderkamer opengezet om te kijken hoeveel regen er naar binnen zou komen. Ze schreeuwde en schreeuwde. Ze sloeg je ook.' Haar lichaam schokte van een snik. 'Ik kon er niet tegen als mammie je sloeg.'
'Het tapijt was geruïneerd. Ik had het verdiend.'
'Maar het was mijn idee. En ik liet jou ervoor opdraaien.' Ze bracht haar hand naar haar gezicht. Bloed was tussen haar vingers gesijpeld. Ze begon weer te huilen. 'Het spijt me.'
Hij streek over haar haar. 'Het geeft niet, lieverd. Ik was het allang vergeten. Geloof me.'
'Hoe kon ik je dat aandoen, Simon? Je was mijn favoriete broer. Ik hield van jou het meest. De kinderjuffrouw zei telkens tegen me dat het verkeerd was om meer van jou te houden dan van David en Andrew, maar ik kon er niets aan doen. Ik hield van jou het meest. Toen liet ik jou voor de klappen opdraaien en het was mijn schuld en ik zei niets.' Haar opgeheven gezicht was nat van tranen die, zo wist St James, niets te maken hadden met ruzies uit hun kindertijd.
'Ik zal je eens iets vertellen, Sid,' vertrouwde hij haar toe, 'maar

je moet beloven dat je het nooit aan David en Andrew vertelt. Jij was ook mijn favoriet. Dat ben je trouwens nog steeds.'

'Echt?'

'Absoluut.'

Ze kwamen bij het poortgebouw en liepen de tuin in. Het ging steeds harder waaien. De wind rukte aan de rozen en wierp een regen van bloemblaadjes voor hun voeten. De regen beukte agressief op hen neer, maar ze versnelden hun pas niet. Tegen de tijd dat ze bij de deur kwamen, waren ze allebei vrijwel doorweekt.

'Mammie zal nu helemaal wel boos zijn,' zei Sidney toen St James de deur achter hen dichtdeed. 'Zullen we ons verstoppen?'

'We zijn voorlopig veilig.'

'Ik zal zorgen dat ze je niet slaat.'

'Dat weet ik, Sid.' St James leidde zijn zus naar de trap en nam haar bij de hand toen ze aarzelde en duidelijk in de war om zich heen keek. 'Deze kant op,' drong hij aan.

Boven aan de trap zag hij Cotter op zich af komen met een klein dienblad in zijn hand. Toen hij hem zag, dankte St James de hemel dat Cotter zijn gedachten kon lezen.

'Ik zag jullie komen,' verklaarde Cotter en hij knikte naar het blad. 'Het is cognac. Is ze...' Hij draaide zijn hoofd met een ruk naar Sidney toe en kreeg diepe rimpels in zijn voorhoofd toen hij zag in welke toestand ze verkeerde.

'Het komt wel weer goed met haar. Help me even, Cotter. Haar kamer is deze kant op.'

In tegenstelling tot de kamer van Deborah had Sidneys kamer niets van een grot of een graftombe. Hij keek uit over een kleine ommuurde tuin aan de achterkant van het huis en was geschilderd en behangen in een combinatie van wit en geel. Er lag een tapijt met pastelkleurige bloemen op de grond. St James zette zijn zus op het bed en liep naar de gordijnen om ze dicht te trekken, terwijl Cotter een glas cognac inschonk en dat aan haar mond hield. 'Een beetje hiervan, juffrouw Sidney,' zei Cotter uitnodigend. 'Daar wordt u weer lekker warm van.'

Ze dronk gewillig. 'Weet mammie het?' vroeg ze.

Cotter keek voorzichtig naar St James. 'Neem nog een beetje,' zei hij.

St James zocht in een la naar een nachtjapon. Hij vond hem onder een Sidney-achtige stapel truien, juwelen en kousen.
'Je moet uit die natte kleren,' zei hij tegen haar. 'Cotter, zoek jij even een handdoek voor haar haar? En iets voor de sneeën?'
Cotter knikte en keek steels naar Sidney voor hij de kamer uit liep. Alleen met zijn zus, kleedde St James haar uit. Hij gooide de natte kleren op de grond, trok haar nachtjapon over haar hoofd en haalde haar armen voorzichtig onder de dunne zijden bandjes door. Ze zei niets en scheen zich helemaal niet bewust te zijn van zijn aanwezigheid. Toen Cotter terugkwam met een handdoek en pleisters, wreef St James Sidneys haar droog. Hij verzorgde haar armen en benen en haalde de modderspatten van haar voeten. Hij zwaaide haar benen op het bed en stopte de dekens rond haar in. Ze liet het allemaal toe als een kind, als een pop.
'Sid,' fluisterde hij, terwijl hij haar wang aanraakte. Hij wilde over Justin Brooke praten. Hij wilde weten of ze 's nachts bij elkaar waren geweest. Hij wilde weten wanneer Brooke naar de klip was gegaan. En voor alles wilde hij weten waarom.
Ze gaf geen antwoord. Ze staarde naar het plafond. De informatie die ze hem kon geven, zou moeten wachten.

Lynley parkeerde de Rover aan het eind van de binnenplaats en liep het huis in door de noordwestdeur tussen de wapenkamer en de bediendenkamer. Hij had de rij auto's op de oprijlaan gezien – twee politieauto's, een ongemerkte sedan en een ambulance waarvan de ruitenwissers nog aanstonden – zodat hij niet verrast was dat Hodge hem aanschoot toen hij snel door de huishoudelijke vleugel van het huis liep. Ze kwamen elkaar voor de provisiekamer tegen.
'Wat is er?' vroeg Lynley de oude butler. Hij probeerde bezorgd te klinken zonder zijn beginnende paniek te laten doorschemeren. Toen hij de auto's door de door de wind voortgestuwde regenvlagen ontwaarde, waren zijn gedachten direct naar Peter gegaan.
Hodge gaf gewillig antwoord. Hij deed dit op een manier die niets van zijn eigen gevoelens over deze kwestie onthulde. Het was meneer Brooke, zei hij tegen Lynley. Ze hadden hem naar het oude leslokaal gebracht.

De manier waarop Hodge de informatie had gegeven, was misschien een vluchtige reden voor hoop – het kon niet zo erg zijn als Brooke niet direct naar het ziekenhuis was gebracht – maar toen Lynley een paar minuten later het leslokaal in de oostvleugel van het huis binnenstapte, vervloog deze hoop. Het lichaam lag onder een deken op een lange gehavende tafel in het midden van de kamer, de tafel waaraan generaties jonge Lynleys in hun vroege kinderjaren hun lessen hadden gemaakt voor ze naar een kostschool werden gestuurd. Een groep mannen stond eromheen zachtjes te praten. Onder hen bevond zich inspecteur Boscowan en de brigadier in burger die hem de avond daarvoor had vergezeld toen hij John Penellin kwam ophalen. Boscowan sprak tot de groep in het algemeen en deelde instructies uit aan twee mannen van het forensisch team wier broekspijpen vol modder zaten en wier jassen natte plekken van de regen op de schouders hadden. De patholoog stond bij hen, herkenbaar aan de dokterstas aan haar voeten. De tas zat dicht en ze was blijkbaar niet van plan een voorlopig onderzoek op het lichaam te doen. De mannen van het forensisch team maakten ook geen aanstalten om enig werk te verzetten. Wat Lynley naar de enig mogelijke conclusie leidde: Brooke was niet in het leslokaal gestorven.

Hij zag St James in een van de raamnissen staan. Hij wijdde zijn aandacht aan dat deel van de tuin dat door het met regen bespatte glas nog net zichtbaar was.

'Jasper heeft hem in de baai gevonden,' zei St James zachtjes toen Lynley bij hem was komen staan. Hij draaide zich niet van het raam af. Zijn eigen kleren waren onlangs nat geweest, zag Lynley, en zijn overhemd droeg sporen bloed die de regen als waterverf had uitgerekt. 'Het lijkt op een ongeluk. Het schijnt dat er glijsporen boven op de klip zijn gevonden. Hij heeft zijn evenwicht verloren.' Hij keek over Lynleys schouder naar de groep rond het lichaam en vervolgens weer naar Lynley. 'Althans, zo denkt Boscowan er voorlopig over.'

St James stelde de vraag die Lynley achter deze laatste voorzichtige opmerking bespeurde, niet. Hij was zijn vriend dankbaar voor dit uitstel, hoelang het ook zou mogen duren. Hij zei: 'Waarom hebben ze het lichaam verplaatst, St James? Wie heeft dat gedaan? Waarom?'

'Je moeder. Het was gaan regenen. Sid was eerder bij hem dan de rest van ons. Ik ben bang dat we op dat moment allemaal niet zo helder konden denken, ik nog wel het minst.' Een tak van een taxus sloeg door een windvlaag snerpend tegen het raam voor hen. Regendruppels roffelden op het glas. St James liep verder de nis in en richtte zijn blik omhoog naar de bovenverdieping van de vleugel tegenover het leslokaal, naar de slaapkamer op de hoek naast die van Lynley. 'Waar is Peter?'
Het uitstel was maar van korte duur geweest. Lynley voelde ineens de behoefte te liegen, zijn broer op de een of andere manier in bescherming te nemen, maar hij kon het niet. Hij kon ook niet zeggen wat hem ertoe bracht de waarheid te vertellen, of het tuttige deugdzaamheid of een stilzwijgend beroep op de hulp en het begrip van de man tegenover hem was. 'Hij is weg.'
'Sasha?'
'Ook.'
'Waarnaartoe?'
'Weet ik niet.'
St James' reactie bestond uit een enkel woord, meer een verzuchting dan een constatering. 'Prachtig.' Vervolgens: 'Hoelang al? Was zijn bed beslapen? En het hare?'
'Nee.' Lynley voegde er niet aan toe dat hij dat al om halfacht vanochtend had gemerkt, toen hij naar Peters kamer was gegaan om met hem te praten. Hij vertelde ook niet dat hij Jasper om 7.45 uur had weggestuurd om Peter te zoeken. Noch beschreef hij de afschuw die hij had gevoeld toen hij de politieauto's en de ambulance voor Howenstow had zien staan, had gedacht dat Peter dood was aangetroffen en in zijn reactie op die gedachte behalve angst ook een lichte opluchting had bespeurd. Hij zag dat St James nadenkend naar het bedekte lichaam van Brooke staarde. 'Peter heeft hier niets mee te maken,' zei hij. 'Het was een ongeluk. Dat zei je zelf.'
'Ik vraag me af of Peter wist dat Brooke gisteravond met ons heeft gesproken,' zei St James. 'Zou Brooke dat tegen hem hebben gezegd? En zo ja, waarom?'
Lynley wist welke speculatieve gedachte aan deze vragen ten grondslag lag. Het was precies dezelfde gedachte die bij hem was opgekomen. 'Peter is geen moordenaar. Dat weet je.'
'Dan is het maar beter dat je hem vindt. Moordenaar of niet,

hij heeft wel een paar dingen uit te leggen, vind je ook niet?'
'Jasper is sinds vanochtend vroeg naar hem op zoek.'
'Ik vroeg me al af wat hij in de baai te zoeken had. Dacht hij dat Peter daar zou zijn?'
'Daar. Bij de molen. Hij heeft overal gezocht. Ook buiten het terrein.'
'Zijn Peters spullen nog hier?'
'Ik... Nee.' Lynley kende St James goed genoeg om te weten welke redenering op dit antwoord zou volgen. Als Peter Howenstow halsoverkop was ontvlucht, omdat hij wist dat zijn leven in gevaar was, zou hij waarschijnlijk zijn persoonlijke eigendommen hebben achtergelaten. Als hij daarentegen was vertrokken na het plegen van een moord, in de wetenschap dat dat de komende paar uur niet zou worden ontdekt, zou hij tijd genoeg hebben gehad om de spullen te pakken die hij naar Howenstow had meegebracht. Daarna kon hij ongemerkt de nacht in sluipen en niemand zou iets in de gaten hebben tot het lichaam van Brooke werd gevonden. Als hij hem had vermoord. Als Brooke inderdaad was vermoord. Lynley dwong zichzelf in gedachten te houden dat ze het een ongeluk noemden. En de mannen van het forensisch team wisten toch wel waarmee ze te maken hadden wanneer ze de plek van een vroegtijdige dood onderzochten? Eerder die ochtend was de gedachte dat Peter Deborahs camera's had gestolen om ze te verkopen en van de opbrengst cocaïne te kopen, weerzinwekkend geweest, een reden voor ongeloof en ontkenning. Nu was het een welkome gedachte. Want hoe aannemelijk was het dat Peter bij het verdwijnen van de camera's én bij de dood van Justin Brooke betrokken was geweest? En als zijn gedachten in beslag werden genomen door zijn behoefte aan cocaïne, waarom zou hij zijn jacht op de drugs dan onderbreken om Brooke te elimineren?
Hij wist het antwoord natuurlijk. Maar dat antwoord bracht Peter in verband met de dood van Mick Cambrey, een sterfgeval dat niemand een ongeluk noemde.
'We nemen het lichaam nu mee.' De brigadier in burger was bij hen komen staan. Ondanks de regen stonk hij naar zweet en was zijn voorhoofd vettig van het transpireren. 'Met uw toestemming.'
Lynley knikte kortaf en verlangde naar alcohol om zijn zenuwen

te kalmeren. Op dat moment gingen de deuren van het leslokaal open en kwam zijn moeder binnen. Ze duwde een theewagen voor zich uit waarop twee thermoskannen, drie karaffen sterkedrank en een aantal schaaltjes met koekjes stonden. Haar spijkerbroek en schoenen zaten onder de modder, haar witte overhemd was gescheurd, haar haar zat door de war. Maar alsof haar uiterlijk haar de minste zorgen baarde, nam ze de controle over toen ze sprak.

'Ik pretendeer niet op de hoogte te zijn van uw voorschriften, inspecteur,' zei ze tegen Boscowan. 'Maar het lijkt me redelijk dat u op dit moment iets mag gebruiken om de kou te verdrijven. Koffie, thee, cognac, whisky. Wat u wilt. Help uzelf, alstublieft.'

Boscowan knikte dankbaar in haar richting. Zijn mannen vatten dit op als een teken van goedkeuring en liepen naar de theewagen om iets in te schenken. Boscowan slenterde op zijn gemak naar Lynley en St James toe.

'Was het een drinker, my lord?'

'Zo goed kende ik hem niet. Maar hij heeft gisteravond wel iets gedronken. Net als wij allemaal.'

'Dronken?'

'Daar leek het niet op. Niet toen ik hem voor het laatst zag.'

'En wanneer was dat?'

'Aan het eind van het feest. Rond middernacht. Misschien iets later.'

'Waar?'

'In de salon.'

'Dronk hij op dat moment iets?'

'Ja.'

'Maar hij was niet dronken?'

'Misschien wel. Ik weet het niet. Hij gedroeg zich niet alsof hij te veel op had.'

Lynley begreep de bedoeling achter deze vragen. Als Brooke dronken was geweest, dan was hij gevallen. Als hij nuchter was geweest, was hij geduwd. Maar Lynley voelde de behoefte de dood als een ongeluk af te schilderen, ongeacht Brookes toestand op die bewuste avond. 'Dronken of nuchter, hij was nog nooit hier geweest. Hij was niet bekend met de ligging van het land.'

Boscowan knikte, maar zijn houding suggereerde niet dat hij was overtuigd. 'Het post mortem zal ongetwijfeld het hele verhaal vertellen.'
'Het was donker. De klip is hoog.'
'Donker als de man 's nachts naar buiten is gegaan,' zei Boscowan. 'Hij kan ook vanochtend zijn gegaan.'
'Hoe was hij gekleed?'
Boscowan trok zijn schouders een stukje op, een gebaar waarmee hij erkende dat Lynleys vraag zeker relevant was. 'In zijn dinner-jacket. Maar misschien is hij wel met een van de leden van het gezelschap opgebleven tot in de vroege uurtjes. Wie zal het zeggen? Zolang het tijdstip van overlijden niet bekend is, kunnen we nergens zeker van zijn. Behalve van het feit dat hij dood is. Dat staat vast.' Hij knikte en voegde zich bij zijn mannen rond de theetafel.
'Hij stelt een heleboel vragen niet, St James,' zei Lynley.
De andere man somde ze op: 'Wie heeft hem het laatst gezien? Is er nog iemand van het landgoed verdwenen? Wie waren er op het feest? Wie was er nog meer op het terrein? Is er een reden waarom iemand hem kwaad zou willen doen?'
'Waarom stelt hij die vragen niet?'
'Hij wacht op de resultaten van het post mortem, denk ik. Het zou hem goed uitkomen als dit een ongeluk was.'
'Hoezo?'
'Omdat hij zijn man voor de moord op Cambrey heeft. En John Penellin kan Brooke niet hebben vermoord.'
'Je suggereert dat er een verband is.'
'Er is een verband. Dat kan niet anders.' Hun aandacht werd getrokken door iemand op de oprijlaan. 'Jasper,' merkte St James op.
De oude man spetterde door de plassen in de richting van de westvleugel van het huis.
'Laten we eens gaan horen wat hij te vertellen heeft,' zei Lynley.
Ze troffen hem voor de bediendenkamer, waar hij de regen van een oude zuidwester stond af te schudden. Hij deed hetzelfde bij een versleten oude regenjas en hing ze allebei aan een haakje aan de muur voor hij zich uit een paar donkergroene rubberlaarzen wurmde die onder de modder zaten. Hij knikte kort naar Lynley en St James en toen hij helemaal klaar was, volgde hij

hen naar de rookkamer, waar hij een whisky accepteerde om de kou te verdrijven.

'Nergens te vinden,' zei hij tegen Lynley. 'Maar de boot is weg uit Lamorna Cove.'

'Wat?' zei Lynley. 'Weet je dat zeker, Jasper?'

'Tuurlijk weet ik dat zeker. Hij leg er niet.'

Lynley staarde naar de vos op de schoorsteenmantel en probeerde alles in zijn verband te zien, maar hij kon alleen maar aan details denken. Ze weigerden een geheel te vormen. De *Daze*, de elf meter lange zeilboot van de Lynleys, lag altijd afgemeerd in Lamorna Cove. Peter zeilde al sinds zijn vijfde jaar. Het had er de hele dag naar uitgezien dat het slecht weer zou worden. Geen mens met enig gezond verstand of enige ervaring zou zijn uitgevaren.

'Hij zal op de een of andere manier wel losgeslagen zijn.'

Jasper maakte een spottend geluid, maar zijn gezicht stond vlak toen Lynley zich weer naar hem toe draaide. 'Waar heb je nog meer gezocht?'

'Overal. Tussen Nanrunnel en Treen.'

'Trewoofe? St. Buryan? Ben je het binnenland in geweest?'

'Jep. Een stukkie. Hoef niet ver te gaan, my lord. Als 't joch te voet was, had iemand 'm wel gezien. Maar niemand heb 'm gezien.' Jasper trok aan zijn kaak en wreef met zijn vingers over zijn stoppels. 'Zoals ik 't zie, houwen hij en de dame zich ergens schuil of hebben ze een lift gehad toen ze van Howenstow kwamen. Of hebben ze de boot genomen.'

'Dat zou hij nooit hebben gedaan. Hij weet wel beter. Hij is niet helemaal...' Lynley stopte midden in zijn zin. Jasper hoefde niet te horen wat hij allemaal vreesde. De man wist ongetwijfeld precies waar hij bang voor was. 'Dank je wel, Jasper. Zorg dat je iets te eten krijgt.'

De oude man knikte en liep naar de deur. Op de drempel bleef hij echter even staan. 'John Penellin is gisteravond meegenomen, hoorde ik.'

'Ja. Dat klopt.'

Jaspers mond bewoog heen en weer. Het leek of hij nog iets wilde zeggen, maar niet goed durfde.

'Wat is er?' vroeg Lynley.

'Hij mot niet voor de schuld van iemand anders opdraaien, als je 't mij vraagt,' zei Jasper en hij liet hen alleen.

'Wat weet Jasper nog meer?' vroeg St James toen ze alleen waren.
Lynley stond in gedachten naar het tapijt te staren. Hij schudde zichzelf wakker en zei: 'Niets, denk ik. Zo denkt hij er gewoon over.'
'Over John?'
'Ja. En over Peter. Als iemand schuld heeft, weet Jasper wel wie het is.' Lynley had zich nog nooit zo hulpeloos en besluiteloos gevoeld. Het leek of hij zijn leven niet meer onder controle had en alleen maar kon toekijken hoe stukjes van zijn leven alle kanten op de ruimte in vlogen. Het enige wat hij kon zeggen, was: 'Hij heeft de boot niet genomen. Niet met dit weer. Waar zou hij naartoe moeten? En waarom?'
Hij hoorde St James een beweging maken, keek op en zag de uitdrukking van medeleven op het gezicht van zijn vriend. 'Misschien is hij nog steeds ergens op het landgoed, Tommy. Misschien weet hij niet eens wat er is gebeurd en heeft zijn verdwijning niets met Justin Brooke te maken.'
'En ook niet met de camera's?'
'Ook niet.'
Lynley wendde zijn blik af, keek naar de foto's aan de muur, naar al die generaties die zich volgens de verwachtingen hadden gedragen, in Oxford hadden gestudeerd en zonder een woord van protest hun plaats op Howenstow hadden ingenomen.
'Dat geloof ik niet, St James. Geen seconde. Jij wel?'
Zijn vriend zuchtte. 'Als ik eerlijk ben? Nee.'

16

'Lieve hemel, hoe diep kan een mens zinken?' zei lady Helen. Ze zette haar koffer neer, zuchtte en liet haar tas troosteloos aan de toppen van haar vingers bungelen. 'Lunchen in Paddington Station. Wat vreselijk. Ik kan nauwelijks geloven dat ik het heb gedaan.'

'Het was jouw idee, Helen.' Deborah zette haar eigen bagage op de grond en keek met een tevreden glimlach de zit-slaapkamer rond. Het was heerlijk om weer thuis te zijn, zelfs al was dat maar één kamer in Paddington. De kamer was tenminste van haar.

'Ik beken schuld. Maar als je waarlijk krampen van de honger hebt, als voedingssnobisme hoogstwaarschijnlijk tot de dood leidt, wat kun je dan anders dan de eerste de beste broodjeszaak in rennen?' Ze rilde alsof de herinnering aan de dingen die ze op haar dienblad had gevonden, haar met huiver vervulde. 'Kun je je voorstellen dat je nog afgrijselijker dingen met een worstje kunt doen?'

Deborah lachte. 'Wil je een hartversterking? Een kopje thee? Ik heb zelfs een recept voor een gezondheidsdrank die je misschien wel lekker vindt. Toni heeft het me gegeven. Een opkikkertje noemde ze het.'

'Dat was ongetwijfeld precies wat ze nodig had na een ontmoeting met Mick Cambrey, als je zijn vader mag geloven,' zei lady Helen. 'Maar ik laat dat genoegen maar even aan mij voorbijgaan, als je het niet erg vindt. Zullen we zijn foto hiernaast gaan laten zien?'

Deborah haalde de foto uit haar schoudertas en ging voor. De gang was smal. Aan beide zijden zaten deuren en van de vloer kwam de scherpe geur van een tapijt dat vrij nieuw was. Het dempte het geluid van hun voetstappen, hetgeen hen tot verdere voorzichtigheid scheen aan te sporen, want Deborah klopte heel zachtjes op Toni's deur.

'Toni is... Het is een nachtmens, denk ik,' verklaarde ze lady Helen. 'Dus misschien is ze nog niet op.'

Dat scheen het geval te zijn, want er werd niet op haar kloppen gereageerd. Deborah klopte nog eens, nu iets harder. En toen een derde keer, terwijl ze riep: 'Toni?'
In antwoord hierop ging de deur aan de overkant van de gang open. Een oudere vrouw tuurde naar buiten. Ze droeg een grote geruite zakdoek om haar hoofd, die ze onder haar kin had vastgeknoopt. De zakdoek diende om haar grijze haar te bedekken, dat strak om ontelbare krulspelden was gedraaid.
'Ze is er niet.' De vrouw klemde een dunne paarse ochtendjas tegen haar borst. De jas was bedrukt met een afschuwelijk patroon van oranje bloemen en groene handvormige bladeren. 'Al twee dagen weg.'
'Wat vervelend,' zei lady Helen. 'Weet u waar ze naartoe is?'
'Ik zou het graag weten,' zei de vrouw. 'Ze heeft mijn strijkijzer geleend en dat zou ik graag terug willen hebben.'
'Vanzelfsprekend,' zei lady Helen uiterst meelevend, alsof de vrouw er midden op de dag alleen maar zo minimaal gekleed bij liep omdat ze haar strijkijzer kwijt was. 'Zal ik kijken of ik het voor u kan terugkrijgen?' Ze wendde zich tot Deborah. 'Wie beheert het gebouw?'
'De beheerder zit op de begane grond,' zei Deborah en ze voegde er zachtjes aan toe: 'Maar, Helen, je kunt toch niet...'
'Dan zal ik maar direct naar beneden gaan, hè?' Ze wuifde met haar vingers en liep naar de lift.
De oude vrouw stond achterdochtig naar hun gesprek te luisteren. Ze nam Deborah van top tot teen op. Deborah glimlachte nerveus en wilde een luchtige opmerking over het gebouw, het weer of over iets anders maken om te voorkomen dat de vrouw zich zou gaan afvragen waarom lady Helen zo vriendelijk en vastbesloten was voor een volslagen vreemde een strijkijzer terug te halen. Er schoot haar echter niets te binnen, zodat ze uiteindelijk maar besloot terug te gaan naar haar eigen flat, waar lady Helen zich na nog geen tien minuten triomfantelijk in het bezit van de sleutel van Toni's flat bij haar voegde.
Deborah was stomverbaasd. 'Hoe heb je dat voor elkaar gekregen?'
Lady Helen lachte. 'Vind je niet dat ik een klein beetje lijk op Toni's enige zus, die helemaal uit Edinburgh is gekomen om een paar dagen met haar zus bij te praten?'

'Heb je hem dat wijsgemaakt?'

'Het was een prachtige voorstelling. Ik geloofde het zelf bijna. Zullen we?'

Ze liepen terug naar de flat. Deborah voelde zich een beetje week worden toen ze zich realiseerde wat Helen in feite van plan was.

'Volgens mij overtreden we de wet,' zei ze. 'Is dit geen onrechtmatig toegang verschaffen tot? Geen inbraak?'

'Toegang verschaffen tot misschien wel,' antwoordde lady Helen opgewekt, terwijl ze de sleutel zonder aarzelen in het slot stak. 'Maar een inbraak duidelijk niet. We hebben tenslotte een sleutel. Aha. Daar gaat hij. En niet eens een piepende deur om de buren te alarmeren.'

'Ik ben de buren.'

Lady Helen lachte. 'Komt dat even goed uit.'

De flat was qua vorm en afmetingen identiek aan die van Deborah, maar er stonden meer meubels in, die er bovendien allemaal duur uitzagen. Geen driezitsbank met chintz voor Toni Cogin, geen tweedehands tafels, geen goedkope reproducties aan de muur. De kamer was gevuld met glanzende houten meubels: eiken, mahonie, rozenhout en beuken. Onder hun voeten lag een handgeweven kleed en aan de muur hing een wandkleed dat eruitzag alsof het door een kundig vakman was gemaakt. De bewoner van de kamer had een duidelijke hang naar luxe.

'Nou,' zei lady Helen, terwijl ze dit alles bekeek, 'ik moet toegeven dat er voor haar soort werk wel iets te zeggen valt. Aha, daar staat het strijkijzer. Dat moeten we niet vergeten als we straks weggaan.'

'Gaan we dan niet direct weer weg, Helen?'

'Dadelijk, lieverd. Eerst even hier en daar snuffelen om te zien wat voor soort vrouw het is.'

'Maar we kunnen toch niet...'

'We moeten Simon toch iets kunnen vertellen als we hem bellen, Deborah. Als Toni vanavond nog niet terug is, hebben we hem, zoals de zaken er nu voor staan, niets te vertellen, behalve dan dat we op de deur hebben geklopt en dat er niemand reageerde. Wat een verspilde energie zou dat van ons allemaal zijn.'

'Maar als ze nu eens ineens binnenkomt? Helen! Heus.'

Bang dat Toni elk moment zou kunnen terugkomen en zich afvragend wat ze in godsnaam tegen haar moesten zeggen wanneer ze binnenkwam en zag dat ze in haar spullen zaten te rommelen, volgde Deborah lady Helen de kleine keuken in en keek uiterst gespannen toe hoe deze monter de kastjes opentrok. Er waren maar twee kastjes, die allebei slechts de allernoodzakelijkste dingen in de kleinst verkrijgbare hoeveelheden bevatten: koffie, zout, suiker, specerijen, een pakje koekjes, een blikje soep, een blikje grapefruit, een pak muesli. Op een van de planken stonden twee borden, twee kommen, twee kopjes en vier glazen. Op de aanrecht stond een halfvolle fles wijn. Afgezien van nog een kleine tinnen koffiepot, een gedeukte pan en een geëmailleerde waterkoker stond er verder niets in de keuken. En de dingen die er stonden, gaven maar weinig informatie over Toni Cogin zelf. Lady Helen somde de feiten op.
'Ze schijnt hier niet te koken. Er zijn natuurlijk tientallen afhaalrestaurants op Praed Street, dus waarschijnlijk haalt ze altijd iets te eten.'
'En als een van haar klanten komt?'
'Dat is de vraag, nietwaar? Er staat een fles wijn. Misschien is dat alles wat ze haar bezoekers geeft voor ze overgaat tot de orde van de dag. Laten we eens kijken wat er verder nog is.'
Lady Helen liep naar de kleerkast en trok hem open. In de kast hing een rij avond- en cocktailjurken en een zestal stola's, waaronder een van bont. Daaronder stond een rij hooggehakte pumps. Op de bovenste plank stond een aantal hoedendozen; op de middelste plank lag een stapel opgevouwen negligés. De onderste plank was leeg, maar er lag geen stof op, zodat het leek alsof daar regelmatig iets werd neergelegd.
Lady Helen tikte tegen haar wang en onderwierp de ladekast aan een snelle inspectie. 'Alleen maar ondergoed,' zei ze tegen Deborah na een vlugge blik in de laden. 'Zo te zien van zijde, maar ik vertik het om eraan te zitten.' Ze duwde de laden dicht, sloeg haar armen over elkaar, leunde tegen de kast aan en dacht diep na over de garderobe. 'Deborah, er is iets... Wacht even. Laat me even kijken.' Ze liep naar de badkamer en riep over haar schouder: 'Waarom begin jij alvast niet met het bureau?'
Het medicijnkastje ging open, een la schraapte over hout, een

sluiting klikte dicht, papieren ritselden. Lady Helen mompelde iets in zichzelf.
Deborah keek op haar horloge. Er waren nog geen vijf minuten voorbijgegaan sinds ze in de flat waren. Het leek al meer dan een uur.
Ze liep naar het bureau. Het bureaublad was leeg, afgezien van een telefoon, een antwoordapparaat en een blocnote die Deborah – die zich belachelijk veel op een privé-detective uit een film vond lijken, maar niet wist wat ze anders moest doen – tegen het licht hield om te zien of er sporen waren van iets wat eerder op de blocnote was geschreven. Toen ze niets anders vond dan de indruk van een punt of de punt op een i, ging ze verder met de laden en ontdekte dat er twee leeg waren. In de derde la lagen een spaarbankboekje, een map van manillapapier en één adreskaartje. Deborah pakte het kaartje.
'Vreemd,' zei lady Helen vanuit de deur naar de badkamer. 'Ze is volgens de buurvrouw al twee dagen weg, maar al haar make-up ligt nog hier. Ze heeft geen avondjurken meegenomen, maar al haar gewone kleren zijn weg. En er ligt zo'n set van die afgrijselijke valse nagels in de badkamer. Van die nagels die je moet opplakken. Waarom zou ze die er in godsnaam af hebben gehaald? Het is toch al zo'n vreselijk karwei om ze erop te krijgen.'
'Misschien is het een reservesetje,' zei Deborah. 'Misschien is ze naar het platteland. Misschien is ze ergens naartoe waar ze geen chique kleren nodig heeft en waar kunstnagels in de weg zitten. Het Lake District. Vissen in Schotland. Op familiebezoek op een boerderij.' Deborah zag waar haar spoor van ideeën naartoe leidde. Lady Helen maakte haar gedachten af.
'Naar Cornwall,' zei ze en ze knikte naar het kaartje. 'Wat heb je daar?'
Deborah bestudeerde het kaartje. 'Twee telefoonnummers. Misschien is er een van Mick Cambrey. Zal ik ze overschrijven?'
'Ja, doe maar.' Lady Helen kwam naar haar toe en keek mee over haar schouder. 'Ik begin bewondering voor haar te krijgen. Moet je mij zien. Zo verknocht aan mijn uiterlijk dat ik er niet eens aan zou denken om ergens naartoe te gaan zonder minstens één ijdelheidskoffer vol cosmetica. En zij? De alles-of-niets-vrouw. Of volledig zonder make-up en poespas of *dressed to...*' Lady Helen viel stil.

Deborah keek op. Haar mond werd droog. '... *kill*? Nee, Helen, ze kan hem niet hebben vermoord.' Maar terwijl ze sprak, voelde ze zich steeds onbehaaglijker. Wat wist ze tenslotte van Toni? Niets, eigenlijk. Ze had alleen een keer een gesprek met haar gehad, een gesprek dat niet veel meer had onthuld dan een zwak voor mannen, een voorliefde voor het nachtleven en angst voor het ouder worden. Maar toch, het slechte in mensen kon je vóélen, hoe ze ook hun best deden het te verbergen. Je kon zeker de potentie tot blinde woede aanvoelen. En die twee dingen had ze geen van beide bij Toni bespeurd. Maar als ze dacht aan de dood van Mick Cambrey en het onontkoombare feit dat hij deel van Toni Cogins leven had uitgemaakt, moest Deborah toegeven dat ze het allemaal nog niet zo zeker wist.
Ze pakte zonder nadenken de map op, alsof de bevestiging van Toni's gebrek aan valsheid daarin te vinden zou zijn. *Kandidaten* stond er op het etiket. In de map zat een stapeltje papier dat bijeengehouden werd door een paperclip.
'Wat is dat?' vroeg lady Helen.
'Namen en adressen. Telefoonnummers.'
'Een lijst met klanten?'
'Ik denk het niet. Kijk maar. Er zijn minstens honderd namen. Vrouwen en mannen.'
'Een adressenbestand?'
'Zou kunnen. Er ligt ook nog een spaarbankboekje.' Deborah liet het boekje uit het plastic mapje glijden.
'Vertel het maar,' zei lady Helen. 'Is haar levensstijl winstgevend? Moet ik van baan veranderen?'
Deborah bekeek de lijst met stortingen en bladerde toen terug naar de naam. Haar mond viel open van verbazing. 'Dit is niet van haar,' zei ze. 'Het is van Mick Cambrey. En ik weet niet wat hij deed, maar het was zeer winstgevend.'

'Meneer Allcourt-St James? Wat een verrassing.' Dr. Alice Waters stond op van haar stoel en stuurde met een handgebaar de laborant weg die St James naar haar kamer had gebracht. 'Ik dacht vanochtend op Howenstow al dat ik u herkende. Maar dat was niet het moment om me aan u voor te stellen. Wat brengt u naar mijn hol?'

Deze benaming was zeer juist, want de kamer van de patholoog-anatoom van de recherche van Penzance was niet meer dan een cel zonder ramen die was volgestouwd met boekenplanken, een ouderwets cilinderbureau, een skelet met een gasmasker uit de Tweede Wereldoorlog en stapels wetenschappelijke tijdschriften. De enige ruimte op de vloer die nog over was, was een paadje van de deur naar het bureau. Naast het bureau stond een stoel met houtsnijwerk in de vorm van vogels en bloemen, die eerder in een eetkamer van een huis op het platteland thuishoorde dan op een afdeling voor forensische pathologie. Nadat ze St James een koele en stevige hand had gegeven, gebaarde ze dat hij daar moest gaan zitten.
'Neem de troon,' zei ze. 'Circa 1675. Dat was een goede periode voor stoelen, als je geen hekel hebt aan een beetje uitbundige versieringen.'
'U bent een verzamelaar?'
'Dan hoef je even niet aan je werk te denken.' Ze liet zich in haar eigen stoel zakken – een meubelstuk van gecraqueleerd en gerimpeld leer – en rommelde in de papieren op haar bureau tot ze een doosje chocolaatjes had gevonden, dat ze hem voorhield. Nadat hij zijn keuze had gemaakt, een procedure die ze met veel interesse volgde, nam ze zelf een chocolaatje en beet erin met de tevreden blik van een kritische gourmet. 'Vorige week net uw stuk over A-B-O-secretoren gelezen,' zei ze. 'Ik had niet gedacht dat ik ook nog zo gelukkig zou zijn u te ontmoeten. Komt u voor de Howenstow-zaak?'
'Eigenlijk voor de Cambrey-moord.'
Achter haar grote bril gingen dr. Waters' wenkbrauwen omhoog. Ze at het laatste stukje van haar chocolaatje op, veegde haar vingers af aan de revers van haar laboratoriumjas en pakte een map die onder een Kaaps viooltje lag dat eruitzag alsof het al maanden geen water had gehad.
'Al weken bijna niets om handen en nu heb ik ineens binnen 48 uur twee lijken.' Ze sloeg de map open, las even en sloeg hem weer dicht. Ze pakte een doodshoofd dat hen vanaf een boekenplank stond toe te grijnzen en haalde een paperclip uit een van de oogkassen. Het doodshoofd was al vaker gebruikt om dingen toe te lichten, want het zat vol inktstrepen en ooit had iemand een grote rode X op de schubnaad getekend. 'Twee klappen op

het hoofd. De zwaarste klap kreeg hij hier in het wandbeengedeelte. Het resultaat was een breuk.'
'Hebt u enig idee over het wapen?'
'Ik denk eerder aan een bron dan aan een wapen. Hij is ergens tegenaan gevallen.'
'Hij kan niet zijn geslagen?'
Ze nam nog een chocolaatje, schudde haar hoofd en wees naar de schedel. 'Let eens op de plaats van de breuk, beste man. Cambrey was niet overdreven lang, tussen de 1 meter 72 en 1 meter 75, maar je zou hem daar alleen maar een klap hebben kunnen geven die hard genoeg was om hem te vermoorden, als hij in een stoel zat.'
'Iemand die hem van achteren besloop?'
'Kan niet. De klap kwam niet van boven. En zelfs als dat wel zo was, dan nog zou de moordenaar op een plek hebben moeten staan waar Cambrey hem vanuit zijn ooghoeken kon zien. Dan zou hij op de een of andere manier hebben geprobeerd de klap tegen te houden en zouden we daarvoor bewijzen op het lichaam hebben gevonden. Blauwe plekken of ontvellingen. Maar die zijn er niet.'
'Misschien was de moordenaar hem te snel af.'
Ze draaide het doodshoofd om. 'Misschien. Maar dat verklaart de tweede klap nog niet. Nog een breuk, minder ernstig, rechts op het voorhoofd. In uw scenario zou de moordenaar hem eerst op de achterkant van het hoofd hebben moeten slaan, hem vriendelijk hebben moeten vragen zich om te draaien om hem vervolgens van voren te slaan.'
'Hebben we dan te maken met een ongeluk? Was Cambrey alleen, is hij gestruikeld en gevallen en heeft iemand pas later zijn lichaam gevonden en hem alleen voor zijn eigen plezier gecastreerd?'
'Hoogst onwaarschijnlijk.' Ze zette het doodshoofd weg en leunde achterover in haar stoel. De lampen aan het plafond schitterden in haar brillenglazen en schenen op haar haar, dat kort, steil en kunstmatig blauwzwart van kleur was. 'Volgens mij is het zo gegaan: Cambrey staat rechtop en heeft een gesprek met de moordenaar. Ze krijgen ruzie. Hij krijgt een ongelooflijke klap op zijn kaak – er zat een enorme bloeduitstorting onder de kaak en dat was de enige grote blauwe plek op het lichaam –

waardoor hij achterover tegen een object van ongeveer 1 meter 40 hoog valt.'
St James dacht aan de zitkamer van Gull Cottage. Hij wist dat dr. Waters er zelf was geweest. Ze had daar, zoals gebruikelijk was, het lichaam snel onderzocht. En al had men zich voorgenomen zich geen mening te vormen voor de resultaten van de autopsie bekend waren, ze was waarschijnlijk toch ideeën gaan ontwikkelen vanaf het moment dat ze het lijk had gezien.
'De schoorsteenmantel?'
Ze stak bevestigend haar vinger omhoog. 'Cambreys gewicht versnelde zijn val. Het resultaat is onze eerste breuk. Door de schoorsteenmantel. Vervolgens valt hij verder, maar dit keer een beetje opzij. En hij raakt met de voorkant van zijn schedel een ander object.'
'De haard?'
'Waarschijnlijk wel. Deze tweede breuk is minder ernstig. Maar dat doet er niet veel toe. Hij stierf binnen enkele ogenblikken als gevolg van de eerste breuk. Bloeding onder de schedel. Kon niet meer gered worden.'
'Hij is natuurlijk pas na zijn dood verminkt,' zei St James nadenkend. 'Er was bijna geen bloed.'
'Maar wel een behoorlijke rotzooi,' merkte dr. Waters poëtisch op.
St James probeerde zich de gebeurtenissen voor de geest te halen zoals dr. Waters ze had beschreven. Het gesprek dat uitliep op een ruzie, boosheid die woede werd, de klap zelf. 'Hoelang denkt u dat de verminking in beslag nam? Als iemand in razernij te werk ging, naar de keuken rende voor een mes, misschien een mes bij zich had...'
'Er was geen sprake van razernij. Daar kunt u zeker van zijn. Althans niet toen het lijk werd verminkt.' Hij zag dat ze zijn verwarring bemerkte. Ze sprak direct verder, alsof ze zijn vragen voor wilde zijn. 'Mensen die buiten zichzelf van woede zijn, zijn geneigd om keer op keer te hakken en te steken. U weet wel wat ik bedoel, 65 steekwonden. We zien dat zo vaak. Maar in dit geval was het slechts een klein aantal snelle sneden. Alsof de moordenaar alleen maar een boodschap op Cambreys lichaam wilde achterlaten.'
'Met wat voor soort wapen?'

Ze hing weer boven de doos chocolaatjes. Ze aarzelde en schoof de doos vervolgens opzij met een blik waarin zowel spijt als vastbeslotenheid lag. 'Gewoon iets scherps. Van een slagersmes tot een goede schaar.'
'Maar jullie hebben nog geen wapen gevonden.'
'De forensische afdeling is nog steeds bezig het huis te onderzoeken. Een fantasierijk stelletje is dat. Ze testen alles, van de keukenmessen tot en met de veiligheidsspelden voor de luiers van de baby. Ze kammen ook het hele dorp uit, kijken in elke vuilnisbak en alle tuinen, zijn druk bezig hun salaris te verdienen. Allemaal verspilde moeite.'
'Hoezo?'
Terwijl ze zijn vraag beantwoordde, wees ze met haar duim verschillende kanten op, alsof ze in het dorp zaten en niet een paar kilometer verderop in Penzance. 'We hebben de heuvels achter ons. We hebben de zee voor ons. We hebben een kustlijn als een honingraat met duizenden grotten. We hebben leegstaande mijnen. We hebben een haven vol vissersboten. Kortom, we hebben ontelbare plaatsen waar je een mes kunt weggooien zonder dat iemand er iets van merkt of weet hoe het daar is terechtgekomen. Denk maar eens aan de fileermessen die de vissers gebruiken. Hoeveel zullen er daarvan niet rondslingeren?'
'Dus de moordenaar was misschien zelfs voorbereid op wat hij zou gaan doen.'
'Misschien wel. Misschien niet. Dat is niet duidelijk.'
'En Cambrey was niet vastgebonden?'
'Volgens de forensische afdeling is er niets wat daarop duidt. Geen stukjes touw of nylon of zo. Hij had trouwens een zeer goede conditie. Wat die ander betreft – de Howenstow-zaak van vanochtend – dat blijkt een heel ander geval te zijn.'
'Drugs?' vroeg St James.
Ze keek direct geïnteresseerd. 'Zou ik niet kunnen zeggen. We hebben alleen nog maar een voorlopig onderzoek gedaan. Is er iets...'
'Cocaïne.'
Ze maakte voor zichzelf een aantekening op een blocnote. 'Dat is niets nieuws. Wat mensen voor de kick al niet in hun lichaam stoppen... Stomme idioten.' Ze verloor zich even in een blijkbaar sombere beschouwing over het drugsgebruik in het land.

Ze schudde zichzelf wakker en ging verder. 'We hebben zijn bloed onderzocht. Hij was dronken.'
'In staat om te functioneren?'
'Ja, zij het slecht. Goed genoeg om naar de klip te gaan en te vallen. Vier wervels gebroken. Zenuwen doorgesneden.' Ze zette haar bril af en wreef over de plek op haar neus waar de bril op rustte. De huid was rood en rauw. Zonder haar bril zag ze er vreemd weerloos en op de een of andere manier ontmaskerd uit. 'Als hij was blijven leven, zou hij volledig verlamd zijn geweest tot aan zijn hals. Dus ik vraag me af of we moeten concluderen dat het beter is dat hij dood is.' Haar blik ging onbewust naar St James' slechte been. Ze ging een fractie verder naar achteren in haar stoel zitten. 'Het spijt me vreselijk. Te lang gewerkt.'
Een minder dan perfect leven versus helemaal geen leven. Dat was altijd de vraag. Het was in elk geval een vraag die St James zich in de jaren na zijn ongeluk vele malen had gesteld. Hij wees haar verontschuldiging van de hand door die volledig te negeren.
'Is hij gevallen? Of werd hij geduwd?'
'De forensische afdeling onderzoekt zowel zijn lichaam als zijn kleren om te zien of ze sporen van een worsteling kunnen vinden. Maar voorzover ik weet, was het gewoon een val. Hij was dronken. Hij stond boven op een gevaarlijke klip. Het tijdstip van overlijden was ongeveer één uur in de ochtend. Dus het was donker. En het was die nacht ook nog zwaarbewolkt. Ik denk dat een ongelukkige val een veilige conclusie is.'
Wat zou Lynley opgelucht zijn als hij dat hoorde, dacht St James. Maar terwijl dr. Waters haar mening gaf, voelde hij al een zekere weerzin tegen haar conclusie. Het leek een ongeluk, dat was waar. Maar Brookes aanwezigheid op de klip midden in de nacht duidde daarentegen op een clandestiene ontmoeting die tot moord had geleid.

Buiten de eetkamer groeide wat die ochtend een zomerse onweersbui was geweest uit tot noodweer, met een stormachtige wind die rond het huis huilde en regen die in woedende vlagen tegen de ramen kletterde. De gordijnen waren dicht zodat de geluiden enigszins werden gedempt, maar zo nu en dan waaide de

wind zo hard dat de ramen dreigend rammelden, wat niet kon worden genegeerd. Wanneer dit gebeurde, gingen de gedachten van St James van de dood van Mick Cambrey en Justin Brooke naar de verdwijning van de *Daze*. Hij wist dat Lynley de rest van de dag tevergeefs naar zijn broer had gezocht. Het zou kunnen dat Peter de boot in een natuurlijke haven had afgemeerd om aan het zwaarste deel van de storm te ontsnappen, maar Lynley had hem niet gevonden.
'Ik heb er niet aan gedacht het menu te veranderen,' zei lady Asherton in verband met de grote hoeveelheid eten die op tafel stond. 'Er is zoveel gebeurd dat ik niet meer helder kan denken. We zouden vanavond met zijn negenen zijn. Met zijn tienen, als Augusta was gebleven. Het is maar goed dat ze gisteravond naar huis is gegaan. Als ze hier vanochtend was geweest toen Jasper het lichaam had gevonden...' Ze speelde met een stukje broccoli, alsof ze zich ineens bewust werd van de onsamenhangende manier waarop ze sprak. Kaarslicht en schaduwen speelden over de turkooizen jurk die ze droeg en verzachtten de zorgelijke rimpels tussen haar wenkbrauwen en langs haar mondhoeken, die in de loop van de dag steeds dieper waren geworden. Ze had Peters naam niet meer genoemd sinds men haar had verteld dat hij weg was.
'Een mens moet eten, Daze. Zo simpel is het,' zei Cotter, alhoewel hij niet veel meer had gegeten dan de anderen.
'Maar veel trek hebben we niet, hè?' Lady Asherton glimlachte naar Cotter, maar je kon zien dat ze gespannen was. Je zag het aan haar snelle bewegingen, aan de snelle blikken die ze op haar oudste zoon naast haar wierp. Lynley was pas tien minuten voor het diner thuisgekomen. Hij had die tijd in het kantoor doorgebracht met het voeren van telefoongesprekken. St James wist dat hij niet met zijn moeder over Peter had gesproken en hij zag er niet uit als een man die van plan was dat nu te doen. Alsof ze zich dit realiseerde, zei lady Asherton tegen St James: 'Hoe gaat het met Sidney?'
'Ze slaapt. Ze wil morgen terug naar Londen.'
'Is dat verstandig, St James?' vroeg Lynley.
'Ze is er niet van af te brengen.'
'Ga je met haar mee?'
Hij schudde zijn hoofd, speelde met zijn wijnglas en dacht aan

het korte gesprek dat hij een uur daarvoor met zijn zus had gehad. Hij dacht met name aan haar weigering om over Justin Brooke te praten. Vraag me maar niets. Dwing me niet over hem te praten, had ze gezegd, terwijl ze er ziek uitzag en haar haar nat was van een koortsige droom. Ik kan het niet, ik kan het niet. Dwing me niet, Simon. Alsjeblieft.
'Ze zegt dat ze best alleen met de trein kan,' zei hij.
'Misschien wil ze met zijn familie gaan praten. Heeft de politie contact met hen opgenomen?'
'Ik weet niet of hij familie heeft. Ik weet überhaupt niet veel van hem.' Behalve dan, voegde hij er bij zichzelf aan toe, dat ik blij ben dat hij dood is.
Zijn geweten had deze bekentenis de hele dag al van hem verlangd, al vanaf het moment dat hij zijn zus boven op de klip in zijn armen had gehouden, neerkeek op het lichaam van Brooke en een moment van grote vreugde had gekend dat uit zijn behoefte aan wraak voortkwam. Het recht heeft gezegevierd, had hij gedacht. Dit was zijn genoegdoening. Misschien had de hand der wrake even stilgelegen nadat Brooke zijn zus op het strand had aangevallen. Maar de wreedheid waarmee hij haar had aangevallen, vroeg om een genoegdoening. En die had hij gekregen. Hij was er blij om. Hij was opgelucht dat Sidney eindelijk los was van Brooke. En de kracht van deze opluchting – iets heel anders dan wat hij altijd als een geciviliseerde reactie op de dood van een mens had beschouwd – maakte hem onrustig. Hij wist dat hij niet lang geaarzeld zou hebben om Justin Brooke zelf uit de weg te ruimen als hij de gelegenheid had gehad.
'Ik denk dat het in elk geval verstandig is dat ze weggaat,' zei hij. 'Niemand heeft haar gevraagd te blijven. Officieel dan.' Hij zag dat de anderen begrepen wat hij bedoelde. De politie had niet gevraagd of ze Sidney konden spreken. Wat hen betrof, was Brookes dood het gevolg van een val.
De anderen zaten deze informatie nog te verwerken toen de deur van de eetkamer openging en Hodge de kamer in stapte. 'Telefoon voor meneer St James, my lady.' Hodge deed zijn mededelingen altijd op een toon alsof er dood en verdoemenis dreigden: een telefoontje van het noodlot, Hecate aan de lijn. 'In het kantoor. Lady Helen Clyde.'

St James stond direct op. Hij was blij dat hij een excuus had om de kamer uit te gaan. Er hingen te veel niet-gestelde vragen in de lucht en er waren tientallen onderwerpen die erom smeekten te worden besproken. Maar iedereen scheen zich te hebben voorgenomen een gesprek te vermijden. Ze gaven de voorkeur aan de groeiende spanning boven het risico de mogelijk pijnlijke waarheid onder ogen te moeten zien.

Hij volgde de butler naar de westvleugel van het huis, door de lange gang die naar het kantoor leidde. Er brandde slechts één lamp op het bureau, die een helder ovaal van licht creëerde waar de hoorn middenin lag. Hij pakte hem op.

'Ze is verdwenen,' zei lady Helen toen ze zijn stem hoorde. 'Het ziet ernaar uit dat ze op een soort informele vakantie is, want haar gewone kleren zijn weg – maar haar chiquere kleren niet – en er staat geen koffer in haar flat.'

'Ben je binnen geweest?'

'Prachtig staaltje bluf en ik had de sleutel te pakken.'

'Je hebt je roeping gemist, Helen.'

'Dat weet ik, schat. Oplichter eerste klas. Dat komt doordat ik mijn jeugd op meisjesinternaten heb doorgebracht en niet op de universiteit. Moderne talen, handwerken, huichelen en liegen. Ik wist zeker dat het op een dag nog eens van pas zou komen.'

'Geen idee waar ze naartoe is?'

'Ze heeft haar make-up en haar nagels achtergelaten, dus...'

'Haar nagels? Helen, wat is dit voor onzin?'

Ze lachte en legde uit wat kunstnagels waren. 'Het zijn geen nagels die je draagt wanneer je gaat trekken, begrijp je. Of ergens een beetje gaat rondhangen. Of op rotsen klimmen, zeilen of vissen. Dat soort dingen. Dus we denken dat ze ergens op het platteland is.'

'Hier in Cornwall?'

'Dat was ook het eerste wat bij ons opkwam en we hebben daar volgens ons ook redelijk sterke bewijzen voor gevonden. Ze heeft het spaarbankboekje van Mick Cambrey – waarop trouwens een paar behoorlijk grote bedragen zijn gestort – en we hebben twee telefoonnummers gevonden. Een is een nummer in Londen. We hebben het gedraaid en kregen een bandje met de openingstijden van een bedrijf dat Islington Ltd. heet. Dat zal ik morgen verder uitzoeken.'

'En het andere nummer?'

'Een nummer in Cornwall, Simon. We hebben het twee keer gedraaid, maar er werd niet opgenomen. We dachten dat het misschien het nummer van Mick Cambrey was.'

St James trok een envelop uit een la van het bureau. 'Heb je inlichtingen gebeld?'

'Om het met Cambreys nummer te vergelijken? Hij heeft een geheim nummer, ben ik bang. Ik zal je het geven. Misschien kun jij er iets meer mee.'

Hij schreef het op de envelop en stopte die in zijn zak. 'Sid komt morgen terug naar Londen.' Hij vertelde lady Helen over Justin Brooke. Ze luisterde zwijgend, vroeg niets en maakte geen opmerkingen tot hij het hele verhaal had verteld. Hij sloeg geen enkel detail over en besloot met: 'En nu is Peter ook nog verdwenen.'

'O, nee,' zei ze. St James kon vaag op de achtergrond muziek horen. Een fluitconcert. Hij wenste dat hij in haar zitkamer op Onslow Square over koetjes en kalfjes zat te praten en niets meer aan zijn hoofd had dan een bloed-, vezel- of haaranalyse van iemand die hij niet kende en nooit zou ontmoeten. Ze zei: 'Arme Tommy. Arme Daze. Hoe houden ze zich?'

'Redelijk.'

'En Sid?'

'Die heeft het heel moeilijk. Wil jij een beetje voor haar zorgen, Helen? Morgenavond? Als ze weer terug is?'

'Natuurlijk. Maak je maar geen zorgen. Dat regel ik wel.' Ze aarzelde even. Weer klonk de muziek in zijn oor, delicaat en ongrijpbaar, als een geur in de lucht. Toen zei ze: 'Simon, het helpt niet om te wensen dat het niet was gebeurd.'

Wat kende ze hem toch goed. 'Toen ik hem op het strand zag liggen, toen ik wist dat hij dood was...'

'Maak het jezelf niet zo moeilijk.'

'Ik zou hem kunnen hebben vermoorden, Helen. God weet hoe graag ik dat wilde.'

'Wie van ons kan zeggen dat we dat nooit gevoeld hebben? Over iemand, ooit. Het betekent niets, lieverd. Je moet een keer goed slapen. Dat moeten we allemaal. We hebben een vreselijke tijd achter de rug.'

Hij glimlachte om de toon waarop ze sprak. Moeder, zus, lief-

hebbende vriendin. Hij aanvaardde de kortstondige absolutie die ze hem gaf. 'Je hebt natuurlijk gelijk.'
'Ga dan naar bed. We kunnen er toch wel op vertrouwen dat er voor morgenochtend niets meer gebeurt.'
'Laten we dat maar hopen.' Hij legde de hoorn op de haak en keek even naar buiten. De regen geselde de ramen. De wind rukte aan de bomen. Ergens stond een deur te klapperen. Hij verliet het kantoor.
Hij overwoog de zuidwesttrap te nemen en de rest van de avond in zijn kamer door te brengen. Hij was leeg, niet meer in staat tot nadenken en niet bereid een beleefd gesprek te voeren dat de onderwerpen die iedereen bezighielden uit de weg ging. Peter Lynley. Sasha Nifford. Waar waren ze? Wat hadden ze gedaan? Maar hij wist dat Lynley op hem zat te wachten en wilde horen wat lady Helen had gezegd. Dus liep hij in de richting van de eetkamer.
Toen hij in de buurt van de keuken kwam, werd zijn aandacht getrokken door stemmen die uit de noordwestgang op hem af kwamen. Bij de bediendenkamer stond Jasper te praten met een grof uitziende man die met een druipende zuidwester in zijn handen stond. Toen hij St James zag, wenkte Jasper hem.
'Bob heb de boot gevonden,' zei hij. 'Stukgeslagen op Cribba Head.'
'Het is de *Daze*,' viel de andere man hem bij. 'Geen twijfel mogelijk.'
'Is er iemand...'
'D'r lijkt niemand bij te zijn. Zie ook niet hoe dat kan. Niet met hoe hij d'rbij leg.'

17

St James en Lynley reden in de Land Rover achter de roestige Austin van de visser aan. Het licht van de koplampen viel op de ravage die de nog steeds voortdurende storm veroorzaakte. Langs de oprijlaan lagen afgerukte takken van de rododendrons, met een dik tapijt van paarse bloemen eromheen, die de auto's onder hun banden pletten. Een grote tak die van een esdoorn was gewaaid, versperde bijna de hele weg. Bladeren en twijgen vlogen alle kanten op en zware windstoten geselden de kiezels van de oprijlaan en schoten ze als kogels tegen de auto's. Bij de personeelswoning sloegen de luiken hard tegen de stenen muren. Water gutste uit de dakgoten en kolkte uit de regenpijpen. Klimrozen, losgerukt van het hekwerk, lagen in kletsnatte stapels op de flagstones en op de aarde.

Lynley bracht de Rover tot stilstand en Mark Penellin rende naar buiten om zich bij hen te voegen. In de deuropening stond Nancy Cambrey naar hen te kijken. Ze hield een sjaal stijf om zich heen geslagen en haar jurk wapperde om haar benen. Ze riep iets wat verloren ging in de storm. Lynley draaide zijn raampje een paar centimeter open toen Mark achter in de auto ging zitten.

'Nog iets van Peter gehoord?' Nancy kon nog net de voordeur tegenhouden voor hij door de wind tegen de muur werd geblazen. Boven het geluid van haar stem uit klonk het zachte gehuil van de baby. 'Moet ik iets doen?'

'Blijf bij de telefoon,' riep hij terug. 'Misschien moet je voor me naar het huis. Naar moeder.'

Ze knikte, zwaaide even en sloeg de deur dicht. Lynley schakelde. Ze zwenkten door een diepe plas en een berg modder de oprijlaan op.

'Ligt hij bij Cribba Head?' vroeg Mark Penellin. Zijn haar zat glad achterover. Het was kletsnat.

'Voorzover we weten,' antwoordde Lynley. 'Wat is er met jou gebeurd?'

Mark raakte voorzichtig een pleister boven zijn rechterwenkbrauw aan. Zijn knokkels waren ontveld. Hij schudde bescheiden zijn hoofd. 'Ik heb geprobeerd de luiken dicht te doen, zodat de baby zou ophouden met huilen. Ik werd nog bijna bewusteloos geslagen ook.' Hij zette de kraag van zijn oliejas op en deed het bovenste knoopje dicht. 'Weet je zeker dat het de *Daze* is?'

'Ze zeggen het.'

'En niks van Peter gehoord?'

'Nee.'

'Stommeling.' Mark haalde een pakje sigaretten tevoorschijn en bood zowel Lynley als St James een sigaret aan. Toen zij weigerden, stak hij er zelf een op, maar hij maakte hem na een paar trekjes alweer uit.

'Heb jij Peter nog gezien?' vroeg Lynley.

'Niet meer sinds vrijdagmiddag. In de baai.'

St James keek de jongen over zijn schouder aan. 'Peter zei dat hij jou niet had gezien.'

Mark fronste zijn wenkbrauwen, trok een pijnlijke grimas en raakte de pleister aan. 'Hij heeft me wel gezien,' antwoordde hij en hij voegde er met een steelse blik naar Lynley aan toe: 'Misschien was hij het vergeten.'

De Rover kroop achter de Austin aan over de smalle weg. Afgezien van het licht van hun koplampen en het schijnsel uit het raam van een paar geïsoleerd gelegen huizen en boerderijen was er nergens licht en door het slechte weer en de duisternis kwamen ze maar langzaam vooruit. Op de weg lag een film van water. De hagen langs de kant bogen vervaarlijk door in de richting van de auto. De koplampen schitterden op de neergutsende regen. Ze moesten twee keer stoppen om de weg vrij te maken en deden vijftig minuten over een rit die normaal gesproken vijftien minuten zou hebben geduurd.

Bij Treen hotsten ze over het hobbelige karrenspoor naar Cribba Head en brachten de auto's zo'n twintig meter voor het pad naar Penberth Cove tot stilstand. Vanaf de achterbank gaf Mark Penellin een oliejas aan Lynley, die hem over zijn oude grijze visserstrui aantrok.

'Je kunt beter hier wachten, St James.' Zelfs in de beschutte ruimte van de auto moest Lynley zijn stem verheffen om zich boven de wind en de brullende branding die op de lagergelegen

kust beukte, verstaanbaar te maken. De Rover schudde angstaanjagend heen en weer als een licht stukje speelgoed. 'Het is een lastige wandeling.'
'Ik ga mee zo ver ik kan.'
Lynley knikte en duwde zijn portier open. Ze klommen alle drie naar buiten, de storm in. St James moest met zijn hele gewicht tegen het portier leunen om het dicht te krijgen.
'Jezus!' schreeuwde Mark Penellin. 'Wat een wind, zeg.' Hij haalde met Lynley touwen, zwemvesten en reddingsboeien uit de laadruimte van de auto.
Voor hen had de visser zijn koplampen laten branden en deze verlichtten de afstand naar de klip. Regenvlagen werden door de bulderende wind schuin door de lichtstraal gejaagd. De visser baande zich een weg door het onkruid dat aan zijn broekspijpen bleef kleven. Hij had een grote rol touw bij zich.
'Ze ligt in de baai,' schreeuwde hij over zijn schouder toen ze hem bijna hadden ingehaald. 'Ongeveer vijftig meter uit de kust. Van boeg naar achtersteven in noordoostelijke richting op de rotsen. Het grootste deel van de mast en de tuigage is weg, ben ik bang.'
Voorovergebogen in de wind, die niet alleen hard maar ook zo ijzig koud was dat het leek of hij een poolwind tot voorbeeld had genomen, ploeterden ze naar de rand van de klip. Daar leidde een smal, steil pad, dat door de regen gevaarlijk glad was geworden, naar Penberth Cove, waar zwak licht uit de stenen huisjes aan de waterkant scheen. Langs de branding deinden en schitterden zaklampen van plaatselijke bewoners die het slechte weer trotseerden om te kijken hoe de op de rotsen gelopen boot uit elkaar viel. Ze konden onmogelijk bij de boot komen. Zelfs als een kleine roeiboot door de branding had kunnen komen, zou het rif dat de *Daze* in stukken sloeg, bij een andere boot precies hetzelfde doen. Bovendien werden ze gehinderd door hoog opgeblazen golven, die stuksloegen op een natuurlijke uitloper van graniet en grote waterpluimen de lucht in wierpen.
'Ik kan niet verder, Tommy,' schreeuwde St James toen hij het pad zag. 'Ik zal hier moeten blijven wachten.'
Lynley stak zijn hand op, knikte en begon af te dalen. De anderen volgden. Ze liepen voorzichtig tussen de rotsblokken door en zochten houvast voor hun handen en voeten aan uitstekende

rotspunten. St James keek hen na toen ze in de diepe duisternis verdwenen en vocht zich daarna door de regen en de wind een weg terug naar de auto. Hij werd gehinderd door een dikke laag modder aan zijn schoenen en een stuk onkruid dat in het hielstuk van zijn beugel was blijven steken. Toen hij bij de Rover kwam, was hij buiten adem. Hij trok het portier open en wierp zichzelf naar binnen.

Eenmaal binnen trok hij zijn slecht zittende oliejas en doorweekte visserstrui uit. Hij schudde de regen uit zijn haar. Hij rilde van de kou, betreurde het feit dat hij geen droge kleren had meegenomen en dacht aan de woorden van de visser. Aanvankelijk meende hij dat hij hem verkeerd had verstaan. In noordoostelijke richting van boeg naar achtersteven op de rotsen. Dat kon onmogelijk waar zijn, ware het niet dat een visser uit Cornwall zijn windrichtingen wel kende en dat de korte blik die St James op de boot had kunnen werpen, het had bevestigd. Het was dus wel waar. Dus was het niet de *Daze,* of ze moesten hun theorieën herzien.

Het duurde bijna een halfuur voor Lynley, met Mark op zijn hielen en de visser op korte afstand achter hen, terugkeerde. Ze bleven even in elkaar gedoken bij de Austin met elkaar staan praten. De visser gebaarde met zijn handen en armen. Lynley knikte een keer, tuurde in zuidwestelijke richting en ploegde door de modder en het onkruid naar de Rover, terwijl hij een laatste opmerking over zijn schouder riep. Mark Penellin volgde hem. Ze stopten de uitrusting weer achterin en vielen min of meer de auto binnen. Ze waren doorweekt.

'De boot is verloren.' Lynley snakte als een hardloper naar adem. 'Over een uur is er niets meer van over.'

'Is het de *Daze*?'

'Geen twijfel mogelijk.'

Voor hen ronkte de Austin. Hij reed achteruit, draaide en reed weg. Lynley staarde in de duisternis die de Austin achterliet. De regen beukte op de voorruit.

'Konden ze je iets wijzer maken?'

'Niet veel. Ze zagen de boot bij het vallen van de avond binnenkomen. Blijkbaar probeerde de dwaas tussen de rotsen door de baai in te varen om net zoals de andere boten uit het water te worden gehesen.'

‘Zag iemand hem op de rotsen lopen?’
‘Er waren vijf mannen aan het werk bij de lier op de aanlegplaats. Toen ze zagen wat er gebeurde, hebben ze een bemanning bij elkaar gezocht en zijn ze gaan kijken wat ze konden doen. Het zijn tenslotte vissers. Ze laten niet gauw iemand aan de grond lopen zonder op de een of andere manier te hulp te schieten. Maar toen ze de boot uiteindelijk goed konden zien, was er niemand aan dek.’
‘Hoe kan dat nou?’ St James betreurde zijn impulsieve vraag al toen hij hem stelde. Er waren twee verklaringen mogelijk, die hij zelf al had bedacht voor Lynley en Mark ze onder woorden brachten.
‘Bij dit soort weer sla je makkelijk overboord,’ zei Mark. ‘Als je niet voorzichtig bent, als je geen veiligheidslijn draagt, als je niet weet waar je mee bezig bent…’
‘Peter weet waar hij mee bezig is,’ onderbrak Lynley hem.
‘Mensen raken in paniek, Tommy,’ zei St James.
Lynley gaf niet direct antwoord. Hij scheen over deze opmerking na te denken. Hij keek langs St James door het zijraampje in de richting van het natte pad dat naar de baai leidde. Uit zijn haar liep een kronkelend spoor water zijn voorhoofd op. Hij veegde het weg. ‘Hij kan naar beneden zijn gegaan. Hij kan nog steeds beneden zijn. Ze kunnen daar allebei zitten.’
Dit was niet onaannemelijk, bedacht St James, en het klopte aardig met de manier waarop de *Daze* aan de grond was gelopen. Als Peter high was geweest toen hij had besloten om met de boot uit te varen – wat een mogelijkheid was, gezien het feit dat hij was uitgevaren terwijl er slecht weer op komst was – zou hij niet meer helder hebben kunnen denken. De cocaïne zou hem waarschijnlijk hebben doen geloven dat hij onoverwinnelijk was, superieur aan de elementen, absoluut heer en meester. De storm zelf zou geen duidelijk en aanwezig gevaar zijn geweest, maar een bron van opwinding, de ultieme ervaring.
Maar misschien was Peter uit wanhoop met de boot uitgevaren. Als hij was gevlucht omdat hij bang was dat hij vragen over Mick Cambrey en Justin Brooke zou moeten beantwoorden, was hij misschien tot de conclusie gekomen dat hij het best over zee kon vluchten. Aan land zou hij worden gezien. Hij had geen vervoer. Hij zou moeten liften. En omdat Sasha bij hem was,

zou degene die hun een lift gaf, zich hen waarschijnlijk wel herinneren wanneer de politie langskwam. Peter was slim genoeg om dat in te zien.
Maar de positie waarin de boot lag en het feit dat hij aan de grond was gelopen, suggereerden iets anders dan een vlucht.
Lynley draaide het contactsleuteltje om. De auto kwam brommend tot leven.
'Ik zal morgen een ploeg bij elkaar roepen,' zei hij. 'We zullen moeten proberen of we hen of hun spullen kunnen vinden.'

Zijn moeder kwam in de noordoostgang naar hen toe. Ze hingen net hun druipende oliejassen en visserstruien aan de haakjes aan de muur. Aanvankelijk zei ze niets. Ze hield een hand omgekeerd voor haar borst, alsof ze zo een eventuele klap kon afweren. Haar andere hand omklemde de omslagdoek die ze had omgegooid, een wollen stola in rood en zwart die bij haar jurk en haar teint vloekte. Ze droeg hem waarschijnlijk meer uit een gevoel van veiligheid dan voor de warmte, want de doek was dun en haar lichaam trilde, misschien van kou of van angst. Ze zag zeer bleek en Lynley kon zich niet herinneren dat ze er ooit eerder zo oud had uitgezien. Ze leek nu echt 56.
'Ik heb koffie voor jullie in de zitkamer,' zei ze.
Lynley zag dat St James van hem naar zijn moeder keek. Hij kende zijn vriend goed genoeg om te zien welk besluit hij nam. Het werd tijd dat hij zijn moeder alles over Peter vertelde. Hij moest haar voorbereiden op de dingen die zij de komende dagen onder ogen zou moeten zien. En dat kon hij niet waar St James bij was, hoezeer hij er ook naar verlangde om zijn vriend bij zich te hebben.
'Ik wil even bij Sidney kijken,' zei St James. 'Ik kom straks wel weer beneden.'
De noordwesttrap was vlakbij, net om de hoek bij de wapenkamer, en St James verdween die kant op. Toen hij alleen was met zijn moeder, wist Lynley niet wat hij moest zeggen. Als een vriendelijke gast kwam hij niet verder dan: 'Ik zou wel een kop koffie lusten. Graag.'
Zijn moeder liep voor hem uit. Hij keek naar de manier waarop ze liep: hoofd omhoog, schouders naar achteren. Hij wist waarom ze deze houding aannam. Mocht iemand haar zien – Hodge,

de kok of een van de daghulpen – dan zou ze hun niet laten merken dat ze persoonlijke problemen had. Haar rentmeester was gearresteerd op verdenking van moord; een van haar gasten was overleden; haar jongste kind was zoek en haar middelste kind was een man met wie ze al meer dan vijftien jaar geen intiem gesprek had gehad. Maar niemand zou zien dat ze zich om deze dingen zorgen maakte. De roddels die mogelijk welig achter de groene gecapitonneerde deur tierden, zouden niet de tientallen manieren waarop God eindelijk de weduwe van de graaf van Asherton strafte, tot onderwerp hebben.
Ze liepen door de gang die over de hele lengte van het centrale deel van het huis liep. De deur van de zitkamer aan de oostkant van het huis was dicht en toen lady Asherton hem opendeed, stond de enige aanwezige in de kamer op en drukte zijn sigaret uit in een asbak.
'Heb je iets gevonden?' vroeg Roderick Trenarrow.
Lynley aarzelde in de deuropening. Hij was zich ineens bewust van het feit dat zijn kleren nat waren. Grote natte plekken deden de wol van zijn broek langs zijn benen schuren. Zijn overhemd kleefde aan zijn schouders en zijn borst en het boordje drong zich vochtig op aan de achterkant van zijn nek. Zelfs zijn sokken waren doorweekt, want de rubberlaarzen die hij op weg naar Penberth Cove had gedragen, had hij direct uitgetrokken toen hij weer in de auto zat en toen hij bij hun terugkomst de auto op de binnenplaats had geparkeerd, was hij midden in een flinke plas gestapt.
Dus wilde hij liever weggaan. Hij wilde droge kleren aantrekken. Maar hij dwong zichzelf de kamer in te gaan en liep naar de houten theewagen naast het bureau van zijn moeder. Op de theewagen stond een pot koffie.
'Tommy?' zei zijn moeder. Ze zat rechtop in de minst comfortabele stoel in de kamer.
Lynley nam zijn kop koffie mee naar de bank. Trenarrow bleef staan waar hij stond, bij de open haard. Er brandde een kolenvuur, maar de warmte ervan drong niet door het klamme gewicht van Lynleys kleren heen. Hij keek naar Trenarrow en knikte als antwoord op de vraag die hij had gesteld, maar zei verder niets. Hij wenste in stilte dat de andere man zou vertrekken. Hij kon zich niet voorstellen dat hij in aanwezigheid van deze

man over Peter zou praten. Maar hij wist dat zij beiden zijn verzoek om enige privacy met zijn moeder verkeerd zouden begrijpen. Net als de vorige avond was Trenarrow hier duidelijk op haar verzoek, niet voor de gezelligheid en niet met de bedoeling lady Asherton te verleiden. De bezorgde uitdrukking op Trenarrows gezicht wanneer hij naar lady Asherton keek, vormde hier het bewijs van.
Het leek erop dat Lynley geen keus had. Hij wreef over zijn voorhoofd, veegde zijn vochtige haar naar achteren. 'Er was niemand bij de boot,' zei hij. 'We konden tenminste niemand zien. Misschien zaten ze beneden.'
'Is er iemand bij gehaald?'
'De reddingsboot, bedoel je?' Hij schudde zijn hoofd. 'Nee, het gaat allemaal te snel. Tegen de tijd dat ze hier zijn, is hij gezonken.'
'Denk je dat hij overboord is geslagen?'
Ze spraken over haar kind, maar het leek alsof ze het over de nieuwe beplanting in de tuin hadden die na de storm nodig zou zijn. Hij bewonderde haar kalmte. Ze kon haar kalmte echter slechts bewaren tot hij antwoord gaf.
'Dat weten we niet. Of hij beneden was met Sasha. Of ze allebei overboord zijn geslagen. We weten pas meer als we de lichamen vinden. En zelfs dan, als ze erg toegetakeld zijn, blijven we misschien nog met een heleboel onzekerheden zitten.'
Na deze woorden liet ze haar hoofd zakken en sloeg ze haar handen voor haar ogen. Lynley dacht dat Trenarrow door de kamer naar haar toe zou lopen. Hij kon voelen dat de man daar behoefte aan had. Het was als een elektrische stroom die door de lucht schoot. Maar hij verroerde zich niet.
'Kwel jezelf niet,' zei Trenarrow. 'We weten nog niets. We weten nog niet eens of het Peter was die met de boot is uitgevaren. Dorothy, alsjeblieft. Luister naar me.'
Lynley herinnerde het zich weer met een pijn die snel opkwam en verdween. Trenarrow was altijd de enige geweest die zijn moeders echte naam gebruikte.
'Natuurlijk heeft hij de boot genomen,' zei ze. 'We weten allemaal waarom. Maar ik heb alle tekenen genegeerd, nietwaar? Hij is in klinieken behandeld, vier klinieken nu al, en ik wilde zo graag geloven dat hij ervanaf was. Maar dat is hij niet. Dat

wist ik al toen ik hem vrijdagochtend zag. Maar ik kon dat hele gedoe rond zijn verslaving niet nog een keer verdragen, dus ik heb het gewoon genegeerd. Ik heb zelfs gebeden dat hij nu zelf zijn weg zal kunnen vinden, want ik weet niet meer hoe ik hem moet helpen. Dat heb ik nooit geweten. O, Roddy...'
Als ze zijn naam niet had gezegd, zou Trenarrow waarschijnlijk op afstand zijn gebleven. Maar nu liep hij naar haar toe, raakte haar gezicht aan, haar haar, zei haar naam nog een keer. Haar armen sloten zich om hem heen.
Lynley keek de andere kant op. Zijn spieren deden pijn. Zijn botten voelden als lood.
'Ik begrijp het niet,' zei lady Asherton. 'Wat hij ook van plan was met de boot, hij moet hebben gezien wat voor weer het was. Hij moet het gevaar hebben gezien. Zo wanhopig kan hij niet geweest zijn.' En vervolgens, terwijl ze Trenarrow van zich af duwde, zachtjes: 'Tommy?'
'Ik weet het niet,' zei Lynley. Meer durfde hij niet te zeggen.
Zijn moeder stond op en kwam naar de bank toe. 'Er is nog iets, nietwaar? Iets wat je me nog niet hebt verteld. Nee, Roddy,' – dit toen Trenarrow een beweging in haar richting maakte – 'het gaat wel. Vertel me wat het is, Tommy. Vertel me wat je voor me hebt verzwegen. Je hebt gisteravond ruzie met hem gemaakt. Ik heb jullie gehoord. Dat weet je. Maar er is nog meer, hè? Vertel op.'
Lynley keek naar haar op. Haar gezicht was weer opmerkelijk kalm geworden, alsof ze een nieuwe bron had ontdekt waar ze kracht uit kon putten. Hij sloeg zijn blik neer naar de kop koffie die de palm van zijn hand verwarmde.
'Peter is op vrijdagavond na John Penellin bij Mick Cambrey thuis geweest. Daarna is Mick gestorven. Justin heeft me dat verteld toen Penellin gisteravond was gearresteerd. En vervolgens' – hij keek haar weer aan – 'is Justin gestorven.'
Terwijl hij sprak, weken haar lippen uiteen, maar verder bleef haar gezicht onbewogen. 'Je denkt toch niet dat je eigen broer...'
'Ik weet niet wat ik moet denken.' Zijn keel voelde rauw. 'Vertel me dan in godsnaam wat ik moet denken. Mick is dood. Justin is dood. Peter is verdwenen. Dus wat moet ik volgens jou dan denken?'

Trenarrow deed een stap opzij, alsof hij de kracht van Lynleys woorden wilde doen afbuigen. Maar toen hij zich bewoog, deed lady Asherton dat ook. Ze ging bij haar zoon op de bank zitten, sloeg haar arm om zijn schouders. Ze drukte haar wang tegen de zijne en raakte met haar lippen zijn vochtige haar aan.
'Lieve Tommy,' mompelde ze. 'Lieve, lieve schat. Waarom denk je in godsnaam dat jij het allemaal alleen moet dragen?'
Het was voor het eerst in meer dan tien jaar dat ze hem aanraakte.

18

De ochtendhemel, een azuurblauwe boog waaronder stapelwolken als schuimkoppen landinwaarts dreven, loochende het slechte weer van de dag daarvoor. Dat deden ook de zeevogels, die als vanouds de lucht vulden met hun rauwe, opdringerige kreten. Op de grond lagen echter wel de stille getuigen van het slechte weer en vanuit het raam van zijn slaapkamer keek St James, met een kop thee in zijn hand, naar de gevolgen van die uren vol regen en storm.

Leien dakpannen lagen op de oprijlaan naar de zuidelijke binnenplaats waarop zijn kamer uitkeek. Er lag een verwrongen windwijzer tussen. Deze kwam ongetwijfeld van een van de bijgebouwen die aan de binnenplaats grensden. Hier en daar vormden afgewaaide bloemen een tapijt van heldere kleuren: paarse grasklokjes, roze begonia's, hele bloemtrossen van ridderspoor, en overal lagen bloemblaadjes van kapotgewaaide rozen. Stukjes gebroken glas glinsterden als edelstenen op de kinderhoofdjes en een klein, vreemd genoeg niet gebroken ruitje lag als een pasgevormd laagje ijs over een plas water. De tuinmannen en terreinknechten waren al bezig de schade te herstellen en St James kon hun stemmen vanuit het park horen. Ze werden zo nu en dan overstemd door het geluid van een kettingzaag.

Na twee korte klopjes op de deur stapte Cotter de kamer binnen. 'Ik heb het,' zei hij. 'Beetje een verrassing ook nog.' Hij liep de kamer door en gaf St James de envelop die hij tijdens zijn telefoongesprek met lady Helen Clyde uit het bureau in het kantoor had gehaald. 'Het is het nummer van dokter Trenarrow.'

'O, ja?' St James zette zijn theekopje op de *cheveret.* Hij nam de envelop aan en draaide hem peinzend rond in zijn handen.

'Ik hoefde het niet eens te draaien, meneer St James,' zei Cotter. 'Hodge wist direct van wie het was toen ik het hem liet zien. Het schijnt dat hij het de afgelopen jaren vaak genoeg heeft gedraaid.'

'Heb je het nummer nog wel een keer gedraaid, om het te controleren?'

'Ja. Het is inderdaad van dokter Trenarrow. En hij weet dat we eraan komen.'
'Nog iets van Tommy gehoord?'
'Daze vertelde me dat hij uit Pendeen heeft gebeld.' Cotter schudde zijn hoofd. 'Hij heeft nog niets gevonden.'
St James fronste zijn wenkbrauwen. Hij vroeg zich af of Lynleys eigenzinnige plan, waarbij hij de kustwacht en de politie niet wilde betrekken, wel effectief zou zijn. Hij was voor dag en dauw met zes man van de omliggende boerderijen vertrokken om de kuststrook van St. Ives tot Penzance af te zoeken. Ze gingen met twee motorboten: de ene vanuit de haven van Penzance en de andere vanuit St. Ives Bay aan de andere kant van het schiereiland. De boten waren klein genoeg om dicht onder de kust te kunnen komen en snel genoeg om er een enigszins oppervlakkige zoektocht binnen een paar uur mee te kunnen volbrengen. Maar als dit niets opleverde, zou er een tweede zoektocht over land moeten worden gehouden. Dat zou dagen kosten. En zo'n onderneming kon niet op touw worden gezet zonder de plaatselijke politie erbij te betrekken, of Lynley dat nu leuk vond of niet.
'Ik ben volledig uitgeput door dit hele weekeinde,' merkte Cotter op terwijl hij het theekopje van St James terugzette op het theeblad dat op het tafeltje naast het bed stond. 'Ik ben blij dat Deborah terug is naar Londen. Zo ver mogelijk bij deze rommel vandaan. Zo denk ik erover.'
Hij klonk alsof hij hoopte dat St James een opmerking zou maken die hem de gelegenheid bood het gesprek in deze richting voort te zetten. St James was echter niet van plan dat te doen.
Cotter klopte de ochtendjas van St James uit en hing hem in de kleerkast. Hij treuzelde even en zette de keurige rij schoenen nogmaals recht. Hij sloeg een stel houten kleerhangers tegen elkaar en klikte de sloten van de koffer die op de bovenste plank lag, dicht. Daarna barstte hij los met: 'Wat moet er van dat kind terechtkomen? Ze zijn niet intiem met elkaar. Helemaal niet, en dat weet u. Het is heel anders dan met u, nietwaar? Ze zijn heel anders dan uw familie. O, ze zijn rijk, verdomd rijk, maar Deb geeft niet veel om geld. Dat weet u net zo goed als ik. U weet waar Deb om geeft.'
Schoonheid, bespiegelingen, de kleuren van de lucht, een onverwacht nieuw idee, de aanblik van een zwaan. Hij wist het,

had het altijd geweten. En hij moest het vergeten. De deur van zijn slaapkamer ging open en beloofde een ontsnappingsmiddel. Sidney kwam binnen, maar omdat de deur van de kleerkast haar aan het zicht onttrok, merkte Cotter niet dat hij niet langer alleen was met St James.

'U kunt niet zeggen dat u niets voelt,' beweerde Cotter kernachtig. 'Dat zie ik aan u. Dat kan ik al jaren aan u zien, ook al zegt u van niet.'

'Stoor ik?' vroeg Sidney.

Cotter sloeg de kastdeur dicht. Hij keek van St James naar diens zus en weer terug naar St James.

'Ik ga kijken waar de auto blijft,' zei hij abrupt; hij verontschuldigde zich en liet hen alleen.

'Wat was dat allemaal?' vroeg Sidney.

'O, niks.'

'Daar klonk het niet naar.'

'Maar het was niks.'

'O.'

Ze bleef bij de deur staan, de knop in haar hand. St James schrok van haar uiterlijk. Ze zag er half verdoofd, half ziek uit, met blauwzwarte kringen onder haar ogen die de enige kleur op haar gezicht vormden. Haar ogen zelf waren volkomen uitdrukkingsloos, alsof ze het licht niet opnamen maar slechts reflecteerden. Ze droeg een verschoten spijkerrok en een grote trui. Haar haar zat rommelig.

'Ik ga,' zei ze. 'Daze brengt me naar het station.'

Wat de avond daarvoor een redelijk plan had geleken, leek volkomen absurd toen hij zijn zus bij daglicht zag. 'Waarom blijf je niet, Sid? Dan kan ik je straks zelf thuisbrengen.'

'Nee. Het is beter zo. Ik wil echt liever weg. Dat is beter.'

'Maar het zal op het station...'

'Ik neem een taxi naar huis. Dat komt wel goed.' Ze draaide de deurknop om, alsof ze wilde controleren of hij nog werkte. 'Ik heb begrepen dat Peter wordt vermist,' zei ze.

'Ja.' St James vertelde haar wat er was gebeurd sinds hij haar de ochtend daarvoor naar haar kamer had gebracht. Ze luisterde zonder hem aan te kijken. Terwijl hij sprak, voelde hij haar nerveus worden en hij wist dat haar gespannenheid eigenlijk boosheid was, een boosheid die te maken had met haar opmerking

over Peter Lynley. Na de meegaandheid die op de schok van de dag ervoor was gevolgd, was hij niet voorbereid op deze verandering in haar gedrag, hoewel hij wist dat haar boosheid volkomen normaal was, een behoefte om uit te halen en te verwonden zodat iemand anders ook iets van haar pijn zou voelen. Het ergste van een sterfgeval was altijd het moment dat je besefte dat geen twee mensen hetzelfde voelen, hoeveel mensen je verdriet ook delen – je hele familie, al je vrienden of desnoods alle inwoners van het land. Het lijkt altijd of je er alleen voor staat. En voor Sidney was het nog erger, want zij stond er alleen voor. Zij was de enige die rouwde om de dood van Justin Brooke.
'Komt dat even goed uit,' zei ze toen hij het hele verhaal had verteld.
'Wat bedoel je?'
'Ik bedoel dat hij het me heeft verteld.'
'Verteld?'
'Justin heeft het me verteld, Simon. Alles. Dat Peter bij Mick Cambrey is geweest. Dat Peter en Mick ruzie hadden. Hij heeft het me verteld. Hij heeft het me vertéld. Goed? Ben ik duidelijk?' Ze bleef bij de deur staan. Had ze dat niet gedaan, was ze de kamer in gerend, was ze aan de gordijnen en het beddengoed gaan rukken, had ze de enige vaas met bloemen op de grond gegooid, dan zou St James niet zo van zijn stuk zijn gebracht. Dat waren allemaal dingen die je van Sidney kon verwachten. Wat ze nu deed, niet. Alleen haar stem getuigde van de toestand van haar geest en zelfs die had ze bijna volledig onder controle. 'Ik heb hem gezegd dat ik het aan jou of Tommy zou moeten vertellen,' ging ze verder. 'Toen John Penellin was gearresteerd, heb ik tegen hem gezegd dat hij ermee voor den dag moest komen. Hij kon niet langer zwijgen. Het was zijn plicht. Hij moest de waarheid vertellen. Maar hij wilde er niet bij betrokken raken. Hij wist dat hij het Peter moeilijk zou maken. Maar ik stond erop. Ik zei: als iemand John Penellin bij Gull Cottage heeft gezien, dan heeft iemand jou en Peter waarschijnlijk ook gezien. Je kunt het hele verhaal beter vertellen. Dat is beter dan dat de politie het van een van de buren hoort.'
'Sid...'
'Maar hij maakte zich zorgen omdat hij Peter met Mick alleen had gelaten. Hij maakte zich zorgen omdat Peter door het dolle

heen was vanwege de cocaïne. Hij maakte zich zorgen omdat hij niet wist wat er was gebeurd nadat hij was weggegaan. Maar ik heb hem ervan overtuigd dat hij met Tommy moest gaan praten. Dus deed hij dat. Nu is hij dood. En wat komt het goed uit dat Peter is verdwenen net nu we allemaal zoveel vragen voor hem hebben.'

St James liep de kamer door en sloot de deur. 'De recherche denkt dat Justins dood een ongeluk was, Sid. Ze hebben helemaal niets kunnen vinden wat op moord wijst.'

'Dat geloof ik niet.'

'Waarom niet?'

'Gewoon, omdat ik het niet geloof.'

'Was hij zaterdagavond bij jou?'

'Natuurlijk was hij bij mij.' Ze gooide haar hoofd fier achterover alsof dit iets was om trots op te zijn. 'We zijn met elkaar naar bed geweest. Dat wilde hij graag. Hij kwam naar mij toe. Ik heb het hem niet gevraagd. Hij kwam naar mij toe.'

'Wat zei hij toen hij daarna weer weg moest?'

Haar neusvleugels sperden zich. 'Hij hield van me, Simon. Hij begeerde me. We hadden het goed samen. Maar dat kun je niet accepteren, hè?'

'Sid, ik wil niet ruziemaken over...'

'Nou, kún je het accepteren?'

Ergens op de gang liepen twee vrouwen te kibbelen over de vraag wie er zou stofzuigen en wie de badkuipen zou schoonmaken. Hun stemmen kwamen dichterbij en stierven vervolgens weg toen ze de trap af liepen.

'Hoe laat ging hij bij je weg?'

'Dat weet ik niet. Ik heb er niet op gelet.'

'Zei hij nog iets?'

'Hij was rusteloos. Hij zei dat hij niet kon slapen. Dat heeft hij soms. Dat heeft hij al eerder gehad. We gaan met elkaar naar bed en dan wordt hij gespannen. Soms wil hij direct nog een keer.'

'Maar zaterdagavond niet?'

'Hij zei dat hij dacht dat hij in zijn eigen kamer beter zou kunnen slapen.'

'Kleedde hij zich aan?'

'Kleedde hij... Ja, hij heeft zijn kleren aangedaan.' Ze trok zelf de conclusie. 'Dus hij gíng naar Peter toe. Want waarom zou hij zich aankleden als hij alleen naar zijn eigen kamer aan de andere kant van de gang ging? En hij heeft zich aangekleed, Simon. Zijn schoenen en sokken, zijn broek, zijn overhemd. Alles, behalve zijn das.' Ze begroef haar handen in de stof van haar rok. 'Peters bed was niet beslapen. Dat heb ik vanochtend gehoord. Justin is niet gevallen. Je weet dat hij niet gevallen is.'

St James ging hier niet tegenin. Hij dacht na over de mogelijkheden die werden gesuggereerd door het simpele feit dat Justin zich had aangekleed. Als Peter Lynley gewoon met Brooke had willen praten, zou het makkelijker voor hen zijn geweest om dat ergens in het huis te doen. Als hij daarentegen Brooke uit de weg had willen ruimen, was het veel beter om dat te doen op een plek waar het een ongeluk zou lijken. Maar als dat zo was, waarom had Justin er dan in godsnaam mee ingestemd om Peter ergens alleen te treffen?

'Het klopt niet, Sid. Justin was niet gek. Waarom zou hij met Peter bij de klip afspreken? Midden in de nacht? Voorzover hij wist, was Peter na zijn gesprek met Tommy op zijn bloed uit.'

Toen dacht hij aan de scène op het strand van vrijdagmiddag. 'Tenzij Peter hem daar natuurlijk naartoe heeft gelokt. Onder een of ander voorwendsel.'

'Zoals wat?'

'Sasha?'

'Dat is absurd.'

'Cocaïne dan. Daar waren ze voor naar Nanrunnel geweest. Misschien heeft Peter hem daarmee gelokt.'

'Dat zou niet hebben gewerkt. Justin zou geen cocaïne meer nemen. Niet na wat er tussen ons op het strand was gebeurd. Hij heeft zijn verontschuldigingen aangeboden. Hij zei dat hij ervanaf was. Hij zou het niet meer nemen.'

St James kon niet voorkomen dat het ongeloof op zijn gezicht stond te lezen. Hij zag het gezicht van zijn zus vertrekken toen ze zijn reactie bemerkte.

'Hij heeft het beloofd, Simon. Jij kende hem niet zo goed als ik. Je begrijpt het niet. Maar als hij het me beloofde, terwijl we met elkaar naar bed gingen... Vooral als... Er waren bepaalde dingen die hij me liet doen.'

'Mijn god, Sidney.'

Ze begon te huilen. 'Natuurlijk. Mijn god, Sidney. Wat kun je anders zeggen? Waarom zou jij er iets van begrijpen? Jij bent nog nooit met iemand intiem geweest. Jij hebt tenslotte je wetenschap. Jij hoeft geen passie te voelen. Jij kunt doen alsof je het druk hebt. Met projecten en conferenties en lezingen en het begeleiden van al die toekomstige pathologen die voor je op hun knieën vallen.'

Hier had ze de behoefte om iemand te verwonden die hij al eerder had opgemerkt. Desalniettemin kwamen haar woorden volkomen onverwacht. Hij was er niet op voorbereid. En of ze nu gelijk had of niet, een passend antwoord kon hij niet bedenken.

Sidney streek met een hand over haar ogen. 'Ik ga. Als je Petertje vindt, zeg hem dan maar dat ik hem graag wil spreken. Ik kan bijna niet wachten tot het zover is.'

Trenarrows huis was makkelijk te vinden, want het stond een klein stukje van het hogergelegen deel van Paul Lane af, aan de rand van het dorp. Het was het grootste gebouw uit de omgeving. Vergeleken met Howenstow was het een eenvoudig huis. Maar in vergelijking met de huizen die tegen elkaar aan gebouwd op de heuvel stonden, was het een heuse villa, met grote erkers die uitkeken over de haven en met een rij populieren die een flatteuze achtergrond voor de natuurstenen muren en het witte houtwerk van het huis vormden.

Met Cotter aan het stuur van de Rover zag St James de villa al liggen toen ze over de laatste heuvel in de kustweg reden en aan de afdaling naar Nanrunnel begonnen. Ze reden langs de haven, de winkels, de vakantieappartementen. Bij de Anchor and Rose draaiden ze Paul Lane op. Op het asfalt van Paul Lane lagen de brokstukken die de storm van de vorige dag had achtergelaten: rommel uit vuilnisbakken, diverse soorten papier en blikjes, een naar beneden gevallen uithangbord dat eens koffietafels had aangeprezen. De weg maakte een bocht en klom omhoog. Buiten het dorp lag de weg bezaaid met bladeren en takken van heggen en struiken. De lucht werd weerspiegeld in de plassen.

Bij een smalle oprijlaan die in noordelijke richting van Paul Lane afboog, stond een discreet bordje met als opschrift THE VILLA. Aan weerszijden stonden topzware fuchsia's die over een stenen muurtje hingen. Daarachter werd het grootste deel van de heuvel in beslag genomen door een terrasvormige tuin waar-

door een zorgvuldig aangelegd, kronkelend pad door bedden van flox en kaasjeskruid, grasklokjes en cyclamen naar het huis leidde.
De oprijlaan eindigde in een bocht rond een meidoorn en Cotter parkeerde de auto een paar meter van de voordeur af onder de boom. Een portaal met Dorische zuilen met aan weerszijden twee urnen met paarse ooievaarsbekjes vormde een beschutte toegang tot de voordeur.
St James bekeek de voorkant van het huis aandachtig. 'Woont hij hier alleen?' vroeg hij.
'Voorzover ik weet wel,' antwoordde Cotter. 'Maar toen ik belde, werd er opgenomen door een vrouw.'
'Een vrouw?' St James dacht aan Toni Cogin en het telefoonnummer van Trenarrow in haar flat. 'Laten we maar eens gaan kijken wat de dokter ons kan vertellen.'
Nadat ze hadden aangebeld, werd de deur niet opengedaan door dr. Trenarrow, maar door een jonge vrouw uit West-Indië. Toen ze sprak, kon St James aan de uitdrukking op Cotters gezicht zien dat Toni Cogin niet de vrouw was geweest die de telefoon had beantwoord. Het mysterie van haar verblijfplaats zou niet worden opgehelderd. Ze zat niet stiekem in Trenarrows huis.
'De dokter ontvangt hier niemand,' zei de vrouw terwijl ze van Cotter naar St James keek. Ze had dit zinnetje blijkbaar uit haar hoofd geleerd en zei het waarschijnlijk regelmatig, maar niet altijd even geduldig.
'Dokter Trenarrow weet dat we komen,' zei St James. 'We zijn geen patiënten.'
'O.' Ze glimlachte een stel grote tanden bloot die als ivoor tegen haar koffiekleurige huid afstaken. Ze hield de deur voor hen open. 'Naar binnen dan, jullie. Hij is bij zijn bloemen. Elke ochtend in de tuin voor hij naar zijn werk gaat. Altijd hetzelfde. Ik zal hem gaan halen.'
Ze bracht hen naar de studeerkamer, waar Cotter met een veelzeggende blik in de richting van St James zei, dat hij zelf ook wel zin had om even in de tuin te wandelen, waarna hij achter de vrouw aan de kamer uit liep. St James wist dat Cotter zou proberen uit te vinden wie ze was en waarom ze hier was. Toen hij alleen was, draaide hij zich om om de kamer te bekij-

ken. Het was het soort studeerkamer waarvan hij bijzonder veel hield, doortrokken van de geur van oude leren stoelen, met boekenkasten die uitpuilden en een open haard met een verse stapel kolen die direct kon worden aangestoken. In de grote erker die uitkeek op de haven, stond een bureau. Het stond niet naar het raam maar naar de kamer gedraaid, waarschijnlijk omdat Trenarrow wilde voorkomen dat hij zou worden afgeleid door het uitzicht. Op het bureau lag een opengeslagen tijdschrift met een pen in de middenvouw, alsof de lezer midden in een artikel was gestoord. St James liep er nieuwsgierig naartoe en sloeg het tijdschrift even dicht.

Cancer Research, een Amerikaans blad, met een foto van een wetenschapper in een witte jas op de voorpagina. Ze leunde tegen een laboratoriumtafel waarop een enorme elektronenmicroscoop stond. Onder de foto stond *Scripps Clinic, La Jolla* en daaronder *Testing the Limits of Bio Research.*

St James bladerde terug naar het artikel, een technische verhandeling over een extracellulaire matrixproteïne, proteoglycans genaamd. Ondanks zijn diepgaande kennis van de medische wetenschap begreep hij er niet veel van.

'Niet iets wat je voor je ontspanning leest, hè?'

St James keek op. Dr. Trenarrow stond in de deuropening. Hij droeg een mooi driedelig pak en had een rozenknop in het knoopsgat van zijn revers.

'Het gaat mijn pet in elk geval te boven,' antwoordde St James.

'Al iets van Peter gehoord?'

'Nog niets, ben ik bang.'

Trenarrow sloot de deur en gebaarde St James in een van de leunstoelen te gaan zitten.

'Koffie?' vroeg hij. 'Ik heb ontdekt dat dat een van de weinige specialiteiten van Dora is.'

'Nee, dank u. Is zij uw huishoudster?'

'Als je die benaming zeer ruim neemt, ja.' Hij glimlachte even zonder humor. De zorgeloosheid die uit zijn opmerking sprak, liet hij bij zijn volgende woorden direct varen. 'Tommy heeft het ons gisteravond allemaal verteld. Dat Peter bij Mick Cambrey is geweest op de avond van zijn dood. Over Brooke ook. Ik weet niet hoe u erover denkt, maar ik ken die jongen al sinds hij zes was en hij is geen moordenaar. Hij is niet in staat tot geweld, zeker niet tot het soort geweld dat Mick Cambrey is aangedaan.'

'Kende u Mick goed?'

'Niet zo goed als andere mensen in het dorp. Alleen maar als zijn huisbaas. Hij huurde Gull Cottage van me.'

'Sinds wanneer?'

Trenarrow begon automatisch antwoord te geven, maar fronste toen zijn wenkbrauwen, alsof hij zich ineens afvroeg wat voor soort vraag dit was. 'Sinds een maand of negen.'

'Wie woonde er daarvoor?'

'Ik.' Trenarrow ging even snel verzitten, een beweging die zijn irritatie verried. 'U bent niet voor de gezelligheid zo vroeg hiernaartoe gekomen, meneer St James. Heeft Tommy u gestuurd?'

'Tommy?'

'U kent de feiten ongetwijfeld. We kunnen al jaren slecht met elkaar opschieten. U stelt me vragen over Gull Cottage. Komen die vragen van u of van hem?'

'Van mij. Maar hij weet dat ik hier ben.'

'Om over Mick te praten?'

'Nee, eigenlijk niet. Toni Cogin is verdwenen. We vermoeden dat ze misschien in Cornwall is.'

'Wie?'

'Toni Cogin. Shrewsbury Court Apartments. In Paddington. Uw telefoonnummer zat tussen haar spullen.'

'Ik heb geen flauw... Toni Cogin, zegt u?'

'Is zij niet een van uw patiënten? Of geweest, misschien?'

'Ik behandel geen patiënten. Af en toe misschien een ten dode opgeschreven geval, iemand die vrijwillig meewerkt aan een onderzoek naar geneesmiddelen. Maar als Toni Cogin een van hen was en ze is verdwenen... Vergeef me de luchthartigheid, maar dan is er maar één plek waar ze kan zijn en die ligt niet in Cornwall.'

'Misschien hebt u haar dan op een andere manier gezien?'

Trenarrow keek stomverbaasd. 'Hè?'

'Het is waarschijnlijk een prostituee.'

De goudomrande bril van de arts zakte een klein stukje naar beneden. Hij duwde hem weer omhoog en zei: 'En ze had mijn naam?'

'Nee. Alleen uw nummer.'

'Mijn adres?'
'Zelfs dat niet.'
Trenarrow duwde zichzelf overeind en liep naar het raam achter zijn bureau. Hij keek even op zijn gemak naar de haven voor hij zich weer naar St James omdraaide. 'Ik ben al een jaar niet in Londen geweest. Misschien al langer niet. Maar ik veronderstel dat dat er niet veel toe doet als zij naar Cornwall is gekomen. Misschien brengt ze huisbezoeken.' Hij glimlachte wrang. 'U kent me niet echt, meneer St James, dus u kunt niet weten of ik de waarheid spreek. Maar ik wil u wel zeggen dat het niet mijn gewoonte is om voor seks te betalen. Sommige mannen kunnen dat, dat weet ik. Maar ik heb liever dat vrijen uit passie voortkomt en niet uit geldzucht. Dat andere – eerst onderhandelen en erna betalen – dat is niet mijn stijl.'
'Was het Micks stijl?'
'Mick?'
'Iemand heeft hem vrijdagochtend uit haar flat in Londen zien komen. Wellicht heeft hij haar uw nummer gegeven. Misschien voor een of ander consult.'

Trenarrows vingers gleden naar de rozenknop op zijn revers en raakten de strak in elkaar gerolde blaadjes aan. 'Dat is mogelijk,' zei hij peinzend. 'Alhoewel een patiënt meestal door een arts wordt verwezen. Maar het ís mogelijk, als ze ernstig ziek is. Mick wist dat ik onderzoek naar kanker doe. Hij heeft een interview met me gehad kort nadat hij de *Spokesman* had overgenomen. Het is niet ondenkbaar dat hij haar mijn naam heeft gegeven. Maar Cambrey met een prostituee? Dat zal zijn reputatie geen goed doen. Zijn vader loopt zeker al een jaar te verkondigen dat Mick zo'n seksuele losbol is. En geloof me, hij heeft nooit iets gezegd waaruit bleek dat Mick voor de gunsten van een vrouw moest betalen. Volgens Harry waren vrouwen zo dol op die arme jongen dat hij zijn broek nog niet had opgehesen of er stond alweer een volgende te kreunen dat hij hem moest laten zakken. Als een relatie met een prostituee tot Micks moord heeft geleid, krijgt Harry het nog zwaar. Hij schijnt te hopen dat het door een ruzie met een twintigtal jaloerse echtgenoten kwam.'
'Of één jaloerse vrouw?'

'Nancy?' zei Trenarrow ongelovig. 'Ik kan me niet voorstellen dat zij iemand kwaad zou doen, u wel? En zelfs als haar geduld op was – het was tenslotte geen geheim dat Mick met andere vrouwen omging – wanneer zou ze het dan hebben moeten doen? Ze kan niet op twee plekken tegelijk zijn geweest.'
'Ze was minstens tien minuten niet in de kraam met drank.'
'Tijd om naar huis te hollen, haar man te vermoorden en terug te komen alsof er niets aan de hand was? Beetje absurde gedachte, als je bedenkt wat voor vrouw het is. Iemand anders zou het misschien zonder blikken of blozen hebben kunnen doen, maar Nancy is geen toneelspeelster. Als zij die avond haar man had vermoord, had ze dat volgens mij voor niemand kunnen verbergen.'
Er waren feiten die Trenarrows verklaring ondersteunden. Van het begin tot het eind hadden Nancy's reacties het onmiskenbare stempel van echtheid gedragen. Haar geschoktheid, haar doffe verdriet, haar groeiende onrust. Het had er geen van alle gemaakt uitgezien. Het leek zeer onaannemelijk dat ze naar huis was gerend, haar echtgenoot had vermoord en later had gedaan of ze vreselijk was geschrokken. Dus dacht St James na over het probleem van de verdachten. John Penellin was die avond in de buurt geweest, net als Peter Lynley en Justin Brooke. Misschien had Harry Cambrey ook een bezoek aan Gull Cottage gebracht. En het was nog steeds onduidelijk waar Mark Penellin was geweest. Maar er was nog geen duidelijk motief voor de moord. Elk motief dat ze overwogen, was op zijn best vaag. En voor alles moest het motief duidelijk omschreven zijn, wilden ze ooit de precieze omstandigheden rond Mick Cambreys dood kunnen begrijpen.

St James zag Harry Cambrey vrijwel op hetzelfde moment dat Cotter de auto weer Paul Lane op stuurde. Hij liep de heuvel op in hun richting. Toen ze naderbij kwamen, zwaaide hij wild. De sigaret tussen zijn vingers liet een klein rookpluimpje in de lucht achter.
'Wie is dat?' Cotter ging langzamer rijden.
'De vader van Mick Cambrey. Laten we even kijken wat hij wil.'
Cotter zette de auto langs de kant van de weg en Harry Cambrey kwam naar het raampje van St James toe. Hij stak zijn

hoofd naar binnen en bracht de gemengde geuren van tabaksrook en bier met zich mee. Hij zag er iets beter uit dan op de zaterdagochtend dat St James en lady Helen hem hadden gezien. Zijn kleren waren schoon, zijn haar was gekamd en hij was ook vrijwel helemaal geschoren, alhoewel er hier en daar een paar gemiste baardharen als grijze stoppels op zijn wangen stonden.

Hij hijgde en kromp ineen alsof het spreken hem pijn deed. 'Ze zeiden op Howenstow dat jullie hier zouden zijn. Kom mee naar de krant. Ik moet je iets laten zien.'

'Hebt u aantekeningen gevonden?' vroeg St James.

Cambrey schudde zijn hoofd. 'Maar ik ben eruit.' Toen St James het portier van de auto opendeed, klom hij naar binnen en knikte even toen St James hem aan Cotter voorstelde. 'Het gaat om die getallen die ik heb gevonden. Die getallen uit zijn bureau. Ik loop er sinds zaterdag al over na te denken. Ik weet wat ze betekenen.'

Cotter bleef onder het genot van een glas bier in de pub met mevrouw Swann zitten praten. Terwijl St James achter Harry Cambrey aan naar het kantoor van de krant liep, hoorde hij hem zeggen: 'Ik zou best zo'n hardgekookt eitje lusten.'

Anders dan bij zijn vorige bezoek aan de *Spokesman* was het personeel op deze ochtend aan het werk. Alle lichten brandden, zodat er een heel andere sfeer hing dan de droefgeestige duisternis van de vorige keer, en in drie van de vier kamertjes zaten medewerkers van de krant te tikken of te telefoneren. Een jongen met lang haar bekeek een stel foto's, terwijl naast hem de opmaker bezig was de volgende editie van de krant uit te leggen op een groene schuin staande tafel. Hij hield een niet-brandende pijp tussen zijn tanden en tikte driftig met een potlood tegen een plastic doosje met paperclips. Achter de computer op de tafel naast het bureau van Mick Cambrey zat een vrouw te tikken. Ze had glanzend, donker haar, dat ze uit haar gezicht droeg, en intelligente ogen, zag hij toen ze opkeek. Ze was zeer aantrekkelijk. Julianna Vendale, concludeerde St James. Hij vroeg zich af of ze na de dood van Mick Cambrey andere verantwoordelijkheden had gekregen.

Harry Cambrey ging hem voor naar een van de kamertjes. Er

stonden maar weinig meubels en er hingen dingen aan de muur die suggereerden dat dit niet alleen zijn kamer was, maar dat er tijdens zijn herstel na zijn hartoperatie ook niets aan was veranderd. Uit alles werd duidelijk dat Harry's zoon niet van plan was geweest zijn kamer of zijn baan over te nemen, zelfs al wilde Harry Cambrey dat. Ingelijste artikelen, geel geworden van ouderdom, vertegenwoordigden blijkbaar de verhalen waar de oude man het meest trots op was: een stuk over een rampzalige reddingspoging op zee waarbij twintig van de zogenaamde redders waren verdronken; een ongeluk waarbij een plaatselijke visser een arm had verloren; de redding van een kind uit een mijnschacht; een ruzie op een feest in Penzance. Deze werden vergezeld van krantenfoto's, de originelen van de foto's die bij de verhalen waren afgedrukt.

Boven op een zeer oud bureau lag de laatste editie van de *Spokesman* opengeslagen bij de redactionele pagina. Micks bijdrage was dik met rood omcirkeld. Op de muur tegenover het bureau hing een kaart van Groot-Brittannië. Cambrey leidde St James naar deze kaart toe.

'Ik kon die getallen maar niet uit mijn hoofd krijgen,' zei hij. 'Mick was heel precies in dat soort dingen. Hij zou dat stukje papier niet hebben bewaard als het niet belangrijk was.' Hij zocht in zijn borstzakje naar zijn pakje sigaretten, haalde er een uit en stak hem op voor hij verderging. 'Ik ben er nog niet helemaal uit, maar het begin is er.'

St James zag dat Cambrey naast de kaart kleine stukjes papier had geplakt. Op deze papiertjes had hij stukjes van de cryptische boodschap geschreven die hij achter in het bureau van zijn zoon had gevonden. *27500-M1 verwerving/transport* en daaronder *27500-M6 financiering*. Op de kaart zelf waren twee autowegen met rode pen overgetrokken: de M1 die van Londen naar het noorden liep en de M6 die onder Leicester langs in noordwestelijke richting naar de Ierse Zee liep.

'Kijk eens goed,' zei Cambrey. 'De M1 en de M6 komen elkaar ten zuiden van Leicester tegen. De M1 loopt maar tot Leeds, maar de M6 gaat verder. Hij eindigt in Carlisle. Bij Solway Firth.'

St James liet deze feiten tot zich doordringen. Hij zei niets. Cambrey klonk opgewonden toen hij verder sprak.

'Kijk nou eens naar de kaart. Kijk er eens goed naar. Via de M6

kun je in Liverpool komen, nietwaar? En in Preston en Morecambe Bay. En vanuit al deze steden kun je...'
'... naar Ierland,' besloot St James, terwijl hij dacht aan het redactionele artikel dat hij diezelfde ochtend nog had gelezen.
Cambrey liep naar de krant en vouwde hem dicht. Zijn sigaret ging op en neer tussen zijn lippen terwijl hij sprak. 'Hij wist dat iemand wapens voor de IRA vervoerde.'
'Waar kan hij zo'n verhaal hebben opgeduikeld?'
'Opgeduikeld?' Cambrey haalde de sigaret uit zijn mond, viste een stukje tabak van zijn tong en schudde met de krant om zijn woorden kracht bij te zetten. 'Mijn zoon was niet iemand die iets opduikelde. Hij was een journalist, geen dwaas. Hij luisterde. Hij praatte. Hij wist hoe je dingen moest uitzoeken.'
Cambrey keerde terug naar de kaart en gebruikte de opgevouwen krant als aanwijsstok. 'De wapens komen waarschijnlijk in Cornwall binnen of, als ze niet in Cornwall binnenkomen, in een haven in het zuiden. Verscheept door sympathisanten, misschien vanuit Noord-Afrika of Spanje, of misschien zelfs wel vanuit Frankrijk. Ze komen ergens langs de zuidkust aan land: Plymouth, Bournemouth, Southampton, Portsmouth. Ze worden in onderdelen vervoerd. Met vrachtwagens naar Londen gebracht en in elkaar gezet. Dan vandaar over de M1 en de M6 naar Liverpool of Preston of Morecambe Bay.'
'Waarom zou men ze niet rechtstreeks naar Ierland verschepen?' vroeg St James, maar hij wist het antwoord al toen hij de vraag stelde. Een buitenlands schip dat in Belfast binnenliep, zou eerder achterdocht wekken dan een Engels schip. De douane zou het helemaal uitkammen. Maar een Engels schip zou vrijwel zonder meer worden geaccepteerd. Want waarom zouden de Engelsen wapens sturen om een opstand tegen henzelf te steunen?
'Er stond nog meer op het stukje papier dan M1 en M6,' merkte St James op. 'Die andere getallen moeten ook iets betekenen.'
Cambrey knikte. 'Dat zijn een soort registratienummers, denk ik. Verwijzingen naar de schepen die ze zouden gebruiken. Typeaanduidingen op de wapens die ze zouden versturen. Het is een of andere code. Maar je kunt er zeker van zijn dat Mick hem bijna ontcijferd had.'
'U hebt geen andere aantekeningen gevonden?'

'Wat ik heb gevonden, is genoeg. Ik ken mijn zoon. Ik weet waar hij mee bezig was.'
St James staarde peinzend naar de kaart. Hij dacht na over de getallen die Mick op het stukje papier had geschreven. Hij realiseerde zich dat het redactionele artikel over Ierland op zondag was verschenen, meer dan dertig uur na Micks dood. Als deze twee dingen op de een of andere manier met elkaar in verband stonden, dan wist de moordenaar al dat dit artikel zou verschijnen voor de krant op zondagochtend was uitgekomen. Hij vroeg zich af hoe waarschijnlijk dat was.
'Bewaart u hier oude nummers van de krant?' vroeg hij.
'Oude nummers hebben er niets mee te maken,' zei Cambrey.
'Maar hebt u ze?'
'Een paar. Hierbuiten.'
Cambrey bracht hem van zijn kantoor naar een archiefkast die links van de openslaande ramen stond. Hij trok de deuren open, zodat stapels kranten op de planken zichtbaar werden. St James bekeek ze, trok de eerste stapel van de plank en keek naar Cambrey.
'Kunt u me Micks sleutels bezorgen?' vroeg hij.
Cambrey keek hem verbaasd aan. 'Ik heb hier een reservesleutel van zijn huis.'
'Nee, ik bedoel al zijn sleutels. Hij had een sleutelbos, neem ik aan. Auto, huis, kantoor. Kunt u eraan komen? Boscowan zal ze wel hebben, dus u zult een smoes moeten verzinnen. En ik wil ze graag een paar dagen houden.'
'Hoezo?'
'Zegt de naam Toni Cogin u iets?' beantwoordde St James zijn vraag met een wedervraag.
'Cogin?'
'Ja. Een vrouw uit Londen. Mick kende haar blijkbaar. Ik vermoed dat hij een sleutel van haar flat had.'
'Mick had sleutels van ik weet niet hoeveel flats, als ik me niet vergis.' Cambrey stak een nieuwe sigaret aan en liet hem alleen met de kranten.
Een uur zoeken in de nummers van de laatste zes maanden leverde hem niets op, alleen een paar handen vol drukinkt. Voorzover hij kon zien, was Harry Cambreys idee over wapenleveranties net zo'n aannemelijk motief voor de moord op zijn

zoon als alle andere dingen die de krant te bieden had. Hij deed de kastdeuren dicht. Toen hij zich omdraaide, zag hij dat Julianna Vendale met een kop koffie aan haar mond naar hem stond te kijken. Ze zat niet meer achter de computer, maar stond naast een koffieapparaat dat in een hoek van het vertrek luidruchtig stond te pruttelen.

'Niets?' Ze zette haar kopje op de tafel en streek een lok van haar lange haar achter haar schouder.

'Iedereen schijnt te denken dat hij met een verhaal bezig was,' zei St James.

'Mick was altijd ergens mee bezig.'

'Verschenen die projecten van hem uiteindelijk ook in de krant?'

Ze trok haar wenkbrauwen samen, zodat er een dunne rimpel tussen kwam. Verder was haar gezicht volkomen glad. St James wist op grond van zijn gesprek met Lynley dat Julianna Vendale ergens midden dertig was, misschien zelfs iets ouder, maar haar gezicht sprak dat tegen.

'Dat weet ik niet,' antwoordde ze. 'Ik wist niet altijd wat zijn projecten inhielden. Maar het zou me niet verbazen als hij ergens aan begonnen was en het vervolgens heeft laten doodbloeden. Hij ging vaak genoeg opgewonden de deur uit omdat hij dacht dat hij een bijzonder verhaal op het spoor was dat hij in Londen zou kunnen verkopen. Uiteindelijk maakte hij het dan niet af.'

St James had dat zelf ook gezien toen hij de kranten doornam. Dr. Trenarrow had gezegd dat Mick hem had geïnterviewd. Maar in geen van de oude nummers stond een artikel dat op enigerlei wijze verband hield met het soort gesprek dat die twee konden hebben gehad. St James vertelde dit aan Julianna Vendale.

Ze schonk nog een kop koffie voor zichzelf in en antwoordde hem over haar schouder. 'Dat verbaast me niets. Mick dacht waarschijnlijk dat hij een soort Moeder Teresa-verhaal zou krijgen – wetenschapper uit Cornwall wijdt zijn leven aan het redden van anderen – terwijl uiteindelijk bleek dat dokter Trenarrow net zomin op weg naar de hemel is als wij.'

Of, dacht St James, was het artikel alleen maar een smoes om een interview van dr. Trenarrow los te krijgen, zodat hij informatie kon verzamelen die hij samen met Trenarrows telefoonnummer aan een vriendin in nood wilde geven?

Julianna sprak verder. 'Zo werkte hij meestal, sinds hij bij de *Spokesman* terug was. Volgens mij was hij altijd op zoek naar een verhaal om weg te kunnen komen.'
'Hij wilde liever niet hier zijn?'
'Het was een stap terug voor hem. Hij was freelance journalist geweest. Hij deed het heel aardig. Toen werd zijn vader ziek en moest hij dat allemaal opgeven om hier de familiezaak te gaan leiden.'
'Had jij dat niet kunnen doen?'
'Ik had dat wel kunnen doen, natuurlijk. Maar Harry wilde dat Mick de krant overnam. En ik denk dat zijn grootste wens was dat Mick voorgoed naar Nanrunnel terug zou komen.'
St James dacht dat hij wel begreep hoe de dingen volgens Harry Cambrey hadden moeten lopen wanneer Mick eenmaal weer in Nanrunnel was. Toch vroeg hij: 'Wat voor rol had hij jou toebedeeld?'
'Harry zorgde ervoor dat we zoveel mogelijk samenwerkten. Verder hoopte hij er waarschijnlijk het beste van. Hij had veel vertrouwen in Micks charme.'
'En jij?'
Ze hield haar koffiekop tussen haar handen, alsof ze hem warm wilde houden. Ze had lange vingers en droeg geen ringen. 'Ik voelde me niet tot hem aangetrokken. Toen Harry dat zag, liet hij Nancy Penellin de boekhouding tijdens kantooruren doen in plaats van in het weekeinde.'
'En hoe zat het met het verhogen van het aanzien van de krant?'
Ze wees naar de computer. 'In het begin heeft Mick een poging gedaan. Hij begon met nieuwe apparatuur. Hij wilde moderniseren. Maar daarna verloor hij blijkbaar alle interesse.'
'Wanneer was dat?'
'Ongeveer in de tijd dat Nancy zwanger van hem raakte.' Ze haalde met een elegant gebaar haar schouders op. 'Toen hij eenmaal getrouwd was, was hij veel weg.'
'Op zoek naar verhalen?'
Ze glimlachte. 'Op zoek.'

Ze wandelden door de nauwe straatjes naar de haven. Het was eb. Op het smalle strand lagen vijf mensen te zonnen. Dicht bij hen was een groep kinderen aan het pootjebaden. Ze gilden

van opwinding wanneer de golven tegen hun benen sloegen.
'Hebt u gevonden wat u nodig had?' vroeg Cotter.
'Stukjes en beetjes. Dat is alles. Het past allemaal niet bij elkaar. Ik kan geen verband leggen tussen Mick en Toni Cogin, tussen Toni Cogin en Trenarrow. Het is allemaal maar gissen.'
'Misschien had Deb het mis. Misschien heeft ze Mick niet in Londen gezien.'
'Nee. Ze heeft hem gezien. Alles wijst daarop. Hij kende Toni Cogin. Maar hoe en waarom is niet duidelijk.'
'Volgens mevrouw Swann is het hoe en waarom het makkelijkste deel.'
'Ze is geen fan van Mick, hè?'
'Ze had gewoonweg een hekel aan hem.' Cotter keek even naar de spelende kinderen. Hij glimlachte toen er een – een klein meisje van een jaar of vier – op haar billen viel en de anderen natspetterde. 'Maar als het waar is wat zij over Mick Cambrey en vrouwen vertelt, dan heeft John Penellin het volgens mij gedaan.'
'Hoezo?'
'Zijn dochter is erbij betrokken, meneer St James. Een man laat een andere man zijn dochter geen pijn doen. Niet als hij dat op de een of andere manier kan voorkomen. Een man doet wat hij kan.'
St James realiseerde zich dat hun gesprek van die ochtend in Cotters ogen nog niet ten einde was. Maar hij had geen zin om de vraag te stellen waar Cotter op zat te wachten: en wat zou jij doen? Hij wist het antwoord. In plaats daarvan zei hij: 'Ben je nog iets te weten gekomen van de huishoudster?'
'Dora? Wel iets.' Cotter leunde tegen het hek langs de haven en liet zijn ellebogen op de bovenste ijzeren stang rusten. 'Die Dora is een groot bewonderaar van de dokter. Werkt zich kapot. Wijdt zijn leven aan de research. En als hij daar niet mee bezig is, bezoekt hij mensen in een herstellingsoord bij St. Just.'
'Is dat alles?'
'Naar het schijnt.'
St James zuchtte. Niet voor de eerste keer gaf hij toe dat zijn terrein de wetenschap was, het onderzoeken van de plek van het misdrijf, het analyseren van bewijsmateriaal, het interpreteren van gegevens, het schrijven van rapporten. Hij had geen ervaring in een strijdperk dat vroeg om inzichtelijke communicatie

en intuïtieve gevolgtrekkingen. Hij vond het bovendien niet leuk en had er het talent niet voor. En hoe verder hij zich in het steeds groter wordende moeras van gissingen waagde, hoe gefrustreerder hij werd.

Hij haalde het stukje papier dat Harry Cambrey hem op zaterdagochtend had gegeven, uit de zak van zijn colbert. Hij kon net zo goed die richting inslaan als een andere. Als je verdwaald bent, bedacht hij cynisch, kun je maar beter de ene of de andere kant op gaan.

Cotter keek schuin naar het stukje papier. 'MP,' zei hij, en vervolgens: 'Rare afkorting.'

St James keek op. 'Wat zei je?'

'Die letters. MP.'

'MP? Nee...' Terwijl hij sprak, hield St James het stukje papier tegen het zonlicht. En toen zag hij wat hij door het gebrek aan licht in het kantoor van de krant en zijn eigen vooringenomenheid niet eerder had gezien. De pen, die op sommige plekken over het vet op het papier was uitgegleden, had dat ook gedaan naast de woorden *verwerving* en *transport*. Het resultaat was een P waaraan de lus gedeeltelijk ontbrak, en helemaal niet het cijfer 1. En als je die gedachte volgde, moest de 6 een haastig neergepende C zijn.

'Lieve hemel.' Hij fronste zijn wenkbrauwen en bestudeerde de andere getallen. Hij zette het idee van wapenleveranties aan Ierland en al het andere uit zijn hoofd en zag al snel de zo voor de hand liggende betekenis. *500, 55, 27500...* Als je de eerste twee getallen vermenigvuldigde, kreeg je het laatste getal.

En toen zag hij voor het eerst enige samenhang in de omstandigheden rond Mick Cambreys dood. De ligging van de *Daze* had het hem verteld, van boeg naar achtersteven in noordoostelijke richting op de rotsen. Hij had die gedachte moeten vasthouden. Die wees in de richting van de waarheid.

Hij dacht na over de kustlijn van Cornwall. Hij wist dat Lynley en zijn mannen alle inhammen van St. Ives tot Penzance konden uitkammen, maar dat dat voor hen net zo'n zinloze bezigheid zou zijn als het voor de commiezen was geweest die tweehonderd jaar lang in datzelfde gebied hadden gepatrouilleerd. De kust was een honingraat van grotten. Het was net een schulprand met al die inhammen. Dat wist St James. Hij hoefde niet over rotsen te klimmen en langs steile wanden naar beneden te glijden om te zien wat hij al wist: de kust was een toevluchtsoord voor smokkelaars. Als ze wisten hoe ze een boot tussen de riffen door moesten manoeuvreren.

Het kon overal vandaan komen, dacht hij. Van Porthgwarra tot Sennen Cove. Zelfs van de Scilly-eilanden. Maar er was maar één manier om daarachter te komen.

'Wat nu?' vroeg Cotter.

St James vouwde het stukje papier op. 'We moeten Tommy zien te bereiken.'

'Waarom?'

'Omdat hij niet meer hoeft te zoeken.'

19

Na bijna twee uur vonden ze hem op de kade bij Lamorna Cove. Hij zat op de rand op zijn hurken met een visser te praten die net zijn boot had afgemeerd en met drie rollen vettig touw aan zijn schouder moeizaam de haventrap op klom. De visser bleef halverwege even staan om naar Lynley te luisteren. Hij schudde zijn hoofd, tuurde met een hand boven zijn ogen naar de boten in de haven, maakte een gebaar naar de rommelige gebouwen langs de kade en klom verder.

Op de hogergelegen weg die naar de inham voerde, stapte St James uit de auto. 'Ga maar terug naar Howenstow,' zei hij tegen Cotter. 'Ik rij wel met Tommy mee.'

'Moet ik iets tegen Daze zeggen?'

St James dacht na over deze vraag. Wat ze Daze zouden kunnen vertellen, zou haar bezorgdheid over bepaalde omstandigheden wegnemen, maar haar zorgen over andere omstandigheden aanwakkeren. 'Nee, niets.'

Hij wachtte tot Cotter de auto had gedraaid en liep toen terug in de richting van waaruit ze gekomen waren. Vervolgens begon hij aan de afdaling naar Lamorna. De wind waaide om hem heen en de zon verwarmde zijn gezicht. Het kristalheldere water reflecteerde de kleur van de lucht en het vochtige zand van het kleine strandje glinsterde. De huizen op de heuvel, gebouwd door vaklieden uit Cornwall die al generaties lang de kracht van zuidwesterstormen trotseerden, waren ongeschonden door het noodweer gekomen. Het leek of datgene wat de ondergang van de *Daze* had veroorzaakt, hier niet was gepasseerd.

St James zag Lynley met gebogen hoofd en zijn handen diep in zijn zakken over de kade lopen. Zijn houding sprak boekdelen over de toestand van zijn geest en het feit dat hij alleen was, wees erop dat hij het zoeken had opgegeven of dat de anderen zonder hem waren verdergegaan. Omdat hij al uren aan het zoeken was, vermoedde St James dat hij het had opgegeven. Hij riep Lynleys naam.

Zijn vriend keek op en stak bij wijze van groet zijn hand op. Hij

zei echter niets totdat hij en St James elkaar aan het eind van de kade troffen. Zijn gezicht stond somber.
'Niets.' Hij hief zijn hoofd op en de wind speelde met zijn haar. 'We hebben de hele ronde gemaakt. Ik heb hier in een laatste poging iedereen aangesproken. Ik hoopte dat iemand had gezien dat ze de boot klaarmaakten om uit te varen, of ze op de kade had gezien, of voorraden aan boord had zien brengen. Maar niemand heeft verdomme iets gezien. Alleen de eigenares van het café heeft gisteren de *Daze* gezien.'
'Hoe laat?'
'Even na zessen in de ochtend. Ze wilde net het café openen – ze was bezig de luiken weg te halen – dus ze kan zich niet hebben vergist. Ze zag ze de haven uit zeilen.'
'En dat was gisteren? Niet de dag daarvoor?'
'Ze weet zeker dat het gisteren was, want ze begreep niet waarom iemand met de boot wegging terwijl er slecht weer werd voorspeld.'
'Maar ze zag ze 's ochtends?'
Lynley keek zijn richting uit en glimlachte even vermoeid, maar dankbaar. 'Ik weet wat je denkt. Peter is de avond daarvoor van Howenstow vertrokken en daarom is het niet zo waarschijnlijk dat hij degene is die met de boot is uitgevaren. Dat is goed van je, St James. Ik heb er zelf ook al aan gedacht. Maar het is heel goed mogelijk dat hij en Sasha 's nachts naar Lamorna zijn gegaan, op de boot hebben geslapen en 's ochtends vroeg zijn uitgevaren.'
'Heeft die vrouw iemand aan dek gezien?'
'Alleen een persoon aan het roer.'
'Maar één?'
'Ik kan me niet voorstellen dat Sasha kan zeilen, St James. Ze was waarschijnlijk beneden. Ze sliep waarschijnlijk nog.' Lynley keek achterom naar de baai. 'We hebben de hele kustlijn gehad. Maar tot nu toe helemaal niets. Niemand heeft ze gezien, geen kleding gevonden, geen enkel teken van leven.' Hij pakte zijn sigarettenkoker en knipte hem open. 'Ik moet iets tegen moeder zeggen. Maar god weet wat.'
Terwijl Lynley sprak, liep St James de feiten op een rijtje te zetten. Hij was met zijn gedachten ergens anders en hoorde niet zozeer wat zijn vriend zei, als wel de wanhoop die in zijn stem

doorklonk. Hij wilde proberen deze wanhoop weg te nemen. 'Peter is niet met de *Daze* uitgevaren,' zei hij. 'Dat weet ik zeker.'
Lynley draaide langzaam zijn hoofd naar hem toe. Het leek een beweging als in een droom. 'Wat zeg je?'
'We moeten naar Penzance.'

Rechercheur-inspecteur Boscowan nam hen mee naar de kantine. 'De gele trog' had hij de kantine genoemd, en die benaming was zeer treffend: gele muren, geel zeil, tafels met gele formicabladen, gele plastic stoelen. Alleen het serviesgoed had een andere kleur, maar omdat dit karmozijnrood was, was het algehele effect zo, dat de gedachte om eens rustig met je maten te gaan zitten eten niet bij je zou opkomen. Het leek bovendien onmogelijk om er te eten zonder een verschrikkelijke hoofdpijn te krijgen. Ze namen een pot thee mee naar een tafel die uitkeek op een kleine binnenplaats, waar een wanhopige es zich staande probeerde te houden te midden van een hoop vuilgrijze rommel.
'Ontworpen en ingericht door gekken,' was Boscowans enige commentaar, terwijl hij zijn voet achter een stoelpoot haakte en de stoel naar hun tafel sleepte. 'Bedoeld om even de zinnen te verzetten.'
'Dat doet het zeker,' merkte St James op.
Boscowan schonk thee in terwijl Lynley drie kleine pakjes biscuits openscheurde en op een schoteltje leegschudde. De biscuittjes vielen knallend als kleine kogeltjes op het schoteltje. 'Dagelijks vers gebakken,' grijnsde Boscowan. Hij nam een biscuittje, doopte het in zijn thee en liet het daarin weken. 'John heeft vanochtend met een advocaat gesproken. Ik heb hemel en aarde moeten bewegen om hem zover te krijgen. Ik weet dat hij koppig is, maar zo heb ik hem nog nooit meegemaakt.'
'Ga je hem in staat van beschuldiging stellen?' vroeg Lynley.
Boscowan keek naar zijn biscuittje en liet het weer in zijn thee zakken. 'Ik heb geen keus. Hij is daar geweest. Hij geeft het toe. Het bewijsmateriaal is er. Hij is gezien door getuigen. Er zijn getuigen die de ruzie hebben gehoord.' Boscowan nam een hap van zijn biscuittje, waarna hij het waarderend op ooghoogte hield en knikte. Hij veegde zijn vingers af aan een papieren ser-

vetje en schoof het schoteltje naar de andere twee mannen toe. 'Niet eens zo slecht. Je moet alleen je vertrouwen in de thee stellen.' Hij wachtte tot ze allebei een biscuittje hadden genomen en ging toen verder. 'Als John er alleen gewéést was, lagen de zaken anders. Als er niet die vreselijke ruzie was geweest die de halve buurt schijnt te hebben gehoord...'

St James keek naar Lynley. Deze deed een tweede klontje suiker in zijn thee. Zijn wijsvinger gleed langs het oor van zijn kopje. Maar hij zei niets.

St James zei: 'En wat is Penellins motief?'

'Onenigheid over Nancy, denk ik. Ze hebben Cambrey indertijd gedwongen met haar te trouwen en hij heeft altijd de pest aan dat huwelijk gehad. Iedereen die ik gesproken heb, zegt dat.'

'Waarom is hij dan met haar getrouwd? Waarom heeft hij niet gewoon geweigerd? Waarom heeft hij niet op een abortus aangedrongen?'

'Volgens John wilde het meisje niets van een abortus weten. En Harry Cambrey vond dat Mick met haar moest trouwen.'

'Maar Mick was een volwassen man.'

'Met een zieke vader die mogelijk na zijn hartoperatie zou overlijden.' Boscowan dronk zijn kop thee leeg. 'Harry Cambrey herkende een touwtje als hij het zag. Denk maar niet dat hij er niet aan getrokken heeft om Mick in Nanrunnel te houden. Dus zat die knul hier vast. Hij bedroog zijn vrouw. Dat weet iedereen, zelfs John Penellin.'

Lynley zei: 'Maar u gelooft toch niet echt dat John...'

Boscowan stak snel zijn hand op. 'Ik ken de feiten. Dat is het enige waarmee we moeten werken. Andere dingen mogen niet meespelen, en dat weet u net zo goed als ik. Wat maakt het voor verschil dat John Penellin mijn vriend is? Zijn schoonzoon is dood en daar moet ik iets mee doen, of dat me nu uitkomt of niet.' Na deze woorden zag Boscowan er onthutst uit, alsof deze korte uitbarsting hem had verrast. Hij ging iets rustiger verder. 'Ik heb hem voorgesteld tot de voorgeleiding naar huis te gaan, maar dat wil hij niet. Het is net of hij hier wil blijven, alsof hij voor het gerecht wil komen.' Hij nam nog een biscuittje, at het niet op, maar verkruimelde het tussen zijn vingers. 'Het is net alsof hij het heeft gedaan.'

'Kunnen we hem zien?' vroeg Lynley.

Boscowan aarzelde. Hij keek van Lynley naar St James en vervolgens uit het raam. 'Het is tegen de regels. Dat weet u.'
Lynley haalde zijn identiteitskaart tevoorschijn. Boscowan wuifde hem weg. 'Ik weet dat u bij Scotland Yard zit. Maar dit is geen zaak van Scotland Yard en ik moet aan de lange tenen van mijn eigen commissaris denken. Bij een moordzaak geen bezoek, behalve van de familie en de advocaat. Dat is de standaardprocedure in Penzance, ook al zijn jullie in Londen misschien soepeler.'
'Een vriendin van Mick Cambrey uit Londen is verdwenen,' zei Lynley. 'Misschien kan John Penellin ons daarmee helpen.'
'Een zaak waar u aan werkt?'
Lynley gaf geen antwoord. Aan de tafel naast hen begon een meisje in een vuil wit uniform borden op een metalen dienblad te zetten. Het serviesgoed kletterde op elkaar en schraapte over het blad. Er viel aardappelpuree op de grond. Boscowan keek naar haar. Hij tikte met een hard biscuittje op de tafel.
'Ach wat,' mompelde hij. 'Kom maar mee. Ik regel het wel.'
Hij liet hen achter in een verhoorkamer in een andere vleugel van het gebouw. Het meubilair bestond uit één tafel, vijf stoelen, een spiegel en een lamp aan het plafond waaraan een spin ijverig een web zat te spinnen.
'Denk je dat hij het zal toegeven?' vroeg Lynley, terwijl ze zaten te wachten.
'Hij heeft niet veel keus.'
'En weet je het zeker, St James?'
'Het is de enige redelijke verklaring.'
Een agent in uniform begeleidde John Penellin de kamer in. Toen hij zag wie de twee bezoekers waren, deed hij een stap achteruit alsof hij de kamer weer uit wilde. De deur was echter alweer achter hem gesloten. Er zat op ooghoogte een klein raampje in de deur. Penellin keek ernaar alsof hij overwoog de agent een teken te geven dat hij hem weer naar zijn cel kon brengen, maar deed dat uiteindelijk niet. In plaats daarvan kwam hij bij hen zitten. De tafel wiebelde heen en weer toen hij ertegen leunde en ging zitten.
'Wat is er gebeurd?' vroeg hij achterdochtig.
'Justin Brooke is zondag op Howenstow gevallen,' zei Lynley. 'De politie denkt dat het een ongeluk was. Dat kan best zo zijn.

Maar als het geen ongeluk was, loopt er nog een moordenaar vrij rond of ben jij onschuldig en is er maar één moordenaar. Wat is volgens jou aannemelijker, John?'
Penellin draaide een knoop aan de manchet van zijn overhemd rond. Zijn gezicht veranderde niet van uitdrukking, maar onder zijn rechteroog trok een spier even snel samen.
St James nam het woord. 'Gisterochtend vroeg heeft iemand de *Daze* uit Lamorna weggehaald. Hij is gisteravond bij Penberth Cove op de rotsen gelopen.'
De knoop waaraan Penellin had zitten draaien, viel op de tafel. Hij pakte hem op en draaide hem met zijn duim om. St James sprak verder.
'Ik denk dat het een drieledige operatie is, met een hoofdleverancier en zo'n zestal dealers. Ze kunnen de cocaïne op twee manieren aanvoeren: de dealers halen het spul op bij de leverancier – misschien op de Scilly-eilanden – en varen dan terug naar het vasteland, of de leverancier spreekt met de dealers af in een van de baaien langs de kust. Porthgwarra is een plek die direct bij je opkomt. De kust is daar goed bereikbaar, het dorp ligt ver weg, zodat clandestiene bezoeken aan de baai niemand zullen opvallen. De rotsen zitten vol grotten en nissen waarin de spullen kunnen worden uitgewisseld als het te gevaarlijk mocht zijn om dat op open zee te doen. Maar hoe hij het ook van zijn leverancier krijgt – of het nu van de Scilly-eilanden of uit een van de baaien komt – als de dealer het spul eenmaal heeft, zeilt hij met de *Daze* terug naar Lamorna en brengt de cocaïne naar de molen op Howenstow, waar hij het spul verpakt. Zonder dat iemand er iets van merkt.'
Penellin zei alleen: 'Jullie weten het dus.'
'Wie heb je geprobeerd te beschermen?' vroeg St James. 'Mark of de Lynleys?'
Penellin haalde een pakje Dunhill uit zijn zak. Lynley boog zich met zijn aansteker over de tafel. Penellin keek hem over de vlam heen aan.
'Allebei een beetje, denk ik,' zei Lynley. 'Hoe langer jij zwijgt, hoe langer het duurt voor Mark wordt gearresteerd. Maar zolang hij niet is gearresteerd, kan Peter hem bereiken, tenzij je er alles aan doet om hen bij elkaar uit de buurt te houden.'
'Mark sleept Peter de afgrond in,' zei Penellin. 'Op de lange

duur jaagt hij hem het graf in als ik hem niet tegenhou.'
'Justin Brooke vertelde ons dat Peter van plan was hier in Cornwall cocaïne te kopen,' zei St James. 'Mark was zijn bron, nietwaar? Dat was de reden dat je vrijdag op Howenstow probeerde om ze bij elkaar uit de buurt te houden.'
'Ik dacht dat Mark Peter en het meisje wat zou willen verkopen. Ik vermoedde al een tijdje dat hij in drugs handelde en ik dacht: als ik nou maar weet waar hij het spul aan land brengt en waar hij het verpakt...' Penellin liet zijn sigaret rusteloos tussen zijn vingers heen en weer rollen. Er stond geen asbak op tafel, dus gooide hij de groeiende askegel op de grond en trapte er met zijn voet op. 'Ik dacht dat ik hem kon tegenhouden. Ik hou hem al weken in de gaten en volg hem zoveel mogelijk. Ik wist niet dat hij het allemaal op het landgoed zelf deed.'
'Het was een doortimmerd plan,' zei St James. 'De *Daze* gebruiken om de cocaïne te halen. De molen gebruiken om het spul te versnijden en te verpakken. Het had allemaal min of meer met Howenstow te maken. En omdat bekend is dat Peter de gebruiker op Howenstow was – en is – zou hij voor alles opdraaien als het misliep. Hij zou natuurlijk in alle toonaarden ontkennen. Uiteindelijk zou hij Mark beschuldigen. Maar wie zou hem geloven? Zelfs gisteren namen we onmiddellijk aan dat hij met de boot was uitgevaren. Niemand dacht ook maar een ogenblik aan Mark. Het was allemaal heel slim van ze.'
Bij het horen van dat laatste woord hief Penellin langzaam zijn hoofd op. 'Dus dat weet u ook?'
'Mark had het geld niet om dit in zijn eentje te doen,' zei St James. 'Hij had een geldschieter nodig en volgens mij was dat Mick. Nancy wist het, nietwaar? Jullie wisten het allebei.'
'Vermoedden. We vermoedden het alleen maar.'
'Is dat de reden dat je vrijdagavond bij hem langsging?'
Penellin richtte zijn aandacht weer op zijn sigaret. 'Ik was op zoek naar antwoorden.'
'En Nancy moet hebben geweten dat je naar hem toe zou gaan. Dus toen Mick dood bleek te zijn, vreesde ze het ergste.'
'Cambrey had geld geleend van de bank om de krant te moderniseren,' zei Penellin, 'maar daar gaf hij niet veel aan uit. Toen begon hij telkens naar Londen te gaan. En hij begon tegen Nancy over geld te klagen. Dat er nooit genoeg was. Dat ze

bijna failliet waren. Geld voor de huur, geld voor het kind. Volgens Mick zouden ze het niet redden. Maar het klopte allemaal niet. Hij had geld. Hij had die lening gekregen.'

'Die hij vrijwel volledig in cocaïne investeerde.'

'Ze wilde niet geloven dat hij erbij betrokken was. Ze zei dat hij geen drugsgebruiker was en zag niet in dat je geen gebruiker hoeft te zijn om te dealen. Ze wilde bewijzen hebben.'

'En daar was jij vrijdag naar op zoek toen je naar hun huis ging?'

'Ik was vergeten dat het een van de vrijdagen was waarop hij de loonzakjes deed. Ik hoopte dat hij niet thuis zou zijn, zodat ik het huis eens goed kon doorzoeken. Maar hij was er wel. We kregen ruzie.'

St James haalde het stukje papier van het Talisman Café uit zijn zak. 'Ik denk dat dit is waarnaar je op zoek was,' zei hij en hij gaf het aan Penellin. 'Het lag in het kantoor van de krant. Harry heeft het in Micks bureau gevonden.'

Penellin bekeek het stukje papier en gaf het weer terug. 'Ik weet niet waar ik naar zocht,' zei hij en hij lachte even vol zelfspot. 'Ik denk dat ik op zoek was naar een keurig getikte bekentenis.'

'Dit is meer een opzet dan een bekentenis,' gaf St James toe.

'Wat betekent het?'

'Mark is de enige die dit kan bevestigen, maar ik denk dat het de oorspronkelijke overeenkomst is die die twee hebben gesloten. *1 K 9400* staat voor de kosten van de aankoop van de cocaïne. Een kilo voor 9.400 pond. Ze zouden dat onder elkaar verdelen om te verkopen. Dat staat op de tweede regel: 500 gram voor 55 pond per gram ieder. Hun winst: 27.500 pond de man. En naast hun winst ieders aandeel in het plan. MP – Mark – zou voor het transport zorgen zodat ze de drugs konden halen. Hij zou de *Daze* nemen en de leverancier ontmoeten. MC – Mick – zou voor de financiering zorgen met behulp van de banklening die hij had gekregen om nieuwe apparatuur voor de krant te kopen. En Mick heeft zich ingedekt door eerst een deel van de apparatuur te kopen, zodat niemand argwaan zou krijgen.'

'En toen ging het mis,' zei Penellin.

'Misschien. Het kan zijn dat de cocaïne niet zo makkelijk te verkopen was als ze dachten, zodat hij erbij inschoot. Misschien zat het niet helemaal lekker tussen de partners. Of misschien is er ergens dubbelspel gespeeld.'

'Of dat andere,' zei Penellin. 'Zeg het maar, dat andere.'
'Dat is de reden dat je hier zit, hè, John?' vroeg Lynley. 'Daarom zeg je niets. Dat is de reden dat jij de schuld op je neemt.'
'Hij heeft waarschijnlijk ontdekt hoe makkelijk het was,' zei Penellin. 'Hij had Mick niet meer nodig toen hij het spul eenmaal had, nietwaar? Waarom zou je jezelf opzadelen met iemand die ook een deel van de winst wil hebben?'
'John, je kunt de dood van Mick Cambrey niet op je nemen.'
'Mark is pas 21.'
'Dat doet er niet toe. Je hebt het niet...'
Penellin onderbrak Lynley door zich tot St James te richten. 'Hoe bent u erachter gekomen dat het Mark was?'
'Door de *Daze*. We dachten dat Peter met de boot was uitgevaren om weg te komen. Maar de boot lag in noordoostelijke richting op de rotsen bij Penberth Cove. Dat kan alleen maar als hij op weg terug naar Howenstow was, en niet op weg ervandaan. En hij lag er al een paar uur voor wij daar aankwamen, dus Mark had tijd genoeg om van boord te gaan, terug naar Howenstow te lopen en op tijd klaar te zijn om – enigszins in de kreukels, dat geef ik toe – met ons naar Peter te gaan zoeken.'
'Hij moest de boot wel verlaten,' zei Penellin dof.
'De cocaïne gaf hem genoeg redenen om van boord te gaan. Als iemand in Penberth de kustwacht zou bellen, zou hij goed in de problemen zitten. Hij kon beter zijn leven riskeren en dicht onder de kust van boord springen dan het risico nemen dat hij zou worden veroordeeld wegens het in bezit hebben van een kilo cocaïne.'
'John,' zei Lynley op dringende toon, 'je moet Boscowan de waarheid vertellen. Over alles. Over vrijdagavond.'
Penellin keek hem effen aan. 'En Mark dan?' vroeg hij. Lynley gaf geen antwoord. Penellins gezicht kreeg een smartelijke uitdrukking. 'Ik kan niet doen wat u van me vraagt. Het is mijn zoon.'

Nancy was voor de personeelswoning aan het werk, terwijl Molly in een kinderwagen lag te kirren tegen een rammelkoord met heldergekleurde plastic eendjes dat haar moeder boven haar hoofd had gehangen. Toen Lynley de auto op de oprijlaan tot stilstand bracht, keek Nancy op. Ze was de bladeren, bloemen,

kiezelstenen en andere rommel die de storm tegen het huis had geblazen, bij elkaar aan het harken.
'Geen nieuws over Peter?' vroeg ze terwijl ze naar hen toe liep toen ze uit de auto stapten.
'Is Mark er, Nancy?'
Ze aarzelde. Het feit dat Lynley haar vraag niet had beantwoord, scheen haar te verontrusten, omdat het de voorbode van iets vervelends leek te zijn. Ze trok de hark naar zich toe en zette hem rechtop.
'Heeft Mark gisteravond voor jou de luiken dichtgedaan?' vroeg Lynley.
'De luiken?'
Deze twee woorden bevestigden hun vermoedens. 'Is hij binnen?' vroeg St James.
'Ik geloof dat hij net weg is. Hij was van plan...'
Een plotselinge vlaag rockmuziek sprak haar tegen. Ze bracht haar vuist naar haar lippen.
'We hebben met je vader gesproken,' vertelde Lynley haar. 'Je hoeft Mark niet langer in bescherming te nemen. Het wordt tijd dat hij de waarheid vertelt.'
Ze lieten haar achter in de tuin en liepen het huis in. Ze volgden het geluid van gitaren en een drumstel naar de keuken, waar Mark aan tafel aan zijn stereo zat te prutsen. Zoals ook in de vroege uren van de zaterdag daarvoor werd St James' aandacht getrokken door de kleine bijzonderheden aan de jongen. Toen was de gedachte bij hem opgekomen dat hij misschien het geld uit Gull Cottage had weggehaald nadat hij zijn zwager dood had aangetroffen. Nu bevestigden deze details zijn aandeel in de cocaïnehandel: een zware gouden armband om zijn rechterpols, een nieuw horloge om zijn linkerpols, een spijkerbroek en overhemd van een bekend merk, laarzen van slangenleer, de stereo. Je zou deze dingen niet kunnen kopen van het salaris dat zijn vader hem betaalde voor zijn werk op het landgoed.
Op de tafel lagen een half opgegeten broodje ham en een zak chips. Daarnaast stond een fles bier. Mark haalde net een hand chips uit de zak, keek op en zag de twee mannen in de deuropening staan. Hij zette de stereo zachter en stond op, terwijl hij de chips op zijn bord liet vallen.
'Wat is er aan de hand?' vroeg hij. 'Gaat het om Peter? Is het

goed met hem?' Hij liet de muis van zijn hand langs zijn slaap glijden alsof hij zijn kapsel in model wilde brengen. Zijn haar was, zoals gebruikelijk, keurig gekamd.
'We zijn niet hier vanwege mijn broer,' zei Lynley.
Mark fronste zijn wenkbrauwen. 'Ik heb niets gehoord. Nance heeft je moeder gebeld. Ze zei dat ze nog niets had gehoord. Heb je... Is er iets...' Hij stak zijn hand uit in een vriendschappelijk gebaar.
St James vroeg zich af hoe Lynley de aanmatigende houding van de jongen zou omzeilen. Hij kreeg zijn antwoord toen zijn vriend de stereo met zo'n kracht van de tafel veegde dat deze tegen de keukenkastjes smakte en het hout beschadigde.
'Hé!'
Toen Mark een beweging wilde maken, liep Lynley om de tafel heen. Hij duwde de jongen terug in zijn stoel. Marks hoofd klapte achterover tegen de muur.
'Wel verdomme, wat...'
'Je kunt met mij praten of met de politie in Penzance. Wat wil je?'
Aan het gezicht van Mark was goed te zien dat hij begreep waarom het ging. Hij wreef over zijn sleutelbeen, maar hij zei alleen: 'Je bent gek.'
Lynley gooide het stukje papier van het Talisman Café op de tafel. 'Wat wil je? Ik wil het nu horen.'
Marks gezicht veranderde niet van uitdrukking toen hij naar het stukje papier keek, naar de getallen, de aantekeningen, naar zijn eigen initialen. Hij snoof verachtelijk. 'Je zit flink in de rats over Brookes dood, hè? Je hebt er alles voor over om te voorkomen dat de politie zich daarmee gaat bezighouden. Je probeert de politie uit de buurt van Peter te houden.'
'We zijn hier niet vanwege Peter.'
'Nee. Dat dacht ik wel. Laten we het maar niet over Peter hebben. Je zou de waarheid eens kunnen horen. Maar mij kun je nergens voor laten arresteren. Je hebt geen enkel bewijs.'
'Je hebt de *Daze* uit Lamorna gehaald. Je bent bij Penberth halsoverkop van boord gegaan. Ik vermoed dat de reden waarom hier in huis is. Of misschien in de molen. Wat dacht je van diefstal? Van smokkelen? Het in bezit hebben van narcotica? Allemaal zeer goede redenen om je te arresteren. Ik durf te wedden

dat Boscowan maar wat graag iets zou horen waardoor hij je vader kon laten gaan. Ik denk niet dat hij zich zo'n zorgen om je zal maken. Zal ik hem dan maar even bellen? Of zullen we praten?'

Mark keek de andere kant op. De stereo lag op de vloer te knetteren.

'Wat wil je weten?' De vraag klonk nors.

'Wie verkoopt die cocaïne?'

'Ik. Mick.'

'Heb je de molen gebruikt?'

'Dat was Micks idee. Hij heeft daar vorig jaar op zolder bijna de hele lente Nancy liggen neuken. Hij wist dat er nooit iemand kwam.'

'En de *Daze*?'

'Vrij vervoer. Geen overheadkosten. Komt niet ten laste van de winst.'

'Welke winst? Nancy beweert dat ze geen geld hebben.'

'We hebben de opbrengst van de eerste handel van vorig jaar maart weer geïnvesteerd in een volgende aankoop. Iets meer, dit keer.' Een glimlach speelde rond zijn mond. Hij deed geen poging dat te verbergen. 'Godzijdank zat dat spul in dik plastic. Anders lag het nu op de bodem van Penberth Cove en waren de vissen de hemel te rijk. Zoals de zaken er nu voor staan' – hij liet nog een paar chips op zijn bord vallen – 'zal Mick de winst helaas mislopen.'

'Het komt jou wel goed uit, hè, dat hij dood is?'

Mark was niet onder de indruk. 'Moet ik nou sidderen van angst? Oeps, die oen heeft zichzelf net een motief voor moord verschaft?' Hij nam een hap van zijn broodje, kauwde er langzaam op en spoelde het weg met een slok bier. 'Laten we er maar geen drama van maken. Ik was vrijdagavond in St. Ives.'

'En er is ongetwijfeld iemand die dat met alle plezier wil bevestigen?'

Mark antwoorde met veel lef: 'Tuurlijk. Geen probleem.'

'Drugsdealers laten elkaar niet vallen, hè?'

'Je moet je vrienden kennen.'

'Peter was ook ooit een vriend.'

Mark bestudeerde zijn vingernagels. De stereo snerpte. St James zette hem uit.

'Heb je wel eens cocaïne aan mijn broer verkocht?'
'Als hij geld had.'
'Wanneer heb je hem voor het laatst gezien?'
'Dat heb ik je al verteld. Mijn verhaal is nog hetzelfde. Vrijdagmiddag in de baai. Hij had me eerder die dag gebeld omdat hij me wilde zien. Ik moest die stommeling nog zoeken ook. Ik begrijp verdomme niet waarom ik zoveel moeite deed.'
'Wat wilde hij?'
'Hetzelfde als altijd. Dope op krediet.'
'Wist hij dat jij de molen gebruikte?' vroeg Lynley.
Mark lachte cynisch. 'Je denkt toch niet dat ik hem dat zou vertellen? Dan hangt hij elke keer dat ik daar aan het werk ben kwijlend om mijn nek voor een beetje gratis spul. We zijn dan misschien oude vrienden, maar ik weet gelukkig wel tot hoever ik kan gaan.'
'Waar is hij?' vroeg Lynley.
Mark zweeg.
Lynley sloeg met zijn vuist op tafel. 'Waar is hij? Waar is mijn broer?'
Mark duwde zijn armen weg. 'Dat weet ik niet, nou goed? Ik weet het verdomme niet. Dood met een naald in zijn arm waarschijnlijk.'
'Tommy!'
St James' waarschuwing kwam te laat. Lynley trok de jongen overeind. Hij gooide hem tegen de muur, duwde zijn arm tegen zijn strottenhoofd en hield hem daar.
'Stuk vuil dat je bent,' zei hij. 'Ik ben nog niet met je klaar, reken maar.' Hij liet hem abrupt los en liep de kamer uit.
Mark bleef even stilstaan en wreef over zijn keel. Hij veegde het boord van zijn overhemd af alsof hij elk spoor van Lynleys snelle aanval wilde uitwissen. Hij bukte zich, raapte zijn stereo op, zette hem op de tafel en begon aan de knoppen te draaien. St James liet hem alleen.
Hij vond Lynley in de auto, waar hij met beide handen het stuur omklemd hield. Nancy en de baby waren verdwenen.
'We zijn het slachtoffer van die lui.' Lynley staarde naar de met schaduwen bespikkelde oprijlaan naar het grote huis. Een zacht windje liet esdoornbladeren over de laan dansen. 'We zijn allemaal het slachtoffer. Ik net zo goed als iemand anders, St James.

Nee. Méér dan iemand anders, omdat ik verondersteld word een prof te zijn.'

St James zag de conflicten waarmee zijn vriend werd geconfronteerd. De bloedbanden, zijn plicht. Verantwoordelijkheden ten opzichte van zijn familie, zelfverloochening. Hij wachtte tot Lynley, in zijn hart altijd een eerlijk man, zijn strijd onder woorden zou brengen.

'Ik had Boscowan moeten vertellen dat Peter vrijdagavond in Gull Cottage is geweest. Ik had hem moeten vertellen dat Mick nog leefde nadat John was weggegaan. Ik had hem over de ruzie moeten vertellen. Over Brooke. Over alles. Maar ik kon het niet, St James. Mijn god, wat gebeurt er met me?'

'Je probeert een oplossing te vinden voor Peter, voor Nancy, voor John, voor Mark. Voor iedereen, Tommy.'

'De hele zaak stort in elkaar.'

'We komen er wel uit.'

Lynley keek hem aan. Over zijn donkere ogen lag een waas. 'Geloof je dat?' vroeg hij.

'Ik moet iets geloven.'

'In feite is Islington-London de officiële naam,' zei lady Helen. 'Islington-London Ltd. Het is een farmaceutisch bedrijf.'

St James keek aandachtig naar dat deel van de tuin dat hij, nu het steeds donkerder werd, nog kon zien. Hij stond in de kleine alkoof naast de salon. Achter hem dronken lady Asherton, Lynley en Cotter een kop koffie.

'Deborah en ik zijn er vanochtend geweest,' ging lady Helen verder. Op de achtergrond hoorde St James Deborahs stem, gevolgd door haar lach, licht en aanstekelijk. 'Ja, prima, lieverd,' zei lady Helen tegen haar. En vervolgens tegen St James: 'Deborah neemt me nog steeds kwalijk dat ik vanochtend mijn vos aanhad. Nou ja, ik was misschien een beetje te chic gekleed voor de gelegenheid, maar mijn ensemble stond wel ergens voor, denk ik. En bovendien vind ik dat je het wel goed moet doen, als je iets incognito doet. Vind je ook niet?'

'Zeker.'

'En het was een succes. De receptioniste vroeg me zelfs of ik voor de vacature kwam. Directeur Testprojecten. Klinkt vreselijk interessant. Zou het iets voor me zijn?'

St James glimlachte in de hoorn. 'Ik denk dat dat afhangt van wat er wordt getest. Hoe zit het met Toni? Wat is het verband?'
'Er lijkt helemaal geen verband te zijn. We hebben de receptioniste verteld hoe ze eruitzag. Het was maar goed dat Deborah erbij was met haar oog voor detail, om nog maar te zwijgen van haar opmerkelijk goede geheugen. Maar het meisje kon er niets mee beginnen.' Lady Helen pauzeerde even omdat Deborah op de achtergrond een opmerking maakte. Ze ging verder met de woorden: 'Als je bedenkt hoe Toni eruitziet, kun je haast niet geloven dat iemand haar zou vergeten. Alhoewel het meisje vroeg of ze misschien biochemicus was.'
'Dat lijkt een beetje vergezocht.'
'Hmm. Zeker. Zij het dat Deborah me heeft verteld over een drankje dat ze heeft ontwikkeld. Een gezondheidsdrank. Misschien hoopte Toni dat ze het aan een farmaceutisch bedrijf kon verkopen.'
'Niet erg waarschijnlijk, Helen.'
'Nee, dat is zo. Ze zou er waarschijnlijk mee naar een drankenleverancier zijn gegaan, hè?'
'Waarschijnlijk wel. Heeft iemand iets over haar gehoord? Is ze terug?'
'Nog niet. Ik ben de halve middag bezig geweest om alle flats langs te gaan en iedereen naar haar te vragen.'
'Zonder resultaat, neem ik aan.'
'Ja. Niemand schijnt haar goed te kennen. Deborah is eigenlijk de enige die haar van dichtbij heeft meegemaakt, afgezien dan van een beetje vreemde vrouw aan de andere kant van de gang die haar een strijkijzer had geleend. Anderen hebben haar natuurlijk wel gezien – ze woonde hier sinds september – maar niemand heeft haar ooit gesproken. Behalve Deborah.'
St James pende het woord 'september' bij zijn aantekeningen. Hij onderstreepte het en trok er een cirkel omheen. Onder aan de cirkel tekende hij een kruis. Het symbool van de vrouw. Daarna kraste hij het allemaal weer door.
'Wat nu?' vroeg lady Helen.
'Vraag eens of de flatbeheerder een adres in Cornwall van haar heeft,' zei St James. 'Probeer ook eens uit te vinden hoeveel ze voor de flat betaalt.'
'Goed. Ik had er eerder aan moeten denken om dat te vragen.

Alhoewel god mag weten waarom. Komen we wel verder?'
St James zuchtte. 'Ik weet het niet. Heb je Sidney gesproken?'
'Dat is een probleem, Simon. Ik heb een paar keer haar flat gebeld, maar er wordt niet opgenomen. Ik heb het modellenbureau gebeld, maar die hebben ook niets van haar gehoord. Heeft ze soms gezegd dat ze naar vrienden ging?'
'Nee. Ze zei dat ze naar huis ging.'
'Dan blijf ik het proberen. Maak je maar geen zorgen. Misschien is ze naar Cheyne Row gegaan.'
St James vond dit niet erg waarschijnlijk. Hij voelde een lichte bezorgdheid opkomen. 'We moeten haar vinden, Helen.'
'Ik ga wel bij haar flat langs. Misschien neemt ze de telefoon niet op.'
Nadat hij deze belofte had gekregen, beëindigde St James het gesprek. Hij bleef in de alkoof staan en staarde naar de krabbels rond het woord 'september'. Hij probeerde er iets uit op te maken. Hij wist dat het waarschijnlijk iets betekende. Maar wat dat iets was, kon hij niet zeggen.
Hij draaide zich om toen Lynley de alkoof binnenkwam. 'En?'
St James vertelde welke informatie lady Helen die dag had weten te verzamelen. Hij zag Lynleys gezicht van uitdrukking veranderen toen hij het eerste feit hoorde.
'Islington-London?' vroeg hij. 'Weet je dat zeker, St James?'
'Helen is er geweest. Hoezo? Ken je dat bedrijf?'
Lynley keek peinzend achterom naar de salon. Zijn moeder en Cotter zaten samen zachtjes te praten, terwijl ze een fotoalbum bekeken dat tussen hen in lag.
'Tommy? Wat is er?'
'Roderick Trenarrow werkt voor Islington-Penzance.'

Deel V

Identiteiten

20

'Dan moet Mick die twee telefoonnummers in Toni Cogins flat hebben laten liggen,' zei St James. 'Dat van Trenarrow en dat van Islington. Dat verklaart waarom Trenarrow niet wist wie Toni was.'

Lynley gaf pas antwoord toen hij Beaufort Street op was gedraaid en koers had gezet naar Paddington. Een paar minuten daarvoor hadden ze Cotter afgezet bij St James' huis op Cheyne Row. Hij had het bakstenen gebouw als een verloren zoon verwelkomd en was naar binnen gesneld met een koffer in elke hand en een duidelijk onverdeelde opluchting in zijn tred. Ze waren tijdens hun rit van het vliegveld in Surrey naar de binnenstad opgehouden door een wirwar van langzaam rijdend verkeer dat van een blijkbaar zeer drukbezocht zomerfeest in de buurt van Buckland kwam.

'Denk je dat Roderick bij deze zaak betrokken is?'

Het viel St James op dat Lynley de vraag niet alleen op zeer effen toon stelde, maar hem ook met opzet zo formuleerde dat hij het woord 'moord' achterwege kon laten. Tegelijkertijd zag St James dat zijn vriend terwijl hij sprak erg gespannen was; hij zat met zijn handen hoog op het stuur en had zijn ogen strak op de weg gericht. Hij wist niet veel over Lynleys vroegere verhouding tot Trenarrow. De dingen die hij wist, duidden op een sterke antipathie die haar oorsprong had in lady Ashertons duurzame relatie met die man. Als Trenarrow bij de sterfgevallen in Cornwall betrokken was, al was het maar zijdelings, dan zou Lynley deze antipathie op de een of andere manier moeten compenseren en hij scheen strikte onpartijdigheid te hebben gekozen als tegenwicht tegen de vijandigheid die zijn lange verbintenis met deze man kleurde.

'Ik denk dat hij erbij betrokken zou kunnen zijn, zij het misschien niet bewust.' St James vertelde hem over zijn gesprek met Trenarrow, over het interview dat Mick Cambrey met hem had gehad. 'Maar als Mick met een verhaal bezig was dat tot zijn dood heeft geleid, heeft Trenarrow hem misschien alleen een aanknopingspunt gegeven, misschien de naam van iemand bij Islington-London die de informatie had waarnaar Mick op zoek was.'

'Maar als er, zoals jij beweert, geen aantekeningen voor een verhaal over Roderick in het kantoor van de krant liggen...' Lynley remde voor een verkeerslicht. Het zou normaal zijn geweest als hij vervolgens St James had aangekeken. Hij deed het niet. 'Wat leid jij daaruit af?'

'Ik heb niet gezegd dat er geen aantekeningen over hem waren, Tommy. Ik zei dat er geen verhaal over hem was. Of over iets anders wat verband houdt met onderzoek naar kanker. Dat is iets anders dan helemaal geen aantekeningen. Er zijn misschien wel stapels aantekeningen. Harry Cambrey is degene die Micks archief heeft doorgenomen. Ik heb niet de kans gehad om dat te doen.'

'Dus misschien ligt de informatie er nog en is Harry niet in staat om het belang ervan in te zien.'

'Ja. Maar het verhaal zelf – wat het dan ook was, als het inderdaad in verband staat met Micks dood – heeft misschien niet rechtstreeks met Trenarrow te maken. Hij is misschien alleen maar een bron.'

Toen keek Lynley hem wel aan. 'Je wilde hem niet bellen, St James. Waarom niet?'

St James keek naar een vrouw met een kinderwagen die overstak. Een klein kind hing aan de zoom van haar jurk. Het licht sprong op groen. Auto's en vrachtwagens begonnen te rijden.

'Misschien was Mick een verhaal op het spoor dat tot zijn dood heeft geleid. Je weet net zo goed als ik dat het geen zin heeft iemand te laten merken dat wij het ook op het spoor zijn.'

'Dus je denkt dat Roderick erbij betrokken is.'

'Niet noodzakelijkerwijs. Waarschijnlijk helemaal niet. Maar misschien laat hij zich het tegen iemand ontvallen die er wel bij betrokken is. Waarom zouden we hem bellen en dat risico nemen?'

Lynley sprak verder alsof hij St James' woorden niet had gehoord. 'Als hij erbij betrokken is, St James, als dat zo is...' Hij sloeg rechts af Fulham Road op. Ze reden langs de kleermakers en antiekhandelaren, de bistro's en restaurants in dit toonaange-

vende deel van Londen, waar de straten werden bevolkt door modieus geklede winkelende mensen en tot in de puntjes verzorgde matrones op weg naar een rendez-vous.
'We hebben nog niet alle feiten, Tommy. Het heeft geen zin om jezelf daar nu al mee te kwellen.'
Weer leken St James' woorden geen enkel verschil te maken.
'Het zou mijn moeders dood betekenen,' zei Lynley.
Ze reden verder naar Paddington. Deborah ving hen op in de kleine hal van de Shrewsbury Court Apartments, waar ze blijkbaar ongeduldig op hen had staan wachten. Ze trok de deur al open voor ze kans hadden gehad op de bel te drukken.
'Papa belde me om te zeggen dat jullie eraan kwamen. Gaat het, Tommy? Papa zei dat je nog steeds niets van Peter hebt gehoord.'
Lynley antwoordde door haar naam als een zucht uit te spreken. Hij trok haar naar zich toe. 'Wat naar is dit weekeinde voor je geweest. Het spijt me, Deb.'
'Het geeft niet.'
St James keek langs hen heen. Het opschrift PROPRIÉTAIRE op een bordje op een deur dicht bij hem was gekalligrafeerd, zag hij. Maar het was gedaan door een onervaren iemand en de punt boven de tweede i was uitgelopen en zat vast aan de r. Hij bestudeerde het opschrift, woog elke letter en elk detail en hield zijn ogen strak op het bordje gericht tot Deborah het woord nam.
'Helen wacht boven op ons.' Ze liep met Lynley naar de lift.
Ze troffen lady Helen aan de telefoon in Deborahs flat. Ze sprak niet, luisterde alleen maar en uit de blik in zijn richting en de uitdrukking op haar gezicht toen ze de hoorn neerlegde, begreep St James wie ze had geprobeerd te bereiken.
'Sidney?' vroeg hij haar.
'Ik kan haar niet vinden, Simon. Het modellenbureau heeft me een lijst met namen van vrienden van haar gegeven. Maar niemand heeft iets van haar gehoord. Ik heb je moeder ook gebeld, maar daar wordt niet opgenomen. Zal ik dat nog een keer proberen?'
Koude rillingen liepen over St James' rug. 'Nee, doe maar niet. Ze gaat zich alleen maar zorgen maken.'
Lady Helen nam weer het woord. 'Ik heb eens nagedacht over de dood van Justin Brooke.'
Meer hoefde ze niet te zeggen. Op het moment dat ze hem had

verteld dat zijn zus nog steeds niet terecht was, had St James zelf ook die gedachtesprong gemaakt. Hij vervloekte zichzelf nogmaals omdat hij Sidney alleen uit Cornwall had laten vertrekken. Als ze nu in gevaar was, als haar iets was overkomen... Hij voelde de vingers van zijn rechterhand in zijn handpalm dringen. Hij dwong zich zijn hand te ontspannen.
'Is Toni Cogin al terug?'
'Nog niet.'
'Dan moeten we misschien maar zekerheid zien te krijgen over die sleutel.' Hij keek naar Lynley. 'Heb je ze bij je?'
'Bij je?' vroeg lady Helen verbaasd.
'Het is Harry Cambrey gelukt de sleutels van Mick los te krijgen van Boscowan,' legde Lynley uit. 'We willen proberen of we met een van die sleutels Toni's deur open kunnen krijgen.'
Hij liet er geen gras over groeien en liep direct naar de flat van Toni. Nadat hij de juiste sleutel had gevonden en het slot had opengedraaid, zwaaide hij de deur open. Ze liepen naar binnen.
'Goed. Hij had zijn eigen sleutel,' zei lady Helen. 'Maar, Tommy, wat zegt dat nu? Dit is geen verrassing. We wisten al dat hij hier is geweest. Dat heeft Deborah ons verteld. Dus het enige wat we nu weten, is dat hij voor Toni Cogin zo bijzonder was dat hij een eigen sleutel van haar flat had.'
'Het maakt de aard van hun relatie anders, Helen. Het gaat hier duidelijk niet om een callgirl en haar klant. Prostituees delen gewoonlijk geen sleutels uit.'
Vanaf zijn positie bij de kleine keuken bekeek St James de kamer nauwkeurig. De meubels waren duur, maar zeiden weinig over de bewoner. En er stonden geen persoonlijke dingen: geen foto's, geen souvenirs, geen verzameling van het een of ander. De hele zit-slaapkamer zag er in feite uit alsof hij door een binnenhuisarchitect van een hotel was ingericht. Hij liep naar het bureau.
Het rode lampje van de telefoonbeantwoorder knipperde. Er stond een boodschap op het bandje. Hij drukte op de knop. Een man zei: 'Colin Sage. Ik bel over de advertentie', en daarna een nummer waar hij kon worden teruggebeld. De tweede boodschap was ongeveer hetzelfde. St James schreef de nummers op en gaf ze aan lady Helen.
'Een advertentie?' vroeg ze. 'Zo zal ze haar afspraken toch niet maken?'

'Je zei dat er een spaarbankboekje was?' antwoordde St James.
Deborah kwam naast hem staan. 'Hier,' zei ze. 'En dit lag er ook.' Ze haalde het spaarbankboekje en de map van manillapapier uit een la. Hij keek eerst naar de map en fronste zijn wenkbrauwen toen hij de keurig getikte lijst met namen en adressen zag. De meeste in Londen. Het verst weg een in Brighton. Achter hem hoorde hij Lynley de ladekast doorzoeken.
'Wat is dit?' St James stelde de vraag peinzend aan zichzelf, maar Deborah gaf antwoord.
'Eerst dachten we een lijst met klanten. Maar dat kan natuurlijk niet. Er staan ook vrouwen op. En zelfs als die er niet op stonden, kun je je nauwelijks voorstellen dat iemand het voor elkaar krijgt om...' Ze aarzelde. St James keek op. Haar wangen waren rood geworden.
'Zoveel mannen van dienst te zijn?' vroeg hij.
'Nou ja, ze heeft wel op het etiket gezet dat het kandidaten zijn, nietwaar? Dus eerst dachten we dat ze de lijst gebruikte om... voor we de map openmaakten en zagen... Ik bedoel, hoe kómt een prostituee eigenlijk aan klanten? Door mond-tot-mondreclame?' Haar rode kleur verdiepte zich. 'O, jeetje. Is dat een erg eng woordgrapje?'
Hij grinnikte om haar vraag. 'Wat dacht je dat ze met deze lijst deed – folders rondsturen?'
Deborah lachte even verlegen. 'Ik ben ook zo hopeloos in dit soort dingen, hè? Er liggen honderd aanwijzingen te schreeuwen om aandacht en ik kan er maar geen chocola van maken.'
'Ik dacht dat je tot de slotsom was gekomen dat ze geen prostituee was. Ik dacht dat we er allemaal zo over dachten.'
'Het komt gewoon door de manier waarop ze praat en door haar uiterlijk.'
'Misschien kunnen we datgene wat haar uiterlijk suggereerde, verder vergeten,' zei Lynley.
Hij stond met lady Helen aan de andere kant van de kamer bij de kleerkast. Hij had de vier hoedendozen van de bovenste plank gehaald, ze opengemaakt en op een rij op de grond gezet. Hij stond over een van de dozen gebogen en vouwde de lagen wit vloeipapier open. Midden in het nest gevormd door het vloeipapier lag een pruik. Lang zwart haar, rafelige pony. Hij liet hem op zijn hand balanceren.

Deborah staarde er met open mond naar. Lady Helen zuchtte. 'Prachtig,' zei ze. 'De vrouw draagt een prúík? Dus het weinige dat we van haar weten – zoals Deborahs beschrijving van haar – is in feite waardeloze informatie. Ze is net een hersenschim, hè? Valse nagels. Vals haar.' Ze keek naar de ladekast. Er scheen haar iets te binnen te schieten, want ze liep ernaartoe, trok een la open en rommelde tussen het ondergoed. Ze hield een zwarte beha omhoog. 'En al het andere is ook vals.'

St James kwam bij hen staan. Hij nam de pruik van Lynley over en nam hem mee naar het raam, waar hij de gordijnen opentrok en hem in het daglicht hield. De textuur vertelde hem dat het haar echt was.

'Wist je dat ze een pruik droeg, Deb?' vroeg Lynley.

'Nee, natuurlijk niet. Hoe had ik dat moeten weten?'

'Hij is van zeer goede kwaliteit,' zei St James. 'Je had geen reden om te denken dat het een pruik was.' Hij bekeek het geval zorgvuldig en liet zijn vingers langs het net aan de binnenkant glijden. Toen hij dit deed, kwam er een haar vrij, niet een van de haren van de pruik, maar een andere, kortere haar van het hoofd van de drager die in het net verstrikt was geraakt. St James haalde hem voorzichtig helemaal los, hield hem tegen het licht en gaf de pruik terug aan Lynley.

'Wat heb je, Simon?' vroeg lady Helen.

Hij gaf niet direct antwoord. Hij staarde naar die ene haar tussen zijn vingers, wist wat die betekende en probeerde met die wetenschap in het reine te komen. Er was maar één zinnige verklaring, maar één verklaring die klopte met het feit dat Toni Cogin was verdwenen. Toch nam hij een moment om zijn theorie te testen.

'Heb jij deze pruik gedragen, Deborah?'

'Ik? Nee. Waarom denk je dat?'

Hij liep naar het bureau en haalde een stuk wit papier uit de bovenste la. Hij legde de haar erop en liep weer terug naar het raam. 'Vanwege die haar,' zei hij. 'Hij is rood.'

Hij keek naar Deborah en zag de uitdrukking op haar gezicht veranderen van verbazing in begrip.

'Kan dat?' vroeg hij haar, want zij was de enige persoon die hen allebei had gezien en derhalve de enige die het eventueel kon bevestigen.

'O, Simon. Ik ben hier zo slecht in. Ik weet het niet. Ik wéét het niet.'
'Maar je hebt haar gezien. Je was bij haar. Ze heeft je een drankje gegeven.'
'Het drankje,' zei Deborah. Ze rende de kamer uit. Even later hoorden de anderen haar deur tegen de muur van haar flat slaan.
Lady Helen nam het woord. 'Wat is er? Je denkt toch niet dat Deborah er iets mee te maken heeft? Die vrouw is incognito. Dat is alles, heel eenvoudig. Ze heeft zich altijd vermomd.'
St James legde het vel papier op het bureau. Hij legde de haar erbovenop. Hij hoorde telkens dat ene woord. Incognito, incognito. Wat een monumentale grap.
'Mijn god,' zei hij. 'Ze zei het tegen iedereen die ze tegenkwam. Toni Cogin. Toni Cogin. Die naam is verdomme een anagram.'
Deborah kwam de kamer in rennen met in haar ene hand de foto die ze uit Cornwall had meegenomen en in haar andere hand een kaartje. Ze gaf ze allebei aan St James.
'Draai ze eens om,' zei ze.
Dat was niet nodig. Hij wist al dat er op allebei hetzelfde handschrift stond.
'Dat is het kaartje dat ze me gaf, Simon. Het recept voor haar drankje. En op de achterkant van Micks foto...'
Lynley kwam bij hen staan en nam het kaartje en de foto van St James over. 'Godallemachtig,' mompelde hij.
'Wat is dat in godsnaam?' vroeg lady Helen.
'De reden dat Harry Cambrey aan iedereen heeft verkondigd dat Mick zo'n echte vent was, denk ik,' zei St James.

Deborah goot kokend water in de theepot en nam hem mee naar de kleine eiken tafel, die ze naar het zitgedeelte van haar flat hadden verplaatst. Ze gingen eromheen zitten; Deborah en Lynley op de slaapbank, lady Helen en St James op de keukenstoelen. St James pakte het spaarbankboekje dat tussen de spullen lag die verband hielden met Mick Cambreys leven en dood: de map van manillapapier met het opschrift KANDIDATEN, het kaartje waarop hij het telefoonnummer van Islington-London had geschreven, het stukje papier van het Talisman Café, zijn foto, het recept voor het drankje dat hij aan Deborah had gegeven op de dag dat hij – als Toni Cogin – bij haar voor de deur had gestaan.

'Deze tien opnamen van de rekening,' zei lady Helen, terwijl ze naar de bedragen wees. 'Die komen overeen met wat Toni... wat Mick Cambrey aan huur betaalde. En de periode klopt met de feiten, Simon. September tot en met juni.'
'Lang voordat hij met Mark in cocaïne ging handelen,' zei Lynley.
'Dus dat is niet de manier waarop hij het geld voor de flat bij elkaar kreeg?' vroeg Deborah.
'Niet als we Mark mogen geloven.'
Lady Helen liet haar vinger over de bladzijde met stortingen glijden. Ze zei: 'Maar hij heeft een jaar lang elke twee weken geld gestort. Waar kwam dat dan in godsnaam vandaan?'
St James bladerde naar het begin van het boekje en bekeek de bedragen. 'Hij had duidelijk nog een andere bron van inkomsten.'
De bedragen die werden gestort, waren niet altijd even groot, zag St James. Soms waren het aanzienlijke bedragen, soms maar zeer kleine. Dus verwierp hij de tweede mogelijkheid die bij hem was opgekomen, toen hem de regelmaat waarmee er bedragen op Micks rekening werden gestort, was opgevallen. Ze konden niet het resultaat van afpersing zijn. Afpersers zijn geneigd de kosten voor het geheimhouden van schadelijke informatie geleidelijk te verhogen. Hebzucht houdt zichzelf in stand; makkelijk verdiend geld vraagt om meer.
'Bovendien,' zei Lynley, 'vertelde Mark ons dat ze hun winst in een tweede, grotere aanschaf hadden geïnvesteerd. Dat hij zondag de *Daze* heeft weggehaald, bevestigt dat verhaal.'
Deborah schonk thee in. St James lepelde zijn gebruikelijke vier scheppen suiker in zijn thee voor lady Helen huiverend de suikerpot aan Deborah gaf. Ze pakte de map van manillapapier.
'Mick heeft zijn deel van de cocaïne waarschijnlijk in Londen verkocht. Als hij het in Nanrunnel had verkocht, had iemand er op den duur ongetwijfeld lucht van gekregen. Mevrouw Swann, bijvoorbeeld. Ik kan me niet voorstellen dat ze zoiets onopgemerkt voorbij zou laten gaan.'
'Dat zou best kunnen,' stemde Lynley in. 'Hij had in Cornwall een reputatie als journalist. Die heeft hij waarschijnlijk niet in gevaar willen brengen.'
'Maar ik kreeg de indruk dat hij hier in Londen ook bekend-

stond als journalist,' zei St James. 'Hij had hier gewerkt, toch, voor hij naar Cornwall terugging?'
'Maar niet als Toni Cogin,' zei Deborah. 'Hij heeft de drugs waarschijnlijk vermomd als vrouw verkocht.'
'In september is hij Toni geworden,' zei lady Helen. 'Hij heeft deze flat in september gehuurd. Hij begon het jaar daarna in maart te dealen. Ruim voldoende tijd om een lijst met kopers samen te stellen.' Ze tikte met haar vingers op de map. 'We vroegen ons al af wat "kandidaten" betekende, nietwaar? Zullen we eens kijken wat voor soort kandidaten dit eigenlijk zijn?'
'Als het mogelijke kopers van cocaïne zijn,' zei Lynley, 'zullen ze dat waarschijnlijk niet willen toegeven.'
Lady Helen glimlachte sereen. 'Niet tegenover de politie, lieverd. Natuurlijk niet.'
St James wist wat die engelachtige glimlach betekende. Als iemand informatie uit een volslagen vreemde kon loskrijgen, dan was het lady Helen wel. Luchthartig gebabbel dat via vermaak naar onthullingen en medewerking leidde, was haar specialiteit. Dat had ze al bewezen bij de beheerder van Shrewsbury Court Apartments. Het loskrijgen van de sleutel tot Micks flat was kinderspel geweest. De lijst met kandidaten was slechts een stap verder, een leuke uitdaging. Ze zou zuster Helen van het Leger des Heils worden, of Helen de afgekickte uit een of andere kliniek, of Helen de wanhopige op zoek naar cocaïne. Maar uiteindelijk zou ze op de een of andere manier de waarheid weten los te peuteren.
'Als Mick in Londen cocaïne verkocht, heeft een van de kopers hem misschien naar Cornwall gevolgd,' zei St James.
'Maar als hij zich voordeed als Toni Cogin, hoe kon iemand dan weten wie hij was?' vroeg Deborah.
'Misschien heeft iemand hem herkend. Misschien een van de kopers die hem als Mick kende, die hem zag toen hij voor Toni speelde.'
'En die is hem daarna naar Cornwall gevolgd? Waarom? Afpersing?'
'Is er een betere manier om aan cocaïne te komen? Als de koper moeite had om geld bij elkaar te krijgen, waarom zou hij Cambrey dan niet afpersen, met drugs als betaalmiddel?'
St James raapte een voor een dingen van tafel op. Hij bekeek

ze, betastte ze, zette ze weer neer. 'Maar Cambrey zou zijn reputatie in Cornwall niet in gevaar willen brengen door op de eisen van de afperser in te gaan. Dus kreeg hij ruzie met de koper. Hij werd geslagen. Hij stootte zijn hoofd en stierf. De koper nam het geld mee dat in de zitkamer lag. Iemand die wanhopig op zoek is naar drugs – en net een man heeft vermoord – zal niet schuwen geld mee te nemen dat voor het oprapen ligt.'

Lynley stond abrupt op. Hij liep naar het open raam, leunde op de vensterbank en keek naar buiten. Te laat besefte St James wiens portret hij met zijn reeks gissingen had geschilderd.

'Kan hij het hebben geweten van Mick?' vroeg Lynley. Aanvankelijk gaf niemand antwoord. Ze luisterden naar het geluid van het verkeer op Sussex Gardens, dat luider werd nu de forenzen op weg gingen naar Edgware Road. Een motor ging sneller lopen. Daarna piepten er remmen. Lynley herhaalde zijn vraag. Hij draaide zich niet van het raam af. 'Kan mijn broer het hebben geweten?'

'Misschien, Tommy,' zei St James. Toen Lynley zich met een ruk omdraaide en hem aankeek, ging hij met tegenzin verder. 'Hij maakte deel uit van de drugscene in Londen. Sidney heeft hem nog niet zo lang geleden in Soho gezien. 's Avonds. In een steegje.' Hij zweeg nadenkend toen hij zich de informatie herinnerde die zijn zus hem had gegeven, de bizarre beschrijving van de vrouw die Peter had aangevallen. Helemaal in het zwart met een grote bos zwart haar.

Hij kreeg de indruk dat lady Helen zich deze informatie eveneens herinnerde, want ze nam het woord alsof ze vastbesloten was Lynleys bezorgdheid weg te nemen door naar een andere kijk op de zaak te zoeken. 'Misschien draait het bij Micks dood wel om iets heel anders. Dat hebben we van het begin af aan gedacht en ik denk niet dat we die gedachte nu overboord moeten zetten. Hij was tenslotte journalist. Hij was misschien met een verhaal bezig. Hij werkte misschien zelfs wel aan een verhaal over travestieten.'

St James schudde zijn hoofd. 'Hij was niet van plan over travestieten te gaan schrijven. Hij wás een travestiet. De kosten voor de flat maken dat wel duidelijk. De meubels. De kleding. Dat zou hij allemaal niet nodig hebben gehad als hij alleen informatie wilde verzamelen. En we moeten ook aan het kantoor van de

krant denken, aan het feit dat Harry Cambrey damesondergoed in Micks bureau heeft gevonden. Om nog maar te zwijgen van de ruzie die die twee hadden.'
'Wist Harry het?'
'Hij schijnt het te hebben ontdekt.'
Lady Helen speelde met het stukje papier van het Talisman Café, alsof ze van plan was nog een poging te doen om Lynleys bezorgdheid weg te nemen. 'Maar Harry wist zeker dat het om een verhaal ging.'
'Het was misschien ook wel een verhaal. We hebben nog steeds die connectie met Islington-London.'
'Misschien deed Mick onderzoek naar een of ander geneesmiddel,' opperde Deborah. 'Een geneesmiddel dat nog niet zover was dat het op de markt mocht worden gebracht.'
Lady Helen werkte deze gedachte verder uit. 'Een geneesmiddel met bijwerkingen. Dat al wel beschikbaar was voor artsen. Terwijl het bedrijf de eventuele problemen onder tafel probeerde te vegen.'
Lynley kwam terug naar de tafel. Ze keken elkaar aan, allemaal onder de indruk van het feit dat dit voor de vuist weg gissen zo aannemelijk klonk. Thallidomide. Zorgvuldig testen, richtlijnen en beperkingen hadden tot nu toe de mogelijkheid van een volgende teratogene nachtmerrie uitgesloten. Maar mensen waren inhalig wanneer het om snelle winsten ging. Dat waren ze altijd geweest.
'Als Mick nu eens bij een onderzoek naar iets heel anders op iets verdachts is gestuit,' opperde St James. 'Hij ging er hier mee verder. Hij interviewde mensen bij Islington-London. En dat was de oorzaak van zijn dood.'
Ondanks hun pogingen sloot Lynley zich niet bij hen aan. 'En de castratie dan?' Hij liet zich op de slaapbank zakken en wreef over zijn voorhoofd. 'We schijnen niet met iets te kunnen komen wat alles verklaart.'
Op dat moment rinkelde de telefoon wat als het ware de futiliteit van zijn woorden benadrukte. Deborah nam op. Ze had nog bijna niets gezegd of Lynley stond alweer rechtop.
'Peter! Waar ben je in godsnaam...? Wat is er...? Ik versta je niet... Peter, alsjeblieft... Je hebt wie gebeld...? Wacht, hij is hier.'

Lynley sprong naar de telefoon. 'Verdomme, waar heb je gezeten! Weet je niet dat Brooke... Hou je mond en luister naar me, Peter. Brooke is dood, net als Mick... Het maakt me niet meer uit wat jij wilt... Wat?' Lynley zweeg als bevroren. Zijn lichaam stond strak gespannen. Zijn stem klonk ineens uiterst kalm. 'Weet je het zeker...? Luister naar me, Peter, word eerst eens rustig... Dat begrijp ik, maar je mag niets aanraken. Begrijp je me, Peter? Niets aanraken. Blijf van haar af... Geef me je adres... Oké. Ja, ik heb het. Ik kom direct naar je toe.'
Hij legde de hoorn weer op de haak. Het leek of er minuten voorbijgingen voor hij zich weer naar de anderen omdraaide.
'Er is iets met Sasha gebeurd.'

'Ik denk dat hij iets heeft gebruikt,' zei Lynley.
Wat verklaarde, bedacht St James, waarom Lynley erop had gestaan dat Helen en Deborah in de flat bleven. Hij zou niet willen dat een van hen zijn broer in zo'n toestand zag, vooral Deborah niet. 'Wat is er gebeurd?'
Lynley draaide de auto Sussex Gardens op en vloekte toen een taxi hem sneed. Om het ergste deel van de middagspits te vermijden, reed hij via Radnor Place en allerlei achterafstraatjes in de richting van Bayswater Road.
'Ik weet het niet. Hij schreeuwde alleen maar dat ze op bed lag, dat ze niet bewoog, dat hij dacht dat ze dood was.'
'Je wilde niet hebben dat hij het nummer voor spoedgevallen belde?'
'Lieve hemel, nee. Hij hallucineert misschien wel. Hij klonk als iemand met een delirium tremens. Dat kloteverkeer!'
'Waar is hij, Tommy?'
'In Whitechapel.'
Het kostte hun bijna een uur om er te komen. Ze moesten zich een weg banen door een vrijwel stilstaande file van auto's, vrachtwagens, bussen en taxi's. Lynley kende de stad goed genoeg om door allerlei zijstraatjes en stegen te rijden, maar telkens wanneer ze op een hoofdverkeersader terechtkwamen, stonden ze weer vast. Halverwege New Oxford Street begon hij te praten.
'Het is mijn fout. Ik heb alles gedaan, behalve drugs voor hem kopen.'

'Doe niet zo gek.'
'Ik wilde het beste voor hem. Ik heb hem nooit gevraagd op eigen benen te staan. Het resultaat is dat hij geworden is wat hij is. Het is mijn fout, St James. De echte ziekte zit in mij.'
St James staarde uit het raam en zocht naar een antwoord. Hij dacht aan de energie die mensen verspillen aan het uit de weg gaan van dingen die ze eigenlijk onder ogen zouden moeten zien. Ze vullen hun leven met afleiding en ontkenningen, om er ten slotte ter elfder ure achter te komen dat er in werkelijkheid geen ontsnappen mogelijk is. Hoelang had Lynley niet geprobeerd allerlei dingen te vermijden? Hoelang had hij niet hetzelfde gedaan? Het was voor hen allebei gewoonte geworden. Door zorgvuldig bepaalde gespreksonderwerpen uit de weg te gaan, hadden ze geleerd alle belangrijke terreinen van hun leven te omzeilen.
Hij zei: 'Niet alles in het leven is jouw verantwoordelijkheid, Tommy.'
'Mijn moeder zei laatst bijna precies hetzelfde.'
'Ze had gelijk. Je straft jezelf op momenten dat anderen net zo goed verantwoordelijk zijn. Doe dat nu niet.'
Lynley keek hem even snel aan. 'Het ongeluk. Dat is er ook, hè? Je hebt al die jaren geprobeerd om de last van mijn schouders te nemen, maar dat zal je nooit lukken, nooit helemaal. Ik zat achter het stuur, St James. Welke andere verzachtende omstandigheden er ook mogen zijn, dat staat voorop. Ik zat die avond achter het stuur. En toen het was gebeurd, kon ik gewoon weglopen. Jij niet.'
'Ik heb het je nooit kwalijk genomen.'
'Dat hoeft ook niet. Ik neem het mezelf kwalijk.' Hij draaide van New Oxford Street een zijstraat in en ze reden weer een tijdje door allerlei achterafstraatjes, waardoor ze langzaam dichter bij de City en Whitechapel kwamen, dat daar net achter lag. 'Maar ik moet ermee ophouden mezelf de schuld te geven van dat gedoe met Peter, anders word ik gek. De beste manier om daarmee te beginnen is jezelf te beloven dat Peter de verantwoordelijkheid zal moeten dragen voor wat we straks aantreffen, en niet ik.'
Ze vonden het gebouw in een smalle zijstraat van Brick Lane. Er liep een groep schreeuwende Pakistaanse kinderen te voetballen

met een ingedeukte bal. Ze gebruikten vier plastic vuilniszakken als doelpaal, maar een van de zakken was gescheurd en de inhoud lag door de straat verspreid, platgetrapt door kindervoeten.

Zodra ze de Bentley zagen, kwam er abrupt een eind aan het spel en St James en Lynley belandden in een kring van nieuwsgierige gezichten toen ze uit de auto stapten. De lucht was geladen, niet alleen met de spanning die de komst van vreemdelingen in een zeer hechte gemeenschap met zich meebrengt, maar ook met de stank van oude koffiedrab, rottende groenten en overrijp fruit. De schoenen van de voetballers droegen in niet-geringe mate bij tot deze doordringende lucht. Ze bleken vol aangekoekt organisch afval te zitten.

'Wat is er aan de hand?' mompelde een van de kinderen.

''k Weenie,' antwoordde een ander. 'Wat een kar, hè?'

Een derde, ondernemender jochie, bood aan om 'op uw auto te passen, meneer. De rest eraf te houwen'. Hij knikte met zijn hoofd naar de andere kinderen. Lynley hief zijn hand een stukje omhoog, wat de jongen als een bevestigend antwoord scheen op te vatten, want hij posteerde zich bij de auto met een hand op de motorkap, de andere op zijn heup en een vuile schoen op de bumper.

Ze hadden de auto recht voor het gebouw geparkeerd waar Peter woonde, een smal gebouw van vijf verdiepingen. Oorspronkelijk was de gevel wit geschilderd geweest, maar tijd, roet en verwaarlozing hadden daar een afstotend grijs van gemaakt. Het houtwerk van de ramen en de voordeur bleek al jaren niet te zijn geschilderd. Waar mooie blauwe verf eens een aangenaam contrast met de witte gevel had gevormd, zaten nu alleen nog maar vlekken, azuurblauwe plekken als sproeten op een door ouderdom verweerde huid. Het feit dat iemand op de derde verdieping had geprobeerd het gebouw een beetje op te vrolijken door fresia's in een vermolmde houten bloembak te zetten, deed niets af aan de algemene indruk van armoede en verval.

Ze klommen de vier treden naar de voordeur op. De deur stond open. Boven de deur waren met rode verf de woorden LAATSTE PAAR DAGEN gespoten. Het leek een passend opschrift.

'Hij zei dat hij op de eerste verdieping zat,' zei Lynley en hij liep naar de trap.

Op de trap had ooit goedkoop zeil gelegen, dat nu volledig was doorgesleten tot op de zwarte rug. Langs de randen, waar nog wel zeil lag, zat een aangekoekte laag van oude was en jong vuil. Grote, vettige vlekken zaten op de muren van het trappenhuis en waar eens de leuning had gezeten, waren nu nog slechts schroefgaten te zien. Overal zaten vieze handen en een enorme jusachtige vlek liep vanaf een hogergelegen verdieping langs de muur naar beneden.

Op de overloop hing een stoffige kinderwagen scheef op drie wielen en daaromheen stonden een paar vuilniszakken, twee ijzeren emmers en een vuile mop. Een uitgemergelde kat met een zwerende wond midden op zijn kop sloop langs hen heen toen ze, bestormd door de lucht van knoflook en urine, naar boven klommen.

In de kale gang op de eerste verdieping kwam het gebouw tot leven: televisies, muziek, harde stemmen die ruziemaakten, plotseling gehuil van een baby – de dissonante klanken van mensen die hun dagelijks leven leidden. In Peters flat, die aan het eind van de gang was, waar een zwakke straal licht van de straat door een raam viel, was het echter doodstil. De deur zat dicht, maar niet in het slot, dus toen Lynley op de deur klopte, zwaaide hij open en zagen ze een enkele kamer met vuile ramen waarvoor beddenlakens hingen. In de kamer leken alle luchtjes uit het hele gebouw zich te verzamelen en te vermengen met de sterkere lucht van ongewassen lichamen en vuil goed.

De kamer was in feite niet veel kleiner dan de zit-slaapkamer in Paddington waar ze vandaan kwamen, maar het verschil was enorm. Er stonden bijna geen meubels. In plaats daarvan lagen er drie grote vuile kussens op de grond tussen oude kranten en opengeslagen tijdschriften. Er stonden geen kasten. Kleren lagen in een grote rommelige stapel op een stoel en in vier kartonnen dozen daarnaast. Omgekeerde groentekisten deden dienst als tafels en een staande lamp zonder kap voorzag de kamer van licht.

Toen ze naar binnen gingen, zei Lynley helemaal niets. Hij bleef even op de drempel staan, alsof hij moed verzamelde om de deur achter hen te sluiten en de waarheid onder ogen te zien.

Hij duwde de deur dicht, zodat er niets meer aan het zicht werd onttrokken. Tegen de muur naast de deur was een versleten slaapbank uitgevouwen tot een bed. Hierop lag een gedeeltelijk bedekt, bewegingloos lichaam. Op de vloer, net achter de bank, zat Peter Lynley als een foetus in elkaar gedoken met zijn handen om zijn hoofd gevouwen.

'Peter!' Lynley liep naar hem toe, ging op zijn knieën zitten en riep nogmaals zijn naam.

Peter gaapte, alsof Lynley hem had gewekt, en maakte een stuipachtige beweging. Zijn ogen stelden zich scherp, zagen zijn broer.

'Ze beweegt niet.' Even stopte hij een stuk van zijn T-shirt in zijn mond, alsof hij wilde voorkomen dat hij zou gaan huilen. 'Ik kwam thuis en toen lag ze daar en ze beweegt niet.'

'Wat is er gebeurd?' vroeg Lynley.

'Ze beweegt niet, Tommy. Ik kwam thuis en toen lag ze daar en ze beweegt niet.'

St James liep naar de bank. Hij haalde het laken weg dat het lichaam grotendeels bedekte. Onder het laken lag Sasha naakt op haar zij op het vuile beddengoed met een arm uitgestrekt en een hand bungelend over de rand van het bed. Haar dunne haar was naar voren over haar gezicht gevallen en het stuk van haar nek dat zichtbaar was, zag grijs van het vuil. Hij legde zijn vingers op de pols van haar uitgestrekte arm, hoewel hij al wist dat dit niet meer dan een aangeleerde formaliteit was. Hij was ooit lid van het forensisch team van Scotland Yard geweest. Dit was niet de eerste keer dat hij een lijk zag.

Hij ging weer rechtop staan en schudde zijn hoofd naar Lynley. De andere man kwam naast hem staan.

St James streek het naar voren gevallen haar opzij en bewoog voorzichtig de arm om de lijkstijfheid vast te stellen. Hij deed echter een stap achteruit toen hij de injectienaald zag die in haar vlees stak.

'Overdosis,' zei Lynley. 'Wat heeft ze genomen, Peter?'

Hij liep terug naar zijn broer. St James bleef bij het lichaam staan. De injectiespuit was leeg, zag hij. Het was net of ze een substantie had ingespoten die haar vrijwel onmiddellijk had gedood. Het was bijna niet te geloven. Hij keek of hij kon zien welk middel ze had genomen, welk middel een dergelijke dood had veroorzaakt. Er stond niets op de groentekist naast het bed, behalve een leeg glas met een vuil lepeltje en een restje wit poeder aan de rand. Op het bed zelf lag alleen het lijk. Hij deed een stap achteruit, keek op de vloer tussen het bed en de kist. En toen zag hij het, en hij kreeg het koud.

Bijna onzichtbaar naast het bed lag een omgevallen zilveren flesje met wit poeder, ongetwijfeld dezelfde substantie als aan de rand van het glas, de substantie die een einde aan het leven van Sasha Nifford had gemaakt. Niet bedacht op deze mogelijkheid, voelde St James dat zijn hart ging bonzen. Zijn lichaam begon te gloeien. Hij weigerde het te geloven.

Het flesje was van Sidney.

21

'Kom bij je positieven, Peter,' zei Lynley tegen zijn broer. Hij pakte Peters arm en trok hem overeind. Peter klemde zich huilend aan hem vast. 'Wat heeft ze genomen?'
St James staarde naar het flesje. Hij kon Sidneys stem duidelijk horen. Het leek of ze naast hem in de kamer stond. We brachten Peter naar huis, had ze gezegd. Smerige flat in Whitechapel. En later, zeer belastend en absoluut onontkenbaar: als je Petertje vindt, zeg hem dan maar dat ik hem graag wil spreken. Ik kan bijna niet wachten tot het zover is.
Het flesje glinsterde in het licht van de lamp, wenkte hem en eiste dat hij het zou herkennen. Dat deed hij zonder aarzelen. Want vanaf de plek waar hij stond, kon St James een deel van de inscriptie zien die uit haar initialen bestond en hij had er zelf op gestaan dat die inscriptie zeer zorgvuldig werd gegraveerd omdat hij dat flesje vier jaar geleden voor haar 21e verjaardag aan zijn zus had gegeven.
Je was mijn favoriete broer. Ik hield van jou het meest.
Er was geen tijd. Hij kon zich niet de luxe permitteren om alle opties te overwegen en de morele juistheid van elke optie te wegen. Hij had maar twee mogelijkheden: handelen of een confrontatie tussen haar en de politie afwachten. Hij koos voor het eerste, boog zich voorover, strekte zijn hand uit.
'Mooi. Je hebt het gevonden,' zei Lynley terwijl hij naar hem toe kwam. 'Het lijkt...' Hij scheen zich plotseling te realiseren wat St James' houding, wat zijn uitgestrekte hand betekende. St James kreeg het koud en was er zeker van dat Lynley iets opviel aan de bleke kleur van zijn gezicht. Want zodra zijn stemgeluid was weggestorven, trok Lynley St James bij het bed weg. 'Je hoeft hem voor mij niet in bescherming te nemen,' zei hij rustig. 'Dat is voorbij, St James. Ik meende wat ik in de auto zei. Als het heroïne is, kan ik Peter alleen maar helpen door hem de gevolgen te laten dragen. Ik ga de politie bellen.' Hij liep de kamer uit.
Weer sloeg er een golf hitte over St James heen. Hij voelde het

op zijn gezicht en in zijn gewrichten. Zich niet bewust van Peter, die met zijn handen voor zijn gezicht tegen de muur stond te huilen, liep hij houterig naar het raam. Hij rommelde achter het beddenlaken om het raam te openen en ontdekte dat het ooit door iemand was dichtgeschilderd. Het was vreselijk benauwd in de kamer.
Minder dan 24 uur, dacht hij. Het flesje droeg het herkenningsteken van de zilversmid, een klein rijkversierd wapenschild aan de onderkant. Het zou de politie niet veel tijd kosten om de oorsprong van het flesje te achterhalen en terecht te komen bij de juwelier in Jermyn Street waar hij het had gekocht. Daarna zou het een simpele zaak zijn. Ze zouden de archieven doornemen en de orders bekijken. Deze zouden ze vergelijken met het flesje zelf. Na een paar telefoontjes met klanten zouden ze discreet inlichtingen inwinnen bij klanten thuis. Maximaal 24 uur was alles waarop hij mocht hopen.
Hij hoorde vaag Lynleys stem bij de telefoon op de gang, en dichterbij het gehuil van Peter. Daarbovenuit hoorde hij het harde gerasp van een moeizame ademhaling. Hij realiseerde zich dat het zijn eigen ademhaling was.
'Ze komen eraan.' Lynley sloot de deur achter zich. Hij liep de kamer door. 'Gaat het goed met je, St James?'
'Ja. Prima.' Om dit te bewijzen, dwong hij zichzelf bij het raam weg te gaan. Lynley had de kleren van de enige stoel in de kamer af gegooid en de stoel aan het voeteneinde van het bed geplaatst, met de rugleuning naar het lichaam toe.
'De politie komt eraan,' herhaalde hij. Hij leidde zijn broer met vaste hand naar de stoel en zette hem erop. 'Er ligt een flesje met een of ander wit poeder naast de bank, Peter, waarvoor ze je waarschijnlijk zullen arresteren. We hebben maar een paar minuten om te praten.'
'Ik heb geen flesje gezien. Het is niet van mij.' Peter veegde zijn neus aan zijn arm af.
'Vertel me wat er is gebeurd. Waar ben je sinds zaterdag geweest?'
Peter kneep zijn ogen samen alsof het licht pijn deed. 'Ik ben nergens geweest.'
'Speel geen spelletjes met me.'
'Spelletjes? Het is de...'

'Je staat er nu alleen voor. Begrijp je dat? Je staat er nu helemaal alleen voor. Dus je kunt me de waarheid vertellen of met de politie praten. Om eerlijk te zijn, maakt het mij niet uit wat je doet.'
'Maar het ís de waarheid. We zijn alleen maar hier geweest.'
'Hoelang ben je al terug?'
'Sinds zaterdag. Zondag. Ik weet het niet. Ik kan het me niet herinneren.'
'Hoe laat was je hier?'
''s Ochtends.'
'Hoe láát?'
'Ik weet niet precies hoe laat. Wat maakt het uit?'
'Wat het uitmaakt? Dat Justin Brooke is overleden. Maar voorlopig heb je geluk, want de politie denkt dat het een ongeluk was.'
Peters mond vertrok. 'En jij denkt dat ík hem heb vermoord? En Mick? Laat je me daar ook voor opdraaien, Tommy?' Zijn stem brak toen hij de naam van zijn broer uitsprak. Hij begon weer te huilen, een mager lichaam door elkaar geschud door harde droge snikken. Hij bedekte zijn gezicht met zijn handen. Hij had op zijn nagels gebeten en zijn nagels waren vuil. 'Je denkt altijd het slechtste van mij, hè?'
St James zag dat Lynley zich opmaakte voor een woordenstrijd. Hij kwam tussenbeide en nam het woord. 'Ze zullen je een heleboel vragen stellen, Peter. Uiteindelijk is het misschien makkelijker om Tommy's vragen te beantwoorden, zodat hij je kan helpen, dan de vragen van iemand die je helemaal niet kent.'
'Ik kan niet met hem praten,' snikte Peter. 'Hij luistert niet naar me. Ik beteken niets voor hem.'
'Hoe kun je dat nu zeggen?' vroeg Lynley kwaad.
'Omdat het de waarheid is en dat weet je. Jij koopt me gewoon af. Dat heb je altijd gedaan. Je stond altijd klaar met je chequeboekje, want dat was makkelijk voor je. Dan hoefde je er niet bij betrokken te raken. Maar je was er nóóit – niet één keer in mijn leven – voor iets anders.' Hij leunde naar voren in zijn stoel, zijn armen om zijn buik geslagen, zijn hoofd op zijn knieën. 'Ik was zes jaar toen hij ziek werd, Tommy. Ik was zeven toen jij wegging. Ik was twaalf toen hij stierf. Kun je je voorstellen hoe dat was? Kun je je dat ooit voorstellen? En alles wat ik had... alles

wat ik hád, verdomme, was die arme Roderick. Die zijn best deed om een vader voor me te zijn. Wanneer hij dacht dat hij het kon maken. Maar altijd in het geniep, anders zou jij er misschien achter komen.'

Lynley duwde hem rechtop. 'Dus je ging aan de drugs en het is allemaal mijn schuld? Wilde je mij de schuld geven? Waag het eens!'

'Ik geef jou nergens de schuld van,' spuwde zijn broer terug. 'Ik veracht je.'

'Denk je dat ik dat niet weet? Elke seconde dat je ademhaalt, is een seconde dat je mij het leven zuur kunt maken. Je hebt zelfs Deborahs camera's gestolen om mij terug te pakken, nietwaar?'

'Nou wordt het helemaal mooi. Maak dat je wegkomt, Tommy. Ik wacht wel op de politie.'

St James dwong zichzelf tussenbeide te komen. Hij kon niet langer wachten op de informatie die hij nodig had. 'Wat heeft ze genomen, Peter?' vroeg hij. 'Waar heeft ze het vandaan?'

Peter veegde met zijn gescheurde T-shirt zijn gezicht af. Het was oud en vaal en droeg de afbeeldingen van een skelet en een paar rozen en de woorden GRATEFUL DEAD. 'Ik weet het niet. Ik was er niet.'

'Waar was je?' vroeg Lynley bars.

Peter keek hem even vol verachting aan. 'Brood en eieren kopen.' Hij wapperde met zijn hand naar een boodschappennet dat tegen de muur op de grond lag. De twee genoemde zaken zaten erin. Hij richtte de rest van zijn antwoord tot St James. 'Toen ik terugkwam, lag ze er zo bij. Ik dacht eerst dat ze sliep. Maar toen wist ik... kon ik zien...' Zijn stem stierf weg, zijn lippen beefden. 'Ik belde Tommy's kantoor, maar ze zeiden dat hij er niet was. Ik belde zijn huis, maar Denton zei dat hij nog in Cornwall zat. Ik belde Cornwall, maar Hodge zei dat hij in Londen zat. Ik...'

'Waarom was je naar me op zoek?' vroeg Lynley.

Peter liet zijn handen in zijn schoot vallen. Hij staarde naar de grond. 'Je bent mijn broer,' zei hij hol.

Lynley keek hem aan alsof zijn hart uit zijn lichaam werd gerukt. 'Waarom doe je dit soort dingen, Peter? Waarom? O, god, waaróm?'

'Wat doet het ertoe?'

St James hoorde de sirenes. Ze hadden het snel gedaan. Maar zij hadden dan ook het voordeel dat ze met hun gillende sirenes en hun zwaailichten vrij baan kregen. Hij sprak snel, vastbesloten alle feiten te weten te komen, ook de vervelende. 'Er ligt een zilveren flesje naast het bed. Kan dat van Sasha zijn?'
Peter lachte even. 'Lijkt me niet. Als ze iets van zilver had, hadden we het allang verkocht.'
'Ze heeft het je nooit laten zien? Je hebt het nooit tussen haar spullen zien liggen? Ze heeft nooit gezegd waar ze het vandaan had?'
'Nee.'
Er was geen tijd voor iets anders. Het geluid van de naderende politie zwol aan en hield toen abrupt op. St James liep naar het raam en duwde het gordijn opzij. Hij zag twee patrouillewagens, twee ongemerkte politieauto's en een bestelauto achter de Bentley parkeren. Ze namen het grootste deel van de straat in beslag. De kinderen waren vertrokken met achterlating van de vuilniszakken die als doelpalen hadden gediend.
Terwijl een agent in uniform voor het gebouw bleef staan en het rood-witte politielint aan de leuning van het trapje bij de voordeur en de dichtstbijzijnde lantaarnpaal vastbond, kwam de rest van de groep naar binnen. St James herkende de meesten uit zijn eigen jaren bij de Yard. Sommigen kende hij bij naam; van anderen wist hij alleen hun functie: twee rechercheurs, het forensisch team, een fotograaf, de patholoog. Het was ongebruikelijk dat ze allemaal tegelijk aankwamen, dus ze wisten blijkbaar dat het telefoontje van een collega was gekomen. Dat was waarschijnlijk ook de reden dat Lynley Scotland Yard had gebeld en niet Bishopsgate, het wijkbureau waar Whitechapel onder viel. Hij was van plan Peter de gevolgen van Sasha Niffords dood te laten dragen, maar hij was niet van plan hem deze te laten dragen zonder zijn eigen indirecte hulp. Het was één ding om te zweren dat hij Peter niet zou helpen als er drugs in het spel waren. Het was iets heel anders om hem aan zijn lot over te laten in een situatie die mogelijk op een onderzoek van geheel andere aard kon uitdraaien. Want als Peter van de drugs had geweten, als hij ze aan Sasha had gegeven, als hij haar zelfs had geholpen om ze te injecteren met het idee dat hij zelf een shot zou nemen wanneer hij van de markt terugkwam... Dit waren

allemaal mogelijkheden waarvan Lynley zich zeer goed bewust was, wist St James. En in zekere zin konden ze allemaal worden uitgelegd als doodslag. Lynley zou het onderzoek willen laten uitvoeren door een team dat hij kon vertrouwen, dus had hij de Yard gebeld. St James vroeg zich af welke agent van Victoria Street op dat moment met het bureau Bishopsgate belde om uit te leggen waarom de mensen van Scotland Yard zich buiten hun terrein begaven.

De politiemensen bonkten de trap op. Lynley ving hen op bij de deur.

'Angus,' zei hij tegen de man aan het hoofd van de groep.

Het was rechercheur-inspecteur Angus MacPherson, een potige Schot die altijd oude kamgaren pakken droeg die eruitzagen alsof ze 's nachts ook als pyjama werden gebruikt. Hij knikte naar Lynley en liep naar het bed. De andere rechercheur volgde hem, terwijl ze een klein notitieboekje uit haar schoudertas haalde en een balpen uit het borstzakje van haar verkreukelde paarsbruine blouse. Brigadier-rechercheur Barbara Havers, MacPhersons partner. St James kende hen allebei.

'Wat hebben we hier?' mompelde MacPherson. Hij raakte het laken aan en keek over zijn schouder toen de rest van het team de kamer binnenkwam. 'Je hebt toch niets aangeraakt, hè, Tommy?'

'Alleen het laken. Ze lag onder het laken toen we hier aankwamen.'

'Dat heb ik over haar heen gelegd,' zei Peter. 'Ik dacht dat ze sliep.'

Brigadier Havers trok een veelzeggende, ongelovige wenkbrauw op. Ze schreef iets in haar notitieboekje. Ze keek van Lynley naar zijn broer, en van Peter naar het lijk op het bed.

'Ik ging eieren kopen. En brood,' zei Peter. 'Toen ik terugkwam...'

Lynley ging achter zijn broer staan en legde een hand op zijn schouder. Dat was voldoende om hem tot zwijgen te brengen. Havers keek nogmaals hun kant op.

'Toen u terugkwam?' Ze sprak zonder enige intonatie.

Peter keek naar zijn broer alsof hij om advies vroeg. Het was duidelijk dat brigadier Havers dit zag, want ze ademde snel snuivend uit, een vrouw die geen affiniteit met Thomas Lynley had

en geen sympathie voor zijn situatie. Ze draaide zich weer om naar het bed. MacPherson begon zacht en snel tegen haar te praten. Zij maakte aantekeningen.
Toen MacPherson zijn voorlopige inspectie had afgerond, kwam hij naar Peter en Lynley toe. Hij trok hen mee naar de uiterste hoek van de kamer, terwijl de patholoog het van hem overnam en zijn rubberen handschoenen aantrok. De patholoog bekeek, betastte, porde en onderzocht. Na een paar minuten was het voorbij. Hij mompelde iets tegen Havers en maakte plaats voor het forensisch team.
St James zag hen een begin maken met het verzamelen van bewijsmateriaal. Al zijn zintuigen waren gericht op het zilveren flesje van Sidney dat op de grond lag. Het waterglas op de groentekist werd in een zak met een etiket gedaan. Het vuile lepeltje ook. Een klein restje poeder, dat St James bij zijn eerste inspectie van de groentekist over het hoofd had gezien, werd zorgvuldig in een potje geveegd. Vervolgens werd de kist voorzichtig opzijgeschoven en werd het flesje zelf van de grond opgeraapt. Nadat dit ook in een zakje was gestopt, was de 24 uur begonnen.
St James gebaarde naar Lynley dat hij wegging. De andere man kwam naar hem toe.
'Ze nemen Peter mee,' zei Lynley. 'Ik ga met hem mee.' En, alsof hij vond dat het voornemen om zijn broer te vergezellen op de een of andere manier in tegenspraak was met zijn eerdere besluit om het Peter zelf uit te laten zoeken, zei hij vervolgens: 'Dat is het minste wat ik kan doen, St James.'
'Dat is begrijpelijk.'
'Zeg jij het voor me tegen Deborah? Ik heb geen idee hoelang het gaat duren.'
'Natuurlijk.' St James vroeg zich af hoe hij de vraag moest verwoorden, wetende dat Lynley bij het horen daarvan overhaast een conclusie zou trekken en misschien zou weigeren mee te werken. Maar hij moest de bijzonderheden hebben en hij moest ze hebben zonder dat Lynley wist waarom. Hij leidde zijn vraag voorzichtig in.
'Zou je wat informatie voor me willen verzamelen bij de Yard? Zodra ze die hebben?'
'Wat voor soort informatie?'

'Uitslagen van het post mortem. Zoveel mogelijk. Zo snel mogelijk.'
'Je denkt toch niet dat Peter...'
'Voor jou zullen ze haast maken, Tommy. Dat is het minste wat ze kunnen doen onder de omstandigheden en dus zullen ze dat doen. Wil jij die informatie zien te krijgen?'
Lynley keek even naar zijn broer. Peter zat te beven. MacPherson rommelde in de stapel kleren op de grond tot hij een gestreepte sweater vond, die hij aan Havers gaf, die hem opzettelijk langzaam inspecteerde voor ze hem aan Peter overhandigde.
Lynley zuchtte. Hij masseerde de achterkant van zijn nek. 'Oké. Ik zal ervoor zorgen.'
Achter in de taxi die snel terugreed in de richting van St. Pancras, probeerde St James alle gedachten aan zijn zus uit zijn hoofd te bannen en haar beeld te vervangen door een vergeefse poging tot het formuleren van een actieplan. Maar er kwamen alleen maar herinneringen bij hem boven, de een nog hardnekkiger dan de andere, die allemaal op hun eigen manier van hem eisten dat hij haar zou redden.
Hij was even in Paddington gestopt om Lynleys boodschap aan Deborah over te brengen. Hij had haar telefoon gebruikt om de flat van zijn zus te bellen, het modellenbureau, zijn eigen huis, terwijl hij wist dat lady Helen dat allemaal al had gedaan. Hij wist het, maar het interesseerde hem niet. Hij dacht niet na. Het enige wat hij deed, was proberen haar te vinden. Het enige wat hij zag, was dat zilveren flesje op de grond met die prachtig gegraveerde initialen die verrieden dat het van Sidney was.
Hij was zich ervan bewust dat Deborah vlak bij hem stond en naar hem keek en meeluisterde. Ze was alleen in de flat – Helen was weggegaan om te zien of ze iets kon beginnen met de boodschappen op Micks telefoonbeantwoorder en de map met het opschrift KANDIDATEN – en hij kon haar bezorgdheid aflezen uit de fijne lijntjes die op haar voorhoofd verschenen toen hij zonder succes bleef telefoneren en naar zijn zus bleef vragen. Hij ontdekte dat hij voor alles de ware aard van zijn angst voor Deborah verborgen wilde houden. Ze wist dat Sasha dood was, dus nam ze aan dat zijn bezorgdheid alleen te maken had met Sidneys veiligheid. Hij was vastbesloten dat zo te houden.

'Geen succes?' vroeg Deborah toen hij zich eindelijk van de telefoon afwendde.
Hij schudde zijn hoofd en liep naar de tafel waarop ze de spullen uit Micks flat hadden laten liggen. Hij sorteerde ze, legde ze op elkaar, tikte ertegen tot ze een nette stapel vormden en stopte ze in de zak van zijn colbert.
'Is er niet iets wat ik kan doen?' vroeg ze. 'Helemaal niets? Alsjeblieft. Ik voel me zo nutteloos.' Ze zag er aangeslagen en bang uit. 'Ik kan me niet voorstellen dat iemand Sidney kwaad zou willen doen. Ze is gewoon ergens naartoe, Simon. Denk je niet? Ze heeft vreselijk veel verdriet over Justin. Ze wil alleen zijn.'
Hij hoorde haar voorlaatste opmerking en wist dat het de waarheid was. Hij was in Cornwall getuige geweest van het verdriet van zijn zus en hij had de ontluikende woede gevoeld die dat verdriet opriep. Toch was ze vertrokken en hij had dat laten gebeuren. Hij was in hoge mate verantwoordelijk voor de dingen die Sidney nu ten deel zouden vallen.
'Je kunt niets doen,' zei hij. Hij liep in de richting van de deur, een onbewogen uitdrukking op zijn gezicht. Hij voelde al zijn gelaatstrekken veranderen tot hij een volkomen gevoelloos masker droeg. Hij wist dat Deborah zo'n reactie op haar aanbod niet zou begrijpen. Ze zou het zien als een afwijzing, misschien als een puberale wraakneming voor alles wat er sinds haar terugkeer tussen hen was voorgevallen. Maar daar kon hij niets aan veranderen.
'Simon. Alsjeblieft.'
'Er valt niets te doen.'
'Ik kan helpen. Dat weet je.'
'Dat hoeft niet, Deborah.'
'Laat me je helpen haar te vinden.'
'Wacht maar hier tot Tommy komt.'
'Ik *wil* niet...' Ze zweeg. Hij kon een slagader in haar keel zien kloppen. Hij wachtte op de rest van haar zin. Maar die kwam niet. Deborah haalde langzaam diep adem, maar ze bleef hem aankijken. 'Ik ga naar Cheyne Row.'
'Dat heeft geen zin. Daar zit Sidney echt niet.'
Hij had tijd noch zin om met haar in discussie te gaan. Dus ging hij weg en dwong zichzelf zijn oorspronkelijke plan waarvoor hij naar Londen was teruggekomen, weer op te vatten. Hij hoopte

dat een bezoek aan Islington-London de waarheid over Mick Cambreys dood zou onthullen en dat het laatste sterfgeval in Whitechapel iets te maken zou hebben met de twee eerdere. Want als hij ze met elkaar in verband kon brengen, zou dat Sidney vrijpleiten. En om de sterfgevallen met elkaar in verband te kunnen brengen, moest hij de geest van Mick Cambrey achtervolgen. Hij was vastbesloten deze geestesverschijning uit Cornwall tastbare vorm te geven. Islington-London leek hem een laatste mogelijkheid daartoe te bieden.
Maar achter in de taxi voelde hij dat zijn vermoeide geest de strijd tegen de beelden die zijn kalmte aanvielen, verloor, zodat hij werd gedwongen terug te gaan naar een tijd en een plaats waarvan hij dacht dat hij ze voor altijd achter zich had gelaten. Daar zag hij ze, zoals ze in het ziekenhuis aan hem waren verschenen: vervormde gezichten die opdoken uit de schemertoestand veroorzaakt door zijn wisselende graad van bewustzijn en het geneesmiddel dat zijn ergste lijden moest verzachten. David en Andrew die stonden te fluisteren met een arts; zijn moeder en Helen, verscheurd door verdriet; Tommy, achtervolgd door schuldgevoelens. En Sidney. Pas zeventien jaar oud, met een verknipt kapsel en oorbellen die eruitzagen als communicatiesatellieten. Doldwaze Sidney, die hem voorlas uit de meest idiote Londense kranten en dan luid schaterde om de vreselijkste en prikkelendste verhalen. Ze was er altijd, had nooit een dag overgeslagen, weigerde hem te laten wegzinken in wanhoop.
En daarna in Zwitserland. Hij herinnerde zich de bitterheid waarmee hij door het raam van zijn ziekenhuiskamer naar de Alpen had gekeken, terwijl hij zijn lichaam vervloekte, de zwakte ervan verachtte en voor het eerst de onontkoombare realiteit onder ogen zag dat hij nooit meer met gemak in die bergen – of andere bergen – zou kunnen wandelen. Maar Sidney was bij hem en schold, schreeuwde en pestte hem zijn ziekte uit en hield koppig vol dat hij oud zou worden, ook al bad hij elke avond dat hij zou mogen sterven.
Terwijl hij zich dit alles herinnerde, vocht hij tegen de feiten die aan hem knaagden: Sidneys bezoek aan Soho; de aard van haar relatie met Justin Brooke; drugs die in het leven dat zij leidde, bij de mensen die ze kende en in het werk dat ze deed, zo voor het oprapen lagen. En terwijl hij zichzelf ervan probeerde te

overtuigen dat ze Mick Cambrey niet kende – en onmogelijk gekend kon hebben – en dus op geen enkele manier iets met zijn dood te maken kon hebben, kon hij het feit dat Deborah hem had verteld dat Sidney Toni Cogin in haar flat had gezien, niet negeren. Sidney had het zelf over een vrouw in Soho gehad die door Peter werd aangevallen, een vrouw wier beschrijving overeenkwam met die van Toni. En zelfs al was het zo onbeduidend dat het waarschijnlijk niets betekende, het verband was er. Hij kon het niet negeren. Dus vroeg hij zich af waar ze was en wat ze had gedaan, terwijl 25 jaar van gemeenschappelijke achtergrond erom schreeuwde dat hij haar eerder zou vinden dan de politie.

Islington-London zat in een sober gebouw niet ver van Gray's Inn Road. Een kleine parkeerplaats met een hek ervoor scheidde het gebouw van de straat. De parkeerplaats was vol. Er stonden zes kleine auto's en een minibusje met een kaart van Groot-Brittannië met daarop de letters ISLINGTON en een aantal sterretjes, die duidelijk waren bedoeld om aan te geven waar de bijkantoren zaten. Er waren in totaal tien bijkantoren, tot en met Inverness hoog in het noorden en Penzance in het zuiden. Het bleek een vrij groot bedrijf te zijn.

In de hal werden de straatgeluiden gedempt door dikke muren, dik tapijt en een bandje met muzak dat voortdurend een strijkersversie van *Lucy in the Sky with Diamonds* voortbracht. Langs de muren stonden mooie banken onder grote, moderne schilderijen in de stijl van David Hockney. Daartegenover zat een receptioniste, zo te zien een vijfdeklasser die had besloten de school voor gezien te houden, met onmogelijk lange vuurrood gelakte nagels op een computer te tikken. Haar haar was in een bijpassende kleur geverfd.

Ze bleek St James al vanuit haar ooghoeken te hebben zien aankomen, want ze draaide zich niet van het beeldscherm af, maar wapperde met haar vingers in de richting van een stapel papier op haar bureau, blies een bel van haar kauwgum en zei: 'Pak een sollicitatieformulier.'

'Ik kom niet voor een baan.'

Het meisje gaf geen antwoord en St James zag dat ze een kleine koptelefoon droeg, zo'n koptelefoon die gewoonlijk bij een

bandrecorder hoort waarmee je of dictaat of keiharde muziek kunt afdraaien, waar iemand anders dan gelukkig niet naar hoeft te luisteren. Hij herhaalde zijn opmerking iets luider. Ze keek op en zette haastig de koptelefoon af.
'Sorry. Je raakt gewend aan automatisch antwoord geven.' Ze trok een register naar zich toe. 'Hebt u een afspraak?'
'Hebben mensen meestal een afspraak wanneer ze hiernaartoe komen?'
Ze kauwde even bedachtzaam op haar kauwgum en bekeek hem aandachtig, alsof ze een addertje onder het gras bespeurde. 'Meestal wel,' zei ze.
'Dus niemand komt hier iets kopen?'
De kauwgum klapte in haar mond. 'De verkopers gaan naar de klanten toe. Er komt er niet een hier. Er wordt wel eens iets per telefoon besteld, maar we zijn geen apotheek.' Ze keek aandachtig toe toen St James de opgevouwen spullen uit de zak van zijn colbert haalde en de foto van Mick Cambrey ertussenuit trok. Hij gaf haar de foto. Zijn hand kwam in aanraking met haar roofvogelnagels, die nattig glinsterend over zijn huid krasten. Op de nagel van haar ringvinger zat als een vreemd sieraad een piepklein gouden muzieknootje geplakt.
'Heeft deze man wel eens een afspraak met iemand gehad?' vroeg hij.
Ze glimlachte toen ze de foto zag. 'Hij is hier wel geweest.'
'Kortgeleden nog?'
Ze trommelde met haar nagels op het bureau terwijl ze nadacht. 'Hmm. Dat is een lastige vraag. Een paar weken geleden, denk ik.'
'Weet je met wie hij een afspraak had?'
'Hoe heet hij?'
'Mick... Michael Cambrey.'
'Ik zal eens kijken.' Ze opende het register op haar bureau en bekeek een aantal pagina's, een activiteit die haar de gelegenheid leek te bieden om haar nagels goed uit te laten komen, want elke keer dat ze een bladzijde omsloeg, liet ze een andere nagel langs de kolom met namen en tijden glijden.
'Een logboek met bezoekers?' vroeg St James.
'Iedereen moet zich bij binnenkomst en vertrek melden. Vanwege de veiligheid, weet u.'

'Veiligheid?'
'Geneesmiddelenonderzoek. Je kunt niet voorzichtig genoeg zijn. Er komt iets nieuws uit en iedereen in West End wil het 's avonds bij een drankje proberen. Aha. Daar hebben we het. Hij staat geregistreerd voor de afdeling Testprojecten, afdeling 25.' Ze bladerde nog een paar bladzijden terug. 'Hier staat hij weer. Zelfde afdeling, zelfde tijd. Net voor de lunch.' Ze bladerde een paar maanden terug. 'Hij kwam hier regelmatig.'
'Altijd voor dezelfde afdeling.'
'Zo te zien wel.'
'Kan ik het afdelingshoofd spreken?'
Ze sloeg het register dicht en keek hem spijtig aan. 'Dat is een beetje moeilijk. Geen afspraak, ziet u. En die arme meneer Malverd moet al twee afdelingen draaiende houden. Waarom geeft u mij uw naam niet?' Ze haalde vrijblijvend haar schouders op.
St James was niet van plan zich te laten afschepen. 'Deze man, deze Mick Cambrey, is vrijdagavond vermoord.'
Het gezicht van de receptioniste kreeg direct een alerte, geïnteresseerde uitdrukking. 'Bent u van de politie?' vroeg ze. En vervolgens hoopvol: 'Van Scotland Yard?'
St James dacht even hoe makkelijk het allemaal zou kunnen zijn geweest als Lynley was meegegaan. Nu kon hij alleen maar zijn eigen kaartje tevoorschijn halen en aan haar overhandigen. 'Dit is een poging van mijzelf,' zei hij tegen haar.
Ze keek naar het kaartje, bewoog haar lippen terwijl ze het las en draaide het toen om alsof ze verwachtte dat er op de achterkant nog meer informatie zou staan. 'Een moord,' zei ze ademloos. 'Ik zal eens kijken of ik meneer Malverd voor u te pakken kan krijgen.' Ze drukte op drie knoppen van de telefooncentrale en stak zijn kaartje in haar zak. 'Voor het geval ik u zelf nog eens nodig heb,' zei ze met een knipoog.

Tien minuten daarna kwam er een man door een zware, houten deur de hal in. Hij stelde zich voor als Stephen Malverd, gaf een korte handdruk en trok aan zijn oorlel. Hij droeg een witte laboratoriumjas die tot over zijn knieën reikte en de aandacht vestigde op wat hij aan zijn voeten droeg: geen schoenen, maar sandalen met dikke geitenwollen sokken. Hij had het heel erg druk, zei hij, hij had maar een paar minuten, als meneer St James hem zou willen volgen...

Hij liep met grote stappen het hart van het gebouw weer in. Terwijl hij liep, wapperde en veerde zijn haar – dat als een sponsje staalwol wild en ongezeglijk alle kanten uit stond – en waaide zijn laboratoriumjas als een cape open. Hij hield zijn pas pas in toen zijn oog op St James' tred viel, maar zelfs toen keek hij beschuldigend naar het been in kwestie, alsof het hem van kostbare tijd beroofde.

Aan het eind van de gang waarin de directie zat, drukte Malverd op de knop voor de lift. Hij zei niets tot ze op weg waren naar de derde verdieping van het gebouw. 'Het is de laatste paar dagen hier een chaos geweest,' zei hij. 'Maar ik ben blij dat u bent gekomen. Ik dacht al dat er meer aan vastzat dan ze me hadden verteld.'

'Dus u herinnert zich Michael Cambrey?'

Malverds gezicht kreeg ineens een nietszeggende uitdrukking. 'Michael Cambrey? Maar ze zei tegen me...' Hij gebaarde vaag in de richting van de ontvangsthal en fronste zijn wenkbrauwen. 'Waar gaat dit over?'

'Een zekere Michael Cambrey is de laatste paar maanden regelmatig op de afdeling Testprojecten, afdeling 25, geweest. Hij is afgelopen vrijdag vermoord.'

'Ik weet niet goed hoe ik u kan helpen.' Malverd klonk stomverbaasd. 'Afdeling 25 is niet mijn afdeling. Ik ben alleen tijdelijk ingesprongen. Wat wilt u?'

'Alles wat u, of iemand anders, me kan vertellen over de reden waarom Cambrey hier was.'

De liftdeuren gingen open. Malverd stapte niet direct uit. Hij leek te overwegen of hij met St James zou praten of hem zou wegsturen en verder zou gaan met zijn werk.

'Heeft dit sterfgeval iets met Islington te maken? Met een product van Islington?'

Dat was zeker een mogelijkheid, realiseerde St James zich, hoewel niet op de manier zoals Malverd klaarblijkelijk dacht. 'Dat weet ik niet zeker,' zei St James. 'Dat is de reden dat ik hier ben.'

'Politie?'

Hij haalde nog een kaartje tevoorschijn. 'Forensische wetenschap.'

Bij het horen van deze informatie keek Malverd matig geïnteresseerd. Hij had in elk geval met een collega te doen, scheen hij te denken. 'We zullen eens kijken wat we kunnen doen,' zei hij. 'Deze kant op, graag.'

Hij leidde St James door een gang met linoleumtegels die sterk verschilde van de ontvangsthal en de directieafdeling op de begane grond. Aan beide kanten waren laboratoria waar laboranten op hoge krukken aan werktafels zaten waarvan de bladen door de tijd, het schuiven met zware apparatuur en de blootstelling aan chemicaliën van zwart tot grijs waren verbleekt.

Terwijl ze verder liepen, knikte Malverd naar een paar collega's, maar hij zei niets. Op een gegeven moment haalde hij een tijdschema uit zijn zak, bestudeerde het, keek op zijn horloge en vloekte. Hij ging sneller lopen, ontweek nog net een theekar waarbij een groep laboranten theepauze hield en opende in een volgende gang een deur.

'Dit is 25,' zei hij.

De ruimte waar ze in terechtkwamen bestond uit een groot rechthoekig laboratorium, helverlicht door lange tl-buizen aan het plafond. Op een werktafel langs een van de muren stonden ten minste zes broedstoven. Daartussen stonden centrifuges, sommige open, sommige dicht, sommige zoemend aan het werk. Tientallen pH-meters lagen tussen allerlei microscopen en overal stonden kasten met glazen deuren met chemicaliën, glazen potten, flessen, testbuisjes en pipetten. Tussen al deze parafernalia van de wetenschap zaten twee laboranten de oranje digitale getallen die op een van de broedstoven opflikkerden, over te schrijven. Een andere was aan het werk bij een zuurkast, waarvan de glazen deur was gesloten om te voorkomen dat de kweken zouden worden verontreinigd. Vier anderen tuurden in microscopen, terwijl een volgende specimina op glazen plaatjes legde.

Een paar laboranten keken op toen Malverd St James naar een gesloten deur aan de andere kant van het lab leidde, maar geen van hen zei iets. Toen Malverd een keer hard op de deur had geklopt en naar binnen stapte zonder een reactie af te wachten, verloren degenen die hem hun aandacht hadden gegeven, hun interesse.

Een secretaresse, die er al net zo getergd uitzag als Malverd,

draaide zich om toen ze binnenkwamen. Een bureau, een stoel, een computer en een laserprinter sloten haar aan alle kanten in. 'Voor u, meneer Malverd.' Ze pakte een stapel telefoonberichten van haar bureau die met een paperclip aan elkaar zaten. 'Ik weet niet wat ik tegen de mensen moet zeggen.'
Malverd nam ze aan, bladerde ze door, liet ze op haar bureau vallen. 'Scheep ze maar af,' zei hij. 'Scheep iedereen maar af. Ik heb geen tijd voor telefoontjes.'
'Maar...'
'Houden jullie hier agenda's bij, mevrouw Courtney? Zijn jullie al zover gekomen of verwacht ik nu te veel?'
Haar lippen werden wit, ondanks het feit dat ze glimlachte en beleefd probeerde zijn vraag als een grapje op te vatten, wat bemoeilijkt werd door de toon waarop Malverd sprak. Ze drong zich langs hem heen, liep naar de andere kant van haar bureau, haalde er een leren agenda uit en gaf deze aan Malverd. 'We houden altijd alles bij, meneer Malverd. U zult zien dat het allemaal perfect in orde is.'
'Dat hoop ik,' zei hij. 'Dat zal dan het eerste zijn wat in orde is. Ik lust wel een kop koffie. U?' Dit laatste tegen St James, die weigerde. 'Zorgt u er even voor, mevrouw Courtney,' was Malverds laatste opmerking tegen mevrouw Courtney, die een allesvernietigende blik in zijn richting wierp voor ze wegliep om aan zijn verzoek te voldoen.
Malverd opende een tweede deur, die naar een volgende kamer leidde. Deze was groter dan de eerste kamer, maar niet minder vol. Het was duidelijk de kamer van de projectleider en zag er ook zo uit. Oude ijzeren boekenplanken stonden vol boeken gewijd aan biochemie, farmacokinetiek, farmacologie en genetica. Ingebonden jaargangen van wetenschappelijke tijdschriften streden met de boeken om ruimte, evenals een drukmeter, een antieke microscoop en een weegschaal. Op een paar planken op armlengte van het bureau stonden ten minste dertig leren notitieboeken, die, naar St James aannam, de resultaten bevatten van de experimenten die de laboranten in het lab hadden uitgevoerd. Aan de muur boven het bureau hing een grote grafiek die de voortgang van iets aangaf in groene en rode lijnen. Daaronder hingen vier glazen kastjes met een verzameling schorpioenen, zo opgezet dat het leek of iemand de heerschappij van de

mens over de lagere diersoorten had willen benadrukken.
Malverd trok een lelijk gezicht tegen de schorpioenen toen hij achter het bureau ging zitten. Hij keek nogmaals nadrukkelijk op zijn horloge. 'Hoe kan ik u helpen?'
St James haalde een stapel briefpapier van de enige andere stoel in de kamer. Hij ging zitten, keek even naar de grafiek en zei: 'Mick Cambrey is blijkbaar de laatste paar maanden een paar keer op deze afdeling geweest. Hij was journalist.'
'Hij is vermoord, zei u? En u denkt dat er een verband tussen zijn dood en Islington bestaat?'
'Er zijn mensen die denken dat hij aan een verhaal werkte. Er kan een verband zijn tussen dat feit en zijn dood. We weten het nog niet.'
'Maar u zei dat u niet van de politie bent?'
'Dat klopt.'
St James wachtte tot Malverd dit als excuus zou aanwenden om het gesprek te beëindigen. Het stond hem vrij dat te doen. Maar het scheen dat de eerder vastgestelde wederzijdse belangstelling voor de wetenschap genoeg reden was om het gesprek nog even voort te zetten, want Malverd knikte nadenkend en sloeg de agenda, zo te zien op een willekeurige datum, open. Hij zei: 'Ja, ja. Cambrey. Eens even zien.' Hij begon te lezen, liet zijn vinger over een bladzij glijden en daarna over een volgende, vrijwel net zoals de receptioniste een paar minuten daarvoor had gedaan. 'Smythe-Thomas, Hallington, Schweinbeck, Harry – wat moest hij met hém? – Taversly, Powers... Aha, daar is hij: Cambrey, halftwaalf' – hij tuurde met half dichtgeknepen ogen naar de datum – 'twee weken geleden op vrijdag.'
'De receptioniste zei dat hij al eerder hier was geweest. Staat zijn naam ook op andere dagen in de agenda?'
Bereidwillig bladerde Malverd door de agenda. Hij pakte een stukje papier en schreef de data op. Toen hij de agenda had doorgenomen, gaf hij het papiertje aan St James. 'Een vrij regelmatige bezoeker,' zei hij. 'Eens per twee weken. Altijd op vrijdag.'
'Tot hoever gaat die agenda terug?'
'Tot januari.'
'Is er nog een agenda van vorig jaar?'
'Dat zal ik eens vragen.'

Toen Malverd de kamer uit was gelopen om dat te doen, bekeek St James de grafiek boven het bureau wat aandachtiger. Bij de y-as stond GROEI TUMOREN, bij de x-as TIJD NA INJECTIE. Twee lijnen gaven de voortgang van twee substanties aan: een lijn met het woord MIDDEL ernaast die scherp naar beneden afboog en een lijn met het woord ZOUTOPLOSSING ernaast die geleidelijk omhoogliep.

Malverd kwam weer binnen met een kop koffie in zijn ene hand en een agenda in zijn andere hand. Hij trapte de deur met zijn voet dicht.

'Hij is hier vorig jaar ook geweest,' zei hij. Hij schreef nogmaals de desbetreffende data uit de agenda over, waarbij hij zo nu en dan pauzeerde om even van zijn koffie te slurpen. Het was zowel in het lab als in de kamer bijna onmenselijk stil. Het enige geluid was het krassen van Malverds potlood. Ten slotte keek hij op. 'Voor juni vorig jaar is er niets te vinden,' zei hij, waarna hij de datum 2 juni noemde.

'Meer dan een jaar,' merkte St James op. 'Maar er is niets waaruit we kunnen opmaken waarom hij hier kwam?'

'Niets. Ik heb geen flauw idee.' Malverd zette zijn vingertoppen tegen elkaar en keek peinzend naar de grafiek. 'Alhoewel... misschien vanwege oncozyme.'

'Oncozyme?'

'Dat is een geneesmiddel dat afdeling 25 nu al zo'n achttien maanden aan het testen is.'

'Wat voor soort geneesmiddel?'

'Tegen kanker.'

St James moest direct aan Cambreys interview met dr. Trenarrow denken. Het verband tussen die ontmoeting en Cambreys reisjes naar Londen kreeg eindelijk vorm en betekenis.

'Een soort chemotherapie? Wat doet het precies?'

'Het remt de eiwitsynthese in kankercellen,' zei Malverd. 'We hopen dat het de vorming van oncogenen zal voorkomen, de genen waardoor kanker ontstaat.' Hij knikte naar de grafiek en wees naar de rode lijn die zeer schuin naar beneden liep en het percentage verminderde tumorgroei aangaf, afgezet tegen de tijd die was verlopen nadat het geneesmiddel was toegediend. 'Het ziet er veelbelovend uit, zoals u kunt zien. De resultaten bij muizen zijn echt opmerkelijk.'

'Dus het wordt nog niet bij mensen gebruikt?'

'Dat duurt nog jaren. We zijn pas met de toxicologische onderzoeken bezig. U weet wel wat ik bedoel. Wat is een veilige dosis? Wat zijn de biologische effecten?'

'Bijwerkingen?'

'Zeker. Daar zullen we ook nauwkeurig naar kijken.'

'En als er geen bijwerkingen zijn, als er niets is waaruit blijkt dat oncozyme gevaarlijk zou kunnen zijn, wat gebeurt er dan?'

'Dan brengen we het op de markt.'

'Met een aardige winstmarge, neem ik aan,' merkte St James op.

'Voor een fortuin,' antwoordde Malverd. 'Het middel betekent een echte doorbraak. Dat lijdt geen twijfel. Het zou volgens mij best kunnen dat die Cambrey met een verhaal over oncozyme bezig was. Maar of het ook de oorzaak van zijn dood zou kunnen zijn...' Hij zweeg even nadrukkelijk. 'Ik zie niet in hoe.'

St James dacht dat hij dat wel inzag. Het had waarschijnlijk de vorm aangenomen van een toevallig stuk kennis, een bron van zorgen of een idee geopperd door iemand die toegang had tot geheime informatie. Hij vroeg: 'Wat is de relatie tussen Islington-London en Islington-Penzance?'

'Penzance is een van onze onderzoekscentra. Die zitten over het hele land verspreid.'

'Wat doen ze? Nog meer tests?'

Malverd schudde zijn hoofd. 'De geneesmiddelen worden juist in de onderzoekslaboratoria ontwikkeld.' Hij leunde achterover in zijn stoel. 'Elk lab beperkt zich tot een bepaalde ziekte. We hebben er een voor parkinson, een voor huntingtonse chorea, een nieuw voor aids. We hebben zelfs een lab dat onderzoek naar verkoudheid doet.' Hij glimlachte.

'En Penzance?'

'Een van onze drie kankercentra.'

'Heeft Penzance oncozyme toevallig geproduceerd?'

Malverd keek nogmaals nadenkend naar de grafiek. 'Nee. Oncozyme werd ontwikkeld door ons Bury-lab in Suffolk.'

'En u zei dat de geneesmiddelen niet in die centra worden getest?'

'Ze voeren geen uitgebreide tests uit, zoals we hier doen. De eerste tests natuurlijk wel. Die doen ze wel. Anders zouden ze niet weten wat ze hadden ontwikkeld, nietwaar?'

'Mag ik aannemen dat bepaalde mensen in de researchlaboratoria toegang hebben tot de resultaten? Niet alleen de resultaten van het plaatselijke lab, maar ook de resultaten uit Londen.'
'Zeker.'
'En zou zo iemand misschien op een onvolkomenheid kunnen zijn gestuit? Misschien een of ander detail dat verdoezeld is in de haast om een nieuw product op de markt te brengen?'
Malverds gezicht verloor zijn vriendelijke uitdrukking. Hij stak zijn kin naar voren en trok hem weer in alsof hij zijn ruggengraat rechtte. 'Dat lijkt me niet, meneer St James. Dit is een medische instelling, geen sciencefictionboek.' Hij stond op. 'Ik moet nu terug naar mijn eigen lab. Tot we een nieuwe man voor 25 hebben gevonden, moet ik een beetje met mijn tijd schipperen. Dat begrijpt u wel.'
St James liep achter hem aan de kamer uit. Malverd gaf de twee agenda's terug aan de secretaresse en zei: 'Ze waren in orde, mevrouw Courtney. Van harte gefeliciteerd.'
Ze pakte de agenda's aan en antwoordde koeltjes: 'Meneer Brooke hield altijd alles keurig bij, meneer Malverd.'
St James keek verbaasd op toen hij deze naam hoorde. 'Meneer Brooke?' vroeg hij. Het kon niet waar zijn.
Malverd bewees dat dat wel zo was. Hij leidde hem terug naar het lab. 'Justin Brooke,' zei hij. 'Senior-biochemicus, hoofd van dit stelletje. Die idioot is vorig weekeinde verongelukt in Cornwall. Aanvankelijk dacht ik dat dat de reden van uw komst was.'

22

Voor hij naar de agent knikte ten teken dat deze de deur naar de verhoorkamer mocht openen, keek Lynley, met een dienblad met thee en broodjes in zijn hand, door het raampje van dik glas. Zijn broer zat met gebogen hoofd aan de tafel. Hij had nog steeds de gestreepte sweater aan die MacPherson hem in Whitechapel had gegeven, maar de warmte die deze eerder had verschaft, was nu niet genoeg meer. Peter beefde: armen, benen, hoofd en schouders. Lynley twijfelde er geen moment aan dat al zijn inwendige spieren ook beefden.

Toen ze hem dertig minuten daarvoor in de kamer hadden achtergelaten – volkomen alleen, afgezien van een bewaker voor de deur om te voorkomen dat hij zichzelf iets aandeed – had Peter geen vragen gesteld; hij had geen opmerkingen gemaakt, geen wensen geuit. Hij had alleen maar met zijn handen op de rugleuning van een van de stoelen de onpersoonlijke kamer rondgekeken. Een tafel, vier stoelen, matbeige zeil op de vloer, twee lampen aan het plafond waarvan er maar een het deed, een gedeukte rode metalen asbak op de tafel. Het enige wat hij had gedaan voor hij ging zitten, was naar Lynley kijken en zijn mond opendoen alsof hij iets wilde zeggen. Zijn gezicht straalde een smeekbede uit. Maar hij zei niets. Het was alsof Peter eindelijk begon in te zien dat de schade die hij aan de relatie met zijn broer had toegebracht, vrijwel onherstelbaar was. Als hij al geloofde dat zij door een bloedband onlosmakelijk met elkaar waren verbonden, dat hij een beroep op die bloedband kon doen, dan was hij duidelijk niet van plan daar nu over te beginnen.

Lynley knikte naar de agent, die de deur opende en achter hem weer op slot draaide. Dit was altijd een akelig definitief geluid, maar nu vond Lynley het geluid van de sleutel die over metaal kraste nog akeliger, omdat die sleutel zijn broer zijn vrijheid ontnam. Hij had niet verwacht dat hij dit zo zou ervaren. Hij had niet verwacht dat hij de behoefte zou voelen om te helpen en te beschermen. Om de een of andere onduidelijke reden had hij verwacht dat hij het gevoel zou hebben dat er iets was bereikt wanneer Peter eindelijk met het criminele aspect van zijn manier van leven van de laatste paar jaar werd geconfronteerd. Maar nu het rechtssysteem Peter in handen had, ontdekte Lynley dat hij helemaal niet het gevoel had dat hij eindelijk in het gelijk was gesteld omdat hij het schone, het morele, het ethische leven had gekozen, het leven dat hem gegarandeerd tot de lieveling van de maatschappij maakte. Hij voelde zich eerder een hypocriet en als er straf zou moeten worden gegeven aan de grotere zondaar – de man aan wie het meest was gegeven en die derhalve het meest had vergooid – zou hij de rechtmatige ontvanger zijn, wist hij.

Peter keek op, zag hem en wendde zijn blik af. Hij keek echter niet verongelijkt. Zijn gezicht vertoonde een verdwaasde uitdrukking, geboren uit verwarring en angst.

'We moeten allebei iets eten,' zei Lynley. Hij ging tegenover zijn broer zitten en zette het dienblad tussen hen in op tafel. Toen Peter geen aanstalten maakte iets te nemen, pakte Lynley een broodje uit. Hij had moeite om de verpakking open te krijgen en het krakende papier maakte hetzelfde opvallende geluid als vuur dat hout verteert. Het klonk onnatuurlijk hard. 'Het eten bij de Yard is vreselijk. Het is of zaagsel, of gaarkeukenbrij. Ik heb deze uit een restaurant verderop in de straat laten halen. Je moet de pastrami eens proberen. Die vind ik het lekkerst.' Peter verroerde geen vin. Lynley pakte de thee. 'Ik weet niet meer hoeveel suiker je erin doet. Ik heb maar een paar zakjes meegenomen. Er is ook melk.' Hij roerde in zijn eigen thee, pakte zijn broodje uit en wist dat hij zich idioot gedroeg. Hij leek net een overbezorgde moeder die geloofde dat eten de ziekte zou verdrijven.

Peter hief zijn hoofd op. 'Geen honger.' Zijn lippen waren gebarsten, zag Lynley, gebarsten en rauw, omdat hij er het halfuur dat hij alleen was geweest, op had zitten bijten. Eén plekje was gaan bloeden, maar het bloed begon al op te drogen tot een rafelige donkere vlek. Aan de binnenkant van zijn neusgaten zat nog meer bloed in de vorm van kleine, droge korstjes en op zijn oogleden en tussen zijn wimpers plakten huidschilfers.

'Eerst verdwijnt je eetlust,' zei Peter. 'Daarna de rest. Je realiseert je niet wat er met je gebeurt. Je denkt dat het prima met je gaat, beter dan ooit. Maar je eet niet. Je slaapt niet. Je werkt steeds minder en ten slotte helemaal niet meer. Niks interesseert je meer, behalve coke. Seks. Soms heb je nog zin in seks. Maar op het laatst kan dat je ook niet meer schelen. Coke is gewoon stukken lekkerder.'

Lynley legde zijn broodje onaangeraakt terug op het papier waarin het verpakt had gezeten. Hij had ineens geen trek meer. Hij wilde dat hij ook geen gevoelens meer had. Hij pakte zijn thee en sloeg zijn handen om het kopje heen. Het straalde een doffe, maar troostende warmte uit.

'Mag ik je helpen?'

Peter klemde zijn rechterhand om zijn linkerhand. Hij gaf geen antwoord.

'Ik kan het verleden niet veranderen, het soort broer dat ik was toen jij me nodig had,' zei Lynley. 'Ik kan je alleen aanbieden wat ik nu ben, hoe weinig dat ook is.'

Bij het horen van deze woorden leek Peter zich in zichzelf terug te trekken. Of misschien was het de kou – in hem en om hem heen – die hem ineen deed krimpen, als om energie te sparen, de weinige reserves die hij nog had te verzamelen. Lynley zocht naar iets – woorden, beelden, een gedeelde ervaring – om de laatste vijftien jaar te overbruggen en het kleine jongetje te bereiken dat hij op Howenstow had achtergelaten. Maar hij kon niets vinden. Er was geen weg terug en geen manier om het goed te maken.

Hij voelde zich loodzwaar. Hij zocht in de zak van zijn jasje naar zijn sigarettenkoker en aansteker en legde ze op tafel. De koker was van zijn vader geweest en de rijk versierde A op de voorkant was in de loop der tijd enigszins weggesleten. Sommige stukken waren helemaal verdwenen, maar de koker was hem vertrouwd, was hem dierbaar, hoe gekrast en gedeukt hij ook was. Het zou niet bij hem opkomen om hem weg te doen. Terwijl hij ernaar keek – naar dat kleine rechthoekige symbool van alles waarvoor hij was gevlucht, al die delen van zijn leven die hij willens en wetens had genegeerd, de chaotische emoties waarmee hij niet geconfronteerd had willen worden – vond hij de woorden.

'Het kwam doordat ik wist dat ze met Roderick naar bed ging terwijl vader nog leefde. Dat kon ik niet verdragen, Peter. Het maakte niet uit dat ze verliefd waren geworden, dat ze het niet van plan waren geweest, maar dat het gewoon was gebeurd. Het maakte niet uit dat Roderick van plan was met haar te trouwen zodra het kon. Het maakte niet uit dat ze nog steeds van vader hield – en ik wist dat ze van hem hield, want ik heb gezien hoe ze met hem omging, ook toen ze al een relatie met Roderick had. Ik begreep het niet en ik kon mijn eigen onnozelheid niet uitstaan. Hoe kon ze van hen allebei houden? Hoe kon ze zo toegewijd zijn aan de een – voor hem zorgen, hem wassen, hem voorlezen, uur na uur, dag na dag voor hem zorgen, hem voeren, bij hem zitten... Dat allemaal – en toch met die ander naar bed gaan? En hoe kon Roderick de slaapkamer van vader in gaan, met hem over zijn toestand praten, terwijl hij de hele tijd wist dat hij direct daarna met moeder naar bed zou gaan? Ik begreep het niet. Ik zag niet in hoe dat kon. Ik wilde dat het leven simpel was en dat was het niet. Het zijn beesten, dacht ik. Ze hebben geen greintje fatsoen. Ze weten zich niet te gedragen. Ze hebben een lesje nodig. Ik zal hun een lesje geven. Ik zal het hun laten zien. Ik zal ze straffen.' Lynley nam een sigaret en schoof de sigarettenkoker over de tafel naar zijn broer toe. 'Dat ik van Howenstow wegging, dat ik zo zelden terugkwam, had niets met jou te maken, Peter. Jij werd het slachtoffer van mijn behoefte iets te wreken waarvan vader waarschijnlijk nooit heeft geweten dat het gebeurde. Je zult er vast niet veel aan hebben, maar het spijt me.'

Peter nam een sigaret. Maar hij stak hem niet aan. Misschien ging dat een stap verder dan hij wilde gaan.

'Ik hoopte altijd dat je zou komen, maar je kwam nooit,' zei hij. 'Niemand wilde tegen me zeggen wanneer je weer thuis zou komen. Ik dacht dat het om de een of andere reden geheim was. Uiteindelijk realiseerde ik me dat niemand het wilde vertellen omdat niemand het wist. Dus vroeg ik het niet meer. En na een tijdje maakte het me niet meer uit. Als je thuiskwam, was het beter je te haten, want dan maakte het niet uit dat je altijd weer wegging.'

'Wist je het van moeder en Trenarrow?'

'Een hele tijd niet.'

'Hoe ben je erachter gekomen?'

Peter stak zijn sigaret aan. 'Ouderdag op school. Ze kwamen samen. Een paar knullen hebben het me toen verteld. "Die Trenarrow neukt je moeder, Peter. Ben je zo achterlijk dat je dat niet weet?"' Hij haalde zijn schouders op. 'Ik reageerde als een

ijskouwe. Ik deed alsof ik het wist. Ik bleef maar hopen dat ze zouden trouwen. Maar ze deden het nooit.'
'Daar heb ik voor gezorgd. Ik wilde ze laten lijden.'
'Zoveel macht had je niet over ze.'
'Jawel. Nog steeds. Ik wist waar moeders loyaliteit lag. Dat heb ik gebruikt om ze pijn te doen.'
Peter vroeg geen verdere uitleg. Hij legde zijn sigaret op de asbak en keek naar het dunne rooksliertje dat opsteeg. Lynley koos zijn volgende woorden zorgvuldig en zocht tastend zijn weg in een land dat hem vertrouwd zou moeten zijn, maar dat in feite vreemd voor hem was.
'Misschien kunnen we samen onze weg hierdoorheen zoeken. Natuurlijk niet proberen terug te gaan. Dat is onmogelijk. Maar proberen verder te gaan.'
'Als genoegdoening van jouw kant?' Peter schudde zijn hoofd. 'Je hoeft niets goed te maken, Tommy. O, ik weet dat jij denkt dat dat nodig is. Maar ik heb mijn eigen weg gekozen. Jij bent niet verantwoordelijk voor mij.' En vervolgens, alsof hij dacht dat zijn laatste opmerking gemelijk klonk: 'Heus.'
'Het heeft helemaal niets met verantwoordelijkheid te maken. Ik wil je helpen. Je bent mijn broer. Ik hou van je.'
Lynley zei het zo simpel, alsof hij een feit vaststelde, maar het leek wel of hij Peter had geslagen. Peter deinsde achteruit. Zijn rauwe lippen trilden. Hij bedekte zijn ogen. 'Het spijt me,' zei hij ten slotte. En daarna alleen maar: 'Tommy.'
Lynley zei niets meer tot zijn broer zijn handen had laten zakken. Dat hij met Peter in de verhoorkamer zat, had hij uitsluitend te danken aan inspecteur MacPherson, die met hem meevoelde. MacPhersons partner, brigadier Havers, had heftig geprotesteerd toen Lynley om deze paar minuten had gevraagd. Ze had richtlijnen geciteerd, procedures, jurisprudentie en wetsteksten, tot MacPherson haar het zwijgen had opgelegd met een simpel 'Ik ken de wet, kind. Dat wil je toch wel van me aannemen?' en haar had weggestuurd om bij de telefoon op de resultaten te wachten van de toxicologische analyse van het poeder dat ze in Peters flat in Whitechapel hadden gevonden. Daarna had MacPherson Lynley alleen gelaten bij de deur van de verhoorkamer. Hij was weggeslenterd en had over zijn schouder gezegd: 'Twintig minuten, Tommy.' Dus ondanks het feit dat

Peter en hij over het verdriet moesten praten dat ze elkaar jarenlang hadden gedaan, was er nauwelijks genoeg tijd om informatie te verzamelen en al helemaal geen tijd om de relatie te herstellen die ze kapot hadden gemaakt. Dat zou moeten wachten.

'Ik moet je een paar vragen over Mick Cambrey stellen,' zei Lynley. 'En ook over Justin Brooke.'

'Je denkt dat ik ze heb vermoord.'

'Wat ik denk, doet er niet toe. Het enige wat ertoe doet, is wat de recherche van Penzance ervan denkt, Peter. Je begrijpt natuurlijk wel dat ik John Penellin niet voor de dood van Mick kan laten opdraaien.'

Peter fronste zijn voorhoofd. 'Is John gearresteerd?'

'Zaterdagavond. Was jij dan al niet meer op Howenstow toen ze hem kwamen halen?'

'We zijn direct na het diner weggegaan. Ik wist het niet.' Hij raakte het broodje voor hem op tafel met een vinger aan en schoof het met een van walging vertrokken gezicht van zich af.

'Ik wil de waarheid horen,' zei Lynley. 'Dat is het enige wat kan helpen. En de enige manier om John vrij te krijgen, is de politie vertellen wat er vrijdagavond echt is gebeurd, want hij doet niets om zichzelf te helpen. Peter, heb jij Mick Cambrey nog gezien nadat John Penellin in Gull Cottage was geweest?'

'Ze zullen me arresteren,' mompelde hij. 'Ze zullen me voor het gerecht slepen.'

'Je hebt niets te vrezen als je onschuldig bent. Als je je mond opendoet. Als je de waarheid spreekt. Peter, ben je er geweest? Of heeft Brooke gelogen?'

Een manier om te ontsnappen lag binnen handbereik. Peter kon het simpelweg ontkennen. Hij kon zeggen dat Brooke had gelogen. Hij kon zelfs een reden verzinnen waarom Brooke had gelogen. De man was immers dood en kon zijn woorden niet weerleggen. Dat waren mogelijkheden waaruit hij kon kiezen. Hij kon ook besluiten een man te helpen die al zijn hele leven in zekere zin deel van zijn familie had uitgemaakt.

Peter likte langs zijn droge lippen. 'Ik ben er geweest.'

Lynley wist niet of hij zich opgelucht of wanhopig moest voelen. Hij zei: 'Wat gebeurde er?'

'Ik denk dat Justin dacht dat ik het alleen nooit zou klaren. Of anders kon hij gewoon niet wachten.'

'Op de coke?'
'Hij had coke bij zich toen hij naar Howenstow kwam.' Peter vertelde in het kort wat er tussen Sidney en Brooke op het strand was voorgevallen. 'Ze gooide het in het water,' besloot hij. 'Dus daar zaten we. Ik had Mark al gebeld of hij nog coke had, maar ik had niet genoeg geld en hij wilde het me niet voorschieten, zelfs niet voor een paar dagen.'
'Dus ging je naar Mick?' Een bevestigend antwoord zou de eerste barst in het verhaal van Brooke betekenen. Maar het kwam niet.
'Niet voor coke,' zei Peter, die daarmee onbewust het eerste deel van Brookes verhaal bevestigde. 'Voor geld. Ik herinnerde me dat hij eens in de twee weken op vrijdag de loonzakjes voor de krant maakte.'
'Wist je ook dat Mick zich wel eens als vrouw verkleedde?'
Peter glimlachte vermoeid. Er lag een zekere bewondering in zijn glimlach, een herinnering aan het jongetje dat hij ooit was. 'Ik heb altijd wel gedacht dat je een redelijk goed rechercheur zou worden.'
Lynley vertelde hem niet hoe weinig inbreng zijn eigen speurderstalent in de ontdekking van Micks dubbelleven in Londen had gehad. Hij zei alleen maar: 'Hoelang wist je dat al?'
'Een maand ongeveer. Ik kocht soms in Londen cocaïne van hem, als mijn andere bronnen droogstonden. We ontmoetten elkaar altijd in Soho. Er is een steegje vlak bij het plein waar gedeald wordt. We troffen elkaar altijd in een club. Ik kocht dan een gram, of een halve gram, of minder. Lag eraan hoeveel geld ik had.'
'Dat lijkt me nogal riskant. Waarom spraken jullie niet in jouw flat af? Of in de zijne?'
Peter keek hem even snel aan. 'Ik wist niet eens dat hij een flat had. En ik wilde zeker niet dat hij de mijne zag.'
'Hoe nam je contact met hem op? Hoe maakte je een afspraak?'
'Zoals ik al zei. Soms stonden mijn andere bronnen droog. Dan belde ik hem in Cornwall. Als hij van plan was om naar Londen te komen, maakten we een afspraak.'
'Altijd in Soho?'
'Altijd in dezelfde tent. Een of andere club. Daar heb ik ook ontdekt dat hij zich als vrouw verkleedde.'

'Hoe?'
Peter werd rood toen hij vertelde hoe hij in Kat's Kradle een uur op Mick Cambrey had zitten wachten; hoe hij door een vrouw was benaderd toen hij naar de bar liep voor lucifers; hoe ze samen wat hadden gedronken; hoe ze uiteindelijk naar buiten waren gegaan. 'Er is daar een soort nis,' zei Peter. 'Je staat er min of meer uit het zicht. Ik was inmiddels zo dronken als een kanon. Ik wist niet meer wat ik deed en het kon me ook niets schelen, dus toen ze tegen me aan ging staan rijden en me ging betasten, wilde ik wel. Toen ze zover was gegaan als ze wilde gaan, begon ze te lachen. Als een idioot te lachen. Toen zag ik dat het Mick was.'
'Had je dat niet eerder gezien?'
Peter schudde meewarig zijn hoofd. 'Mick zag er goed uit, Tommy. Ik weet niet hoe hij het voor elkaar kreeg. Maar hij zag er verdomd goed uit. Sexy. Hij had waarschijnlijk zijn eigen vader voor de gek kunnen houden. Ik trapte er in elk geval in.'
'En toen je zag dat het Mick was?'
'Toen wilde ik hem een pak op zijn lazer geven. Maar ik was veel te dronken. Ik haalde uit. We vielen allebei. Dat wil zeggen, ik weet dat we op de een of andere manier op de grond zijn beland. En toen dook ineens Sidney St James op. Jezus, het was net een nachtmerrie. Ze was samen met Brooke. Hij trok me van Mick af en Mick ging ervandoor. Ik heb hem niet meer gezien tot vrijdagavond in Nanrunnel.'
'Hoe wist je trouwens dat Mick in cocaïne dealde?'
'Dat heeft Mark me verteld.'
'Maar je hebt niet geprobeerd om in Nanrunnel cocaïne bij hem te kopen?'
'Hij wilde daar niet verkopen. Alleen in Londen.'
'Zo vaak was hij niet in Londen, wel? Wie kochten er bij hem?'
'Er is een heel netwerk, Tommy. De dealers kennen de kopers. De kopers kennen de dealers. Iedereen kent iedereen. Je krijgt een telefoonnummer. Dat bel je. Je maakt een afspraak.'
'En als je nu eens iemand van de narcoticabrigade aan de lijn krijgt?'
'Dan ben je erbij. Maar niet als je slim bent. En niet als je weet hoe je je contacten moet leggen. Mick wist wel hoe hij dat moest doen. Hij was journalist. Hij wist hoe hij een goede bron moest

opsporen. Hij zocht gewoon een ander soort bron toen hij ging dealen. Hij had honderden contacten.'

Dat was waar, dacht Lynley. Voor een man als Mick Cambrey was het waarschijnlijk eenvoudig geweest. 'Wat is er vrijdagavond tussen jullie voorgevallen? De buren hebben een ruzie gehoord.'

'Ik was wanhopig. Dat had Mark die middag al gemerkt en hij had direct zijn prijzen verhoogd. Ik had het geld niet, dus ging ik naar Mick om geld te lenen. Hij zei: "Geen sprake van." Ik beloofde hem dat hij het terug zou krijgen. Ik zwoer dat ik het binnen een week zou hebben.'

'Hoe?'

Peter staarde naar zijn afgekloven nagels. Lynley zag dat hij met zijn geweten in de knoop zat en overwoog tot hoever hij zou gaan en wat de gevolgen zouden zijn. 'Dingen van Howenstow,' zei hij uiteindelijk. 'Het zilver. Ik dacht dat ik een paar stukken in Londen zou kunnen verkopen en dat niemand dat zou merken.'

'Is dat de feitelijke reden waarom je naar Cornwall was gekomen?' Lynley wachtte op zijn antwoord en probeerde onbewogen te blijven bij het idee dat zijn broer dingen had willen verkopen die al generaties lang in hun familie waren geweest, alleen maar om zijn drugsverslaving te bevredigen.

'Ik weet niet waarom ik naar Cornwall ging. Ik dacht niet helder. Het ene moment ging ik ernaartoe om coke van Mark te kopen. Het volgende moment ging ik om het zilver te jatten en mee terug te nemen naar Londen. Zo is het gewoon. Na een tijdje weet je niet eens meer waar je mee bezig bent. Het is net of je duizelig bent.'

'En toen Mick je het geld niet wilde lenen?'

'Het was stom. Ik zei hem dat ik in het dorp zou vertellen wat hij in Londen allemaal uitspookte. De verkleedpartijen. Dat hij in drugs handelde.'

'Ik neem aan dat hij niet zwichtte voor die dreigementen?'

'Nee, absoluut niet. Hij lachte alleen maar. Hij zei dat als ik geld wilde, ik hem met de dood moest bedreigen, niet met roddelpraat. Mensen betalen veel meer om in leven te blijven dan om een geheim veilig te stellen, zei hij. Daar zit het grote geld. En hij bleef maar lachen. Alsof hij me uit mijn tent probeerde te lokken.'

'Wat deed Brooke toen?'
'Hij probeerde ons allebei het zwijgen op te leggen. Hij zag wel dat ik doordraaide. Ik denk dat hij bang was dat er rare dingen zouden gebeuren.'
'Maar je hield je mond niet?'
'Mick bleef me maar treiteren. Hij zei dat als ik zijn vuile was op straat wilde gooien, hij dat bij mij ook zou doen. Hij zei dat moeder en jij wel graag zouden willen weten dat ik weer gebruikte. Maar dat maakte me zelfs niet meer uit.' Peter beet zenuwachtig op zijn duimnagel. 'Het maakte me niet uit of hij het aan jou zou vertellen, want jij had toch al gezien dat ik weer gebruikte. En wat moeder betreft... Het maakte me allemaal niets meer uit. Ik wilde alleen nog maar high worden. Je weet niet hoe het voelt als je bereid bent alles te doen om een beetje coke te pakken te krijgen.'
Dit was een zeer belastende opmerking. Lynley dankte de hemel dat MacPherson en Havers dit niet hadden gehoord. MacPherson had Peters opmerking waarschijnlijk als een verspreking opgevat, maar Havers zou er als een uitgehongerde straathond bovenop zijn gedoken.
'Op dat moment explodeerde ik gewoon,' zei Peter. 'Het was dat of gaan smeken.'
'Is dat het moment dat Brooke wegging?'
'Hij probeerde me over te halen om mee te gaan, maar ik zei nee. Ik zei dat ik nog niet klaar was met die flikker.'
Alweer zo'n gevaarlijke manier om iets uit te drukken. Lynley voelde zichzelf inwendig in elkaar krimpen. 'Wat gebeurde er toen?'
'Ik schold Mick uit voor alles wat mooi en lelijk was. Ik was razend. Schreeuwde. Ik was over de rooie en gek en ik móést...' Hij pakte zijn kopje thee en nam een grote slok. Een druppel liep langs zijn kin. 'Uiteindelijk begon ik te smeken en te grienen om vijftig pond. Hij gooide me eruit.'
Peters sigaret was in de asbak opgebrand en in een keurige cilinder grijze as veranderd. Hij tikte er met de nagel van zijn wijsvinger tegenaan. De cilinder viel uit elkaar en vormde een rommelig hoopje. Hij zei: 'Het geld lag er nog toen ik wegging, Tommy. Je hebt geen reden om dat te geloven. Maar het geld lag er nog. En Mick leefde nog.'

'Ik geloof je.' Lynley probeerde zijn woorden te laten klinken alsof hij ervan overtuigd was dat zijn persoonlijke geloof in Peter genoeg was om hem in de veilige schoot van zijn familie terug te brengen. Maar dat was niet meer dan een onverantwoorde fantasie. Want zoals de zaken ervoor stonden, zou Peter voor de rechtbank moeten verschijnen zodra de politie van Penzance zijn verhaal had gehoord. En wanneer de jury eenmaal had gehoord dat hij verslaafd was, zou zijn positie op zijn best hachelijk zijn, wat Lynley hem ook had verteld over de intrinsieke waarde van de waarheid spreken.

Peter scheen troost te putten uit de woorden van zijn broer. Hij scheen ze op te vatten als een aansporing om verder te gaan, als teken van een fragiele band tussen hen die verdere bekentenissen mogelijk maakte. 'Ik heb ze niet gestolen, Tommy. Dat zou ik nooit hebben gedaan.' Lynley keek hem niet-begrijpend aan. Peter ging verder. 'Haar camera's. Die heb ik niet gestolen. Echt niet. Ik zweer het.'

Het feit dat Peter het familiezilver had willen verkopen, maakte het niet eenvoudig om te geloven dat hij plotseling een geweten had gekregen waar het om Deborah ging. Lynley vermeed een rechtstreeks antwoord. 'Hoe laat ging je vrijdag bij Mick weg?'

Peter dacht na over die vraag. 'Ik ben naar de Anchor and Rose gegaan voor een biertje,' zei hij. 'Het zal ongeveer 21.45 uur zijn geweest.'

'Niet tien uur? Niet later?'

'Niet toen ik daar binnenkwam.'

'Was je er nog om tien uur?' Toen Peter knikte, vroeg Lynley: 'Waarom is Justin dan alleen teruggelift naar Howenstow?'

'Justin?'

'Was hij niet in de pub?'

Peter keek hem enigszins onzeker aan. 'Nee.'

Lynley voelde een zekere mate van opluchting. Het was het eerste ontlastende stukje informatie dat zijn broer had gegeven. En omdat hij zich er niet van bewust was dat dit stukje informatie zeer belangrijk was, wist Lynley dat zijn broer in dit opzicht de waarheid sprak. Het was een detail dat hij zou moeten controleren, een smet op het verhaal van Brooke, de vage belofte dat een aanklacht tegen Peter door een advocaat voor de rechtbank onderuit zou kunnen worden gehaald.

'Wat ik niet begrijp,' zei Lynley, 'is dat je zo ineens van Howenstow bent vertrokken. Kwam het door onze ruzie in de rookkamer?'

Peter glimlachte even. 'Als je nagaat hoe vaak wij al ruzie hebben gehad, is het niet waarschijnlijk dat ik daarom het hazenpad heb gekozen, nietwaar?' Hij keek de andere kant op. Eerst dacht Lynley dat hij een verhaal zat te verzinnen, maar toen zag hij de rode wangen van zijn broer en realiseerde zich dat hij zich schaamde. 'Het kwam door Sasha,' zei hij. 'Ze liet me maar niet met rust. Ze stond erop dat we teruggingen naar Londen. Ik had een lucifersdoosje uit de rookkamer gepikt – dat zilveren ding dat altijd op het bureau ligt – en toen ze eenmaal wist dat ik geen geld van Mick en geen coke van Mark zou krijgen, wilde ze het doosje mee naar Londen nemen om het te verkopen. Ze had haast. Ze smachtte naar een beetje coke. Ze gebruikte heel veel, Tommy. Voortdurend. Meer dan ik.'

'En heb je nog wat gekocht? Is dat wat ze vanmiddag heeft genomen?'

'Ik kon geen koper vinden. Iedereen weet dat het doosje gestolen is. Het verbaast me dat ze me niet hebben gepakt.'

'Eerder' bleef onuitgesproken. Maar ze dachten er ongetwijfeld allebei aan. De sleutel werd omgedraaid. Iemand klopte hard op de deur. MacPherson deed de deur met een zwaai open. Hij had zijn das een beetje losgetrokken en zijn colbert uitgedaan. Zijn grote bril stond hoog op zijn voorhoofd. Achter hem stond brigadier Havers. Ze deed geen poging om de tevreden glimlach op haar gezicht te verbergen.

Lynley stond op, maar gebaarde zijn broer dat hij moest blijven zitten. MacPherson wees met zijn duim naar de gang. Lynley liep achter hem aan en sloot de deur achter zich.

'Heeft hij een advocaat?' vroeg MacPherson.

'Natuurlijk. We hebben hem nog niet gebeld, maar...' Lynley keek de Schot aan. In tegenstelling tot Havers had hij een sombere uitdrukking op zijn gezicht. 'Hij zei dat hij dat flesje nog nooit heeft gezien, Angus. En we kunnen vast en zeker wel getuigen vinden die het verhaal kunnen bevestigen dat hij brood en eieren was gaan kopen toen zij het spul nam.' Hij probeerde zijn stem kalm en redelijk te laten klinken, zodat ze niet verder zouden vragen dan de dood van Sasha Nifford. Het idee dat

MacPherson en Havers Peter op de een of andere manier in verband hadden gebracht met de sterfgevallen in Cornwall, was ondenkbaar. Maar het vragen naar de advocaat suggereerde dat wel. 'Ik heb met de jongens van de afdeling Vingerafdrukken gesproken voor ik naar hem toe ging. Blijkbaar zitten alleen Sasha's vingerafdrukken op de naald. En Peters vingerafdrukken zitten ook niet op het flesje. Voor een overdosis zoals we hier...'
MacPhersons gezicht had rimpels gekregen door zijn groeiende bezorgdheid. Hij hief zijn hand op om Lynley tot zwijgen te brengen en liet hem zwaar naar beneden vallen toen hij zei: 'Ja, voor een overdosis. Ja, knul. Ja. Maar we hebben een groter probleem dan een overdosis.'
'Wat bedoel je?'
'Brigadier Havers zal je de feiten geven.'
Lynley moest moeite doen om zijn blik van MacPherson naar het gezicht van de brigadier te wenden. Ze hield een vel papier in haar hand.
'Havers?' zei hij.
Weer die flauwe glimlach. Neerbuigend, alwetend en bovendien genietend. 'Het toxicologierapport geeft aan dat het een mengsel is van kinine en een medicijn, ergotamine,' zei ze. 'Op de juiste manier met elkaar vermengd, zodat het niet alleen op heroïne lijkt, maar ook zo smaakt. Het meisje heeft waarschijnlijk gedacht dat het heroïne was wat ze inspoot.'
'Wat bedoel je?' vroeg Lynley.
MacPherson schuifelde met zijn voeten heen en weer. 'Dat weet jij net zo goed als ik. Het is moord.'

23

Deborah had woord gehouden. Toen St James thuiskwam, vertelde Cotter hem dat ze ongeveer een uur daarvoor was gearriveerd. Met haar nachtgoed, voegde hij er nadrukkelijk aan toe. 'Ze zei dat ze een berg werk had en foto's moest afdrukken, maar volgens mij wil het kind hier blijven tot er nieuws van juffrouw Sidney is.' Het leek of ze bang was geweest dat St James bij zijn thuiskomst haar plannen zou doorkruisen, want Deborah was direct naar de donkere kamer gegaan en de rode lamp boven de deur vertelde hem dat ze niet gestoord mocht worden. Toen hij klopte en haar naam zei, riep ze opgewekt 'Kom zo' en rommelde achter de deur verder met een geluid dat getuigde van onnodig gebruikte kracht. Hij liep de trap af naar zijn studeerkamer en belde naar Cornwall.

Hij trof dr. Trenarrow thuis. Hij had zijn naam nog niet gezegd of Trenarrow vroeg al naar Peter Lynley. Hij deed dit op zo'n geforceerd kalme manier dat duidelijk was dat hij het ergste vreesde, maar de schijn ophield dat hij het allemaal niet zo zwaar inzag. St James vermoedde dat lady Asherton bij hem was. Met dat in zijn achterhoofd gaf hij Trenarrow alleen de hoogstnodige informatie.

'We hebben hem in Whitechapel gevonden. Tommy is nu bij hem.'

Trenarrow vroeg: 'Is alles goed met hem?'

St James bevestigde dit zo indirect mogelijk. Hij liet bijna alle details achterwege, omdat hij wist dat het Lynleys recht was deze aan Trenarrow of iemand anders te vertellen. Hij vertelde ook wie Toni Cogin in werkelijkheid was. Aanvankelijk klonk Trenarrow opgelucht toen hij hoorde dat zijn telefoonnummer al die tijd in het bezit van Mick Cambrey was geweest en niet van een onbekende prostituee uit Londen. Maar die opluchting was maar tijdelijk en veranderde in iets wat op onbehaaglijkheid leek en vervolgens in begrip toen de volle betekenis van Mick Cambreys dubbelleven tot de man doordrong.

'Natúúrlijk wist ik het niet,' beantwoordde hij de vraag van

St James. 'Hij moest zoiets wel volledig voor zichzelf houden. Zo'n geheim aan iemand in Nanrunnel vertellen zou de dood hebben betekend...' Hij hield abrupt zijn mond. St James kon zich zijn gedachtegang goed voorstellen. En die was helemaal niet onlogisch.

'We hebben ontdekt dat Mick banden met Islington-London had,' zei St James. 'Wist u dat Brooke daar werkte?'

'Bij Islington? Nee.'

'Ik vroeg me af of Micks bezoek aan Islington op de een of andere manier verband houdt met het interview dat hij maanden geleden met u had.'

Op de achtergrond hoorde hij het onmiskenbare geluid van porselein op porselein, iets wat in een kopje werd geschonken. Het duurde even voor Trenarrow antwoord gaf. 'Dat zou best kunnen. Hij was bezig met een artikel over kankeronderzoek. Ik vertelde hem over mijn werk. Ik heb ongetwijfeld verteld hoe Islington opereert, dus het kantoor in Londen zal wel ter sprake zijn gekomen.'

'Is oncozyme misschien ook ter sprake gekomen?'

'Oncozyme? U weet...' Geritsel van papieren. Het geluid van een alarm op een horloge dat afging. Het werd snel uitgezet. 'Verdomme, wacht even.' Thee die werd doorgeslikt. 'Het zal wel ter sprake zijn gekomen. Voorzover ik me herinner, hebben we het over een hele reeks nieuwe behandelingen gehad, alles van monoclonale antilichamen tot de nieuwste chemotherapieën. Oncozyme valt onder dat laatste. Het lijkt me onwaarschijnlijk dat ik het niet heb genoemd.'

'Dus u had zelf al van oncozyme gehoord toen Mick u interviewde?'

'Iedereen bij Islington had van oncozyme gehoord. Bury's Baby noemden we het. Het lab in Bury St. Edmunds heeft het ontwikkeld.'

'Wat kunt u me erover vertellen?'

'Het is een anti-oncogeen. Het voorkomt DNA-delingen. U weet waar het bij kanker om draait: cellen die zich vermenigvuldigen, die je doden doordat een groot deel van de eigen functies van het lichaam volledig op hol slaat. Een anti-oncogeen maakt daar een eind aan.'

'En de bijwerkingen van zo'n middel?'

'Dat is altijd het probleem, nietwaar? Elke chemotherapie heeft bijwerkingen: haaruitval, misselijkheid, gewichtsverlies, overgeven, koorts.'
'Maar dat zijn allemaal standaardbijwerkingen, nietwaar?'
'Dat wel, maar daarom niet minder vervelend. Vaak ook gevaarlijk. Geloof me, meneer St James, als iemand een geneesmiddel vond zonder bijwerkingen, zou de wetenschappelijke wereld op zijn kop staan.'
'En als er nu eens een middel werd gevonden met anti-oncogene eigenschappen dat helaas ook zeer ernstige bijwerkingen had?'
'Aan wat voor bijwerkingen denkt u? Nierinsufficiëntie? Aantasting van organen? Zoiets?'
'Misschien nog iets ergers. Teratogenese bijvoorbeeld.'
'Elke vorm van chemotherapie is teratogeen. Onder gewone omstandigheden zou die nooit bij zwangere vrouwen worden toegepast.'
'Iets anders dan?' St James woog de mogelijkheden. 'Iets wat de voortplantingscellen beschadigt?'
Er volgde een extreem lange pauze, die dr. Trenarrow uiteindelijk beëindigde door zijn keel te schrapen. 'U doelt op een middel dat genetische defecten bij zowel mannen als vrouwen veroorzaakt. Ik zie niet in hoe dat zou kunnen. Geneesmiddelen worden zeer zorgvuldig getest. Ze zouden het bij een of andere test hebben ontdekt. Zoiets kun je niet verborgen houden.'
'En stel dat dat wel is gebeurd,' zei St James. 'Zou Mick daar toevallig achter kunnen zijn gekomen?'
'Misschien. Er zou dan een onregelmatigheid in de testresultaten hebben gezeten. Maar waar zou hij de testresultaten vandaan hebben moeten halen? Zelfs als hij bij Islington-London is geweest, wie zou ze dan aan hem hebben gegeven? En waarom?'
St James dacht dat hij het antwoord op deze twee vragen wist.

Deborah at een appel toen ze tien minuten daarna de studeerkamer binnenkwam. Ze had de vrucht in acht partjes gesneden en die vervolgens met een zestal ongelijk afgesneden stukjes cheddar op een bordje gelegd. Omdat haar huidige activiteit met eten te maken had, werd ze op de voet gevolgd door Peach en Alaska, de hond en de kat. Peach volgde oplettend de bewegingen van Deborahs hand tussen het bordje en haar mond, terwijl Alaska, die openlijk bedelen beneden zijn waardigheid als kat vond, op St James' bureau sprong en tussen de pennen, potloden, boeken, tijdschriften en brieven door naar de telefoon wandelde. Daar ging hij op zijn gemak zitten, alsof hij een telefoontje verwachtte.

'Klaar met je foto's?' vroeg St James. Hij zat in zijn leren leunstoel, waarin hij de minuten na zijn telefoongesprek met dr. Trenarrow had doorgebracht met peinzen en naar de open haard staren.

Deborah ging met haar benen over elkaar tegenover hem op de bank zitten. Ze liet het bordje met appel en kaas op haar knie balanceren. Een grote vlek ontwikkelvloeistof liep van haar kuit tot haar enkel over haar spijkerbroek en op haar blouse zaten verscheidene vochtige plekken als gevolg van haar werk in de donkere kamer. 'Ik hou nu even pauze.'

'Het kwam nogal plotseling, hè, die behoefte om foto's af te drukken?'

'Ja,' zei ze onbewogen. 'Dat kun je wel zeggen.'

'Ga je ze voor een expositie gebruiken?'

'Misschien. Waarschijnlijk wel.'

'Deborah.'

'Ja?' Ze keek op van haar bord, veegde haar haar van haar voorhoofd. Ze had een stukje kaas in haar hand.

'Niets.'

'O.' Ze beet een klein stukje kaas af, gaf het samen met een stukje appel aan de hond. Peach slokte het naar binnen, kwispelde met haar staart, blafte om meer.

'Toen jij weg was, heb ik haar dat bedelen afgeleerd,' zei St James. 'Het heeft me zeker twee maanden gekost.'

In antwoord hierop gaf Deborah Peach nog een stukje kaas. Ze aaide haar over haar kop, trok aan haar zijdeachtige oren en keek hem daarna aan. Haar gezicht stond argeloos. 'Ze vraagt alleen maar om wat ze wil hebben. Daar is niets verkeerds aan, nietwaar?'

Hij voelde de provocatie achter haar woorden en duwde zichzelf overeind. Er moesten telefoontjes worden gepleegd over Brooke, over oncozyme; er moest worden nagegaan waar zijn zus was; er lagen minstens vijf onderzoeken op hem te wachten die niets met de Cambrey-Brooke-Nifford-sterfgevallen te maken hadden en er waren zeker vijf andere redenen om de kamer uit te lopen. Maar hij deed het niet.

'Wil je die verdomde kat van mijn bureau halen?' Hij liep naar het raam.

Deborah liep naar het bureau, pakte de kat op en legde hem op de stoel van St James. 'Nog iets?' vroeg ze, terwijl Alaska enthousiast haar nagels in het versleten leer zette.

St James keek naar de kat, die zich opmaakte voor een langdurig verblijf in zijn stoel. Deborahs mond vertrok in een glimlach. 'Kattenkop,' zei hij.

'Eigen schuld,' antwoordde ze.

Op straat sloeg een autoportier dicht. Hij draaide zich naar het raam. 'Tommy is er,' zei hij en Deborah ging de kamer uit om de voordeur open te doen.

St James kon zien dat Lynley slecht nieuws had. Hij liep langzaam en zijn tred miste zijn gebruikelijke souplesse. Deborah liep naar hem toe en ze spraken even met elkaar. Ze raakte zijn arm aan. Hij schudde zijn hoofd, pakte haar hand.

St James draaide zich van het raam af. Hij liep naar de boekenplanken en koos zomaar een boek, pakte het en sloeg het ergens open. 'Ik wil je laten weten dat jij de laatste droom van mijn ziel was,' las hij. 'Tijdens mijn verwording ben ik niet zo diep gezonken dat de aanblik van jou en je vader en van dit huis dat door jou tot zo'n thuis werd gemaakt, geen beelden van vroeger opriepen...' Lieve hemel. Hij sloeg het boek dicht. *A Tale of Two Cities.* Fantastisch, dacht hij zuur.

Hij zette het boek terug tussen de andere en overwoog een andere keuze te maken. *Far from the Madding Crowd* zag er veelbelovend uit, een goede dosis psychisch lijden met Gabriel Oak.

'... heb daarna moeder gesproken,' hoorde St James Lynley zeggen toen hij samen met Deborah de studeerkamer binnenkwam. 'Ze nam het niet zo goed op.'

St James begroette zijn vriend met een kleine whisky, die Lynley dankbaar aannam. Hij liet zich onderuitzakken op de bank. Deborah ging rechtop naast hem op de leuning zitten en liet haar vingertoppen licht op zijn schouder rusten.

'Het lijkt erop dat Brooke de waarheid heeft verteld,' begon Lynley. 'Peter is in Gull Cottage geweest toen John Penellin al was vertrokken. Hij heeft ruziegemaakt met Mick.' Hij vertelde hun wat hij van Peter had gehoord. Het verhaal over Soho liet hij ook niet achterwege.

'Ik vermoedde al dat Mick Cambrey de vrouw was die met Peter in dat steegje was,' zei St James toen Lynley klaar was. 'Sidney vertelde me dat ze hen had gezien. De beschrijving die ze gaf, leek te kloppen,' voegde hij eraan toe om de vraag die op Lynleys gezicht was verschenen, te beantwoorden. 'Dus als Peter Cambrey herkende, is het heel goed mogelijk dat Justin Brooke hem ook herkende.'

'Brooke?' vroeg Lynley verbaasd. 'Hoezo? Hij was met Sidney in dat steegje, dat weet ik, maar wat dan nog?'

'Ze kenden elkaar, Tommy. Brooke werkte bij Islington.' St James vertelde wat hij wist over Brookes functie bij Islington-London, over Cambreys bezoeken aan afdeling 25, over oncozyme en het verhaal waaraan Mick mogelijk had gewerkt.

'Wat heeft Roderick Trenarrow met dit alles te maken, St James?'

'Hij heeft de aanzet gegeven. Hij gaf Mick Cambrey cruciale informatie die hij heeft gebruikt als uitgangspunt voor een verhaal. In zoverre is hij erbij betrokken. Hij wist van het bestaan van oncozyme. Hij heeft Mick erover verteld.'

'En vervolgens is Mick gestorven. Trenarrow was die avond in de buurt.'

'Hij heeft geen motief, Tommy. Justin Brooke had dat wel.' St James begon te vertellen. Zijn theorie, die het resultaat was van zijn gepeins in de studeerkamer, was eenvoudig. Het had allemaal te maken met cocaïne die in ruil voor belangrijke achtergrondinformatie van een niet met name genoemde bron zou worden gegeven. De informatie zou worden uitgewerkt tot een belangrijk verhaal over een mogelijk gevaarlijk geneesmiddel; een afspraak tussen Cambrey en Brooke die ergens was misgelopen en tot een crisis had geleid op de avond dat Brooke met Peter in Gull Cottage was geweest.

'Maar daarmee is Brookes dood nog niet verklaard.'

'Waarvan de politie vanaf het begin heeft gezegd dat het een ongeluk was.'

Lynley haalde zijn sigarettenkoker uit de zak van zijn colbert en staarde er peinzend naar voor hij iets zei. Hij pakte zijn aanste-

ker, maar gebruikte hem niet direct. 'De pub,' zei hij. 'Peter zei dat Brooke op vrijdagavond niet in de Anchor and Rose was, St James.'
'Nadat hij uit Gull Cottage was weggegaan?'
'Ja. Peter ging naar de pub. Hij was er vanaf 21.45 uur. Brooke kwam helemaal niet opdagen.'
'Dus het klopt, nietwaar?'
Deborah nam het woord. 'Wist Justin Brooke dat Peter hem meenam naar Mick Cambrey? Had Peter de naam van Mick genoemd voor ze naar het dorp gingen? Of zei hij alleen maar dat het iemand in Nanrunnel was?'
'Hij moet het van tevoren niet geweten hebben,' zei St James. 'Hij zou waarschijnlijk niet zijn meegegaan als hij had geweten dat Mick Cambrey degene was van wie Peter geld wilde lenen. Hij zou niet het risico hebben willen lopen dat alles uitkwam.'
'Het lijkt me dat Mick daar banger voor moest zijn dan Justin,' zei Deborah. 'De cocaïne, het verkleden, zijn dubbelleven in Londen. Wie weet wat er nog meer boven tafel komt.'
Lynley stak zijn sigaret aan en sprak met een zucht die een wolk rook meevoerde.
'We hebben ook nog Sasha Nifford. Als Brooke Cambrey heeft vermoord en vervolgens zelf van de klip is gevallen, wat is er dan met Sasha gebeurd?'
St James probeerde neutraal te kijken. Hij dwong zichzelf te vragen wat de politie over Sasha had gezegd.
'Het was ergotamine en kinine.' Lynley haalde een witte envelop uit zijn binnenzak en gaf die aan St James. 'Ze schijnt gedacht te hebben dat het heroïne was.'
St James las het korte verslag en vond de technische informatie plotseling moeilijk te verwerken, terwijl die eigenlijk een vertrouwde tweede taal voor hem zou moeten zijn. Lynley sprak verder en vertelde feiten die St James al jaren wist.
'Een grote dosis doet alle bloedvaten samentrekken. Aders in de hersenen scheuren. De dood treedt onmiddellijk in. Maar dat hadden we al gezien, hè? De naald zat nog in haar arm.'
'De politie denkt niet aan een ongeluk?'
'Nee. Ze waren Peter nog aan het ondervragen toen ik wegging.'
'Maar als het geen ongeluk was,' zei Deborah, 'betekent dat dan niet...'

'Dat er nog een moordenaar is,' vulde Lynley aan.
St James liep nog een keer naar zijn boekenplanken. Hij was ervan overtuigd dat zijn bewegingen, houterig en onhandig, hem verrieden.
'Ergotamine,' zei hij. 'Ik weet het niet zeker...' Hij liet zijn stem wegsterven in de hoop dat zijn gedrag op een vanzelfsprekende nieuwsgierigheid zou lijken, op de typische reactie van een man van de wetenschap. Maar de hele tijd sijpelden de angst en het weten door zijn huid heen. Hij haalde een boek over medicijnen van een plank.
'Het is een middel dat je alleen op recept kunt krijgen,' hoorde hij Lynley zeggen.
St James sloeg de bladzijden om. Zijn handen waren onhandig. Voor hij het wist, was hij al bij G en H. Hij begon zomaar te lezen, zonder een woord te zien.
'Waar is het voor?' vroeg Deborah.
'Migraine, voornamelijk.'
'Echt? Migraine?' St James voelde dat Deborah zich naar hem omdraaide en bad in stilte dat ze het niet zou vragen. In al haar onschuld vroeg ze het toch: 'Simon, gebruik jij het voor je migraine?'
Natuurlijk, natuurlijk. Ze had geweten dat hij het gebruikte. Iedereen wist het. Hij telde de tabletten nooit. En het was een grote pot. Dus ze was naar zijn kamer gegaan. Ze had de tabletten gepakt die ze nodig had. Ze had ze fijngestampt. Ze had ze vermengd. Ze had het vergif gemaakt. En ze had het hun gegeven met de bedoeling Peter te vermoorden, maar met als resultaat dat Sasha doodging.
Hij moest iets zeggen om hen weer op het spoor van Cambrey en Brooke te zetten. Hij las nog even door, knikte alsof hij diep in gedachten was en sloeg het boek vervolgens dicht.
'We moeten terug naar Cornwall,' zei hij gedecideerd. 'Het definitieve bewijs voor de relatie tussen Cambrey en Brooke ligt waarschijnlijk op het kantoor van de krant. Harry heeft direct na Micks dood naar een verhaal gezocht. Maar hij zocht iets sensationeels: vervoer van wapens naar Noord-Ierland, callgirls die op bezoek gingen bij ministers. Dat soort dingen. Iets zegt me dat hij oncozyme over het hoofd heeft gezien.' Hij vertelde niet dat hij tijd zou winnen als ze morgen uit Londen zouden ver-

trekken en hij niet beschikbaar zou zijn voor de politie wanneer die met vragen over het zilveren flesje uit Jermyn Street kwam.
'Ik kan wel,' zei Lynley. 'Webberly is zo vriendelijk geweest mijn verlof te verlengen. En zo kunnen we Peters naam zuiveren. Ga je ook mee, Deb?'
St James zag dat ze hem aandachtig opnam. 'Ja,' zei ze langzaam. Vervolgens: 'Simon, is er...'
Hij kon niet toestaan dat ze de vraag stelde. 'Als jullie me willen excuseren. Er liggen nog rapporten in het lab waarnaar ik moet kijken,' zei hij. 'Ik moet er op zijn minst een begin mee maken voor we morgen vertrekken.'

Hij was niet naar beneden gekomen voor het diner. Deborah en haar vader hadden ten slotte na negen uur maar alleen in de eetkamer gegeten. Tong, asperges, nieuwe aardappelen, sla. Een glas wijn bij het eten. Een kop koffie erna. Ze spraken niet. Maar Deborah zag dat haar vader telkens naar haar keek.
Sinds haar terugkeer uit Amerika was er een verwijdering tussen hen ontstaan. Terwijl ze vroeger altijd vrijelijk met elkaar hadden kunnen praten, met veel liefde en vertrouwen, waren ze nu op hun hoede. Sommige onderwerpen waren volledig taboe. Dat wilde ze zo. De voornaamste reden dat ze zo snel uit het huis in Cheyne Row had willen verhuizen, was dat ze vertrouwelijke gesprekken met haar vader wilde vermijden. Want uiteindelijk kende hij haar beter dan wie ook. En van hem kon je verwachten dat hij via het heden naar het verleden zou gaan om dat onder de loep te nemen. Hij had tenslotte het meest te verliezen. Hij hield van hen allebei.
Ze duwde haar stoel achteruit en begon de borden op elkaar te stapelen. Cotter stond ook op. 'Fijn dat je hier vanavond bent, Deb,' zei hij. 'Net de goeie ouwe tijd. Wij drieën.'
'Wij tweeën.' Ze wierp hem een glimlach toe die, zo hoopte ze, zowel liefdevol als afwijzend was. 'Simon is niet beneden komen eten.'
'Wij drieën in hetzelfde huis, bedoelde ik,' zei Cotter. Hij gaf haar het dienblad aan dat op het dressoir stond. Ze zette de borden erop. 'Werkt te hard, die meneer St James. Ik maak me zorgen dat er straks niks van hem overblijft.'
Hij had er heel slim voor gezorgd dat hij bij de deur stond. Ze

kon niet ontsnappen zonder te laten merken dat ze dat graag wilde. En haar vader zou daar zeker op reageren. Dus werkte ze mee door te zeggen: 'Hij ís magerder geworden, vind je niet? Dat is goed te zien.'
'Dat is hij zeker.' En toen maakte hij handig gebruik van de gelegenheid. 'De laatste drie jaar zijn niet makkelijk voor meneer St James geweest, Deb. Jij denkt van wel, hè? Maar je hebt het mis.'
'Tja, het leven is voor ons allemaal anders geworden, natuurlijk. Ik denk dat hij zich niet erg bewust was van mijn aanwezigheid hier in huis tot ik er niet meer was. Maar hij is eraan gewend geraakt. Je kunt zien...'
'Weet je, lieverd,' onderbrak haar vader haar, 'je hebt je hele leven nog nooit tegen jezelf gelogen. Ik vind het jammer dat je daar nu mee begonnen bent.'
'Liegen? Doe niet zo belachelijk. Waarom zou ik?'
'Je weet het antwoord. Volgens mij weten jij en meneer St James het antwoord allebei donders goed, Deb. Het enige wat er moet gebeuren, is dat een van jullie moedig genoeg is om het te zeggen en de ander moedig genoeg om niet langer de schijn op te willen houden.'
Hij zette hun wijnglazen op het blad en nam het van haar over. Ze had haar moeders lengte geërfd, wist Deborah, maar ze was vergeten dat het daardoor alleen maar makkelijker voor haar vader was om haar recht in de ogen te kijken. Dat deed hij nu. Het effect was verontrustend. Het verleidde haar tot vertrouwelijkheden die ze voor zich had willen houden.
'Ik weet hoe graag je het zou zien,' zei ze. 'Maar dat gaat niet, papa. Dat moet je accepteren. Mensen veranderen. Ze worden volwassen. Ze groeien uit elkaar. Afstand heeft invloed op ze. Tijd maakt ze minder belangrijk voor elkaar.'
'In sommige gevallen,' zei hij.
'In dít geval.' Ze zag hem snel met zijn ogen knipperen toen hij de vastbesloten klank van haar stem hoorde. Ze probeerde de klap te verzachten. 'Ik was nog maar een kind. Hij was net een broer voor me.'
'Dat was hij zeker.' Cotter deed een stap opzij om haar te laten passeren.
Ze voelde zich tekortgedaan door zijn reactie. Ze wilde niets lie-

ver dan dat hij haar begreep, maar wist niet hoe ze de situatie aan hem moest uitleggen zonder zijn dierbaarste droom kapot te maken. 'Pa, je begrijpt toch wel dat het anders is met Tommy? Voor hem ben ik geen klein meisje. Ook nooit geweest. Maar voor Simon ben ik dat altijd geweest... zal ik dat altijd blijven...'

Cotters glimlach was vriendelijk. 'Je hoeft me niet te overtuigen, Deb. Echt niet.' Hij rechtte zijn schouders. Zijn toon werd zakelijk. 'We moeten op zijn minst wat eten in die man zien te krijgen. Wil jij een blad naar boven brengen? Hij zit nog in het lab.'

Minder kon ze niet doen. Ze liep achter hem aan de trap af naar de keuken en keek hoe hij een blad vulde met kaas, koud vlees, vers brood en fruit. Ze bracht het naar boven naar het lab, waar St James aan een van de tafels naar een stel foto's van kogels zat te staren. Hij had een potlood in zijn hand, maar dat zat ongebruikt tussen zijn vingers.

Hij had een paar lampen aangedaan, sterke lampen die verspreid in de rommelige ruimte stonden. Ze maakten kleine plassen licht in grote grotten van schaduw. Zijn gezicht was vrijwel geheel in duisternis gehuld.

'Papa wil dat je iets eet,' zei Deborah vanuit de deuropening. Ze liep de kamer in en zette het blad op de tafel. 'Nog steeds aan het werk?'

Hij werkte niet. Ze vermoedde dat hij al die uren dat hij in het lab had gezeten, helemaal niets had gedaan. Er lag een of ander rapport naast een van de foto's, maar in het voorblad zat niet eens een vouw. Het was nog nooit opengeslagen. En er lag wel een blocnote onder het potlood in zijn hand, maar hij had er niet op geschreven. Dus het was alleen een mechanische reactie van hem: terugvallen op zijn werk om andere dingen te ontlopen.

Het had allemaal met Sidney te maken. Dat had Deborah aan zijn gezicht gezien toen lady Helen hem vertelde dat ze zijn zus niet had kunnen vinden. Ze had het nog een keer gezien toen hij weer terug was in haar flat en telefoontje na telefoontje had gepleegd in een poging zelf zijn zus te vinden. Alles wat hij daarna had gedaan – zijn bezoek aan Islington-London, zijn gesprek met Tommy over Mick Cambreys dood, het ontwikkelen van een theorie waarin de feiten rond de misdaad pasten, zijn plotselinge terugkeer naar het lab om te gaan werken – was allemaal alleen maar een afleidingsmanoeuvre waarmee hij aan de problemen rond Sidney wilde ontsnappen. Deborah vroeg zich af wat St James zou doen, in hoeverre hij zijn gevoelens de vrije loop zou laten als iemand zijn zus kwaad had gedaan. Weer voelde ze de behoefte hem te helpen, hem de gemoedsrust te geven waaraan het hem scheen te ontbreken.

'Het is gewoon een beetje vlees en kaas,' zei ze. 'Wat fruit. Brood.' Wat hij zelf ook kon zien. Het blad stond binnen zijn gezichtsveld.

'Is Tommy weg?' vroeg hij.

'Al uren. Hij is terug naar Peter.' Ze trok een van de laboratoriumkrukken naar de andere kant van de tafel en ging tegenover hem zitten. 'Ik ben vergeten iets te drinken mee te nemen,' zei ze. 'Wat wil je? Wijn? Mineraalwater? Papa en ik hebben koffie genomen. Wil je koffie, Simon?'

'Nee, dank je. Dit is prima.' Maar hij maakte geen aanstalten om te gaan eten. Hij rechtte zijn rug en masseerde zijn rugspieren.

In het donker zag zijn gezicht er opmerkelijk anders uit. Rimpels waren verdwenen. De jaren waren weggevloeid en hadden de bewijzen van de bijbehorende pijn meegenomen. Hij zag er jonger en veel kwetsbaarder uit. Hij leek ineens zoveel makkelijker te benaderen; hij leek op de man tegen wie Deborah ooit alles had durven zeggen, zonder bang te zijn dat ze zou worden uitgelachen of afgewezen, wetende dat hij haar altijd zou begrijpen.

'Simon,' zei ze en ze wachtte tot hij opkeek van het bord met eten waarvan ze wist dat hij het toch niet zou aanraken. 'Tommy vertelde me wat je vandaag voor Peter probeerde te doen. Dat was heel lief van je.'

Zijn gezicht betrok. 'Wat ik probeerde...'

Ze boog zich voorover en legde voorzichtig haar hand op de zijne. 'Hij zei dat je het flesje wilde weghalen om te voorkomen dat de politie het zou vinden. Tommy was zeer onder de indruk van dat bewijs van je vriendschap. Hij wilde er vanmiddag in de studeerkamer over beginnen, maar je was al weg voor hij de kans kreeg.'

Ze zag dat hij zijn ogen op haar ring gericht hield. In het licht glansde de smaragd als een doorzichtige vloeistof. Zijn hand onder de hare was koel. Maar terwijl ze wachtte tot hij iets zou zeggen, balde zijn hand zich tot een vuist en trok hij hem terug. Ze haalde haar eigen hand ook weg en was even uit het veld geslagen, kreeg het idee dat elke onbezonnen poging tot toenadering van haar kant, alle pogingen om hem als vriend tegemoet te treden, gedoemd waren te mislukken. Tegenover haar ging hij bruusk dwars aan tafel zitten. De schaduwen maakten zijn wangen hol.
'Mijn god,' fluisterde hij.
Door deze woorden en door de uitdrukking op zijn gezicht wist ze dat het terugtrekken van zijn hand niets met haar had te maken. 'Wat is er?' vroeg ze.
Hij leunde naar voren in het licht. Al zijn rimpels werden weer zichtbaar, alle harde lijnen in zijn gezicht weer scherp. Opdringerige botten leken zijn huid tegen zijn schedel aan te trekken. 'Deborah... ik weet niet hoe ik het je moet vertellen. Ik ben geen held zoals je denkt. Ik deed niets voor Tommy. Ik dacht niet eens aan Tommy. Peter kon me niets schelen. Peter *kán* me niets schelen.'
'Maar...'
'Dat flesje is van Sidney.'
Bij deze woorden deinsde Deborah achteruit. Haar lippen weken uiteen alsof ze iets wilde zeggen, maar ze staarde hem alleen maar even ongelovig aan. Uiteindelijk wist ze uit te brengen: 'Wat zeg je?'
'Ze denkt dat Peter Justin Brooke heeft vermoord. Ze wilde wraak nemen. Maar op de een of andere manier is niet Peter...'
'Ergotamine,' fluisterde Deborah. 'Dat slik jij ook, nietwaar?'
Hij schoof met een ruk het blad opzij. Maar dat was de enige reactie die hij zichzelf veroorloofde. Zijn woorden – zo niet hun betekenis – waren volkomen emotieloos. 'Ik voel me net een idioot. Ik kan niet eens bedenken hoe ik mijn zus kan helpen. Ik kan haar niet eens vinden. Het is gewoon zielig. Schunnig. Ik ben gewoon waardeloos en deze hele dag bewijst dat.'
'Ik geloof het niet,' zei Deborah langzaam. 'Sidney zou nooit... Sidney heeft niet... Simon, ik kan me niet voorstellen dat je het zelf gelooft.'

'Helen heeft overal gezocht, met iedereen gebeld. Ik ook. Het helpt allemaal niks. En binnen 24 uur weten ze waar dat flesje vandaan komt.'
'Hoe dan? Zelfs als haar vingerafdrukken erop staan...'
'Het heeft niets met vingerafdrukken te maken. Ze heeft haar parfumflesje gebruikt. Het komt uit Jermyn Street. Dat zal de politie geen moeilijkheden opleveren. Ze staan hier morgenmiddag om vier uur op de stoep. Daar durf ik alles onder te verwedden.'
'Haar parfum... Simon, het is Sidney niet geweest!' Deborah sprong van de kruk en liep naar hem toe. 'Het is Sidney niet geweest. Dat kan niet. Herinner je je het niet? De avond van het diner kwam ze naar mijn kamer. Ze gebruikte mijn parfum. De hare was weg, zei ze. Iemand had haar kamer opgeruimd. Ze kon niets meer vinden. Herinner je je het niet?'
Even zag hij er verbijsterd uit. Zijn ogen waren op haar gericht, maar hij scheen haar niet te zien. 'Wat?' fluisterde hij, en daarna met enigszins vastere stem: 'Dat was zaterdagavond. Dat was voor Brooke stierf. Dus toen was iemand al bezig een moord op Peter voor te bereiden.'
'Of op Sasha,' zei Deborah.
'Iemand probeert Sidney ervoor op te laten draaien.' Hij duwde zich van de kruk af, liep naar het eind van de werktafel, draaide zich om, liep terug. Hij deed dit nog een keer, nu geagiteerder. 'Er is iemand in haar kamer geweest. Het kan iedereen geweest zijn. Peter – als Sasha het beoogde slachtoffer was – of Trenarrow of iemand van de Penellins. Mijn god, zelfs Daze.'
Plotseling begon de waarheid te dagen. 'Nee,' zei Deborah. 'Het was Justin.'
'Justin?'
'Ik heb het steeds al vreemd gevonden dat hij vrijdagavond naar haar slaapkamer ging, na wat er die middag tussen hen op het strand was voorgevallen. Hij koesterde een wrok tegen Sidney. De cocaïne, hun gevecht, Peter en Sasha die hen allebei uitlachten. Die hém uitlachten.'
'Dus ging hij naar haar kamer,' zei St James langzaam, 'ging met haar naar bed en nam daarna het flesje weg. Hij móét het geweest zijn. De vuile schoft.'
'En zaterdag, toen Sid hem bijna de hele dag niet kon vinden –

herinner je je nog dat ze ons dat vertelde? – heeft hij natuurlijk de ergotamine en de kinine gehaald. Hij maakte het mengsel en gaf het aan Sasha.'
'Een chemicus,' zei St James peinzend. 'Een biochemicus. Wie weet er meer van geneesmiddelen?'
'Dus op wie had hij het gemunt? Op Peter of op Sasha?'
'Op Peter.'
'Vanwege hun bezoek aan Mick Cambrey?'
'De kamer was doorzocht. De computer stond aan. Er lagen notitieboekjes en foto's door de hele kamer. Peter heeft waarschijnlijk iets gezien toen hij daar met Brooke was, iets waarvan Brooke wist dat hij het zich misschien zou herinneren als Cambrey eenmaal dood was.'
'Maar waarom gaf hij dat spul dan aan Sasha? Als Peter zou zijn overleden, zou ze de politie direct hebben verteld waar ze het vandaan had.'
'Nee, nee. Zij zou ook dood zijn. Daar rekende Brooke op. Hij wist dat ze verslaafd was. Dus gaf hij het spul aan Sasha in de hoop dat zij en Peter het samen zouden gebruiken en op Howenstow zouden sterven, denk ik zo. Toen bleek dat zijn plan niet werkte, probeerde hij op een andere manier van Peter af te komen: door ons over hun bezoek aan Cambrey te vertellen, zodat Peter zou worden gearresteerd en veilig uit de weg zou worden geruimd. Wat hij niet kon weten, was dat Peter en Sasha uit Cornwall vertrokken voor Peter kon worden gearresteerd en dat Sasha erger verslaafd was dan Peter. Hij kon helemaal niet weten dat ze het spul alleen voor zichzelf zou houden. Bovendien wist hij niet dat Peter naar de Anchor and Rose was geweest en door zeker tien mensen was gezien die hem een alibi voor het tijdstip van Cambreys dood konden verschaffen.'
'Dus het was Justin,' zei Deborah. 'Alles kwam door Justin.'
'Ik ben het spoor bijster geraakt omdat hij vóór Sasha stierf. Ik heb er geen moment aan gedacht dat hij haar dat middel al eerder had gegeven.'
'Maar zijn eigen dood, Simon?'
'Een ongeluk.'
'Waarom? Hoe? Wat deed hij midden in de nacht boven op de klip?'
St James keek even over haar schouder. Ze had de rode lamp

boven de deur van de donkere kamer laten branden. Hij wierp een angstaanjagende bloedrode gloed op het plafond. Hij gaf hem ook het antwoord. 'Je camera's,' zei hij. 'Hij heeft ze daar weggegooid.'
'Waarom?'
'Hij was bezig alle sporen uit te wissen die hem met Cambrey in verband brachten. Eerst Cambrey zelf. Vervolgens Peter. Daarna...'
'Mijn film,' zei ze. 'De foto's die je in Gull Cottage hebt genomen. Dat wat Peter heeft gezien, staat waarschijnlijk ook op de foto's.'
'Wat betekent dat de toestand van de zitkamer alleen maar een afleidingsmanoeuvre was. Hij heeft helemaal niet naar iets gezocht. Hij heeft niets weggenomen. Wat hij wilde hebben, was te groot om mee te nemen.'
'De computer?' vroeg Deborah. 'Maar dan nog. Hoe kon hij weten dat je foto's had gemaakt?'
'Hij wist dat we vrijdagavond je camera bij ons hadden. Daar heeft mevrouw Sweeney tijdens het diner op zaterdag wel voor gezorgd. Hij wist wat voor werk ik doe. Dat zal Sidney hem wel hebben verteld. Hij wist vast ook dat Tommy bij Scotland Yard werkt. Hij had het risico kunnen nemen dat wij alleen maar de politie zouden roepen als we op een moord stuitten. Maar waarom zou hij dat risico nemen als er iets in die kamer was – iets op de foto's – wat hem met Cambrey in verband kon brengen?'
'Maar de politie zou het uiteindelijk toch hebben gevonden, denk je niet?'
'Die hadden hun man. Penellin had de moord al bijna bekend. Het enige wat Justin te vrezen had, was dat iemand anders het idee dat Penellin Mick had vermoord, niet zou kunnen accepteren. En dat is precies wat er gebeurde. Binnen 24 uur na Cambreys dood liepen wij al rond te snuffelen en vragen te stellen. Hij moest iets ondernemen om zichzelf te beschermen.'
Ze stelde een laatste vraag: 'Maar waarom al mijn apparatuur? Waarom niet alleen het fotorolletje?'
'Daar had hij geen tijd voor. Het was makkelijker om de hele koffer te pakken en uit het raam te gooien en vervolgens naar beneden te gaan om Tommy en mij alles over Peter te vertellen. Later bracht hij de camera's naar de baai. Hij liep een stuk de

rotsen op en gooide ze in zee. Hij klom de klip weer op en viel.'
Ze glimlachte en voelde zich geweldig opgelucht. Hij zag eruit alsof hij een vreselijke last van zich had afgeschud. 'Ik vraag me af of we dit ook allemaal kunnen bewijzen.'
'Dat kunnen we. In Cornwall. Eerst naar de baai om de camera's te zoeken, daarna naar de krant om Micks stukken over oncozyme te vinden. Morgen.'
'En de film? De foto's?'
'Die maken het af.'
'Zal ik ze voor je ontwikkelen?'
'Wil je dat?'
'Natuurlijk.'
'Begin er dan maar direct aan, vogeltje. Het wordt tijd om Justin Brooke op zijn plaats te zetten.'

24

Deborah werkte met een opgewektheid van hart en geest die ze twee uur daarvoor nog voor onmogelijk had gehouden. Ze neuriede en zong zo nu en dan een of twee regels uit oude liedjes die haar te binnen schoten: de Beatles, Buddy Holly, een oud nummer van Cliff Richard waarvan ze niet eens wist dat ze het kende. In de donkere kamer knipte ze de aanloopstrook van de belichte film en draaide de film met werktuiglijke gebaren die een tweede natuur voor haar waren, op de spoel van de ontwikkeltank. Ze dacht niet na over het werk zelf of over de zorgeloze manier waarop ze het deed. Ze dacht ook niet na over de vraag hoe en waarom de tijd en de omstandigheden waren teruggedraaid zodat de liefde uit haar kindertijd voor St James weer kon opbloeien, kon herleven toen ze in het lab met elkaar zaten te praten. Ze was alleen maar dankbaar dat het was gebeurd; ze was alleen maar dankbaar dat de rancune tussen hen nu misschien tot het verleden zou behoren.

Hoe juist was het niet geweest dat ze haar instinct had gevolgd en naar Chelsea was gegaan om bij St James te zijn. Hoe gelukkig was ze niet geweest toen ze zijn gezicht zag op het moment dat hij zich realiseerde dat zijn zus geen blaam trof. Hoe normaal had ze het niet gevonden om hem naar zijn slaapkamer te volgen en daar te staan praten en lachen terwijl hij het fotorolletje opzocht. Ze waren weer kameraden die gedachten uitwisselden, naar elkaar luisterden, discussieerden en redeneerden.

Voor haar driejarig verblijf in Amerika was de vreugde die ze beleefden aan het communiceren met elkaar, kenmerkend geweest voor hun relatie. En die minuten in het lab en in zijn slaapkamer hadden de herinnering aan die vreugde, zo niet de intense vreugde zelf, weer bij haar opgeroepen. Ze zag dat wat hij ooit voor haar had betekend als een serie beelden voor zich, dansend over de akker van haar geest. Ze namen haar mee terug naar haar jeugd en puberteit, lange perioden waarin ze met hem samen was geweest.

Hij was op duizend verschillende manieren haar verleden: de

man die naar haar verdrietjes luisterde, de klap van een teleurstelling verzachtte, haar voorlas, met haar praatte, haar zag opgroeien. Hij had haar van haar slechtste kant gezien: haar woedeaanvallen, haar koppige trots, het niet willen accepteren van een nederlaag, haar streven naar perfectie, hoeveel moeite het haar kostte anderen hun zwakke momenten te vergeven. Hij had die kant van haar gezien, en meer, en hij had het allemaal geaccepteerd. Hij adviseerde en onderwees haar; hij waarschuwde en wees haar terecht. Maar hij had altijd alles geaccepteerd. En dat hij dat altijd zou doen, had ze geweten vanaf het moment dat hij als jongen van achttien voor haar op zijn hurken ging zitten naast het graf van haar moeder, toen zij dapper probeerde te zijn, en onverschillig, probeerde te laten zien dat ze als kind van zeven een vernietigend verlies dat ze nauwelijks begreep, kon dragen. Hij had haar in zijn armen genomen en vier simpele woorden gezegd die haar voor de rest van haar leven de vrijheid hadden gegeven te zijn wie en wat ze was: 'Je mag best huilen.'

Hij had haar geholpen volwassen te worden, haar op alle mogelijke manieren aangemoedigd, en hij had haar laten gaan toen het voor haar tijd was om te vertrekken. Maar het was dat laatste – zijn bereidheid om haar vrij te laten in haar volwassen-zijn zonder iets te zeggen of te doen om haar tegen te houden – wat hun relatie had ondermijnd en een gevoel van ontevredenheid bij haar had opgeroepen dat aan haar knaagde. En omdat het slechtste in haar bovenkwam toen ze begreep dat het zijn bedoeling was dat zij beiden deze drie jaar van scheiding, nog verergerd door een volledig gebrek aan communicatie, zouden doorstaan, had ze de vreugde laten verwelken, het warme gevoel laten sterven en zich overgegeven aan de behoefte hem pijn te doen. En daarbij had ze aanvankelijk een overwinning behaald, die haar voldoening gaf. Maar nu zag ze dat dit slechts een Pyrrusoverwinning was geweest en dat de wraak die ze op Simon had genomen, alleen maar was afgeketst en haar zelf had verwond.

Alleen als ze de waarheid vertelde, mocht ze hopen dat ze hun vriendschap weer kon laten opbloeien. Alleen als ze te biecht ging, boete deed en vergeven werd, was het misschien mogelijk de vreugde te hervinden. En ze verlangde naar vreugde. Er was niets zo belangrijk als zich weer prettig bij hem voelen, met hem praten zoals ze in haar kindertijd had gedaan, als zijn kleine zusje, zijn kameraad en zijn vriendin. Meer wilde ze niet. Want wat lang in de rottende kern van haar pijnlijke scheiding van Simon had gelegen, was het onvervulde verlangen met hem naar bed te gaan, opdat ze eindelijk zeker zou weten dat hij haar echt wilde, dat ze zich de momenten dat hij haar iets had laten zien waarvan zij dacht dat het oprecht verlangen was, niet had ingebeeld.

Maar de behoefte om die wens te vervullen was allang verteerd door het vuur van haar liefde voor Tommy. En het was Tommy die haar nu de moed zou geven om de waarheid te vertellen. Want terwijl ze de negatieven tegen het licht hield om de foto's uit Gull Cottage op te zoeken, zag ze ook de foto's van Lynley waarop hij gewillig poseerde met de toneelspelers uit Nanrunnel. Alleen al door naar hem te kijken werd ze vervuld met gevoelens van dankbaarheid en toewijding: de manier waarop hij zijn hoofd achterovergooide als hij lachte, de manier waarop zijn haar glansde, de vorm van zijn mond. Ze wist dat haar volwassen trouw aan Tommy behoorde. Hij was de toekomst waarnaar ze op weg was. Maar ze kon hem niet bereiken met een geketend hart waarin het verleden nog niet tot rust was gekomen.

Ze maakte vergrotingen van de foto's die St James in Gull Cottage had genomen. Van de vergroter naar de ontwikkelaar, naar het stopbad, naar de fixeer. Al die tijd dacht ze na over de dingen die ze tegen hem zou zeggen, hoe ze ze zou zeggen, en ze vroeg zich af of haar uitleg en verontschuldigingen voldoende zouden zijn om een einde aan hun vervreemding te maken.

Het was bijna middernacht toen ze met haar werk in de donkere kamer klaar was: het ontwikkelen, het spoelen, het drogen, het opruimen. Ze deed de lichten uit, pakte de foto's en ging op zoek naar St James.

Hij hoorde haar op de trap voor hij haar zag. Hij had alle documenten met betrekking tot de zaak op zijn bed uitgespreid om ze te bestuderen en te beslissen welke documenten konden worden gebruikt om niet alleen zijn zus, maar ook Peter Lynley en John Penellin van schuld vrij te pleiten. Een flits in de deuropening van zijn kamer haalde hem uit zijn overpeinzingen. Het was Deborahs witte blouse tegen de achtergrond van de donkere gang. Ze had de foto's bij zich.

Hij glimlachte. 'Zijn ze klaar?'
'Ja. Het duurde wat langer dan ik had verwacht. Ik moest aan de vergroter wennen. Omdat hij nieuw is en... Ach, dat weet je, nietwaar? Wat stom van me.'
Hij nam aan dat ze de foto's aan hem zou geven, maar dat deed ze niet. Ze ging aan het voeteneinde van het bed staan. Met de ene hand hield ze de foto's tegen haar zij gedrukt, met de andere hand omvatte ze het rijk versierde voeteneinde.
'Ik moet met je praten, Simon.'
Iets in haar gezicht deed hem direct denken aan inkt die op een stoel in de eetkamer was gemorst en een schoorvoetend tienjarig meisje dat dit bibberend opbiechtte. Iets in haar stem zei hem echter dat voor Deborah het moment van de afrekening was gekomen, met als gevolg dat hij plotseling alle kracht uit zich voelde wegvloeien, zoals bij een hevige angstaanval.
'Wat is er? Wat is er mis?'
'De foto. Ik wist dat je hem een keer zou zien en ik wilde dat je hem zou zien. Het was mijn grootste wens. Ik wilde je laten weten dat ik met Tommy naar bed ging. Ik wilde dat je het wist omdat ik je daarmee misschien pijn kon doen. En ik wilde je pijn doen, Simon. Ik wilde je wanhopig graag straffen. Ik wilde dat je je voorstelde hoe wij met elkaar naar bed gingen. Ik wilde je jaloers maken. Ik wilde dat je er verdriet om had. En ik... Simon, ik vind het zo walgelijk van mezelf.'
Haar woorden kwamen zo onverwacht, hij was zo verrast, dat hij in een soort shocktoestand terechtkwam. Een belachelijk moment lang probeerde hij zichzelf ervan te overtuigen dat hij niet begreep welke kant ze op wilde. Even veroorloofde hij zichzelf de gedachte dat ze het over de foto's uit Gull Cottage had en hem iets probeerde te vertellen wat hij gewoonweg niet kon begrijpen. Op die bliksemsnelle manier waarop de menselijke geest werkt, besloot hij het gesprek die kant op te leiden. Waar heb je het over? Jaloers op Tommy. Welke foto, Deborah? Ik begrijp je niet. Of beter nog: het weg te lachen, alsof het hem koud liet. Gewoon een grapje dat mislukt is. Maar terwijl hij stond te bedenken hoe hij moest reageren, sprak zij al verder en maakte precies duidelijk wat ze bedoelde.
'Voor ik naar Amerika vertrok, verlangde ik zo naar je. Ik hield zoveel van je en ik wist zeker dat jij ook van mij hield. Niet als

een broer of een oom of een soort tweede vader. Maar als een man, een gelijke. Je weet wel wat ik bedoel.' Haar woorden klonken zo lief, haar stem klonk zo rustig. Hij moest naar haar gezicht blijven kijken. Hij was als verlamd, niet in staat naar haar toe te gaan, hoewel elke vezel in zijn lichaam daarop aandrong. 'Ik weet niet of ik ooit kan uitleggen hoe het voor me was, Simon. Zo vol zelfvertrouwen toen ik wegging, zo zeker van onze liefde voor elkaar. En daarna wachten tot jij mijn brieven zou beantwoorden. Eerst begreep ik het niet, dacht ik dat er iets met mijn post was gebeurd. En toen belde ik je na twee maanden op en hoorde ik hoe afstandelijk je was. Je carrière stelde zoveel eisen aan je, zei je. Je kreeg steeds meer verantwoordelijkheden. Conferenties en congressen en artikelen die je moest schrijven. Je zou mijn brieven beantwoorden als je er tijd voor had. En hoe is het op school, Deborah? Gaat het goed? Heb je al vrienden gemaakt? Ik weet zeker dat je het er goed van af zult brengen. Je hebt talent. Je hebt een gave. Je hebt een prachtige toekomst voor je.'

Hij kon maar één ding uitbrengen: 'Ik herinner het me.'

'Ik beoordeelde mezelf.' Haar vluchtige glimlach was een breekbaar iets. 'Niet mooi genoeg voor jou, niet slim genoeg, niet amusant, niet liefdevol, niet begeerlijk... niet genoeg.'

'Dat was het niet. Dat is het niet.'

'Meestal werd ik 's ochtends wanhopig wakker omdat ik nog leefde. En dat werd ook deel van mijn walging. Ik was zelfs niet mans genoeg om zelfmoord te plegen. Waardeloos, dacht ik. Zonder enige waarde. Dom en lelijk en nutteloos.'

Elk volgend woord was nog moeilijker te verdragen dan het vorige.

'Ik wilde niet meer leven. Ik bad dat ik dood zou gaan. Maar ik ging niet dood. Ik ging gewoon verder. Zoals de meeste mensen.'

'Ze gaan verder. Ze komen eroverheen. Ze vergeten. Ik begrijp het.' Hij hoopte dat deze vier opmerkingen genoeg zouden zijn om haar het zwijgen op te leggen. Maar hij zag dat ze vastbesloten was hun gesprek voort te zetten tot ze het doel had bereikt dat ze zichzelf had gesteld.

'Aanvankelijk was Tommy alleen een soort vergetelheid. Als hij langskwam, lachten we. We praatten. De eerste keer verzon hij

een smoes om langs te komen. Daarna niet meer. En hij drong nooit aan, Simon. Hij stelde nooit eisen. Ik sprak niet over jou, maar ik denk dat hij het wel begreep en van plan was te wachten tot ik mijn hart voor hem kon openstellen. Dus hij schreef, hij belde, hij legde een echte basis. En toen hij met me naar bed wilde, wilde ik dat ook. Ik had je eindelijk losgelaten.'
'Deborah, alsjeblieft. Dit hoeft allemaal niet. Ik begrijp het wel.' Hij durfde haar niet meer aan te kijken. Zijn hoofd wegdraaien was de enige beweging waartoe hij in staat scheen te zijn. Hij staarde naar de spullen die hij op het bed had gelegd.
'Je had me afgewezen. Ik was boos. Ik was gekwetst. Uiteindelijk kwam ik eroverheen, maar om de een of andere reden dacht ik nog steeds dat ik je moest laten zien hoe de zaken ervoor stonden. Ik moest je laten zien dat als jij me niet wilde, er wel iemand anders was. Dus hing ik die foto in mijn flat op. Tommy vond het vervelend. Hij vroeg me of ik hem weg wilde halen. Maar ik wees op de compositie, de kleuren, de textuur van de gordijnen en de dekens, de vorm van de wolken in de lucht. Het is maar een foto, zei ik. Word je er verlegen van omdat hij iets over ons zegt?'
Even zweeg ze. St James dacht dat ze klaar was. Hij keek op en zag dat haar hand op haar keel lag en haar vingers op haar sleutelbeen drukten. 'Wat vreselijk om zo tegen Tommy te liegen. Het enige wat ik wilde, was jou kwetsen. Zo diep als ik kon.'
'En ik heb het verdiend. Ik heb jou ook gekwetst.'
'Nee. Er is geen excuus voor een dergelijke wraakneming. Het is puberaal. Walgelijk. Het zegt dingen over me waar ik ziek van word. Het spijt me vreselijk. Echt.'
Het geeft niet. Heus. Vergeet het maar, vogeltje. Hij kon zichzelf er niet toe brengen het te zeggen. Hij kon de gedachte niet verdragen dat hij haar door zijn eigen lafheid in Lynleys armen had gedreven. Het was meer dan hij aankon. Hij verachtte zichzelf. Terwijl hij toekeek en zocht naar woorden die hij niet kende, verscheurd werd door emoties die hij niet kon verdragen, legde ze de foto's op de rand van het bed en streek de opkrullende hoeken plat.
'Hou je van hem?' Hij gooide de vraag eruit.
Ze was naar de deur gelopen, maar draaide zich om om antwoord te geven. 'Hij betekent alles voor me,' zei ze. 'Trouw,

toewijding, affectie, warmte. Hij heeft me dingen gegeven...'
'Hou je van hem?' Deze keer klonk de vraag beverig. 'Kun je dan ten minste zeggen dat je van hem houdt, Deborah?'
Even dacht hij dat ze zou weggaan zonder antwoord te geven. Maar hij zag Lynleys invloed haar lichaam doorstralen. Haar kin ging omhoog, haar schouders rechtten zich, tranen blonken in haar ogen. Hij hoorde het antwoord al voor ze het gaf. 'Ik hou van hem. Ja. Ik hou van hem.' En toen was ze weg.

Hij lag in bed en staarde naar de wisselende patronen van donkere schaduwen en flauw licht op het plafond. Het was een warme nacht. Het raam van zijn slaapkamer stond open, de gordijnen waren niet dicht en hij kon zo nu en dan het gebrom van auto's op het verderop gelegen Cheyne Walk horen, dat door het weidse oppervlak van de rivier werd versterkt. Zijn lichaam hoorde moe te zijn, hoorde rust te zoeken, maar het deed pijn. Spieren in zijn nek en schouders waren tot het uiterste gespannen, handen en armen tintelden en in zijn borst voelde hij een doffe, zware pijn, alsof er een gewicht op drukte. Zijn geest was een maalstroom waarin fragmenten van eerdere gesprekken, halfgevormde wazige fantasieën en dingen die gezegd moesten worden, rondtolden.
Hij probeerde aan andere dingen te denken: een vezelanalyse die hij moest afmaken, een getuigenverklaring die hij over twee weken moest geven, een conferentie waar hij een lezing moest houden, een seminar in Glasgow waarvoor hij was gevraagd. Hij probeerde te zijn wat hij tijdens haar afwezigheid was geweest: de koele wetenschapper die zijn verplichtingen nakwam en zijn verantwoordelijkheden serieus nam. Maar in plaats daarvan zag hij de man die hij in werkelijkheid was: de lafaard die zijn leven lang bepaalde dingen uit de weg ging en ontkende om te voorkomen dat hij kwetsbaar zou worden.
Zijn leven was een grote leugen, gebaseerd op edelmoedige aforismen waar hij niet in geloofde. Laat haar gaan. Laat haar haar eigen weg vinden. Laat haar een wereld met wijde horizonten vinden, bevolkt door mensen die haar rijkdommen kunnen geven die ver uitstijgen boven wat ik te bieden heb. Laat haar een verwante ziel vinden aan wie ze zich kan binden, een die niet bezwaard wordt door de last van mijn leven. Maar zelfs deze

lijst van misleidende richtlijnen die zijn gedrag hadden bepaald, was uiteindelijk een vorm van zelfbescherming die diende om de feitelijke waarheid niet onder ogen te hoeven zien.
Angst beheerste hem en verlamde hem. Elke keuze die hij maakte, zou tot een afwijzing kunnen leiden. Dus koos hij door niet te kiezen, door de tijd te laten passeren, door te geloven dat de conflicten, de moeilijkheden en de beroering vanzelf voorbij zouden gaan. En dat was inderdaad gebeurd, met als resultaat dat hij haar had verloren.
Te laat zag hij wat hij al die tijd al had moeten zien: dat zijn leven met Deborah een zich langzaam vormend tapijt was geweest waarin zij de draad had vastgehouden, het ontwerp had gemaakt en uiteindelijk het weefsel zelf was geworden. Dat zij hem nu verliet, was een soort sterven dat hem niet de vredige leegte van de dood bracht, maar een eindeloos hellevuur van zelfverwijt, allemaal het gevolg van zijn verachtelijke angst. Dat de jaren waren voorbijgegaan en hij haar niet had verteld hoeveel hij van haar hield. Zijn hart sprong op wanneer hij haar zag, maar hij kon de woorden niet zeggen. Nu kon hij alleen nog God danken dat zij en Lynley van plan waren na hun huwelijk een nieuw leven in Cornwall te beginnen. Als ze niet meer bij hem in de buurt was, zou de rest van zijn leven tenminste draaglijk zijn.
Hij draaide zijn hoofd op het kussen en keek naar de gloeiende rode cijfers op de digitale wekker. Het was 3.10 uur. Proberen de slaap te vatten had geen zin. Dat kon hij net zo goed toegeven. Hij deed het licht aan.
De stapel foto's lag nog steeds op het tafeltje naast zijn bed, waar hij hem twee uur daarvoor had neergelegd. In een opzettelijke poging alles te vergeten – nog meer lafheid waarvoor hij zichzelf als het licht werd, zou verachten – raapte hij ze op. Hij deed alsof deze handeling Deborahs woorden kon uitwissen, alsof de wetenschap dat ze hem eens had begeerd, niet aan zijn ziel knaagde, en begon ze te bestuderen, een oefening in afstandelijkheid op de puinhopen van zijn leven.
Koeltjes bekeek hij het lijk met de verminkingen, de houding waarin het naast de bank lag. Hij bestudeerde de dingen die in de kamer lagen: de brieven en enveloppen, de pennen en potloden, de notitieboekjes en mappen, de volgeschreven stukjes pa-

pier, het omgevallen haardstel en de pook, de computer die aanstond en de zwarte diskettes verspreid over het bureau. En vervolgens dichter bij het lijk van Mick Cambrey: de schittering van zilver – misschien van een muntstuk – half onder zijn dij; het briefje van vijf pond waar een klein hoekje vanaf was, dat over het hoofd was gezien en naast zijn hand op de grond lag; de schoorsteenmantel waaraan hij zijn hoofd had gestoten boven hem; rechts van hem de haard waar hij tegenaan was gevallen. St James bladerde keer op keer de foto's door, op zoek naar iets wat hij zelfs niet zou kunnen identificeren als hij het zag. De computer, de diskettes, de mappen, de notitieboekjes, het geld, de schoorsteenmantel. Hij dacht alleen maar aan Deborah.

Hij gaf het op en bekende zichzelf dat hij niet zou kunnen slapen, geen rust zou kennen en zelfs geen moment afleiding zou kunnen vinden. Het enige wat hij kon doen, was de resterende nachtelijke uren iets draaglijker proberen te maken. Hij pakte zijn krukken en zwaaide zijn benen uit bed. Hij trok zijn ochtendjas aan, maakte zijn ceintuur onhandig vast en liep naar de deur. Er was nog cognac in de studeerkamer. Het zou niet de eerste keer zijn dat hij zijn toevlucht tot deze vorm van vergetelheid nam. Hij liep de trap af.

De deur van de studeerkamer stond half open en zwaaide geluidloos naar binnen toen hij hem aanraakte. Een zachte gloed – dansend tussen goud en schemerig roze – kwam van twee kaarsen die op de schoorsteenmantel hoorden te staan, maar naast elkaar voor de open haard waren gezet en waren aangestoken. Met haar handen om haar knieën geslagen zat Deborah op de ottomane naar de brandende kaarsen te staren. Toen hij haar zag, wilde St James weggaan. Hij overwoog dat te doen. Hij verroerde zich niet.

Ze keek in de richting van de deur, keek weer snel de andere kant op toen ze zag dat hij het was. 'Ik kon niet slapen,' merkte ze volkomen overbodig op, alsof ze dacht dat ze een verklaring moest geven voor het feit dat ze midden in de nacht in haar ochtendjas in zijn studeerkamer zat. 'Ik begrijp niet waarom. Ik zou doodop moeten zijn. Ik bén doodop. Maar ik kan niet slapen. Te veel opwinding de laatste paar dagen.'

Het leek een nonchalante uitspraak, goed gekozen en onverschillig. Maar haar stem klonk enigszins aarzelend. Ze probeerde oprecht te klinken, maar dat lukte haar niet. Toen hij dit merkte, liep hij de kamer door en liet zich naast haar op de ottomane zakken. Het was een gebaar dat hij nog nooit had gemaakt. In het verleden was haar plaats op de ottomane geweest, terwijl hij hoger zat, in de stoel of op de bank.

'Ik kon ook niet slapen,' zei hij, terwijl hij zijn krukken op de grond legde. 'Ik kwam een glas cognac halen.'

'Ik pak het wel even voor je.' Ze maakte aanstalten om op te staan.

Hij greep haar hand, hield haar tegen. 'Nee. Laat maar.' En toen ze haar gezicht afgewend hield: 'Deborah.'

'Ja?'

Ze klonk kalm. Haar dikke krullende haar verborg haar gezicht. Ze maakte een snelle beweging, alsof ze haar lichaam oprichtte, en hij dacht dat dit de inleiding was tot opstaan en vertrekken. Maar ze bleef zitten en hij hoorde haar verstikt ademhalen en realiseerde zich enigszins verbaasd dat ze haar tranen probeerde in te houden.

Hij raakte zo zachtjes haar haar aan dat hij wist dat ze het onmogelijk had kunnen voelen. 'Wat is er?'

'Niets.'

'Deborah...'

'We waren vrienden,' fluisterde ze. 'Jij en ik. We waren maatjes. Dat wilde ik weer. Ik dacht dat als ik vanavond met je zou praten... maar ik kon het niet meer vinden. Het is weg. En ik... Het doet zo'n pijn nu ik dat weet. Mijn hart breekt als ik met je praat, als ik je zie. Ik wil dat gevoel niet meer hebben. Ik kan er niet meer tegen.'

Haar stem brak. Zonder erbij na te denken sloeg hij zijn arm om haar schouders. Het maakte niet uit wat hij zei. De waarheid of een leugen, het maakte geen verschil. Hij moest iets zeggen om haar pijn te verzachten.

'We overleven het wel, Deborah. Ooit vinden we de weg terug. Ooit worden we weer wat we waren. Niet huilen.' Hij kuste haar ruw op de zijkant van haar hoofd. Ze draaide zich naar hem toe. Hij nam haar in zijn armen, streelde haar haar, wiegde haar, zei haar naam. En voelde zich ineens vervuld met een vredige rust. 'Het geeft niet,' fluisterde hij. 'We blijven altijd maatjes. Dat zullen we nooit kwijtraken. Dat beloof ik je.'

Terwijl hij dit zei, voelde hij haar armen om zich heen glijden. Hij voelde de zachte druk van haar borsten tegen zijn borstkas. Hij voelde haar hart kloppen, voelde zijn eigen hart bonzen en accepteerde het feit dat hij weer tegen haar had gelogen. Ze zouden nooit vrienden worden. Vriendschap tussen hen was absoluut onmogelijk zolang zo'n simpel gebaar – haar armen die om hem heen gleden – zijn hele lichaam in vuur en vlam zette.
Waarschuwingen galmden door zijn hoofd. Ze was van Lynley. Hij had haar al genoeg pijn gedaan. Hij beschaamde de oudste vriendschap uit zijn leven. Ze werden gescheiden door een grens die niet overschreden mocht worden. Aanvaarden werd een voornemen. Het geluk was niet voor ons bestemd. Het leven is niet altijd eerlijk. Hij hoorde het allemaal, zwoer dat hij de kamer uit zou gaan, zei tegen zichzelf dat hij haar moest loslaten en bleef zitten. Haar alleen maar even vasthouden, haar alleen maar even zo voor zichzelf hebben, haar alleen maar even dicht bij zich voelen, alleen maar even de geur van haar huid ruiken. Het was genoeg. Meer zou hij niet doen... Alleen even haar haar aanraken, alleen haar haar uit haar gezicht vegen.
Ze tilde haar hoofd op om hem aan te kijken. Waarschuwingen, bedoelingen, grenzen en voornemens raakten in vergetelheid. Ze kostten hem te veel. Ze deden er niet toe. Niets deed ertoe. Alleen dit moment, met haar.
Hij raakte haar wang aan, haar voorhoofd, liet zijn vingers langs haar lippen glijden. Ze fluisterde zijn naam, een enkel woord dat eindelijk zijn angst wegvaagde. Hij vroeg zich af waarom hij ooit bang was geweest zichzelf in de liefde van deze vrouw te verliezen. Ze was hem. Dat zag hij nu in. Hij accepteerde die waarheid. Het was een soort vervulling. Hij bracht zijn mond naar de hare.

Er bestond niets anders dan zijn armen. Niets deed ertoe, behalve de warmte van zijn mond en de smaak van zijn tong. Het was alsof alleen dit ene moment telde, alsof haar leven werd begrensd door zijn kus.
Hij mompelde haar naam. Vonken, die kracht putten uit de bron van begeerte, sloegen over. Ze wisten het verleden uit en namen al haar overtuigingen, al haar voornemens, alle aspecten van haar leven mee. Wat overbleef, was de wetenschap dat ze

naar hem verlangde. Ze verlangde meer naar hem dan naar trouw, dan naar liefde, dan naar de belofte voor de toekomst. Ze zei tegen zichzelf dat dit niets te maken had met de Deborah die van Tommy was, die in Tommy's bed sliep, die Tommy's vrouw zou worden. Dit had alleen te maken met het vereffenen van schulden, een uur waarin ze haar waarde zou bepalen.
'Lieveling,' fluisterde hij. 'Zonder jou...'
Ze trok zijn mond weer op de hare. Ze beet zachtjes in zijn lippen en voelde hoe deze zich tot een glimlach krulden. Ze wilde geen woorden. Ze wilde alleen voelen. Zijn mond die met een boog van haar gezicht naar het kuiltje in haar hals gleed; zijn handen op haar borsten, spelend en liefkozend, die naar haar middel gleden en de ceintuur van haar ochtendjas openmaakten, de jas van haar schouders duwden, de dunne bandjes van haar nachthemd langs haar armen naar beneden lieten glijden. Ze stond op. Het nachthemd viel op de grond. Ze voelde zijn hand op haar dij.
'Deborah.'
Ze wilde geen woorden. Ze boog zich voorover, kuste hem, voelde hoe hij haar naar zich toe trok, hoorde haar eigen zucht van genot toen zijn mond haar borst vond.
Ze begon hem te strelen. Ze begon zijn kleren uit te trekken.
'Ik wil met je naar bed,' fluisterde hij. 'Deborah. Kijk me aan.'
Ze kon het niet. Ze zag de gloed van de kaarsen, de stenen rand van de open haard, de boekenplanken, de glinstering van de koperen lamp op zijn bureau. Maar niet zijn ogen of zijn gezicht of de vorm van zijn mond. Ze accepteerde zijn kus. Ze beantwoordde zijn liefkozingen. Maar ze keek hem niet aan.
'Ik hou van je,' fluisterde hij.
Drie jaar. Ze wachtte op het opwindende gevoel van triomf, maar het bleef uit. In plaats daarvan begon een van de kaarsen te sputteren en droop er een stroom kaarsvet op de haard. Met een sissend geluid ging het vlammetje uit. De pit zond een kronkelend sliertje rook omhoog met een scherpe en storende geur. St James keerde zich ernaartoe.
Deborah keek naar hem toen hij dit deed. Het vlammetje van de andere kaars flakkerde als vleugels tegen zijn huid. Zijn profiel, zijn haar, de scherpe hoek van zijn kaak, de lijn van zijn schouder, de snelle, zekere bewegingen van zijn prachtige han-

den... Ze stond op. Haar vingers beefden toen ze haar ochtendjas aandeed en onhandig de gladde satijnen ceintuur probeerde dicht te knopen. Ze voelde zich tot in het diepst van haar ziel door elkaar geschud. Geen woorden, dacht ze. Allesbehalve woorden.

'Deborah...'

Ze kon het niet.

'In godsnaam, Deborah, wat is er? Wat is er mis?'

Ze dwong zichzelf hem aan te kijken. Zijn gelaatstrekken waren overspoeld door een stroom van emoties. Hij zag er jong uit en zo kwetsbaar. Hij zag eruit alsof hij op een klap wachtte.

'Ik kan het niet,' zei ze. 'Simon, ik kan het gewoon niet.'

Ze draaide zich om en holde de kamer uit. Ze rende de trap op.

Tommy, dacht ze.

Alsof zijn naam een gebed was, een bezweringsformule die haar kon behoeden voor gevoelens van onreinheid en angst.

Deel VI

Boetedoening

25

Tegen de tijd dat Lynley het vliegtuig op de landingsbaan bij Land's End neerzette, begon het mooie weer van die dag om te slaan. Grote grijze wolken kwamen vanuit het zuidwesten landinwaarts drijven en wat in Londen een zacht briesje was geweest, zwol aan tot een harde wind die regen beloofde. Deze omslag van het weer was, dacht Lynley somber, een bijzonder treffende metafoor voor de veranderingen die zijn humeur en omstandigheden hadden ondergaan. Want hij was die ochtend met een gevoel van hoop begonnen, maar nog geen paar uur nadat hij had vastgesteld dat de toekomst rust op alle fronten van zijn leven beloofde, was die hoop overschaduwd door een ziekmakende angst waarvan hij dacht dat hij hem achter zich had gelaten.

In tegenstelling tot zijn bezorgdheid van de laatste paar dagen had deze angst niets met zijn broer te maken. Uit zijn nachtelijke gesprekken met Peter was juist een gevoel van vernieuwing en wedergeboorte gegroeid. En alhoewel de advocaat van de Lynleys tijdens zijn langdurige bezoek aan Scotland Yard in niet mis te verstane bewoordingen te kennen had gegeven dat Peters vooruitzichten slecht waren, tenzij bewezen kon worden dat Justin Brooke Mick Cambrey had vermoord, hadden Lynley en zijn broer – na een discussie over de legale aspecten van Peters positie – een breekbaar gesprek gevoerd waarin zij beiden begrip hadden proberen op te brengen voor het gedrag van de ander in het verleden, een noodzakelijke inleiding tot het vergeven van oude zonden. Uit de uren die Lynley bij zijn broer had doorgebracht, was het besef gegroeid dat begrijpen en vergeven hand in hand gaan. Als je een beroep doet op het ene, ervaar je het andere. En als begrijpen en vergeven moesten worden beschouwd als deugden, als een teken van een sterk karakter en niet van persoonlijke zwakte, dan was het tijd dat hij inzag dat deze deugden harmonie konden brengen in de enige relatie in zijn leven waarin het volledig aan harmonie ontbrak. Hij wist niet precies wat hij tegen haar zou zeggen, maar hij wist wel dat hij klaar was voor een gesprek met zijn moeder.

Dit voornemen – een besluit dat zijn tred lichter maakte en hem de rug deed rechten – begon te vervagen toen hij in Chelsea arriveerde. Lynley rende de treden naar de voordeur op, roffelde op de deur en kwam oog in oog te staan met zijn meest irrationele angst.
St James opende de deur. Hij was uiterst vriendelijk en bood een kop koffie aan voor ze zouden vertrekken; hij zette uiterst zelfverzekerd zijn theorie over Justin Brookes mogelijke aandeel in de dood van Sasha Nifford uiteen. Normaal gesproken zou de informatie over Brooke Lynley met een gevoel van opwinding hebben vervuld, een gevoel dat hij altijd kreeg wanneer hij wist dat hij op de goede weg was om een zaak af te ronden. Maar nu hoorde hij nauwelijks wat St James zei, laat staan dat hij zich realiseerde dat St James bijna een volledige verklaring had voor alles wat er de afgelopen vijf dagen in Cornwall en Londen was gebeurd. In plaats daarvan viel het hem op dat zijn vriend er bleek en ziek uitzag; hij zag de diepe groeven in zijn voorhoofd; hij hoorde spanning doorklinken in St James' uitleg over motief, middel en gelegenheid; en hij voelde een kilte door zijn huid dringen die zich in alle vitale organen in zijn lichaam vastzette. Zijn zelfvertrouwen en zijn wil – samen het vlaggenschip van de dag – verloren een snelle strijd tegen zijn groeiende onrust.
Hij wist dat er slechts één oorzaak kon zijn voor de veranderingen die St James had ondergaan, en nog geen drie minuten na zijn binnenkomst kwam ze de trap af met een leren tas aan haar schouder. Toen ze beneden was en Lynley haar gezicht zag, las hij de waarheid en werd hij zeer bedroefd. Hij wilde uiting geven aan de woede en jaloezie die hij op dat moment voelde. Maar een traditionele, goede opvoeding bepaalde zijn gedrag. Zijn verzoek om een toelichting werd betekenisloos sociaal gebabbel, bedoeld om hen door dit moment heen te slepen zonder dat iemand ook maar een haar werd gekrenkt.
'Hard aan je foto's gewerkt, lieverd?' vroeg hij haar, en omdat zelfs een goede opvoeding haar grenzen kent, voegde hij eraan toe: 'Je ziet eruit alsof je geen minuut hebt geslapen. Ben je de hele nacht op geweest? Zijn ze klaar?'
Deborah keek niet naar St James, die naar zijn studeerkamer liep en in zijn bureau begon te rommelen. 'Bijna.' Ze liep naar

Lynley toe, sloeg haar armen om hem heen, hief haar hoofd op om hem te kussen en fluisterde met haar mond tegen de zijne: 'Goedemorgen, lieverd. Ik heb je gemist.'
Hij kuste haar, voelde haar spontane reactie op zijn aanraking en vroeg zich af of al het andere misschien alleen maar het product van zijn zielige onzekerheid was. Hij hield zichzelf voor dat het dat was. Maar toch zei hij: 'Als je nog werk hebt liggen, hoef je niet met ons mee te gaan.'
'Ik wil mee. Die foto's kunnen wel wachten.' En glimlachend kuste ze hem nogmaals.
Terwijl hij Deborah in zijn armen hield, was Lynley zich zeer bewust van St James' aanwezigheid. Tijdens de reis naar Cornwall was hij zich van hen beiden bewust. Hij speurde naar veranderingen in hun gedrag tegenover hem, in hun gedrag tegenover elkaar. Hij bekeek elk woord, elk gebaar en elke opmerking onder de nietsontziende microscoop van zijn eigen achterdocht. Wanneer Deborah St James' naam zei, was dat in zijn ogen een bedekte liefdesverklaring. Wanneer St James naar Deborah keek, was het een blijk van betrokkenheid en verlangen. Tegen de tijd dat Lynley het vliegtuig op Land's End tot stilstand bracht, voelde hij de spanning als een opgedraaide veer achter in zijn nek. De resulterende pijn was echter niets vergeleken bij zijn zelfhaat op dat moment.
Door zijn kolkende emoties was hij tijdens de rit naar Surrey en de daaropvolgende vlucht niet in staat geweest een meer dan oppervlakkig gesprek te voeren. En omdat ze geen van allen lady Helens talent hadden om moeilijke momenten met amusant gebabbel te omzeilen, was hun gesprek al snel volledig verwaterd, zodat er tegen de tijd dat ze in Cornwall aankwamen een gespannen sfeer tussen hen hing als gevolg van de vele onuitgesproken woorden. Lynley wist dat hij niet de enige was die een zucht van verlichting slaakte toen ze uit het vliegtuig stapten en Jasper zagen staan, die met de auto naast de landingsbaan op hen stond te wachten.
De stilte tijdens de rit naar Howenstow werd alleen verbroken door Jasper, die vertelde dat lady Asherton ervoor had gezorgd dat twee van de staljongens hen in de baai zouden opwachten 'om halftwee, zoals u had gezegd'. John Penellin werd nog steeds vastgehouden in Penzance, vertelde hij, maar het goede

nieuws dat 'meneer Peter was gevonden' was algemeen bekend. 'Mevrouw ziet er tien jaar jonger uit nu ze weet dat die knul terecht is,' besloot Jasper. 'Ze stond vanochtend al om 8.05 uur tegen haar tennisballen te meppen.'
Verder zei niemand iets. St James rommelde in de papieren in zijn koffertje, Deborah keek naar buiten, Lynley probeerde zijn gedachten op een rijtje te zetten. Ze kwamen op de smalle weggetjes geen auto's of dieren tegen en zagen pas iemand toen ze de oprijlaan naar Howenstow op draaiden. Nancy Cambrey zat op de stoep voor de personeelswoning. Molly lag in haar armen driftig aan een fles te zuigen.
'Stop eens,' zei Lynley tegen Jasper, en vervolgens tegen de anderen: 'Nancy wist dat Mick met een verhaal bezig was. Misschien kan zij de ontbrekende details aanvullen als we haar vertellen wat we weten.'
St James leek te weifelen. Een blik op zijn horloge deed Lynley beseffen dat hij haast had om naar de baai en vandaar naar de krant te gaan. Maar hij protesteerde niet. Deborah evenmin. Ze stapten uit de auto.
Nancy stond op toen ze zag wie eraan kwamen. Ze ging hun voor het huis in en draaide zich in de hal naar hen om. Boven haar rechterschouder hing een oud, verschoten borduurwerkje aan de muur, een tafereeltje van een familiepicknick, met twee kinderen, hun ouders, een hond en een lege schommel die aan een boom hing. De spreuk eronder was nauwelijks leesbaar, maar sprak waarschijnlijk van de voortdurende vreugde die het familieleven met zich meebrengt – een goedbedoelde misvatting.
'Is Mark er niet?' vroeg Lynley.
'Hij is naar St. Ives.'
'Dus je vader heeft het nog steeds niet met inspecteur Boscowan over hem gehad? Of over Mick? Over de cocaïne?'
Nancy deed niet alsof ze het niet begreep. Ze zei alleen maar 'Ik weet het niet. Ik heb niets gehoord' en liep naar de zitkamer, waar ze Molly's fles op de tv zette en de baby in de kinderwagen legde. 'Zo dan, lieverd,' zei ze en ze klopte haar op haar rug. 'Ga maar lekker even slapen, schattebout.'
Ze volgden haar de kamer in. Het zou normaal zijn geweest als ze waren gaan zitten, maar aanvankelijk deed niemand dat. Ze

namen allemaal een houding aan zoals zenuwachtige acteurs doen die nog niet precies weten hoe het stuk in elkaar zit: Nancy met een hand om de duwstang van de kinderwagen, St James met zijn rug naar de erker, Deborah bij de piano en Lynley tegenover haar bij de deur.

Nancy zag eruit alsof ze het ergste van dit onverwachte bezoek verwachtte. Haar ogen schoten zenuwachtig tussen hen heen en weer.

'Zijn jullie iets over Mick te weten gekomen?' vroeg ze.

Lynley en St James vertelden haar beiden de feiten en hun vermoedens. Ze luisterde zonder iets te vragen of te zeggen. Zo nu en dan leek ze even overmand te worden door verdriet, maar het grootste deel van de tijd zag ze eruit alsof niets haar meer kon raken. Het was alsof ze zichzelf, ver voor hun komst, immuun had gemaakt voor alle gevoelens, niet alleen voor gevoelens met betrekking tot de dood van haar man, maar ook met betrekking tot de niet zo bewonderenswaardige aspecten van zijn leven.

'Dus hij heeft het met jou nooit over Islington gehad?' vroeg Lynley toen ze hun verhaal hadden verteld. 'Of over oncozyme? Of over Justin Brooke, een biochemicus?'

'Nee. Nooit.'

'Deed hij altijd zo geheimzinnig over een verhaal?'

'Voor we trouwden niet. Toen praatte hij overal over. Toen we nog verliefd waren. Voor de baby er was.'

'En toen de baby er eenmaal was?'

'Toen ging hij steeds vaker weg. Altijd voor een of ander verhaal.'

'Naar Londen?'

'Ja.'

'Wist je dat hij daar een flat had?' vroeg St James.

Toen ze haar hoofd schudde, zei Lynley: 'Maar toen je vader vertelde dat hij het met andere vrouwen hield, is het toen nooit bij je opgekomen dat hij in Londen misschien ook een vriendin had? Dat was tenslotte heel goed mogelijk, nietwaar? Als je nagaat hoe vaak hij naar Londen ging.'

'Nee. Er waren...' Haar aarzeling bewees dat ze een beslissing probeerde te nemen. Het was kiezen tussen trouw en waarheid. En de vraag of de waarheid in dit geval echt verraad inhield. Ze hief haar hoofd op. 'Er waren geen andere vrouwen. Dat dacht

papa alleen maar. Ik liet hem geloven dat Mick andere vrouwen had. Dat was makkelijker.'
'Makkelijker dan je vader vertellen dat zijn schoonzoon graag vrouwenkleren aantrok?'
Lynleys vraag leek de jonge vrouw te bevrijden van maanden van geheimhouding. Ze zag er in elk geval even vreselijk opgelucht uit. 'Niemand wist het,' mompelde Nancy. 'Heel lang heeft niemand het geweten, alleen ik.' Ze zonk neer in de stoel naast de kinderwagen. 'Mickey,' zei ze. 'O, god, arme Mickey.'
'Hoe ben je erachter gekomen?'
Ze haalde een verkreukeld papieren zakdoekje uit de zak van haar jasschort. 'Vlak voor Molly werd geboren. Er lagen dingen in zijn ladekast. Eerst dacht ik dat hij vreemdging en hield ik mijn mond omdat ik acht maanden zwanger was en Mick en ik niet... Dus dacht ik...'
Het klonk allemaal zo redelijk nu zij het zo aarzelend uitlegde. Ze was zwanger en kon niet met haar man naar bed, dus als hij een andere vrouw opzocht, had zij dat maar te accepteren. Ze had hem immers gestrikt voor een huwelijk. Ze kon alleen zichzelf de schuld geven als hij haar kwetste. Dus zou ze hem niet confronteren met de bewijzen van zijn ontrouw. Ze zou het accepteren en proberen hem op den duur weer voor zich te winnen.
'Toen kwam ik op een avond thuis, kort nadat ik bij de Anchor and Rose achter de bar was gaan werken, en zag ik hem. Hij had allemaal kleren van mij aan. Hij had zich opgemaakt. Hij had zelfs een pruik gekocht. Ik dacht dat het mijn schuld was. Ik kocht graag nieuwe kleren, ziet u. Ik wilde bijblijven. Ik wilde er leuk uitzien voor hem. Ik dacht dat ik hem zo terug kon krijgen. Ik dacht eerst dat hij een scène wilde maken omdat ik zoveel geld aan kleren uitgaf. Maar ik zag al snel dat... Hij was echt... Het wond hem op.'
'Wat heb je daarna gedaan?'
'Mijn make-up weggegooid. Alles. Mijn kleren in stukken gescheurd. In de achtertuin met een slagersmes aan stukken gesneden.'
Lynley herinnerde zich Jaspers relaas over deze gebeurtenis. 'Je vader heeft het je zien doen, nietwaar?'
'Hij dacht dat ik dingen had gevonden die iemand had laten lig-

gen. Dus dacht hij dat Mick vreemdging. Ik liet hem in die waan. Hoe kon ik hem de waarheid vertellen? Bovendien had Mick me beloofd dat hij het nooit meer zou doen. En ik dacht dat hij dat kon opbrengen. Ik deed al mijn goede kleren weg, zodat hij niet in de verleiding zou komen. En hij probeerde het echt. Maar hij kon er niet mee ophouden. Hij begon dingen mee naar huis te nemen. Die vond ik dan. Ik probeerde met hem te praten. We probeerden er samen uit te komen. Maar niets hielp. Het werd alleen maar erger. Het leek of hij steeds vaker de behoefte had om zich te verkleden. Hij heeft het zelfs een keer 's avonds in het kantoor van de krant gedaan en toen werd hij door zijn vader betrapt. Harry was laaiend.'

'Dus zijn vader wist het?'

'Hij heeft hem een pak rammel gegeven. Mick kwam onder het bloed thuis. Hij liep te vloeken en te huilen. Toen dacht ik dat hij ermee op zou houden.'

'Maar hij begon aan een tweede leven in Londen.'

'Ik dacht dat het voorbij was.' Ze veegde haar ogen af en snoot haar neus. 'Ik dacht dat hij was genezen. Ik dacht dat we misschien toch weer gelukkig konden worden. Zoals in de tijd voor we getrouwd waren. Toen waren we gelukkig.'

'En verder wist niemand dat Mick zich wel eens als vrouw verkleedde? Mark ook niet? Of iemand uit het dorp? Of iemand van de krant?'

'Nee, alleen Harry en ik. Verder niemand,' zei ze. 'Lieve hemel, was dat niet genoeg?'

'Wat denk je? Was het genoeg, St James?'

Jasper was vooruitgereden. Ze bevonden zich op de oprijlaan en liepen het laatste stuk naar het huis. De lucht boven hen had afstand gedaan van de laatste restjes blauw en de kleur van ouder wordend tin aangenomen. Deborah liep tussen hen in, haar arm door die van Lynley gestoken. Hij keek St James over haar hoofd aan.

'De moord zelf heeft de hele tijd al de schijn van een crime passionnel gehad,' zei St James. 'Een klap op zijn kaak waardoor hij tegen de schoorsteenmantel aan vloog. Zo'n dood bedenkt iemand niet van tevoren. We zijn het er altijd over eens geweest dat er een of andere ruzie heeft plaatsgevonden.'

'Maar we hebben voortdurend geprobeerd om de moord met Micks beroep in verband te brengen. En wie heeft ons die kant op gestuurd?'
St James knikte spijtig. 'Harry Cambrey.'
'Hij had de gelegenheid. Hij had een motief.'
'Woede omdat zijn zoon zich graag als vrouw verkleedde?'
'Ze hadden er al eerder een handgemeen om gehad.'
'En Harry Cambrey had nog meer grieven,' zei Deborah. 'Het was immers de bedoeling dat Mick verbeteringen bij de krant zou doorvoeren. Hij had een lening van de bank gekregen. Misschien wilde Harry dat hij rekenschap aflegde van de manier waarop hij dat geld had uitgegeven. En toen hij ontdekte dat het geld was uitgegeven aan iets waarvan hij walgde, ging hij door het lint.'
'Maar hoe verklaar je dan de toestand in de zitkamer?'
'Een afleidingsmanoeuvre,' zei Lynley. 'Iets wat hij kon gebruiken om zijn bewering te staven dat Mick vanwege een verhaal was vermoord.'
'Maar daarmee zijn de twee andere sterfgevallen nog niet verklaard,' zei St James. 'Bovendien brengt het Peter weer in een hachelijke positie. Als Brooke niet van de klip is gevallen, dan heeft iemand hem naar beneden geduwd, Tommy.'
'We komen altijd weer bij Brooke terecht.'
'Waaruit we zouden mogen concluderen dat het aannemelijk is dat hij het heeft gedaan, wat we ook voor problemen aantreffen in Micks relaties met anderen.'
'Op naar de baai en de krant dan.'
'Ik verwacht dat we daar de waarheid zullen vinden.'
Ze liepen door het tudor-poortgebouw en staken de oprijlaan over. In de tuin bleven ze even staan om de retriever van lady Asherton te begroeten, die met een tennisbal tussen zijn tanden kwam aangerend. Lynley ontfutselde de hond de bal, gooide hem in de richting van de westelijke binnenplaats en keek de hond na toen deze vrolijk blaffend achter de bal aan ging. Het leek of lady Asherton op het geblaf van haar hond reageerde, want precies op dat moment opende ze de voordeur en kwam naar buiten.
'De lunch is klaar,' zei ze bij wijze van begroeting, en vervolgens alleen tegen Lynley: 'Peter heeft gebeld. De politie heeft hem

voorlopig vrijgelaten, maar ze willen dat hij in Londen blijft. Hij vroeg of hij naar Eaton Terrace mocht. Ik heb gezegd dat jij dat wel goed zou vinden. Vind je het erg? Ik wist niet zeker of je hem wel bij je thuis wilde hebben.'

'Ik vind het prima.'

'Hij klonk heel anders dan in het verleden. Ik vroeg me af of hij deze keer echt van plan is te veranderen. Voorgoed.'

'Dat is hij. Ja, volgens mij wel. En ik ook.' Lynley voelde zich even beverig. Hij keek naar St James en Deborah. 'Willen jullie ons een paar minuten excuseren?' vroeg hij, en hij was dankbaar voor hun onmiddellijke begrip. Ze liepen het huis in.

'Wat is er, Tommy?' vroeg lady Asherton. 'Is er iets wat je voor me hebt verzwegen? Is er nog meer aan de hand met Peter?'

'Ik ga vandaag naar de recherche van Penzance om het te vertellen,' zei Lynley. Zijn moeder werd bleek. 'Hij heeft Mick niet vermoord. Jij en ik weten dat. Maar hij was vrijdag in Gull Cottage nadat John daar was geweest. En Mick leefde nog. Dat is waar het om draait. De politie moet dat weten.'

'Weet Peter...' Ze scheen deze gedachte niet af te willen maken. Hij deed het voor haar.

'Dat ik het de politie ga vertellen? Ja, dat weet hij. Maar St James en ik denken dat we vandaag zijn naam kunnen zuiveren. Hij vertrouwt erop dat we dat zullen doen.'

Lady Asherton glimlachte geforceerd. 'Dan zal ik daar ook op vertrouwen.' Ze draaide zich om en maakte aanstalten het huis in te gaan.

'Moeder.' Zelfs nu wist hij niet hoeveel moeite het hem zou kosten om zich uit te spreken. Bijna zestien jaar van verbittering had een mijnenveld tussen hen geschapen. Een poging om dat te doorkruisen deed een beroep op karaktereigenschappen waarvan hij niet zeker wist of hij ze had.

Zijn moeder aarzelde. Haar hand lag plat op de deur om deze open te duwen. Ze wachtte tot hij iets zou zeggen.

'Ik heb het verknald met Peter. Met de rest ook.'

Ze hield haar hoofd schuin. Een vragende glimlach speelde om haar lippen. 'Jij hebt het verknald?' zei ze. 'Peter is mijn zoon, Tommy. Hij is mijn verantwoordelijkheid. Je hoeft jezelf niet onnodig overal de schuld van te geven.'

'Hij had geen vader. Ik had meer voor hem kunnen betekenen.

Ik heb ervoor gekozen om dat niet te doen. Ik had vaker naar huis moeten komen om bij Peter te kunnen zijn, maar daar zag ik zo vreselijk tegen op dat ik hem aan zijn lot heb overgelaten.'

Hij zag dat ze de bedoeling achter zijn woorden begreep. Ze liet haar hand naar beneden vallen en kwam weer bij hem staan. Hij keek over haar hoofd naar het wapen van de Ashertons dat hoog aan de voorgevel van het huis hing. Hij had het altijd als een amusant anachronisme beschouwd, maar nu zag hij het als een uiting van kracht. De jachthond en de leeuw in strijd verwikkeld; de hond overweldigd, maar zonder een spoor van angst.

'Ik wist dat je van Roderick hield,' zei hij. 'Ik zag dat je van hem hield. Ik wilde je straffen.'

'Maar ik hield ook van jou. Wat ik voor Roddy voelde, had niets met jou te maken.'

'Het was niet dat ik dacht dat je niet van mij hield. Het was meer dat ik niet bereid was om je te zien zoals je was en je dat te vergeven.'

'Omdat ik iemand anders dan je vader begeerde?'

'Omdat je aan die begeerte toegaf terwijl vader nog leefde. Dat kon ik niet begrijpen. Wat dat betekende, kon ik niet verdragen.'

Ze keek langs hem heen naar het tudor-poortgebouw. 'Ik gaf eraan toe,' zei ze. 'Ja, dat heb ik gedaan. Ik wilde dat ik de edelmoedigheid had gehad, of de moed of wat er dan ook voor nodig was, om Roddy weg te sturen toen ik me realiseerde hoeveel ik van hem hield. Maar de kracht die daarvoor nodig was, bezat ik niet, Tommy. Andere vrouwen waarschijnlijk wel. Ik was zwak. Ik had behoeften. Ik vroeg me af of het erg slecht kon zijn als Roddy en ik echt van elkaar hielden. Hoeveel kwaad we deden als we de veroordeling door de maatschappij negeerden en toegaven aan onze liefde. Ik wilde hem hebben. En om dat voor elkaar te krijgen en toch met mezelf te kunnen leven, deelde ik mijn leven keurig in vakjes in: een voor mijn kinderen, een voor je vader, een voor Roddy. En in elk deel van mijn leven was ik een andere vrouw. Wat ik niet had verwacht, was dat jij uit het vakje zou breken dat ik voor jou had gereserveerd en de vrouw zou zien die Roddy begeerde. Ik had niet verwacht dat je ooit zou zien wat ik in feite was.'

'Wat je in feite was, moeder? Niets meer of minder dan een mens. Dat kon ik niet accepteren.'
'Het is al goed. Ik begrijp het.'
'Ik moest je laten lijden. Ik wist dat Roderick met je wilde trouwen. Ik zwoer dat dat nooit zou gebeuren. Je primaire loyaliteit was aan de familie en aan Howenstow. Ik wist dat hij niet met je zou trouwen als je niet beloofde het landgoed te verlaten. Dus hield ik je al die jaren hier als een gevangene.'
'Die macht heb jij niet. Ik heb ervoor gekozen om te blijven.'
Hij schudde zijn hoofd. 'Je zou Howenstow hebben verlaten op het moment dat ik trouwde.' Hij zag aan haar gezicht dat dit de waarheid was. Ze sloeg haar ogen neer. 'Dat wist ik, moeder. Ik heb die kennis gebruikt als wapen. Als ik trouwde, was jij vrij. Dus trouwde ik niet.'
'Je bent nooit de juiste vrouw tegengekomen.'
'Waarom laat je mij in godsnaam de schuld niet op me nemen die ik verdien?'
Toen hij dat zei, keek ze op. 'Ik wil niet dat je verdriet hebt, lieverd. Dat wilde ik toen niet. Dat wil ik nu niet.'
Niets zou hem tot een groter gevoel van spijt hebben kunnen bewegen. Geen enkel verwijt, geen enkele beschuldiging. Hij voelde zich een zwijn.
'Je schijnt te denken dat jij alleen de lasten moet dragen,' zei ze. 'Ach, weet je, honderdduizend keer heb ik gewenst dat je ons niet samen had gezien, dat ik je niet had geslagen, dat ik iets had gedaan, had gezegd om je met je verdriet te helpen. Want het wás verdriet wat je voelde, Tommy. Je vader lag hier in huis op sterven en nu vernietigde ik ook je moeder nog. Maar ik was te trots om je de hand te reiken. Wat een verwaand kreng, dacht ik. Hoe durft hij me te veroordelen om iets wat hij niet eens begrijpt? Laat hem maar een beetje sudderen. Laat hem maar huilen. Laat hem maar uitrazen. Wat een verwaande kwast. Hij draait wel weer bij. Maar je draaide niet bij.' Ze raakte zijn wang lichtjes aan met de achterkant van haar hand, een voorzichtige druk die hij nauwelijks voelde. 'Er was geen grotere straf dan de afstand tussen ons. Een huwelijk met Roddy zou daar niets aan hebben veranderd.'
'Dan had je tenminste iets gehad.'
'Ja. Maar het is nog niet te laat.'

Een lichtere klank in haar stem – een tedere ondertoon – vertelde hem wat ze nog niet had gezegd. 'Heeft hij je weer gevraagd? Fijn. Daar ben ik blij om. Het is meer vergeving dan ik verdien.'
Ze nam zijn arm. 'Die tijd is voorbij, Tommy.' Wat zo typisch was voor haar manier van doen als het erop aankwam: hem vergeven op een manier die de woede van een half leven wegvaagde.
'Is het zo eenvoudig?' vroeg hij.
'Lieve Tommy, zo eenvoudig is het.'

St James liep een paar passen achter Lynley en Deborah. Hij keek naar hen en bestudeerde hun samenzijn. Hij prentte de details van Lynleys arm rond Deborahs schouders, van haar arm om zijn middel, de houding van hun hoofd wanneer ze met elkaar spraken, het contrast tussen de kleur van hun haar in zijn geheugen. Hij zag dat hun tred hetzelfde ritme had, vloeiend en soepel, hun passen dezelfde lengte. Hij keek naar hen en probeerde niet aan de nacht ervoor te denken, aan het moment dat hij had beseft dat hij niet langer met zichzelf kon leven als hij voor haar bleef vluchten, aan het moment dat hij vol verbijstering had beseft dat hij dat toch zou moeten doen.
Iedere andere man die haar niet zo goed kende, zou haar gedrag van de nacht daarvoor een handige vorm van misleiding hebben genoemd die haar de kans had gegeven getuige te zijn van een zekere mate van verdriet ter compensatie van het verdriet dat hij haar had gedaan. Bekennen dat zij in haar puberteit van hem had gehouden; toegeven dat die liefde gepaard ging met begeerte; een treffen waarin de sterkste elementen van emotie en opwinding samensmolten; een abrupt einde toen ze zeker wist dat hij niet meer zou vluchten. Maar hij kon met de beste wil van de wereld haar gedrag niet als een manipulatieve uiting van vrouwelijke wrok zien. Want ze had niet geweten dat hij zijn slaapkamer uit zou komen en bij haar in de studeerkamer zou komen zitten. Bovendien kon ze niet hebben voorzien dat hij na haar jarenlang te hebben afgewezen eindelijk zijn grootste angsten van zich af zou schudden. Ze had hem niet gevraagd naar haar toe te komen, ze had hem niet gevraagd naast haar op de ottomane te gaan zitten, ze had hem niet gevraagd haar

in zijn armen te nemen. Hij kon het alleen zichzelf kwalijk nemen dat hij de grens naar verraad was overgestoken en dat hij in dat ene verzengende ogenblik had gedacht dat zij daar ook toe bereid was.
Hij had haar gedwongen een besluit te nemen. Ze had haar besluit genomen. Hij wist dat hij voortaan alleen zou moeten overleven, als hij dat al wilde. De gedachte was nu onverdraaglijk, maar hij probeerde te geloven dat deze in de loop der tijd draaglijker zou worden.
Gunstig gestemde goden hielden de regen tegen, hoewel de lucht steeds dreigender werd toen ze eenmaal bij de baai waren. Ver weg boven zee barstte de zon door een rafelige scheur in het wolkendek en zond haar stralen als een gouden spotlicht naar het water. Maar dit duurde maar even. Geen enkele zeiler of visser zou zich door de vergankelijke schoonheid van dat moment hebben laten misleiden.
Op het lagergelegen strand zaten twee jongens bij de rotsen te roken. De ene was forsgebouwd, met zware botten, en had een grote bos vuurrood haar; de andere was klein en sprieterig en had grote knobbels op zijn knieën. Ondanks het slechte weer droegen ze zwemkleding. Bij hun voeten lagen handdoeken, twee duikbrillen, twee snorkels. De roodharige jongen keek op en zag Lynley. De andere keek snel achterom en gooide zijn sigaret weg.
'Waar denk je dat Brooke de camera's in het water heeft gegooid?' vroeg Lynley aan St James.
'Hij is vrijdagmiddag op de rotsen geweest. Ik denk dat hij naar het eind van de rotsen is gelopen en daar de koffer in zee heeft gegooid. Wat voor soort bodem heeft de zee hier?'
'Voornamelijk graniet.'
'En het water is helder. Als de fotokoffer er ligt, zullen ze hem kunnen zien.'
Lynley knikte en begon aan de afdaling. St James en Deborah bleven achter op de klip. Ze zagen hoe hij het smalle strand over liep en de beide jongens de hand schudde. De twee jongens grijnsden. De ene begroef zijn vingers in zijn haar en krabde aan zijn hoofd; de andere stond verlegen met zijn voeten te schuifelen. Ze zagen er allebei uit alsof ze het koud hadden.
'Niet echt lekker weer om te gaan zwemmen,' merkte Deborah

op. St James zweeg.
De jongens zetten hun duikbril en snorkel op en liepen in de richting van het water, allebei aan een kant van de rotspartij. Lynley klom de rotsen op en liep voorzichtig met hen mee naar het uiterste puntje.
Het wateroppervlak was uitzonderlijk glad, omdat de baai in de luwte van een natuurlijk rif lag. Zelfs vanaf de klip kon St James de zeeanemonen zien die op rotspunten onder water groeiden en meedeinden met de zachte stroming. Boven en naast de anemonen golfde breedbladige kelp. Onder de anemonen hielden krabben zich schuil. De baai was een combinatie van riffen en getijdenpoelen, zeeleven en zand. Het was niet de beste plek om te gaan zwemmen, maar er was geen betere plek om je van een voorwerp te ontdoen dat niet gevonden mocht worden. Na een paar weken zou de fotokoffer volledig zijn overwoekerd door mosselen, zee-egels en anemonen. Na een paar maanden zou hij zijn vorm verliezen en uiteindelijk zou hij op de rotsen zelf gaan lijken.
Misschien lag de koffer er, maar de jongens hadden moeite hem te vinden. Ze kwamen elke keer aan weerskanten van Lynley boven water. Elke keer met lege handen. Elke keer schudden zij hun hoofd.
'Zeg tegen ze dat ze verder in zee moeten gaan,' schreeuwde St James toen ze voor de zesde keer met lege handen bovenkwamen.
Lynley keek op, knikte en zwaaide. Hij ging op zijn hurken op de rotsen zitten en sprak tegen de jongens. Ze doken nogmaals. Het waren allebei goede zwemmers. Ze wisten wat ze zochten. Maar ze vonden niets.
'Het heeft geen zin.' Deborah leek meer tegen zichzelf dan tegen St James te praten. Toch gaf hij antwoord.
'Je hebt gelijk. Het spijt me, Deborah. Ik had gehoopt dat we nog iets voor je konden terugvinden.' Hij keek haar kant op, zag aan de treurige uitdrukking op haar gezicht dat ze de bedoeling achter zijn woorden begreep.
'O, Simon, alsjeblieft. Ik kon het niet. Toen het erop aankwam, kon ik het hem niet aandoen. Wil je proberen dat te begrijpen?'
'Ze zouden toch zijn verpest door het zoute water. Maar je had dan tenminste iets gehad om je aan je succes in Amerika te her-

inneren. Afgezien van Tommy dan, natuurlijk.' Ze verstijfde. Hij wist dat hij haar had gekwetst en voelde een zweem van triomf omdat hij de macht had dit te doen. Dit gevoel werd bijna direct vervangen door diepe schaamte. 'Dat was onvergeeflijk. Het spijt me,' zei hij.

'Ik heb het verdiend.'

'Nee. Je hebt het niet verdiend.' Hij liep bij haar weg en richtte zijn aandacht weer op de baai. 'Zeg maar dat ze ermee moeten stoppen, Tommy,' schreeuwde hij. 'De camera's liggen er niet.'

De twee jongens doken net weer op. Dit keer hield een van hen een voorwerp in zijn hand geklemd. Het glinsterde, lang en smal, in het doffe licht toen hij het aan Lynley gaf. Houten handvat, metalen lemmet. Beide zagen eruit alsof ze al enkele dagen in het water lagen.

'Wat heeft hij?' vroeg Deborah.

Lynley hield het omhoog zodat ze het voorwerp allebei konden zien. St James voelde zijn hart sneller gaan kloppen.

'Een keukenmes,' zei hij.

26

Tegen de tijd dat ze bij de parkeerplaats bij de haven van Nanrunnel waren, viel er een druilerige motregen, geen voorbode van een zuidwesterstorm, maar van een kortdurende zomerse bui. Talloze meeuwen vergezelden de regen en vlogen schreeuwend landinwaarts om hun toevlucht te zoeken op schoorstenen langs de kade en op boten die aan de kademuur lagen afgemeerd.

Op het pad dat rond de haven liep, passeerden ze omgekeerde roeiboten, rommelige stapels vissersnetten die naar de zee roken en gebouwen waarvan de ramen het onveranderlijke grijze masker van het weer weerspiegelden. Pas toen ze bij de plek kwamen waar het pad schuin omhoog tussen twee gebouwen door het eigenlijke dorp in liep, nam een van hen het woord. Het was op dat moment dat Lynley zag dat de kinderhoofdjes door de regen glad waren geworden. Hij keek bezorgd in de richting van St James.

De andere man beantwoordde zijn blik. 'Het gaat wel, Tommy.'

Ze hadden niet veel over het mes gezegd. Alleen maar dat het duidelijk een keukenmes was. Als Mick Cambrey ermee was verminkt en als Nancy het als een mes uit haar huis kon identificeren, diende het als aanvullend bewijs dat de misdaad tegen haar echtgenoot geen vooropgezet plan was geweest. Het feit dat het in de baai lag, maakte Justin Brooke niet minder verdacht. Het mes wierp alleen een ander licht op de reden waarom hij naar de baai was gegaan. Niet om Deborahs camera's weg te gooien, maar om iets veel belastenders uit de weg te ruimen.

De camera's waren dus nog steeds een stukje dat niet in de legpuzzel van de misdaad paste. Ze waren het er allemaal over eens dat het redelijk was om vast te houden aan het idee dat Brooke ze uit Deborahs kamer had gehaald. Maar het antwoord op de vraag waar hij ze had weggegooid, was nog steeds even onduidelijk als twee dagen daarvoor.

Ze sloegen bij een winkel in antiek zilver op Lamorna Road de hoek om en ontdekten dat de straten van het dorp verlaten waren. Dit was niet ongebruikelijk voor een zomer in Nanrunnel, waar de wispelturigheid van het weer de vakantiegangers er vaak toe dwong flexibel te zijn in de manier waarop ze hun tijd doorbrachten. Bij zonnig weer zag je ze door het dorp slenteren, de haven verkennen en foto's nemen op de kade; bij regenachtig weer kregen ze plotseling zin om een gokje te wagen, hun honger te stillen met een salade van verse krab, hun dorst te lessen met een groot glas bier. Een bewolkte middag was een godsgeschenk voor de eigenaren van bingohallen, restaurants en pubs. Dit bleek het geval te zijn in de Anchor and Rose. Het wemelde in de pub van de vissers die vanwege het weer aan wal moesten blijven, en van de dagjesmensen die schuilden voor de regen. In andere omstandigheden zouden twee zo van elkaar verschillende groeperingen in hetzelfde dranklokaal waarschijnlijk niet tot een samenhangend geheel zijn versmolten. Maar de aanwezigheid van een jonge mandolinespeler, een visser die goed overweg kon met een Ierse fluit en een man met spierwitte benen in een korte broek die met lepels zat te trommelen, had de barrière van klasse en ervaringswereld doorbroken, zodat het bonte gezelschap toch een geheel vormde.

In de grote erker die uitkeek op de haven, zat een visser met een leerachtige huid tegen de achtergrond van het grauwe daglicht figuurtjes van touw te maken voor een modieus gekleed jongetje. Zijn verweerde handen hielden het touwtje voor het kind omhoog; zijn gebroken tanden glinsterden in een grijns.

'Toe dan, Dickie. Pak het dan. Je weet hoe het moet,' spoorde mammie het jongetje aan.

Dickie werkte mee. Goedkeurend gelach volgde. De visser liet zijn hand op het hoofd van het kind rusten.

'Wat een plaatje, hè?' zei Lynley tegen Deborah, die even bij de deur was blijven staan kijken.

Ze glimlachte. 'Wat een prachtige kop heeft hij, Tommy. En moet je zien hoe het licht net op de zijkant van zijn gezicht valt.'

St James bevond zich al op de trap en klom naar het kantoor van de krant. Deborah volgde hem met Lynley achter zich.

'Weet je,' ging ze verder, terwijl ze even op de overloop bleef staan, 'ik heb me een tijdje afgevraagd of er wel genoeg te fotograferen was in Cornwall. Vraag me niet waarom. Ik ben een gewoontedier, denk ik, en ik had de gewoonte bijna al mijn werk in Londen te maken. Maar ik vind het hier heerlijk, Tommy. Overal zie ik foto's. Het is fantastisch. Echt. Dat heb ik van het begin af aan al gevonden.'

Toen ze dit zei, schaamde Lynley zich over zijn eerdere twijfels. Hij bleef even op de trap stilstaan. 'Ik hou van je, Deb.'

Haar gezicht werd zacht. 'En ik van jou, Tommy.'

St James had de deur naar het kantoor van de krant al geopend. In het kantoor gingen twee telefoons, zat Julianna Vendale achter een computer te tikken, stond een jonge fotograaf aan een bureau een rij van zes cameralenzen schoon te maken en bogen in een van de kamertjes drie mannen en een vrouw zich naar elkaar toe voor een diepgaand gesprek. Harry Cambrey was een van hen. ADVERTENTIES EN DISTRIBUTIE stond er in vervaagde zwarte letters op het bovenste deel van de half houten, half glazen deur.

Harry Cambrey zag hen en verliet de bijeenkomst. Hij droeg een nette broek, een wit overhemd en een zwarte das. Waarschijnlijk vond hij het nodig om een verklaring voor zijn kleding te geven, want hij zei: 'Ik heb hem vanochtend begraven. Om halfnegen.'

Vreemd, dacht Lynley, dat Nancy daar niets over heeft gezegd. Maar het verklaarde wel de berusting waarmee ze hun aanwezigheid had begroet. Een begrafenis was in zekere zin een afsluiting. Het maakte geen eind aan het verdriet, maar het maakte het eenvoudiger het verlies te erkennen.

'Er hingen wel zes agenten rond op de begraafplaats,' ging Cambrey verder. 'Dat is het eerste wat ze hebben gedaan, afgezien dan van hun poging om John Penellin voor de moord te laten opdraaien. En is dat geen dwaas idee? John die Mick vermoordt?'

'Misschien had hij wel een motief,' zei St James. Hij gaf Mick Cambreys sleutels aan zijn vader. 'Micks voorkeur voor vrouwenkleren. Zou dat een man ertoe kunnen brengen een andere man te vermoorden?'

Cambreys hand balde zich om de sleutels tot een vuist. Hij draaide zijn rug naar zijn medewerkers toe en liet zijn stem dalen. 'Aha. Wie weten het allemaal?'

'U hebt het goed verborgen weten te houden. Bijna iedereen gelooft in het beeld dat u van Mick hebt geschetst. Een echte kerel, een onverzadigbare vrouwenversierder.'

'Wat moest ik anders?' vroeg Cambrey. 'Hij was verdomme mijn zoon. Hij was een mán.'
'Die zijn grootste kick kreeg als hij zich als vrouw verkleedde.'
'Ik heb het hem nooit af kunnen leren. Ik heb het wel geprobeerd.'
'Dus het was niet iets van de laatste tijd?'
Terwijl hij de sleutels in zijn zak stopte, schudde Cambrey zijn hoofd. 'Hij heeft het zijn hele leven gedaan, van tijd tot tijd. Soms betrapte ik hem. Dan gaf ik hem een pak rammel. Schopte hem spiernaakt de straat op. Bond hem vast in een stoel en beschilderde zijn gezicht, deed alsof ik zijn pik eraf ging snijden. Maar niets hielp.'
'Alleen zijn dood,' zei Lynley.
Cambrey scheen zich niets aan te trekken van deze beschuldiging. Hij zei alleen: 'Ik beschermde die jongen zo goed als ik kon. Ik heb hem niet vermoord.'
'U hebt hem zeker beschermd,' zei St James. 'Iedereen zag hem zoals u wilde dat ze hem zouden zien. Maar op het laatst had hij uw bescherming niet meer nodig vanwege zijn neiging zich als vrouw te verkleden, maar vanwege een verhaal, net als u dacht.'
'Het waren de wapens, hè?' vroeg Cambrey. 'Zoals ik al eerder zei.'
St James keek naar Lynley. Het leek of hij om aanwijzingen vroeg, of misschien wilde hij toestemming hebben het verdriet van de man nog groter te maken. Cambrey uitleggen wat de 'aantekeningen' uit Micks bureau betekenden, zou dit tot gevolg hebben. Het zou bijna alles onthullen. Niet alleen dat Mick zich graag als vrouw verkleedde, maar ook dat hij in drugs had gehandeld. Niet alleen dat hij geld aan frivole zaken uitgaf in plaats van aan de krant, maar ook dat hij een groot deel van het geld had laten wegvloeien om een dubbelleven in Londen te kunnen leiden.
Elke vorm van misleiding, dacht Lynley, verdiende het om ontmaskerd te worden. Iets opbouwen op basis van een leugen – of het nu een enkele relatie was of een heel leven – was hetzelfde als erop vertrouwen dat zand niet zou wegschuiven. Een tijdlang zou het misschien de illusie van stevigheid geven, maar dat wat erop was gebouwd, zou uiteindelijk in elkaar storten. De enige vraag die restte, was op welk moment Harry Cambreys ver-

keerde beeld van zijn zoon gecorrigeerd diende te worden.
Lynley keek naar de oude man en bestudeerde het gezicht dat door ouderdom en falen was getekend en als gevolg van zijn slechte gezondheid een gelige kleur had. Hij zag zijn schrale borstbeen tegen zijn overhemd drukken, de lelijke nicotinevlekken op zijn vingers die krom stonden van de artritis. Laat iemand anders het hem maar vertellen, besloot hij.
'We weten dat hij aan een verhaal over een geneesmiddel werkte. Oncozyme heet het,' zei Lynley.
St James volgde zijn voorbeeld. 'Hij bracht zijn tijd in Londen door met het bezoeken van Islington, een farmaceutisch bedrijf, en een biochemicus, genaamd Justin Brooke, die daar werkte. Heeft Mick het ooit over Islington gehad? Of over Brooke?'
Cambrey schudde zijn hoofd. 'Een geneesmiddel, zegt u?' Hij scheen niet te kunnen wennen aan de gedachte dat zijn eerdere idee over wapentransporten nergens toe had geleid.
'We zullen in zijn archieven moeten zoeken – hier en in Gull Cottage – om het te kunnen bewijzen,' zei St James. 'De man die Mick heeft vermoord, is zelf ook dood. Alleen Micks aantekeningen kunnen ons zijn motief duidelijk maken en ons een basis geven waarop we een zaak tegen hem kunnen opbouwen.'
'En als de moordenaar de aantekeningen nu eens gevonden en vernietigd heeft? Als ze nu eens bij Mick thuis lagen en hij ze die avond heeft weggehaald?'
'Er zijn te veel andere dingen gebeurd die niet hadden hoeven gebeuren als de moordenaar de aantekeningen had gevonden.'
Lynley dacht nogmaals aan St James' theorie: dat Brooke Peter uit de weg had willen ruimen omdat Peter die avond in Gull Cottage iets had gezien of gehoord; dat hij Deborahs camera's had gestolen om de film te pakken te krijgen. Dit tweede feit alleen al wees erop dat er ergens een concreet bewijsstuk moest zijn, ook al was het nu nog onduidelijk wat dat was. Brooke had dat geweten.
Cambrey nam het woord. 'Hij bewaarde zijn archief in die kasten' – hij knikte met zijn hoofd in de richting van een paar archiefkasten – 'en bij hem thuis. De politie is klaar in het huis en ik heb een sleutel, dus we kunnen erin. Laten we aan het werk gaan.'
Er waren drie kasten met elk vier laden. Terwijl om hen heen de

werkzaamheden die gepaard gaan met het uitbrengen van een krant, doorgingen, begonnen Lynley, St James, Deborah en Cambrey de laden een voor een te doorzoeken. 'Let op alles wat lijkt op een rapport over oncozyme,' zei St James tegen hen. 'De naam van het geneesmiddel, het woord kanker, een studie naar behandelingsmethoden, gesprekken met artsen, onderzoekers of patiënten.'

Hun speurtocht voerde hen door mappen, notitieboekjes en losse velletjes papier. Ze zagen bijna direct dat het geen eenvoudige taak zou zijn. Mick Cambrey had zijn spullen niet op een logische manier gearchiveerd. Er was geen enkel systeem in te ontdekken. Het zou uren, zo niet dagen kosten om alles door te nemen, want bij elk stukje papier moest worden gelet op eventuele verwijzingen naar oncozyme, naar kanker, naar biochemisch onderzoek.

Ze waren al meer dan een uur bezig toen Julianna Vendale zei: 'Als jullie aantekeningen zoeken, moet je zijn computer niet vergeten.' Ze opende een la van zijn bureau, waar zeker 24 diskettes in bleken te zitten.

Niemand liet een woord van protest horen, maar Deborah zag er wanhopig uit en Cambrey vloekte. Ze waadden verder door het bezinksel van de carrière van een dode man tot ze om 16.00 uur door de telefoon werden gestoord. Iemand in een van de kamertjes nam aan, stak zijn hoofd om de deur en zei: 'Is meneer St James hier?'

'Gered,' zuchtte Deborah, terwijl ze haar nek masseerde. 'Misschien is het iemand die wil bekennen.'

Lynley stond op en rekte zich uit. Hij liep naar het raam. Buiten regende het nog steeds zachtjes. Het duurde nog uren voor het donker zou worden, maar in twee van de gebouwen op Paul Lane brandde al licht. In een van de huizen zat een gezin rond een tafel thee te drinken en koekjes uit een blikken trommel te eten. In een ander huis knipte een jonge vrouw het haar van een man. Ze was druk bezig met de zijkanten en stond voor hem om haar werk te beoordelen. Hij bleef even geduldig zitten, trok haar toen tussen zijn benen en kuste haar stevig. Ze trok hem verwijtend aan zijn oren, lachte, gaf zich over aan zijn omhelzing. Lynley glimlachte en draaide zich weer om naar het kantoor.

Hij zag dat St James vanuit het kamertje waar hij stond te telefoneren, naar hem keek. Zijn gezicht stond bezorgd. Hij plukte nadenkend aan zijn lippen. De persoon die hij aan de telefoon had, sprak het meest. St James zei alleen zo nu en dan een paar woorden. Toen hij ten slotte ophing, bleef hij een minuut of drie naar de telefoon staan kijken. Eenmaal nam hij de hoorn van de haak alsof hij iemand wilde bellen, maar hij legde hem weer neer zonder dit te doen. Uiteindelijk kwam hij het kamertje uit en voegde zich weer bij de anderen.
'Deborah, kun jij het even alleen af? Tommy en ik moeten ergens achteraan.'
Ze keek van hem naar Lynley. 'Natuurlijk. Moeten we in Gull Cottage verdergaan als we hier klaar zijn?'
'Graag.'
Zonder verder iets te zeggen liep hij naar de deur. Lynley volgde hem. Hij zei niets op de trap naar beneden. Toen ze bijna beneden waren, moesten ze uitwijken voor twee kinderen die een aantal kleine metalen vrachtwagentjes van de leuning lieten rijden. Ze liepen door de overvolle Anchor and Rose en gingen naar buiten. Vanwege de regen zetten ze de kraag van hun jas op.
'Wat is er aan de hand?' vroeg Lynley. 'Wie had je aan de telefoon?'
'Helen.'
'Hélen? Waarom belt zij in godsnaam...'
'Ze heeft ontdekt wat die lijst met kandidaten van Cambrey inhoudt, Tommy, en die boodschappen op de telefoonbeantwoorder in zijn flat.'
'O.'
'Ze blijken allemaal één ding gemeen te hebben.'
'Aan je gezicht te zien is het niet cocaïne.'
'Nee. Kanker.' St James liep met zijn hoofd voorovergebogen in de regen naar Paul Lane.
Lynleys ogen dwaalden naar de haven, naar de grote groep dicht bij elkaar zittende zeevogels op de kade, die alleen al door hun grote aantal tegen onheil werden beschermd. Hij draaide zich om en keek naar de heuvels boven het dorp, die in een nevel van regen waren gehuld. 'Waar gaan we naartoe?' riep hij naar zijn vriend.

St James bleef even staan en riep over zijn schouder: 'We moeten nodig met dokter Trenarrow praten.'

Het was niet makkelijk voor lady Helen geweest om de waarheid omtrent de lijst met kandidaten te achterhalen, legde St James uit. De eerste twaalf namen die ze had geprobeerd, leverden niet veel op, zeker geen belangrijke informatie die ze kon gebruiken als basis voor een verder onderzoek. De mensen die ze belde, waren om te beginnen al niet erg mededeelzaam en deden er helemaal het zwijgen toe wanneer ze de naam Mick Cambrey liet vallen. Gezien hun reactie stond het als een paal boven water dat ze Mick allemaal op de een of andere manier hadden gekend. Bovendien werd al snel duidelijk dat ze geen van allen bereid waren iets over hun relatie met Cambrey te zeggen. Had hij hen geïnterviewd voor een verhaal? vroeg ze aan allemaal. Had hij gevraagd of ze wilden getuigen? Had hij hen thuis opgezocht? Had hij hun geschreven? Welke koers ze ook probeerde, wie ze ook voorwendde te zijn, welke vragen ze ook stelde, ze waren haar altijd een stap voor, alsof de eerste persoon op de lijst de anderen had gebeld en hen had gewaarschuwd voor een mogelijk telefoontje. Zelfs wanneer ze zei dat Mick Cambrey was vermoord, was niemand bereid iets los te laten. De paar keer dat ze dit als openingszet had gebruikt – met als smoes dat ze een journalist was die informatie verzamelde voor een artikel over de dood van een collega – was het resultaat zelfs een nog ijziger stilzwijgen dan bij haar andere verzinsels.

Pas toen ze bij de vijftiende naam op de lijst was beland, veranderden deze nutteloze gesprekken van richting. Want de vijftiende naam behoorde toe aan ene Richard Graham. En die was overleden. Evenals de zestiende naam, Catherine Henderford. En de zeventiende, Donald Highcroft. Hetzelfde gold voor de achttiende, de negentiende en de twintigste naam. Allemaal overleden aan kanker. Aan de longen, de eierstokken, de lever, de darmen. En allemaal in de laatste twee maanden overleden.

'Ik ging direct terug naar de eerste naam op de lijst,' had lady Helen gezegd. 'Ik kon hem natuurlijk niet zelf bellen, dus ben ik naar Chelsea gegaan en heb het Cotter laten doen. We verzonnen een naam voor een organisatie. Stichting Kankeronderzoek, zoiets. Even controleren hoe het met de patiënt gaat, zei

Cotter. Iedereen op de lijst. Ze hebben allemaal kanker gehad. En degenen die nog leven, zijn allemaal aan de beterende hand, Simon.'

De twee personen die een boodschap op de telefoonbeantwoorder in Mick Cambreys flat hadden ingesproken, hadden ook gebeld vanwege kanker. Het verschil was echter dat zij wel bereid waren met lady Helen te praten. Ze hadden Micks nummer gebeld naar aanleiding van een advertentie die maandenlang in de *Sunday Times* had gestaan: 'U kunt kanker overwinnen!', gevolgd door een telefoonnummer.

'Het gaat om mijn vrouw,' had een van de bellers gezegd toen lady Helen hem aan de telefoon had. 'Je wordt zo wanhopig. We hebben alles geprobeerd: een dieet, meditatie, bidden, groepstherapie. Alle mogelijke geneesmiddelen. Toen ik die advertentie zag, dacht ik: waarom niet? Maar er heeft niemand teruggebeld.'

Omdat Mick dat niet meer kon. Omdat Mick dood was.

'Waar was Mick mee bezig, Simon?' had lady Helen gevraagd toen ze klaar was met haar verhaal.

Het antwoord was simpel. Hij was van journalist handelaar in dromen geworden. Hij verkocht hoop. Hij verkocht de kans op leven. Hij verkocht oncozyme.

'Hij wist van het bestaan van oncozyme door zijn interview met dokter Trenarrow,' zei St James tegen Lynley toen ze langs de methodistenkerk op Paul Lane liepen. Het was harder gaan waaien. Regendruppels hingen als kralen in zijn haar. 'Hij volgde het verhaal naar Islington-London, waar Brooke hem nog meer bijzonderheden gaf. Ik vermoed dat die twee samen het plan hebben uitgebroed. Het was vrij eenvoudig, edelmoedig zelfs als je vergeet dat ze er waarschijnlijk een fortuin aan verdienden. Ze voorzagen kankerpatiënten van een wondermiddel, jaren voordat dat middel zou worden geregistreerd en op de markt zou komen. Denk maar eens aan al die mensen in het laatste stadium van hun ziekte die zich alleen nog kunnen vastklampen aan de hoop dat er iets is wat misschien werkt. Denk maar eens aan alles waar mensen zich mee inlaten in de hoop te genezen: macrobiotiek, diëten, gebedsgenezers. Mick hoefde zich geen zorgen te maken dat er gebrek aan belangstelling zou zijn. En hij hoefde ook niet bang te zijn dat men niet bereid was

de prijs te betalen die hij vroeg in ruil voor genezing. Hij had maar twee problemen. Het eerste was dat hij moest zorgen dat er een voortdurende aanvoer van het geneesmiddel was.'
'Justin Brooke,' zei Lynley.
St James knikte. 'Aanvankelijk tegen betaling in geld. Later in cocaïne, neem ik aan. Maar toen Mick eenmaal over oncozyme beschikte, moest hij ook iemand hebben die het kon toedienen. De dosis kon bewaken. De resultaten kon beoordelen. Voor een deel van de winst, natuurlijk. Niemand zou een dergelijk risico nemen als hij er niet beter van werd.'
'Lieve hemel, Roderick.'
'Trenarrows huishoudster vertelde Cotter dat hij veel tijd doorbrengt in een herstellingsoord in St. Just. Toentertijd heb ik daar niet veel aandacht aan besteed, maar Trenarrow vertelde me zelf dat experimentele geneesmiddelen vaak bij terminale patiënten worden toegepast. Moet je zien hoe die twee stukjes informatie in elkaar passen en laten zien wat er allemaal gebeurde. Een kleine kliniek in St. Just waar Trenarrow een selecte groep patiënten ziet, die door Mick Cambrey naar hem worden doorgesluisd. Een illegale kliniek – onder het mom van een privé-herstellingsoord – waar patiënten een formidabel honorarium betalen voor injecties met oncozyme. En vervolgens wordt de winst in drieën gedeeld: Cambrey, Brooke en Trenarrow.'
'Micks spaarbankboekje in Londen?'
'Zijn deel van de opbrengst.'
'Maar wie heeft hem dan vermoord? En waarom?'
'Brooke. Er moet ergens iets misgelopen zijn. Misschien werd Mick te inhalig. Of misschien praatte hij zijn mond voorbij waar Peter bij was, zodat ze allemaal in gevaar werden gebracht. Misschien is dat de reden dat Brooke Peter uit de weg wilde ruimen.'
Lynley bleef even stilstaan en greep St James bij de arm. 'Peter vertelde me dat Mick een opmerking maakte. Verdomme, ik weet het niet meer precies. Peter dreigde hem te zullen afpersen omdat hij zich als vrouw verkleedde en in cocaïne handelde. Maar dat kon Mick niets schelen. Hij adviseerde Peter een andere bron te zoeken. Hij zei iets over mensen die veel meer wilden betalen om in leven te blijven dan om iets geheim te

houden.'
'En dat heeft Justin gehoord, hè? Hij moet zich hebben gerealiseerd dat Mick het hele verhaal aan Peter zou vertellen als hij niet oppaste.'
'Hij wilde weg uit Micks huis. Hij wilde dat Peter meeging.'
'Je begrijpt waarom. Brooke liep het risico alles te verliezen als Mick hun geheim verklapte. Zijn carrière, zijn reputatie als wetenschapper, zijn baan bij Islington. Hij liep het risico in de gevangenis te belanden als alles uitkwam. Hij is waarschijnlijk naar Gull Cottage teruggegaan nadat Peter was vertrokken. Hij en Mick hebben waarschijnlijk een hartig woordje gesproken. Toen kwam het tot een ruzie – ze hadden allebei in zoveel opzichten de wet overtreden dat ze waarschijnlijk vreselijk gespannen waren – en verkocht Justin hem een klap. En dat was het dan.'
'En Trenarrow?' Lynley bleef weer even stilstaan, nu tegenover de speelplaats van de lagere school.
St James keek langs hem heen. Het podium van het openluchttheater stond er nog. De hele zomer zouden er voorstellingen worden gegeven. Nu was de speelplaats echter verlaten en nat.
'Trenarrow weet overal van. Ik durf te wedden dat hij het heeft geweten vanaf het moment dat hij zaterdagavond op Howenstow aan Brooke werd voorgesteld. Ik denk dat hij Brooke voor die tijd nog nooit zelf had ontmoet. Daar was geen reden voor. Mick fungeerde immers als tussenpersoon. Maar toen hij aan Brooke werd voorgesteld, heeft hij waarschijnlijk de rest van het verhaal geraden. Micks dood, alles.'
'Maar waarom hield hij zijn mond?'
St James keek niet naar Lynley maar naar de speelplaats toen hij antwoord gaf. 'Je kent het antwoord op die vraag.'
Lynley staarde omhoog naar de heuvel. Vanaf het punt waar ze stonden, waren alleen het dak en een deel van de witte kroonlijst van de villa tegen de achtergrond van de grauwe lucht te zien.
'Hij liep ook het risico in de gevangenis te belanden. De kliniek, het middel, het geld dat hij ontving. Zijn carrière, zijn research.'
'En het belangrijkste?'
'Hij liep het risico mijn moeder kwijt te raken.'
'Ik neem aan dat het geld dat de patiënten voor oncozyme betaalden, hem de kans gaf de villa te kopen.'

'Een huis dat haar waardig zou zijn.'
'Dus zei hij niets.'
Ze liepen verder. 'Wat denk je dat hij nu van plan is, nu Brooke en Cambrey dood zijn?'
'Nu Brooke dood is, staat de oncozymebron droog. Hij zal de kliniek in St. Just moeten sluiten en het moeten zien te redden met wat hij van zijn aandeel in de winst heeft kunnen overhouden.'
'En onze rol in dit alles, St James? Leveren we hem over aan de politie? Bellen we zijn superieuren? Nemen we de gelegenheid te baat om hem te ruïneren?'
St James bekeek zijn vriend aandachtig. Brede schouders, nat haar dat begon te druipen, mond vertrokken tot een streep. 'Dat is het ergste van alles, hè, Tommy? Dat is de ironie: dat je smerigste wens volledig wordt vervuld. Net op het moment dat je hem, naar ik aanneem, niet langer koestert.'
'Laat je het aan mij over?'
'We hebben Brooke en Cambrey netjes aan elkaar gekoppeld. We hebben Micks bezoeken aan Islington, we hebben Peter en Justin samen in Gull Cottage, we hebben Justins leugen dat hij daarna naar de Anchor and Rose is gegaan, we hebben Justins cocaïnegebruik. Het enige wat de politie hoeft te weten, is dat Mick Justin van cocaïne voorzag, dat ze ruzie over cocaïne kregen en dat Justin hem heeft vermoord. En Sasha ook. Dus, ja. De rest laat ik aan jou over. Jij bent de politieman.'
'Zelfs als dat betekent dat een deel van de waarheid niet boven tafel mag komen om Roderick de dans te laten ontspringen?'
'Daar zal ik geen oordeel over vellen. In feite probeerde Trenarrow mensen te helpen. Het feit dat ze hem voor zijn hulp betaalden, maakt het niet zo mooi, maar hij probeerde tenminste iets goeds te doen.'
Ze klommen de rest van de route naar de villa zwijgend verder. Toen ze de oprijlaan naar de villa insloegen, gingen de lichten op de begane grond aan, alsof er bezoek werd verwacht. In het lagergelegen dorp begonnen ook lichten in de duisternis te schijnen, zodat er zo hier en daar een glanzend aureool achter glas werd gevormd.
Dora deed de voordeur open. Ze stond blijkbaar te koken, want ze was in een enorme rode schort gehuld, waar ter hoogte van

haar borsten en dijen grote vegen bloem op zaten. In de plooien van haar blauwe tulband zat ook meel en een van haar wenkbrauwen was grijs gepoederd door een dun laagje bloem.
'De dokter zit in zijn studeerkamer,' zei ze toen ze naar hem vroegen. 'Kom binnen. De regen doet jullie geen goed.' Ze ging hun voor naar de studeerkamer, klopte op de deur en deed hem open toen Trenarrow antwoord gaf. 'Ik zal jullie thee brengen,' zei ze. Daarna knikte ze kort en verliet de kamer.
Dr. Trenarrow kwam overeind. Hij had achter zijn bureau zijn bril zitten poetsen. Hij zette hem weer op zijn neus. 'Is alles in orde?' vroeg hij Lynley.
'Peter is in mijn huis in Londen.'
'Gelukkig. Je moeder?'
'Ik denk dat ze je waarschijnlijk vanavond graag wil zien.'
Achter zijn bril knipperde Trenarrow een keer met zijn ogen. Hij wist duidelijk niet wat hij van Lynleys opmerking moest denken. Hij zei: 'Jullie zijn allebei doorweekt.' Hij liep naar de open haard en stak op een ouderwetse manier het vuur aan door een kaarsstompje onder de kolen te zetten.
St James wachtte tot Lynley iets zou zeggen. Hij vroeg zich af of het gesprek met Trenarrow beter zou verlopen als hij er niet bij was. Hoewel hij had beweerd dat het Lynley vrijstond een beslissing te nemen, twijfelde hij er geen moment aan wat die beslissing zou inhouden. Toch wist hij dat het voor zijn vriend niet makkelijk zou zijn om zijn ogen te sluiten voor Trenarrows aandeel in de illegale verkoop van oncozyme, hoe edel de motieven van de arts ook geweest waren. Het zou het voor Lynley eenvoudiger maken als hij alleen was, maar St James' behoefte om alle details een plaatsje te kunnen geven, deed hem besluiten te blijven zitten waar hij zat, als toehoorder, bereid zijn mond te houden.
De brandende kolen sisten. Dr. Trenarrow liep weer terug naar zijn bureau. St James en Lynley zaten in de leunstoelen voor het bureau. De regen gutste als zachte golven tegen de ramen.
Dora kwam binnen met de thee. Ze schonk in en verliet de kamer met de vriendelijke vermaning om 'uw medicijnen op tijd te nemen', die Trenarrow met een trouwhartig knikje aanhoorde.
Toen ze weer alleen waren met het vuur, de thee en de regen,

nam Lynley het woord. 'We weten alles over oncozyme, Roderick, en de kliniek in St. Just. Over de advertentie waardoor jullie aan patiënten kwamen. Over de rollen die Mick en Justin speelden: Mick die de patiënten uitkoos die het best voor de behandeling konden betalen; Justin die het geneesmiddel vanuit Londen leverde.'

Trenarrow duwde zijn stoel een klein stukje achteruit. 'Is dit een officieel bezoek, Tommy?'

'Nee.'

'Maar wat...'

'Had je Brooke al eens ontmoet voor je hem zaterdagavond op Howenstow zag?'

'Ik had hem alleen over de telefoon gesproken. Maar hij is vrijdagavond hier geweest.'

'Hoe laat?'

'Hij was hier toen ik uit Gull Cottage terugkwam.'

'Waarom?'

'Dat ligt voor de hand. Hij wilde over Mick praten.'

'Maar je hebt hem niet bij de politie aangegeven?'

Er kwamen diepe rimpels in Trenarrows voorhoofd. Hij antwoordde eenvoudigweg met 'nee'.

'Maar je wist dat hij hem had vermoord. Heeft hij je verteld waarom?'

Trenarrows ogen schoten tussen de twee andere mannen heen en weer. Hij likte zijn lippen, pakte het oortje van zijn kopje vast en bestudeerde de inhoud ervan. 'Mick wilde de prijs voor de behandeling verhogen. Ik had hem al laten weten dat ik daar bezwaar tegen had. Blijkbaar had Justin dat die avond ook gedaan. Ze kregen er ruzie om. Justin werd kwaad.'

'En toen je op ons verzoek naar Gull Cottage kwam om naar Nancy te kijken, wist je toen dat Justin Brooke Mick had vermoord?'

'Toen had ik Brooke nog niet gesproken. Ik had net zoals jullie geen flauw idee wie het had gedaan.'

'En wat dacht je van de toestand van de zitkamer en het geld dat weg was?'

'Daar heb ik niet over nagedacht tot ik Brooke sprak. Hij heeft gekeken of er dingen waren die hem met Mick in verband brachten.'

'En het geld?'
'Dat weet ik niet. Misschien heeft hij het meegenomen, maar dat heeft hij tegenover mij niet toegegeven.'
'De moord wel?'
'Ja. Die wel.'
'En de verminking?'
'Om de politie op een dwaalspoor te brengen.'
'Zijn cocaïnegebruik. Wist je daarvan?'
'Lieve hemel, nee.'
St James luisterde met een vaag onrustig gevoel. Een ongrijpbaar feit danste langs de rand van zijn bewustzijn, iets wat niet helemaal klopte en om zijn aandacht vroeg.
De andere twee mannen spraken verder. Hun stemmen klonken zacht, nauwelijks harder dan een gemompel. Het leek of ze gewoon alledaagse informatie zonder bijzondere betekenis uitwisselden, de details op een rijtje zetten en bespraken hoe het verder moest. Het gesprek werd plotseling onderbroken door een doffe pieptoon die van Trenarrows pols kwam. Hij drukte op een klein knopje aan de zijkant van zijn horloge.
'Medicijnen,' zei hij. 'Bloeddruk.'
Hij stak zijn hand in de zak van zijn jasje, haalde er een plat zilveren doosje uit en maakte het open. Het bevatte een keurig gerangschikt laagje witte pillen. 'Dora zou het me nooit vergeven als ze op een ochtend binnenkwam en ontdekte dat ik een hersenbloeding had gehad.' Hij stopte een pil in zijn mond en slikte hem door met een slok thee.
St James zag hem dit doen en voelde zich verstijven toen alle stukjes van de legpuzzel eindelijk op hun plaats vielen. Hoe het was gegaan, wie het had gedaan en vooral waarom. Sommigen waren aan de beterende hand, had lady Helen gezegd, maar de rest was dood.
Dr. Trenarrow zette zijn theekopje terug op het schoteltje. Terwijl hij dit deed, vervloekte St James zichzelf. Hij vervloekte alle aanwijzingen die hij over het hoofd had gezien, alle details die hem waren ontgaan en elk stukje informatie dat hij had genegeerd omdat het niet in de puzzel van de misdaad paste. Weer vervloekte hij het feit dat zijn fort op het terrein van de wetenschap lag en niet op het terrein van interviews en onderzoeken. Hij vervloekte het feit dat zijn interesse uitging naar voorwerpen

en wat die over de aard van een misdaad konden onthullen. Als zijn interesse naar mensen was uitgegaan, zou hij de waarheid van het begin af aan hebben gezien.

27

Vanuit zijn ooghoeken zag Lynley St James naar voren leunen en zijn hand op Trenarrows bureau leggen. Die handeling vormde een effectieve inbreuk op hun gesprek.
'Het geld,' zei hij.
'Wat zeg je?'
'Tommy, met wie heb je het over het geld gehad?'
Lynley begreep niet direct wat St James bedoelde. 'Welk geld?'
'Nancy zei dat Mick de loonzakjes zat te maken. Ze zei dat er die avond geld in de woonkamer lag. Jij en ik hebben het daar later die nacht over gehad, nadat ze het ons in het huis van haar vader had verteld. Met wie heb je het er nog meer over gehad? Wie wisten er nog meer van het geld?'
'Deborah en Helen. Ze waren erbij toen Nancy het ons vertelde. John Penellin ook.'
'Heb je het aan je moeder verteld?'
'Nee, natuurlijk niet. Waarom zou ik?'
'Hoe kan dokter Trenarrow het dan weten?'
Lynley realiseerde zich ineens wat deze vraag betekende. Hij zag het antwoord op Trenarrows gezicht. Hij deed zijn uiterste best zijn professionele onverschilligheid te bewaren. Het lukte hem niet. 'Jezus christus,' zei hij, meer niet.
Trenarrow zei niets. Lynley kon niet verder denken dan 'nee' toen hij zich realiseerde dat de woorden van zijn vriend zouden uitkomen. Al zijn smerige wensen van de laatste vijftien jaar zouden volledig worden vervuld.
'Wat bedoel je precies, St James?' wist hij uit te brengen, hoewel hij het antwoord op de vraag al kende.
'Dat dokter Trenarrow Mick Cambrey heeft vermoord. Niet met opzet. Ze hadden ruzie. Hij sloeg hem. Mick viel. Hij kreeg een bloeding. Hij was binnen een paar minuten dood.'
'Roderick.' Lynley bad dat de man zich op de een of andere manier zou kunnen vrijpleiten, wetende dat Trenarrows lot nauw verbonden was met zijn eigen toekomstige leven. Maar St James

ging verder, volkomen kalm. Alleen de feiten telden. Hij vlocht ze in elkaar.

'Toen hij zag dat Cambrey dood was, handelde hij snel. Hij heeft de kamer niet doorzocht. Zelfs als Mick zo stom was geweest om papieren over de oncozyme-transacties bij hem thuis te bewaren, had Trenarrow op dat moment geen tijd om ernaar te zoeken. Hij kon alleen maar doen alsof de woonkamer was doorzocht, het op een inbraak laten lijken of op een seksueel getinte misdaad. Maar dat was het allemaal niet. Het was een ruzie over oncozyme.'

Dr. Trenarrow vertrok geen spier. Toen hij het woord nam, bewoog zijn mond, maar de rest van zijn lichaam niet. En zijn woorden waren niets meer dan een nutteloze, zij het te verwachten poging alles te ontkennen. Ze klonken niet overtuigend. 'Ik was vrijdagavond bij het toneelstuk. Dat weten jullie heel goed.'

'Een openluchtvoorstelling op een schoolplein,' zei St James. 'Niet zo moeilijk om daar even weg te glippen, vooral niet omdat u achteraan zat. Ik denk dat u na de pauze naar hem toe bent gegaan, tijdens de tweede akte. Het is niet ver lopen, hoogstens drie minuten. U was alleen maar van plan met hem over oncozyme te praten, maar in plaats daarvan hebt u hem vermoord en daarna bent u teruggegaan naar het schoolplein.'

'En het wapen?' Trenarrows lef klonk niet overtuigend. 'Dat had ik zeker in de zak van mijn jasje zitten?'

'De schedelbreuk is niet veroorzaakt door een wapen. De castratie is weer een ander geval. U hebt het mes meegenomen uit Micks huis.'

'Naar het toneelstuk?' Een smalende klank in zijn stem dit keer, net zomin overtuigend als zijn lef.

'Ik denk dat u dat ergens onderweg hebt verborgen. Ergens op Virgin Place of ergens in Ivy Street. In een tuin of een vuilnisbak. Later die avond bent u het gaan halen en zaterdag hebt u zich er op Howenstow van ontdaan. Waar u zich, neem ik aan, ook van Brooke hebt ontdaan. Omdat Brooke, toen hij eenmaal wist dat Cambrey was vermoord, ook wist wie het had gedaan. Maar hij kon u niet aangeven zonder daar zelf schade van te ondervinden. Door dat gedoe met oncozyme zaten jullie aan elkaar vast.'

'Dit is allemaal maar gissen,' zei Trenarrow. 'Wat u tot nu toe allemaal hebt gezegd, bewijst alleen maar dat ik meer aan Mick had toen hij nog leefde dan toen hij dood was. Als hij me van patiënten voorzag, wat voor baat had ik dan bij zijn dood?'

'U was niet van plan hem te vermoorden. U sloeg hem in uw woede. U wilde het leven van uw patiënten redden, maar Mick wilde alleen hun geld hebben. Die houding maakte u razend.'

'U hebt geen enkel bewijs. Dat weet u. Niet voor een moord.'

'U bent de camera's vergeten,' zei St James.

Trenarrow keek hem met een uitgestreken gezicht strak aan.

'U zag de camera in Gull Cottage. U nam aan dat ik foto's van het lijk had gemaakt. Tijdens die chaotische toestand op zaterdag, toen John Penellin werd gearresteerd, liet u de camera's uit het raam van Deborahs slaapkamer vallen.'

'Maar als dat zo is,' zei Lynley, die zich even Trenarrows advocaat voelde, 'waarom heeft hij de camera's dan niet naar de baai gebracht? Als hij het mes daar heeft weggegooid, waarom de camera's dan niet?'

'En het risico nemen dat hij gezien zou worden, terwijl hij met de fotokoffer over het terrein liep? Ik weet niet waarom ik niet eerder heb ingezien dat dat een idioot idee was. Hij kon het mes in zijn zak stoppen, Tommy. Als iemand hem op het terrein zag, kon hij gewoon zeggen dat hij een frisse neus haalde om weer een beetje helder te worden na alle drank. Dat zou aannemelijk zijn geweest. Men was gewend hem op Howenstow te zien. Maar de camera's, nee. Ik denk dat hij ze ergens anders naartoe heeft gebracht – in zijn auto, misschien – later die avond. Naar een plek waarvan hij wist dat ze daar niet gevonden zouden worden.'

Lynley luisterde en aanvaardde de waarheid. Ze hadden allemaal tijdens het diner het gesprek gehoord. Ze hadden allemaal gelachen om het absurde idee toeristen de mijnen te laten bezoeken. Hij zei de naam, twee woorden waarmee hij uiteindelijk dat aanvaardde waarvan zijn hart hem zei dat het een voldongen feit was: 'Wheal Maen.' St. James keek hem aan. 'Tijdens het diner op zaterdagavond. Tante Augusta zat heftig te protesteren omdat we de mijn wilden sluiten.'

'Dit zijn allemaal maar veronderstellingen,' onderbrak Trenarrow hem scherp. 'Dwaze veronderstellingen. Afgezien van onze samenwerking in verband met oncozyme hebben jullie geen enkel bewijs, behalve de dingen die jullie hier ter plekke verzinnen.

En als ons gemeenschappelijk verleden eenmaal bekend wordt, Tommy, wie zal dit verhaal dan nog geloven? Als je inderdaad wilt dat ons verleden algemeen bekend wordt.'
'Uiteindelijk komen we altijd weer daar terecht, hè?' vroeg Lynley. 'Het begint en eindigt altijd met mijn moeder.'
Even stond hij zichzelf toe de roep om rechtvaardigheid te negeren en naar het bijbehorende schandaal te kijken. Trenarrows gebruik van oncozyme, zijn illegale kliniek en de exorbitant hoge prijs die de patiënten ongetwijfeld voor hun behandeling hadden betaald, had hij kunnen negeren. Hij had het allemaal door de vingers kunnen zien en zijn moeder de rest van haar leven onwetend kunnen laten. Maar moord was iets anders. Moord vroeg om straf. Een moord kon hij niet door de vingers zien.
Lynley zag voor zich hoe de eerstkomende maanden zouden verlopen. Een rechtbank, zijn beschuldigingen, Trenarrows ontkenning, de verdediging die zou worden gevoerd met zijn moeder tussen twee vuren, waarbij ze uiteindelijk zou worden genoemd als de reden dat Lynley haar jarenlange minnaar had aangeklaagd.
'Hij heeft gelijk, St James,' zei Lynley mat. 'We hebben geen bewijzen. Zelfs niet als we de camera's uit de mijn halen. De hoofdschacht staat al jaren onder water. De film is inmiddels verpest, wat er ook op staat.'
St James schudde zijn hoofd. 'Dat is het enige wat dokter Trenarrow niet weet. De film zit niet in de camera. Deborah heeft hem aan mij gegeven.'
Lynley hoorde de snelle ademteug tussen Trenarrows tanden sissen. St James ging verder.
'En het bewijs is er, nietwaar?' vroeg St James. 'Uw zilveren pillendoosje onder de dij van Mick Cambrey. U kunt al het andere ontkennen, u kunt Tommy ervan beschuldigen dat hij bewijzen probeert te verzinnen om u van zijn moeder te scheiden. Maar u zult nooit kunnen verklaren waarom dat pillendoosje op de foto van het lijk staat. Hetzelfde doosje dat u net uit uw zak haalde.'
Trenarrow draaide zich om naar het nevelige uitzicht op de haven. 'Het bewijst niets.'
'Omdat het op onze foto's staat, maar niet op die van de politie? Dat doet nauwelijks ter zake en dat weet u.'
Regen tikte tegen de ramen. De wind loeide in de schoorsteen.

In de verte klaagde een misthoorn. Trenarrow draaide zijn stoel weer om naar de kamer. Hij greep de armleuningen vast en zweeg.
'Wat is er gebeurd?' vroeg Lynley hem. 'Wat is er in godsnaam gebeurd, Roderick?'
Het duurde lang voor Trenarrow antwoord gaf. Hij staarde met doffe ogen langs Lynley en St James, pakte de handgreep van de bovenste la van zijn bureau en speelde ermee.
'Oncozyme,' zei hij. 'Brooke kon niet genoeg krijgen. Hij moest in Londen de voorraadboeken al vervalsen. Maar we hadden nog meer nodig. Als je eens wist hoeveel mensen er belden, nog steeds bellen, hoe wanhopig ze zijn. We konden niet genoeg krijgen. Maar Mick bleef maar patiënten naar me toe sturen.'
'En ten slotte heeft Brooke oncozyme door iets anders vervangen, nietwaar?' zei St James. 'Met de eerste patiënten ging het beter, precies zoals het onderzoek van Islington had uitgewezen. Maar na een tijdje begon het fout te lopen.'
'Mick bracht het middel altijd mee terug uit Londen. Toen ze het niet meer konden krijgen en inzagen dat de kliniek zou moeten sluiten, maakten ze een vervangingsmiddel. Patiënten met wie het beter zou moeten gaan, stierven. Niet allemaal tegelijk natuurlijk. Maar er ontwikkelde zich een patroon. Ik werd achterdochtig. Ik onderzocht het middel. Het was een zoutoplossing.'
'En daar ging de ruzie om.'
'Ik ging vrijdagavond naar hem toe. Ik wilde de kliniek sluiten.' Hij staarde naar het vuur. De vuurgloed werd als twee gloeiende punten in zijn bril gereflecteerd. 'Het deed Mick helemaal niets. Voor hem waren het geen mensen. Ze waren een bron van inkomsten. Laat die kliniek nou maar open tot we weer meer van dat spul hebben, zei hij. Dan gaan er een paar dood. Nou en? Er komen wel weer anderen. Mensen hebben alles over voor een kans op genezing. Waarom maak je je zo druk? Je verdient geld als water en doe nu maar niet of je daar niet dolblij mee bent.' Trenarrow keek naar Lynley. 'Ik probeerde met hem te praten, Tommy. Ik kon het hem niet aan zijn verstand brengen. Ik probeerde het telkens weer, maar hij haalde alleen maar zijn schouders op. Ten slotte werd ik... brak er iets in me.'

'Toen u zag dat hij dood was, besloot u het op een seksueel getinte misdaad te laten lijken,' zei St James.
'Ik dacht dat hij achter de vrouwen in het dorp aan zat. Ik dacht dat men zou denken dat een van de mannen hem eindelijk te pakken had genomen.'
'En het geld?'
'Dat heb ik gepakt. En daarna heb ik de woonkamer overhoopgehaald zodat het leek of iemand iets had gezocht. Ik haalde mijn zakdoek uit mijn zak om geen vingerafdrukken achter te laten. Waarschijnlijk heb ik toen mijn pillendoosje verloren. Ik zag het toen ik later die avond bij zijn lijk neerknielde.'
Lynley leunde naar voren. 'Hoe erg het ook is, Micks dood was eigenlijk een ongeluk. Een vechtpartij, een ongeluk. Maar hoe zit het met Brooke? Jullie waren tot elkaar veroordeeld. Wat had je van hem te vrezen? Zelfs als hij dacht dat jij Mick had gedood, zou hij er niets over hebben gezegd. Als hij jou aangaf, was hij er zelf ook gloeiend bij.'
'Ik had niets van Brooke te vrezen,' zei Trenarrow.
'Maar waarom...'
'Ik wist dat hij Peter wilde hebben.'
'Wilde hebben...'
'Uit de weg wilde ruimen. Toen ik vrijdagavond na het toneelstuk thuiskwam, zat hij hier. We hadden elkaar nog nooit ontmoet natuurlijk, maar hij wist de villa te vinden. Hij zei dat Mick in het bijzijn van Peter zijn mond voorbij had gepraat. Hij maakte zich zorgen. Hij wilde dat ik iets deed om Mick de mond te snoeren.'
'Wat u al had gedaan,' merkte St James op.
Trenarrow accepteerde deze grimmige opmerking zonder commentaar. 'Toen hij de volgende ochtend hoorde dat Mick was vermoord, raakte hij in paniek. Hij kwam naar me toe. Hij dacht dat het alleen maar een kwestie van tijd was voor Peter zou doorhebben wat Mick had bedoeld en naar de politie zou gaan of naar iemand op zoek zou gaan die hij kon afpersen. Peter was verslaafd, hij zat zonder geld, hij had Mick ook al bedreigd. Brooke wilde hem dood hebben. Ik was niet van plan dat te laten gebeuren.'
'O, mijn god.' Lynley voelde het scherpe lemmet van spijt door zich heen snijden.

'Hij zei dat er geen risico aan verbonden was, dat hij het op een overdosis kon laten lijken. Ik wist niet wat hij van plan was, maar ik dacht dat ik hem kon tegenhouden. Ik zei hem dat ik een beter idee had en vroeg hem me na het feest van zaterdagavond op de klip te ontmoeten.'

'En toen heb je hem vermoord?'

'Ik had het mes meegenomen, maar hij was dronken. Het was niet moeilijk om hem over de rand te duwen in de hoop dat het op een ongeluk zou lijken.' Even viel Trenarrow stil. Hij keek naar een paar mappen, een tijdschrift, drie foto's en een pen die op zijn bureau lagen. 'Ik heb er geen spijt van gehad. Geen moment. Nog steeds niet.'

'Maar hij had het spul al aan Sasha gegeven. Het was een mengsel van ergotamine en kinine. Hij zei haar dat ze het aan Peter moest geven.'

'Alles wat ik deed, kwam te laat. Wat een rotzooi. Wat een godvergeten ellende.' Volkomen zinloos begon Trenarrow vellen papier te verzamelen en op een stapeltje te leggen. Hij keek verliefd de kamer rond. Hij zei: 'Ik wilde dit aan haar kunnen geven. Ik kon haar Gull Cottage niet aanbieden. Het idee! Maar hier zou ze wel hebben willen wonen. En oncozyme maakte dat mogelijk, dus sneed het mes aan twee kanten. Kun je dat begrijpen? Mensen die anders dood zouden gaan, zouden worden genezen en zouden verder kunnen leven, en je moeder en ik zouden eindelijk samen zijn. Ik wilde dit aan haar kunnen geven.' Hij hield met één hand de stapel papier vast en trok met zijn andere hand de middelste la van zijn bureau open. 'Als oncozyme er toen was geweest, zou ik hem hebben gered, Tommy. Zonder aarzelen. Zonder erbij na te denken. Wat ik ook voor je moeder voelde. Ik hoop dat je me gelooft.' Hij legde de stapel papier in de la en legde zijn hand erbovenop. 'Weet ze hiervan?'

Lynley dacht aan zijn vader, die langzaam was weggekwijnd. Hij dacht aan zijn moeder, die had geprobeerd het beste van haar leven te maken. Hij dacht aan zijn broer, die alleen op Howenstow had moeten opgroeien. Hij dacht aan Trenarrow. Het kostte hem moeite iets te zeggen: 'Nee, ze weet het niet.'

'Gelukkig.' Trenarrows hand gleed de la in en uit. Een doffe schittering op metaal. Hij had een revolver in zijn hand. 'Gelukkig,' zei hij en hij richtte het wapen op St James.

'Roderick.' Lynley staarde naar het wapen. Onsamenhangende gedachten schoten door zijn hoofd. Gekocht op de zwarte markt, een overblijfsel uit de oorlog, de wapenkamer op Howenstow. Ze hadden kunnen weten dat hij zich op dit moment had voorbereid. Ze hadden hem al dagen laten merken dat het eraan kwam. Hun vragen, hun gesprekken, hun telefoontjes. 'Roderick, in godsnaam.'

'Ja,' zei Trenarrow, 'ik denk dat dat juist is.'

Lynleys ogen schoten naar St James. St James' gezicht was niet van uitdrukking veranderd; hij leek volkomen kalm. Vanuit zijn ooghoeken nam Lynley een beweging waar en hij richtte zijn blik weer op het wapen. Trenarrows vinger bewoog zich in de richting van de trekker.

En plotseling lag weer die mogelijkheid voor hem open, een thematische herhaling die hij niet kon ontlopen. Al zijn smerige wensen vervuld.

Er was maar een seconde om een besluit te nemen. Kies, zei hij heftig tegen zichzelf. En dat deed hij.

'Roderick. Je denkt toch niet...'

Lynleys woorden werden onderbroken door het blaffen van het wapen.

Deborah duwde haar vuisten tegen de onderkant van haar rug om haar vermoeide spieren te ontspannen. Het was warm in het kantoor en ondanks het feit dat het raam een klein stukje openstond, was het er benauwd en stonk het er naar de prikkelende rook van Harry Cambreys sigaretten.

In het kantoor was iedereen doorgegaan met zijn werk. Van tijd tot tijd ging er een telefoon, toetsenborden van computers rammelden, laden werden geopend en gesloten, voetstappen kraakten op de vloer. Deborah had de inhoud van de hele archiefkast uitgeplozen, met als enige resultaat dat ze zich drie keer aan een vel papier had gesneden en dat haar handpalmen zwart waren geworden van de drukinkt. De geluiden die Harry Cambrey maakte – een gegrom, een zucht, een onderdrukte vloek – gaven aan dat hij niet veel meer geluk had.

Ze onderdrukte een geeuw en voelde zich volkomen leeg. Ze had de nacht ervoor maar ongeveer twee uur geslapen en in die twee uur hadden onrustige dromen haar fysiek uitgeput en emotioneel leeggezogen. De moeite die het kostte om niet aan de nacht ervoor te denken, had zijn tol geëist. Nu wilde ze alleen nog maar slapen, deels om uit te rusten, maar vooral om te kunnen ontsnappen. Als ze er alleen maar aan dacht, werden haar oogleden al zwaar. De regen op het dak was heerlijk slaapverwekkend, het kantoor warm, het gemurmel van de stemmen net een slaapliedje...

Het gehuil van sirenes op straat deed haar opschrikken. Eerst één sirene, toen nog een. Even later een derde. Julianna Vendale liep van haar bureau naar het raam. Deborah liep naar haar toe, terwijl Harry Cambrey zichzelf overeind duwde.

Ze zag nog net een ambulance van Penzance Road Paul Lane op draaien. Verderop in de straat, waar Paul Lane de heuvels in liep, reden twee politieauto's met hoge snelheid door de regen. Tegelijkertijd begon er een telefoon te rinkelen. Julianna nam op. Het gesprek kwam vrijwel uitsluitend van de andere kant. Julianna maakte slechts een paar korte opmerkingen, die niet meer inhielden dan: 'Wanneer...?' 'Waar...?' 'Dodelijk...?' 'Ja, goed. Bedankt.'

Ze hing op en zei tegen Cambrey: 'Er is geschoten in het huis van Trenarrow.'

Hij vloog naar de deur en griste onderweg twee camera's en een regenjas mee. Hij gooide de deur open en schreeuwde over zijn schouder tegen Julianna Vendale: 'Blijf bij de telefoon!'

Terwijl hij de trap af stormde en de regen in rende, schoot er nog een politieauto voorbij. De regen negerend stroomden de klanten van de Anchor and Rose en sommige bewoners van Paul Lane de straat op en renden de auto's achterna. Harry Cambrey kwam midden tussen deze mensen terecht. De camera's bonsden tegen zijn benen, terwijl hij zich een weg door de menigte heen baande. Deborah keek hem door het raam na. Ze keek of ze hen zag, een blond en een donker hoofd, maar tevergeefs. Ze verwachtte hen tussen de mensen te zien. Als ze de naam Trenarrow hadden opgevangen, zouden ze op weg naar de villa zijn.

Op straat blafte een stem. 'Weet niet. Dood, denken we.'

De woorden kwamen als een schok. Toen ze ze hoorde, zag ze Simons gezicht voor zich. Ze herinnerde zich hoe hij naar Tommy had gekeken – grimmig en vastbesloten – voor hij

met hem het kantoor uit liep. Met een plotseling gevoel van angst dacht ze: ze gingen naar Trenarrow.
Ze rende het kantoor uit en vloog de trap af. Ze vocht zich een weg door de groep mensen die nog in de deuropening van de pub stond en wankelde de straat op. De regen geselde haar. Een passerende auto claxonneerde, reed door een plas en deed het water hoog opspatten. Maar niets van dit alles bestond. Ze was zich alleen bewust van het feit dat ze Trenarrows huis moest zien te vinden. Ze voelde alleen de doodsangst voor een schietpartij.
De afgelopen drie jaar had Lynley alleen laten doorschemeren dat er een wanklank in zijn leven bestond. Hij had het nooit met zoveel woorden gezegd. Hij had het uitsluitend door zijn gedrag laten merken. Een voorkeur om de kerstdagen bij haar door te brengen en niet bij zijn familie; een brief van zijn moeder die hij pas na weken openmaakte; een telefoontje waarop hij nooit reageerde. Maar toen ze 's middags samen naar de baai waren gewandeld, had hij haar verteld dat hij het achter zich had gelaten: de vijandigheid, de ruzies, de bitterheid, de woede. Als er nu iets was gebeurd, zou dat vreselijk zijn. Niet dood. Nee.
De woorden droegen haar naar de heuvel. Regenwater dat van een dak zonder dakgoot gutste, raakte haar wang en verblindde haar toen ze aan de klim wilde beginnen. Ze bleef even staan om het water uit haar ogen te vegen. Mensen vlogen langs haar heen in de richting van de blauwe zwaailichten in de verte. De lucht ademde speculaties over doden. Als er een lijk te zien of bloed te ruiken was, dan had je hier de mensen die de honneurs zouden waarnemen.
Bij de eerste kruising werd ze tegen de beslagen ramen van het Talisman Café gedrukt door een boze vrouw die een jammerend jochie aan zijn arm meesleurde. 'Hé, kijk uit waar je loopt!' schreeuwde de vrouw woedend tegen Deborah. Ze droeg rare Romeinse sandalen met bandjes tot aan haar knieën. Ze trok het kind naar zich toe. 'Verdomde toeristen. Denken dat ze alles mogen.'
Deborah nam niet de moeite iets terug te zeggen. Ze duwde haar opzij.
Later zou ze zich haar pijlsnelle tocht door het dorp en over de heuvel herinneren als een voortdurend veranderende collage:

een nat uithangbord aan de deur van een winkel waarop de woorden 'appeltaart' en 'slagroom' door elkaar liepen; een enkele zonnebloem die zijn kop liet hangen; de bladeren van een varen in een regenplas; Munch-achtige monden die dingen naar haar riepen die ze niet verstond; het wiel van een fiets dat als een razende ronddraaide terwijl de berijder verdwaasd op straat lag. Maar op het moment zelf zag ze alleen Tommy, talloze beelden van Tommy, het ene beeld nog levendiger dan het andere, die haar allemaal van verraad beschuldigden. Dit was haar straf voor dat moment van zelfzuchtige zwakte met Simon.

Alsjeblieft, dacht ze. Als ze kon marchanderen, als ze iets zou kunnen beloven, zou ze het doen. Zonder aarzelen. Zonder spijt.

Toen ze buiten het eigenlijke dorp was gekomen, scheurde er een laatste politieauto langs haar heen en wierp een regen van kiezelsteentjes en water op. De auto had geen sirene nodig om de weg vrij te maken. Ontmoedigd door de gestaag neervallende regen hadden de minder volhardende sensatiezoekers de klim al opgegeven. Ze waren gaan schuilen, sommigen in winkels, sommigen in portieken, anderen zochten hun heil in de methodistenkerk. Zelfs de aanblik van bloed en een lijk was het blijkbaar niet waard een goed stel zomerkleren te verpesten.

Alleen de zeer volhardende nieuwsgierigen hadden de klim volbracht. Deborah zag hen voor een oprijlaan staan die werd afgesloten door een politielint. De groep speculeerde in stilte, een stilte die alleen werd verbroken door de opgewonden stem van Harry Cambrey, die stond te ruziën met een onverstoorbare agent omdat hij er niet door mocht. Achter hen op de heuvel beukte de regen op Trenarrows villa. Alle ramen waren verlicht. Mannen in uniform zwermden om de villa heen. De zwaailichten van de politieauto's op de oprijlaan flitsten.

'Doodgeschoten, hoorde ik,' mompelde iemand.

'Al iemand naar buiten gebracht?'

'Nee.'

Deborah zocht met haar ogen de voorkant van de villa af, bekeek iedere man, zocht naar een teken. Er was niets met hem aan de hand, hij moest ergens tussen die mannen lopen. Ze kon hem niet vinden. Ze duwde zich tussen de toeschouwers door naar voren. Gebedjes uit haar kindertijd vormden zich op

haar lippen en vonden daar een stille dood. Ze marchandeerde met God. Ze vroeg Hem haar op een andere manier te straffen. Ze vroeg om begrip. Ze gaf haar fouten toe.
Ze dook onder het lint door.
'Hé, juffie, laat dat!' blafte de agent die met Cambrey had staan praten, van tien meter afstand.
'Maar er is...'
'Achteruit!' schreeuwde hij. 'Het is verdomme geen voorstelling.'
Zonder erbij na te denken begon Deborah in de richting van de villa te lopen. Ze moest het weten. Ze moest erbij zijn. Die behoefte vaagde al het andere weg.
'Hé, jij, hier blijven!' De agent kwam op haar af en wilde haar weer in de menigte terugduwen. Terwijl hij dit deed, vloog Cambrey langs hem heen de oprijlaan op. 'Verdomme!' schreeuwde de agent. 'Hé, jij daar, Cambrey!'
Nu hij de ene had gemist, was hij vastbesloten de andere niet kwijt te raken. Hij greep Deborah bij de arm en wenkte naar een arrestantenbusje dat langs de stoeprand stond geparkeerd. 'Neem deze maar mee,' riep hij tegen de agent in het busje. 'Die andere is langs me heen geglipt.'
'Nee!' Deborah probeerde zichzelf los te rukken. Ze werd met de minuut kwader op zichzelf vanwege haar eigen onvermogen. Ze kon zich niet eens uit de greep van de agent bevrijden. Hoe harder ze vocht, des te sterker hij werd.
'Juffrouw Cotter?'
Ze draaide zich abrupt om. Een engel zou niet welkomer zijn geweest dan de eerwaarde meneer Sweeney. Geheel in het zwart gekleed stond hij haar onder een paraplu ter grootte van een tent door de regen heen ernstig aan te kijken.
'Tommy is in de villa,' zei ze. 'Meneer Sweeney, alstublíéft.'
De geestelijke fronste zijn wenkbrauwen. Hij tuurde de oprijlaan in. 'O, jee.' Zijn rechterhand opende en sloot zich om de stok van zijn paraplu, terwijl hij, naar het scheen, zijn opties de revue liet passeren. 'O, jee. Ik begrijp het.' Deze laatste opmerking scheen aan te geven dat hij een besluit had genomen. Meneer Sweeney richtte zich op tot zijn volle lengte van net 1 meter 65 en wendde zich tot de agent die Deborah nog steeds stevig vasthield. 'U kent natuurlijk Lord Asherton,' zei hij auto-

ritair. Het was een toon die zijn parochianen, die hem nog nooit met een zwartgeschminkt gezicht op het toneel Cassio en Montano het bevel hadden horen geven hun zwaarden in de schede te steken, zou hebben verbaasd. 'Dit is zijn verloofde. Laat haar passeren.'
De agent keek achterdochtig naar Deborahs verfomfaaide uiterlijk. Aan zijn gezicht was te zien dat hij het maar moeilijk kon geloven dat zij een relatie met een van de Lynleys had.
'Laat haar passeren,' herhaalde meneer Sweeney. 'Ik loop zelf wel met haar mee. U kunt zich beter drukmaken over die journalist dan over deze jongedame.'
De agent nam Deborah nogmaals sceptisch op. Ze wachtte getergd tot hij een besluit nam. 'Goed dan. Loop maar door. Zorg dat je niet in de weg loopt.'
Deborahs mond vormde de woorden 'dank u wel', maar er kwam geen geluid uit. Ze deed een paar wankele stappen.
'Het is al goed, kindje,' zei meneer Sweeney. 'We gaan naar de villa. Neem mijn arm maar. De oprijlaan is een beetje glibberig, vind je niet?'
Ze deed wat hij zei, hoewel ze zijn woorden maar half hoorde. Haar geest werd grotendeels in beslag genomen door speculaties en angst. 'Alstublieft niet Tommy,' fluisterde ze. 'Niet zo. Alstublieft. Verder kan het me niet schelen.'
'Tut, tut. Het komt allemaal wel goed,' mompelde meneer Sweeney enigszins afwezig. 'Heus. Je zult het zien.'
Ze glibberden en gleden over afgewaaide bloemen van de fuchsia's en liepen langzaam over de smalle kronkelende oprijlaan naar de voorkant van de villa. Het was iets minder hard gaan regenen, maar Deborah was al doorweekt, zodat de bescherming die de paraplu van meneer Sweeney bood, niet veel meer kon betekenen. Ze rilde terwijl ze zich aan zijn arm vastklampte.
'Een vreselijke zaak, dit,' zei meneer Sweeney, als in antwoord op haar rilling. 'Maar het komt allemaal goed. Heus. Je zult het zien.'
Deborah hoorde zijn woorden, maar wist genoeg om ze te verwerpen. De kansen op 'goed' waren verkeken. Een soort spottende gerechtigheid greep altijd in je leven in, juist wanneer je er niet op bedacht was dat het zou gebeuren. Haar tijd was gekomen.

Ondanks het grote aantal mensen in de tuin was het onnatuurlijk stil toen ze de villa naderden. Het gekraak van een politieradio was het enige geluid dat ze hoorden. Op de cirkelvormige oprijlaan stonden drie politieauto's schots en scheef onder de meidoorn geparkeerd, alsof de chauffeurs eruit waren gesprongen zonder zich druk te maken over de vraag waar en hoe ze geparkeerd stonden. Op de achterbank van een van de auto's was Harry Cambrey verwikkeld in een gedempte schreeuwwedstrijd met een boze agent die hem met handboeien aan de binnenkant van de auto had vastgeklonken. Toen hij Deborah zag, stak Cambrey zijn hoofd langs de agent heen door het raampje naar buiten.
'Dood!' schreeuwde hij voor de agent hem weer naar binnen duwde.
Het ergste was gebeurd. Deborah zag de ambulance bij de voordeur staan, niet zo dichtbij als de politieauto's, want dat was niet nodig. Zwijgend klemde ze zich aan meneer Sweeneys arm vast. Hij scheen haar angst te bespeuren en wees naar het portaal.
'Kijk,' zei hij op dringende toon.
Deborah dwong zichzelf naar de voordeur te kijken. Ze zag hem. Haar ogen schoten langs alle delen van zijn lichaam, zochten naar verwondingen. Maar afgezien van het feit dat zijn jasje nat was, was hij helemaal ongeschonden – zij het zeer bleek – in een serieus gesprek met inspecteur Boscowan verwikkeld.
'Gelukkig,' fluisterde ze.
Ze was nog niet uitgesproken of de voordeur ging open. Lynley en Boscowan deden een stap opzij om twee mannen door te laten die een draagbaar met een lichaam erop de regen in droegen. Het lichaam lag onder een zeil en was met riemen aan de draagbaar vastgebonden, alsof men het wilde beschermen tegen de regen en de nieuwsgierige blikken van omstanders. Pas toen ze het lijk zag, pas toen ze de voordeur met een holle beslistheid hoorde dichtslaan, drong het tot Deborah door. Toch zocht ze onrustig met haar ogen de tuin af, keek naar de helderverlichte ramen, naar de auto's, naar de deur. Alsof ze hierdoor een vaststaand feit kon veranderen, zocht ze hem.
Meneer Sweeney zei iets, maar ze hoorde hem niet. Ze hoorde alleen haar eigen woorden: 'De rest kan me niet schelen.'
Haar hele kindertijd, haar hele leven flitste aan haar voorbij en

voor het eerst voelde ze geen woede of pijn, maar begrip, volledig en te laat. Ze beet zo hard op haar lip dat ze bloed proefde, maar dat was niet voldoende om haar angstschreeuw te onderdrukken.

'Simon!' Ze stormde naar de ambulance, waar het lichaam al in was gelegd.

Lynley draaide zich bliksemsnel om. Hij zag haar blindelings tussen de auto's door rennen. Ze gleed één keer uit op de gladde stenen, maar wist zichzelf op de been te houden. En telkens schreeuwde ze zijn naam.

Ze stortte zich op de ambulance en trok aan de greep waarmee de achterdeur opengіng. Een politieman probeerde haar tegen te houden, en nog een. Maar ze vocht zichzelf vrij. Ze schopte, ze krabde. En de hele tijd schreeuwde ze hoog en doordringend zijn naam. Het was een tweelettergrepige klaagzang die Lynley zijn hele leven zou blijven horen, wist hij, op momenten dat hij hem het liefst niet wilde horen. Een derde politieagent probeerde haar met de andere twee tot bedaren te brengen, maar ze rukte zich los.

Bedroefd draaide Lynley zich om. Hij opende op de tast de deur van de villa. 'St James,' zei hij.

De andere man stond in de hal met Trenarrows huishoudster, die de tulband van haar hoofd had getrokken om hem luid snikkend tegen haar ogen te drukken. Hij keek in Lynleys richting en wilde iets zeggen, maar aarzelde met een bedrukt gezicht toen Deborahs steeds luider wordende kreten tot hem doordrongen. Hij raakte zachtjes Dora's schouder aan en liep naar Lynley toe, die in de voordeur stond. Toen hij zag hoe men Deborah bij de ambulance moest wegtrekken en hoe ze zich bij elke stap die haar verder van de ambulance verwijderde, hevig verzette, verstijfde hij. Hij keek naar Lynley.

Lynley wendde zijn gezicht af. 'Ga in godsnaam naar haar toe. Ze denkt dat jij het bent.' Hij kon zijn vriend niet in de ogen kijken. Hij wilde hem niet zien. Hij hoopte alleen maar dat St James in actie zou komen zonder dat er verder een woord tussen hen zou worden gewisseld. Het mocht niet zo zijn.

'Nee. Ze is alleen...'

'Ga, verdomme. Ga.'

Seconden tikten voorbij voor St James iets deed, maar toen hij eindelijk de oprijlaan op liep, dwong Lynley zichzelf te blijven kijken. Het was de boetedoening waarnaar hij zo lang op zoek was geweest.

St James liep langs de politieauto's naar de groep toe. Hij liep langzaam. Hij kon zich niet snel bewegen. Zijn manier van lopen, kreupel en lelijk en hortend van pijn, stond dat niet toe. De tred die Lynley hem zelf had gegeven.

'Stil maar, Deborah,' hoorde Lynley St James zeggen. 'Stil maar. Het spijt me dat je bang was. Er is niets met me aan de hand, liefje.' En daarna mompelde hij volkomen overbodig: 'Mijn lief. Mijn lief.'

De regen viel op hen neer, politiemannen liepen om hen heen. Maar geen van beiden scheen zich van iets anders bewust te zijn dan van hun omarming.

Lynley draaide zich om en liep het huis in.

Ze werd wakker van een geluidje. Ze opende haar ogen en zag het hoge gewelfde plafond. Ze keek er verbaasd naar. Ze draaide haar hoofd om en zag de kaptafel met het kanten kleedje, de zilveren haarborstels, de oude grote spiegel. De slaapkamer van overgrootmoeder Asherton, dacht ze. Zodra ze de kamer had herkend, kwam alles weer bij haar boven. Beelden van de baai, het kantoor van de krant, haar tocht de heuvel op en het toegedekte lichaam vloeiden in elkaar over. En in het middelpunt stond Tommy.

Ze hoorde weer een geluidje aan de andere kant van de kamer. De gordijnen zaten dicht, maar er viel een streep daglicht op de stoel naast de open haard. Lynley zat in de stoel, zijn benen voor zich uitgestrekt. Op het tafeltje naast hem stond een blad met eten. Een ontbijt, zo te zien. Ze kon het rekje met toast vaag onderscheiden.

Aanvankelijk zweeg ze. Ze probeerde zich de gebeurtenissen die op die vreselijke ogenblikken bij Trenarrows villa waren gevolgd, te herinneren. Ze herinnerde zich dat iemand haar een glas cognac had gegeven, het geluid van stemmen, een telefoon die overging, vervolgens een auto. Op de een of andere manier was ze vanuit Nanrunnel op Howenstow in haar bed terechtgekomen.

Ze droeg een blauwsatijnen nachtjapon die ze niet kende. Een

bijbehorende ochtendjas lag aan het voeteneinde van haar bed. Ze duwde zichzelf overeind.
'Tommy?'
'Aha, je bent wakker.' Hij liep naar de ramen en trok de gordijnen een stukje open, zodat er iets meer licht in de kamer viel. De luiken stonden al een paar centimeter open. Hij duwde ze verder open, zodat het geschreeuw van de meeuwen en aalscholvers tot de kamer doordrong.
'Hoe laat is het?'
'Iets over tienen.'
'Tíénen?'
'Je hebt vanaf gistermiddag liggen slapen. Herinner je dat je niet?'
'Sommige dingen. Zit je al lang te wachten?'
'Al een tijdje.'
Toen zag ze dat hij dezelfde kleren droeg die hij in Nanrunnel had gedragen. Hij was niet geschoren en de huid onder zijn ogen was donker en vlekkerig van vermoeidheid. 'Je bent de hele nacht bij me gebleven.'
Hij gaf geen antwoord. Over zijn schouder heen kon ze de lucht zien. Zonlicht viel op zijn haar en gaf het een gouden gloed.
'Ik dacht erover om je vanochtend terug te vliegen naar Londen. Als je zover bent.' Hij wees naar het blad. 'Dit staat er al sinds halfnegen. Zal ik vragen of ze je iets anders willen brengen?'
'Tommy,' zei ze. 'Zou je... Is er...' Ze probeerde zijn gezicht te zien, maar hij hield het afgewend en ze kon er niets op lezen, dus zweeg ze.
Hij stopte zijn handen in zijn zakken en keek weer uit het raam.
'Ze hebben John Penellin thuisgebracht.'
Ze ging erop in. 'En hoe zit het met Mark?'
'Boscowan weet dat hij de *Daze* heeft weggehaald. Maar over de cocaïne...' Hij zuchtte. 'Ik vind dat John daar maar een beslissing over moet nemen. Ik doe het niet voor hem. Ik weet niet wat hij gaat doen. Misschien is zijn geduld met Mark nog niet op. Ik weet het niet.'
'Je zou hem kunnen aangeven.'
'Ja.'
'Maar je doet het niet?'
'Volgens mij is het beter als John dat doet.' Hij bleef uit het

raam staan staren, zijn gezicht opgeheven naar de lucht. 'Het is een prachtige dag. Een goede dag om te vliegen.'
'En Peter?' vroeg ze. 'Laten ze hem nu gaan? En hoe zit het met Sidney?'
'St James denkt dat Brooke de ergotamine bij een apotheek in Penzance heeft gehaald. Je krijgt het alleen op recept, maar het zou niet de eerste keer zijn dat een apotheker iemand iets zonder recept verkocht. Het leek waarschijnlijk allemaal heel onschuldig. Iemand die last had van migraine. Aspirine die niet hielp. Geen dokter te vinden op zaterdag.'
'Dus hij denkt niet dat Justin een paar van zijn pillen heeft weggenomen?'
'Hij ziet niet in hoe Brooke kon weten dat hij ze had. Ik heb hem gezegd dat het er op dit moment niet toe doet, maar hij wil Sidney van alle blaam zuiveren. En Peter ook. Hij zit nu in Penzance.' Zijn stem stierf weg. Zijn verhaal was ten einde.
Deborahs keel deed zeer. Zijn houding straalde zoveel spanning uit. 'Tommy,' zei ze, 'ik zag jou voor de deur staan. Ik wist dat je veilig was. Maar toen ik het lichaam zag...'
'Het ergst van alles was moeder,' onderbrak hij haar, 'het aan moeder moeten vertellen. Naar haar gezicht kijken, terwijl ik wist dat elk woord dat ik zei, haar te gronde richtte. Maar ze wilde niet huilen. Niet waar ik bij was. Omdat we allebei weten dat ik uiteindelijk de schuldige ben.'
'Nee!'
'Als ze jaren geleden waren getrouwd, als ik ze had laten trouwen...'
'Tommy, nee.'
'Dus wil ze mij haar verdriet niet laten zien. Ze wil niet dat ik haar help.'
'Tommy, lieveling...'
'Het was vreselijk.' Hij liet zijn vingers langs een roede in het raam glijden. 'Ik heb even gedacht dat hij St James zou doodschieten. Maar hij stopte de revolver in zijn mond.' Hij schraapte zijn keel. 'Waarom ben je op zoiets nooit echt voorbereid?'
'Tommy, ik ken hem mijn hele leven al. Hij is familie voor me. Toen ik dacht dat hij dood was...'
'Het bloed. Het hersenweefsel dat tegen de ramen spatte. Ik

denk dat ik het de rest van mijn leven zal blijven zien. Dat en al het andere. Als een verdomde film die tot in de eeuwigheid tegen de binnenkant van mijn oogleden wordt geprojecteerd als ik mijn ogen dichtdoe.'

'O, Tommy, alsjeblieft,' zei ze met gebroken stem. 'Alsjeblieft. Kom hier.'

Toen ze dit zei, keken zijn bruine ogen recht in de hare. 'Het is niet genoeg, Deb.'

Hij maakte deze opmerking zo voorzichtig. Ze hoorde het met een angstig voorgevoel. 'Wat is niet genoeg?'

'Dat ik van je hou. Dat ik naar je verlang. Ik dacht altijd dat St James een ontzettende idioot was omdat hij nooit met Helen was getrouwd. Ik kon dat niet begrijpen. Ik denk dat ik eigenlijk wel wist waarom, maar dat ik het nooit heb willen zien.'

Ze negeerde zijn woorden. 'Zullen we het in de kerk in het dorp doen, Tommy? Of is Londen beter? Wat vind je?'

'In de kerk?'

'Trouwen, lieverd. Wat vind je?'

Hij schudde zijn hoofd. 'Niet bij gebrek aan beter, Deborah. Zo wil ik je niet hebben.'

'Maar ik wil jou hebben,' fluisterde ze. 'Ik hou van je, Tommy.'

'Ik weet dat je dat wilt geloven. God weet dat ik het zelf wil geloven. Was je in Amerika gebleven, was je nooit naar huis gekomen, was ik daar bij je gaan wonen, dan hadden we misschien een kans gehad. Maar nu...'

Hij stond nog steeds aan de andere kant van de kamer. Ze kon de afstand tussen hen niet verdragen. Ze stak haar hand uit. 'Tommy. Tommy, alsjeblieft.'

'Je hele leven ligt bij Simon. Dat weet je. We weten het allebei.'

'Nee, ik...' Ze kon haar zin niet afmaken. Ze wilde wat hij had gezegd in alle toonaarden ontkennen, maar hij was doorgedrongen tot een waarheid die zij al heel lang uit de weg was gegaan.

Hij keek even naar haar gezicht voor hij verder sprak. 'Zal ik je een uur geven voor we weggaan?'

Ze opende haar mond om te beloven dat, te ontkennen dat... maar op dit beslissende moment kon ze het niet. 'Ja. Een uur,' zei ze.

Deel VII

Epiloog

28

Lady Helen zuchtte. 'Mijn god, dit voegt wel een geheel nieuwe dimensie toe aan mijn definitie van saai. Vertel me nu nog eens wat dit allemaal bewijst.'

St James maakte zorgvuldig een derde vouw in het dunne pyjamajasje, zodat het laatste punt waar de ijspriem doorheen was gedrongen, boven op de andere lag. 'De aangeklaagde beweert dat hij in zijn slaap werd aangevallen. Hij had maar één wond in zijn zij, maar we hebben drie gaatjes en aan elk van die gaatjes zit zijn bloed. Hoe denk je dat dat zo is gekomen?'

Ze boog zich over het kledingstuk. Het was op een vreemde manier opgevouwen om de drie gaatjes op elkaar te laten vallen. 'Hij sliep erg onrustig?'

St James grinnikte. 'Eerder liegt hij veel als hij wakker is. Hij heeft zichzelf gestoken en de gaatjes later gemaakt.' Hij betrapte haar op een geeuw. 'Verveel ik je, Helen?'

'Helemaal niet.'

'Laat geworden in het gezelschap van een charmante heer?'

'Als dat eens waar was. Ik ben bang dat het het gezelschap van mijn grootouders was, lieverd. Opa die vol overgave zat te snurken tijdens de triomfmars van de *Aïda*. Ik had zijn voorbeeld moeten volgen. Hij voelt zich vanochtend waarschijnlijk kiplekker.'

'Van tijd tot tijd een cultuurbad is goed voor de ziel.'

'Ik heb een hekel aan opera. Zongen ze maar in het Engels. Is dat te veel gevraagd? Maar het is altijd Italiaans of Frans. Of Duits. Duits is het ergst. En als ze dan op het toneel rondhuppelen met die rare helmen met hoorns...'

'Je bent een cultuurbarbaar, Helen.'

'Reken maar.'

'Als je jezelf nog een halfuurtje kunt gedragen, neem ik je tussen de middag mee uit eten. Ik heb een nieuw eetcafé op Brompton Road ontdekt.'

Haar gezicht begon te stralen. 'Lieve schat, precies wat ik nodig heb! Wat zal ik eens gaan doen?' Ze keek het lab rond alsof ze

een nieuwe taak voor zichzelf zocht, een voornemen dat St James negeerde toen de voordeur dichtsloeg en hij zijn naam hoorde roepen.
Hij duwde zijn stoel achteruit. 'Sidney,' zei hij en hij liep naar de deur. Zijn zus kwam de trap op rennen. 'Waar heb jij gezeten?'
Ze liep het lab in. 'Eerst in Surrey. Daarna in Southampton,' antwoordde ze alsof dat de twee meest voor de hand liggende bestemmingen ter wereld waren. Ze gooide een minkjas over een kruk. 'Nou moet ik alwéér op de foto in een bontjas. Als ik niet snel een andere opdracht krijg, sta ik niet voor mezelf in. De huid van dode dieren showen ligt ergens tussen walgelijk en volkomen smakeloos in. En ze staan erop dat ik er niets onder draag.' Ze leunde over de tafel en bekeek het pyjamajasje. 'Alweer bloed? Dat je daartegen kunt zo net voor het eten. Ik ben toch niet te laat voor de lunch, hè? Het is bijna twaalf uur.' Ze maakte haar schoudertas open en begon erin te rommelen. 'Waar is het nou? Ik begrijp natuurlijk wel waarom ze een béétje bloot willen zien, maar ik heb er niet echt de borsten voor. Het suggereert sensualiteit, zeggen ze. Een belofte, een fantasie. Wat een gelul. Aha, hier is het.' Ze haalde een gekreukelde envelop tevoorschijn en gaf hem aan haar broer.
'Wat is dit?'
'Iets wat me bijna tien dagen heeft gekost voor ik mama zover had. Ik moest zelfs een week mee naar David om te laten zien dat ik het echt wilde hebben.'
'Ben je bij moeder geweest?' vroeg St James ongelovig. 'Bij David in Southampton? Helen, heb jij...'
'Ik heb Surrey een keer gebeld, maar er werd niet opgenomen. Toen zei jij dat ik haar niet bezorgd moest maken, weet je nog wel?'
'Mama bezorgd maken?' vroeg Sidney. 'Waarover?'
'Over jou.'
'Waarom zou mama zich zorgen over mij maken?' Ze wachtte niet op zijn antwoord. 'Aanvankelijk vond ze het eigenlijk een belachelijk idee.'
'Wat?'
'Ik weet nu van wie je het hebt, Simon, dat pietluttige. Maar ik heb haar zover gekregen. Ik wist dat het me zou lukken. Toe dan, maak eens open. Lees maar hardop. Helen moet het ook horen.'

'Verdomme, Sidney. Ik wil weten...'
Ze greep hem bij zijn pols en schudde zijn arm heen en weer. 'Lezen.'
Hij maakte de envelop met een nauwelijks verholen ergernis open en begon hardop te lezen.

Lieve Simon,
Sidney schijnt me niet met rust te willen laten tot ik mijn excuses aan je aanbied, dus zal ik dat maar direct doen. Niet dat je zus ooit genoegen zou nemen met een simpele verontschuldiging.

'Wat is dit, Sidney?'
Ze lachte. 'Lees door!'
Hij richtte zijn aandacht weer op het rijk gegaufreerde postpapier van zijn moeder.

Ik had altijd al het vermoeden dat het Sidneys idee was om de ramen van de kinderkamer open te zetten, Simon. Maar omdat je helemaal niets zei toen jij de schuld kreeg, voelde ik me genoodzaakt jou straf te geven. Je kinderen straffen is het moeilijkste deel van het ouderschap. Het is zelfs nog moeilijker wanneer je het idee hebt dat je het verkeerde kind straft. Sidney heeft het nu allemaal opgehelderd, zoals alleen Sidney dat kan. Ze stond erop dat ik haar een stevig pak voor haar broek zou geven omdat jij al die jaren geleden de schuld had gekregen, maar ik ben niet van plan een vrouw van 25 over de knie te leggen. Ik bied je dus mijn verontschuldigingen aan voor het feit dat ik jou als klein ventje – Was je tien? Ik weet het niet meer... – onterecht heb gestraft en ik zal er van nu af aan op letten dat Sidney haar straf op gepaste wijze ondergaat. We hebben het in feite heel gezellig samen, Sidney en ik. We zijn ook een tijdje bij David en de kinderen geweest. Ik durf nu zelfs weer te hopen dat jij binnenkort naar Surrey komt. Breng Deborah mee als je komt. Cotter heeft kokkie van alles over haar verteld. Arm kind. Je zou er goed aan doen haar onder je hoede te nemen tot ze weer een beetje de oude is.

Liefs,
Moeder

Met haar handen op haar heupen gooide Sidney haar hoofd achterover en lachte. Ze was duidelijk in de wolken met haar prestatie. 'Is ze niet fantastisch? Het hééft me een moeite gekost om haar zover te krijgen dat ze die brief schreef. Het is dat ze je toch al wilde spreken over Deborah – je weet hoe ze is: altijd bang dat we sociale heidenen worden en ons in dit soort situaties niet weten te gedragen – anders had ze het volgens mij nooit gedaan.'
St James voelde dat lady Helen naar hem stond te kijken. Hij wist welke vraag ze van hem verwachtte. Maar hij stelde hem niet. Hij wist al tien dagen dat er iets tussen hen was voorgevallen. Zelfs als Deborah nog op Howenstow was geweest toen hij op de avond na Trenarrows dood uit Penzance terugkeerde, had Cotters gedrag het hem wel duidelijk gemaakt. Maar Lynley had alleen maar gezegd dat hij haar naar Londen had teruggevlogen, meer niet. En Cotters grimmige terughoudendheid was niet iets wat St James graag wilde doorbreken. Dus zei hij zelfs nu niets.
Lady Helen had echter geen last van gewetensbezwaren, zoals hij. 'Wat is er met Deborah gebeurd?'
'Tommy heeft hun verloving verbroken,' antwoordde Sidney. 'Heeft Cotter je dat niet verteld, Simon? Ik begreep van kokkie dat hij witheet was. Volkomen buiten zichzelf. Ik verwachtte eigenlijk min of meer dat hij Tommy voor een duel had uitgedaagd. "Pistolen of messen." Ik hoor het hem zeggen. "Speaker's Corner bij zonsopgang." Heeft Tommy het je ook niet verteld? Wat vreemd. Tenzij hij natuurlijk denkt dat jíj genoegdoening van hem zult eisen, Simon.' Ze lachte en ging vervolgens nadenkend verder: 'Je denkt toch niet dat dit iets met klassen te maken heeft, hè? Als je aan die Sasha van Peter denkt, kan klasse toch nauwelijks een rol spelen bij de Lynleys.'
Terwijl ze sprak, realiseerde St James zich dat Sidney geen flauw idee had van wat er allemaal was gebeurd sinds haar verbitterde vertrek van Howenstow op die zondagochtend. Hij trok de onderste la onder zijn werktafel open en haalde haar parfumflesje eruit.
'Dit was je kwijt,' zei hij.
Ze griste het opgetogen uit zijn handen. 'Waar heb je het gevonden? Toch niet in de kleerkast op Howenstow, hè? Van schoenen kan ik me dat nog voorstellen, maar van iets anders...'
'Justin heeft het uit je kamer gehaald, Sidney.'

Zo'n simpele vaststelling, acht woorden, meer niet. Het effect op zijn zus was direct zichtbaar. Haar glimlach verflauwde. Ze probeerde hem vast te houden, maar haar lippen beefden, zoveel moeite kostte het haar. Haar levendigheid verdween. Haar lichaam leek in elkaar te krimpen. Omdat haar zorgeloosheid zo snel verdween, wist hij hoe zwak haar grip op haar gevoelens was. Haar dolle gedrag was slechts een schild waarmee ze het rouwproces afweerde waaraan ze nog niet begonnen was.
'Justin?' zei ze. 'Hoezo?'
Er was geen makkelijke manier om het haar te vertellen. Hij wist dat haar verdriet alleen maar groter zou worden wanneer ze het eenmaal wist. Maar het leek hem dat hij het haar moest vertellen omdat dit de enige manier was om haar haar doden te laten begraven.
'Om je een moord in je schoenen te schuiven,' zei hij.
'Dat is belachelijk.'
'Hij wilde Peter Lynley vermoorden. In plaats van hem is Sasha Nifford gestorven.'
'Ik begrijp er niets van.' Ze draaide het parfumflesje nerveus rond in haar hand. Ze boog haar hoofd. Ze wreef over haar wangen.
'Het was gevuld met een geneesmiddel. Ze dacht dat het heroïne was.' Bij deze woorden keek ze op. St James zag de uitdrukking op haar gezicht. Een geneesmiddel gebruiken om iemand te doden maakte de waarheid inderdaad onontkoombaar. 'Het spijt me, liefje.'
'Maar Peter dan? Justin zei tegen me dat Peter bij Cambrey was. Hij zei dat ze ruzie hadden. En daarna ging Mick Cambrey dood. Hij zei dat Peter hem wilde vermoorden. Ik begrijp het niet. Peter moet hebben geweten dat Justin dat tegen jou en Tommy had verteld. Hij wist het. Dat kan niet anders.'
'Peter heeft Justin niet vermoord. Hij was zelfs niet op Howenstow toen het gebeurde.'
'Maar wat is er dan gebeurd?'
'Peter had iets gehoord wat hij niet had mogen horen. Hij zou het tegen Justin hebben kunnen gebruiken, vooral toen Mick Cambrey eenmaal dood was. Justin werd bang. Hij wist dat Peter om geld verlegen zat en om cocaïne. Hij wist dat hij labiel was. Hij kon zijn gedrag niet voorspellen, dus moest hij van hem af.'

St James en lady Helen vertelden samen het hele verhaal aan haar. Islington, oncozyme, Trenarrow, Cambrey. De kliniek en kanker. Dat ze het door een placebo hadden vervangen, wat uiteindelijk tot Micks dood had geleid.
'Brooke zat in de problemen,' zei St James. 'Hij nam stappen om zijn problemen op te lossen.'
'En ik dan?' vroeg ze. 'Het is mijn flesje. Realiseerde hij zich dan niet dat iedereen zou denken dat ik er iets mee te maken had?' Ze klemde het flesje nog steeds in haar hand. De knokkels van haar vingers waren wit.
'Die dag op het strand, Sidney,' zei lady Helen. 'Hij voelde zich behoorlijk vernederd.'
'Hij wilde je straffen,' zei St James.
Sidneys lippen bewogen nauwelijks toen ze zei: 'Hij hield van me. Dat weet ik zeker. Hij hield van me.'
St James voelde de vreselijke last van haar woorden en daarbij de behoefte om zijn zus haar eigenwaarde terug te geven. Hij wilde iets zeggen, maar kon niets bedenken waarmee hij haar kon troosten.
Lady Helen nam het woord. 'Wat Justin Brooke was, zegt niets over wie jij bent, Sidney. Jouw ik wordt niet bepaald door hem. Of door wat hij voelde. Of niet voelde.'
Er ontsnapte Sidney een onderdrukte snik. St James liep naar haar toe. 'Het spijt me, liefje,' zei hij en sloeg zijn armen stijf om haar heen. 'Ik had liever gehad dat je het niet wist. Maar ik kan niet tegen je liegen, Sidney. Ik vind het niet erg dat hij dood is.'
Ze hoestte en keek op. Ze wierp hem een onzekere glimlach toe. 'Jezus, wat heb ik een honger,' fluisterde ze. 'Zullen we gaan eten?'

Op Eaton Terrace sloeg lady Helen het portier van haar Mini met een harde klap dicht. Ze deed dit eerder om zichzelf een hart onder de riem te steken – alsof ze wilde benadrukken dat ze juist handelde – dan om zich ervan te overtuigen dat het autoportier goed dichtzat. Ze keek omhoog naar de onverlichte voorgevel van Lynleys huis en hield vervolgens haar pols in het licht van een straatlantaarn. Het was bijna elf uur, niet echt het tijdstip om op visite te gaan. Maar juist de ongepastheid van het

tijdstip gaf haar een voordeel dat ze goed kon gebruiken. Ze liep het marmeren trapje naar de voordeur op.
Ze had twee weken geprobeerd hem te spreken te krijgen. Al haar pogingen waren afgewimpeld. Niet op kantoor, moet overwerken, zit in een vergadering, is op de rechtbank. Ze had van een hele reeks uiterst beleefde secretaresses, assistenten en brigadiers elk mogelijk excuus gehoord. De achterliggende boodschap was altijd dezelfde: hij was niet beschikbaar, alleen, en dat wilde hij zo houden.
Maar vanavond zou het anders gaan. Ze belde aan. De bel ging ergens achter in het huis over. Het geluid kwam op een vreemde manier galmend terug in de richting van de voordeur, alsof het huis leeg was. Even speelde ze zelfs met de gekke gedachte dat hij uit Londen was verhuisd – dat hij voor eens en voor altijd alles was ontvlucht – maar toen zag ze door het raam boven de voordeur dat het licht in de hal op de benedenverdieping plotseling aanging. Er werd een grendel weggeschoven, de deur ging open en Lynleys butler keek haar uilachtig met de ogen knipperend aan. Hij droeg pantoffels en een geruite flanellen ochtendjas over een gestreepte pyjama. Even kreeg zijn gezicht een verraste uitdrukking en nam hij haar onderzoekend op. En hoewel hij zijn gezicht snel weer in de plooi trok, wist lady Helen wat hij dacht: goed opgevoede dochters uit de betere kringen gingen laat op de avond niet op bezoek bij een heer, ook niet in dit deel van de twintigste eeuw.
'Dank je, Denton,' zei lady Helen beslist. Ze stapte de hal in alsof hij haar onder het uiten van oprechte welkomstwoorden gevraagd had binnen te komen. 'Zeg even tegen lord Asherton dat ik hem wil spreken.' Ze trok haar dunne avondjas uit en legde hem met haar tas op een stoel in de hal.
Denton stond nog steeds bij de deur en keek van haar naar de straat alsof hij zich probeerde te herinneren of hij haar echt had gevraagd binnen te komen. Zijn hand rustte nog steeds op de deurknop en hij wipte nerveus van de ene voet op de andere. Hij zat blijkbaar klem tussen de behoefte commentaar te leveren op de ongepastheid van dit bezoek en de angst dat hij zich iemands woede op de hals zou halen als hij dit deed.
'Meneer heeft gevraagd...'
'Dat weet ik,' zei lady Helen. Ze voelde zich even schuldig dat ze

Denton zo in het nauw bracht. Ze wist dat de vastbesloten manier waarop hij Lynley probeerde af te schermen, voortkwam uit een loyaliteit die nu al bijna tien jaar standhield. 'Ik begrijp het. Hij wil niet gestoord worden. Hij heeft niet gereageerd op mijn telefoontjes van de laatste twee weken, Denton, dus ik begrijp heel goed dat hij met rust gelaten wil worden. Wil je, nu dat punt tussen ons is opgehelderd, hem alsjeblieft gaan zeggen dat ik hem wil spreken?'

'Maar...'

'Ik loop in één keer door naar zijn slaapkamer als het moet.'

Denton gaf zich gewonnen en sloot de voordeur. 'Hij zit in de bibliotheek. Ik zal hem roepen.'

'Niet nodig. Ik weet de weg.'

Ze liet Denton met open mond achter in de hal en klom snel de trap naar de eerste verdieping op, liep door een lange gang met dik tapijt, langs een indrukwekkende verzameling antiek tin die werd aangestaard door een zestal reeds lang gestorven Ashertons. Ze hoorde Lynleys butler niet ver achter zich mompelen: 'My lady... Lady Helen...'

De deur van de bibliotheek was dicht. Ze klopte een keer, hoorde Lynleys stem en stapte naar binnen.

Hij zat achter zijn bureau met zijn hoofd in zijn handen. Voor hem lag een aantal dossiers. Lady Helens eerste verbaasde gedachte toen hij opkeek, was dat ze niet had geweten dat hij al een leesbril nodig had. Hij zette de bril af en stond op. Hij zei niets, keek alleen langs haar heen naar Denton, die met een verontschuldigende uitdrukking op zijn gezicht achter haar stond.

'Sorry,' zei Denton. 'Ik heb het geprobeerd.'

'Je mag het hem niet kwalijk nemen,' zei lady Helen. 'Ik heb hem voor het blok gezet.' Ze zag dat Denton een stap de kamer in had gedaan. Nog één stap en hij was zo dicht bij haar dat hij zijn hand op haar arm kon leggen om haar de trap af te leiden en op straat te zetten. Ze kon zich niet voorstellen dat hij dit zou doen zonder dat Lynley het hem vroeg, maar voor het geval dat hij het idee overwoog, sneed ze hem de pas af. 'Dank je wel, Denton. Wil je ons nu alleen laten? Dank je.'

Denton gaapte haar aan. Hij keek naar Lynley, die even kort knikte. Hij verliet de kamer.

'Waarom heb je me niet teruggebeld, Tommy?' vroeg lady

Helen zodra ze alleen waren. 'Ik heb je een paar keer hier en op de Yard gebeld. Ik ben vier keer langs geweest. Ik heb me vreselijke zorgen gemaakt.'
'Sorry, beste meid,' zei hij nonchalant. 'Ik heb het ontzettend druk gehad. Ik zit tot over mijn oren in het werk. Wil je iets drinken?' Hij liep naar een rozenhouten tafel waarop een paar karaffen en glazen stonden.
'Nee, dank je.'
Hij schonk voor zichzelf een whisky in, maar nam niet direct een slok. 'Ga zitten.'
'Liever niet.'
'Zoals je wilt.' Hij wierp haar een scheve glimlach toe en goot een groot gedeelte van zijn whisky naar binnen. En toen, misschien omdat hij niet langer wilde toneelspelen, wendde hij zijn blik af en zei: 'Het spijt me, Helen. Ik wilde je terugbellen. Maar ik kon het niet. Gewoon lafheid, denk ik.'
Haar woede smolt weg. 'Ik vind het vreselijk om je zo te zien. Opgesloten in je bibliotheek. Niet te bereiken op je werk. Ik kan er niet tegen, Tommy.'
Even was zijn ademhaling zijn enige antwoord. Ze kon die horen, oppervlakkig en onregelmatig. Toen zei hij: 'Ik schijn haar alleen maar te kunnen vergeten als ik aan het werk ben. Dus heb ik gewerkt. Ik heb alleen maar gewerkt. En als ik niet met een zaak bezig was, heb ik mezelf voor lopen houden dat ik er uiteindelijk wel overheen zal komen. Nog een paar weken, een paar maanden.' Hij lachte zenuwachtig. 'Ik kan het me bijna niet voorstellen.'
'Ik weet het. Ik begrijp wat je bedoelt.'
'God, ja. Wie kan het beter weten dan jij?'
'Waarom heb je me dan niet gebeld?'
Hij liep rusteloos naar de open haard. Er was geen vuur dat zijn aandacht opeiste, dus schonk hij zijn aandacht aan een verzameling borden van Meissen-porselein op de schoorsteenmantel. Hij pakte er een op en draaide het in zijn handen om. Lady Helen wilde tegen hem zeggen dat hij voorzichtig moest zijn – het bord zou makkelijk kunnen breken, zo hard pakte hij het vast – maar zei niets. Hij zette het bord terug. Ze herhaalde haar vraag.
'Je weet dat ik met je wilde praten. Waarom heb je me niet gebeld?'

'Ik kon het niet. Het doet te veel pijn, Helen. Ik kan dat niet voor je verbergen.'
'Waarom wil je dat dan ook?'
'Ik voel me een stommeling. Ik zou sterker moeten zijn. Het zou er allemaal niets toe moeten doen. Ik zou het van me af moeten kunnen schudden en moeten doorgaan.'
'Doorgaan?' Ze voelde al haar woede weer omhoogkomen. Haar bloed kookte wanneer ze werd geconfronteerd met deze vorm van zelfbeheersing die ze in de mannen die ze kende, altijd zo verachtelijk had gevonden, alsof opvoeding en vorming en generaties van afstandelijkheid hen allemaal tot een leven zonder gevoelens hadden gedoemd. 'Wil je me nu wijsmaken dat je geen recht op verdriet hebt omdat je een man bent? Dat geloof ik niet. Ik wíl het niet geloven.'
'Het heeft met verdriet niets te maken. Ik heb alleen geprobeerd om de weg terug te vinden naar de man die ik drie jaar geleden was. Vóór Deborah. Als ik hem kan terugvinden, komt het wel goed met me.'
'Die man was niet anders dan de man die je nu bent.'
'Drie jaar geleden zou ik hier niet zo zwaar aan hebben getild. Wat betekende een vrouw toen helemaal voor me? Iemand om het bed mee te delen. Dat was alles.'
'En zo wil je blijven? Een man die door het leven stapt als door een droom vol seks? Die alleen denkt aan zijn volgende prestatie in bed? Is dat wat je wilt?'
'Het maakt het makkelijker.'
'Natuurlijk is het makkelijk. Zo'n soort leven is altijd makkelijk. Mensen schuiven elkaars bed in en uit zonder elkaar gedag te zeggen, laat staan dat ze zich ergens toe verplicht voelen. En als ze een keer wakker worden naast iemand wiens naam ze zich niet kunnen herinneren, dan geeft dat niet. Hoort allemaal bij het spel.'
'Toen kwam er bij een relatie geen pijn kijken. Er kwam niets bij kijken. Voor mij niet.'
'Zo wil je het je misschien graag herinneren, Tommy, maar zo was het niet. Want als wat jij zegt waar is, als jouw leven niets meer was dan het verleiden van een renstal vol vrouwen, waarom heb je mij dan nooit verleid?'
Hij dacht na over haar vraag. Hij liep terug naar de karaffen en

schonk zichzelf nog een whisky in. 'Ik weet het niet.'
'Ja, je weet het wel. Vertel eens.'
'Ik weet het niet.'
'Prachtig exemplaar voor je verzameling zou ik zijn geweest. Afgewezen door Simon, mijn leven een grote puinhoop. Het laatste wat ik wilde, was een relatie met iemand. Hoe heb je die uitdaging in godsnaam kunnen weerstaan? Wat een kans om jezelf te bewijzen. Wat een ongelooflijke opkikker voor je ego.'
Hij zette zijn glas op de tafel, draaide het onder zijn vingers rond. Ze keek naar zijn profiel en zag hoe dun het laagje vernis van zijn zelfbeheersing was.
'Jij was anders, denk ik,' zei hij.
'Helemaal niet. Ik had er de attributen voor. Ik was net zoals de anderen: lust en plezier, borsten en dijen.'
'Doe niet zo belachelijk.'
'Gewoon een vrouw. Makkelijk te verleiden, vooral door een expert. Maar je hebt het nooit geprobeerd. Niet één keer. Dat soort seksuele terughoudendheid past niet bij een man wiens enige interesse in vrouwen draait om wat ze hem in bed kunnen bieden. En ik kon het je bieden, hè, Tommy? O, aanvankelijk zou ik je hebben weerstaan. Maar uiteindelijk zou ik met je naar bed zijn gegaan, en dat wist je. Maar je hebt het niet geprobeerd.'
Hij draaide zich naar haar toe. 'Hoe kon ik dat doen na wat je met Simon had meegemaakt?'
'Medelijden?' vroeg ze. 'Van de man die alleen maar zijn plezier najaagt? Maakte het uit welk lichaam het verschafte? Waren we niet allemaal hetzelfde?'
Hij zweeg zo lang dat ze zich afvroeg of hij wel antwoord zou geven. Ze kon aan zijn gezicht zien dat hij moeite moest doen om zijn kalmte te bewaren. Ze wilde dat hij antwoord gaf, omdat ze wist dat hij eerst moest toegeven dat hij verdriet had voordat hij het kon gaan verwerken.
'Jij niet,' zei hij ten slotte. Ze kon zien dat deze woorden hem zeer veel moeite kostten. 'Deborah ook niet.'
'Wat was er anders?'
'Ik liet het dichterbij komen.'
'Dichterbij?'
'Bij mijn hart.'
Ze liep naar hem toe. Haar hand raakte zijn arm aan. 'Begrijp je

het nu, Tommy? Je was geen man die alleen aan zijn plezier dacht. Dat wil je graag geloven, maar zo was het niet. Niet voor iemand die de tijd nam om je te leren kennen. Zeker niet voor mij, die nooit je geliefde is geweest. En niet voor Deborah, die dat wel was.'

'Ik wilde iets anders met haar.' Zijn ogen waren rood omrand. 'Wortels, banden, een gezin. Ik was bereid iets meer te zijn om dat te krijgen. Het was het waard. Zij was het waard.'

'Ja. Dat was ze. En ze was je verdriet ook waard. Dat is ze nog steeds.'

'O, god,' fluisterde hij.

Haar hand gleed over zijn arm naar beneden en omvatte zijn pols. 'Tommy, lieverd, het mag. Heus.'

Hij schudde verblind zijn hoofd alsof hij door dat gebaar de vreselijke eenzaamheid van zich af kon schudden. 'Ik ben bang dat ik dood zal gaan van eenzaamheid, Helen.' Zijn stem brak op een vreselijke manier, het geluid van een man die zichzelf al jaren had verboden iets te voelen. 'Ik kan het niet verdragen.'

Hij wilde zich van haar afwenden, naar zijn bureau teruglopen, maar ze hield hem tegen en overbrugde het laatste stukje ruimte tussen hen. Ze nam hem in haar armen.

'Je bent niet alleen, Tommy,' zei ze op zachte toon.

Hij begon te huilen.

Deborah duwde het hek open precies op het moment dat de lantaarn op Lordship Place aanging en een flauw lichtschijnsel over de in mist gehulde tuin wierp. Ze bleef even staan en staarde naar de warme roodbruine stenen van het huis, naar het fris witte pleisterwerk, naar de oude smeedijzeren balustrade die altijd wel ergens roestte en altijd wel ergens een likje verf nodig had. Dit huis zou in zoveel opzichten altijd haar thuis zijn, hoelang het haar ook lukte om weg te blijven: drie jaar, dertig jaar of, zoals nu, een maand.

Het was haar gelukt Cheyne Row te vermijden door een hele serie smoezen te verzinnen, die haar vader geen moment had geloofd, wist ze. Bezig mezelf als fotograaf te vestigen, pa. Hard aan het werk. Veel afspraken. Op pad met mijn fotomap. Zullen we ergens afspreken om te gaan eten? Nee, ik kan niet naar Chelsea komen.

Evenmin als zij had haar vader behoefte aan een herhaling van de ruzie die ze een week na haar terugkeer uit Cornwall in Paddington hadden gehad. Hij vroeg haar weer thuis te komen. Ze weigerde het te overwegen. Hij begreep het niet. Voor hem was het eenvoudig. Pak je spullen, sluit de flat af, kom terug naar Cheyne Row. Kom terug naar het verleden, bedoelde hij eigenlijk. Ze kon het niet. Ze probeerde uit te leggen dat ze tijd voor zichzelf nodig had. Zijn antwoord was een lelijke uitval naar Tommy – dat hij haar had veranderd, kapot had gemaakt, haar waarden had vernietigd – en dat was het begin van een ruzie geweest, die ermee eindigde dat ze hem de zure belofte had ontfutseld dat hij nooit meer iets over haar relatie met Tommy zou zeggen, niet tegen haar en niet tegen iemand anders. Ze waren boos uit elkaar gegaan en hadden elkaar sindsdien niet meer gezien.
Simon had ze evenmin gezien. Ze had hem ook niet willen zien. Die paar vreselijke momenten in Nanrunnel hadden haar op nietsontziende wijze haar ware ik getoond. De maand daarna had ze zichzelf niet meer kunnen ontvluchten en ze had moeten toegeven dat ze zichzelf de laatste tweeënhalf jaar had bedot. De geliefde van de een, op duizend verschillende manieren gebonden aan de ander. En toch ook op een speciale manier aan Tommy gebonden, wat ze hem nooit mocht laten merken.
Ze wist niet waar ze moest beginnen om de schade die ze zichzelf en anderen had toegebracht, ongedaan te maken. Dus was ze in Paddington gebleven. Ze had als leerling-fotograaf bij een studio in Mayfair gewerkt en een lang weekeinde doorgebracht in Wales en nog een in Brighton. En ze had zitten wachten tot haar leven weer enige tekenen van rust zou gaan vertonen, wat niet was gebeurd.
Dus was ze naar Chelsea gekomen, zonder precies te weten wat ze daar kon bereiken. Ze wist alleen dat het steeds moeilijker werd zich met haar vader te verzoenen naarmate ze langer wegbleef. Wat ze van Simon wilde, zou ze niet hebben kunnen zeggen.
Door de mist zag ze dat de lichten in de keuken aangingen. Haar vader liep langs het raam. Hij liep naar het fornuis, daarna naar de tafel en verdween vervolgens uit het zicht. Ze volgde het pad van flagstones door de tuin en daalde de trap af.
Alaska begroette haar bij de deur alsof hij door die buitengewone

gevoeligheid die katten eigen is, wist dat ze zou komen. Een van zijn oren trilde even en daarna begon hij statig tussen haar benen door te lopen, zijn staart majesteitelijk wuivend in de lucht.
'Waar is Peach?' vroeg ze aan de kat terwijl ze op zijn kop krabde. Hij kromde waarderend zijn rug en begon te spinnen.
Voetstappen kwamen uit de keuken de hal in. 'Deb!'
Ze richtte zich op. 'Hallo, pa.'
Ze zag hem zoeken naar iets waaruit zou blijken dat ze thuiskwam: een koffer, een doos, een makkelijk te verhuizen object zoals een lamp. Maar hij zei alleen maar 'Heb je al gegeten, kind?' en liep terug naar de keuken, waar de doordringende geur van gebraden vlees hing.
Ze liep achter hem aan. 'Ja. In de flat.' Ze zag dat hij aan de tafel aan het werk was, dat hij vier paar schoenen die gepoetst moesten worden, op een rij had gezet. Haar oog viel op de speciale vorm van de schoenen, die nodig was om plaats te bieden aan het dwarsstuk van de beugel om zijn linkerbeen. Om de een of andere reden werd ze er somber van. Ze keek de andere kant op.
'Hoe gaat het met je werk?' vroeg Cotter haar.
'Goed. Ik gebruik mijn oude camera's weer, de Nikon en de Hasselblad. Gaat heel goed. Met die camera's moet ik meer op mezelf vertrouwen, op mijn kennis en techniek. Ik heb ontdekt dat ik dat prettig vind.'
Cotter knikte en smeerde een beetje schoensmeer op de neus van een schoen. Hij was niet gek. 'Ik ben het alweer vergeten, hoor, Deb,' antwoordde hij. 'Alles, kind. Doe jij maar wat goed voor je is.'
Ze voelde dankbaarheid in zich opwellen. Ze keek de keuken rond, naar de witstenen muren, het oude fornuis waar drie pannen op stonden, de versleten werkbladen, de kasten met de glazen deuren, de ongelijke betegelde vloer. Een klein mandje naast het fornuis was leeg.
'Waar is Peach?' vroeg ze.
'Meneer St James laat haar uit.' Cotter wierp een blik op de klok aan de muur. 'Hij is een beetje afwezig. Het eten is al een kwartier klaar.'
'Waar is hij naartoe?'
'De rivier, denk ik.'
'Zal ik hem gaan halen?'

Zijn antwoord verplichtte haar tot niets. 'Als je zin hebt om een stukje te lopen. Zo niet, ook goed. Het eten kan nog wel even wachten.'
Ze zei: 'Ik ga wel even kijken of ik hem kan vinden.' Ze liep terug naar de hal, maar draaide zich bij de deur nog even om. Haar vader gaf al zijn aandacht aan de schoenen. 'Ik blijf niet hier, pa. Dat weet je toch, hoop ik?'
'Ik weet wat ik weet,' was Cotters antwoord toen ze het huis uit liep.
Om elke lantaarn hing een geelbruine krans van mist en uit de richting van de Theems was een zacht windje opgestoken. Deborah zette al lopend de kraag van haar jas op. In de huizen zaten mensen aan tafel voor het avondeten. In de King's Head and Eight Bells op de hoek van Cheyne Row dromden anderen rond de bar voor een gesprek en een drankje. Deborah glimlachte warm toen ze deze mensen zag. Ze kende de meesten bij naam. Ze waren zelf jarenlang elke avond in die pub geweest. De aanblik van deze mensen vervulde haar met een onverklaarbaar gevoel van nostalgie, dat ze geërgerd van zich afschudde terwijl ze doorliep naar Cheyne Walk.
Er was weinig verkeer. Ze stak snel over naar de rivier en zag hem op enige afstand met zijn ellebogen op de kademuur geleund staan. Hij bestudeerde de charmante wispelturigheid van Albert Bridge. In de zomers van haar kinderjaren waren ze vaak over de brug naar Battersea Park gelopen. Ze vroeg zich af of hij zich dat herinnerde. Wat een klungelig maatje was ze toen voor hem geweest. Hoe geduldig en vriendelijk was zijn vriendschap voor haar geweest.
Ze bleef even staan om hem onopgemerkt te kunnen gadeslaan. Hij tuurde naar de brug. Een glimlach speelde om zijn lippen. En bij zijn voeten zat Peach rustig op haar riem te kauwen. Terwijl Deborah naar hen stond te kijken, kreeg Peach lucht van haar en begon aan de riem te trekken. Ze draaide een keer snel rond haar as, raakte verstrikt in de riem, viel om en blafte vrolijk. St James wendde zijn blik van een van Londens grilligste constructies naar de kleine teckel bij zijn voeten en vervolgens weer omhoog, alsof hij de oorzaak van haar verlangen om weg te komen probeerde te achterhalen. Toen hij Deborah zag liet hij de riem los, waarna Peach met wild flapperende oren halsoverkop

naar haar toe rende. Ze was buiten zinnen van vreugde. Ze stortte zich kwispelend op Deborah en blafte opgewonden.
Deborah lachte, trok de hond tegen zich aan, liet toe dat ze haar neus aflikte. Wat was het met dieren toch eenvoudig. Ze gaven hun hart zonder angst. Ze verwachtten niets. Het was zo makkelijk om van ze te houden. Als mensen zo konden zijn, zou er nooit iemand worden gekwetst, dacht ze. Niemand zou hoeven leren anderen te vergeven.
St James zag haar in het licht van de lantaarns op de kade naar hem toe komen lopen met Peach dansend aan haar voeten. Ze had geen paraplu bij zich en de mist weefde een net van glanzende kraaltjes in haar haar. Haar enige bescherming was een lamswollen jas, waarvan de opgezette kraag als een Elizabethaanse plooikraag rond haar gezicht stond. Ze zag er mooi uit, net iemand uit een zestiende-eeuws schilderij. Maar haar gezicht was anders dan zes weken geleden. Het droeg de sporen van pijn en volwassenheid.
'Je eten is klaar,' zei ze toen ze dichterbij kwam. 'Je bent wel laat aan het wandelen, hè?' Ze ging naast hem bij de muur staan. Het was net een heel gewone ontmoeting, alsof er niets tussen hen was voorgevallen, alsof ze de afgelopen maand niet zonder groet of afscheid in zijn leven was opgedoken en weer was verdwenen.
'Ik ben de tijd vergeten. Sidney vertelde me dat ze met je naar Wales is geweest.'
'We hebben een heerlijk weekeinde aan de kust gehad.'
Hij knikte. Hij had naar een zwanengezin op het water staan kijken en zou haar normaal gesproken op hun aanwezigheid hebben geattendeerd – zwanen kwamen niet vaak op dit deel van de rivier – maar deed het nu niet. Ze was te afstandelijk.
Ze zag de vogels blijkbaar zelf, hun silhouet gevangen in het licht van de lampen op de oever aan de overkant. 'Ik heb nog nooit zwanen op dit stuk van de rivier gezien,' zei ze. 'En dan nog wel 's avonds. Zou er iets met ze aan de hand zijn?'
Ze dreven met zijn vijven – twee volwassene en drie bijna volgroeide jongen – vredig rond bij de pijlers van de Albert Bridge.
'Nee, er is niets met ze aan de hand,' zei hij en hij realiseerde zich dat de zwanen hem de gelegenheid boden een gesprek te beginnen. 'Ik vond het naar voor je dat je die dag in Paddington die zwaan brak.'

'Ik kan niet thuiskomen,' zei ze ten antwoord. 'Ik moet op de een of andere manier met jou in het reine komen. Misschien op een goede dag weer voorzichtig proberen vrienden te worden. Maar ik kan niet naar huis komen.'
Dus dat was de verandering. Ze bewaarde die voorzichtige, gevoelens sparende afstand waarmee men zichzelf beschermt wanneer een relatie is stukgelopen. Ze deed hem aan zichzelf denken, aan hoe hij drie jaar geleden was toen zij afscheid kwam nemen en hij haar had aangehoord, bang om iets te zeggen omdat een enkel woord de sluizen zou kunnen openzetten, waarna alles wat hij voelde, naar buiten zou stromen in één grote vernederende golf van smeekbeden die ze, gezien het tijdstip en de omstandigheden, alleen maar zou hebben kunnen negeren. De cirkel was weer rond, leek het. De tijd om afscheid te nemen scheen weer te zijn aangebroken. Wat zou het makkelijk zijn om dat dan maar te doen en verder te gaan met zijn leven.
Hij keek van haar gezicht naar haar hand die op de kademuur rustte. Ze droeg Lynleys ring niet meer. Hij raakte zachtjes de vinger aan waaraan de ring had gezeten. Ze trok hem niet terug en dat spoorde hem aan iets te zeggen.
'Laat me niet weer in de steek, Deborah.'
Hij zag dat ze een dergelijke reactie niet had verwacht. Ze was volkomen argeloos naar hem toe gekomen. Hij buitte dat voordeel uit.
'Jij was zeventien. Ik was 28. Kun je proberen te begrijpen hoe het voor mij was? Ik had mezelf al jaren voor iedereen afgesloten. En plotseling begon ik om jou te geven. Verlangde ik naar je. Terwijl ik de hele tijd dacht dat als we naar bed gingen...'
Ze sprak snel, luchthartig: 'Dat is allemaal voorbij, nietwaar? Het doet er niet echt meer toe. We kunnen het beter vergeten.'
'Ik zei tegen mezelf dat ik niet met je naar bed kon, Deborah. Ik verzon allerlei dwaze redenen. Verplichtingen tegenover je vader. Ik zou zijn vertrouwen beschamen. Onze vriendschap kapotmaken. Onze zielen konden niet één worden als we met elkaar naar bed gingen, en ik wilde een zielsvriendin, dus konden we niet met elkaar naar bed. Ik dacht telkens aan jouw leeftijd. Hoe kon ik mezelf nog in de ogen kijken als ik met een zeventienjarig meisje naar bed ging?'
'Wat doet het ertoe? Dat is allemaal voorbij. Wat maakt het uit

dat we drie jaar geleden niet met elkaar naar bed zijn geweest, na alles wat er is gebeurd?' Haar vragen klonken niet zozeer koel als wel voorzichtig, alsof alle zorgvuldige afwegingen die ze had gemaakt toen ze besloot hem te verlaten, onder vuur lagen.
'Omdat als je van jouw afwezigheid iets permanents wilt maken, je dan deze keer tenminste de waarheid weet als je weggaat. Ik liet je gaan omdat ik rust wilde. Ik wilde je uit huis hebben. Ik dacht dat ik me niet meer zo verscheurd zou voelen als jij eenmaal weg was. Ik zou niet meer naar je verlangen. Ik zou me niet meer schuldig voelen omdat ik naar je verlangde. Ik zou het hele onderwerp seks uit mijn hoofd zetten. Je was nog geen week weg of ik zag de waarheid al in.'
'Het doet er niet...'
Hij hield vol. 'Ik dacht dat ik een heel aardig bestaan zou kunnen hebben zonder jou en mijn eigen hypocrisie sloeg me midden in mijn gezicht. Ik wilde je terughebben. Ik wilde je weer thuis hebben. Dus schreef ik je.'
Terwijl hij sprak, had zij haar aandacht bij de rivier gehouden, maar nu keerde ze zich naar hem toe. Hij wachtte niet tot zij de vraag zou stellen.
'Ik heb die brieven nooit gepost.'
'Waarom niet?'
En nu was hij bij dat punt beland. Zo makkelijk om een maand lang alleen in zijn studeerkamer de dingen te repeteren die hij al jaren tegen haar had moeten zeggen. Maar nu hij de kans had om ze te zeggen, verloor hij weer de moed en hij vroeg zich af waarom het altijd zo'n angstaanjagende gedachte was geweest dat zij de waarheid zou weten. Hij haalde vastbesloten adem.
'Om dezelfde reden als waarom ik niet met je naar bed wilde. Ik was bang. Ik wist dat je iedere man ter wereld kon krijgen.'
'Iedere man?'
'Nou ja. Je kon Tommy krijgen. Hoe kon ik dan verwachten dat je mij wilde hebben?'
'Jou?'
'Een kreupele.'
'Dus dat is het, hè? We komen altijd weer bij "kreupel" terecht, waar we ook beginnen.'
'Ja. Omdat het een feit is en we het niet kunnen negeren. Ik heb de laatste drie jaar voortdurend gedacht aan al die dingen die ik

nooit met jou zou kunnen doen, dingen die een andere man, die Tommy met gemak zou kunnen doen.'

'Wat heeft dat voor zin? Waarom kwel je jezelf zo?'

'Omdat ik erdoorheen moest. Ik moest leren het niet zo erg te vinden dat ik je niet eens in mijn armen kan nemen als ik die vreselijke beugel niet aanheb. Ik moest leren het niet zo erg te vinden dat ik kreupel ben. En dat moet je weten voor je me verlaat. Dat het niet meer uitmaakt. Kreupel of niet. Een halve man. Driekwart. Het maakt niet meer uit. Ik wil je hebben.' En toen voegde hij er enigszins gemeen, maar zonder spijt, want in de liefde gelden geen regels, aan toe: 'Eens en voor altijd.'

Het was eruit. Hoe ze hem ook zou beoordelen, de woorden waren gezegd. Drie jaar te laat, maar toch. En zelfs als ze nu zou besluiten hem te verlaten, kende ze tenminste zijn slechtste en zijn beste kanten wanneer ze dat besluit nam. Daar kon hij mee leven.

'Wat wil je van me?' vroeg ze.

'Dat weet je.'

Peach liep rusteloos voor hun voeten heen en weer. Iemand aan de andere kant van het strookje groen op Cheyne Walk riep iets. Deborah keek naar de rivier. Hij volgde haar blik en zag dat de zwanen de laatste pijler van de brug achter zich hadden gelaten. Ze gleden nog even stil als daarvoor over het water in de richting van het veilige Battersea.

'Deborah,' zei hij.

De vogels gaven haar het antwoord. 'Zoals de zwanen, Simon?'

Het was meer dan genoeg. 'Zoals de zwanen, mijn lief.'

Nawoord

Aan elke roman gaat een zekere hoeveelheid onderzoek vooraf, maar ik ben bijzonder veel dank verschuldigd aan een aantal mensen die me bij het schrijven van dit boek hebben geholpen aan achtergrondinformatie van onschatbare waarde:
Dr. Daniel Vallera, professor en directeur van de Section of Experimental Cancer Immunology, Department of Therapeutic Radiology van de universiteit van Minnesota, voerde talloze lange telefoongesprekken over vele aspecten van medische research. Ik heb diepe waardering voor zijn goedgehumeurde gave om onbegrijpelijke dingen op honderd verschillende creatieve manieren uit te leggen.
Dr. L.L. Houston van CETUS Corporation uit San Francisco in Californië gaf me een geduldige en diepgaande toelichting bij alle fasen van de ontwikkeling van een geneesmiddel, vanaf de 'ontdekking' tot en met het moment dat het op de markt wordt gebracht.
Inspecteur Michael Stephany voorzag me met gulle hand van informatie die hij had vergaard bij de Orange Country Narcotics Squad.
En Virginia Bergman wees me op de mogelijke toepassingen van het geneesmiddel ergotamine.
Behalve deze mensen dank ik Julie Mayer, mijn beste en meest toegewijde criticus; Vivienne Schuster, Tony Mott en Georgina Morley, die altijd moedig proberen me niet van mijn onderwerp te laten afdwalen; Deborah Schneider, de beste literair agent die ik me kan wensen; en Kate Miciak, mijn redacteur en pleitbezorger bij Bantam.

Lees ook van A.W. Bruna Uitgevers B.V.

Elizabeth George

Afrekening in bloed

Ergens in Schotland is een groep acteurs bijeen voor de repetities van een toneelstuk. Nog dezelfde avond wordt de schrijfster van het stuk vermoord. Inspecteur Thomas Lynley moet deze moord onderzoeken. Algauw wordt duidelijk waarom juist hij op deze zaak is gezet: een van de verdachten is een bekende aristocraat. Lynley, zelf van adellijke afkomst, wordt geacht deze delicate zaak met de grootst mogelijke discretie af te handelen. Een stuitend geval van klassenjustitie volgens zijn assistent Barbara Havers. De zaak wordt nog gecompliceerder wanneer Lady Helen, de vrouw op wie Lynley verliefd is, ook een van de verdachten blijkt te zijn…

ISBN 978 90 461 1191 8

Lees ook van A. W. Bruna Uitgevers B. V.

Elizabeth George

Een onafwendbaar einde

Toby is zeven, Joel elf en Ness vijftien wanneer hun grootmoeder hen dumpt op de stoep van hun tante Kendra. Kendra Osborne, een mooie vrouw van veertig, heeft weinig omkijken naar de schuchtere Joel en de geestelijk gehandicapte Toby. Joel is op school een teruggetrokken eenling, die zich plichtsgetrouw over zijn broertje ontfermt. Hun zusje Ness daarentegen daalt steeds verder af in een wereld van junks, dealers en geweld.
Als Joel en Toby op een dag worden bedriegd, zoekt Joel bescherming bij een ex-vriendje van Ness. Maar deze crimineel vraagt daar wel iets voor terug en Joel slaat daarmee een pad in dat regelrecht naar een desastreuze ontknoping leidt…

ISBN 978 90 229 8735 3

Lees ook van A.W. Bruna Uitgevers B.V.

Elizabeth George

Zijn laatste wil

Deborah St James is verbijsterd wanneer ze op een stormachtige avond de broer van een oude vriendin uit Amerika op haar stoep aantreft. Helemaal wanneer hij haar vertelt dat zijn zus op het Engelse kanaaleiland Guernsey is opgepakt wegens moord. Deborah kan niet geloven dat haar vriendin tot zoiets in staat is.
Samen met haar man Simon reist ze af naar Guernsey om daar alles te doen wat in haar macht ligt om haar vriendin te bevrijden. Het slachtoffer van de moord is de machtigste en rijkste man van het eiland. Uit zijn testament blijkt dat een groot deel van de lokale bevolking beter wordt van zijn dood. De motieven voor de moord zijn dan ook talrijk.
Om meer duidelijkheid te krijgen roept Deborah uiteindelijk de hulp in van haar vriend, inspecteur Thomas Lynley…

ISBN 978 90 229 9164 0

Lees ook van A.W. Bruna Uitgevers B.V.

Elizabeth George

In volmaakte stilte

Wanneer een naakt jongenslichaam verminkt op een grafzerk wordt aangetroffen, herkent de Londense politie hierin al gauw het werk van een seriemoordenaar. Dit is zijn vierde slachtoffer, maar voor het eerst een met een blanke huidskleur. New Scotland Yard geeft de gevoelige zaak in handen van inspecteur Thomas Lynley en brigadier Barbara Havers. Maar door een afschuwelijke tragedie binnen hun gelederen raken ze het spoor bijster. En dat terwijl de psychopathische moordenaar zich door niets of niemand laat tegenhouden…

ISBN 978 90 229 8731 5

Lees ook van A. W. Bruna Uitgevers B. V.

Elizabeth George

Totdat de dood ons scheidt

De zestienjarige Roberta Teys wordt met haar mooiste kleren aan gevonden in een boerenschuur in het Engelse dorpje Keldale. Naast haar liggen een bijl en het ontzielde lichaam van haar vader. Onthoofd.
Het enige wat Roberta erover zegt is: 'Ik heb het gedaan en ik heb er geen spijt van.'
Scotland Yard geeft de leiding van het onderzoek in handen van inspecteur Thomas Lynley en zijn absolute tegenpool Barbara Havers. Zij heeft een sterk inderwaardigheidscomplex en ziet deze zaak als dé kans om zich te bewijzen.
Na vele omwegen stuiten Lynley en Havers op verborgen schandalen en een gruwelijke mishandeling. Niets is wat het lijkt in dit vredige dorpje en door deze zaak zal het leven daar ook nooit meer hetzelfde zijn...

ISBN 978 90 461 1140 6